文學研究叢書・古典詩學叢刊

清代詩話與宋詩宋調

張高評　著

自序

　　三十餘年來，筆者投注心力，研究宋代文學，探討領域主要在宋代詩歌、詩話和詩學。研究文獻，包含詩集、文集、詩話、筆記。先後發表相關論文一五〇篇以上，出版之學術專著十種以上。其間，為提倡宋代文學之研發，更籌辦《宋代文學研究叢刊》，自任主編，發行十五期，刊載近三百篇論文。當時，四川大學《宋代文化研究》、復旦大學《新宋學》、日本早稻田大學《橄欖》與成功大學《宋代文學研究叢刊》齊名，多為宋代文學之研發推廣而努力。當年意興風發的青年，如今多已成為斯學的達人專家。回首前塵，殊堪欣慰！

　　趙末接續隋唐之後，華夏文化歷數千年之演進，至此已登峰造極；物質文明之繁榮，到宋代號稱空前絕後。宋人何德何能，而享有如是之榮耀？論者研究宋學發現，宋代士人崇尚反省內求，致力會通兼容，注重創造開拓[1]；所以，儘管宋人面對唐詩的輝煌燦爛、好語言、俗語言都已被道盡，「一切好詩，到唐都已被做完」，宋人自覺處窮必變，革故才能鼎新，於是學唐、變唐，進而新唐、拓唐，終於自成一家，而新變代雄。宋人無不學古學唐，蓋以學習古人、效法唐詩，汲取優長為手段、為步驟；而以學而不為，創發開拓作為終極追求。於是經由梅堯臣、王安石、歐陽脩、蘇軾、黃庭堅之盡心創作，胎源於唐詩，又殊異於唐詩風格特色之宋詩，於焉誕生流傳，蔚為中國古典詩歌之第二高峰，可與唐詩平分詩國之春色與秋色，而無愧怍。

---

[1]　陳植鍔：《北宋文化史述論》（北京：中國社會科學出版社，1992），第三章第四節〈宋學精神〉，頁287-323。

　　《禮記・學記》稱：「善歌者，使人繼其聲。善教者，使人繼其志。」宋詩特色形成於北宋元祐之後，蘇學盛於金元，江西詩學風行南宋，因為標榜「自出己意以為詩」，形成宋詩宋調之特色。典範為之轉移，附庸蔚為大國，於是善教善述者既多，以己度人，遂生發差別相：「各以己是是彼非，復用己非非彼是」，因而衍生宋詩唐詩異同之辨，判別唐詩宋詩優劣得失之分。其流波久遠，歷金元，至於明清，乃至於現當代，多受此意氣之爭之影響。明代前後七子，詩主摹擬，有所謂「詩必盛唐」之主張，於是崇唐抑宋，李夢陽甚至詆為「宋無詩！」何景明則稱：「宋人詩不必觀！」至晚明袁宏道、楊慎，始平情討論唐宋詩。清初詩人錢謙益、黃宗羲、葉燮諸家繼起，好而知其惡、惡而知其美，故出入唐宋，時發公允之論。然後知一代之詩有得有失。意氣爭端，於是乎逐漸平息。歷經乾嘉，以至於同光晚清，宋詩宋調復盛，有席捲天下之勢。甚至於二十世紀下半頁，杜國清研究臺灣現代詩，猶宣稱：獨創性的自覺、散文性的凸顯、即物性的表現、主知的詩情四大創作路線，和宋詩相較，在知性上，兩者有「曠世而同調的一些近似的特色」。（《詩情與詩論》）由此觀之，日本京都學派「唐宋變革」論、「宋清千年一脈」論，在唐宋詩之爭的文學課題上，確有信而可徵之佐證。

　　涉入清代詩話，乃至於海洋文學、日本江戶時代詩話，先後有四個機緣，多起於無心插柳。二〇〇二年一月，參加香港大學中文系「元明清詩詞歌賦與中國文化國際研討會」，發表〈清初宗唐詩話與唐宋詩之爭——以「宋詩得失論」為考察重點〉論文，開啟清代詩話研究的端緒。二〇〇四年四月，國立中山大學中文系主辦清代學術研討會，發表〈清初宋詩學初論〉。有了第二個機緣，後續才探討《甌北詩話》、《石洲詩話》、《昭昧詹言》。二〇〇五年中央研究院吳京院士組織成功大學文史工程領域專家，提出「臺灣船復原計畫」。二〇

六年十二月，接受臺南市政府文化局委託執行計畫。次年八月，《臺灣船復原》計畫成果報告，第四章〈文學與海洋的想像〉，由我執筆撰稿。有此機緣，於是開啟清初臺灣海洋文學之探索。二〇〇八年一月，應日本文部省邀約，擔任「日本傳統文化之形成」研討會基調演講，主講「海上書籍之路與日本之圖書傳播—以宋代雕版印刷之傳媒效應作對照」。這個機緣，開啟我接觸日本五山文學及江戶詩話之堂奧。四個看似無關的機緣，觸發孕育了下列九篇論文，先後刊布發表：

1. 張高評，2002.06，〈清初宗唐詩話與唐宋詩之爭——以「宋詩得失論」為考察重點〉，香港大學中文系《中國文學與文化研究學刊》第 1 期，臺北：臺灣學生書局。

2. 張高評，2004.07，〈清初宋詩學與唐宋詩之異同〉，《第三屆國際暨第八屆清代學術研討會論文集》（上），高雄：國立中山大學清代學術研究中心。

3. 張高評，2008.06，〈海洋詩賦與海洋性格——明末清初之臺灣文學〉，《臺灣學研究》第 5 期。

4. 張高評，2009.06，〈方東樹《昭昧詹言》論創意與造語——兼論宋詩之獨創性與陌生化〉，《文與哲》第 14 期。

5. 張高評，2009.12，〈詩情畫意與清初臺灣之海洋詩賦〉，《2009 閩南文化國際學術研討會論文集》，國立成功大學中文系、金門縣文化局。

6. 張高評，2010.10，〈海上書籍之路與日本之圖書傳播——兼論五山、江戶時代之日本詩學〉，臺南大學《人文與社會研究學報》第 45 卷第 2 期。

7. 張高評，2012.3，〈趙翼《甌北詩話》說宋詩——以蘇軾、黃庭堅為討論核心〉，《成大中文學報》第 36 期。

8. 張高評，2013.6，〈翁方綱《石洲詩話》論宋詩宋調——以蘇軾、黃庭堅詩為核心〉，《文與哲》第 22 期。

9. 張高評，2016.10，〈清初臺灣海洋詩與宋調特徵〉，國立中山大學中文系《西灣・香江論學集》。

上列九篇論文，分屬三大領域，本來漫不相關。但就宋詩宋調，或唐宋詩之爭課題而言，內在理路卻可交相佐證，相互發明。詩話，本為讀詩、作詩、論詩之筆記，其討論批評本源，即是文學作品之詩歌。待詩話成書流通散播，所論之詩道、詩法、詩格、詩思、詩藝，又反饋於詩作之中。故評論與創作，當交叉綜觀，跨際整合。彼此印證，可以相得益彰。筆者既出版八種宋詩論著，又印行《苕溪漁隱叢話》、《詩人玉屑》詩學專書，往往得力於評論與創作之交相印證，相互輝映。今以宋代文學研究之成果為基礎，連結清初百餘年宗唐尊宋詩話之消長毀譽，進而考索清初臺灣詩賦之風格特色，以及日本江戶時代詩話宗唐尊宋之取向，即器求道，其道當不在遠。至於因海上書籍之路，以印刷傳媒為研究視角，以考察日清間詩學傳播之接受反應，更是一大值得開拓之學術處女地。時當張伯偉教授《日本詩話》出版之際，此一課題更富於實際意義。

　　本書附錄三篇論文：其一，〈唐代讀詩詩與閱讀接受〉；其二，〈辛棄疾詠物詩與唐宋詩之流變〉；其三，〈胡適的古典詩學述評〉。時間跨度極大、自中唐以至民初，千年間唐詩宋詩之升降，可作微觀佐證。要之，從中唐讀詩詩之閱讀接受、審美趣味，中晚唐詩人之褒贊杜甫、韓愈，皆可謂唐人而開宋調者。南宋詞家辛棄疾作詠物詩，用六藝比興，近唐詩唐音者，不足三分之一。而因難見巧、妙脫谿徑、以文為詩、以賦為詩，儼然宋詩宋調者高居三分之二。胡適之，為文學革命的倡導者，創新求變的精神，通俗詼諧的風格，最所標榜。論詩，尊崇杜甫與白居易，推為唐代實際文學泰斗；再三稱述蘇

軾「出新意於法度之中，寄妙理於豪放之外」；欣賞宋代詩詞多用白話，陸游七律七絕多用語體；手編《絕句一百首》，多選宋詩。由此觀之，提倡文學革命，推動白話文學的胡適，詩學理念當然傾向宋詩宋調。

　　熱衷學術研究，為我今生今世的膏肓之疾。感謝家人的支持和體諒，感謝內人芳齡、小女郁珩的協助打字，他們永遠是第一讀者。感謝萬卷樓圖書公司董事長陳滿銘教授、梁錦興經理、張晏瑞副理，有了他們的成全和愛護，本書才得以出版面世，謝謝。

張高評　序於府城鹽水溪畔

二〇一七年八月十五日

目次

第一章
緒論

　　詩話之名，歐陽脩首倡，司馬光等相繼有作。由於雕版印刷加入
圖書傳播之市場，印本文化與寫本文化競奇爭輝，左右了知識流通之
廣度與深度。[1]朝廷之右文政策，大舉開科取士，拔擢人才之多，號
稱空前絕後。[2]加以太平無事，文人雅集，說詩論藝者多，於是詩話
筆記勃興，蔚為風氣。詩話，本為討論文學之筆記，考其源頭，不外
論詩及事，與論詩及辭二端。[3]若究其流變，則衍為兩類型：論詩及
事，以歐陽脩《六一詩話》為宗；論詩及辭，則以鍾嶸、司空圖《詩
品》為尚。[4]本書研究文本，主要以後者為主。

一　學唐變唐與唐音宋調

　　詩話之作，何以興起於兩宋？蓋經由學古通變，而自成一家，為
歷代詩人文家之創作策略。雖然清風明月，四時常有，詩人可以直
尋，不勞補假；然世間之好語言、俗語言，畢竟有限。所以閱讀、接

1　張高評：《苕溪漁隱叢話與宋代詩學典範——兼論詩話刊行及其傳媒效應》（臺北：
　　新文豐出版公司，2012），第一章〈雕版印刷及其傳媒效應〉，頁7-14。
2　張希清：〈北宋貢舉登科人數考〉，北京大學《國學研究》第2卷（1994），頁393-
　　425。
3　〔清〕章學誠：《文史通義》（臺北：華世出版社，1980），內篇五，〈詩話〉，頁
　　160；參考郭紹虞：《詩話叢話》，《照隅室雜著》（上海：上海古籍出版社，1986），
　　一～六，頁225-232。
4　蔡鎮楚：《詩話學》（長沙：湖南教育出版社，1992），第三章〈詩話源流論〉，頁51-
　　72。

受優質作品，進而借鏡、參考，積學儲寶成為很重要的知識活動。[5]
唐代以前，知識流通仰賴寫本、抄本傳播，流通不廣，成效有限。趙
宋開國，落實右文政策，科舉取士與雕版印刷雙管齊下，於是印本圖
書與寫本抄本爭輝，引發知識革命[6]。誠如蘇軾所云：「學者之於書，
多且易致如此，其文詞學術，當倍蓰於昔人。」[7]印本圖書「易成、
難毀、節費、便藏」諸優點，相較於寫本抄本，更容易化身千萬，無
遠弗屆。[8]詩話風雲際會，生發於北宋南宋，文人因時乘勢，以之鑑
賞批評，以之學古通變，於是美感之自覺，典範之轉移，多藉詩話、
筆記、文集諸載體之傳播交流，逐漸建構完成。嚴羽《滄浪詩話》標
榜唐詩，雅好唐音；雖先入為主，批判宋詩，然平情而論，亦可以從
中獲取寶貴信息，如：

> 近代諸公乃作奇特解會，遂以文字為詩，以才學為詩，以議論
> 為詩。夫豈不工，終非古人之詩也。蓋於一唱三歎之音，有所
> 歎焉。[9]

筆者以為，典範之轉移、美感之自覺，最少須運用兩種策略：其一，

5　張高評：《印刷傳媒與宋詩特色》（臺北：里仁書局，2008），第四章〈印刷傳媒與
　　宋詩之學唐變唐〉，頁145-173。
6　鄧廣銘：《鄧廣銘治史叢稿》（北京：北京大學出版社，1997），〈宋代文化的高度發
　　展與宋王朝的文化政策〉，頁71；張希清：〈北宋貢舉登科人數考〉，北京大學《國
　　學研究》第2卷（1994），頁393-425。
7　〔宋〕蘇軾著，孔凡禮點校：《蘇軾文集》（北京：中華書局，1986），卷十二，〈李
　　氏山房藏書記〉，頁359。
8　〔明〕胡應麟著：《少室山房筆叢》（上海：上海書店，2001），卷四，〈經籍會通
　　四〉，頁45。
9　〔宋〕嚴羽著，郭紹虞校釋：《滄浪詩話校釋》（北京：人民文學出版社，1961-
　　2006），〈詩辨〉，頁26。

就所師法之典範言，須能作「奇特解會」，方有可能新變代雄。其二，新典範所成就，前後對照，具有「終非古人之詩」的陌生化美感。宋人詩因梅堯臣、王安石、歐陽脩、蘇軾、黃庭堅之創作，至元祐間已然形成特色，遂與唐詩分道揚鑣，各異其趣。嚴羽稱宋詩「於一唱三歎之音，有所歉焉」，是以唐詩「言有盡而意無窮」為檢驗標準。就賦比興之創作手法而言，詩多用比興可以企及。宋人意圖轉移典範，故作詩偏重賦法，即成嚴羽所謂「非古人之詩」：以文字為詩、以才學為詩、以議論為詩。蘇黃詩派，以及江西詩人，多致力於此。其工拙優劣，姑且不論，而企圖學古通變、期許自成一家的努力，值得肯定。何況，「以文字為詩、以才學為詩、以議論為詩」，乃印本文化濡染，知識革命衝擊，所生發之作詩方法，時事所趨，不得不然。雖見譏為捨本逐末，以書卷學問為詩。然詩國花園，應該百花齊放：抒情‧感性，多用比興，固然美妙；而理性知性，主用賦法，亦值得玩味稱賞。

詩話或出於偶發之感觸，隨機之心得。然亦不乏提供藝術鑑賞、發揮文學批評、表述詩歌美學、建構文藝主張之佳作。寫作詩話之風氣既開，金元明清之文人，亦多好以詩話形式表達詩學詩觀。[10]蘇軾、黃庭堅為宋詩代表人物，猶唐詩之有李白、杜甫；故宋代詩話所論述，以蘇軾、蘇門；黃庭堅、江西詩派詩人為多。王安石、歐陽脩，為宋詩特色之促成者；迨北宋元祐間蘇軾、黃庭堅「自出己意以為詩」，於是新變唐詩、自成一家，「唐人之風變矣！」[11]南渡之後，

---

10 論者以為詩話是古代文評、文論，尤其是詩歌美學的寶庫。其學術價值有六：一、詩歌藝術的淵藪；二、詩歌創作的經驗總結；三、詩歌藝術鑑賞的金鑰匙；四、詩歌批評的有力武器；五、詩歌發展歷史的生動記錄；六、詩歌美學研究之資料寶庫。蔡鎮楚：《中國詩話史》（長沙：湖南文藝出版社，1988），第三章〈詩話的學術價值與歷史地位〉，頁24-36。

11 〔宋〕嚴羽著，郭紹虞校釋：《滄浪詩話校釋》，〈詩辯〉，頁26。

大抵蘇學興於金元[12]；江西詩派風行於南宋[13]。宋人詩話之旂向，即在學唐、變唐、新唐、拓唐之間，徘徊、游移、折衷、轉向。

　　詩話之作用，不止是「以資閑談」而已，對於命意、造語、下字、押韻、屬對，沿襲、點化、體式、詩法、詩病、品藻、風格等，或多或少有所觸及。[14]尤其關注詩道、詩法、詩格、詩思、詩藝；有關宋代詩學之本體論、功能論、修養論、風格論、創作論、鑑賞論、技巧論各層面，多有具體而微之體現。[15]據此以觀宋人詩話，考察其詩派之屬性，大抵可分為三大走向：其一，推崇蘇軾、黃庭堅，發揚江西詩派詩學者，約有二十九部詩話。其共通點為：標榜江西詩法，以學問為詩、致力隸事用典、奪胎換骨、點鐵成金、以故為新、化俗為雅諸詩法，是所謂近宋詩特色、宗法宋調者。[16]其二，反對蘇黃，菲薄江西，或以修正江西相標榜者，如《臨漢隱居詩話》、《蔡寬夫詩話》、《歲寒堂詩話》、《滄浪詩話》等，標榜宗法唐詩，批評蘇黃，南宋詩話影響不多。其三，為出入諸家，折衷唐宋者，如《冷齋夜話》、《石林詩話》、《碧溪詩話》、《誠齋詩話》、《老學庵筆記》、《白石道人詩說》、《對牀夜語》等書。[17]要之，宗唐詩唐音者，多標榜直

---

12 曾棗莊等：《蘇軾研究史》（南京：江蘇教育出版社，2001），第三章〈「蘇學行于北」──金元「靡然」期〉，頁156-205。

13 莫礪鋒：《江西詩派研究》（濟南：齊魯書社，1986），第八章〈江西詩派在南宋的影響〉，頁228-242。

14 參考張高評：《《詩人玉屑》與宋代詩學》（臺北：新文豐出版公司，2012），第一章〈緒論〉，頁1-12。

15 周裕鍇：《宋代詩學通論》（上海：上海古籍出版社，2007），〈引言〉，頁1-5；〈結語〉，頁544-548。

16 劉德重、張寅彭：《詩話概說》（北京：中華書局，1990），第二章，頁23-47。張高評：《苕溪漁隱叢話與宋代詩學典範》，第五章〈宋詩話之傳播與詩分唐宋〉，頁173-174。

17 張高評：《苕溪漁隱叢話與宋代詩學典範》，頁174-175。

尋；法宋詩宋調者，多致力補假，此其大較也。唐宋詩之爭，發始於
南宋，流波於元、明、清，甚至近現代，所爭者在於唐宋詩風詩調之
異同而已。

　　明代前後七子主張摹擬，所謂「文必秦漢，詩必盛唐」。故詩話
所見，亦見崇唐學唐之復古詩風。[18]蘇軾、黃庭堅既為宋詩宋調代
表，故排擠貶抑亦多集矢於此。[19]其中公安派袁宏道論詩主時變，推
崇蘇軾、宋詩，開啟清初崇宋尊宋之風氣。[20]至清初，錢謙益、賀貽
孫、葉燮著書立說，提倡宋詩。乾隆年間，朱彝尊、查慎行、宋犖、
田雯、杭世駿論詩，亦多為宋詩張目。[21]吳之振、黃宗羲、呂留良等
編選《宋詩鈔》、陳焯《宋元詩會》、厲鶚編《宋詩紀事》、曹庭棟
《宋百家詩存》、姚塤《宋詩略》，或以辨體，追求真宋詩；或推宗
蘇、黃、陸，師法接受宋詩，多可見祧唐禰宋詩風之轉移。[22]嘉慶道
光間，方東樹、曾國藩、何紹基、陳衍，先後提倡宋詩，宗法宋調，
蔚為桐城詩派、同光體之興起。[23]

---

18 陳伯海主編：《唐詩學史稿》（石家莊：河北人民出版社，2004），第三編，〈唐詩學
　　的興盛〉（明代），頁391-582。

19 齊治平：《唐宋詩之爭概述》（長沙：岳麓書社，1983），〈明代〉，頁36-68。陳國
　　球：《明代復古派唐詩論研究》（北京：北京大學出版社，2007），第一章〈明代復
　　古派反宋詩的原因〉，頁22-64。

20 袁震宇、劉明今：《中國文學批評史·明代卷》（上海：上海古籍出版社，1996），
　　第八章第二節〈袁宏道〉，頁444-455。

21 蕭華榮：《中國詩學思想史》（上海：華東師範大學出版社，1996），清代第七章
　　〈祧唐禰宋〉，頁312-320。

22 謝海林：《清代宋詩選本研究》（上海：上海古籍出版社，2011），第三章〈從宋詩
　　選本看清代宋詩學之演進〉，頁61-109。

23 敏澤：《中國文學理論批評史》（長春：吉林教育出版社，1993），第三十章〈「桐城
　　派」的中興、宋詩運動和「同光體」等〉，頁1358-1369；蕭華榮：《中國詩學思想
　　史》，第七章〈祧唐禰宋〉，頁370-379，第八章（移花接木），頁395-400。

二 「唐宋變革」論與宋詩宋調

由此觀之,所謂宋詩者,不止稱宋朝人所作詩歌,更兼指具含蘇軾、黃庭堅等代表性之詩風特色,所謂宋調者是。錢鍾書《談藝錄》開宗明義即說「詩分唐宋」,此誠一針見血之論:

> 唐詩、宋詩,亦非僅朝代之別,乃體格性分之殊。天下有兩種人,斯分兩種詩。唐詩多以丰神情韻擅長,宋詩多以筋骨思理見勝。……
>
> 曰唐曰宋,特舉大概而言,為稱謂之便。非曰唐詩必出唐人,宋詩必出宋人也。故唐之少陵、昌黎、香山、東野,實唐人之開宋調者;宋之柯山、白石、九僧、四靈,則宋人之有唐音者。夫人秉性,各有偏至。發為聲詩,高明者近唐,沉潛者近宋,有不期而然者。故自宋以來,歷元、明、清,才人輩出,而所作不能出唐宋之範圍,皆可分唐宋之畛域。[24]

詩歌而曰唐,曰宋,或就朝代言:可稱唐人詩、宋人詩;就風格特色之殊異言,則不妨稱唐音、稱宋調。若推衍其義,不但唐以後千二百年來之詩,「不能出唐宋之範圍」;即唐以前至先秦詩歌,要「皆可分唐宋之畛域」。換言之,中國傳統詩歌之發展,歷經三千年來之演進,先後成就了兩大主流或高峰:唐詩與宋詩、唐音與宋調。唐詩,為古典詩歌歷經《詩經》、楚辭、漢賦、樂府、駢偶,及漢魏六朝韻文之焠煉而成之第一高峰,精華極盛,體制大備。

王安石詩才特出,於宋詩特色之建構,頗有推助。《陳輔之詩

---

24 錢鍾書:《談藝論》(臺北:書林書版公司,1988),一、〈詩分唐宋〉,頁2-3。

話》曾載其論詩之言，以為「世間好語言，已被老杜道盡；世間俗語言，已被樂天道盡。」[25]雅好之詞語，杜甫皆已「道盡」；通俗之語言，白居易亦皆「道盡」。文學語言不外雅俗，雅俗語言之寫作，多已面臨瓶頸，趨向飽和。好話都被說過「道盡」，如何突破困境，再造詩歌之輝煌，遂成為宋代詩人必須正視的嚴肅課題。

魯迅十分推崇唐詩，曾下一斷言：「我以為：一切好詩，到唐已被做完！此後倘非能翻出如來掌心之齊天大聖，大可不必動手！」[26]魯迅稱讚唐詩，沒把話說死，下一轉語，留一但書：除非詩界出現「能翻出如來掌心之齊天大聖」，否則，好詩真的「已被作完」！問題的關鍵是：「好詩」的標準是什麼？是以唐詩作標準嗎？要做得像唐詩一樣？或不一樣？看來，「好詩」與否，牽涉到「異同」問題。

世俗多以「同異」看待優劣得失，以同者似者為優為好，以異者不似者為劣為下。平情而論，已大大悖反文學發展之事實與通則。筆者以為，是否為「好詩」？「自成一家」可作試金石。換言之，所謂好詩，「當以新變自得為準據，不當以異同源流定優劣。」[27]清代袁枚論詩，折衷調和唐詩宋詩，曾有中肯之論：

> 唐人學漢魏，變漢魏；宋學唐，變唐。其變也，非有心於變也，乃不得不變也。使不變，不足以為唐，亦不足以為宋也。……變唐詩者，宋元也；然學唐詩者莫善於宋元，莫不善於明七子。何也？當變而變，其相傳者心也；當變而不變，其

---

25 〔宋〕胡仔著，廖德明校點：《苕溪漁隱叢話》（北京：人民文學出版社，1962、1981），前集卷十四，引《陳輔之詩話》，頁901。

26 魯迅：《致楊霽雲》，《魯迅全集》（北京：人民文學出版社，1991），第十二冊，《書信》，1934年12月20日，頁612。

27 張高評：《會通化成與宋代詩學》（臺南：成功大學出版組，2000），壹〈從「會通化成」論詩之新變與價值〉，頁37-50。

拘守者跡也。[28]

　　漢魏六朝大家名家，所作名篇佳作，有其優長特色，自然為唐代詩人所師法學習，方能自成一家。唐詩大家名家之優長，亦值得宋人師法汲取，故宋代詩人無不學唐、變唐，進一步新唐、拓唐，以造就自家風格。宋張表臣《珊瑚鉤詩話》稱古之聖賢，或相祖述；強調漢魏唐宋之大家名家賦詩作文，多相祖述；若未能「祖述憲章」，實難望「超騰飛翥」云云。[29]京都學派探討中國歷史分期，有所謂「唐宋變革」論、「宋代近世」說，「宋清千年一脈」論[30]；研究唐宋詩之爭，涉及「唐宋詩異同」[31]、「唐宋詩特色」，甚至「詩分唐宋」問題。文學與歷史間，頗可以彼此印證，相互發明。

　　五四時期主張新文學運動者，大多受晚清同光詩學之濡染沾溉，如胡適之、陳獨秀諸家，詩風大抵近宋調而遠唐音。所提倡之現代詩、新詩，風格特色亦似宋而異同。現代詩人杜國清，曾任美國加州大學聖塔芭芭拉分校教授，亦是知名詩論家，撰有〈宋詩與臺灣現代詩〉一文[32]，列舉獨創性的自覺、散文的特色」。不只臺灣現代詩，筆

---

28 〔清〕袁枚：〈答沈大宗伯論詩書〉，《袁枚全集・小倉山房文集》（南京：江蘇古籍出版社，1993），卷十七，頁284。

29 〔宋〕張表臣：《珊瑚鉤詩話》，〔清〕何文煥編：《歷代詩話》（北京：人民文學出版社，1982），卷一，頁450。

30 〔日〕內藤湖南：〈概括的唐宋時代觀〉，原載《歷史與地理》第9卷5號（1922年5月），頁1-11；黃約瑟譯文，載劉俊文主編：《日本學者研究中國史論著選譯》（北京：中華書局，1992），第一卷，頁10-18。宮崎市定：〈內藤湖南與支那學〉，原載《中央公論》第936期，後收入氏著《亞洲史研究》第五卷。參考王水照：〈重提「內藤命題」〉，《鱗爪文輯》（西安：陝西人民出版社，2008），卷三，文史斷想，頁173-178。

31 繆鉞：《詩詞散論》（上海：上海古籍出版社，1982），頁36-37。

32 杜國清：《詩情與詩論》（廣州：花城出版社，1993），〈論詩之輯・宋詩與臺灣現代詩〉，頁197-208。

者深信，舉凡運用現代話語創作之現當代詩，無論大陸、馬華、港澳，詩風特色，也必然近宋詩宋調，而遠離唐詩唐音，時勢使然也！

三　清代詩話、海洋詩賦、江戶漢詩與唐宋詩之爭

詩歌之通俗化、散文化，開始於中唐；文化之嬗變，文學之轉型，亦發源於中唐。清葉燮《百家唐詩·序》稱貞元：元和之際之「中唐」：「此『中』也者，乃古今百代之『中』，而非有唐之所獨得而稱『中』者也。」杜甫之以議論為詩，韓愈之以文為詩，白居易之化雅為俗，隱然為宋調之開山者，多在中唐。故就文化構形言，論者以為說宋詩當自中唐始[33]。

就唐詩學史之研究言，宋遼金元為唐詩學之成長期。在宋人追求典範，建構自家特色過程中，唐詩之優長廣為宋人所汲取借鏡。北宋元祐前後，宋詩特色逐漸形成；唐詩作為宋詩特色之對照組，於是其淵源、流變、風格、特色，多有較系統之研究[34]，所謂宋代唐詩學者是。其後，元代詩壇宗尚棄宋歸唐：明代前後七子提倡「詩必盛唐」，格調性靈爭相主盟，以學唐復古為主軸，而宋詩宋調相形失色[35]。下迄清代，從尊唐貶宋之反思，到格調、性靈、肌理三家之集成；到晚清同光詩人將唐宋合體，以宋詩視角解讀唐詩[36]。詩風走向蛻變至此，遂積重難返，宋詩宋調復「各領風騷數百年」。

唐宋詩之爭，紛擾長達一千多年。緣起於「宋人生唐後，開闢真

---

33 林繼中：《文化建構文學史綱·魏晉——北宋》（北京：北京大學出版社，2005），第五章、第六章，頁151-206。

34 陳伯海主編：《唐詩學史稿》（石家莊：河北人民出版社，2004），第二編第一章〈概說〉，頁174-177。

35 同上註，第三編第三期〈明代唐詩學的分期〉，頁401-407。

36 同上註，第四編第一章〈概說〉，頁592-597。

難為」，於是思增益其所不能，遂不得不學唐、變唐，進而新唐、拓唐，而有自家特色。三十餘年來，筆者研治宋代文學，多以宋詩特色之研究為主軸，著眼於唐宋詩之異同，而略及唐宋詩之優劣得失。先後出版《宋詩之傳承與開拓》、《宋詩之新變與代雄》、《會通化成與宋代詩學》、《自成一家與宋詩宗風》、《印刷傳媒與宋詩特色》、《創意造語與宋詩特色》、《王昭君形象之轉化與創新》、《苕溪漁隱叢話與宋代詩學典範》、《《詩人玉屑》與宋代詩學》、《唐宋題畫詩及其流韻》十書。從上列書名標榜傳承開拓、新變代雄、會通化成、自成一家、創意造語、轉化創新云云，何一而非宋詩異於唐詩，而能與唐詩平分秋色之特色？不過，美中不足之處、在研究領域只侷限於宋代，無暇其他。對於「辨章學術，考鏡源流」，頗有未足。

　　就「唐宋詩之爭」之課題而言，清代唐詩學歷經反思、集成、蛻變三部曲，其中多有宋詩宋調之作用在。為補苴罅漏，張皇幽渺，筆者嘗試將研究領域拓展至清代，選擇尊唐與宗宋詩話作為研究文本；又探索清初臺灣之海洋詩賦，考察唐音宋調之彼消此長；再延展研討面，至於日本五山、江戶時期漢詩之受容；期能了解海上書籍之路，傳播接受之餘，對於宋詩宋調之師法與體現。宗唐詩話，選擇吳喬、馮班、王夫之、毛奇齡、朱彝尊、王士禎等清初十家為研究文本。尊宋詩學，則援引錢謙益、黃宗羲、葉燮、田雯、賀貽孫、吳之振、厲鶚、汪師韓、蔣士銓、趙翼、翁方綱、方東樹諸家之詩論詩話，作為探討文獻。宗唐與尊宋之是非論辯，祖唐和禰宋之詩風轉移，由意氣學派之爭，轉為理性知性之學術認知，此中值得探索之課題極多。本書限於篇幅，姑作拋甎引玉之資而已。

　　詩話與詩歌，文學屬性不同：前者偏重文學評論，後者傾向文學創作。就一代文學而言，彼此可以互為體用，交相發明。清初詩壇，雖然宗唐尊宋交鋒，論爭不息，然時移勢遷，盛唐之氣象已遠，唐詩

之興趣難再，於清初詩人詩集多有所體現。文章與時高下，於是渡海宦臺之詩人官員作詩，率多用賦法、白描，所賦不離民生日用、所作不脫文人雅集酬答，書寫多是眼前景物。因此，化俗為雅、以文為詩、以賦為詩，資書為詩，尚理主知，風格特色多近宋詩宋調，而疏離唐詩唐音。晚清同光體之詩風，清初渡海宦臺詩人已不疑而具。此猶杜甫、韓愈、白居易雖中唐詩人，宋詩宋調特色已不疑而具。內藤命題有「宋代近世」說，「宋清千年一脈」論，或緣傳播接受，或因審美感知，可以知其然。所謂「皮色判然殊絕，心氣萬古一源」，殆近之。

　　中國文化之東土傳播，有所謂海上書籍之路。從五山時期至江戶時代，無論唐寫本或宋刊本多藉此流播。宋刊《大藏經》之傳入，日本摺本或和刻漢籍、佛典之流出，亦循此途徑。從五山時期至江戶時代，海上書籍之路一直扮演絕佳之傳播管道。宋代之文藝創作講究法度、詩話詩格則提倡技巧；日本自空海《文境秘府論》喜談詩格，揭示六朝以來詩文寫作之指南，後有《文筆眼心抄》節縮本流傳。其後，宋代詩話如《詩人玉屑》、《三體詩選》、《冷齋夜話》、《瀛奎律髓》等，皆先後於五山時期刊行日本，影響江戶時代日本詩話之大盛。其特色為詩格化、鍾嶸化及詩論化，重視詩格與詩法，與宋代詩話講究藝術技巧之提示，並無二致。換言之，日本江戶詩話之特色，二言以蔽之，為學習詩格詩法、推尊宋詩宋調。世有欲研究日本詩話詩學者，如五山文學與蘇黃詩學、江戶詩風與唐宋詩之爭、清代詩話東傳與江戶杜詩學，王士禎、袁枚、沈德潛詩學，多值得探究。

四　研究方法

　　唐詩宋詩之紛爭，是歷經千年纏訟的學術公案，如何理性公正評

議，不流於意氣之爭？存在相當的難度。所謂爭，指堅持是非對錯，實際乃「是其所非，而非其所是」。要破除自以為是，《莊子·齊物論》提醒我們，應該「莫若以明」。基於上述考量，本書在研究方法上，盡可能尋找普世價值、公認真理，起碼是兩造都能接受的標準。

變異與陌生化、獨到與創發性，為文學語言之主要特徵，古今中外優質之文學作品，要皆具備而無例外。既通用於唐詩之李白、杜甫、王維、白居易，當然也適用於歐陽脩、王安石、蘇軾、黃庭堅。

賦比興之寫作方法，為《詩經》、《離騷》以下，古今文人共通之詩歌語言。賦比興貴在交相運用，不能偏廢。專用比興，則患在意深；但用賦法，則病在文散。宗唐詩話獨厚比興，而貶抑賦法，以此而判定唐宋詩之得失，難以服人。

追求新變自得，挑戰本色當行，為典範轉移之策略。反對「相似而偽」，強調「相異而真」，從異同、真偽定是非優劣，此宗宋詩學化解唐宋詩紛爭之要領。

趙翼論宋詩，凸顯詩家能新、因難見巧、破體為詩、以詼為詩。翁方綱提出刻抉入裏，自為一家；高大深新，讀書學古。方東樹則揭示避熱脫凡、作者面目；命意深遠、造語清新。筆者闡述三家之說，乃以宋還宋，採行內證批評；與宗唐詩話「以論唐詩者論宋」，不可同日而語。

以詩證史，以史說詩，為陳寅恪打開文史，追求通解通識之治學方法。視詩賦文學，為史料文獻，以之補史闕、證史實，自無所不可。若探求詩歌作品之體現，以印證唐音宋調詩風之升降消長，是亦觸類旁通，值得嘗試。本書有三章，論說清初臺灣海洋文學，以考索唐宋詩之受容，即借鏡陳寅恪打通文史之啟示。

傳播、接受、閱讀、反應，為知識流通建構之程序。唐宋以來，漢籍經由海上書籍之路傳播至日本，尊唐或宗宋詩風亦反應於五山文

學、江戶漢詩、詩話之著作中。因傳媒效應，促使江戶文學傾向宋詩宋調之特徵，值得學界深入探討。

第二章
清初宗唐詩話與唐宋詩之爭
──以「宋詩得失論」為考察重點

　　中國古典詩歌之發展，根深木茂，源遠流長。自春秋、戰國、秦漢、三國、六朝、四唐、兩宋、金、元、明、清，代有其詩，詩有其人，各領風騷數十百年。為研讀稱說之便，概括歸類，實有必要。歷代詩論家多以朝代或時期劃分，如上文所言者，便則便矣，卻往往左支右絀，疆界難定，袁枚論詩嘗深非之。[1]抑有進者，依朝代時期敘述詩歌發展史，將難以窺見歷代詩歌之源流正變與因革損益，彼此之精粗或高下將如何判定？其間之傳承或開拓又將如何釐清？錢鍾書《談藝錄》綜合中外詩論家之見，提出「詩分唐宋」之命題，可謂深得我心之所同然：

> 唐詩、宋詩，亦非僅朝代之別，乃體格性分之殊。天下有兩種人，斯分兩種詩。……高明者近唐，沈潛者近宋。
>
> 曰唐曰宋，特舉大概而言，為稱謂之便。非曰唐詩必出唐人，宋詩必出宋人也。
>
> 故自宋以來，歷元、明、清，才人輩出，而所作不能出唐宋之範圍，皆可分唐宋之畛域。唐以前之漢、魏、六朝，雖渾而未

---

[1] 〔清〕袁枚：《隨園詩話》（臺北：漢京文化公司，1984），卷六，第七十九條〈詩分唐宋〉；卷七，第三十四條〈楊龜山先生云〉、第四十六條〈余嘗鑄香鑪〉、第八十八條〈詩區別唐宋〉；卷十六，第一條〈徐朗齋曰〉，頁196、223、227、242、537。

劃，蘊而不發，亦未嘗不可以此例之。[2]

　　以唐詩、宋詩概括中國歷代詩歌，所謂「百家騰躍，終入環內」
者，此錢先生之卓識。不但《詩經》、《楚辭》以來詩歌，就風格特色
分，或近唐詩，或似宋詩；即桐城派、同光體，及晚清民初之詩歌，
乃至於臺灣現代詩之詩風，大抵不染唐音，則入宋調。[3]錢先生「詩
分唐宋」之論題，標舉風格性分作為區劃之依據，此唐詩宋詩分野之
犖犖大者。除外，筆者曾就題材內容、藝術技巧、詩學傳承、詩歌利
病諸方面，論述唐詩宋詩之差異。要之，宋詩的價值與地位，主要在
於風格特色不同於唐詩，這是異同的問題，不完全是優劣高下的問
題。[4]南宋以來說詩，預存一尊唐卑宋之念於心中，先入為主，遂難
作持平之論。[5]筆者有鑑於此，為廓清疑似，論斷是非，乃次第執行
《唐宋詩異同》之系列研究專題，大抵選定唐宋詩歌、詩話、筆記、
文集、題跋為文本。[6]為窮究流變，今嘗試以清初宗唐詩話為研討文

2　錢鍾書：《談藝錄》（臺北：書林出版公司，1988），一、〈詩分唐宋〉，頁2-3。

3　參考馬亞中：《中國近代詩歌史》（臺北：學生書局，1992），第四、第六、第七、
　　第九章，頁249-320，359-459，549-569；黃霖：《中國文學批評通史‧近代卷》（上
　　海：上海古籍出版社，1996），第二章第六、第七節，第六章第三節，頁112-229、
　　頁463-483；張高評：〈胡適的古典詩學述評〉，《國文天地》6卷7期（1990年12月），
　　頁85-89；杜國清：《詩情與詩論》（廣州：花城出版社，1993），〈宋詩與臺灣現代
　　詩〉，頁197-209。

4　張高評：《宋詩之新變與代雄》（臺北：洪葉文化公司，1995），壹、〈宋詩特色之自
　　覺與形成〉，第二節「唐宋詩殊異論與宋詩的價值」，頁4-10。

5　參考齊治平：《唐宋詩之爭概述》（長沙：岳麓書社，1983）。

6　除《宋詩之新變與代雄》外，有關「唐宋詩異同」之研究，筆者撰著尚有《宋詩之
　　傳承與開拓》（臺北：文史哲出版社，1990）；《會通化成與宋代詩學》（臺南：成功
　　大學出版組，2000）；《宋詩特色研究》（長春：長春出版社，2002）；《自成一家與
　　宋詩宗風》（臺北：萬卷樓圖書公司，2004）；《印刷傳媒與宋詩特色》（臺北：里仁
　　書局，2008）；《創意造語與宋詩特色》（臺北：新文豐出版公司，2008）；《王昭君

本，參酌文學語言、詩歌語言之特質，考察其評述宋詩之資料，目的在重探宋唐詩話對宋詩得失之評價。博雅方家，其不吝指正之。

第一節　學唐變唐與唐音宋調之形成

　　文學發展的歷史，像一條滾滾流去的長河，有濫觴、有主流、有支派，更有伏流；就流域來說，有上游、中游、下游，不一而足。江河流經的區域不同，水的質量也就有所差異。中國詩歌的長河，從《詩經》流到《楚辭》到六朝古詩、樂府，到唐詩，到宋詩，在在都受到主客觀因素之制約，而有所新變。蕭子顯《南齊書・文學傳論》所謂：「若無新變，不能代雄」，正直指文學流變之真諦。論者稱：「唐代是中世的結束，而宋代則是近世的開始」。[7]因此，宋詩也就居中國文學長河中、下游的分水嶺上。在「菁華極盛，體製大備」的唐詩之後，「天地之英華，幾泄盡無餘」，宋人不得不「自出手眼，各為機局」，這真是「處窮而必變之地」。[8]筆者以為，唐詩一變而為唐音，再變而成宋詩，三變而為宋調，其中自有衍變之軌跡，本文擬從三方面加以論述：（一）學古通變與自成一家；（二）宋詩體派與學唐變唐；（三）宋明詩學與唐音宋調之消長，依序論述如下：

　　形象之轉化與創新》（臺北：里仁書局，2011）；《苕溪漁隱叢話與宋代詩學典範》（臺北：新文豐出版公司，2012）；《詩人玉屑與宋代詩學》（臺北：新文豐出版公司，2012）；《唐宋題畫詩及其流韻》（臺北：萬卷樓圖書公司，2016）。

7　語本〔日〕內藤湖南〈概括的唐宋時代觀〉，見劉俊文主編：《日本學者研究中國史論著選譯》第一卷（北京：中華書局，1992），頁10。參考高明士：《戰後日本的中國史研究》（臺北：東昇出版公司，1982），第一篇，三、〈唐宋間歷史變革之時代性質的論戰〉，頁104-116。

8　語見〔清〕沈德潛：《唐詩別裁集・凡例》（香港：中華書局，1980）；〔明〕袁中道：《珂雪齋集》（上海：上海古籍出版社，1989），卷十一，〈宋元詩序〉，頁497。

一　學古通變與自成一家

宋代時當唐詩輝煌燦爛之後，位居「處窮必變之地」，詩人既未「遁而作他體以自解脫」，為文體之生存發展計，學古通變，長善救失，確實為可行之道。因此，宋人無不學古，或宗晚唐，或師盛唐，或學淵明，或法《詩》、《騷》，大抵以學習為手段，以轉化為效用，以自成一家為目的。宋人之學唐，而終於變唐；與唐人之學漢魏，終於新變漢魏，道理上是殊途同歸的。清代袁枚早有明言：

> 唐人學漢魏，變漢魏；宋學唐，變唐。其變也，非有心於變也，乃不得不變也；使不變，不足以為唐，亦不足以為宋也。……變唐詩者，宋元也；然學唐詩者莫善於宋元，莫不善於明七子，何也？當變而變，其相傳者心也；當變而不變，其拘守者跡也。[9]

「唐人學漢魏，變漢魏」，終成一代之詩；宋人亦「學唐、變唐」，蔚為中國古典詩歌之別調殊格，亦自成一代之詩。宋人深體「若無新變，不能代雄」之古訓，於是標榜自出手眼，各為機局，表現詩中有我，追求創意造語；強調不苟同、不苟異，宣揚「隨人作計終後人，自成一家始逼真」。大抵因襲、模擬、雷同、常規，多在所鄙薄；凡、近、俗、腐，亦往往揚棄，追求新、奇、遠、韻，盡心於絕去畦徑，別具隻眼。宋人的努力，企圖於唐詩之外新創另類的詩歌語言，形成了陌生化的美感（詳下章），遂與唐詩、唐音殊科。筆者歷

9　〔清〕袁枚：《小倉山房文集》，卷十七，〈答沈大宗伯論詩書〉，《袁枚全集》第二冊（南京：江蘇古籍出版社，1993），頁284。

年研究，大多在證成上述論點。約而言之，可以下列〈提要〉概括
管見：

> 追新求變，為古今中外文學生存發展之規律。唐詩樹立前所未
> 有之風格與典範，蓋緣於殊異《詩》、《騷》，化變漢魏，不主
> 故常，推陳出新；故蔚為古典詩歌之本色當行。宋詩面對唐詩
> 之輝煌燦爛，處窮必變，因時制宜，於是踵事而增華，學唐以
> 變唐，或推本唐人詩法，力破餘地；或別闢門戶，獨樹壁壘，
> 終不肯俯仰隨人，襲唐衣冠；由於新變，故遂能代雄。
> 建構新變典範，追求自成一家，為宋代詩人之理想目標與實踐
> 綱領，於是命意遣詞，期許不經人道，古所未有；詩思修辭，
> 則追求因難見巧，精益求精；為振衰啟盛，而破體為文，即事
> 寫情：運用以文為詩、以賦為詩、以文字為詩、以議論為詩、
> 以才學為詩，於是詩體新生，風格新奇；為補偏救弊，而有出
> 位之思參酌以禪入詩、詩中有畫、以仙道入詩、以老莊入詩、
> 以書法入詩、以書道入詩、以戲劇入詩、交通理學、借鏡經
> 史，其最著者焉。
> 如此之理念與作為，表現於詩論與詩作上，即是積澱傳統，突
> 破創新，絕去畦徑，別具隻眼：活法妙悟，彈丸流轉；博觀精
> 取，集詩大成。具如是之心眼與手法，不但關顧歷史傳承，更
> 在意別具隻眼，匠心獨妙；不只師法前賢，祖述憲章，更思主
> 動超越、孕育突破創新。宋詩在「大判斷」與「小結裹」上各
> 有成就，故能與唐詩各領風騷，平分詩壇之秋色。[10]

---

10 以上論點，詳參張高評：《宋詩之新變與代雄》，貳〈自成一家與宋詩特色‧提
　要〉，頁67-68。

　　《易·繫辭下》稱：「窮則變，變則通，通則久」；《文心雕龍·通變》亦謂：「文律運周，日新其業。變則堪久，通則不乏」；「學古通變，望今制奇」，自是一家、一派，一代文學可大可久之道。[11]宋人學古變古，學唐變唐之道，即有得於此。宋人學古通變之道，乃就形式上作選擇、琢磨、添加、改換，進行批判性之之繼承；在內容上又作嫁接、交融、借鏡、整合，提供建設性之開拓，於是將薪傳傳統優長，與開拓自家特色，兼顧並重，同時完成。宋詩所以能「創前未有，傳後無窮」者，以此。

　　宋人生於唐人之後，承繼了《詩》、《騷》以來，至於四唐五代的豐富文學遺產，規矩準繩，無不燦然大備。以王安石之雄傑，在宋代詩文革新之際，尚且感慨「世間好語言，已被老杜道盡；世間俗語言，已被樂天道盡！」[12]清蔣士銓則稱：「宋人生唐後，開闢真難為」；「能事有止境，極詣難角奇」；[13]魯迅更宣稱：「一切好詩，到唐已被做完！此後倘非能翻出如來掌心之齊天大聖，大可不必動手！」[14]由諸家之說，可見因者之難巧，開闢真難為，突破超越之難能。宋人深體「詩不可不變，不得不新」之理，於是語言選擇「不經人道」，詩思追求「古所未有」；穿鑿刻抉，固因難而見巧，洗剝深折，自精益以求精；變唐賢之所已能，發唐詩之所未盡。詩話筆記則強調

11 參考陳良運：《周易與中國文學》（南昌：百花洲文藝出版社，1999），第十章〈詩文隨世運，無日不趨新──變通以趨時：永恆的啟示〉，頁416-438；祖保泉：《文心雕龍解說》（合肥：安徽教育出版社，1993），卷六〈通變〉解說，頁580-589。

12 陳輔之：《陳輔之詩話》，郭紹虞：《宋詩話輯佚》（臺北：文泉閣出版社，1972），頁310；又，〔宋〕胡仔：《苕溪漁隱叢話》（臺北：長安出版社，1978），前集卷十四，頁90。

13 〔清〕蔣士銓：《辯詩》，《忠雅堂詩集》（上海：上海古籍出版社，1993），卷十三，頁986。

14 魯迅：《致楊霽雲》，《魯迅全集》（北京：人民文學出版社，1991），卷十二，《書信集》下卷，1934年12月20日書信，頁612。

胸中丘壑、匠心獨妙、自出己意、別具隻眼，戒除俯仰隨人、規摹舊作，致力擺脫陳窠、絕去畦徑，[15]所謂「丈夫自有衝天志，不向如來行處行」，[16]差可比擬宋人追求自成一家的魄力。不但突破地動搖了唐詩塑造的詩學本色，而且又系統地建構了宋調的新典範[17]。

宋人期許「自成一家」，其說蓋倡始於蘇軾。蘇軾論歐陽脩書道，稱其「自成一家」；品評顏真卿書法「變古出新」，推崇永禪師書「體兼眾妙」。可見「自成一家」之道，或在集古今之大成，或在變古出新意，故東坡謂：「書之美者，莫如顏魯公，然書法之壞，自魯公始；詩之美者，莫如韓退之，然詩格之變，自退之始」，[18]觀東坡以書道喻詩之言，宋代詩學追求「自成一家」之旂向，已呼之欲出。其後黃山谷說詩品書、踵事增華，即以自得創獲相期許，自成一家為抱負，如〈贈謝敞王博喻〉：「文章最忌隨人後」；〈以右軍數種贈邱十四〉：「自成一家始逼真」；〈再用前韻贈子勉〉：「著鞭莫落人後」；〈寄晁元忠十首〉其五：「文章本心術，萬古無轍跡」；〈幾復讀莊子戲贈〉：「聲隨器形異，安可一律調」；〈贈高子勉〉：「聽它下虎口箸，我不為牛後人」云云，在在皆是「自成一家」之宣言，山谷以此自勉勉人，江西詩風因而樹立。推而至於南宋詩論家，遂紛紛以「自成一家」互惕共勉，如蘇籀《欒城先生遺言》、陳巖肖《庚溪詩話》卷

---

15 張高評：《宋詩之新變與代雄》，第二節〈宋人期許獨創成就〉，第三節〈宋詩追求自成一家〉，頁74-122。

16 語見羅大經：《鶴林玉露》卷三，文淵閣《四庫全書》子部雜家類三，第八六五冊，頁275；蓋本釋道原《景德傳燈錄》卷二十九：「丈夫皆有衝天志，莫向如來行處行。」宋人之自我期許似之。

17 參考張高評：〈新變代雄與宋詩之文學史地位〉，《宋代文化研究》（成都：四川大學出版社，1996），第六輯，頁18。

18 參考張高評：《會通化成與宋代詩學》（臺南：成功大學出版組，2000），陸〈蘇黃「以書道喻詩」與宋代詩學之會通〉，頁208-210、219-224。

下、王立之《王直方詩話》、朱弁《風月堂詩話》卷下、張鎡《仕學規範》卷三十九、胡仔《苕溪漁隱叢話》前集卷四十八、阮閱《詩話總龜》前集卷九、何汶《竹莊詩話》卷一、吳可《藏海詩話》、呂本中《童蒙詩訓》、范季隨《陵陽室中語》、洪邁《容齋五筆》卷七、蔡絛《西清詩話》、姜夔《白石道人詩說》、魏慶之《詩人玉屑》卷十引《漫齋詩話》、劉克莊《後村大全集》卷九十四〈序趙寺丞和陶詩〉、戴復古《石屏詩集》卷七〈論詩十絕〉其四、楊萬里《誠齋集》卷二十六〈跋徐恭仲省幹近詩三首〉其三、《朱子語類》卷一四○,皆殊途同歸強調「自成一家」,此與羅大經《鶴林玉露》卷三標榜「不向如來行處行」,嚴羽《滄浪詩話‧詩辨》特舉「自出己意以為詩」,可謂眾口一詞,所見略同。

　　宋人之盡心致力與自我期許,終於造就了生面別開之風格,以及特色獨到之詩作。既學唐、變唐,更新唐、拓唐,遂與唐詩有所不同。[19]

二　宋詩體派與學唐變唐

　　宋人既標榜學古通變,期許「自成一家」,於是在典範之追尋選擇、自我特色之形成中,衍生許多體派。詩風好尚既有不同,南宋後遂畫區分界,勢同水火,衍為門戶之爭:或貴遠賤近,或崇今卑古,於唐詩宋詩之品評,往往隨興抑揚,任意軒輊。許總研究宋詩指出:「宋詩派別的爭疆別壘,肇啟了唐宋詩之爭的形成」,[20]考察唐宋詩之爭的緣起,可謂探本之論。

---

19 參考張高評:《宋詩之新變與代雄》,頁112-114。

20 許總:《宋詩──以新變再造輝煌》(桂林:廣西師範大學出版社,1999),第六章〈宗派意識的確立與強化〉,頁140。

　　從中唐殷璠編選《河岳英靈集》、元結編選《篋中集》，到唐宋張為撰《詩人主客圖》，以主觀意識、風格體貌、審美趣味等為分類標準，詩派意識已呼之欲出。[21]入宋以來，由於宗族結構、社會組織，及正統觀念的觸發，宗派意識逐漸萌生。[22]試觀黃庭堅與人往來之書信中，隱然已有樹立宗派之意。至南北宋之交，呂本中作〈江西詩社宗派圖〉，描述此一文化事實，以論宋詩發展中的創造性新變，宗派意識與詩歌消長的關係，始昭然若揭。葉適〈徐斯遠文集序〉稱：「慶曆、嘉祐以來，天下以杜甫為師，始黜唐人之學，而江西宗派章焉」，可見宋詩之新變唐詩、代雄唐詩，蔚為自家本色，與宗派意識之強化，尤其是江西詩派之形成密切相關。[23]詩人或體格性分近唐似唐，故雖學唐宗唐，卻未變唐，而風味亦不殊唐音。於是南宋嚴羽《滄浪詩話》論歷代詩歌，遂以體格與流派並稱，就宋詩而言，其中自有唐音與宋調；如：

　　　　國初之詩，尚沿襲唐人，王黃州學白樂天，楊文公劉中山學李
　　　　商隱，盛文肅學韋蘇州，歐陽公學韓退之古詩，梅聖俞學唐人
　　　　平淡處。至東坡山谷，始自出己意以為詩，唐人之風變矣。山
　　　　谷用工尤為深刻，其後法席盛行，海內稱為江西宗派。近世趙
　　　　紫芝翁靈舒輩，獨喜賈島姚合之詩，稍稍復就清苦之風，江湖
　　　　詩人多效其體，一時自謂之唐宋。[24]

---

21 同上註，頁124-128。

22 龔鵬程：《江西詩社宗派研究》（臺北：文史哲出版社，1983），第三卷，參，二，〈呂本中批評意識之產生〉，頁214-234。

23 許總：《宋詩——以新變再造輝煌》，頁125-128。葉適之言，見《水心文集》卷十二，吳文治主編：《宋詩話全編》（南京：江蘇古籍出版社，1998），第七冊，〈葉適詩話〉第六則，頁7396。

24 嚴羽：《滄浪詩話・詩辯》，郭紹虞：《校釋》（臺北：東昇出版公司，1980），頁24。

以時而論，則有⋯⋯唐初體、盛唐體、大曆體、元和體、晚唐體、本朝體、元祐體、江西宗派體。以人而論，則有⋯⋯東坡體、山谷體、後山體、王荊公體、邵康節體、陳簡齋體、楊誠齋體。[25]

《滄浪詩話》體派並陳的現象，顯示宋人在宗唐和變唐中，從「體」到「派」轉變成功的事實，意味著文學流派意識的確立和增強，以及宋詩創新精神的高揚和發展。在不同時期的學唐變唐，由於才性體格之殊科，唐音與宋調，遂各呈異彩。南宋以來唐宋詩之爭所執著批判的體派類型和特徵，當於此中求之。如元方回〈送羅壽可詩序〉[26]、袁桷〈書湯西樓詩後〉[27]、清全祖望〈宋詩紀事序〉[28]、清宋犖《漫堂說詩》[29]、朱東潤〈述方回詩評〉[30]，皆可即器求道，求得唐音宋調之分合。

　嚴羽論宋詩，既分派，又分體，已如上述。而方回所論，分三體七派：白體、崑體、晚唐；歐、蘇、梅、東坡、荊公、江西、道學、四靈。袁桷所論，分宋詩為七派：西崑、梅歐、臨川、眉山、江西、道學、四靈。全祖望論宋詩凡四變，而詩派為六，即西崑、慶曆、江西、建炎、四靈、方謝。宋犖論宋詩，則分七體：西崑、杜韓、蘇氏、江西、杜蘇、江湖、四靈等。朱東潤論宋詩派別，則區分為四體

---

25 嚴羽：《滄浪詩話‧詩體》，頁48、54。

26 〔元〕方回：《桐江續集》卷三十二，〈送羅壽可詩序〉，《元代文學批評資料彙編》，頁194。

27 〔元〕袁桷：《清容居士集》卷四十八，〈書湯西樓詩後〉，《元代文學批評資料彙編》，頁468。

28 〔清〕全祖望：《鮚埼亭集》外編卷二十六，〈宋詩紀事序〉，王鎮遠、鄔國平《清代文論選》，頁503。

29 清宋犖：《漫堂說詩》，《清詩話》，頁419-420。

30 朱東潤：《中國文學論集》（北京：中華書局，1983），〈述方回詩評〉，頁41。

四派：白體、崑體、晚唐體、四靈體；歐梅派、東坡派、江西派、江湖派。其他諸家論宋人所作，或染唐音，或入宋調，體派分合容有出入，名目雖繁多，取捨雖不同，然皆從「學唐變唐」，期許「自成一家」而來。[31]由此觀之，明清宗唐之詩話品評宋詩，既昧於宋詩之學古通變，又忽視文學新變自得之價值，每每泛稱虛指，舉偏以概全面，皆失之浮光掠影，未能坐實針對，故往往流於空言無謂。

　　朱東潤論唐宋詩之爭曰：「世運代興，文體遞變，正如由童卯而老衰，雖日日不見其異，而綠鬢朱顏，倏然而龐眉皓首，其中固有不能自覺之變，而終於不得不變者，此則唐詩、宋詩之畛域矣。」[32]觀此，論唐詩、宋詩者苟知掌握流變，考察異同，可以知道矣，又何必執著？

三　宋明詩學與唐音宋調之消長

　　中唐殷璠編選《河嶽英靈集》，推崇雅、奇、風骨、興象；元結選編《篋中集》，標榜《詩經》風雅，偏好古雅質樸；晚唐張為《詩人主客圖》，則不但品第詩人，還寓有區別流派之意。[33]這些觀點，對於宋人學唐變唐，蔚為唐音宋調之消長；明代前後七子分唐界宋，形成尊唐抑宋的宗尚和詩風，提供了許多反思和觸發。

　　宋人生唐後，開闢真難為，為挑戰典範，代雄唐詩，於是宋人或推本唐人詩法，力破餘地；或別闢門戶，獨樹壁壘，其中詩雄多「好奇恥同」，不肯俯仰隨人，既不主故常，往往能推陳出新，融傳承與開拓為一體，合繼往與開來為一爐，如王禹偁、蘇軾學白居易，楊

---

31 宋詩體派分合，可參梁崑：《宋詩派別論》（臺北：東昇出版社，1980）。

32 朱東潤：〈述方回詩評〉，《中國文學論集》（北京：中華書局，1983），頁41。

33 參考王運熙：《隋唐五代文學批評史》（上海：上海古籍出版社，1994），第二編第二章第三節、第三章第一節；第三編第三章第一節，頁236-239、305-311、723-734。

億、劉筠、錢惟演、晏殊、二宋之學李商隱，梅堯臣、蘇舜欽、歐陽
脩之學韓愈，王安石、黃庭堅及江西諸子之學杜甫，蘇軾之學李、
杜、陶、韓，四靈派、江湖派、楊萬里等之宗晚唐，皆能「入乎其
內」，又能「出乎其外」，故皆能蔚為自家特色，而與唐音不同。由此
觀之，宋人無不學古，學古期於自得，其目的並不止於復古而已。[34]
梁昆《宋詩派別論》排比史料，歸納體派，共分七體：即香山體、晚
唐體、昌黎體、荊公體、東坡體、道學體、晚宋體；四大詩派，即西
崑派、江西派、四靈派、江湖派。書中標榜宗主，羅列代表，鉤勒習
尚，由此可見宋人學唐變唐、學古通變之大凡；而南宋後詩論家或崇
唐卑宋，或雄今虐古之思辨，亦醞釀於此中矣。

　　梁昆將兩宋詩歌分為七體四派，其中區劃雖不無爭議，然宋詩體
派之大致輪廓如此，蓋無疑問。黃庭堅創立江西詩社宗派，標榜詩
法，即器求道，示初學者以規矩準繩，由於有法可循，有門可入，於
是天下風從。自南北宋之際，歷南宋、金、元、明、清，江西詩派以
藝術形式沾溉當代，影響後世，皆極深遠。[35]明清詩話筆記之論宋
詩，甚至以黃庭堅詩風指稱宋詩，或以江西詩風等同宋詩利病。其
中，又或以蘇、黃詩作代表宋詩，蓋「子瞻以新，魯直以奇」，各開
生面，卓然成家。宋詩發展至此，漸有別於唐詩，而獨樹一幟，《滄
浪詩話・詩辯》所謂「以文字為詩、以議論為詩、以才學為詩」，《後
山詩話》、《冷齋夜話》、《捫蝨新話》等所謂以文為詩、以賦為詩，講
究用事押韻諸技巧，唐詩宋詩之異音別調，蘇、黃自是其中轉變之關
鍵人物。要之，所謂唐詩宋詩之爭，江西詩派及蘇黃詩風是問題討論
之一大關鍵。

---

34 參考王水照主編：《宋代文學通論・體派篇》（高雄：復文圖書出版社，2000），第
　　一章〈宋詩的「體」和「派」〉，頁87-136。
35 莫礪鋒：《江西詩派研究》（濟南：齊魯書社，1986），第八章〈江西詩派的影響〉，
　　頁226-252。

　　蘇黃詩風，天下影從之際，有不滿蘇黃詩風者著書糾彈，唐宋詩之爭大抵從此濫觴。如北宋末年魏泰《臨漢隱居詩話》、蔡居厚《蔡寬夫詩話》、葉夢得（1077-1148）《石林詩話》，對「利之所在，弊亦生焉」的蘇黃詩法之利病，進行反思與批評。當然，發揚江西詩論，推崇蘇軾詩學之主流詩話，亦乘機流傳，如陳師道（1053-1102）《後山詩話》、范溫《潛溪詩眼》、唐庚（1071-1120）《唐子西語錄》、蔡絛《西清詩話》等。至南宋詩論家所作詩話，亦作左右祖，劃疆分域：宗江西、法蘇黃之詩話，如許顗《許彥周詩話》、張表臣《珊瑚鉤詩話》、周紫芝（1081？-）《竹坡詩話》、吳可《藏海詩話》、朱弁（1085-1144）《風月堂詩話》、葛立方（？-1164）《韻語陽秋》、曾季貍（？-1178？）《艇齋詩話》、陳巖肖（1110？-1174？）《庚溪詩話》、楊萬里（1127-1206）《誠齋詩話》等，皆宗法江西者。至如詩風路數不同蘇黃江西，儼然與之反對，旗幟鮮明者，則如張戒（？-1124-1160？）《歲寒堂詩話》、黃徹（？-1162？）《䂬溪詩話》、姜夔（1155？-1221？）《白石道人詩說》，以及嚴羽（1197？-1241？）《滄浪詩話》、劉克莊（1187-1269）《後村詩話》、吳子良《林下偶談》、范晞文《對牀夜語》、金人王若虛（1174-1243）《滹南詩話》諸作。[36] 其中，反對聲浪最大，影響最深遠者，當推張戒、嚴羽、劉克莊、王若虛四家。四家對蘇黃與江西之指摘非難，相形之下，助長了唐音之復倡，與唐詩之推重。[37] 宗江西與反江西，批蘇黃與揚蘇黃之際，唐

---

36 劉德重、張寅彭：《詩話概說》（北京：中華書局，1990），第二章第一、第二、第三節，頁23-71。

37 郭紹虞：《中國文學批評史・近古期》（臺北：明倫出版社，1970），四六、四七、四八，頁230-258。蕭華榮：《中國詩學思想史・下篇》（上海：華東師範大學出版社，1996），〈宋元第五章，技進於道〉，頁155-222。顧易生等：《宋金元文學批評史》（上海：上海古籍出版社，1996），第二編第四章第二節〈劉克莊〉，第五章〈嚴羽《滄浪詩話》〉；第三編第二章第三節〈歲寒堂詩話〉，第四編第二章第二節〈王若虛〉，頁334-347、379-394、491-495。

詩宋詩之爭已隱然粗具雛形。

　　唐音與宋調之消長，至明代衍為唐詩宋詩之爭端。蘇、黃與江西之詩風，蔚為「自成一家」之宋詩特色後，逐漸形成新典範。[38]這一典範由學唐變唐而來，又經挑戰唐詩之典範與本色而浴火重生，自然與明人學唐而似唐之「唐樣」不同，於是引發「正統」之法席爭奪。[39]論者以為：明代詩話有兩大系列，而鬥爭的焦點集中體現在「唐宋詩之爭」的話題上。蔡鎮楚從詩話史的觀點，來看待「唐宋詩之爭」，曾言：

> 所謂「唐宋詩之爭」，是圍繞著對唐、宋詩的評價問題而展開，涉及到文學思潮、文學流派、文學風格以及美學觀點的論爭。這場文學論爭，濫觴於南宋嚴滄浪時代，至明而盛，及近代而迄，歷時七八百年之久，成為中國詩話乃至中國文學史上的一大公案。
>
> 從總的傾向來看，明代的「唐宋詩之爭」，其性質還是學術論爭的，雖然某些詩學觀點曾蒙上門戶之見的陰影。我們應該看到，明代詩壇文苑那種林立的門庭壁壘，主要還是文學宗尚不同所致。[40]

---

38 典範學說，可參〔美〕孔恩（Thomas S.Kuhn）著，程樹德、傅大為等譯：《科學革命的結構》（*The Structure of Scientific Revolutions*）（臺北：源流出版公司，1994）〈後記〉，頁234-251。

39 王水照：〈北宋的文學結盟與尚「統」的社會思潮〉，《國際宋代文化研討會論文集》（成都：四川大學出版社，1991），頁253-274；饒宗頤：《中國史學上之正統論》（上海：遠東出版社，1996），八、九、十、十一，頁35-73。

40 蔡鎮楚：《中國詩話史》（長沙：湖南文藝出版社，1988），第四章第一節〈明詩話的兩大系列〉，頁199-200。

　　明代前後七子倡導復古，標榜「宗漢崇唐，復臻古雅」，影響所及，於是分唐界宋、尊唐抑宋，引發宗尚之爭；又由於「摹擬有痕，刻劃過甚」，開啟剽竊之習。[41]姑且不談摹擬之風，今只論述尊唐貶宋之情結。考察明代前後七子「崇唐復雅」之議題，大抵有四：或由尊唐思考詩歌之本質特徵，或由尊唐考究詩歌之美感呈現，或由尊唐衍出創作之法則，或由尊唐進行作家之品評，[42]對於明代詩學之建構貢獻良多。換言之，前後七子之復古崇唐理念，是以「格調」觀唐詩之體式，是以「格調」觀唐詩之「興象風神」，又以尋源流、考正變來研究唐詩發展史。[43]準此以觀宋詩，乃詆訶「宋無詩」、「宋無律」、「宋人詩不必觀」、「宋之近體，惟一首可取」云云，[44]噫！入主出奴，隨意短長，亦太過矣！

　　在天下滔滔多主唐音之情勢下，少數特立之士曾提「宗唐用宋」之見，如王世貞、謝榛、胡應麟；楊慎、王文祿則駁斥「宋無詩」之偏見，都穆、李濂、歸有光等更極力為宋詩張目，惜聲弱力小，未能挽狂瀾於既倒。至公安派袁宏道（1586-1610）〈敘小修詩〉，強調「代有升降，而法不相沿，各極其變，各窮其趣」，[45]以批駁「文必秦漢，詩必盛唐」之說。其他論點，亦多能入室操戈，切中肯綮，如云：

41 詳參陳書錄：《明代詩文的演變》（南京：江蘇教育出版社，1996），第三章〈復臻古雅與宗漢崇唐的文化心態〉，第五章〈變俗為雅與宗漢崇唐的文化心態〉，頁185-258、297-362。

42 連文萍：《明代詩話考述》（臺北：東吳大學中國文學研究所博士論文，1998），第五編第二章第二節〈明代詩話的價值〉，頁405-407。

43 朱易安：《唐詩學史論稿》（桂林：廣西師範大學出版社，2000），〈細故末節論唐音〉，頁179-195。

44 戴文和：《「唐詩」、「宋詩」之爭研究》（臺北：文史哲出版社，1997），第三章第三節丙，〈崇唐斥宋的興盛〉，頁159-174。

45 錢伯城：《袁宏道集箋校》（北京：人民文學出版社，1993），卷四〈敘小修詩〉，蔡景康：《明代文論選》，頁316。

> 陳、歐、蘇、黃諸人有一字襲唐者乎？又有一字相襲者乎？今
> 之君子，乃欲概天下而唐之，又且以不唐病宋。夫既以不唐病
> 宋矣，何不以不《選》病唐，不漢、魏病《選》，不《三百
> 篇》病漢，不結繩鳥跡病《三百篇》耶？[46]

> 故詩之道至晚唐而益小。有宋歐、蘇輩出，大變晚習，於物無
> 所不收，於法無所不有，於情無所不暢，於境無所不取，滔滔
> 莽莽，有若江河。今人徒見宋之不唐法，而不知宋因唐而有法
> 者也。[47]

宗唐派標榜唐詩，作為古典詩歌之唯一典範與本色，以為空前絕後，
此昧於文學流變，典範可以重塑之事實（說詳下章）。且「宋之不唐
法」者，自成一家、自我作古，因學唐遂以變唐也，故曰「因唐而有
法」。袁中道（1570-1623）亦雅好宋詩，其《珂雪齋文集》卷二有
〈宋元詩序〉，美其情無不寫，景無不收，可見其旂向。[48]

　　前後七子宗唐詩，公安派主宋詩，其末流皆不能無弊，於是竟陵
派鍾惺（1574-1625）、譚元春（1586-1637）獨標幽深孤峭，以矯救
七子學唐而流於膚廓之病。[49]陳衍《石遺室詩話》卷十五稱：「鍾伯敬
入閩，竟陵體風行，稍有學中晚唐、宋人者，有清初葉猶然。」其影
響可以想見。[50]

---

46 同上註，卷六，〈與丘長孺〉，頁324。

47 同上註，卷十八，〈雪濤閣集序〉，頁312。

48 王運熙等：《中國文學批評通史‧明代卷》（上海：上海古籍出版社，1996），第八
　　章第二、第三節，頁441-474。

49 吳宏一：《清代詩學初探》（臺北：臺灣學生書局，1986），第一章第四節〈文學思
　　潮的遞嬗〉，頁33-66。

50 齊治平：《唐宋詩之爭概述》，頁65-66。

第二節 從文學語言新探清初宗唐詩話

一 清初詩話與唐宋詩之爭

明清之際，是清代詩學之濫觴期。由於明末遺老對前代「尊唐黜宋」之反撥，間接促成了清初詩學「名唐而實宋」的現象，也奠定了「祧唐而禰宋」的基調。[51]本文所謂清初，以康熙元年（1662）起，至乾隆二十六年（1761），滿清開國凡一百年為範圍。錢謙益（1582-1664）與吳偉業（1609-1672）為當時詩壇領袖，錢氏宗宋，吳氏尊唐，形成清初尊唐和宗宋兩大詩派。[52]

宗宋詩人或為亡明遺老，如錢謙益、黃宗羲等，或如呂留良、吳之振、葉燮、宋犖、查慎行、田雯、杭世駿等浙派詩人。重要之詩話如葉燮（1627-1703）《原詩》、查慎行（1650-1727）《初白庵詩評》、宋犖（1634-1713）《漫堂說詩》、田雯（1635-1704）《山薑詩話》、杭世駿（1695-1772）《榕城詩話》、《桂堂詩話》等等。綜述其詩派理論，特點有三：強調變化的詩歌發展觀，肯定趨新求奇的審美趣味，推尊韓愈黃庭堅為宗師，[53]立說確有可取。錢謙益雖主盟清初宗宋派，然清初帝王宰相皆推重唐詩，一如明太祖洪武元年之「詔復唐制」者然，[54]由於政治力量的影響，上有好者，下必有甚焉，故宗宋風氣遠不如尊唐風氣之盛，此固有關風會，亦政治情勢使然也。毛奇

---

51 蕭華榮：《中國詩學思想史》，下篇〈情理衝突（宋—清）〉，「清代第七章」，三「禰宋」詩學的濫觴，頁312-313。

52 吳宏一：《清代詩學初探》，第三章第一節〈錢謙益〉，第三節〈吳偉業〉，頁113-121、頁136。

53 鄔國平、王鎮遠：《清代文學批評史》（上海：上海古籍出版社，1995），第五章第四節〈宋詩派的理論〉，頁340-349。

54 陳書錄：《明代詩文的演變》，頁186。

齡《西河詩話》卷五，言之甚明：

> 益都師相嘗率同館官集萬柳堂，大言宋詩之弊。謂「開國全
> 盛，自有氣象。頓驚此侘涼鄙弇之習，無論詩格有升降，即國
> 運盛殺，于此繫之，不可不飾也！」因莊誦皇上〈元旦〉并〈遠
> 望西山積雪〉二詩以示法。……時施閏章、徐乾學、陳維崧輩
> 皆俯首聽命，且曰：「近來風氣日正，漸鮮時弊。今歸田有年，
> 距向讌集時已逾十稔，而里中後進反而襲其弊者，何也？」[55]

> 初盛唐多殿閣詩，在中、晚亦未嘗無有，此正高文典冊也。近
> 學宋詩者率以為板重而卻之。予入館後，上特御試保和殿，嚴
> 加甄別。時同館錢編修以宋詩體十二韻抑置乙卷，則已顯有成
> 效矣。[56]

　　清初管領風騷者，厥為宗唐之詩話。宗唐詩話之代表作，有吳偉
業《梅村詩話》、賀裳《載酒園詩話》、吳喬（1611-1659？）《圍爐詩
話》、馮班（1614-1681）《鈍翁雜錄》、施閏章（1618-1683）《蠖齋詩
話》、王夫之（1619-1692）《薑齋詩話》、[57]毛先舒（1620-1688）《詩
辨坻》、毛奇齡（1623-1715）《西河詩話》、朱彝尊（1629-1709）《靜
志居詩話》、王士禎（1634-1711）《帶經堂詩話》、何世璂（1666-
1729）《然鐙紀聞》、田同之《西圃詩說》、趙執信（1662-1734）《談

---

55 〔清〕毛奇齡：《西河合集》，《西河詩話》卷五，《四庫全書存目叢書》集420，頁
　　546。

56 同上註，卷七，頁565。

57 參考〔日〕青木正兒著，楊鐵嬰譯：《清代文學批評史》（北京：中國社會科學出版
　　社，1988），第一章〈清初的反擬古運動〉，論述錢謙益、馮班、吳喬、賀裳；第二
　　章〈清初尊唐派詩說〉，論述施閏章、王夫之等人，頁1-38。

龍錄》諸詩話。這些詩話，大抵尊奉唐詩為典範，或傳承前賢有關韻味、興趣、格調、性靈諸說，或辨析詩歌體制、或楬櫫詩歌藝術特徵。[58]其高明者已跨越宗唐宗宋之鴻溝，發表融通調和之卓見；其拘泥執著者，猶預設立場，隨興抑揚，妄相標榜，務求爭勝。今為辨正是非，廓清疑似，試以前述宗唐詩話為文本，論證清初宗唐詩話之拘守門戶之偏頗與意氣之爭執。

　　清初宗唐詩話力主尊唐揚唐，推尊之餘，往往貶宋卑宋，流於門戶之爭。但見「愛之欲其生，惡之欲其死」，未嘗有是非公理存於其間。若論言詞之激烈，持說之偏頗，當數賀裳、吳喬、馮班、毛奇齡四家。如賀裳《載酒園詩話》論宋詩大家，多捨大取小，先入為主，王士禎駁之甚明：

> 讀黃豫章詩，當取其清空平易者。如〈曲肱亭〉……不甚矯柔，政自佳。其詩病在好奇，又喜使事，究其所得，實不如楊、劉。[59]

> 選宋詩，不復可繩以古法，真須略玄黃，取神駿耳。但當汰其已甚，違拜從純，不可無此權度也。吾于汴宋，最愛子由，杭宋則深喜至能，真有驊騮騄駬歷都過塊之能，雖時亦霜蹄一蹶，要不礙千里之步。[60]

> 予初讀《瀛奎律髓》，每遇一類，唐詩後必繼宋詩，鄙俚粗

---

58 劉德重、張寅彭：《詩話概說》，第五章第一節〈唐宋詩之爭中的清初詩話〉，頁156。

59 〔清〕賀裳：《載酒園詩話》，〔清〕吳喬：《圍爐詩話》卷五；郭紹虞《清詩話續編》（臺北：木鐸出版社，1983），頁432、633。

60 同上註，頁450、642。

拙，如侗猥接語，得務觀一篇，輒有洋洋盈耳之喜，因極賞
之。及閱《劍南全集》，不覺前意頓減。大抵才具無多，意境
不遠，惟善寫眼前景物，而音節琅然可聽。一詩中必有一聯致
語，如雨中草色，蔥翠欲滴。間出新脆之句，猶十月海棠，枯
條特發數蕊，妖豔撩人。亦時為激昂磊落之言，頗有禰衡塌地
來前，嵇康揚鎚不輟之態。要惟七言近體有之，餘不能爾。[61]

《載酒園詩話》，丹陽賀裳著。其持論有不可解處，如范石湖
之視陸放翁何啻霄壤，而賀則云：至能有驊騮騄耳過都歷塊之
能；又云務觀才具無多，意境不遠，唯善寫眼前景物，音節琅
然可聽。如山谷千古奇作，於杜韓蘇之外自闢一宗，故為江西
初祖，而賀謂其所得不如楊劉，并疵其「春網薦琴高」之句，
豈曹瞞「何以解憂，唯有杜康」之句亦未嘗寓目耶？更捨其汪
洋大篇，而取其二三律句，此如乞兒輕議波斯賈胡，足發一笑
耳！其論晁具茨亦然。大抵所取率晚唐窈巧之語，以為雋異，
豈得輒衡量大家耶！[62]

讀詩學詩，當取法本色，鑑賞一家之優長。黃庭堅詩追求不俗、
脫俗，表現於藝術則為奇崛、奧峭、瘦硬、生新之風格，力掃一切平
庸、膚淺、熟爛、軟弱之詩風，造成一種力度和美感，蔚為更高的格
調和氣韻，以表現其兀傲、狷介之思想內容。[63]賀裳論詩，主唐薄

---

61 同上註，頁451、643。

62 〔清〕王士禎：《居易錄》，《帶經堂詩話》（北京：人民文學出版社，1982），卷十
八，頁501。

63 白敦仁：〈論黃庭堅詩〉，江西省文學藝術研究所編：《黃庭堅研究論文集》（南昌：
江西人民出版社，1989），頁64-67。

宋，故「取其清空平易者」，而以「好奇」為詩病；吳喬不察，又從而附和之，賀、吳二氏可謂不知其人並其詩矣。至於賀裳評價黃庭堅、蘇轍、范成大、陸游詩藝之成就，可謂師心自用，漫無標準，王漁洋《居易錄》稱其「持論有不可解處」，任意軒輊，隨興予奪，捨大取小，以偏概全，其輕議大家，只為門戶之意氣，大抵類此。

　　明清之際，錢謙益主盟虞山派，或學晚唐，或宗宋元，博取兼容諸家優長。[64]其後馮舒、馮班一支宗法晚唐，浸染西崑，「以妖冶為溫柔，以堆砌為敦厚」，而鄙薄江西派，[65]是所謂畫地自限，悖離宗風。抑有甚者，對於「虞山之談詩者喜言宋元」，尤其深致不滿，如云：

> 圖驥裏之形，極其神駿，若求伏轅，不免駕款段之駟；寫西施之貌，極其美麗，若須薦枕，不如求里門之嫗。萬曆時，王李盛學漢魏盛唐之詩，只求之聲貌之間，所謂圖驥裏寫西施者也；虞山詩人好言後代詩，所謂款段之駟，里門之嫗也。遂謂里門之嫗勝於西施，款段之駟勝於驥裏，豈其然乎？況今日之虞山詩人，撏撦剽剝，其弊與王李正同，而文不及王李，是圖款段之馬，寫里門之嫗者也。宜為世人所笑，錢遵王以為詩妖，此君亦具眼。[66]

> 方虛谷《律髓》一書，頗推江西一派，馮已蒼極駁之，于黃、陳之作，塗抹幾盡。其說謂：江西之體，大略如農夫之指掌，

---

64 〔日〕青木正兒：《清代文學批評史》，頁4-14。

65 劉世南：《清詩流派史》（臺北：文津出版社，1995），第四章〈虞山詩派‧馮舒與馮班〉，頁94-100。

66 馮班：《鈍吟雜錄》卷四，《清代筆記小說》（石家莊：河北教育出版社，1998），第三十一冊，頁394。

驢夫之腳跟，本臭硬可憎也，而曰強健；老僧嫠女之床席，奇
臭惱人，而曰孤高；守節老嫗之絮新婦，塾師之訓弟子，語言
面目，無不可厭，而曰我正經也。山谷再起，我必遠避，否則
別尋生活，永不作有韻語耳。[67]

　　馮舒所謂「虞山之談詩者」，大抵指錢陸燦等宗主宋元者。文中
將學漢魏、宗盛唐比作尋駿馬、求美女，將宗宋主元，比作駑馬、里
嫗，是以源流定優劣，雅俗判高下，貴遠賤近，固復古詩風之習氣
也。馮舒於黃、陳江西詩派尤多微辭，肆意謾罵，激烈刻薄如此，實
有失厚道。其中針對江西派「強健」、「孤高」諸本色詩風多刻意扭
曲，蓋二馮學晚唐纖麗詩風，故往往右西崑而黜江西，杭世駿曾以
「風會流轉，詩盡其變」指其論說之瑕疵，[68]堪稱持平之論。二馮之
外，毛奇齡之尊唐卑宋，漫肆譏彈，尤為詩苑笑談，如與汪懋麟（蛟
門）論宋詩，記錄於《西河詩話》，王世禎《居易錄》亦載之：

詩以雅見難，若裸私布巷，則狂夫能之矣；亦以涵蘊見難，若
反唇戛膊，則市牙能之矣；又以不著崖際見難，若搬楦頭，翻
鍋底，則獸兒能之矣。然則為宋詩者亦何難、何能、何才技，
而以此誇人，吾不解也。故曰：為臺閣不能，且為堂皇，慎勿
為草野，況藩溷乎？嘗在金觀察許，與汪蛟門舍人論宋詩。舍
人舉東坡詩「春江水暖鴨先知，正是河豚欲上時」，不遠勝唐
人乎？予曰：此正效唐人而未能者。「花間覓路鳥先知」，唐人

---

67 王應奎：《柳南隨筆‧續筆》卷三，《清代筆記小說》第三十五冊，頁58。

68 《柳南續筆》卷一：「夫西崑沿於晚唐，西江盛於南宋。今將禁晉魏之不為齊梁，禁
　　齊梁之不為開元、大曆，此必不得之數。風會流轉，人聲因之。合三千年之人為一
　　朝之詩，有是乎？」昧於本末流變之失若此。轉引吳宏一：《清代詩學初探》，頁97。

句也。覓路在人，先知在鳥，以鳥習花間故也。此「先」，先
人也。若鴨則先誰乎？水中之物，皆知冷暖，必先以鴨，妄
矣！且細繹二語，誰勝誰負？若第以鴨字、河豚字為不數見，
不經人道過，遂矜為過人事，則江鰍、士鱉，皆物色矣。[69]

蕭山毛奇齡大可，不喜蘇詩，一日復于座中訾警之，汪蛟門起
曰：「竹外桃花三兩枝，春江水暖鴨先知」云云，如此詩亦可
道不佳耶？毛怫然曰：「鵝也先知，怎只說鴨？」[70]

　　毛奇齡論詩，宗西崑纖麗之風，故稱揚臺閣之堂皇，且又標榜
雅、涵蘊、不著崖際，此姑且不論。汪氏所舉「春江水暖鴨先知」，
為蘇軾所作〈惠崇春江曉景二首〉其一之第二句，原為題詠畫作之
詩。[71]惠崇原畫呈現者實有竹、桃、江、鴨、蔞蒿、蘆芽等物，這是
題畫（詠物）詩巧構形似，再現畫面的常法。毛氏未留心題目，即信
口雌黃，遂為識者所訕笑。蓋預設一尊唐卑宋之見於胸中，遂罔顧事
實，強詞奪理如此。若再就毛氏所怫然不悅之「鵝也先知，怎只說
鴨？」論之，鴨子固然是〈春江曉景〉畫中原有，亦當佩服惠崇之選
材高明，而東坡題畫詩能洞識畫者之匠心。論耐寒性，一般動物零下
四十五度極限，北極熊為零下八十度，鴨子於零下一〇〇度仍自由自
在，零下一一〇度才停止活動。[72]因此，冬去春來，經常浮游於春江

69　〔清〕毛奇齡：《西河合集》，《西河詩話》卷五，《四庫全書存目叢書》（臺南：莊
　　嚴文化公司，1997），集四二〇，頁547-548。

70　〔清〕王士禎：《居易錄》、《漁洋詩話》卷下，《帶經堂詩話》（北京：人民文學出
　　版社，1982），卷二十七，頁764。

71　孔凡禮點校：《蘇軾詩集》（臺北：學海出版社，1985），卷二十六，頁1401。

72　參考林正和：《詩詞與科學》（南通：江蘇科學技術出版社，1984），〈春江水暖鴨先
　　知〉，頁14。

中，所以春回大地，水波回暖，自然是「鴨先知」了。

唐宋詩之爭，宗唐宗宋相互攻訐，多有以偏概全，以甲例乙之失，如清初有以籠統與刻劃區分唐宋詩之優劣者，毛氏所論，前後依違兩端：

> 世上見前，凡人意所欲道者，唐人何一不道過？自無學者謂唐詩籠統，不知唐詩最刻畫。曾讀唐人試詩否⋯⋯何刻畫也？[73]

> 同年陸義山寓會城陳子襄宅，予過之。時吳寶崖、孫嘯夫在座，謂近學宋詩者皆以唐詩為籠統，不若宋人寫情事暢快，真不可解。適子襄宅屏聯書「文章舊價留鸞掖，桃李新陰在鯉庭」句。⋯⋯夫此二句不過一修飾唐律，何便使元、白折服，傳為話柄？正以當時情事迂曲難道，且欲于聲律中概括簡盡，則此二句未易矣。假令是題倩學宋者再賦之，丈人在堂，賓客在牖，門生、兒子前拜後拜，當不知作幾許惡態；而謂唐人慣籠統，不識何等！[74]

依毛氏之見，籠統，即是「概括簡盡」，此為唐詩優長；宋詩則以刻畫、暢快為能事。兩者皆藝術表現手法，各有短長，亦各有所宜，其中無所謂優劣。葉燮《原詩》，標舉「穿鑿有得」與「模棱皮相」，以判宋詩唐詩之得失；[75]所謂穿鑿與模棱，即是毛氏所謂刻劃與籠統。袁枚《隨園詩話》不贊成以「渾含、刻露」分唐界宋，蓋

---

73 〔清〕毛奇齡：《西河合集》卷六，頁562。

74 同上註。

75 〔清〕葉燮：《原詩》卷一，〈內篇上〉，丁福保編：《清詩話》（臺北：明倫出版社，1971），頁570。

「《三百篇》中，渾含固多，刻露亦復不少」也。[76]由此觀之，毛奇齡為求爭勝，遂進退唐宋詩如此，殊失論學之正。《四庫全書總目》稱毛氏：「其尊唐抑宋，未為不合，而所論宋詩皆未見宋人得失，漫肆譏彈；即所謂唐詩，亦未造唐代藩籬，而妄相標榜」，[77]純以才鋒用事，遂坐此病，此門戶之見使然。

　　門戶之見作祟，則黨同伐異，難有持平之論，如下列宗唐派詩話所言，或空言無徵，或信口開河，或比喻不倫，或以偏概全，蓋心存定見，又務在爭勝，故每多一偏之言，如：

　　　　宋人于樂府一途，尤為河漢。[78]

　　　　誠齋生平論詩最多，讀其集則涉粗豪一路。[79]

　　　　（賀裳《載酒園詩話》）又曰：「宋人好用心于無用之地，如山谷之注『喚起』、『催歸』為二鳥名，東坡之用『玉樓』、『銀海』于雪詩是也。」[80]

　　　　讀書不可先讀宋人文字。[81]

　　　　宋人談詩多迂謬，然亦有近者。至謝疊山而鄙悖斯極，如評少

76　〔清〕袁枚：《隨園詩話》（臺北：漢京文化公司，1984），卷七，第四十六則，頁227。

77　〔清〕永瑢等：《四庫全書總目》（臺北：藝文印書館，1974），卷一九七，集部詩文評類存目，《（西河）詩話》八卷〈提要〉，頁4136-4137。

78　〔清〕賀裳：《載酒園詩話》，頁447。

79　同上註，頁449。

80　〔清〕吳喬：《圍爐詩話》卷五，頁647。

81　〔清〕馮班：《鈍吟雜錄》卷四，〈讀古淺說〉，《清代筆記小說》第三十一冊，頁384。

伯「陌頭楊柳」之作，夢得〈蹋歌詞〉，閬仙〈渡桑乾〉，許渾「海燕西飛」是也。[82]

宋人之詩傖，元人之詩巷，然亦各自間有佳處。[83]

賀裳以「河漢」品評宋人樂府，又以粗豪評價《誠齋集》，再以「好用心于無用之地」貶刺宋人，所述類似雜記感言，未見論證。憑恃直覺，空言無徵者，尚有馮班稱宋人文字不可先讀，毛先舒謂宋人詩傖俗，且談詩多迂謬。發言論說，多未見相應之對象，未能折人口，何況服人心？其中能稍加引申，然未見中肯者，有吳喬與田同之二家，如云：

宋詩最繁，披沙十年，不見黍金，既不堪讀，而又不可不讀。[84]

宋之詩文，皆至廬陵一變，有功于文，有罪于詩。自所作者害人淺，論他人詩害人深。宛陵雖尚平淡，其始猶有秀氣，中歲後始不堪耳。苟非群兒推奉，不敢毅然自恣，大傷雅道，豈非永叔使之然哉！晦庵亦云：「聖俞詩非平淡，乃枯槁。」公論也。[85]

宋人先學樂天、無可，繼學義山，故失之輕淺綺靡。梅都官倡為平淡，六一附之，僅在皮毛，未究神理，遂流于粗直。間雜

---

82 〔清〕毛先舒：《詩辨坻》卷三，《清詩話續編》本，頁56。
83 同上註，頁58。
84 〔清〕吳喬：《圍爐詩話》卷五，頁617。
85 同上註，頁626、賀裳：《載酒園詩話》，頁414。

長句，硬下險怪字湊韻，如山兕野麋，不復可耐。[86]

　　唐人精於詩，而詩話則少；宋人詩離於唐，而詩話乃多。今人
　　拘於宋人之說詩，而不問其與唐人違合，莫不稱王稱伯，狐魅
　　後學，使尊奉己說；學之者亦尊奉一先生之言，如聖經王律，
　　愚何人而敢為此？諸君皆智慧絕人，當自取法乎上。唐人數百
　　家，各有能事，非鄙朽一人所能盡測也。已前所說，不過我心
　　所見者云爾，非唐人止於此也。諸君當屏絕宋以後議論，細讀
　　唐人之詩，自必深有所得。[87]

　　吳喬論詩，注重比興，而稱美含蓄澹遠，[88]故稱宋詩最繁且不堪
讀，稱歐陽脩論詩標舉平淡為「有罪」，引朱熹說梅詩「非平淡，乃
枯槁」，又譏彈宋人詩「輕淺綺靡」，未知指誰？謂梅詩粗直、湊韻，
亦未計數量。平情而論，所言恐未必然。[89]吳喬〈答萬季野詩問〉，將
詩作之精粗與詩話之多寡適成反比之巧合，作為尊唐卑宋之論證，可
謂穿鑿附會，不合文學發展追求「疏離」之原則。蓋宗晚唐而抑兩
宋，固吳喬論詩之大要也。田同之《西圃詩說》，亦揚唐抑宋之作，
其論調亦如出一轍：

---

86 同上註，頁627。
87 〔清〕吳喬：《答萬季野詩問》，《清詩話》本，頁29。
88 張健：《清代詩話研究》（臺北：五南圖書公司，1993），第三篇〈圍爐詩話研究〉，
　　頁116-119、171-172；鄔國平：《清代文學批評史》，第三章第三節〈吳喬〉，頁181-
　　183。
89 朱東潤：《中國文學論集》，〈梅堯臣詩的特點〉，〈梅堯臣作詩的主張〉，頁233-258。
　　李德身：《歐梅詩傳》（長春：吉林人民出版社，1998），〈歐梅詩派論〉提出「淡
　　易、平暢、古硬、雄深、開創了迥異於唐的一種新面目」，頁24-26。

師《三百篇》庶近於漢，師魏、晉乃幾於唐，未有師宋、元而翻合群雅者。譬彼汎舟然，泝洄者不若泝游之便，必欲逆流以上，吾知鼓柂之匪易矣。[90]

宋詩中黃魯直不免於生強，陸務觀不免於滑易，范致能之縟且弱，楊萬里、鄭德源之鄙且俚，劉潛夫、方巨山之意無餘而言太盡，此皆不成乎鵠者也。尤而效之，是何異越人之學遠射，參天而發，適在五步之內也。[91]

今之言詩者，多棄唐主宋，下取蘇、黃、楊、陸之體製，而又遺其神明，獨拾瀋滓，無怪乎高者肆而下者俚，博者縟而約者疏，一切矗屬、噍殺、生澀、平熟、俗直之音，瀰漫於聲調間也。是可慨夫！[92]

　　田同之論詩，主張取法乎上，有貴遠賤近，以源流定優劣之意。詩學理念既然尊唐卑宋，故於宋詩大家名家，未言其長，但睹其短，所謂生強、滑易、縟弱、鄙俚、言盡云云，自然不可為訓。因此抨擊當時「棄唐主宋」之學風，以為是「拾瀋滓而遺神明」，而但見俚疏、粗屬、噍殺、生澀、平熟、俗直之作。此之謂不善學，猶江西末流、王學末流者然，**彌離其本，其與宗宋何干？**

　　門戶之見，最為害公，最能誤人。黨同伐異，互爭短長，彼亦一是非，此亦一是非，大多師心自用，迎逆由我，若朋黨營私者然。[93]

90　〔清〕田同之：《西圃詩說》，《清詩話續編》本，頁750。

91　同上註，頁761。

92　同上註，頁763。

93　沈松勤：《北宋文人與黨爭》（北京：人民出版社，1998），第二章〈北宋黨爭的理論依據與主體性格〉，頁47-87。

初清詩話中，亦有豪傑之士厭棄門戶，折衷諸家者，既批判性承繼傳統，又超越性開拓特色，出入唐宋，又自成一家者有二人：葉燮與王士禎。葉燮（1627-1703）著《原詩》，為調和明代以來前後七子主復古、公安竟陵主新變而發。明末以來，或專主漢魏盛唐而貶斥宋元詩，或推崇宋元詩而遺棄漢魏盛唐，葉氏多不以為然，大抵從兩極對立中進行批判、綜合，與超越，觀所作《原詩》可見。[94]至於王士禎（1634-1711），俞兆晟《漁洋詩話・序》稱：王氏論詩，凡經三變：早年宗唐，中年倡宋，晚年復歸於唐；金居敬《漁洋續詩集・序》亦謂：漁洋所取於宋人者，特在「以俗為雅，以故為新」方面，蓋即王世貞「用宋」之意。關於王氏出入唐宋部分，可以朱東潤之說作總結：「自外人言之，儘可責其祧唐而祖宋，而漁洋決不以祧唐祖宋自命，且轉而以祧唐而祖宋，疑同時之賢達」；[95]要之，博采諸家，會通化變，固息爭止訟之道也。

二　文學語言與清初宗唐詩話

唐宋詩之爭，濫觴於北宋。詩學「學古通變，自成一家」之意識，發軔於南宋。詩學有關唐音宋調出入之討論，昌盛於明代前後七子與公安竟陵派復古反復古之紛爭。清初詩話宗唐宗宋，不過是前代之過渡與持續而已。綜觀清初宗唐宗宋詩話之論述，就文學之生成、創作、發展、繁榮之原理，甚至新變代雄、自成一家之妙訣而言，宗宋詩話強調變化的詩歌發展觀，肯定趨新求奇的審美趣味，皆較切合文學語言、詩歌語言之重要訴求。無論一家、一派、一文類、或一時

94　張健：《清代詩學研究》（北京：北京大學出版社，1999），第七章第二節，頁331-333。

95　朱東潤：《中國文學論集》，〈王士禎詩論述略〉，頁94-99。

代之文學，期望成為代表、典範，蔚為本色當行，都必須以追求新變為手段，始能有創造性的言語，造就一家、一派、一文類、或一時代之詩歌與文學。

　　有關文學語言或詩歌語言之論著，據筆者經眼，簡述如下：亞里斯多德（Aristotle）《修辭學》（*The "Art" of Rhetoric*）讚美荷馬史詩出色處，在「使事物活現在眼前」。[96]英國錫德尼（Philip Sidney）〈為詩辯護〉，認為詩的希臘原文是「創造」，詩人就是創造者，詩是一切學問之父。[97]魯樞元《超越語言──文學言語學芻議》，提出個體性、創化性、心靈性、流變性。[98]孫遜、孫菊園《中國古典小說美學資料匯粹》，提出表現力、準確性、獨創性、含蓄性。[99]向新陽《文學語言芻論》，提出聲韻的調配、詞語的修飾、語序的變化、句式的選擇、對立與統一的巧妙設計五原則。[100]馮廣藝《變異修辭學》，強調變異是文學語言的特質。[101]盛子潮、朱水涌《詩歌形態學》，提出創造性、意象化、空白感。[102]葛兆光《漢字的魔方》，提出語序、陌生

96　〔古希臘〕亞里斯多德（Aristotle）著，羅念生譯：《修辭學》（*The "Art" of Rhetoric*）（北京：生活・讀書・新知三聯書店，1991），第三卷第十一章〈生動性〉，頁181。

97　〔英〕錫德尼（Philip Sidney）：〈為詩辯護〉，見伍蠡甫等主編：《西方文藝理論名著選編》（北京：北京大學出版社，1988），上冊，頁171-174。

98　魯樞元：《超越語言──文學言語學芻議》（北京：中國社會科學出版社，1990），提出個體性、創化性、心靈性、流變性四者，頁46-52。

99　孫遜、孫菊園：《中國古典小說美學資料匯粹》（上海：上海古籍出版社，1991），第五編〈文學語言〉，提出表現力、準確性、獨創性、含蓄性，頁253-269。

100　向新陽：《文學語言芻論》（武昌：武漢大學出版社，1992），第三、四章〈發掘語言美的潛力──文學語言的藝術加工和運用〉，提出聲韻的調配、詞語的修飾、語序的變化、句式的選擇、對立與統一的巧妙設計等五則，頁49-146。

101　馮廣藝：《變異修辭學》（通山：湖北教育出版社，1992），〈變異：文學語言的特質〉，附錄一，頁214-242。

102　盛子潮、朱水涌：《詩歌形態美學》（廈門：廈門大學出版社，1987），第六章〈詩歌語言的基本形態〉，提出創造性、意象化、空白感，頁154-175。

化、埋沒意緒。[103]吳戰壘《中國詩學》，則提出突破俗成規範、展示
獨特語法、講究句式變化、注意感官形象、表現超常變態諸法。[104]筆
者亦提出具體生動，歷歷如繪；旁敲側擊，曲折有致；以少勝多，精
煉有味。[105]或為通論、或為專論，其中自有共相，皆值得參考借鏡。
本文探討清初宗唐詩話，仲裁諸家所論宋詩得失，即以上列文學語
言、詩歌語言為理論依據。

綜觀清初宗唐詩話之意識型態，大抵以唐詩為古往今來古典詩歌
空前絕後之本色，不可替代、無法超越；其所樹立之典範，不僅沾溉
當代，還澤被來葉。似乎古典詩歌的花園中，並不容許百花齊放，爭
奇鬥豔。考察宗唐詩話經常談說的共同議題，大抵有五：曰變異、曰
遠離、曰蘊藉、曰三體、曰法則，今以文學語言、詩歌語言觀之，則
與陌生化、創發性、空白感、詩家語、精確度有關。筆者堅信：論斷
唐宋詩之價值，應以新變自得為準據，不當以異同源流定優劣；試詳
加論證，並以之新探清初宗唐詩話之「宋詩得失論」，進一步為宋詩
宋調之文學價值作定位。

（一）變異與陌生化

結構主義的分支布拉格學派研究文學語言，提出「風格是常規的
變異」口號；其代表人物讓・麥卡羅夫斯基於《標準語與詩歌語言》
中指出：詩歌語言是對標準語規範的「故意而充滿美感的扭曲」。[106]
換言之，變異是文學語言的實質，沒有變異就沒有文學語言，沒有變

---

103 葛兆光：《漢字的魔方》（香港：中華書局，1989），〈意脈與語序〉，頁42-87。

104 吳戰壘：《中國詩學》（北京：人民出版社，1991），第七章〈詩家語〉，頁171-194。

105 張高評：《宋詩之新變與代雄》，〈附錄三，談詩歌語言與言外之意〉，頁521-526。

106 馮廣藝：《變異修辭學》，頁215，引《外國現代修辭學概況》（福州：福建人民出版
　　社，1986），頁61。

異就沒有作家風格。文學創作追求變異，可以形成陌生化，產生新奇
感，使作品獲得注意與強調。清初宗唐詩話常以好奇、變異指摘宋人
宋詩，以為無益，以為詩病，如賀裳、吳喬所言：

> 讀黃豫章詩，當取其清空平易者。如〈曲肱亭〉……不甚矯
> 柔，政自佳。其詩病在好奇，又喜使事，究其所得，實不如
> 楊、劉。[107]

> 詩道不出乎變復。變，謂變古；復，謂復古。變乃能復，復乃
> 能變，非二道也。漢、魏詩甚高，變《三百篇》之四言為五
> 言，而能復其淳正。盛唐詩亦甚高，變漢、魏之古體為唐體，
> 而能復其高雅；變六朝之綺麗為渾成，而能復其挺秀。藝至此
> 尚矣！……宋人惟變不復，唐人之詩意盡亡；明人惟復不變，
> 遂為叔敖之優孟。二百年來非宋則明，非明則宋，而皆自以為
> 唐詩。[108]

> 唐詩之最下者胡曾、羅虬，終是唐詩之下者。宋詩之最高者
> 蘇、黃，終是宋詩之高者。宋人必欲與唐異，明人必欲與唐
> 同。[109]

> 宋人專尋唐人不是處，實于己無益。尋得唐人好處出，乃有益
> 于己。[110]

---

107 〔清〕賀裳：《載酒園詩話》，頁432；〔清〕吳喬：《圍爐詩話》卷五，頁633。
108 〔清〕吳喬：《圍爐詩話》卷一，頁471。
109 同上註，卷五，頁606。
110 同上註，頁607。

山谷專意出奇，已得成家，終是唐人之殘山剩水。陸放翁無含蓄，皆遠於唐。[111]

宋人學問，史也，文也，詞也，俱推盡善，字畫亦稱盡美，詩則未然，由其致精于詞，心無二用故也。大抵詩人，不惟李、杜窮盡古人，而後自能成家，即長吉、義山，亦致力於杜詩者甚深，而後變體。其集具在，可考也。永叔詩學未深，輒欲變古。魯直視永叔稍進，亦但得杜之一鱗半爪，便欲自成一家，開淺直之門，貽誤于人。迨江西派立，胥淪以亡矣。[112]

　　賀裳論山谷詩，以「好奇」為詩病；吳喬說山谷，亦以「專意出奇」又「遠於唐」為不足。吳喬論宋人「惟變不復」；謂「宋人必欲與唐異」，「宋人專尋唐人不是處」；評永叔「詩學欲變古」，稱山谷「欲自成一家」。此種負面評價，衡諸文學語言、詩歌語言，皆數英雄欺人之談。蓋宋代詩人接受文化的陶染，大抵學問極博，志行極雅，表現在宋詩上，則是內容文人化、形式技巧化、意象哲理化、詩歌才情化、揚棄凡、近、俗、腐，追求新、奇、遠、韻。於是在題材構思、意象經營、敘述視角、時空設計、語序安排、聲律模式、典故運用各方面，多能妙悟有得，自成自立。這種獨到創獲，在「菁華極盛，體制大備」的唐詩之後，尤其難能可貴。黃山谷之專意出奇，與唐詩疏遠；宋人之刻意與唐異，專尋唐人不是處，亦是為了追求變異，形成作品之陌生化與新奇感。宋人作詩，在唐詩的高峰之後，所以仍能自成一家者，其要在追求新變，故能別開生面，創前未有。變異，為文學語言的特質；風格，是常規的變異。因此，沒有變異，就

---

111 同上註，頁610。
112 同上註，頁617。

沒有文學語言；沒有變異，詩人就不能自成一家，也難以成就時代特徵。但風格之獨創，不能脫離傳統而嚮壁虛造，故歐陽脩詩學追求變古，黃庭堅詩期許「自成一家」。捷克美學家穆卡洛夫斯基（Jan Mukarovsky）認為：文學語言的特點，是具有審美意識地對標準語言進行偏離和扭曲；使之最大限度地偏離常規語言的指稱功能，而把表現功能提到首位，於是遂造成語言的突出。[113]這就是變異所造成的陌生化美感。至於吳喬批評宋人「變而不復」，試問：所欲復者為何古乎？若仍復唐詩之高雅、挺秀，則何以成宋？其實，宋詩創作存在有「復雅崇格」思潮，[114]吳喬謂「宋人惟變不復」，並不符合文學事實。

除賀裳、吳喬外，清初宋唐詩話持「變異」、「新遠」質疑宋詩宋人者，尚有馮班與田同之二家。馮班論詩，推尊唐詩，宗主溫李，於江西詩派譏評貶斥，不留餘地，如：

> 奪胎接（換）骨，宋人謬說，只是向古人集中作賊耳。《冷齋》稱王荊公〈菊花〉詩：「千花萬卉凋零後，始見閑人把一枝」，以為勝鄭都官〈十日菊〉，謬也。荊公詩多滲漏，上句凋零二字不妥。下句云：「一枝」，似梅花閑人二字牽湊。何如微之云：「不是花中偏愛菊，此花開後更無花」，語意俱足，鄭詩亦混成，非荊公所及。[115]

> 義山自謂杜詩、韓文。王荊公言：「學杜當自義山入。」余初

---

113 〔捷克〕簡・穆卡洛夫斯基（Jan Mukarovsky）：〈標準語言與詩的語言〉，見伍蠡甫等主編：《西方文藝理論名著選編》（北京：北京大學出版社，1987），下卷，頁414-417。

114 秦寰明：〈論宋人詩歌創作的復雅崇格思潮〉，《中國首屆唐宋詩詞國際學術討論會論文集》（南京：江蘇教育出版社，1994），頁612-636。

115 〔清〕馮班：《鈍吟雜錄》卷四〈讀古淺說〉，《清代筆記小說》第三十一冊，頁385。

得荊公此論，心謂不然；後讀《山谷集》，粗硬槎牙，殊不耐
看，始知荊公此言，正以救江西派之病也。若從義山入，便都
無此病。山谷用事瑣碎，更甚于崑體；然溫、李、楊、劉，用
事皆有古法，比物連類，妥貼深穩；山谷疏硬，如食生物未
化，如吳人作漢語，讀書不熟之病也。崑體諸人甚有壯偉可敬
處，沈、宋不過也。[116]

　　「奪胎換骨」，為黃山谷提倡之詩法，是一種推陳出新的「創意
造語」。自王若虛論詩，反對「尚奇」，主張「自得」的審美趣味，故
《滹南詩話》卷下批評山谷詩法，以為「奪胎換骨、點鐵成金」，「特
剽竊之點者耳」。[117]馮班批評奪胎換骨，以為「宋人謬說，只是向古
人集中作賊」，顯然受王若虛影響。據學者研究，「奪胎換骨」是力求
與古人異，而不求與古人同的一種創新詩法。它既然是一種「法」，
操之在人；遵法創作，詩人悟性有高低、才能有利鈍，作品就會有成
敗優劣之分，過失本不在「法」上。或學習前人的構思方式，或模仿
前人的詩意，或借用前人的詩句，目的都在追求翻新變異，通過自身
詩風的改造，形成陌生新奇的詩趣。[118]論者指出：詩人運用「奪胎換
骨」的成效，大約有五大端：其一，可以使意象更有層次；其二，可
以比前人表達更精煉、更具體；其三，可以使意象更貼切、更鮮明；
其四，可以使意象更生動、更活潑；其五，可以使意象更新奇、更深
刻。[119]由此可見，奪胎換骨不是「宋人謬說」，而是宋人在繼承傳統

---

116 〔清〕馮班：〈同人擬西崑體詩序〉，《鈍吟老人文稿》。

117 張晶：《遼金詩史》（長春：東北師範大學出版社，1995），頁276-286。

118 莫礪鋒：《江西詩派研究》（濟南：齊魯詩社，1986），附錄二〈黃庭堅「奪胎換
　　骨」辨〉，頁283-298。

119 趙永紀：《詩論──審美感悟與理性把握的融合》（桂林：廣西師範大學出版社，
　　1999），下編，一、〈通變──古典詩學論繼承和發展‧奪胎換骨〉，頁226-229。

優長外的創意造語。其美妙處，或為前人詩意的深化和轉化，或為前人詩意的否定和翻轉，材低技下者方流於因襲剽竊。[120]馮班論詩，既學晚唐溫李之柔麗，故批評山谷詩「粗硬槎牙」，「疏硬」，如「生」。要之，山谷變異生新的「陌生化」美感，馮班並不欣賞。

田同之詩學旅向亦宗唐貶宋，張元《西圃詩說‧序》稱其書之作，係針對「以尖巧為新異，以詭特為奇闢，以襞積故實為奧博」之江西詩派而發，是馮、田二家持論之所同也，如：

> 大抵宋人務離唐人以為高，而元人求合唐人以為法。究之離者不能終離，而合者豈能悉合乎？[121]

> 宋詩深，卻去唐遠；元詩淺，去唐卻近。[122]

> 王荊公少以意氣自負，故詩語惟其所向，不復更為含蓄。後為群牧判官，從宋次道家盡假唐人詩集，博觀約取，晚年始得深婉不迫之趣。以此見唐人尚有《三百》遺意，而非法唐人，亦終不合正軌。彼後人沉溺宋詩，矜新趨異，翻毀唐人為不足學者，直是不曾夢見也。[123]

> 弇州云：「詩格變自蘇、黃，黃意不滿蘇，然故不如蘇也。何者？愈巧愈拙，愈新愈陳，愈遠愈近耳。」數語直中詩家之款。[124]

---

120 周裕鍇：《宋代詩學通論》（成都：巴蜀書社，1997），乙編第三章，三、〈胎與骨：詩意原型的因襲與轉易〉，頁187-199。

121 〔清〕田同之：《西圃詩說》，《清詩話續編》本，頁55。

122 同上註，頁58。

123 同上註，頁58。

124 同上註，頁61。

　　熊蹯雞蹠，筋骨有餘，而肉味絕少，好奇者不能舍之，而不足
以厭飫天下。山谷詩大抵如此，細咀嚼之自見。[125]

　　田同之既不喜江西詩派，故詩論中所謂宋人、宋詩，大率指江西
派詩風而言。《詩說》所謂「宋人務離唐人以為高」、「宋詩去唐遠」、
「沉溺宋詩，矜新趨異」；引王世貞說「詩格變自蘇黃」，而變格在
新、巧、遠；不思山谷詩既然「筋骨有餘，而肉味絕少」，何以竟然
能引發「好奇者不能舍之」？以上褒貶予奪，除與田氏詩宗晚唐有關
外，此所謂離、遠、新、異、變、奇，皆可視為「陌生化」產生之美
感，正是詩歌語言追求之目標。

　　美國雅可布遜（Roman Jakobson）研究文學語言，曾指出：詩性
語言是對實用語言的變形和扭曲，是一種「反常化」（陌生化）的結
果。[126]姚斯論接受美學，認為文學語言應是對日常語言之疏遠和陌生
化，造成逆轉偏離或變異。[127]什克洛夫斯基（V. Shklovsky）更倡言
「陌生化之美感」：「詩歌的目的，就是要顛倒習慣化的過程……創造
性地損壞習以為常的、標準的東西，以便把一種新的、童稚的、生氣
盎然的前景灌輸給我們。」[128]其實，都是「變異」的論調。唐詩宋詩
的「變異」與「突出」，理亦與此相通。簡言之，「變異」是詩歌語言

125　同上註，頁61。

126　〔美〕雅可布遜（Roman Jakobson）等：〈文學和語言學研究的課題〉，見閻國忠等
　　　主編：《西方著名美學家評傳》（合肥：安徽教育出版社，1991），下冊，〈雅可布
　　　遜〉，頁297-298。

127　姚斯著，周寧、金元浦譯：《接受美學與接受理論·走向接受美學》（瀋陽：遼寧
　　　人民出版社，1987），頁20。

128　〔俄〕維克多·鮑里索維奇·什克洛夫斯基（V·Shklovsky）：〈藝術即手法〉，見
　　　閻國忠等主編《西方著名美學家評傳》，下冊，〈雅可布遜〉，頁279-283。

的手段；「突出」方是它的目的。[129]

盛唐詩歌的氣象，是從「變漢魏」而來；宋詩的特色，也是經由
「變唐」而來。漢魏詩既變化自《詩》、《騷》，而成一代之詩，久之
自然形成詩學之規範；唐人學漢魏詩，欲突破其規範，只有走「變
異」一途。宋人復又學唐詩，若想自成一家，也只有打破唐詩樹立的
常規典範，追求「不經人道」的獨特語言，或「古所未有」的詩材詩
思，這種企求，即是黃庭堅〈贈陳師道〉所謂「十度欲言九度休，萬
人叢中一人曉」，於是絕去畦徑，別具隻眼，形成陌生化的美感。此
皆追求變異，所生發之文藝成效。[130]

（二）獨到與創發性

文學語言，應該像盤古開天、點石成金一般，能夠無中生有，創
造發明。這種創意造語，大抵表現在兩種方式上：其一，變異抒寫；
其二，打破常規。變異抒寫，蔚為陌生化美感，已見上述，今論述超
常越規，谿徑獨闢。

宋代詩學追求「不經人道，古所未有」，陳師道、許尹、方回論
杜甫、蘇軾、黃庭堅之所以以詩名世，多在學而不為，變而不襲，留
意古人不到處。故朱熹論文，激賞「言眾人之所未嘗」；姜夔說詩，
初步尋求「與古人異」，其極致則超越活法而「無見乎詩」。要之，宋
人作詩，追求「皮毛剝落盡」的陌生化，「出人意表」的新鮮感，「著
意與人遠」的奇異性，以及「挺拔不群」的自我期許，其中有宋代文
化「知性的反省」特質在內，皆是宋人及江西詩家具有獨創成就之基

---

129 伍蠡甫、胡經之主編：《西方文藝理論名著選編》（北京：北京大學出版社，
　　1987），下卷，〈標準語言與詩的語言〉，頁414-428。朱徽：〈中英詩歌中的「變異」
　　與「突出」〉，《四川大學學報》1991年3期，頁53-58。
130 有關「變異」之理論文獻，可參考徐中玉主編：《通變編》（北京：中國社會科學
　　出版社，1992），一、〈通其變遂成天下之文〉，頁1-53。

因與催化劑。[131]就宋詩之學古通變而言，宋人之獨到創發表現在翻案
逞巧、破體為詩、詩思出位、以才學為詩、以議論為詩方面。美國學
者斯圖爾特・薩金特（Struart Sargent）依據宋代文獻，發現宋人運用
六種策略，能為後來者爭得一席之地，其中如模仿和補充、從反面立
意的修正、從昇華隔絕中囊括前人，取代超越前人四者，[132]多與筆者
所謂追新求變，造成陌生化美感相當。除了把學古學唐當作自我詩學
素養的進階手段外，又能促進個人與傳統間的能動關係，往往從中
觸生若干創造發明，或推陳出新，或精益求精，或無中生有，或獨具
隻眼；而清初宗唐詩話率皆以為詩病，蓋與所宗主之唐詩本色與典範
殊異故也。如賀裳、吳喬、王夫之、施閏章、毛先舒諸家所論，可見
一斑：

> 坡公之美不勝言，其病亦不勝摘，大率俊邁而少淵渟，瑰奇而
> 失詳慎，故多粗豪處、滑稽處、草率處，又多以文為詩，皆詩
> 之病。然其才自是古今獨絕。[133]

> 子瞻、魯直、放翁，一瀉千里，不堪咀嚼，文也，非詩矣。」[134]

---

131 張高評：《宋詩之新變與代雄》，貳〈自成一家與宋詩特色〉，一、「不經人道，古
　　所未有」，頁79-85。又參考龔鵬程：〈知性的反省——宋詩的基本風貌〉，《中國文
　　化新論・意象的流變》（臺北：聯經出版公司，1982），頁261-308；〈宋代文化在中
　　國的地位〉，黎活仁等主編：《宋代文學與文化研究》（臺北：大安出版社，
　　2001），頁21-24。

132 〔美〕斯圖爾特・薩金特（Struart Sargent，薩進德）：〈後來者能居上嗎？宋人與
　　唐詩〉，原載《中國文學》（CLEAR）4卷2期（1982），亞利桑那大學、印第安納大
　　學、威斯康新大學聯合出版。收入莫礪鋒：《神女之探尋》（上海：上海古籍出版
　　社，1994），頁75-106。

133 〔清〕賀裳：《載酒園詩話》，頁427；〔清〕吳喬：《圍爐詩話》卷五，頁632。

134 〔清〕吳喬：《答萬季野詩問》，《清詩話》本，頁26。

鄭□□云：「長篇沉著頓挫，指事陳情，有根節骨格，此老杜獨擅之長；宋人每每學之，遂以詩當文，冗濫不已，詩遂大壞，皆老杜啟之。」此言雖激，亦自有見。近見才人不百韻則以為儉腹短才，不知沈、宋、王、孟，大抵皆貴精不貴多也。[135]

各自有意，各自言之。宋人每言奪胎換骨，去瞎盛唐字句倣句摹有幾？宋人翻案詩，即是蹈襲陳言，看不破耳。又多摘前人相似之句，以為蹈襲。詩貴見自心耳，偶同前人何害？作意蹈襲，偷勢亦是賊。[136]

……子美以得「詩史」之譽。夫詩之不可以史為，若口與目之不相為代也，久矣。[137]

唐人文多似詩，不害為佳；退之多以文法為詩，則傖父矣。六朝人序記多似賦，不害為佳；子瞻多以序記法為賦，則委蕄矣。[138]

按禪家言死句活句，與詩法全不相涉也。禪家當機煞活……詩人所謂死活句全不同，不可相喻……凡滄浪引禪家語多如此，此公不知參禪也。[139]

---

135 〔清〕施閏章：《蠖齋詩話》，〈五言排律〉，《清詩話》本，頁387。

136 〔清〕吳喬：《圍爐詩話》卷五，頁605。

137 〔清〕王夫之：《詩譯》，戴鴻林：《薑齋詩話箋注》（臺北：木鐸出版社，1982），卷一，頁24。

138 〔清〕毛先舒：《詩辨坻》卷三，《清詩話續編》本，頁67。

139 〔清〕馮班：《鈍吟雜錄》卷五，頁442-443。

　　賀裳稱「以文為詩」，為東坡之詩病；吳喬甚至因東坡、山谷、放翁詩「一瀉千里」，而評為「文也，非詩矣」。施閏章論詩，力主盛唐，不喜宋詩。其師法盛唐處，與明代擬古派相近，最推尊杜甫。[140]上列所引鄭氏之說，舉宋人學杜「以詩當文，冗濫不已」，認同此一詩病，啟自杜甫。毛先舒所言，最見尊唐音、卑宋調之傾向：所謂「唐人文多似詩，不害為佳」；而韓愈「以文法為詩」，則為「儈父」；東坡「序記法為賦」，則「委蕤矣」。王夫之論詩貶宋，所謂「以史為詩」，大抵指責錢謙益之「詩史」說。[141]馮班《鈍吟雜錄》卷五〈嚴氏糾繆〉，更以為禪家言與詩法全不相涉云云。[142]無論唐人「以詩為文」，或杜甫、韓愈、東坡、山谷、放翁「以文為詩」，乃至於東坡「以文為賦」，嚴滄浪「以禪喻詩」，宋代詩人「以禪為詩」，宗宋派以史為詩，或為文體間交融、會通、借鏡、整合之再造工程，或為學科間整合之創意造語，皆是突破文藝既有規範的創造發明。錢鍾書名之曰「破體」、「出位」，且謂「名家名篇，往往破體，而文體亦因以恢弘焉。」；「藝術家總想超越材料的限制和束縛，強使材料去表現它性質所不容許表現的境界」。[143]蓋名家名篇，或一代特色，多突破既有體制，跳出本位之外，針對相關文藝，進行超常越格之選擇、琢磨、增損、合成，而以創發新體新作為目標。宋型文化，注重

---

140 〔日〕青木正兒：《清代文學批評史》，第二章，一、〈施閏章〉，頁29-30。

141 參考郝潤華：《錢注杜詩與詩史互證方法》（合肥：黃山書社，2000）。

142 有關詩禪交融之論著，可參考林朝成、張高評：〈兩岸中國佛教文學研究的課題之評介與省思──以詩禪交涉為中心〉，《成大中文學報》第9期（2001年9月），頁135-156；有關詩史會通問題，參考張高評：《會通化成與宋代詩學》，〈史家筆法與宋代詩學──以宋人詩話筆記為例〉，頁153-194。

143 錢鍾書：《管錐編》（臺北：書林出版公司，1990），第三冊，《全上古三代秦漢三國六朝文》，一五，《全漢文》卷十六，頁890。錢鍾書：〈中國詩與中國畫〉，《文學研究叢編》（臺北：木鐸出版社，1981），第一輯，頁86。書林出版公司印行之《七綴集》〈中國詩與中國畫〉，文字與此不同。

會通化成，其發用多方，[144]「破體為詩」、「出位之思」為其中力行有功者。「破體」、「出位」之創新形式，不只為了反映新內容，更是為了取代日趨定型化之唐詩。其文藝效用在更新讀者感知，促成習慣意識與熟悉事物間的陌生化與新奇感。宋詩宋調之以文為詩、以詩為文、以文為賦、以賦為文、以史為詩、以禪喻詩、以禪為詩等等，皆可以突破規範，挑戰唐音，信有此妙。[145]今考賀裳四家所論，乃以突破創發為病，亦可怪矣。至於吳喬再次批評宋人「奪胎換骨」、「翻案詩」，以為乃「倣摹」、「蹈襲陳言」、「偷襲是賊」，則是昧於「追新求變」之創發手段；而翻案詩可以賦古典以新貌，化臭腐為神奇，變否極為泰來，[146]當然也可視為一種創發與獨到。

宋人建構中國詩學，形成「以才學為詩」、「資書以為詩」，就詩歌的多元表現功能而言，亦堪稱獨到或創發。法國布瓦洛（Nicolas Boileau-Despreaux）著有〈詩的藝術〉，標榜古希臘羅馬作品，作為最高典範，加以模仿。而且推崇古希臘羅馬作家如荷馬、維吉爾等人之作品，以為是超時代、超民族的佳構，作為後人學習之準繩。[147]這與宋詩轉益多師，學唐變唐亦有相通處。南宋嚴羽《滄浪詩話·詩辯》曾批評為「奇特解會」，且謂：「夫詩有別才，非關書也；詩有別趣，非關理也。然非多讀書、多窮理，則不能極其至。」明清宗唐詩話但知崇信嚴羽，卻往往誤讀滄浪論詩之真諦。清初宗唐詩人如王夫之、施閏章、田同之諸人之言可作代表：

---

144 張高評：〈從「會通化成」論宋詩之新變與價值〉，《漢學研究》16卷1期（1998年6月），頁237-254。

145 張高評：《宋詩之新變與代雄》，參〈破體與宋詩特色之形成〉，頁163-183。

146 張高評：《宋詩之傳承與開拓》，上篇〈宋代翻案詩之傳承與開拓〉，頁113-114。

147 〔法〕布瓦洛（Nicolas Boileau-Despreaux）：〈詩的藝術〉，參見伍蠡甫等：《西方文藝理論名著選編》（北京：北京大學出版社，1988），上卷，頁202-204。

無論詩歌與長行文字，俱以意為主。意猶帥也。無帥之兵，謂
之烏合。李、杜所以稱大家者，無意之詩，十不得一二也。煙雲
泉石，花鳥苔林，金鋪錦帳，寓意則靈。若齊、梁綺語，宋人搏
合成句之出處（宋人論詩，字字求出處。），役心向彼掇索，而
不恤己情之所自發，此之謂小家數，總在圈繢中求活計也。[148]

身之所歷，目之所見，是鐵門限。即極寫大景，如：「陰晴眾
壑殊」、「乾坤日夜浮」，亦必不踰此限。非按輿地圖便可云
「平野入青徐」也，抑登樓所得見者耳。隔垣聽演雜劇，可聞
其歌，不見其舞，更遠則但聞鼓聲，而可云所演何齣乎？前有
齊、梁，後有晚唐及宋人，皆欺心以炫巧。[149]

立門庭者必餖飣，非餖飣不可以立門庭。蓋心靈人所自有而不
相貸，無從開方便法門，任陋人支借也。人譏「西崑體」為獺
祭魚，蘇子瞻、黃魯直亦獺耳！彼所祭者，肥油江豚；此所祭
者，吹沙跳浪之鱔鯊也。除卻書本子，則更無詩。……用事不
用事，總以曲寫心靈，動人興、觀、群、怨，卻使陋人無從支
借；唯其不可支借，故無有推建門庭者，而獨起四百年之衰。[150]

　　王夫之論詩，大抵學唐、貶宋，而宗尚「晉宋風味」。其《明詩
評選》卷五稱：「詩道性情，道性之情」，堅決主張詩歌與其他文類、
學科不能相代，宜界分彼此。[151] 故其論詩，不滿「宋人搏合成句之出

---

148 〔清〕王夫之：《薑齋詩話》卷下，第二則，《清詩話》本，頁8。
149 同上註，第七則，《清詩話》本，頁9。
150 同上註，第三十四則，《清詩話》本，頁17。
151 陶水平：《船山詩學研究》，第一章第三節〈陶冶性情，別有風旨〉，頁52-62；第五
　　章第六節〈論晉宋風流〉，頁363-386。

處，字字求出處。」，「總在圈繢中求活計」。強調寫景，應身歷目見，反對按輿地圖便可作詩，隔垣聽演雜劇，故批評晚唐及宋人作詩，「皆欺心以炫巧」。由於詩主道性情、抒性靈，故針對東坡、山谷創作「除卻書本子，則更無詩」，等同於西崑之獺祭而譏評之。船山《明詩評選》卷五稱宋人詩「取精多而用物弘，猶無一語關涉性靈」，故「最為詩蠹」。總之，蘇黃及江西諸子作詩，講究出處、用典，資書以為詩，乃文人之詩，非詩人之詩，南宋劉克莊早將問題拈出。[152]

> 太白、龍標外，人各擅能。有一口直述，絕無含蓄轉折，自然入妙，如：「昔年今日此門中，人面桃花相映紅。人面不知何處去？桃花依舊笑春風。」「清江一曲柳千條，二十年前舊板橋。曾與美人橋上別，恨無消息到今朝。」「畫松一似真松樹，待我尋思記得無？曾在天臺山上見，石橋南畔第三株。」此等著不得氣力學問，所謂詩家三昧，直讓唐人獨步；宋賢要入議論，著見解，力可拔山，去之彌遠。[153]

> 今人作詩必入故事，有持清虛之說者，謂盛唐詩即景造意，何嘗有此。是則然矣，然病不在故事，顧所以用之何如耳。善使故事者，勿為故事所使，有而若無，實而若虛，可意悟不可言傳，可力學得不可倉卒得也。宋人使事最多而最不善使，故詩道衰。獨有明詩人能越宋而繼唐者，正得使事三昧耳。[154]

---

152 〔宋〕劉克莊：〈題何謙詩〉：「余嘗謂以情性禮義為本，以鳥獸草木為料，風人之詩也。以書為本，以事為料，文人之詩也。」參考成復旺等：《中國文學理論史》（二）（北京：北京出版社，1991），頁473-476。

153 〔清〕施閏章：《蠖齋詩話》，〈唐人絕句〉，《清詩話》本，頁398。

154 〔清〕田同之：《西圃詩說》卷下，《清詩話續編》，頁755。

　　又如：施閏章《蠖齋詩話》稱賞唐人絕句：「含蓄轉折，自然入妙」；以為唐人〈題都城南莊〉諸詩，「著不得氣力學問」，得「詩家三昧」。批評宋賢「要入議論著見解」，專意「氣力學問」，「力可拔山」，卻「去之彌遠」，「直讓唐人獨步」。是但知含蓄自然之妙，而未能體悟學問議論之美。田同之《西圃詩說》論使事用典，將宋代詩道之衰，歸咎到「使事最多而最不善使」，這跟「資書以為詩」、「以才學為詩」有關，故一併在此討論。

　　雕版印刷，在宋代達到空前之繁榮，書價低廉，圖書流通快速。終宋之世，刊刻圖書之數量，當在數萬部以上。[155]兩宋之右文政策，還包括公家及私人編纂大批類書，這使得「操觚者便於檢尋，註書者利於剽竊」。有這麼多豐富的圖書資料，造成閱讀和運用上極大的便利，處於知識爆炸的宋代，影響所及，自然而然容易造成「資書以為詩」，王夫之所謂「總在圈繢中求活計」者是。於是在創作方面產生「以文字為詩」、「以才學為詩」、「以議論為詩」這些文人之詩，強調「字字求出處」，宣揚杜甫所謂「讀書破萬卷」，主張學古變古，點鐵成金，期許「出入眾作，自成一家」。嚴羽身當江西末流之弊，赫然發現宋詩之病，在試圖以「詩外」之物（書冊、學問）為詩，忽略「直尋」，追求「補假」，這就是嚴羽所謂近代諸公的「奇特解會」。易言之，嚴羽此說係糾正江西末流堆砌餖飣之作詩時弊，針對作詩執著於「無一字無來處」之習氣而發，所以《滄浪詩話》說：「詩有別材，非關書也」；下半段更作一轉語說：「然非多讀書，多窮理，則不能極其至」。自後人易「書」為「學」，異議遂多。

　　何況，嚴羽明言「詩有別材，非關書也，……而古人未嘗不讀

---

155 李致忠：〈宋代刻書述略〉，程煥文編：《中國圖書論集》（北京：商務印書館，1994），頁204-221；楊渭生：《兩宋文化史研究》（杭州：杭州大學出版社，1998），第十一章〈宋代的刻書與藏書〉，頁467-487。

書」，說得本極清楚明白。詩人作詩，牽涉到兩方面，一是別材問題，一是如何讀書和如何用書問題。尤其是後者，以宋代圖書文獻流通便利來說，詩人作詩所應講究的是「書為詩用，不為詩累」，以消納書卷為上，賣弄學問為下。[156]自明代前後七子提倡復古，張揚嚴羽「詩有別材」觀點，作為批宋尊唐之理據，如李夢陽〈缶音序〉，胡應麟《詩藪》所言可作代表。影響所及，清初宗唐派如朱彝尊《靜志居詩話》、王夫之《薑齋詩話》、田同之《西圃詩說》等，遂一味反對「資書為詩」，一方面針對《滄浪詩話》「但摘上二語」，即作引申，誤讀原典，厚誣古人；再方面是門戶之見，「欲自暢其說」。然考察清初宗宋派詩話，以及部分宗唐詩話如馮班《鈍吟雜錄》、吳喬《圍爐詩話》、毛奇齡《西河詩話》，也多不排斥讀書、學問、和博識。由此可見，對嚴羽有關「別材」、「讀書」的論述，無論出於斷章取義，或刻意誤讀，都是不妥的。嚴羽詩論的重點，只在如何讀、如何用、如何消納，如何轉化諸問題。畢竟，《滄浪詩話》對唐詩，特別是對盛唐詩的尊崇和盛讚，正是與對宋詩的嚴厲批評聯繫在一起的。這個原則，不能忽略。[157]

在印本逐漸取代寫本，圖書流通迅速，知識獲得便利的情勢下，資書以為詩，以才學為詩，宋人這種「奇特解會」，的確是創前未有，開後無窮。以書卷、學問為觸發，或學以致用，或作為詩材，表現於詩作，在寫本文化之後，印本文化繁榮與當令之時，兩相比較，不失為獨到與創發。何況，這種作詩方式和論詩主張之產生，自是「勢所必至，理有固然」。其中成敗優劣，與詩人之才能、悟性、素

---

156 嚴羽：《滄浪詩話・詩辯》，頁29-31。

157 參考〔美〕理查德・林恩（Richard John Lynn）：〈中國詩學中的才學傾向——嚴羽和後期傳統〉，原載《中國文學》（*CLEAR*）5卷2期（1983），有關道雄譯文，見莫礪鋒編：《神女之探尋》，頁286-309。

養關係最為密切；易言之，是學以致用、消納轉化、圓融渾成問題，與書卷、學問何干？畢竟，「法在人」啊！

宗唐詩話大加撻伐者，為與唐詩、唐音趣味不同之「非詩」特色，如以文為詩、以詩為文、以賦為詩、以史入詩、以禪喻詩、以禪為詩、以文字為詩、以議論為詩、以才學為詩、以及翻案詩。這種詩思，深具獨到與創發性，跟創造思維（creative thinking）注重反常、辯證、開放、獨創、能動性，可以相互發明。

所以，清初以來，浙東學風以史學文獻相傳，遂宗宋詩；盛清以後，講究文治，故桐城詩派、同光詩派、晚清詩壇，多宗宋調，蔚為風氣，勢理所必然也。其中宗宋派大家名家何其多，所以能卓然特立者，要在與唐詩唐音體格性分不同而已。

（三）三體與詩家語

賦、比、興，原為《詩經》的三種表現手法，通稱為三體，或稱三詩、三義、三經、三緯。[158]梁鍾嶸《詩品・序》主張，詩人創作時應交相運用這三種表現手法。他說：「詩有三義焉：一曰興，二曰比，三曰賦。文已盡而意有餘，興也；因物喻志，比也；直書其事，寓言寫物，賦也。宏斯三義，酌而用之，幹之以風力，潤之以丹彩，使味之者無窮，聞之者動心，是詩之至也。」[159]據《詩經》學者夏傳才統計：

> 通觀《三百篇》，通篇用「比」的詩很少；通篇用「興」的詩

---

158 徐中玉主編：《意境典型・比興編》（北京：中國社會科學出版社，1994），《比興篇》，一、〈賦比興總論〉，頁215-234。

159 王叔岷：《鍾嶸詩品箋證稿》（臺北：中央研究院中國文哲研究所，1992），〈詩品總序〉，頁72。

沒有；因為「興」是先言他言以引起所詠之辭，起興之後，還
是少不了用「賦」用「比」；用「賦」的詩較多。[160]

　　作為詩歌創作，賦、比、興三法各有短長，故鍾嶸指出：「若專
用比興，則患在意深，意深則詞躓。若但用賦體，則患在意浮，意浮
則文散，嬉成流移，文無止泊，有蕪漫之累矣。」鍾氏主張參酌並
用，不能偏廢，以此。清初之唐宋詩紛爭，或有據賦比興之側重運
用，論斷唐宋詩之異同，進而判定唐詩宋詩之優劣高下者，如賀裳、
吳喬、馮班、王夫之、施閏章諸家，大抵以為：唐詩多用比興，宋詩
多用賦。詩用比興，則曲折婉微，含蓄佳妙；苟用賦法，則直率徑
露，意隨言盡。試看賀裳、吳喬之說：

　　歐公古詩苦無興比，惟工賦體耳。至若敘事處，滔滔汩汩，累
　　百千言，不衍不支，宛如面談，亦其得也。所惜意隨言盡，無
　　復餘音繞樑之意。又篇中曲折變化處亦少。公喜學韓，韓本詩
　　之別派，其佳處又非學可到，故公詩常有淺直之恨。[161]

　　唐詩有意；而託比興以雜出之，其詞婉而微，如人而衣冠。宋
　　詩亦有意，惟賦而少比興，其詞徑以直，如人而赤體。[162]

---

160 夏傳才：《詩經語言藝術新編》，六，〈賦比興三法酌而用之〉。文中又據〔宋〕朱熹
　　《詩集傳》的標注統計，《詩經》1141章，三體運用之次數，賦727，比111，興274，
　　兼類29；又引用〔明〕謝榛《四溟詩話》卷二統計稱：《三百篇》中三體數量之多
　　少，為賦720，興370，比110，《歷代詩話續編》（臺北：木鐸出版社，1983），頁
　　1169。

161 〔清〕賀裳：《載酒園詩話》，頁411；吳喬：《圍爐詩話》卷五，頁624。

162 〔清〕吳喬：《圍爐詩話》卷一，頁472。

喬謂唐詩有理，而非宋人詩話所謂理；唐詩有詞，而非宋人詩話所謂詞。大抵賦須近理，比即不然，興更不然，「靡有子遺」，「有北不受」可見。又如張籍辭李司空辟詩，考亭嫌其「感君纏綿意，繫在紅羅襦」。若無此一折，即淺直無情，是為以理礙詩之妙者也。[163]

宋詩率直，失比興而賦猶存。弘、嘉人詩無文理，并賦亦失之。[164]

詩于唐人無所悟入，終落死句。嚴滄浪謂「詩貴妙悟」，此言是也。然彼不知興比，教人何從悟入？實無見于唐人，作玄妙恍惚語，說詩、說禪、說教，俱無本據。[165]

賦義極易而極難。如君實之「清茶淡飯難逢友，濁酒狂歌易得朋」，則極易。如子美之「側身天地更懷古，回首風塵甘息機」，則極難。宋詩多賦，于難易何居。[166]

　　賀裳稱歐公古詩「苦無興比，惟工賦體」，所以「篇中曲折變化處亦少」，故公詩「常有淺直之恨」，此就結果論文；吳喬謂唐詩用比興，其詞婉而微；宋詩惟賦而少比興，其詞徑以直。《圍爐詩話》中，一味稱揚興比之妙，而貶抑賦法之病，謂賦法「淺直無情，是為以理礙詩之妙者」；謂「宋詩率直，失比興而賦猶存」；譏嚴羽「不知

---

163 同上註，頁478。
164 同上註，頁482。
165 同上註，頁603。
166 同上註。

興比，教人何從悟入？」又謂：「宋詩多賦，于難易何居」，要皆褒美比興，而貶斥賦法，與鍾嶸《詩品》主張「宏斯三義，酌而用之」的開放胸襟相牴觸。蓋門戶之習氣，務在爭勝，故隨意低昂如是，妄相標榜如此。

賦、比、興三體，是詩歌語言的常法。自先秦肇始，歷代《詩經》學踵事增華極多，中國古典詩學亦引申發揮極廣。[167]三者之中，賦體尤其是最基本、最常用的表現藝術。賦法的特色是敷陳、直言；大凡直接正面敘述事物、舖陳情節，抒發感情者，皆屬之，純就寫作視角而言。自學者錯會「賦」體之意，誤以為正言直陳就是平舖直敘，於是將淺浮直露、鬆散雜贅，都看成是賦法之病，鄙夷輕視，貶抑有加。前引清初宗唐詩話如賀裳、吳喬之說，可見一斑。其實，賦體和比興手法性質相當，都是語言藝術。以《詩經》為例，運用賦體來抒情、寫景、敘事，並不妨害其精彩美妙。就賦體之表現功能而言，抒情則直抒胸臆，意在言外；寫景狀物，則形神俱似，情景交融；敘事，則鋪敘敷陳，便於對話、設問和反問。[168]可見，賦體是詩歌創作的基本手法，其靈活度較比興二體有過之而無不及，而宗唐詩評家非之，何也？

除賀裳、吳喬外，馮班、施閏章、王夫之論賦、比、興三體，亦多偏好比興，而指摘賦體，似乎不顧鍾嶸《詩品》所謂「若專用比興，患在意深，意深則詞躓」之忠告，如馮班所云：

---

167 參考王運熙：《中國古代文論管窺》（濟南：齊魯書社，1987），〈中國古代文論中的比興說〉，頁68-84。又，〔清〕王夫之：《薑齋詩話》，二、〈比興在詩學中的地位〉，七、〈作為詩歌批評論的比興論詩〉，頁235-250、377-428。

168 夏傳才：《詩經語言藝術新編》，七、〈論「賦」的藝術〉，頁113-131。作者以為：賦、比、興都是語言藝術。由於詩人功力、修養不等，見諸作品，就有優劣、高低、精粗之分，賦如此，比興亦然。

陸士衡云：「詩緣情而綺靡，賦體物而瀏亮」，詩賦不同也。宋
人作著題詩，不如唐人詠物多寓意，尚有比興之體。[169]

　　依馮班之見，詩歌與辭賦有別，不能會通交融，此六朝之文體論
也。其實不然，傳世之六朝文學，以賦為詩之作不少。至宋代文化型
態注重會通，蘇軾、黃庭堅等作詩往往「以賦為詩」，[170]此姑且不論。
而稱「唐人詠物多寓意，尚有比興之體」；相形之下，「宋人作著題
詩」，當是指斥宋詩多用賦體。其實，宋人亦多不取著題詩，蘇軾稱
許〈詩人有寫物之功〉，《王直方詩話》批評黏皮帶骨。至於方回《瀛
奎律髓》〈著題類〉則又不同：「著題詩，即六義之所謂賦而有比焉，
極天下之難。」觀所選著題律詩，唐人杜工部以下只十二家二十三
首，其餘皆宋人宋詩，其難能可貴如此，何以見得宋人詠物便不如唐
人？[171]蓋宗唐派之心結是：凡屬宋詩宗風、宋調特色者，則以為短
失，門戶之習氣也。賦、比、興三體當交錯運用，不可偏廢。清潘德
輿（1785-1839）《養一齋詩話》稱：「大抵詩之賦而不知比興，則切真
而乏味；知比興而不知賦，則婉曲而無骨，三緯所以不可缺一」，[172]
其說與《詩品》可以前後輝映矣。
　　王夫之論詩，崇尚漢魏六朝之審美精神，而良非唐詩精神；其所
以學唐崇唐者，只在唐詩神貌妙肖六朝處。[173]王夫之強調作詩宜「曲

169　〔清〕馮班：《鈍吟雜錄》卷四，《清代筆記小說》第三十一冊，頁400-401。
170　參考徐公持：〈詩的賦化與賦的詩化——兩漢魏晉詩賦關係之尋根〉，《文學遺產》
　　　1992年1期；張高評：《宋詩之新變與代雄》，伍、〈破體與宋詩特色之形成
　　　（三）——以「以賦為詩」為例〉，頁241-257。
171　參考李慶甲集評校點：《瀛奎律髓》（上海：上海古籍出版社，1986），卷二十七，
　　　頁1151-1217。
172　〔清〕潘德輿：《養一齋詩話》卷十，郭紹虞《清詩話續編》，頁2165。
173　張健：《清代詩學研究》，頁282-298。

寫心靈，動人興觀群怨」；[174]這與其詩論主張「情景相生」、「轉折含蓄」，標榜「神韻」、「風流」有關。[175]因此，王氏詩論表現在「賦比興」三體的褒貶予奪上，跟宗唐派雖略有不同，卻又殊途同歸，如：

> 興在有意無意之間，比亦不容雕刻。關情者景，自與情相為珀芥也。情景雖有在心在物之分，而景生情，情生景，哀樂之觸，榮悴之迎，互藏其宅。[176]

> 詩文俱有主賓。無主之賓，謂之烏合。俗論以比為賓，以賦為主，以反為賓，以正為主，皆塾師賺童子死法耳。立一主以待賓，賓無非主之賓者，乃俱有情而相浹洽。[177]

　　王夫之論詩，標榜「現量」，一以心目相取，主張「詩道性情」，故厭惡「立門庭者必饾飣」之風氣。批評歐陽脩「掇拾誇新，殆同觴令」，以為「要於興觀群怨，絲毫未有當也」。[178]以鍾嶸《詩品》言之，王氏主張追求直尋，反對補假。故其詩學討論情景相生，而其詩藝以追求有機渾成為宗。情與景的關係既然是「互藏其宅」，情語又以「轉折含蓄為佳」，所以興體運用，必須「在有意無意之間」，比體也只得「不容雕刻」，至於賦法，則不在討論之列。藝術手法之表現，王夫之主張「一色用興寫成，藏鋒不露」，可見在其心目中，賦

---

174 陳良運：《中國詩學批評史》（南昌：江西人民出版社，1995），第二十一章，三、〈王夫之「興觀群怨」新釋〉，頁500-507。

175 陶水平：《船山詩學研究》，頁81-171、262-270、292-401。

176 〔清〕王夫之：《詩譯》，戴鴻森《薑齋詩話箋注》（臺北：木鐸出版社，1982），卷一，頁33。

177 〔清〕王夫之：《薑齋詩話》卷二，《夕堂永日緒論內編》第六則，同上註，頁54。

178 同上註，頁104、120。

比興三體之運用以比興為高，賦體為下，所謂「金針不度，一度即非金針」[179]者是。故王氏論詩文分賓分主時，譏諷俗論「以比為賓，以賦為主」，是「塾師賺童子」之「死法」。船山對於賦法，貶抑已極，未與比興二體等量齊觀，於其主張之詩藝「渾成」說，不免有憾。王氏過份稱揚比興之效，有意無意間已忽略或誤解賦體之藝術功能，視賦體為平鋪直敘、淺浮直露，甚至於是餖飣、匠氣，如：

> 含情而能達，會景而生心，體物而得神，則自有靈通之句，參化工之妙。若但於句求巧，則性情先為外蕩，生意索然矣。「松陵體」永墮小乘者，以無句不巧也。然皮、陸二子，差有興會，猶堪諷詠。若韓退之以險韻、奇字、古句、方言矜其餖餂之巧，巧誠巧矣，而於心情興會，一無所涉，適可為酒令而已。黃魯直、米元章益墮此障中。近則王謔鏓承其下游，不恤才情，別尋蹊徑，良可惜也。[100]

> 〈小雅・鶴鳴〉之詩，全用比體，不道破一句，《三百篇》中創調也。要以俯仰物理而詠歎之，用見理隨物顯，唯人所感，皆可類通；初非有所指斥，一人一事，不感明言，而姑為隱語也。……《離騷》雖多引喻，而直言處亦無所諱。宋人騎兩頭馬，欲博忠直之名，又畏禍及，多作影子語巧相彈射，然以此受禍者不少，既示人以可疑之端，則雖無所誹誚，亦可加以羅織。觀蘇子瞻烏臺詩案，其遠謫窮荒，誠自取之矣；而抑不能

179 〔清〕王夫之：《明詩評選》卷二，朱器封〈均州樂〉評語：「一色用興寫成，藏鋒不露。歌行雖盡意排宕，然吃緊處亦不可一絲觸犯，如禪家普說相似，正使橫說豎說，皆繡鴛鴦耳，金針不度，一度即非金針也。」

180 〔清〕王夫之：《薑齋詩話》，第二十七則，頁95-96。

昂首舒吭以一鳴，三木加身，則曰「聖主如天萬物春」，可恥孰甚焉！近人多效此者，不知輕薄圓頭惡習，君子所不屑久矣。[181]

王夫之欣賞「含情而能達，會景而生心，體物而得神」的「即目比類」作品；反對「於句求巧」，「於心情興會，一無所涉」的詩篇。王氏認為韓愈、黃庭堅作詩，「矜其餖輳之巧」，生意索然，「適可為酒令而已」。船山所稱賞者，是「全用比體，不道破一句」，「俯仰物理，理隨物顯」，像《小雅·鶴鳴》這樣的詩。至於《離騷》的直言無諱（賦法為詩），宋人之「作影子語相彈射」（藉題誹誚），過猶不及，皆有違溫柔敦厚之詩觀，皆在所不取。又如：

> 詠物詩，齊、梁始多有之。其標格高下，猶畫之有匠作，有士氣。微故實，寫色澤，廣比譬，雖極鏤繪之工，皆匠氣也。又其卑者，餖湊成篇，謎也，非詩也。……至盛唐以後，始有即物達情之作，「自是寢園春薦後，非關御苑鳥銜殘」，貼切櫻桃，而句皆有意，所謂「正在阿堵中」也。「黃鶯弄不足，含入未央宮」，斷不可移詠梅、桃、李、杏，而超然玄遠，如九轉還丹，仙胎自孕矣。宋人於此茫然，愈工愈拙，非但「認桃無綠葉，道杏有青枝」為可姍笑已也。嗣是作者益趨匠畫，里耳喧傳，非俗不賞。[182]

觀其評論歷代詠物詩，十分推崇貼切有意，超然玄遠，「如九轉

---

181 同上註，第三十七則，頁127。
182 同上註，第四十八則，頁152-153。

還丹，仙胎自孕」之作；嚴厲批評「宋人於此茫然，愈工愈拙」。王氏所舉以訕笑之詩篇，為北宋石延年〈紅梅〉詩，蘇軾〈紅梅三首〉其一早已不滿，故稱「詩老不知梅格在，更看綠葉與青枝」；《東坡題跋》也明言：「此至陋，蓋村學中語」。其他宋人詩話，如《王直方詩話》、《韻語陽秋》、《碧溪詩話》，亦皆不以為是，「恨其黏皮骨」。[183] 故王船山概言稱「宋人於此茫然」云云，有以偏概全之病，並不符合事實。從其批評齊梁詠物詩「徵故實，寫色澤，廣比譬，雖極鏤繪之工，皆匠氣也」；以為「餖湊成篇」，乃謎非詩諸觀點看來，王船山襃崇比興二體，而忽視或貶抑賦體，是可以想見的。

明清以來，宗唐詩話大多稱揚「比興」二體，而有意無意間冷落或貶低賦體的藝術效用，此固門戶之見，亦緣誤讀所致。[184]布魯姆將誤讀分為四種，其中三種與本文有關，即後代詩人對前輩詩人的誤讀，後輩詩人對前輩詩人之反響，批評家對詩歌本文的誤解，尤其是前二者，尤為大宗。據布魯姆看來，後人對詩歌之詮釋，往往是指一種接受影響與打破影響、繼承和創新的悖謬狀態。這正可以作為宗唐詩話對三體解會何以和宗宋詩有出入。初清施閏章《蠖齋詩話》曾云：「漢魏六朝以來，詩人多用景語（比興）」，而誤以為「純用賦而無比興，則索然矣」，[185]可作宗唐詩話尊比興而卑賦體，而且專用比興，偏廢賦體之代表。尊唐卑宋之風，至二十世紀八○年代以前仍相

---

183 參考王水照：《蘇軾選集》（臺北：群玉堂出版公司，1991），〈紅梅三首〉，頁144。

184 參見金元浦：《接受反應文論》（濟南：山東教育出版社，1998），頁308-310。至於文學接受、影響與誤讀之關係，可參考〔美〕哈羅德‧布魯姆（Harold Bloom）著，朱立元、陳克明譯：《比較文學影響論──誤讀圖示》（臺北：駱駝出版社，1992）；〔澳〕瓦爾特‧F. 法伊特〈誤讀作為文化間理解的條件〉；〔美〕約翰‧紐鮑爾（John Neubauer）：《歷史和文化的文學「誤讀」》，見樂黛雲等主編：《文化傳遞與文學形象》（北京：北京大學出版社，1999），頁85-105、118-130。

185 〔清〕施閏章：《蠖齋詩話》，〈詩有本〉，頁378。

沿成習，所以像「詩要用形象思維，不能如散文那樣直說」[186]的似是
而非說法，才會有很多人深信不疑。[187]知名學者程千帆先生對此曾提
出持平之論，頗可參考：

> 詩當然要用形象思維，但形象思維並不限於曲說，它也可以直
> 說。用傳統的文學術語來說，則是既可以用比興來表現，也可
> 以用賦體來表現。前人解釋賦、比、興，頗有出入。朱熹《詩
> 集傳》卷一，〈葛覃〉傳云：「賦者，敷陳其事而直言之者
> 也。」〈螽斯〉傳云：「比者，以彼物比此物也。」〈關雎〉傳
> 云：「興者，先言他物以引起所詠之詞也。」朱說在過去雖較
> 流行，但還不夠圓融周洽。可是，即使根據這種說法，則這三
> 種表現手段，也無例外地都是形象思維的產物，所以決不能把
> 直說（直言）和敷陳排斥在形象思維、形象性之外。在古今中
> 外的詩人作品中，「敷陳其事而直言之」的傑作是極多的，它
> 們也都是富於形象性的。那麼，怎麼能夠把詩和直說對立起來
> 呢？[188]

　　程先生之言，有論有據，信而有徵，可謂顛撲不破。[189]北宋范溫

---

186 毛澤東：〈給陳毅同志談詩的一封信〉，1965年7月21日，《詩刊》1978年1月號。
187 蘇者聰：〈宋詩怎樣一反唐人規律〉，《武漢大學學報》1979年1期，頁46-52。
188 程千帆：〈韓愈以文為詩說〉，莫礪鋒編：《程千帆選集》（瀋陽：遼寧古籍出版社，
　　1996），下冊，《古詩考索》，頁1085-1086。
189 程先生在注文中進一步申說「賦」體富於形象，跟比興二法無別，其言曰：在
　　賦、比、興中，比興當然是詩人們所經常使用的，但賦卻是更其基本，更其普遍
　　使用的手法，而且三者往往是結合在一起的。因為比興所涉及的只能是每首詩的
　　某一部分或某些部分，而賦則可涉及一首詩的全篇。《詩經》中全篇「敷陳其事而
　　直言之」的詩有的是；全篇「以彼物比此物」的詩，我們還可以舉出《小雅・鶴
　　鳴》。但王夫之《薑齋詩話》卷下已經說：它「全用比體，不道破一句」，是「《三

《潛溪詩眼》稱：「形似之語，出於詩人之賦」；「激昂之語，出於詩人之興」，以為文章之道多方，賦比興三體交錯並用，皆能產生警策。[190]畢竟，賦、比、興三體，皆是《周禮‧春官》、《詩‧大序》以來，騷人墨客不約而同常用之詩家語，固當「宏斯三義，酌而用之」，不可愛憎存心，刻意低昂，而流於意氣用事，若初清宗唐詩話，自不可取。

第三節　結語

中國古典詩歌歷經數千年之發展演變，形成兩座高峰：唐人學漢魏，蔚為唐詩、唐音；宋人學唐通變，亦自成一家，是為宋詩、宋調，錢鍾書所謂「唐詩、宋詩，亦非僅朝代之別，乃體格性分之殊」；溯唐之前，究宋之後，乃至於近代、現代、當代，要皆統攝在「詩分唐宋」之命題中，此固不易之論。

宋人標榜學古通變，追求自成一家，在學古變唐之歷程中，受宗派意識之制約，於是分體劃派之文風逐漸形成。體派之間既各呈異彩，加上入主出奴，貴古賤今、振救時弊諸意識作祟，於是肇始於北宋末葉之「唐宋詩之爭」，變本加厲，愈演愈烈，成為持續七、八百年之文學公案，影響宋、元、明、清，以及現當代詩壇學界十分深遠。

百篇》中創調」，後人效法的也並不多。至於「先言他物以引起所詠之詞」，則原來就只涉及一首詩的一部分，主要是在開頭，根本不可能在全篇中都使用興體。另外，根據我們今天的理解，賦的「敷陳其事而直言之」，其中就兼有象物、抒情的成分，它們是不可能脫離形象思維的。由此可見，作詩，賦是不能不用的，比興則可以用，也可以不用。同上註，頁1086。

190 陳輔之：《陳輔之詩話》，《宋詩話輯佚》本，《潛溪詩眼》第十二則，〈形似語與激昂語〉，頁397-398。

　　唐宋詩之爭，初始只斤斤於分體劃派，往往為左右祖，其後或因源流、異同而定優劣高下；或持本色、典範而軒輊唐宋。試考察宋、明、清之詩話、筆記、文集、序跋，即可見諸家所論唐詩宋詩之短長，更可見唐音、宋調之取捨與消長。其間歷經明代前後七子之復古尊唐，蔚為「唐樣」之模擬風尚，公安派與竟陵派標榜「代有升降，而法不相沿；故極其變，各窮其趣」，遂能代領風騷，開啟宗宋學宋之風氣，影響清代詩學宗宋之風尚。

　　由於朝廷君臣之愛好，清初詩風，仍以推尊唐詩，宗尚唐音為主流；學宋宗宋者大多為浙東學派、明代遺老、理學中人，[191]其勢力終不敵宗唐詩風。為辨章學術，考鏡淵流，本論文選擇賀裳、吳喬、馮班、施閏章、王夫之、毛先舒、毛奇齡、王士禎、何世璂、田同之等清初十家宗唐詩話，約六十餘條資料作為文本，從文學語言、詩歌語言之觀點切入，以考察宗唐詩話評論宋詩、宋調、宋人之是非曲直，廓清其疑似，期能還原宋詩宋調之價值真相，且為唐宋詩之爭提供另類之新異視角。

　　本文嘗試從四個視角，考察清初宗唐詩話，進而評價其中之「宋詩得失論」：

　　其一、變異與陌生化：宗唐詩話論宋詩之習氣，如出奇、務離、趨異、去遠、矜新、變革、疏硬、如生、尖巧、詭特、粗硬槎牙、奪胎換骨等等，諸般「不是」，就「菁華極盛，體製大備」之唐詩而言，自是新變代雄的一種手段，即是雅各布森、姚斯、什克洛夫斯基等學者所倡，具有「陌生化美感」之詩歌語言。

　　其二、獨到與創發性：宗唐詩話針對蘇黃詩風與江西詩派，大加撻伐者，為與唐詩、唐音趣味不同之「非詩」特色，如以文為詩、以

---

191 劉世南：《清詩流派史》，第八章〈清初宗派〉，頁240-257。

詩為文、以賦為詩、以史入詩、以禪喻詩、以禪為詩、以文字為詩、以議論為詩、以才學為詩、資書以為詩，以及「反其意而用之」的翻案詩。這些特色，隱含宋調之唐代詩人如杜甫、韓愈、及晚唐詩人間亦為之，不過質量遠不如宋人與宋詩。此即宋代詩學追求「不經人道，古所未有」之審美趣味，亦是宋型文化「會通化成」之發用與展現。就是這種「皮毛剝落盡」的陌生化，「出人意表」的新鮮感，「著意與人遠」的奇異性，以及「挺拔不群」的自我期許，才能蔚為宋詩與宋調之眼光獨到，與詩藝創發。

其三、三體與詩家語：賦、比、興三體，為《詩經》以來作詩之常法。三者當交相運用，不能偏廢。由於蘇黃詩及宋詩間有率直、淺直、徑直、理礙、意盡、雕刻、矜巧、餖湊、指斥、直言、著題、徵實、寫色、廣譬、鏤繪諸特色，宗唐詩話遂以為賦體之病，且譏為匠氣，此特尊唐宋之門戶偏見，或緣誤讀所致。就賦體之表現功能而言，以之抒情，則自抒胸臆，意在言外；以之寫景狀物，則形神俱似，情景交融；以之敘事，則舖敘敷陳，最便於對話、設問和反問。善哉乎鍾嶸之言：「若專用比興，則患在意深，意深則詞躓；若但用賦體，則患在意浮，意浮則文散」；宗唐詩話於三體中獨厚比興，而貶抑賦法，失其正矣。

其四、法則與精確度：宋人生唐後，為精益求精，以發掘未經人道為目標，遂遠較唐詩講究文學技巧，這是文學的事實。對這個事實產生推波助瀾的，是詩話筆記的大量出現，總結了詩歌的創作經驗，提供了鑑賞文藝的原理原則。詩作與詩話之講究技巧，因圖書流通而相互影響。清初宗唐詩話謂：「宋人有詩話而詩亡」，「宋人不工詩而詩話多」，皆非持平之論。蘇黃及江西諸子作詩，注重鍊字、琢句、標榜法度，追求巧妙，其中已啟示若干詩歌之規律和法則，如詩眼、捷法、活法、無法之倫，恐不能一概視為「死法」、「非法」，捕

風捉影、或黏皮帶骨。[192]由於篇幅所限,此一部分,本文從略。他日再議。

192 參考〔美〕阿黛爾‧里克特（Adele A. Rickett）：〈法則和直覺：黃庭堅的詩論〉,原載《中國的文學研究——從孔子到梁啟超》（美國：普林斯頓大學出版社,1978）,莫礪鋒譯文,發表於《文藝理論研究》1983年2期,頁63-71。又,陳莊、周裕鍇：〈語言的張力——論宋詩話的語言結構批評〉,《四川大學學報》1989年1期,頁59-65。

第三章
清初尊宋詩學與唐宋詩之異同

　　傳統詩歌之發展，歷經《詩》、《騷》、漢魏六朝、至唐代，已積累豐富之文學遺產，淘洗提煉出獨特之風格，造就形成承先啟後之當行本色，所謂唐音者是。唐詩之發展，歷經初、盛、中、晚，作家如雲而人材輩出，作品如林而競彩爭能，其輝煌燦爛，沈德潛（1673-1769）《唐詩別裁集》所謂：「菁華極盛，體制大備」[1]，足以當之。宋人生於唐人之後，面對唐詩登峰造極之文學成就，大有盛極難繼之困境。宋人作詩面臨之困境，誠如蔣士銓（1725-1785）所謂：「宋人生唐後，開闢真難為。能事有止境，極詣難角奇」[2]。不過，宋人之「超勝意識」[3]，化解了這種困境；致力求變追新，改變了這種態勢。

　　唐宋詩之爭，發始於宋詩特色形成後。北宋末年起，歷經元、明、清，前後八、九百年。此一爭端延續到清初一百五十年，清人宗唐詩話極盛之際，同時有學宋、尊宋、宗宋之詩論崛起，相互商榷短長，凸顯自家特色。論述既多，蔚為風氣，於是宗唐尊宋，逐漸形成此消彼長之態勢。本章重點，即在論述此一詩學發展之事實。

1　〔清〕沈德潛：《唐詩別裁集》（香港：中華書局，1977），〈凡例〉，頁3。

2　〔清〕蔣士銓：《忠雅堂集》（上海：上海古籍出版社，1993），卷十三，〈辯詩〉，頁986。

3　〔宋〕程伊川：《河南程氏遺書》卷十五，《宋史》卷340，〈呂大防傳〉，《三言二拍‧警世通言》〈趙太祖千里送京娘〉，屢言「本朝超越古今者」若干。顧炎武《日知錄》卷十五，〈宋朝家法〉亦言：宋世「過於前人者數事」。此種企圖超越古今之心態，筆者稱為「超勝意識」，參考楊聯陞：《國史探微》（臺北：聯經出版公司，1983），〈朝代間的比賽〉，頁43-47。

第一節　唐音宋調與唐宋詩之爭

　　宋人為求比肩唐詩、超勝唐詩，遂以學習古人優長為手段，求變追新為策略，傳承與開拓兼顧，自成一家詩風為目的，於是學唐變唐，別子為宗，在唐詩繁榮璀璨之後，跳脫唐詩，生面別開，蔚為中國古典詩歌另類之本色當行，所謂宋調者是。宋詩之求變追新，就中國詩歌發展史而言，固勢所必至，理有固然。明袁中道（1570-1623）深知宋詩「處窮必變」之艱難處境，曾云：

> 宋元承三唐之後，殫工極巧，天地之英華，幾洩盡無餘。為詩者處窮而必變之地，寧各出手眼，各為機局，以達其意所欲言，終不肯雷同剿襲，拾他人殘唾，死前人語下。於是乎情窮而遂無所不寫，景窮而遂無所不收。[4]

　　《易傳》云：「窮則變，變則通，通則久」，宋詩居於唐詩登峰造極之後，是袁中道所謂「處窮而必變之地」，所以宋人作詩，「各出手眼，各為機局」以因應之。其因應之策略多方，消極上，「終不肯雷同剿襲，拾他人殘唾，死前人語下」；積極方面，宋人為挑戰典範，代雄唐詩，大家名家多「好奇恥同」，或注重創意造語，或盡心開發餘妍，或破體為詩，或詩思出位，會通化成，自成一家，雖師古學唐，卻能入乎其內，出乎其外。宋人致力於新變，務求自得，志在超勝，故能於唐詩之後，別子為宗，蔚為宋詩之特色，樹立宋調之典型，足與唐詩唐音分庭抗禮而無愧。明袁中道、曹學佺，清吳之振

4　〔明〕袁中道：《珂雪齋集》（上海：上海古籍出版社，1989），卷十一，〈宋元詩序〉，頁497。又，蔡景康編選：《明代文論選》（北京：人民文學出版社，1993），頁336。

（1640-1717）、蔣士銓、沈曾植（1850-1922）諸家評論宋詩之價值
與特色，可為佐證：

> （宋元詩）取裁胗臆，受法性靈，意動而鳴，意止而寂，即不
> 得與唐爭盛，而其精采不可磨滅之處，自當與唐並存於天地之
> 間。[5]

> 唐宋皆偉人，各成一代詩。變出不得已，運會實迫之。格調苟
> 沿襲，焉用雷同詞？……寄言善學者，唐宋皆吾師。[6]

> 宋人之詩，變化於唐，而出其所自得，皮毛落盡，精神獨存。
> ……曹學佺序宋詩，謂取材廣而命意新，不勦襲前人一字。[7]

> 培老（沈曾植）特寄一箋，題予集云：「有所悟者，能入；有
> 所證者，能出。歐蘇悟入從韓，證出者，不在韓，亦不背韓
> 也，如是而後有宋詩。」[8]

　　吳之振論宋詩，推崇其變唐自得，取材廣多，而命意新奇；沈曾
植從能入、能出、悟入、證出，論歐蘇之學韓、變韓，而又能出其所
自得，承先啟後，繼往開來兼顧，故能開拓局面，而成宋詩特色。袁
中道、蔣士銓論點前後一揆，皆以為宋詩可與唐詩並存方駕，不僅唐

5　同上註。
6　〔清〕蔣士銓：《忠雅堂集》，頁986。
7　〔清〕吳之振、呂留良輯：《宋詩鈔》（上海：上海三聯書店，1988），頁1。
8　黃濬：《花隨人聖盦摭憶》（上海：上海書店出版社，1998），〈沈子培以詩喻禪〉，
　　頁364。

宋各成一代詩，而且唐詩宋詩皆堪師法。唐宋詩之異同，唐宋詩之流
變，唐宋詩之優劣，乃至於唐宋詩之特色，為明清詩評家論詩之熱門
話題，環繞上述焦點所作之表述，論者統稱之為「唐宋詩之爭」。[9]此
一論題，基本上以唐詩作為對照組，牽涉到宗唐、禰宋問題、詩學流
變考察、詩派意氣之爭、宋詩之特徵、宋調之形成，以及宋詩之定位
與價值。因此，廓清梳理，甚有必要。

　　蘇軾、黃庭堅，為宋詩之代表，其地位與評價，猶唐詩之有李
白、杜甫。蘇、黃以前，宋詩用心於師古學唐，尚未自成一家面目；
蘇、黃之後，開宗立派，法席甚盛，宋詩始「變化於唐，而出其所自
得」。宋詩既遠於唐詩，獨樹一格，於是元祐以後，宋詩唐詩遂平分詩
國之秋色。由於宋詩之學古通變，自成一家，故與唐詩為同源異流，
既不同於明詩之「相似而偽」，又與唐詩「相異而真」，[10]唐詩與宋詩
之異同，唐音與宋調之區別，此為中國詩學史不爭之事實。唯南宋、
明、清宗唐詩人昧於事實，徒爭意氣，遂釀成無謂之「唐宋詩之爭」。

　　自蘇軾、黃庭堅學古通變，自成一家，蔚為異於唐詩之宋詩本色
之後，蘇門弟子及江西詩派諸家傳承發揚，沾溉啟迪後學無限。形成
之宋調，隱然與唐音扞格，相互抗衡。南宋紹興間，張戒《歲寒堂詩
話》強調：詩以言志抒情文本，以含蓄蘊藉為貴，首揭反對蘇、黃詩
法之大纛，以為「預設法式」；非議蘇、黃以用事、押韻為工，抨擊
以議論為詩。[11]劉克莊（1187-1269）《後村詩話》及所作詩文集，一
方面肯定宋詩之創造和開拓，稱「其能言者，豈惟不愧於唐，蓋過之

9　參考齊治平：《唐宋詩之爭概述》（長沙：岳麓書社，1984）。又載文和：《「唐詩」、
　　「宋詩」之爭研究》（臺北：文史哲出版社，1997）。
10　張高評：《宋詩之新變與代雄》（臺北：洪葉文化公司，1995），壹、〈宋詩特色之自
　　覺與育形成〉，第四節「結語」，頁50-53。
11　成復旺、黃保真、蔡鍾翔：《中國文學理論史》（二）（北京：北京出版社，1991），
　　第四章第一節〈江西派和張戒〉，頁441-447。

矣！」同時，強調本色，提出風人之詩與文人之詩之區別；批評了宋詩句律疏、性情遠，資書以為詩諸缺失。[12]嚴羽《滄浪詩話》，以盛唐為法，說江西詩病：褒讚盛唐詩，不涉理路，不落言詮；針砭蘇、黃：「始自出己意以為詩，唐人之風變矣」；批判「本朝人尚理而病于意興」，貶責近代諸公「以文字為詩，以才學為詩，以議論為詩」，開啟明清宗唐抑宋之風氣。[13]

　　明代前後七子倡導復古，標榜「宗漢學唐，復臻古雅」。其復古崇唐理念，是以「格調」看待唐詩之體式，以「格調」看待唐詩之「興象風神」；又以尋源流，考正變來研究之發展史。[14]準此以觀宋詩，乃詆訶宋無詩、宋無律、宋人詩不必觀，宋之近體，惟一首可取云云。[15]影響所及，於是分唐界宋，尊唐貶宋，引發唐宋詩宗尚之爭，歷經明末、清初，以至於清末、民初，猶未能止息。[16]五四以來，唐宋詩之異同優劣紛爭，漸趨緩和。其中魯迅、聞一多、朱自清諸家所論，可作代表：

12　顧易生等：《宋金元文學批評史》（上海：上海古籍出版社，1996），第二編第四章第二節〈劉克莊〉，一、指點宋詩求發展，頁336-343；黃寶華、文師華：《中國詩學史‧宋金元卷》（廈門：鷺江出版社，2002），第九章第四節〈劉克莊：宋詩學的反思與整合〉，頁267-282。

13　齊治平：《唐宋詩之爭概述》，頁23-28。參考張健：《滄浪詩話研究》（臺北：五南圖書出版公司，1986），第六章第一節〈論各代特色〉，第五節〈評江西詩人〉；第七章〈影響及後人的批評〉，頁89-92、104-109、117-181。

14　朱易安：《唐詩學史論稿》（桂林：廣西師範大學出版社，2000），〈細故末節論唐音〉，頁179-195。

15　〔明〕李夢陽謂：「唐無賦，宋無詩」（崔銑《洹詞》）；何景明稱：「宋人詩不必觀」（楊慎《升庵詩話》卷十二）；王夫之亦以為：有宋一代無詩（《夕堂永日緒論內編》）；吳喬《答萬季野問》則云：「唐詩如父母然，豈有能識父母更認他人者乎？宋之最著者蘇黃，全失唐人一唱三歎之致，況陸放翁輩乎？」葉盛《水東日記》卷二十六載，劉崧宣稱：「宋絕無詩」；同書卷十又載蘇平之言，以為「宋之近體，惟一首可取。」凡此，入主出奴，皆非持平之論。

16　齊治平：《唐宋詩之爭概述》，明代、清代，頁36-132。

> 我以為一切好詩，到唐已被做完。此後倘非能翻出如來掌心之
> 齊天大聖，大可不必動手。[17]

> 詩的發展，到北宋實際也就完了。……就詩本身說，連尤、
> 楊、范、陸和稍後的元遺山，似乎都是多餘的、重複的，以後
> 更不必提了。[18]

> 從前唐詩派與宋詩派之爭辨，是從另一角度著眼。唐詩派說唐
> 以後無詩，宋詩派卻說宋詩是新詩。唐詩派的意念太狹窄，擴
> 大些就不成問題了。[19]

　　從魯迅「一切好詩，到唐已被做完」，至聞一多「詩的發展，到
北宋實際也就完了」，訴說著宗唐詩到尊宋詩之歷程；朱自清之論，
已折衷兼取唐宋。其後，三〇年代，繆鉞撰《詩詞散論》〈論宋詩〉，
錢鍾書著《談藝錄》，標榜「詩分唐宋」（詳後），較論唐宋詩之異
同、對照唐宋詩之得失，凸顯宋詩自有其本色，不與唐詩之風格類
似，唐宋詩之爭於是乎逐漸平息。

　　自清順治元年，至乾隆六十年（1644-1795），一百五十餘年間，
是所謂清初。由於明末遺老對明代「尊唐黜宋」詩風之反撥，遂間接
促成清初詩學「名唐而實宋」的現象，進而奠定了清代詩學「祧唐而

---

17 魯迅：〈答楊霽雲〉，《魯迅全集》（北京：人民文學出版社，1991），《魯迅書信集》
　　下冊，頁612。
18 聞一多：《神話與詩·文學的歷史動向》，孫黨伯、袁謇正主編：《聞一多全集》（臺
　　北：里仁書局，1984），頁203。
19 朱自清：〈新詩的進步〉，《新詩雜話》（北京：生活·讀書·新知三聯書店，1984），
　　頁9。

禰宋」之基調。[20]就清初詩學而言，錢謙益（1582-1664）與吳偉業
（1609-1672）實為詩壇領袖。錢氏宗宋詩，吳氏尊唐詩，形成清初
「宗宋」和「尊唐」兩大詩派。[21]宗宋詩派大多為亡明遺老，除錢謙
益外，尚有黃宗羲為首之浙派詩人。[22]錢謙益雖主盟宗宋派，唯清初
帝王宰相皆推重唐詩，毛奇齡（1623-1716）《西河詩話》言之甚明。
大抵說來，清初詩壇總體格局是「尊唐黜宋」，宗宋詩風遠不如尊唐
之盛，此攸關風會，政治情勢使然。[23]清初宗唐詩話力主尊唐揚唐，
推尊之餘，往往貶宋卑宋，流於學派意氣之爭，或因源流異同而判定
優劣，或持本色典範以軒輊唐宋，筆者曾撰〈清初宗唐詩話與唐宋詩
之爭——以「宋詩得失論」為考察重點〉，[24]列舉宗唐詩話十家，[25]六

---

20 蕭華榮：《中國詩學思想史》（上海：華東師範大學出版社，1996），下篇〈情理衝
　　突（宋-清）〉，〈清代第七章〉，三、〈「禰宋」詩學的濫觴〉，頁312-313。清初唐宋詩
　　之爭的紛紛擾擾，葉燮〈三經草序〉言之甚明：「有明之際，凡稱詩者，咸尊盛
　　唐。及國初而一變，詘唐而尊宋，旋又酌盛唐與宋之間，而推晚唐，且又有推中川
　　以逮元者，又有詘宋而復尊唐；紛紛反復，入主出奴，五十年來，各樹一幟。」
21 嚴迪昌：《清詩史》（臺北：五南圖書出版公司，1998），上冊，第二編《清初詩
　　壇》，第一章第一節〈錢謙益〉，第二節〈吳偉業〉，頁353-361、366-391。
22 亡明遺老入清之詩人，詳錢仲聯主編：《清詩紀事》（南京：江蘇古籍出版社，
　　1987），第一、第二冊〈明遺民卷〉。
23 〔清〕毛奇齡：《西河詩話》卷五，〈益都師相〉，卷七〈盛唐多殿閣詩〉，《四庫全
　　書存目叢書》（臺南：莊嚴文化公司，1995-1997），集部第四二〇冊，頁546、545；
　　參考嚴迪昌：《清詩史》，〈緒論之二、清詩的壇變特點——「朝」、「野」離立之
　　勢〉，頁15-27。
24 張高評：〈清初宗唐詩話與唐宋詩之爭——以「宋詩得失論」為考察重點〉，原香港大
　　學中文系主辦「元明清詩詞歌賦與中國文化國際研討會」發表論文，後收入黎活仁
　　主編：《中國文學與文化研究學刊》第一期（臺北：臺灣學生書局，2002），頁83-
　　158。今輯入本書第二章。
25 清初宗唐詩話，如吳偉業《梅村詩話》、賀裳《載酒園詩話》、吳喬（1611-1659？）
　　《圍爐詩話》、馮班（1614-1681）《鈍翁雜錄》、施閏章（1618-1683）《蠖齋詩話》、
　　王夫之（1619-1692）《薑齋詩話》、毛先舒（1620-1688）《詩辨坻》、毛奇齡（1623-
　　1715）《西河詩話》、王士禎（1634-1711）《帶經堂詩話》、何世璂（1666-1729）《然
　　鐙紀聞》、田同之《西圃詩說》、趙執信（1662-1734）《談龍錄》等。

十餘條資料作佐證，以之辨章學術，考鏡淵源，獲得下列結論：

一、宗唐詩話論宋詩之習氣，如出奇、務離、趨異、去遠、矜
　　新、變革、疏硬、如生、尖巧、詭特、粗硬槎牙、奪胎換
　　骨等等，諸般「不是」，相對於唐詩而言，即是雅各布
　　森、姚斯、什克洛夫斯基等學者所倡，具有「陌生化美
　　感」之詩歌語言。

二、宗唐詩話大加撻伐者，為與唐詩、唐音趣味不同之「非
　　詩」特色，如以文為詩、以詩為文、以賦為詩、以史入
　　詩、以禪喻詩、以禪為詩、以文字為詩、以議論為詩、以
　　才學為詩、以及翻案詩。這種詩思，深具獨到與創發性，
　　跟創造思維（creative thinking）注重反常、辯證、開放、
　　獨創、能動性，可以相互發明。

三、賦、比、興三體，當交相運用，不能偏廢。宋人詩間有率
　　直、理礙、意盡、雕刻、矜巧、餖湊、直言、著題、徵
　　實、寫色、廣譬、鏤繪諸詩病，宗唐詩話遂誤讀為賦體使
　　然。其實賦體之功能多方：以之抒情，則直抒胸臆，意在
　　言外；以之寫景狀物，則形神俱似，情景交融；以之敘
　　事，則舖敘敷陳，最便於對話、設問和反問。宗唐詩話於
　　三體中獨厚比興，而貶抑賦法，有失其公正。

　　宗唐詩話論宋詩，多以唐詩為中國古典詩歌之唯一典範，不二本
色，持此以觀宋詩，遂指為非詩、詩病，入主出奴，自然而相非，則
宋詩莫不非矣。為求全面考察清初唐宋詩紛爭之實況。今再調換研究
視角，選擇清初宗宋派詩論作探討，以推求清初宋詩學之大凡。博雅
方家，不吝指正。

第二節　清初宋詩學之議題與特色

　　學界探討清初宋詩學之論著，多為專書中之一章或一節，限於篇幅，多未作暢論。[26]其中，考察清初宗宋詩學，觀點較為明朗者有三：其一，鄔國平、王鎮遠《清代文學批評史》，提出清初宗宋詩學之特點有三：強調變化的詩歌發展觀，肯定趨新求奇的審美趣味，推尊韓愈、黃庭堅為宋調宗師。[27]其二，張仲謀《清代文化與浙派詩》，以為宋詩在清初所以能重新嶄露頭角，主要在審美趣味的更新規律，詩歌自身發展的邏輯，遺民感情的有意轉注，其中自有士風、學風與詩風之推助激盪。[28]其三，張健《清代詩學研究》，以主真重變，重估宋詩價值；以審美傳統，辨析唐宋異同；以文體分類，折中唐宋得失；以先唐後宋，規劃學詩歷程。[29]張健觸及較廣，鄔國平等探論較精。諸家所論，雖有可取，然不該不偏，不足以見清初宋詩學之大凡與脈絡。筆者不敏，研究宋代詩學有年，有意探究清初宋詩學。因卓撰本篇，權作考察清代宋詩學之嚆矢。

　　清初歷順治、康熙、雍正、乾隆四朝，前後約一百五十餘年。就詩學宗尚而言，名為尊唐，實則宗宋禰宋已蔚然成風。涉及宋詩學之詩論家，舉其犖犖大者言之，如錢謙益（1582-1664）、黃宗羲

26　專書涉及清初宋詩學者，如吳宏一《清代詩學初探》、劉世南《清詩流變史》、鄔國平、王鎮遠《清代文學批評史》、張仲謀《清代文化與浙派詩》、戴文和《唐詩宋詩之爭研究》、張健《清代詩學研究》、劉誠《中國詩學史・清代卷》；其他零篇散論，尚多有之。

27　鄔國平、王鎮遠：《清代文學批評史》（上海：上海古籍出版社，1995），第五章第四節〈宋詩派的理論〉，頁340-349。

28　張仲謀：《清代文化與浙派詩》（北京：東方出版社，1997），第一編第一章〈宋詩的重新發現〉，頁11-22。

29　張健：《清代詩學研究》（北京：北京大學出版社，1999），第八章〈主真重變與清初宋詩熱〉，頁362-403。

（1610-1695）、尤侗（1618-1704）、周容（1619-1679）、汪琬（1624-
1690）、葉燮（1627-1703）、朱彝尊（1629-1709）、徐乾學（1631-
1694）、王士禎（1634-1711）、宋犖（1634-1713）、田雯（1635-
1704）、邵長蘅（1637-1704）、賀貽孫（約1637年在世）、汪懋麟
（1640-1688）、吳之振（1640-1717）、厲鶚（1692-1752）、全祖望
（1705-1775）、汪師韓（1707- ？）、蔣士銓（1725-1785）、趙翼
（1727-1814）、翁方綱（1723-1818）等二十餘家，擬就所撰詩話、
文集、序跋、評語中，關涉宋代詩學者，拈出梳理，作為論述之據
依。歸納諸家之說，以考察清初之宋詩學，其間可資談助者多方，限
於篇幅，今只擬就三個議題進行討論：一、標榜新變之風格；二、辨
析唐宋之異同；三、強調宋詩之本色，試依序論證如下：

一 標榜新變之風格

　　唐詩，為古典詩歌發展極致之一，而不是唯一。宗唐詩派與詩
學看待唐詩、唐音為唯一典範，獨一無二之本色，目空一切，唯我
獨尊，故有明代李夢陽所謂「宋無詩」；何景明所謂「宋人詩不必
觀」；劉崧宣稱：「宋絕無詩」；蘇平以為「宋之近體，唯一首可取」
諸論。[30]漠視詩歌發展之真相，忽略「一代有一代文學」之事實，其
中顯然有宗派意氣之爭在。清初詩學之學宋宗宋者，往往因厭棄前後
七子之膚廓，詆斥名為宗唐之「假唐詩」，故轉折而學宋宗宋，為宋
詩張目者，錢鍾書以為：「每非真賞宋詩，乃為擊排七子張本耳」，[31]

---

30 參考陳國球：《唐詩的傳承——明代復古詩論研究》（臺北：臺灣學生書局，
　　1990），第二章〈宋人主理——復古派反宋詩的原因〉，頁33-84。
31 錢鍾書：《談藝錄》（臺北：書林出版公司，1988），四十二，〈明清人師法宋詩·補
　　訂〉，頁471。

朱彝尊（1629-1709）所云：

> 三十年來，海內譚詩者，知嫉景陵邪說，顧仍取法于廷禮；比
> 復厭唐人之規幅，爭以宋為師。夫惟博觀漢魏六代之詩，然後
> 可以言唐；學唐人而具體，然後可以言宋。彼目不覩全唐人之
> 詩，輒隨響附影，未知正而先言變，高詡宋人，詆唐為不足
> 師，必曰離之始工，吾未信其持論之平也。……[32]

> 今之言詩者，每厭棄唐音，轉入宋人之流派，高者師法蘇、
> 黃，下乃效及楊廷秀之體，叫囂以為奇，俚鄙以為正，譬之于
> 樂，其變而不成方者與？[33]

> 今之言詩者，目不聞曹、劉之牆，足不覆潘、左、陶、謝之
> 國，顧厭棄唐人以為平熟，下取蘇黃楊陸之體製，而又遺其神
> 明，獨拾瀋滓，此猶杭人之結屋，伐荻蘆以為笓，編竹以為
> 筓，削板以為防，見者幸其成之之速易，一旦燎以火，其不化
> 為煙塵土礫罕矣。予故論詩必以取材博者為尚。[34]

　　「復厭唐人之規幅，爭以宋為師」；「每厭棄唐音，轉入宋之流
派」；「厭棄唐人以為平熟，下取蘇黃楊陸之體製」之風氣，乃清初詩
壇對復古模擬唐音，流於「唐樣」惡風之反彈。唯學習當知正變源
流，朱彝尊以為：「學唐人而具體，然後可以言宋」，清初詩人「每厭
棄唐音，轉入宋之流派」，不覩全唐人之詩，輒隨響附影者有之；未

---

32 〔清〕朱彝尊：《曝書亭集》，收入清史編纂委員會主編：《清代詩文集彙編》（上
　　海：上海古籍出版社，2010），卷三十七〈丁武選詩集序〉，頁4-5，總頁312-313。

33 同上註，卷三十八〈葉李二使君合刻詩序〉，頁5，總頁318。

34 同上註，卷三十九〈鵲華山人詩集序〉，頁6，總頁326。

知正而先言變，詆唐離唐者有之；叫囂以為奇，俚鄙以為正者有之；遺其神明，獨拾瀋滓者有之；譬如音樂，皆是「其變而不成方者也」。矯枉過正，物極必反，朱彝尊對厭唐學宋詩風之糾彈，與其「始學初唐，晚宗北宋」之宗尚有關。[35]《四庫全書·總目》對於清初詩學由宗唐而宗宋之轉折，有較全面之論述，如：

> 明季詩派，最為蕪雜。其初歷太倉、歷下之剽襲，一變而趨清新；其繼又厭公安、竟陵之纖佻，一變而趨真樸，故國初諸家，頗以出入宋詩，矯鉤棘塗飾之弊。[36]

> 詩自太倉、歷下，以雄渾博麗為主，其失也膚；公安、竟陵，以清新幽眇為宗，其失也詭。學者兩途并窮，不得不折而入宋。[37]

> 平心而論，當我朝開國之初，人皆厭明代王、李之膚廓，鍾、譚之纖仄，于是談詩者競尚宋元。[38]

> 明人喜稱唐詩，自國朝康熙初年，竇臼漸深，往往厭而學宋。[39]

---

35 〔清〕洪亮吉：《北江詩話》（北京：人民文學出版社，1983）。錢仲聯：《清詩紀事》（南京：江蘇古籍出版社，1987），第五冊，康熙朝卷，〈朱彝尊〉引《北江詩話》，頁2703。錢鍾書《談藝錄》，三十〈漁洋竹垞說詩〉，則直指洪亮吉之論為「瞀說」，謂朱彝尊「於宋詩，始終排棄，至老宗旨不變，特晚作稍放筆不復矜持。」頁110。

36 〔清〕紀昀等主纂：《四庫全書總目》（臺北：藝文印書館，1974），卷一九〇，吳之振《宋詩鈔》提要，頁3968。

37 同上註，卷一百九十，〔清〕王士禎：《唐賢三昧集》提要，頁3967。

38 同上註，卷一百七十三，〔清〕王士禎：《精華錄》提要，頁3498。

39 同上註，卷一百七十三，〔清〕查慎行：《敬業堂集》提要，頁3513。

　　明季太倉、歷下、公安、竟陵諸派之流弊，既次第顯現；於是清
初詩學鄙棄明代宗唐派剽襲、纖佻、膚廓、纖仄諸詩病，盤然轉向，
而學宋、尚宋、出入宋詩，物極必反，亦《易傳》所謂窮變通久之
道。清初詩學宗宋者，多以流變之觀點，看待唐宋詩之發展。其中推
衍論證，最稱明確可觀者，當數葉燮（1627-1703）於《原詩》中之
闡說，大抵從源流正變的觀念作發揮，高度推揚和肯定了宋詩之價值
與地位。如：

　　　　竊以為相似而偽，無寧相異而真，故不必泥前盛後衰為論也。
　　　　夫自《三百篇》而下，三千餘年之作者，其間節節相生，如環
　　　　之不斷，如四時之序，衰旺相循而生物而成物，息息不停，無
　　　　可或間也。吾前言踵事增華，因時遞變，此之謂也。[40]

　　　　總之：後人無前人，何以有其端緒？前人無後人，何以竟其引
　　　　伸乎？譬諸地之生木然，《三百篇》則其根，蘇、李詩則由萌
　　　　芽而蘖，建安詩則生長至於拱把，六朝詩則有枝葉，唐詩則枝
　　　　葉垂蔭，宋詩則能開花，而木之能事方畢。自宋以後之詩，不
　　　　過花開而謝，花謝而復開，其節次雖層層積累，變換而出，而
　　　　必不能不從根柢而生者。[41]

　　　　又漢、魏詩如初架屋，棟樑柱礎，門戶已具，而牕櫺楹檻等
　　　　項；由未能一一全備，但樹棟宇之形製而已。六朝詩始有牕櫺
　　　　楹檻、屏蔽開闔。唐詩則於屋中設幛帷床榻器用諸物，而加丹

---

40 〔清〕葉燮：《原詩》卷二，內篇下，載丁福保編：《清詩話》（臺北：明倫出版社，
　　1971），頁587-588。
41 同上註，頁588。

堊雕刻之工。宋詩則製度益精，室中陳設，種種玩好，無所不
蓄。大抵屋宇初建，雖未備物，而規模弘敞，大則宮殿，小亦
廳堂也。遞次而降，雖無製不全，無物不具；然規模或如曲房
奧室，極足賞心；而冠冕闊大，遜於廣廈矣。夫豈前後人之必
相遠哉？運會事變使然，非人力之所能為也；天也。[42]

　　主變，是明季公安派之詩學主張，清初為錢謙益虞山詩派所繼
承，再得葉燮《原詩》之發揚。沈德潛（1673-1769）《國朝詩別裁
集》稱葉燮論詩：「一曰生，一曰新，一曰深，凡一切庸熟陳舊浮淺
語須掃而空之」；鄧之誠《清詩紀事初編》推崇之，以為「舉世尊宋
之時，獨持己見，發聾振聵，信豪傑之士」。葉氏有關源流正變說，
蓋受〈文選序〉「踵事增華」，及《文心雕龍‧通變》「文律運周，日
新其業。變則堪久，通則不乏」論之啟發，提出「有沿有革，有因有
創，沿中有革，因中有創」的文學發展變化觀，一舉而擊中前後七子
「詩必盛唐」之要害。[43]葉燮論詩，強調詩歌之發展是「踵事增華，
因時遞變」的。前後七子標榜模擬前賢，縱然得其「似」，卻喪失自
我，實偽而不真。此齊白石作畫，所謂「似我者死！」故與其「相
似」，不如「相異」！因為主張「相異而真」，故曰：「不必泥前盛後
衰為論」，顯然針對前後七子所謂「詩必盛唐」而發。葉氏復以此種
觀點論證古典詩歌之發展與演變，以「地之生木」作比況，以為「唐
詩則枝葉垂蔭，宋詩則能開花，而木之能事方畢」。又以屋宇陳設為
喻，稱「唐詩則於屋中設幛帷床榻器用諸物，而加丹堊雕刻之工。宋
詩則製度益精，室中陳設，種種玩好，無所不蓄」，對宋詩能繼承，

---

42 同上註，卷四外篇下，頁602。
43 張少康：《古典文藝美學論稿》（臺北：淑馨出版社，1989），〈葉燮文藝思想的評價
　　問題〉，頁437-440。

又長於開拓；題材廣備，又致力精益求精，持高度之肯定與推崇。考
察《原詩》申說演變與發展，大抵依循積累變換、因時遞變、運會事
變、遞變相禪、變能啟盛諸原則，以之論定歷代詩歌之源流正變，以
之評價詩歌之因革新變。如：

> 吾言後代之詩，有正有變，其正變係乎詩，謂體格、聲調、命
> 意、措辭、新故、升降之不同，此以詩言詩，詩遞變而時隨
> 之，故有漢、魏、六朝、唐、宋、元、明互為盛衰，惟變以救
> 正之衰，故遞衰遞盛，詩之流也。從其源而論，如百川之發
> 源，各異其所從出，雖萬派而皆朝宗於海，無弗同也。歷考
> 漢、魏以來之詩，循其源流升降，不得謂正為源而長盛，變為
> 流而始衰；惟正有漸衰，故變能啟盛。[44]

　　葉燮論詩，以為體格、聲調、命意、措辭、新故、升降「遞變隨
時」，強調變可以救正之衰。因此，「不得謂正為源而長盛，變為流而
始衰；惟正有漸衰，故變能啟盛」。[45]筆者研究宋代詩學，評論南宋以
降之唐宋詩紛爭，提出「論宋詩當以新變自得為準據，不當以異同源
流定優劣」之觀點，[46]為宋詩之價值作定位，即受葉燮之啟發。葉燮
論詩，極重視源流正變、升降盛衰。與宗唐派不同者，並不一味貴源
主正。相形之下，文學之「流」與「變」，更受葉氏之關注。葉燮
「正有漸衰，變能啟盛」之觀點，有力地駁斥了宗唐派所謂古盛今

44　清葉燮：《原詩》卷一，內篇上，《清詩話》本，頁569。

45　張健：《清代詩學研究》，第七章〈變而不失其正：葉燮對錢謙益一派詩學的繼續展
　　開〉，二、「正有漸變，變能啟盛：正變與盛衰」。

46　張高評：〈從「會通化成」論宋詩之新變與價值〉，《漢學研究》16卷1期（1998年6
　　月），頁254-261；《會通化成與宋代詩學》（臺南：成功大學出版組，2000），頁37-
　　50。

衰、前盛後衰、今不如古、一代不如一代之復古謬論。[47]持此論點評價宋詩，對於一味襲舊、純是唐音之詩，成就當然遠不如「能自見其才」，大變唐音之蘇、梅、歐、陸、范、元諸家。葉燮又稱：

> 宋初詩襲唐人之舊，如徐鉉、王禹偁輩，純是唐音。蘇舜欽、梅堯臣出，使一大變，歐陽修極稱二人不置。自後諸大家迭興，所造各有至極，今人一概稱為宋詩者也。自是南宋、金、元作者不一，大家如陸游、范成大、元好問為最，各能自見其才。[48]

> 如蘇軾之詩，其境界皆開闢古今之所未有，天地萬物，嬉笑怒罵，無不鼓舞於筆端，而適如其意之所欲出，此韓愈後之一大變也，而極盛矣。自後或數十年而一變，或百餘年而一變；或獨自一人為變，或數人而共為變，皆變之小者也。其間或有因變而得盛者，然亦不能無因變而益衰者。[49]

徐鉉、王禹偁作詩，宗法白居易，[50]所謂「襲唐」、「唐音」，此葉燮指斥之「相似而偽」。葉燮所稱揚之詩人，如蘇舜欽、梅堯臣、蘇軾、陸游、范成大、元好問等，皆貴在能新變自得，所謂「所造各有至極」、「各能自見其才」，此即所謂「相異而真」、「一大變」。推崇蘇軾詩「其境界皆開闢古今之所未有」，以為乃「韓愈後之一大變」，亦

---

47 張文勛：〈葉燮詩歌理論〉，《古代文學理論研究》第三輯（上海：上海古籍出版社，1981），「詩歌的發展史觀」，頁114-120。

48 同上註，頁566。

49 同上註，頁570。

50 梁昆：《宋詩派別論》（臺北：東昇出版公司，1980），二、〈香山派〉，頁6-7。

呼應《原詩》「變能啟盛」之觀點。準此觀點評價歷代詩歌，故推崇「因時善變，日新不病」之詩歌。如云：

> 孟舉詩之似宋也，非似其意與辭，蓋能得其因而似其善變也。今夫天地之有風雨陰晴寒暑，皆氣候之自然，無一不為功於世，然各因時為用而不相仍。使仍於一，則恆風恆雨，恆陰恆晴，恆寒恆暑，其為病大矣。詩自三百篇，及漢魏六朝唐宋元明，惟不相仍，能因時而善變，如風雨陰晴寒暑，故日新而不病。[51]

> 今人見詩之能變而新者，則學之，而歸之學宋，皆錮於相仍之恆，而不知因者也。孟舉之詩，新而不傷，奇而不頗，敍述類史遷之文，言情類宋玉之賦，五古似梅聖俞，出入於黃山谷，七律似蘇子瞻，七絕似元遺山，語必刻削，調必鑿空，此其概也。不知者謂為似宋，孟舉不辭；知者謂為不獨似米，孟舉亦甚愜；蓋孟舉之能因而善變，豈世之蹈襲膚浮者比哉！[52]

宋詩與吳孟舉（之振）所作詩，符合葉氏所標榜「相似而偽，無寧相異而真」之新變原則，故稱揚有加。其中所謂「恆風恆雨，恆陰恆晴，恆寒恆暑，其為病大矣！」諸形象語，即是葉燮所謂「相仍」、「仍於一」、「相似而偽」之詩病。明公安派袁宏道〈刻文章辨體序〉稱：雞犬各識新豐家，而終非其新豐也；優人效孫叔敖，而終非真叔敖，同異之際，真偽之間，如果流於「抱形似而失真境，泥皮相而遺精神」，那就本末倒置，一無可取了。畢竟，詩國的花園，應該

---

51 〔清〕葉燮：《己畦集》，收入《四庫全書存目叢書》（臺南：莊嚴文化公司，1997，清康熙葉氏二棄草堂刻本影印），集部二四四，卷八，〈黃葉邨莊詩序〉，頁84。

52 同上註，頁84。

姹紫嫣紅，爭奇鬥豔；玫瑰、牡丹儘管華貴綺麗，也不必然要獨佔三春之風光。詩歌風格應該如春天之百花齊放，多元而熱鬧；又如風雨、陰晴、寒暑之來，因時順勢變化，所謂「日新而不病」方是。葉燮詩論，批評「相仍之恒」，斥為「蹈襲膚浮」。稱讚吳之振所作詩能因善變、新奇不頗；肯定詩歌之發展與新變，推揚宋詩，針砭時弊，立論容有不周延處，取其大醇，捨其小疵可也。[53]

清初詩壇以「新變」觀點論詩，除葉燮《原詩》最稱大家外，尚有徐乾學（1631-1694）、田雯（1635-1704）、吳之振（1640-1717）諸家，如：

> 唐以後無詩之說，余心疑之久矣。文章之道，以變化為能，以日新為貴。天之生才無窮，事物之變態無窮；以才人之心思與事變相遭，而情景生焉，而真詩出焉，不可以格調拘，不可以時代限也。[54]

> 詩變而日新，則造語命意必奇，皆詩人之才與學為之也。夫新，非矯也，天下事無一不處日新之勢，況詩乎！顧以詩之新者，譬之文錦焉，織以天孫之巧，濯以蜀江之波，而後天吳紫鳳，其色鮮也；又如湛盧焉，採五山之鐵精，融六合之金英，而後龜文縵理，其鋒淬也。不然，沿常襲故，率以舊窠俳體充斥滿前，今與昔一丘之貉，是以塵飯土羹充大官之饌也，可乎

---

53 葉燮詩論之局限，張少康曾略加拈出，參考張少康：《古典文藝美學論稿》，頁437-440。黃保真：《中國文學理論史》（四）（北京：北京出版社，1991），第六編第三章第二節（葉燮《原詩》），亦多所論述，頁371-382。

54 〔清〕徐乾學：《憺園文集》（臺北：漢華文化公司，1971，影印臺灣大學藏清康熙三十六年刊本），卷十九，〈宋金元詩選序〉，頁14，總頁999。

哉？即奇亦非怪與誕也。[55]

自嘉隆以還，言詩者尊唐而黜宋。……黜宋詩者曰腐，此未見
宋詩也。宋人之詩，變化於唐，而出其所自得，皮毛落盡，精
神獨存，不知者或以為腐。[56]

徐乾學提出「真詩」的檢驗標準，在「以變化為能，以日新為
貴」，而不拘以格調，不限以時代。田雯亦欣賞：「詩變而日新，則造
語命意必奇」的作品，而鄙棄「沿常襲故，率以舊窠」的偽體與「唐
樣」。吳之振編輯《宋詩鈔》，提倡學宋宗宋，強調宋詩優長，在學唐
變唐，而又有所自得。又強調「宋人之用力於唐也，尤精以專」，故
宋人所作，往往能化臭腐為神奇。宋人學唐變唐，能入能出，故能與
唐詩比肩，平分詩國之秋色。黃宗羲（1610-1695）、汪琬（1624-
1690）、朱彝尊、徐乾學、汪師韓（1707-？）諸家，論宋詩之學唐變
唐，多持肯定與推崇之觀點。先看黃宗羲的觀點：

天下皆知宗唐詩，余以為善學唐者唯宋，顧唐詩之體不一：白
體、崑體、晚唐體。白體，如李文正、徐常侍兄弟、王元之、
王漢謀；崑體，則楊、劉之西崑出於義山，二宋、張乖崖、錢
僖公、丁崖州，其亞也；晚唐體，則九僧、寇萊公、魯三交、
林和靖、魏仲先父子、潘逍遙、趙清獻之輩，凡數十家，至葉
水心、四靈，而大振。少陵體則黃雙井崑尚之，流而為豫章詩

55 〔清〕田雯：《古歡堂集》，收入文淵閣《四庫全書》（臺北：臺灣商務印書館，
　　1983，據國立故宮博物院藏本影印），第一三二四冊，集部二六三冊，卷二十四，
　　〈楓香集序〉，頁22，總頁248。
56 〔清〕吳之振：《宋詩鈔》（上海：上海三聯書店，1988），〈序〉，卷首，頁1。

派,乃宋詩之淵藪,號為獨盛。歐、梅,得體於太白、昌黎;
王半山、楊誠齋,得體於唐絕。晚唐之中,出於自然,不落纖
巧凡近者,即王輞川孟襄陽之體也。雖鹹酸嗜好之不同,要必
心遊萬仞,瀝液群言,上下於數千年之間,始成為一家之學。
故曰:善學唐者唯宋。[57]

　　宋人無不學習古人,或學陶淵明,或學白居易、韓愈;或學李
白、杜甫;或學李商隱、晚唐詩,蔚為「學古論」之蓬勃。[58]因為唐
詩「菁華極盛,體製大備」之文學遺產,頗值得傳承與開拓。故宋人
以學唐為手段,而以變唐、新唐、拓唐為目的。葉燮《原詩》所謂
「能因而善變」,具有「相異而真」之價值。在舉天下皆宗唐詩的明
末清初,黃宗羲提出:「余以為善學唐者唯宋」,於是列舉宋詩體派,
如學白體、崑體、晚唐體、少陵體諸大家名家,能學唐變唐,「瀝液
群言,成為一家之學」者,以論證「善學唐者唯宋」之觀點。觀梨洲
自作詩,手法純出宋詩。試與顧炎武、王夫之所作相較,「顧、王不
過沿襲明人風格,獨梨洲欲另闢途徑」,錢鍾書評為「豪傑之士」,[59]
足見宋詩宋調之追求新變與創發。其次,再看汪琬、朱彝尊、徐乾學
之見解:

且宋詩,未有不出於唐者也,楊、劉則學溫李也,歐陽永叔則
學太白也,蘇、黃則學子美也,子由、文潛則學樂天也,宋之

57 沈善洪、吳光主編:《黃宗羲全集》(杭州:浙江古籍出版社,2005),第十冊,《南
　　雷詩文集》上,〈姜山啟彭山詩稿序〉,頁60。
58 參考黃景進:〈黃山谷的學古論〉,臺灣大學中文所主編:《宋代文學與思想》(臺
　　北:臺灣學生書局,1989),頁259-288。
59 錢鍾書:《談藝錄》,四十二,〈明清人師法宋詩〉,頁144。

與唐，夫固若塤箎之相倡和，而駏驉之相周旋也，審矣。[60]

宋之作者，不過學唐人而變之爾，非能軼出唐人之上。若楊廷
秀、鄭德源之流，鄙俚以為文，詼笑嬉褻以為尚，斯為不善變
矣。顧今之言詩，或效之，何與？[61]

徐健庵先生云：「近之說詩者，厭唐人之格律，每欲以宋為
歸。孰知宋以詩名者，不過學唐人而有得焉者也。宋之詩渾涵
汪茫，莫若蘇、陸。合杜與韓而暢其旨者，子瞻也；合杜與白
而伸其辭者；務觀也。初未嘗離唐人而別有所師。然則言詩於
唐，猶樂舞之有〈韶〉、〈武〉，而絺繡之有黼黻也。」……先
生可謂知言也。[62]

　　宋詩無不學古，尤其是汲取唐詩之優長，作為自我創作之利基，
徐乾學所謂「未嘗離唐人而別有所師」者是。汪琬以為「宋詩，未有
不出於唐者也」；朱彝尊亦稱：「宋之作者，不過學唐人而變之爾」；
徐乾學則進一步確定：「宋以詩名者，不過學唐人而有得焉者也」。總
之，宋人學唐，又知所新變；或致力體貌之規範，或盡心陳言之點
竄，或追求法度之鍛煉，多針對唐詩作觸發，進行詩體之改造、轉化
與創新，[63]一舉而完成文學遺產繼承與自我特色開拓諸課題。宋代學古

---

60 〔清〕汪琬：《堯峰文鈔》，收入任繼愈、傅璇琮總主編：《文津閣四庫全書》（北
　　京：商務印書館，2005），卷二十七，〈國朝詩選序〉，頁276。
61 〔清〕朱彝尊：《曝書亭集》卷三十七，〈王學士西征草序〉，頁7，總頁313。
62 〔清〕丁鶴：《蘭泉詩話》，張寅彭選輯，吳忱、楊焄點校：《清詩話三編》（上海：
　　上海古籍出版社，2014），第二冊，引徐乾學語，頁1046-1047。
63 張高評：《苕溪漁隱叢話與宋代詩學典範》（臺北：新文豐出版公司，2012），第十
　　章〈《苕溪漁隱叢話》與宋代詩學之學古論〉，頁395-438。

論之提出，本為宋代詩人面對唐詩「菁華極盛，體制大備」所作之對
應，宋人能學古變古，學唐變唐，故能出入轉折，自成一家特色。[64]
清初詩學，面對嘉隆後黜宋尊唐之風，亦持學唐又有所新變標榜宋
詩，可謂殊途同歸，前後合契。宗宋風氣既開，以流變發展觀考察詩
學者漸多，其中浙東史家全祖望（1705-1775）論宋詩，以為歷經五
變，最具代表性：

> 宋詩之始也，楊、劉諸公最著，所謂「西崑體」者也。說者多
> 有貶辭。然一喜洗「西崑」之習者歐公，而歐公未嘗不推服
> 楊、劉，猶之草堂之推服王、駱，始知前輩之虛心也。慶曆以
> 後，歐、梅、蘇、王數公出，而宋詩一變。坡公之雄放，荊公
> 之工練，並起有聲，而涪翁以崛起之調，力追草堂，所謂「江
> 西派」者，和之最盛，而宋詩又一變。建炎以後，東夫之瘦
> 硬，誠齋之生澀，放翁之輕圓，石湖之精致，四壁並開，乃永
> 嘉徐、趙諸公以清虛便利之調行之，見賞於水心，則「四靈
> 派」也，而宋詩又一變。嘉定以後，《江湖小集》盛行，多
> 「四靈」之徒也。及宋亡，而方、謝之徒相率為急迫危苦之
> 音，而宋詩又一變。蓋此三百五十年中，更番間出，如晉、楚
> 狎主齊盟，風氣皆因乎作者而遷，而要莫能相掩也。[65]

歷來學界說宋詩之分期者多，全祖望以「風格轉變」，作為分期

---

64 宋人期許之獨創成就有四：不經人道，古所未有；因難見巧，精益求精；破體為
文，即事寫情；出位之思，補偏救敝。追求自成一家之途徑有三：積澱傳統，突破
創新；絕去畦徑，別具隻眼；活法妙悟，彈丸流轉；博觀精巧，集詩大成。張高
評：《宋詩之新變與代雄》，頁67-141。

65 〔清〕全祖望：《鮚埼亭集》（上海：上海古籍出版社，2000），外編卷二十六，〈宋
詩紀事序〉，頁1247。

準據，較得理實。蕭子顯《南齊書‧文學傳論》稱：「若無新變，不能代雄」，此或全祖望立說之所本。此所謂「宋詩一變」、「宋詩又一變」云云，主要指「風氣皆因乎作者而遷」變。自宋初而崑體之模擬，而慶曆，而元祐，而建炎，而永嘉、嘉定，而宋亡，此葉燮所謂「正有漸衰，故變能啟盛」。全祖望以為：自楊劉西崑以下，三百五十年間，宋詩歷經五變。人家名家更番間出，各主其盟；風氣以遷，莫能相掩者；蓋各大詩人，自成一家，故能新變前人，而代雄當世，所謂「各領風騷數百年」者何也？「以變化為能，以日新為貴」而已！

二　辨析唐宋之異同

蔣士銓（1725-1785）〈辯詩〉曾云：「唐宋皆偉人，各成一代詩。變出不得已，運會實迫之。格調苟沿襲，焉用雷同詞？」[66]拈出「沿襲」、「雷同」現象，以見證清初以來之唐宋詩紛爭。筆者發現，清初詩學為宋詩爭取歷史地位，考求宋詩之文學價值，要領大抵有三：其一，標榜新變之風格；其二，辨析唐宋之異同；其三，標榜宋詩之本色；強調新變、異同、本色，而儘可能避談宋詩之優劣、得失。在清初政壇宗唐學唐成風之際，此宗宋詩人苦心孤詣、情非得已處。就唐宋詩之異同論，宗宋詩人提出兩大端，作為詩學議題：一曰反對擬古之失真，二曰強調唐宋詩之殊異。異同之較論，凸顯出宋詩之主體性和獨特性。

（一）反對擬古之失真

明代前後七子之擬古，似是而非，「詩必盛唐」的宗唐詩風，只

66　〔清〕蔣士銓：《忠雅堂詩集》（上海：上海古籍出版社，1993），卷十三，〈辯詩〉，頁986。

落得一個「唐樣」的譏諷，其病失在欠缺主體性，了無自家之風格特色。吳之振《宋詩鈔‧序》持續強調「真贗之辨」：「所尊者，嘉隆後之所謂唐，而非唐宋人之唐」；即使似唐，亦是缺乏性情之偽詩。葉燮《原詩》批評復古派所作詩，謂「相似而偽，無寧相異而真」，此誠一針見血之論。清初宗宋詩人如黃宗羲、尤侗（1618-1704）、朱彝尊、翁方綱（1723-1818）諸家，於真偽之辨，似與不似之別，同與異之分野，多頗有論說。且看黃宗羲之指陳：

> 余嘗與友人言詩，詩不當以時代而論，宋、元各有優長，豈宜溝而出諸於外，若異域然。即唐之時，亦非無蹈常襲故、充其膚廓而神理蔑如者，故當辨其真與偽耳。徒以聲調之似而優之而劣之，揚子雲所言伏其几、襲其裳而稱仲尼者也，此固先民之論，非余臆說。聽者不察，因余之言，遂言宋優於唐。夫宋詩之佳，亦謂其能唐耳，非謂捨唐之外能自為宋也。於是縉紳先生間謂余主張宋詩。噫，亦冤矣！[67]

> 世人多喜雷同，束書不觀，未嘗見大家源流之論，作半吞半吐之語，庶幾蘊藉，以為風雅正宗，不亦冤乎！近來點者，取宋、元詩餘，抄撮其靈秀之句，改頭換面以為詩，見者嗟其嫵媚，遂成風氣，此又在元遺山所謂薔薇無力之下矣。昔人云：「吾輩詩文，無別法，但最忌思路太熟耳。」思路太熟則必雷同。右軍萬字各異，杜少陵千首詩無一相同，是兩公者，非特他人路徑不由，及自己思路，亦必減竈而更燃也。[68]

---

67 沈善洪、吳光主編：《黃宗羲全集》（杭州：浙江古籍出版社，2005），第十冊，〈張心友詩序〉，頁48。

68 同上註，〈陸鉁俟詩序〉，頁87。

　　公安派袁宏道論詩，注重「真贗之辨」，因此高度評價當時民歌，以為真人所作真詩，「不效顰於漢魏，不學步於盛唐」，故有價值。貴真與擬古是相對立的，袁宏道曾批評宗唐詩的「今之君子」，「乃欲概天下而唐之，又且以不唐病宋」，主張一代有一代之文學，一家有一家之風格，此方是文學發展之規律。[69]黃宗羲指陳諸詩病，亦從生熟、異同、似不似視角論斷，如蹈常襲故、聲調之似，充其膚廓而神理蔑如；雷同、抄撮靈秀、改頭換面、思路太熟云云，即是號稱「能唐」之偽詩。特別推崇不由「他人路徑」，另起爐竈之作，舉書道為例，當如王羲之「萬字各異」；又舉杜甫詩為例，「千首詩無一相同」。與葉燮《原詩》所謂「相異而真」，可以相互發明。尤侗論詩，亦從似與不似，偽與真之辨述說，如：

　　　　今之說詩者，古風必曰漢、魏，近體必曰盛唐。以愚論之，與其為似漢、魏，寧為真六朝；與其為似盛唐，寧為真中晚，且寧為真宋、元。少陵云：安得詩如陶謝手，未嘗遠追蘇、李也。眉山、劍南，下筆妙處，有李、杜不能過者，近日虞山亟稱之矣。愚又論之，則無論其為漢、魏也，六朝也，初盛中晚也，宋、元也，皆是也，而莫不善于今人擬之一說。有人于此，面目我也，手足我也，一旦憎其貌之不工，欲使眉似堯，瞳似舜，乳似文王，項似皋陶，肩似子產，古則古矣，于我何有哉？今人擬古，何以異是？[70]

69　〔明〕袁宏道〈與丘長孺〉：「夫既以不唐病宋矣，何不以不《選》病唐，不滿病《選》，不《三百篇》病漢，不結繩鳥跡病《三百篇》矣？」參考袁震宇、劉明今：《中國文學批評史・明代卷》（上海：上海古籍出版社，1996），第八章〈晚明的詩文批評〉（上），頁450-455。

70　〔清〕尤侗：《西堂雜俎二集》，收入四庫禁燬書叢刊編纂委員會編：《尤太史西堂全集三種》（北京：北京出版社，2000），卷三，〈吳虞升詩序〉，頁6，總頁216。

　　尤侗論詩，亦主「真」去「似」：詩論推崇「面目我也，手足我也」之「真」作品，反對「今人擬古」、求「似」之詩說。強調「與其為似漢、魏，寧為真六朝；與其為似盛唐，寧為真中晚，且寧為真宋、元」。黃宗羲、尤侗二家所論，與袁宏道質疑前後七子，「夫既以不唐病宋矣，何不以不《選》病唐？」同一機軸；其中真偽之分，實則為異同之辨，實即是非優劣之判。葉燮所謂：「相似而偽，無寧相異而真」，堪稱片言折獄。朱彝尊與翁方綱之論，尤足以針砭時弊：

　　　　呂伯恭曰：「詩者，人之性情而已。」吾言其性情，人乃引以
　　　　為流派，善詩者不樂居也。溫、李之作派流為西崑，試取楊、
　　　　劉諸詩誦之，未見其畢肖于溫、李也；黃陳之作派流為江西，
　　　　試取三洪二謝二林諸詩誦之，未見其悉合于黃、陳也。譬諸水
　　　　然……派之不同乎源，非可瓜區而芋疇之也。[71]

　　宋初楊億、劉筠詩學西崑，詩風卻不似溫庭筠、李商隱；江西詩派諸子詩宗法黃庭堅、陳師道，考其詩風亦未悉合其所宗師。陳師道〈答陳覯書〉稱揚黃庭堅詩：「其學少陵而不為者也！」許尹〈題任淵注《黃陳詩》〉亦以為黃庭堅、陳師道二公以詩名世，亦「皆本於老杜而不為者也」。[72]學而不為，即葉燮所謂「相異而真」，朱彝尊所謂「派之不同乎源」。朱彝尊論詩，從本源流派之不「畢肖」，未「悉合」，詮釋發揮呂祖謙之「性情」詩說，既然標榜「不同」，其反對模擬可以想見。翁方綱說格調之得失，亦自似與不似論辨：

71　〔清〕朱彝尊：《曝書亭集》卷三十八，〈馮君詩序〉，頁11-12，總頁321。
72　〔宋〕陳師道：《後山居士集》（上海：上海古籍出版社，1984），卷十，〈答秦覯
　　書〉，頁9。〔宋〕陳尹：〈黃陳詩集注序〉，載黃庭堅：《山谷詩內集注》（臺北：學
　　海出版社，1979），卷首，頁7。

詩之壞於格調也，自明李、何輩誤之也。李、何、王、李之徒，泥於格調，而偽體出焉。……是則格調云者，非一家所能概，非一時一代所能專也。古之為詩者，皆具格調，皆不講格調，格調非可口講而筆授也。唐人之詩，未有執漢魏六朝之詩，以目為格調者，宋之詩未有執唐詩為格調，即至金元詩，亦未有執唐宋為格調者，獨至明李、何輩，乃泥執文選體，以為漢魏六朝之格調焉，泥執盛唐諸家以為唐格調焉。於是不求其端，不訊其末，惟格調之是泥，於是上下古今只有一格調，而無遞變遞承之格調矣。[73]

　　翁方綱針對前後七子學習古人，過分模擬；一味師法漢、魏、盛唐格調，太過拘泥執著，於是抨擊「上下古今只有一格調，而無遞變遞承之格調」，從「遞變遞承」論詩，自是宗宋詩話之基調。潘德輿《養一齋詩話》卷一稱：「矯七子學唐太似之病，必然帥法蘇、黃，此論竹垞（朱彝尊）已及之，石洲亦引之而故蹈之」，[74]可謂的論。翁方綱批評李、何劃地自限，將「格調」狹隘化，「泥而一之，則是蔑古而已」。翁氏認為汲古學古之真諦，在師其意，不在踐其迹。主張學習古人，必須引申發揮觸類而長，變而推廣。[75]翁氏所提〈格調說〉，指斥明季以來，貌襲古人，追求肖似，反失其真，遂成「偽體」之風習。其針砭時尚，可謂用心良苦。

---

73 〔清〕翁方綱：《復初齋文集》，收入《清代詩文集彙編》第三八二冊，卷八，〈格調論上〉，頁2，總頁83。

74 〔清〕潘德輿：《養一齋詩話》卷一，載郭紹虞編：《清詩話續編》（北京：人民文學出版社，1983），頁2013。

75 參考廖可斌：《明代文學復古運動研究》（上海：上海古籍出版社，1994），第四章，二、重格調，頁103-117；劉誠：《中國詩學史・清代卷》（廈門：鷺江出版社，2002），第五章第三節《格調論》：師其意，不踐其迹，頁224-226。

（二）強調唐宋詩之殊異

自宋至清，近代詩壇論唐宋詩，歷經三變：南宋至金元，以述說唐宋詩之異同為主，兼及唐詩之優長；朱明詩學，則爭論唐宋詩之優劣得失；自清初至乾嘉時期，則從異同、優劣之爭，以凸顯宋詩之特色與價值，此唐宋詩之爭之三部曲也。

清初宗宋詩人，據新變思維，批判李、何復古詩風，指為蹈襲、雷同、肖似、熟習、模擬、失真、形成「唐樣」、「偽體」。為求建構清初宋詩學之視野，於是進一步辨析宋詩、宋調之本色，強調其不同於唐詩、唐音者，以此招徠，作為訴求。筆者翻檢清初別集與詩話，論及唐宋詩殊異者十餘條，層面多方，強調唐詩宋詩風格異趣者，數量最多，如下列所示：

> 問：「宋詩不如唐詩者，或以器厚薄分耶？」答：「唐詩主情，故多蘊藉；宋詩主氣，故多逕露。此其所以不及，非關厚薄。」[76]

> 今夫言志之謂詩，持其志之謂詩，故士必先尚其志，而後可與言詩。唐人之作，中正而和平，其變者率能成方。迨宋而麗屬嘐殺之音起，好濫者其志淫，燕女者其志溺，趨數者其志煩，敖辟者其志喬，由是被之于聲，高者磔而下者肆，陂者散而險者斂，侈者筰而弇者鬱，斯未可以道古也。南渡以後，尤延之、范致能，為楊廷秀所服膺，而不入其流派。[77]

> 楊子之言曰：今天下稱詩慮亡不祧唐而禰宋者。予曰：然，詩

76　〔清〕王士禎：《師友詩傳續錄》，《清詩話》本，頁152。

77　〔清〕朱彝尊：《曝書亭集》卷三十九，〈劉介于詩集序〉，頁6，總頁326。

之不得不趨于宋，勢也。蓋宋人實學唐而能要逸唐軌，大放厥詞。唐人尚蘊藉，宋人喜逞露。唐人情與景涵，方為法斂；宋人無不可狀之景，無不可罄之情。故奇士不趨宋，不足以洩其縱橫馳驟之氣，而逞其瞻博雄悍之才，故曰勢也。第學之有善有不善耳。[78]

　　唐宋詩之殊異，為宋代、明代詩學之共通話題。唯前後七子之屬所論，多先入為主，以異同為優劣，尊崇唐詩，將宋詩作為唐詩之對立面，往往提出絕對二分之優劣判定，肆情詆毀，多意氣之說，非持平之論。[79]下迨清詩，唐宋詩之爭方興未艾，宗宋詩人所言，多從唐宋詩性質殊異處著墨，雖較近事實，然亦各自表述，不必皆可取。如王士禎（1634-1711）稱：「唐詩主情，故多蘊藉；宋詩主氣，故多逞露」，此其大較也。實則宋詩亦有蘊藉者，唐詩亦有逞露者，各家各派不同，不可一概而論。又如朱彝尊指稱：「唐人之作，中正而和平；迨宋而粗厲噍殺之音起」云云，蓋亦就特定之詩人與作品而言，不盡如此也。邵長蘅（1637-1704）詩，「得唐人三昧，間闌入宋人」，所提：「唐人尚蘊藉，宋人喜逞露。唐人情與景涵，方為法斂；宋人無不可狀之景，無不可罄之情」，與王士禎所言近似，要為唐型文化與宋型文化之體現有關。[80]

78　〔清〕邵長蘅：《邵子湘全集・青門賸稿》，卷四，〈研堂詩稿序〉，收入《清代詩文集彙編》第一四五冊，頁23，總頁478。

79　如〔明〕劉績：《霏雪錄》第十六則：或問余唐宋人詩之別。余答之曰：「唐人詩純，宋人詩駁。唐人詩話，宋人詩滯。唐詩自在，宋詩費力。唐詩渾成，宋詩餖飣。唐詩縝密，宋詩漏逗。唐詩溫潤，宋詩枯燥。唐詩鏗鏘，宋詩散緩。唐人詩如貴介公子，舉止風流。宋人詩如三家村乍富人，盛服揖賓，辭容鄙俗。」吳文治主編：《明詩話全編》（南京：江蘇古籍出版社，1997），第壹冊，《劉績詩話》，頁601。

80　參考傅樂成：《漢唐史論集》（臺北：聯經出版公司，1977），〈唐型文化與宋型文

得唐型文化之濡染孕育，而有唐詩之英華；宋詩亦因宋型文化之作用，而有其特色、風格、內涵、品味。唐詩宋詩之異同，汪懋麟、張英出以指事類比，而形象全出，如：

> 近世言詩者多矣，動眇中、晚，必稱初、盛，追摹漢、魏，上溯《三百篇》而後快。於宋人則云無詩，何有金、元。噫，所見亦少隘矣。世非一代，代不一人，信詩止於唐，則《三百篇》後，不當有蘇、李，六經以降，不當有左丘明。四唐之目，見本於庸人，時會所至，何能強而同之也？近人且言不讀宋以後書，是士生今日，皆當為黔首自愚，無事雕心鏤腎，希一言之得，可傳於後世也。余嘗論唐人詩如粟肉布絲，金犀象珠，足以利民用而濟其窮，誠不可一日無。若宋、元諸作，則異脩奇錦，山海罕怪之物，味改而目新，學之者必貴家富室，無所不蓄，然後間出其奇。譬舍紈縠而衣布素，卻金玉而陳陶匏，其豪侈隱然見也，倘貧窶者驟從而放效之，是形其酸寒可笑而已，烏可執是以蠹學詩者哉？[81]

徐世昌《晚晴簃詩匯詩話》稱汪懋麟（1640-1688）作詩：「涉筆於昌黎、香山、東坡、放翁之間」，可見純學宋調。汪氏論唐宋詩之殊異，出於比況：「唐人詩如粟肉布絲，金犀象珠，足以利民用而濟其窮，誠不可一日無。若宋、元諸作，則異脩奇錦，山海罕怪之物，味改而目新，學之者必貴家富室，無所不蓄，然後間出其奇」；以形

化〉，頁339-382；王水照：《王水照自選集》（上海：上海教育出版社，2000），〈情理·源流·對外文化關係——宋型文化與宋代文學之再研究〉，頁21-44。

81 〔清〕汪懋麟：《百尺梧桐閣文集》，〈宋金元詩選序〉，收入《清代詩文集彙編》第一五一冊，頁50，總頁244。

象語言，論唐詩不離民生日用，宋詩則奇異罕怪，新變而蓄富，亦道
著唐宋詩若干風格。要之，唐詩可以利用濟窮，不可一日無；宋詩，
則異奇罕怪，豪侈隱見。汪氏推重宋詩，有如此者。張英〈聰訓齋
語〉對於唐詩宋詩異同之提示，更具經典：

> 圃翁曰：唐詩如緞如錦，質厚而體重，文麗而絲密，溫醇爾
> 雅，朝堂之所服也；宋詩如紗如葛，輕疎纖朗，便娟適體，田
> 野之所服也。中年作詩，斷當宗唐律，若老年吟詠適意，闌入
> 於宋，勢必所至。立意學宋，將來益流而不可返矣。[82]

張英〈聰訓齋語〉，亦以形象語言譬況唐宋詩之風格，唐詩如緞
如錦，朝堂之所服也；宋詩如紗如葛，田野之所服也。典雅通俗之
異，密麗疏朗之別，亦唐宋詩風格之分野。至於「中年作詩，斷當宗
唐律；若老年吟詠適志，闌入於宋，勢所必至」云云，與俗說所謂
「唐詩像酒，宋詩像茶」，可以相提並觀。同時，此所謂中年宗唐
律，老年入宋詩云云，顯然為錢鍾書「詩分唐宋」說之祖本：

> 唐詩、宋詩，亦非僅朝代之別，乃體格性分之殊。天下有兩種
> 人，斯分兩種詩：唐詩多以丰神情韻擅長，宋詩多以筋骨思理
> 見勝。……[83]

> 夫人稟性，各有偏至。發為聲詩，高明者近唐，沈潛者近宋，
> 有不期而然者。故自宋以來，歷元、明、清，才人輩出，而所

---

82 〔清〕張英：《篤素堂文集》，卷十五，〈聰訓齋語〉，收入《清代詩文集彙編》第一
　　五〇冊，頁3，總頁500。

83 錢鍾書：《談藝錄》，〈詩分唐宋〉，頁2-3。

作不能出唐宋之範圍,皆可分唐宋之畛域。唐以前之漢、魏、六朝,雖渾而未劃,蘊而不發,亦未嘗不可以此例之。[84]

且又一集之內,一生之中,少年才氣發揚,遂為唐體;晚節思慮深沈,乃染宋調。[85]

錢鍾書就風格性分,區別唐詩與宋詩,可謂集宗宋派詩論之大成。且標榜「詩分唐宋」,作為二千多年來中國古典詩歌之兩大分野,堪稱顛撲不破之論。推究原始,實本於張英〈聰訓齋語〉。

清初宗宋詩學,析論唐詩宋詩風格殊異者,尚多有之。或說之以源流,或說之以形製,或說之以音節,或說之以能事,或說之以工拙,不一而足,如:

宋人詩佳者,殊不媿唐人,多看可助波瀾,但須熟看唐人詩,方能辨宋詩蒼白。蓋宋之名手,皆從唐詩出,雖面目不甚似,而神情近之,如人耳孫十傳之後,猶效其鼻祖。昔蕭穎士絕肖其遠祖鄱陽忠烈王,非發塚破棺,親見鄱陽王者,不能視也。但不可從宋人入手,一從宋入手,便為習氣所蔽,不能見鼻祖矣。[86]

葉燮論詩,持變化發展觀看待唐宋詩,以地之生木作譬況:「唐詩則枝葉垂蔭,宋詩則能開花」,此就源流論唐宋詩之殊異。葉燮論詩,又以棟宇形製之精粗,規模之弘細,陳設之偏全比況唐宋詩:

---

84 同上註。

85 同上註。

86 〔清〕賀貽孫:《詩筏》,載郭紹虞編:《清詩話續編》,頁194。

「唐詩則於屋中設障帷床榻器用諸物，而加丹堊雕刻之工。宋詩則製度益精，室中陳設，種種玩好，無所不蓄」，亦就詩歌之變化發展論唐宋詩異同。賀貽孫（1637年在世）則云：「宋之名手，皆從唐詩出；雖面目不甚似，而神情似之」，師法唐詩，而不似唐詩，有所新變，自具面目，所謂「學而不為」，宋詩之自成一家者以此。清初詩學說之以音節、能事、工拙，以論唐宋詩異同者，有下列諸家：

> 杜少陵集中無所不有，韓昌黎又獨出橫空硬語，白太傅能採摭里俗之言，此有宋諸家詩人之門戶也。學蘇、黃者必追蘇、黃所自出，學放翁、石湖、誠齋諸公者，其有不知諸公所自出乎？宋詩之於唐詩，音節稍異耳。五、七言律、絕，乃唐人所創為也，彼宋人所創奪胎換骨、推陳出新，豈能如雀蛤雉蜃、野鳥石首改狀移形哉？予故嘗以為唐詩、宋詩之強為分別，亦如初、盛、中、晚之強為分別云爾。[07]

> 漢魏之詩，如畫家之落墨於太虛中，初見形象，一幅素絹，度其長短闊狹，先定規模；而遠近濃淡，層次脫卸，俱未分明。六朝之詩，始之烘染設色，微分濃淡；而遠近層次，尚在形似意想間，由未顯然分明也。盛唐之詩，濃淡遠近層次，方一一分明，能事大備。宋詩則能事益精，諸法變化，非濃淡遠近層次所得而該，刻畫調換，無所不極。[88]

> 又常謂漢、魏之詩不可論工拙，其工處乃在拙，其拙處乃見

---

87 〔清〕徐乾學：《憺園文集》卷二十一，〈田漪亭詩集序〉，頁5，總頁1083。
88 〔清〕葉燮：《原詩》卷四，外篇下，頁601。

工，當以觀周、商尊彝之法觀之。六朝之詩，工居十六七，拙
居十三四，工處見長，拙處見短。唐詩諸大家、名家，始可言
工；若拙者竟全拙，不堪寓目。宋詩在工拙之外，其工處固有
意求工，拙處亦有意為拙，若以工拙上下之，宋人不受也。此
古今詩工拙之分劑也。[89]

　　徐乾學稱：「宋詩之於唐詩，音節稍異耳」；唐人創發近體，宋人
創奪胎換骨、推陳出新，只是創造性模仿而已，並無改狀移形之情
事，故以為唐詩宋詩不必強加分別。葉燮論唐宋詩，持變化發展觀，
再以畫家之落墨為喻：「盛唐之詩，濃淡遠近層次，方一一分明，能
事大備。宋詩則能事益精，諸法變化，非濃淡遠近層次所得而該，刻
畫調換，無所不極」，以能事論唐宋詩之異同：盛唐詩，能事大備；
宋詩則能事益精，無所不極，葉氏於宋詩可謂推崇備至矣。葉氏又以
尊彝之法論詩之工拙：「唐詩諸大家、名家，始可言工；若拙者竟全
拙，不堪寓目。宋詩在工拙之外，其工處固有意求工，拙處亦有意為
拙」；換言之，唐宋詩之異同，在無意或有意於工拙而已。

　　諸家信筆所至，綜論唐宋詩之異同，彼此論點，有相容相通處，
亦難免有矛盾衝突處。[90]特一時見解耳，權作參考可矣，不必視為定
論。要之，清代詩話之論點，對於繆鉞作於一九四〇年之〈論宋詩〉，
提出「唐宋詩異同」論，多有啟發指引之功用。[91]錢鍾書《談藝錄》，
開宗明義標榜「詩分唐宋」，自是清代尊宋宗宋詩論之接受與闡揚。

---

89 同上註，頁601-602。

90 張高評：《宋詩之新變與代雄》，壹、第二節〈唐宋詩殊異論與宋詩的價值〉，頁4-
　　10。

91 繆鉞：《詩詞散論·論宋詩》（上海：上海古籍出版社，1982），頁36-44。

三　強調宋詩之本色

　　蔣士銓所云：「唐宋皆偉人，各成一代詩」之論述，其後衍為唐音與宋調之論爭，亦勢所必至，理有固然。最後，錢鍾書揭示「詩分唐宋」之命題，強調宋詩既與唐詩並稱，足以分庭抗禮而無愧，自然有其本色當行，一般所謂「宋詩特色」者，即指此等。

　　學界論及宋詩特色，多局限指稱嚴羽《滄浪詩話·詩辨》所提，所謂「以文字為詩，以才學為詩，以議論為詩」，而罕及其餘。考察嚴羽原文，此三者本是「近代諸公」之「奇特解會」；近代諸公，指南宋江西詩派後學，不必包括黃庭堅、陳師道、陳與義，及北宋江西諸子，原本更與蘇、黃，或宋詩無關。嚴羽以為諸公所作，「夫豈不工，終非古人之詩也」，嚴羽以盛唐為師法，大曆以還之詩，「小乘禪也」，「曹洞下也」，故在貶斥之列。評價近代諸公所作，為「奇特解會」，為「非古人之詩」，是以唐詩特色作為衡量準繩，故評為非詩，視為詩病。筆者以為，所謂「非詩」、「詩病」，是相對於唐詩所作之評斷，且非詩不一定就是詩病。《莊子·秋水》所謂：「因其所然而然之，則萬物莫不然；因其所非而非之，則萬物莫不非」；這種「自然而相非」之現象，南宋以還至晚清之唐宋詩紛爭，往往如此。

　　以文字為詩、以才學為詩、以議論為詩，嚴羽本視為「非詩」、詩病者，明清二代遂為宗唐詩人所掇拾，作為指摘宋詩之利器。[92]清初詩壇，王士禎號稱詩界「開國宗臣」，前後主盟詩壇三十餘年（自康熙十九年，一六八〇年，遷為國子監祭酒始），其所倡導之神韻說，隨之風行天下。[93]或許神韻說與《滄浪詩話》論點有相通處，[94]故

---

92 張高評：〈清初宗唐詩話與唐宋詩之爭──以「宋詩得失論」為考察重點〉，頁92-130。

93 嚴迪昌：《清詩史》，第二章〈「絕世風流潤太平」的王士禎〉，頁411-414；〈王士禎主盟詩界的時間考辨〉，頁436-442。

嚴羽論「近代諸公」奇特解會之三點，遂為詩學界所廣用，擴大指稱對象，以之稱述宋詩之代表蘇、黃，或逕指為宋詩之特色。筆者以為，詩有工拙優劣，詩法無所謂優劣，顧用之何如耳，諺所謂「運用之妙，存乎一心」是也。以文學語言、詩歌語言觀之，以文字為詩、以才學為詩、以議論為詩，是宋人挑戰唐詩之本色，自我開拓特色之創獲，即便是「奇特解會」，也暗合追新變異之美學要求，貼切詩歌語言之審美規範，當然是宋詩所以「自成一家」的詩法。[95]清初宗宋詩人論宋詩，多持肯定、讚揚的評價，頗可與文學語言、詩歌語言相發明。

清初宗宋詩人論宋詩，談說之主題，大抵有三大重點：一曰宋詩得失，二曰自成一家，三曰宋詩特色。宋詩得失論述較少，自成一家、宋詩本色二者，討論較詳較精。

（一）宋詩得失

清初詩學討論宋詩，論述唐宋詩異同者多，直陳宋詩得失者較少。清初詩學唐宋詩異同論，已見上述，不贅，本節小論清初詩學論宋詩得失。宗唐詩者看待宋詩，幾乎一無可取，所言多為缺失、詩病，此種「自然而相非」之意氣發言，殊不可取。唯宗宋詩者，較知反思宋詩之利病得失，所謂「愛而知其惡，惡而知其美」者。試觀朱彝尊、賀貽孫、汪師韓三家之論：

> 今之言詩者，多主于宋黃魯直，吾見其太生；陸務觀，吾見其太縟；范致能，吾見其弱；九僧四靈，吾見其拘；楊廷秀、鄭

---

94 張健：《清代詩學研究》，第九章，五〈神韻與興象超速之妙〉，頁449-465。

95 張高評：〈清初宗唐詩話與唐宋詩之爭──以「宋詩得失論」為考察重點〉，二、〈從文學語言新探清初宗唐詩話〉，頁94-130。

德源，吾見其俚；劉潛夫、方巨山、萬里，吾見其意之無餘，
而言之太盡：此皆不成乎鵠者也。尤而效之，是何異越人之學
遠射，參天而發，適在五步之內也乎？[96]

　朱彝尊評價宋詩大家名家之風格，多採印象式批評，[97]分別以太
生、太縟、弱、拘、俚、無餘、太盡，批評黃庭堅、陸游、范成大、
九僧四靈、楊萬里、鄭德源、劉克莊、方岳諸家詩之缺失，並未兼說
其優長，但舉其一，以例其餘，未免囊括太過，以偏概全。而且重自
然感悟，而排理性思辨，論說有待斟酌。再如賀貽孫、汪師韓之說，
亦頗論得失：

以此推之，宋人學問精妙，才情秀逸，不讓三唐，自歐、蘇、
黃、梅、秦、陳諸公外，作者林立，即無名之人，亦有一二佳
詩，散見他集。倘有明眼選手，為之存其精華，汰其繁冗，使
彼精神長存人間，何至後人詆訶之甚耶！明代弘、正、嘉、隆
間諸詩人，非無佳詩可傳，但其議論太刻，謂後人目中不可有
宋人一字。不思唐人詩集，汗牛充棟，今所稱不朽名篇，僅得
爾許，不獨精靈之氣，神物護持，亦賴歷代明眼，棄瑕錄瑜，
排沙簡金，得有今日。豈真上天生才，唐、宋懸殊乎？果爾，
則何以有今日也。宋詩為談理談玄者，當如禪家偈頌，另為一
書，彼原不欲以詩名家，不必選入詩中耳，亦勿以此遂貶宋詩
也。[98]

96　〔清〕朱彝尊：《曝書亭集》卷三十九，〈橡村詩序〉，頁11，總頁329。
97　黃維樑：《中國詩學縱橫論》（臺北：洪範書店，1986），〈詩話詞話和印象式批
　　評〉，頁2-10。
98　〔清〕賀貽孫：《詩筏》，載郭紹虞編：《清詩話續編》，頁196。

宋、元後詩人有四美焉：日博、日新、日切、日巧。既美矣，
失亦隨之。學雖博，氣不清也，不清則無音節；文雖新，詞不
雅也，不雅則無氣象；且也切而無味，則象外之境窮；巧而無
情，則言中之意盡。「枯楊生華」，何可久也？「翰音登於
天」，何可長也？其旨遠，其詞文，其言曲而中，其事肆而
隱，可與言詩，必也其通於《易》。[99]

　　賀貽孫論詩，平準唐宋，以為各有得失短長，《詩筏》稱：「宋人
學問精妙，才情秀逸，不讓三唐，自歐、蘇、黃、梅、秦、陳諸公
外，作者林立」，賀氏期待明眼選家：「棄瑕錄瑜，排沙簡金」，使精
華可以長存人間。至於「宋詩為談理談玄者，當如禪家偈頌，另為一
書」，以免其中「以議論為詩」太過，株連宋詩，遭受貶斥。汪師韓
論宋詩，亦得失並論，褒貶兼至。其所難能可貴者，為愛而知其惡：
博、新、切、巧，為宋元詩之四大優長；美之所在，缺失往往在其
中，如博而不清，新而不雅，切而無味，巧而無情之倫；長善救失，
詩人之能事也。

（二）自成一家

　　宋詩能在「菁華極盛，體製大備」的唐詩典範之後，開創另類詩
歌之天地，形成另一個新典範，其關鍵即在能「自成一家」。所謂
「踢倒當場傀儡，開闢另地乾坤」，宋詩之挑戰唐詩，拓展特色，真
足以當之。清初詩學論宋詩之特色，往往傳承明代公安派所謂「一代
有一代文學」之主張，又有所發揮，如王士禎之說：

99　〔清〕汪師韓：《詩學纂聞》，載丁福保編：《清詩話》，頁440。

> 故嘗著論，以為唐有詩，不必建安黃初也；元和以後有詩，不必神龍開元也；北宋有詩，不必李杜高岑也。二十年來，海內賢知之流，矯枉過正，或乃欲祖宋而祧唐，至於漢魏樂府古選之遺言蕩然無復存者，江河日下，滔滔不返，有識者懼焉。[100]

王士禛稱：「北宋有詩，不必李杜高岑也」；與「唐有詩，不必建安黃初也」相對應，唐宋皆自成一家詩風，實不必「祖宋而祧唐」。王漁洋之見，建安黃初文學、神龍開元文學、李杜高岑詩歌、元和以後詩歌，乃至於北宋詩歌，皆各領風騷；唐代宋代各有其詩，貴有自家面目，不必相祖相祧。又如賀貽孫、汪師韓之論：

> 謂宋詩不如唐，宋末詩又不如宋，似矣。然宋之歐、蘇，其詩別成一派，在盛唐中亦可名家。而宋末詩人，當革命之際，一腔悲憤，盡洩於詩。……情真語切，意在言外，何遽減唐人耶？[101]

> 《三百篇》之後，自楚騷、漢、魏、六朝以至於唐，而詩之變盡矣。變有必極，則所就亦以時異，故宋人繼唐之後，不規規模擬前人，要以自成一家而止；然其體制雖殊，而波瀾未嘗二也。耳食之流，未窺古人門戶，於一代大家橫生訾議；而不善學者，又徒襲其聲貌，亦兩失之矣。[102]

---

100 〔清〕王士禛：《帶經堂集．蠶尾文》，卷一，〈鬲津草堂詩集序〉，收入《清代詩文集彙編》第一三四冊，頁27，總頁612。

101 〔清〕賀貽孫：《詩筏》，《清詩話續編》，頁195。

102 〔清〕汪師韓：《蘇詩選評箋釋．敘》，乾隆十五年敕編：《御選唐宋詩醇》（臺北：臺灣商務印書館，1983，景印文淵閣四庫全書），蘇詩總評，卷42，頁1。第1448冊，頁828。

　　賀貽孫稱：「宋之歐、蘇，其詩別成一派，在盛唐中亦可名家」；宋末詩人，「情真語切，意在言外，何遽減唐人耶？」一代有一代之詩，一家有一家之詩，所謂別成一派，亦可名家，是所謂本色當行。汪師韓稱唐宋詩：「體制雖殊，而波瀾未嘗二也」；且謂：「宋人繼唐之後，不規規模擬前人，要以自成一家而止」；宋詩務求「自成一家而止」，此真畫龍點睛之論。宋詩宋調所以能與唐詩唐音比肩並駕而無愧，此一「自成一家」之期許與氣魄，最具關鍵之動力。善學者，貴在能變異，「模擬前人」只是過程與手段，「要以自成一家」為終極追求。不善學古者，則「徒襲其聲貌」而已，所謂耳食之流。

　　追求「自成一家」，當有其要領與竅門。以清初宗宋詩論觀之，務離唐人、不肖不合，為其消極作為；積極策略，則在自得自立，不失本色，如朱彝尊、徐乾學、賀貽孫、邵長蘅諸家所論，可窺一二。如：

> 今之詩家，大半厭唐人而趨于宋元矣。或謂文不如宋，詩不如元。赤城許廷慎非之，以為宋詩非元人所及，要亦一偏之見也。大多宋人務離唐人以為高，而元人求合唐人以為法，究之離者不能終離，而合者豈能悉合乎？[103]

　　學唐變唐，此轉化為宋詩之要領；猶楊億劉筠學晚唐之溫庭筠、李商隱，成為西崑體詩，其風格卻未畢肖溫李；三洪二謝之詩學黃陳，派流為江西，詩風亦未悉合江西然；不肖不合，正是自成一家之消極要求。善學古人者，多入乎其內，而出乎其外。以師法學習為手段，以新變、開拓為目標，於是不以師法蘇軾、黃庭堅、楊萬里為已

---

103 〔清〕朱彝尊：《曝書亭集》，卷三十九，〈南湖居士詩序〉，頁3，總頁325。

足，而以新變蘇、黃、楊之詩之體為學古追求。其次，則務離唐人，
亦是宋詩「自成一家」之前奏。朱彝尊稱宋人「務離唐人以為高」，
此誠為「厭唐趨宋」之途徑。其終極目標，當是「自得自立」，「不失
本色」。又如徐乾學、賀貽孫之說：

> 夫宋、元人詩，風調氣韻誠不及唐，而功深力厚，多所自得。
> 如都官之清婉，東坡之豪逸，半山之堅老，放翁之雄健，遺山
> 之新俊，鐵崖之奇矯，其才力更在郊、島諸人上。而輒云唐後
> 無詩，是猶燕、冀之客不信有峨嵋、羅浮之高，揚、粵之人不
> 信有盤江、洱海之闊，徒為陋而已矣。[104]

> 嚴滄浪云：「唐人與宋人詩，未論工拙，直是氣象不同。」此
> 語切中窾要。但余謂作詩未論氣象，先看本色，若賞郎效士大
> 夫舉止，暴富兒效貴公子衣冠，縱氣象有一二相似，然村鄙本
> 色自在。宋人雖無唐人氣象，猶不失宋人本色。若近時人，氣
> 象非不甚似唐人，而本色相去遠矣。[105]

　　徐乾學宣稱：「宋、元人詩，風調氣韻誠不及唐，而功深力厚，
多所自得」；「自得」之發現，本宋詩理學化之成就之一；既有薪傳，
誠為清初宋詩學對宋詩之高度評價。尤其難能可貴者，徐乾學楬櫫
「自得」之說，作為學詩有成之試金石。推崇宋元六家詩之「自
得」，反駁明人「唐後無詩」之謬說，是宋詩亦有可與唐詩等量齊觀
之評價。嚴羽《滄浪詩話》，以「氣象」論唐宋詩異同。賀貽孫則倡

104　〔清〕徐乾學：《憺園文集》，卷十九，〈宋金元詩選序〉，頁1000。
105　〔清〕賀貽孫：《詩筏》，《清詩話續編》，頁181。

言「作詩未論氣象，先看本色」；且謂「宋人雖無唐人氣象，猶不失
宋人本色」，視本色之重要性在氣象、工拙之上，凸顯且提昇了宋詩
之地位。

宋人大多學古學唐，唯宋人作詩「務離唐人」，故其風格不肖唐
詩，亦不合唐詩。桐城方東樹《昭昧詹言》卷十論黃山谷詩，謂「以
驚創為奇、意、格、境、句、選字、隸事、音節、著意與人遠」，[106]
此即韓愈「去陳言」，「詞必己出」之教。除外，宋詩為達到自成一
家，乃盡心自立，追求自得，又不失本色，於是蔚為宋詩之風調。所
謂「追摹古人得真趣，別出新意成一家」，宋詩宋調之謂也。

（三）宋詩特色

有宋一代，由於儒學復興，形成宋學，故道德性命之學，備受關
注。[107]而且提倡「右文」，科舉選才，書院林立，加上雕版印刷之繁
榮，造成印本取代寫本，書籍流通快速，知識傳播更加便捷。[108]影響
所及，宋代詩歌注重「復雅崇格」，[109]道德品格於創作中引發注目。
蘇軾、黃庭堅為宋詩代表，亦有脫俗、去俗之論。論者稱：清初詩人
「性不諧俗」者，率多宗宋詩，[110]理或然也。另外，宋學之議論精

---

106 〔清〕方東樹著，汪紹楹校點：《昭昧詹言》（北京：人民文學出版社，1984），卷
　　十，〈黃山谷〉，頁225。
107 〔元〕脫脫：《宋史》（北京：中華書局，1997），卷四二七，〈道學傳〉，頁
　　12710；參考陳來：《宋明理學》（瀋陽：遼寧教育出版社，1992），〈引言·宋明理
　　學的內容〉，頁8-15；漆俠：《宋學的發展和演變》（石家莊：河北人民出版社，
　　2002），第十五章〈理學的主流——程顥程頤所創建的哲學〉，頁457-487。
108 參考張高評：《印刷傳媒與宋詩特色——兼論圖書傳播與詩分唐宋》（臺北：里仁
　　書局，2008）。
109 秦寰明：〈論宋代詩歌創作的復雅崇格思潮〉，《中國首屆唐宋詩詞國際學術討論會
　　論文集》（南京：江蘇教育出版社，1994），頁612-635。
110 劉世南：《清詩流派史》（臺北：文津出版社，1995），第八章《清初宗宋派》，頁
　　250。

神，促成宋詩議論化；懷疑與內求之精神，造成穿鑿與入裏；[111]印本文化之傳播，形成「資書以為詩」。總之，要皆宋型文化之體現。

日本京都學派內藤湖南、宮崎市定，提出「唐宋變革」論、「宋代近世」說，歐美學界稱為「內藤命題」。「內藤命題」進一步演化，有所謂「宋清千年一脈」論。筆者深信其說，移以詮釋自南宋至晚清之唐宋詩之爭，尤其是桐城詩學、同光詩派諸課題，可以印證「千年一脈」之說信而有徵。[112]今且以學問為詩、以議論為詩、穿鑿與刻抉三項宋詩特色，闡述清初宋詩學之論點。

1　以學問為詩

自公安竟陵作詩，寡陋無稽，學殖尤淺，為矯治流弊，故清初以來論詩多重學問，尤其是宗宋詩人，如黃宗羲、周容（1619-1679）談詩，皆主張讀書、博學，以為有助於學詩、作詩：

> 「詩有別材，非關書也；詩有別趣，非關理也。」此嚴滄浪之言，無不奉為心印。不知是言誤後人不淺，請看盛唐諸大家，有一字不本於學者否？有一語不深於理者否？嚴說流弊，遂至竟陵。[113]

其他，如王士禎、汪琬、厲鶚（1692-1752）諸家之論詩，亦多津津樂道讀書、博學、取材，如：

111　陳植鍔：《北宋文化史述論》（北京：中國社會科學出版社），第三章第四節〈宋學精神〉，頁287-303；頁314-319。

112　王水照：《鱗爪文輯》（西安：陝西人民出版社，2008），卷三，〈文史斷想‧重提「內藤命題」〉，頁173-178。

113　〔清〕周容：《春酒堂詩話》，《清詩話續編本》，頁107。

　　為詩須博取群書。如《十三經》、《廿一史》，以及唐宋小說，皆不可不看。所謂取材於《選》，取法於唐者，未盡善也。[114]

　　唐詩以杜子美為大家，宋詩以蘇子瞻、陸務觀為大家，此三家者皆才雄而學贍，氣俊而詞偉，雖至片言隻句，往往能寫不易名之狀與不易吐之情，使讀者爽然而覺，躍然而興，固非餖飣雕畫者所得彷彿其萬一也。……[115]

　　少陵之自述曰：「讀書破萬卷，下筆如有神。」詩至少陵止矣，而其得力處，乃在讀書萬卷，且讀而能破致之。蓋即陸天隨所云：「凌轉波濤，穿穴險固，囚鎖怪異，破碎陣敵，卒造平淡而後已」者。前後作者若出一揆。故有讀書而不能詩，未有能詩而不讀書，吾於徐君柳樊之詩尤信。[116]

　　嚴羽「詩有別材，非關書也」，後人錯會甚多，確實誤人不淺。蓋嚴羽《滄浪詩話·詩辨》原文下，原有一轉語曰：「然非多讀書，多窮理，則不能極其至。」[117]魏慶之《詩人玉屑》引此，作「而古人未嘗不讀書，不窮理。」說得本極分明，嚴羽論詩，未嘗廢書不讀，且主張多讀書。[118]周容提問：「請看盛唐諸大家，有一字不本於學者否？」盛唐詩人未必然，而宋代以及元明清各代之詩人受印本文化影

---

114 〔清〕何世璂：《然鐙記聞》，述王士禎語，《清詩話》本，頁120。

115 〔清〕汪琬：《堯峰文鈔》（臺北：臺灣商務印書館，1979，《四部叢刊》初編本），卷二十九，〈蓬步詩集序〉，頁248。

116 〔清〕屬鶚：《樊榭山房集》（上海：上海古籍出版社，1992），《樊榭山房文集》卷三，〈綠杉野屋集序〉，頁742。

117 〔清〕嚴羽：《滄浪詩話校釋》（北京：人民文學出版社，2005），〈詩辨〉，頁26。

118 同上註，參考〈釋〉，頁33-39。

響，「資書以為詩」，亦勢所必至，不得不爾。汪琬稱揚杜甫、蘇軾、
陸游唐宋三大詩人，「才雄學贍，氣俊詞偉」，其中自有深厚之學問根
柢。厲鶚詩論，重學輕才，稱杜甫「得力處，乃在讀書萬卷」；因
謂：「有讀書而不能詩，未有能詩而不讀書」。作詩主張以學為本，其
他宗宋詩人，如朱彝尊、汪師韓、趙翼（1727-1814），亦有類似之
見，如云：

> 詩篇雖小技，其源本經史。必卷也萬儲，始足供驅使。別材非
> 關學，嚴叟不曉事。顧令空疎人，著錄多弟子。……[119]

> 《三百篇》，漢、魏之作，類多率爾造極。故嚴滄浪曰：「詩有
> 別才，非關書也。詩有別趣，非關理也。」後人傳誦其語。然
> 我生古人之後，古人則有格有律矣，敢曰不學而能乎？依法則
> 天機淺，憑臆則吝藏凶，離之兩傷，此事固履之而後難也。且
> 夫詩尚比興，必傍通鳥獸草木之名，既不能無所取材，則不可
> 一字無來歷矣。「關關」、「嗷嗷」之情狀，「敦然」「沃若」之
> 精神，夾漈特著論以明之，其要歸於讀書而已。《傳》曰：「不
> 學博依，不能安詩。」讀詩且不可不博依也，而顧自比於古婦
> 人小子之為詩也哉？[120]

> 詩寫性情，原不專恃數典。然古事已成典故，則一典已自有一
> 意。作詩者借彼之意，寫我之情，自然倍覺渾厚。此後代詩人

---

119 〔清〕朱彝尊：《曝書亭集》，《清代詩文集彙編》第一一六冊，卷二十一，〈齋中
讀書〉，頁6，總頁196。
120 〔清〕汪師韓：《詩學纂聞》，載丁福保編：《清詩話》，〈讀書〉，頁440。

不得不用書卷也。[121]

汪師韓質疑別材別趣，可以不學而能；詩中縱然運用比興，「其要歸於讀書」，「讀詩，且不可不博依也」，主張多讀書，積學儲寶，有助於作詩。趙翼討論詩中用典，亦歸結到「詩人不得不用書卷也」。凡此，皆清初宋詩學主張「學人之詩」，提倡作詩以學問為本之表述。[122]翁方綱精心續學，宏覽多聞，詩宗江西派，尤其推崇黃庭堅「以古人為師，以質原為本」的理論，更欣賞其「薈萃史事，鉅細不遺」的學問。翁氏論詩，主張「肌理」之說：「為學必以考證為準，為詩必以肌理為準」。作詩尤其推崇黃庭堅「以古人為師，以質厚為本」的理論，更欣賞其「薈萃史事，鉅細不遺」的學問。翁氏論詩，主張「肌理」之說：「為學必以考證為準，為詩必以肌理為準」。作詩出入山谷誠齋之間，論者稱其「蓋純乎以學為詩者歟？」[123]翁氏論詩，又以境象超詣，敘事補史之側重不同，衍生「唐詩妙境在虛處，宋詩妙境在實處」之差異風格，進行強調，如云：

> 唐詩妙境在虛處，宋詩妙境在實處。……是有唐之作者，總歸
> 盛唐。而盛唐諸公，全在境象超詣。……宋人之學，全在研理
> 日精，觀書日富，因而論事日密。如熙寧、元祐一切用人行

121 〔清〕趙翼：《甌北詩話》卷十，載郭紹虞編：《清詩話續編》，頁1314。

122 張健：《清代詩學研究》，第十三章〈從「非關學也」到「以學為本」：浙派的學人之詩理論〉，頁605-629。

123 錢仲聯主編：《清詩紀事・乾隆朝卷》（九），〈翁方綱〉；引陸廷樞〈復初齋詩集序〉、王昶：〈湖海詩傳蒲褐山房詩話〉，頁5451-5452。參考王英志：〈翁方綱「肌理說」探討〉，中國文藝思想史論叢編委會：《中國文藝思想史論叢》（北京：北京大學出版社，1984），第一輯，頁348-361；嚴明：《中國詩學與明清詩話》（臺北：文津出版社，2003），第十三章第四節〈翁方綱與學人詩〉，頁401-404。

政，往往有史傳所不及載，而於諸公贈答議論之章，略見其
概。至如茶馬、鹽法、河渠、市貨，一一皆可推折。南渡而
後，如武林之遺事，汴土之舊聞，故老名臣之言行、學術，師
承之緒論、淵源，莫不借詩以資考據。而其言之是非得失，與
其聲之貞淫正變，亦從可互按焉。今論者不察，而或以鋪寫實
境者為唐詩，吟咏性靈、掉弄虛機者為宋詩。所以吳孟舉之
《宋詩鈔》，舍其知人論世，闡幽表微之處，略不加省，而惟
是早起晚坐、風花雪月、懷人對景之作，陳陳相因。如是以為
讀宋賢之詩，宋賢之精神其有存焉者乎？[124]

　　蓬勃的朝氣，青春的旋律，是盛唐氣象與盛唐之音的本質；[125]風
骨和興寄，是唐詩的標誌，前者富於旺盛的氣勢，端直的文詞，充滿
著昂揚奮發的氣概；後者是比興手法和寄託襟抱的運用，較繫心於社
會政治功能；[126]合而論之，即是翁方綱所謂之「境界超詣」。詩歌發
展，由唐詩變為宋詩，由於唐型文化轉變為宋型文化，印本文化知識
傳播激盪，思辨反省意識之發揮，儒學不離民生日用之體現，於是注
重敘事、載實；何況史學發達，因此述往、資鑑精神不時表現於詩
中，此殆翁方綱所謂「宋詩妙境在實處」也。翁方綱論詩，主張學問
豐實，典故確切，義理清深，文詞切合法度，其〈延暉閣集序〉稱：
「詩必研諸肌理，而文必求其實際」，其所謂實際，即是行事、政
事，不僅指實際生活，更包括學問考據。[127]由此觀之，翁方綱之詩

124　〔清〕翁方綱：《石洲詩話》卷四，《清詩話續編》本，頁1428-1429。
125　林庚：《唐詩綜論》（北京：人民文學出版社，1987），〈盛唐氣象〉，頁25-49。
126　陳伯海：《唐詩學引論》（上海：東方出版中心，1996），〈唐詩的風骨與興寄〉，頁
　　6-14。
127　張少康、劉三富：《中國文學理論批評發展史》（下）（北京：北京大學出版社，
　　1995），第二十七章第四節〈翁方綱的肌理說〉，頁433-441。張維屏《聽松廬文

論，堪稱清初宗宋詩學之張目。

2 以議論為詩

嚴羽《滄浪詩話・詩辨》指陳近代諸公之詩病，有「以議論為詩」之說。後人為之辯解曰：詩貴有理趣、禪趣，忌諱用理語與禪語。[128]作詩如果於敘事、山水、詠物、詠史能不憑空發論，而能結合形象，融會為一，則無枯燥、抽象、邏輯、蹈空之病。清初宗宋詩人，於此亦多所討論，如王士禛之論：

> 問：「宋詩多言理，唐人不然，豈不言理而理自在其中與？」
> 答：「昔人論詩曰：『不涉理路，不落言詮。』宋人惟程、劭、朱諸子為詩好說理，在詩家謂之旁門。朱較勝。」[129]

王士禛答門人問「宋詩多言理」，只提出「不涉理路，不落言詮」，以為作詩之原則。其實宋詩除釋氏、道士之偈語、理學家之悟道詩「多言理」外；其他詩人言理，尤其是朱熹詩作，也多結合形象，所謂寓物說理，饒有理趣，少有理障。賀貽孫《詩筏》曾建言：「宋詩談理談玄者，當如禪家偈頌，另為一書」，可免池魚之殃，類化致誤。又如錢謙益、葉燮二家之說：

> 世之薦樽盛唐，開元天寶而已。自時厥後，皆自鄶無譏者也。
> 誠如是，則蘇、李、枚乘之後，不應復有建安，有黃初；正始

鈔》稱：「先生（翁方綱）生平論詩，謂漁洋拈神韻二字固為超妙，但其弊恐流為空調。故特拈肌理二字，蓋欲以實救虛也。」

128 郭紹虞：《滄浪詩話校釋》（臺北：東昇出版公司，1980），頁33-36。

129 〔清〕王士禛：《師友詩傳續錄》，《清詩話》本，頁153。

之後，不復應有太康，有元嘉；開元天寶已往，斯世無煙雲風月，而斯人無性情，同歸于墨穴木偶而後可也。嚴氏以禪喻詩，無知妄論……其似是而非、誤人箴芒者，莫甚于妙悟之一言。彼所取于盛唐者，何也？不落議論，不涉道理，不事發露指陳，所謂玲瓏透徹之悟也。《三百篇》，詩之祖也。「知我者，謂我心憂。不知我者，謂我何求？」「我不敢效，我友自逸。」非議論乎？「昊天曰明，及爾出王。」「無貳歝美，無膽畔援，誕先登于岸。」非道理乎？「胡不遄死。」「投畀有北。」非發議論乎？「赫赫宗周，褒姒滅之。」非指陳乎？[130]

從來論詩者，大約伸唐而絀宋。有謂唐人以詩為詩，主性情，以《三百篇》為近；宋人以文為詩，主議論，於《三百篇》為遠。何言之謬也？唐人詩有議論者，杜甫是也。杜甫五言古議論猶多，長篇如〈赴奉先縣詠懷〉、〈北征〉及〈八哀〉等作，何首無議論？而獨以議論歸宋人，何歟？彼先不知何者是議論，何者為非議論，而妄分時代耶？且《三百篇》中，〈二雅〉為議論者正自不少，彼先不知《三百篇》，安能知後人之詩也？如言宋人以文為詩，則李白樂府長短句，何嘗非文？杜甫前後〈出塞〉及〈潼關吏〉等篇，其中豈無似文之句？為此言者，不但未見宋詩，並未見唐詩。村學究道聽耳食，竊一言以詫新奇，此等之論是也。[131]

錢謙益論詩，批評前後七子及竟陵派之「偽體」，類聯批判嚴羽

---

130 〔清〕錢謙益：《牧齋有學集》（上海：上海古籍出版社，1996），卷十五，〈唐詩英華序〉，頁707。

131 〔清〕葉燮：《原詩》，《清詩話》本，卷四外篇下，頁607-608。

之詩法為邪根謬種。[132]其〈唐詩英華序〉駁斥《滄浪詩話》以禪喻詩，為「無知妄論」；乃舉《三百篇》詩中發議論、說道理、用指陳者正不少，批判嚴氏論詩提倡「不落議論，不涉道理」，為不合事實。葉燮《原詩》，則就唐詩「主性情」，宋詩「主議論」之殊異，提出駁斥：葉氏舉杜甫五古、長篇為說，謂杜甫詩多議論；又舉《三百篇》〈二雅〉為例，稱其中議論正自不少。可見，以議論為詩，本是中國古典詩歌傳統的要項，非宋詩特色所得而專。[133]不過，以意為主，以理為尚，將作詩視為自覺的話語，體現理性議論的精神，是宋代詩人的普遍共識。范仲淹〈靈烏賦〉稱：「寧鳴而死，不默而生」；歐陽脩〈鎮陽讀書〉詩謂：「開口攬時事，論議爭惶惶」，形象表現了宋代文化的議論精神。[134]其實，詩中著議論，只在其詩之當否而已。沈德潛《說詩晬語》卷下稱：「議論須帶情韻以行」；[135]若使議論與敘事、描寫、抒情作有機之結合，使之彼此輝映，相得益彰，則作品洋溢理趣，未有理障。宋詩除理學家、釋子道士外，詩中言理而妙者多，固不可因議論化而少之。

3 穿鑿與刻抉

　　謬鉞〈論宋詩〉曾言：「宋詩以意勝，故精能，而貴深折透

---

132 〔清〕錢謙益：《初學集》卷三十，〈徐元歎詩序〉，卷十五，〈唐詩鼓吹序〉，參考吳宏一：《清代詩學初探》（臺北：學生書局，1986），第三章第一節〈錢謙益〉，頁115-117。

133 張高評：《宋詩之新變與代雄》，〈破體與宋詩特色之形成（二）——以「以議論為詩」為例〉，頁195-209。

134 陳植鍔：《北宋文化史述論》（北京：中國社會科學出版社，1992），第三章第四節〈宋學精神〉，頁287-292；李春青：《宋學與宋代文學觀念》（北京：北京師範大學出版社，2001），第三章，二、〈宋代詩學之基本精神〉，頁87-92。

135 〔清〕沈德潛：《說詩晬語》，卷下，第六十三則，載丁福保編：《清詩話》（臺北：明倫出版社，1971），頁553。

譬。……譬如遊山水，宋詩則如曲澗尋幽，情境冷峭」；[136]試以此論，印證葉燮與翁方綱論宋詩之卓見，可謂淵源有自：

> 至於宋人之心手，日益以啟，縱橫鉤致，發揮無餘蘊，非故好為穿鑿也。譬之石中有寶，不穿之鑿之，則寶不出，且未穿鑿以前，人人皆作模稜皮相之語，何如穿之鑿之之實有得也？[137]

葉燮論宋詩，以「穿鑿有得」評價宋詩特色，以「縱橫鉤致，發揮無餘蘊」評價宋詩風格。換言之，宋人作詩，大抵運用開放思維，就描述對象作全方位、表裏精粗之思考。葉燮《原詩》所謂「縱橫鉤致」、「發揮無餘蘊」，即此之謂。晚清陳衍，為同光體詩人，其《石遺室詩話》論宋人七言絕句，凡不襲用唐人舊調者，「大抵淺意深一層說，直意曲一層說，正意反一層、側一層說。」[138]不止七絕如此，宋代理學流行，格物致知轉化為詩思，遂多穿鑿得寶之作。詠物詩，多即物窮理；詠史詩，則別生眼目；山水題畫，則多濡染禪道。詩人作品穿之鑿之如此，讀者品詩賞詩，蓋亦同趣。穿之鑿之，翁方綱論詩，謂之「刻抉入裡」：

> 談理至宋人而精，說部至宋人而富，詩則至宋而益加細密，蓋刻抉入裏，實非唐人所能囿也。而其總萃處，則黃文節為之提挈，非僅江西派以之為祖，實乃南渡以後，筆虛筆實，俱從此導引而出。[139]

136　謬鉞：《詩詞散論》（上海：上海古籍出版社，1982），〈論宋詩〉，頁36-37。

137　〔清〕葉燮：《原詩》卷一，內篇上，《清詩話》本，頁570。

138　〔清〕陳衍：《石遺室詩話》，張寅彭：《民國詩話叢編》（上海：上海書店出版社，2002），頁230。

139　〔清〕翁方綱：《石洲詩話》卷四，《清詩話續編》本，頁1426。

宋人精詣，全在刻抉入裏，而皆從各自讀書學古中來，所以不
蹈襲唐人也。然此外亦更無留與後人再刻抉者。[140]

宋人之學，全在研理日精，觀書日富，因而論事日密。如熙
寧、元祐一切用人行政，往往有史傳所不及載，而於諸公贈大
議論之章，略見其概。[141]

　　翁方綱論宋詩，稱其「研理日精，觀書日富，論事日密」；而且
拈出「刻抉入裏」，「不蹈襲唐人」為宋詩特色。葉、翁二家之論宋
詩，蓋薪傳明末公安派所謂「彈工極巧」、「處窮必變」諸說，又知所
恢廓與發明，可謂精深切實，得其體要矣。其中有宋型文化之精神
在，所謂「宋詩特色」，亦不疑而具。同時，翁氏考察宋詩精詣刻抉
之所以然，以為與讀書學古有關；而且宋學特質之形成，「全在研理
日精，觀書日富」；蓋雕版印刷繁榮，形成印本文化，衝擊閱讀與傳
播，促成反思與變異。故宋人無不學古學唐，卻又知變古變唐，而自
成一家者，以此。考察宋人論詩，早已強調深造有得，體現內容深
遠：黃庭堅〈別楊明叔〉提倡「皮毛剝落盡，唯有真實在」；楊萬里
說詩，主張「去詞去意」；姜夔推崇「句中有餘味，篇中有餘意」；何
汶《竹莊詩話》強調「用意要精深，造語要平易」。[142]要之，皆是穿
鑿得寶，刻抉生姿之說，宋詩與宋代詩學往往有之。

---

140 同上註，頁1427。
141 同上註，頁1428。
142 張高評：《宋詩之新變與代雄》，第三節，四、〈深造有得，內容體現深遠〉，頁37-
　　39。

第三節　結語

　　筆者援引六十餘條資料，選擇清初宗宋詩人如錢謙益、黃宗羲、尤侗、周容、汪琬、葉燮、呂留良、朱彝尊、徐乾學、王士禎、宋犖、田雯、邵長蘅、賀貽孫、汪懋麟、吳之振、查慎行、厲鶚、全祖望、汪師韓、蔣士銓、趙翼、翁方綱、張英等二十四家之說，以建構清初之宋詩學，初步獲得下列結論：

（一）唐音宋調之消長升降，體現了唐宋詩紛爭之實際。

（二）清初二十四家宋代詩學之議題大抵有三：一曰標榜新變之風格；二曰辨析唐宋之異同；三曰強調宋詩之本色。

（三）清初宋詩學標榜新變風格，係針對明代以來宗唐習氣「欲概天下而唐之，又且以不唐病宋」而發，反對「相似而偽」，標榜「相異而真」，於是強調文學的新變代雄價值。大抵揭櫫源流正變、因革損益，從文學生存發展的觀點看待詩歌。因此，宋詩學唐詩，又新變唐詩之成就，最被稱道。

（四）清初詩學致力辨析唐宋詩之異同，緣於反對「相似而偽」之復古模擬風氣。此一「異同之分」、「真贗之辨」，經諸家之推衍，多強調宋詩相較於唐詩之差異，如風格、源流、形製、音節、能事、工拙諸方面，葉燮所謂「相異而真」者是。

（五）清初宋詩學論述宋詩之特質，提出自成一家，講究自得自立，不失本色；反思宋詩特徵，則聚焦於以學問為詩、以議論為詩，及穿鑿刻抉諸特質。由此觀之，宋詩自成一代之詩，自具特色與風格。自中國古典詩歌發展而言，宋詩唐詩，堪稱雙峰並峙，各有千秋。

（六）日本京都學派所提「內藤命題」，所謂「唐宋變革」論、「宋代近世」說，以及「宋清千年一脈」論，從唐宋詩之爭、唐

宋詩異同、詩分唐宋諸議題演變為宋詩與唐詩異畛，宋調與唐音殊風，可以獲得印證。

第四章
趙翼《甌北詩話》論蘇、黃與宋詩
──以蘇軾、黃庭堅詩為討論核心

　　所謂宋詩特色，乃相對於唐詩特色而言。日本京都學派內藤湖南提出「唐宋變革論」、「宋代近世說」，[1] 影響十分深遠。繆鉞闡述「唐宋詩異同」之見解，[2] 錢鍾書提倡「詩分唐宋」之觀點，[3] 大體多不出「內藤命題」之範疇。

　　錢鍾書《談藝錄・詩分唐宋》稱：「唐詩、宋詩，亦非僅朝代之別，乃體格性分之殊。」體格性分既有殊別，於是衍而析分，而有唐音與宋調之差異。表現宋詩特色之風格者，謂之宋調。明清詩話所論，要以蘇軾、黃庭堅及江西詩風指稱宋調。《甌北詩話》品題東坡、山谷詩藝，即在表彰宋調風格，辨明唐宋詩異同，標榜宋詩特色，亦可見乾嘉宗宋詩話尊崇宋調之一斑。

　　乾嘉宗宋詩話只選擇趙翼《甌北詩話》一家，作為主要研究文本。梳理其中述說蘇軾、黃庭堅之詩學文獻，同時注目有關唐宋詩異同，以及宋詩特色之論點。清人對蘇軾詩、黃庭堅詩之接受，宗唐宗宋詩學之消長流變，宋詩宋調之特徵與價值，藉此得以考見。乾嘉詩話對宋詩特色或正或反之闡釋，將有助於宋詩與宋調文學史地位之公允評價；繆鉞「唐宋詩異同」，錢鍾書「詩分唐宋」說，將因此而獲得更有力之佐證。

1　王水照：《鱗爪文輯》（西安：陝西人民出版社，2008），頁173-178。

2　繆鉞：《詩詞散論》（上海：上海古籍出版社，1982），頁36-37。

3　錢鍾書：《談藝錄》（臺北：書林出版公司，1988），頁1-5。

第一節　趙翼詩風與宋詩宋調

　　趙翼（1727-1814），字雲崧，號甌北。工詩，與袁枚、蔣士銓齊
名，世稱乾隆三大家。長於史學，精於考證。著有《甌北集》、《甌北
詩話》、《廿二史劄記》、《陔餘叢考》等書。趙翼論詩，注重才氣、心
思、工夫，主張抒寫性靈，提倡獨創、爭新，反對復古模擬，往往突
破尊唐宗宋之樊籬。[4]其《甌北詩話》選評唐宋以來十大詩人，於宋
推重蘇軾與陸游二人，黃庭堅之詩藝，未蒙青睞，自有其詩學理念之
權衡與體現。清張維屏《聽松廬文鈔》評《甌北詩話》，以為「抉摘
精微，指陳得失；語多切當，非僅見方隅、橫生議論者可比也。」清
王藻、錢林《文獻徵存錄》沿襲之，所撰〈趙翼傳〉因以為言。[5]清
黃培芳《香石詩話》卷二，評《甌北詩話》：「能不失矩矱，不致貽誤
後生，勝於《隨園詩話》矣。」[6]以為就袁枚、趙翼二家詩話較論，
「固以《甌北》為優」，可見其詩學價值。

　　趙翼詩風，同屬袁枚性靈一派，所著《甌北集》、《甌北詩話》，
有具體而微之反映。《甌北集》五十三卷，大抵與《甌北詩話》十二
卷[7]可以相得益彰，相互發明。趙翼所作詩歌，內容豐富多彩，風格
自成一家。其門生祝德麟《甌北集》，以為趙翼之詩「好見才、好論

4　陳伯海主編：《唐詩學史稿》（石家莊：河北人民出版社，2004），頁683-687。

5　〔清〕趙翼著，李學穎、曹光甫校點：《甌北集》（上海：上海古籍出版社，1997），
　　附錄五；〔清〕張維屏：《國朝詩人徵略初編》（臺北：明文書局，1985），卷三十八，
　　頁1464；〔清〕王藻、錢林：《文獻徵存錄·趙翼傳》（臺北：明文書局，1985），頁
　　1428。

6　蔣寅：《清詩話考》（北京：中華書局，2005），〈嘉慶、道光卷〉，頁452。

7　〔清〕趙翼：《甌北詩話》，收入郭紹虞編：《清詩話續編》（北京：人民文學出版社，
　　1983）。

駁、好詼笑」,「而其得力則似專在宋人焉」,[8]可見其風格與趨向。綜要言之,其詩風有四端:一、風趣諧俗,饒有意味;二、博洽典贍,資書為詩;三、以議論為詩,精深警闢;四、得江山之助,雄麗豪健,[9]與《甌北詩話》論詩,堪稱桴鼓相應。以袁枚為首之性靈詩派,崇尚性情之自然流露,主張隨意揮灑表達;企圖掙脫詩歌創作中之清規戒律和沉重枷鎖,而展現自由、活潑、天然、通俗。趙翼作詩,主張「本從性情出」、「性靈乃其要」,可見詩風與袁枚同調。清蔣士詮序其詩集,謂「興酣落筆,百怪奔集,雄麗奇恣,不可逼視」;袁枚敘其作詩,「目之所寓,即書矣;心之所之,即錄矣;筆舌之所到,即奮矣;稗史、方言、龜經、鼠序之所載,即闌入矣」。[10]誠所謂「忽正忽奇,忽莊忽俳」,稗史方言,皆可以入詩,隨興揮灑,不避庸俗,可以想見。不過,趙翼自由、通俗之詩風,往往如兩面刃,利弊相生。錢鍾書《談藝錄》評其詩:「格調不高,而修辭妥貼圓滿」;「能說理運典,恨鋒芒太露,機調過快,如新狼毫寫女兒膚,脂車輪走凍石坂」;「筆滑不留手」,「動目而不耐看」,以才學為詩,以議論為詩,滑利恣肆,蘊藉情韻稍稍短缺故也。

南宋以來至晚明詩壇之唐宋詩之爭,中經滿清肇建,直到中日甲午戰敗,乃蔚為「祧唐禰宋」之紛爭,前後約二五〇年。[11]祧唐禰宋之消長盛衰,既攸關世運升降,亦是才人代出,各領風騷之形勢使

8　〔清〕祝德麟:〈甌北集・序〉,見於〔清〕趙翼著,李學穎、曹光甫校點:《甌北集》,頁1445。

9　〔清〕趙翼著,李學穎、曹光甫校點:《甌北集・前言》,頁17-19。又有稱其詩歌,有五大特色者:思想新穎,見解警闢;敢於疑古,善於疑古;揭露時弊,關心民生;從現象看本質,自小事悟哲理;語妙詼諧,饒有風趣。參劉世南:《清詩流派史》(臺北:文津出版社,1995),頁370-375。

10　〔清〕蔣士詮:〈甌北集序〉;〔清〕袁枚:〈甌北集序〉;〔清〕王昶:〈湖海詩傳〉。分別收入〔清〕趙翼著,李學穎、曹光甫校點:《甌北集》,頁1439、1440、1430。

11　蕭華榮:《中國詩學思想史》(上海:華東師範大學出版社,1996),頁297-382。

然。其中,清代乾嘉詩學之雲蒸霞蔚,自是一大關鍵。為辨章學術,考鏡淵流,筆者檢閱《甌北詩話》卷三、卷十一論述宋詩資料,梳理其中品評蘇軾、黃庭堅詩,聚焦在宋詩宋調之資料,得二十餘則。為便於闡說,乃擇精取要,類聚群分,分為二大項論證之:其一,評價蘇軾、黃庭堅詩之優劣;其二,標榜宋調之風格特質,闡說如下:

第二節　評價蘇軾、黃庭堅詩之優劣

一　稱揚蘇軾之人格與風格

　　蘇軾(1036-1101),號東坡,為宋詩宋調之代表,與黃庭堅(1045-1105)齊名,並稱蘇、黃。南宋紹興年間,黨禁已除,元祐學術大開,呂本中十分推崇蘇軾,《童蒙詩訓》以為:「自古以來,語文章之妙,廣備眾體,出奇無窮者,唯東坡一人。」[12]王十朋〈讀東坡詩〉,亦稱:「東坡文章冠天下,日月爭光薄風雅。」[13]同時,又有所謂「蘇黃優劣之爭」,推崇蘇黃者固有之,而揚蘇抑黃、抑黃揚蘇,乃至一味貶斥蘇、黃者亦有之。[14]審美好尚不同,故見仁見智如此。

　　其後,歷經金元、明代、清初,詩界文苑有所謂「唐宋詩之爭」,[15]大抵黨同伐異,於是宗唐詩學所云「宋詩之習氣」、「非詩之特色」,多以之指斥蘇、黃詩歌,誠如所言,則詩品可謂卑下不足道

---

12 〔宋〕呂本中:《童蒙詩訓》,收入郭紹虞校輯:《宋詩話輯佚》(臺北:文泉閣出版社,1972),頁252。

13 〔宋〕王十朋著,梅溪集重刊委員會編:《王十朋全集》(上海:上海古籍出版社,1998),頁415。

14 王友勝:〈歷代蘇黃詩優劣之爭及其文學史意義〉,《中國蘇軾研究》第三輯(北京:學苑出版社,2007),頁83-100。

15 齊治平:《唐宋詩之爭概述》(長沙:岳麓書社,1983)。

矣。[16]然經明末公安三袁、清初宗宋詩家之反撥辯證，[17]乾嘉詩話評點之顯微闡幽，於是蘇、黃漸受肯定，宋詩宋調漸受褒美。至同光體詩人出，乃蔚為宗宋學宋之風起雲湧。[18]其間之消長盛衰，形成宋詩接受史，唐音與宋調之流變史，亦由此可見一斑。[19]

趙翼《甌北詩話》標榜意新詞新，追求獨到創發，準此以品評唐宋元明清十位詩人，堪稱實事求是，衝破尊唐宗宋之壁壘。於唐，推崇杜甫、韓愈；於兩宋，則鍾情於蘇東坡與陸放翁，皆宋詩宋調之代表與巨擘。對於蘇東坡，推崇褒讚可謂極致，尊奉為天才，稱許為天人，歎賞其「才大無所不可」，如云：

> 坡詩不尚雄傑一派，其絕人處在乎議論英爽，筆鋒精銳，舉重若輕，讀之似不甚用力，而力已透十分，此天才也。試即其詩，略為舉似。五古如……七古如……。此皆坡詩中最上乘，讀者可見其才分之高，不在功力之苦也。[20]

> 坡詩不以煉句為工，然亦有研煉之極，而人不覺其煉者。如……此等句在他人雖千鎚萬杵，尚不能如此爽勁，而坡以揮灑出之，全不見用力之跡，所謂天才也。[21]

---

16 張高評：〈清初宗唐詩話與唐宋詩之爭——以「宋詩得失論」為考察重點〉，香港大學中文系：《中國文學與文化研究學刊》第一期（臺北：臺灣學生書局，2002），頁83-158。

17 張高評：〈清初宋詩學與唐宋詩之異同〉，收入國立中山大學中國文學系主編：《清代學術研討會論文集：第三屆國際暨第八屆》（上）（高雄：中山大學清代學術研究中心，2004），頁87-122。

18 馬亞中：《中國近代詩歌史》（臺北：臺灣學生書局，1992），頁359-415。

19 曾棗莊：《蘇軾研究史》（南京：江蘇教育出版社，2001），頁263-413。

20 〔清〕趙翼：《甌北詩話》卷五，收入郭紹虞編：《清詩話續編》，頁1195-1196。

21 同上註，頁1214。

　　趙翼推崇東坡為「天才」詩人，其持論有二：一云「不甚用力，
而力已透十分」；二云「研煉之極，而人不覺其煉」，大抵巧奪天工，
如太白詩之天然去雕飾，故曰「不在功力之苦」、「不見用力之跡」，
才分極高，揮灑自如，此即所謂天才。蘇軾天生英才，而又博極群
書，厚積而薄發，故其使事用典，能左右逢源、得心應手若是。趙翼
論詩，講究性靈；以為詩歌雖出自性靈，本於天賦，然亦不廢工夫人
巧，天才與學力一致不二。故其〈書懷〉詩云：「乃知人巧處，亦天
工所到」；[22]《甌北詩話》不滿李夢陽以天才學力評價李白、杜甫，以
為「思力所到，即其才分所到」，性靈與學力可以相得益彰。[23]《甌北
詩話》又稱美東坡於句法字法，往往別求新奇，古所未有；主要緣於
大氣旋轉之體現，才大無所不可，故「筆力所到，自成創格」；「隨筆
所至，自成創句」，誠所謂「風行水上，自然成文」。[24]品評東坡詩
藝，獨標「創格」與「創句」，此實趙翼創新理念之投影。明清宗唐
詩話或有非薄宋詩、黃庭堅詩者，然賞愛東坡詩卻為諸家所同。清吳
之振《宋詩鈔·東坡詩鈔》云：「世之訾宋詩者，獨於子瞻不敢輕
議」；[25]如明前後七子雖貶抑宋詩，然謝榛、王世貞論詩卻獨推東坡，
以為才高學博，長於化臭腐為神奇。清初毛奇齡不喜蘇詩，賀裳《載
酒園詩話》甚至批評蘇詩「多粗豪處、滑稽處、草率處，又多以文為
詩，皆詩之病。然其才自是古今獨絕。」[26]雖肯定東坡之天才，然批
判其「以文為詩」之詩病，自是宗派習氣使然。趙翼《甌北詩話》對
於東坡詩歌造詣之超凡入聖，有較持平之見，如：

22　〔清〕趙翼著，李學穎、曹光甫校點：《甌北集》，頁515。
23　〔清〕趙翼：《甌北詩話》卷二，收入郭紹虞編：《清詩話續編》，頁1151。
24　〔宋〕蘇軾著，孔凡禮點校：《蘇軾文集》（北京：中華書局，1986），頁2144。
25　〔清〕吳之振、呂留良編：《宋詩鈔》（上海：上海三聯書店，1988），頁117。
26　〔清〕賀裳：《載酒園詩話》，收入郭紹虞編：《清詩話續編》，頁427。

坡詩有云：「清詩要鍛煉，方得鉛中銀。」然坡詩實不以鍛煉
為工，其妙處在乎心地空明，自然流出，一似全不著力，面自
然沁入心脾，此其獨絕也。今第就七言律論之，如：「天外黑
風吹海立，浙東飛雨過江來。」（〈有美堂暴雨〉）「人未放歸江
北路，天教看盡浙西山。」（〈遊杭州詩〉）……此數聯固坡集
中最雄偉之作，然非其至也。「人似秋鴻來有信，事如春夢了
無痕。」（〈與潘郭二生同遊憶去歲舊跡〉）「官事無窮何日了，
菊花有信不吾欺。」（〈次張十七贈子由詩〉）「倦客再遊今老
矣，高僧一笑故依然。」（〈書普菴長老壁〉）……此數十聯，
乃是稱心而出，不假雕飾，自然意味悠長，即使事處，亦隨其
意之所欲出，而無牽合之跡。此不可以聲調格律求之也。又如
〈和荊公絕句〉云：「春到江南花自開。」在儋耳，夜過諸黎
之家云：「中原北望無歸日，鄰火村春自往還。」覺千載下猶
有深情，何必以奇警雄驚見長哉！[27]

東坡作詩，受老莊思想影響，崇尚「文理自然，姿態橫生」。[28]一
方面強調：「清詩要鍛煉，方得鉛中銀」；一方面又講究「自然流出，
全不著力」；「稱心而出，不假雕飾」，雄偉之作如此，意味悠長諸篇
亦如是，詩美追求兩重境界，固宋代審美文化雙重模態之體現，亦東
坡詩之所以獨絕者。蘇軾曾示人以「捷法」，所謂「衝口出常言，法
度去前軌」；[29]〈書吳道子畫後〉所謂「出新意於法度之中，寄妙理於

27 〔清〕趙翼：《甌北詩話》卷五，收入郭紹虞編：《清詩話續編》，頁1196-1197。

28 〔宋〕蘇軾著，孔凡禮點校：《蘇軾文集》，頁1418。參考徐中玉：《論蘇軾的創作
經驗》（上海：華東師範大學出版社，1981），頁33-46。

29 〔宋〕周紫芝：《竹坡詩話》，收入〔清〕何文煥編：《歷代詩話》（北京：人民文學
出版社，1982），頁348。參考周裕鍇：《宋代詩學通論》（上海：上海古籍出版社，
2007），頁211-219。

豪放之外」，[30]蘇軾作詩之不拘一格，大膽創新，亦由此可見。要皆技進於道，離形得似，由有法優入無法之境界追求。[31]筆者以為：此即趙翼詩風天然渾成，不尚雕琢之反射。趙翼論詩曾云：「詩非苦心作不成，佳處又非苦心造。……偶於無意為詩處，得一兩句自然好。乃知茲事有化工，琢玉鏤金漫施巧。」[32]又曾夫子自道謂：「枉為耽佳句，勞心費剪裁。生平得意處，卻自自然來。」[33]自然、無意，乃其作詩之三昧。趙翼論宋詩，大抵從創新與才氣著眼，故推崇蘇軾詩自然渾成之特色，亦欣賞驅遣才學，涉筆成趣之風格。東坡詩既不甚鍛煉，故所作或包舉不寬，或氣象魄力不足，此其所短也。如趙翼所云：

> 坡詩放筆快意，一瀉千里，不甚鍛煉。如少陵〈登慈恩寺塔〉云：「俯視但一氣，焉能辨皇州？」以十字寫塔之高，而氣象萬千。東坡〈真興寺閣〉云：「山川與城郭，漠漠同一形。市人與鴉鵲，浩浩同一聲。」以二十字寫閣之高，尚不如少陵之包舉，此煉不煉之異也。又少陵〈出塞〉詩：「落日照大旗，馬鳴風蕭蕭。」覺字句外別有幽、燕沉雄之氣。坡公〈五丈原懷諸葛公〉詩：「吏士寂如水，蕭蕭聞馬撾。」雖形容軍容整肅，而魄力不及遠矣。[34]

宋張戒《歲寒堂詩話》卷上，曾較論唐宋詩人登樓詩，稱引蘇軾

---

30 〔宋〕蘇軾著，孔凡禮點校：《蘇軾文集》，頁2213。參考黃鳴奮：《論蘇軾的文藝心理觀》（福州：海峽文藝出版社，1987），頁62-67。

31 有法至無法之境界，參考周裕鍇：《宋代詩學通論》，頁190-243。周來祥、儀平策：〈論宋代審美文化的雙重模態〉，《文學遺產》第2期（1990），頁61-69。

32 〔清〕趙翼著，李學穎、曹光甫校點：《甌北集》卷十，頁190。

33 同上註，卷四十六，頁1191。

34 〔清〕趙翼：《甌北詩話》卷五，收入郭紹虞編：《清詩話續編》，頁1201-1202。

〈真興閣寺〉、〈登靈隱寺塔〉，以為「雖有佳處，而語不甚工」；又引
杜子美〈登慈恩寺塔〉詩，許為「窮高極遠之狀，可喜可愕之趣，超
軼絕塵而不可及」。[35]張戒論詩，貶斥蘇、黃，於是特舉東坡「不工」
之語，以對杜甫鍛煉之詩，則亦何所不可？趙翼《甌北詩話》相沿不
察，又從而渲染東坡「一瀉千里」之不「煉」，徒令人惑。東坡詩自
有鍛煉精工處，亦有不甚鍛煉處；既已「放筆快意，一瀉千里」，又
如何能兼顧「鍛煉」？宋周必大《二老堂詩話》稱蘇詩：「初若豪邁
天成，其實關鍵甚密」；[36]東坡〈子由新修汝州龍興寺吳畫壁〉自云：
「始知真放本精微，不比狂花生客慧」，[37]觀此，可以解惑。東坡以天
生英才作詩，故放筆快意，揮灑出之，不甚鍛煉，不假雕飾，雖時見
爽勁獨絕，然與杜甫登塔詩相較，東坡詩遠不如杜甫之宏闊包舉，氣
象萬千。若以摹寫邊塞景觀而言，東坡所作，意境與魄力似亦不如老
杜。其中關鍵，即在煉與不煉之殊異。舊題白居易《金鍼詩格》曾論
及作詩貴鍛煉：「煉句不如煉字，鍊字不如鍊意，鍊意不如鍊格。」南
宋魏慶之《詩人玉屑》亦標列「煅煉」一欄，可見詩文不厭百回改。[38]
東坡亦自知：「清詩要淘鍊，乃得鉛中銀」，顧踐履運化何如耳。

　　成語，為於古有徵之固定詞組，為高度濃縮、精要凝煉之文字，
於文學遺產中，富於繼往開來之意義，無異漢字文化圈之共同貨幣。
以成語入詩，且經由陶鑄而成佳對，其中最富剪裁工夫，靈心妙手往

35 〔宋〕張戒：《歲寒堂詩話》，收入丁福保輯：《歷代詩話續編》（北京：人民文學出
　　版社，1983），頁454-455。

36 〔宋〕周必大：《二老堂詩話》，收入〔清〕何文煥編：《歷代詩話》（北京：人民文
　　學出版社，1982），頁669。

37 〔宋〕蘇軾著，〔清〕馮應榴注，黃任軻等校點：《蘇軾詩集合注》（上海：上海古
　　籍出版社，2001），頁1925。

38 張伯偉：《全唐五代詩格校考・金鍼詩格》（西安：陝西人民教育出版社，1996），
　　頁327-328；〔宋〕魏慶之：《詩人玉屑》（臺北：世界書局，1971），頁172-179。

往此中可見。《甌北詩話》稱東坡最長於此道，妙於剪裁，固與學博才長有關。如云：

> 詩人遇成語佳對，必不肯放過。坡公尤妙於剪裁，雖工巧而不落纖佻，其由才分之大也。如：「時復中之徐邈聖，無多酌我次公狂。」（〈贈孫莘老〉）「休驚歲歲年年貌，且對朝朝暮暮人。」（〈寄陳述古〉）「三過門間老病死，一彈指頃去來今。」（〈過永樂長老已卒〉）「豈意日斜庚子後，忽驚歲在己辰年。」（〈孔長源挽詩〉）「大木百圍生遠籟，朱弦三歎有遺音。」（〈答仲屯田〉）「公特未知其趣耳，臣今時復一中之。」（〈戲徐君猷孟亨之皆不飲酒〉）……此等詩雖非坡公著意之作，然自然湊泊，觸手生春，亦見其學之富而筆之靈也。[39]

　　古典詩文，頗具有象徵性（暗示性）與裝飾性。在詩歌，對偶的象徵性較裝飾性之價值為高。[40]作詩而屬對精切，銖兩悉稱，本已難能可貴，何況鎔裁成語而又造語巧妙？《詩人玉屑》有「屬對」一目，頗言其用例。成語經靈心剪裁而為佳妙之偶對者，往往為東坡之能事，如上述〈贈孫莘老〉、〈寄陳述古〉、〈過永樂長老已卒〉諸聯，要皆「工巧而不落纖佻」，自然湊泊，觸手生春。所以然者，趙翼以為乃東坡「學富而筆靈」，有以致之。博洽典贍，學問精深，使事用典，瀾翻無窮，本是趙翼詩歌特色之一。以此而品評東坡，亦所謂夫子自道。由此看來，讀書博學，奉為作詩之根柢，《甌北詩話》於

---

39 〔清〕趙翼：《甌北詩話》卷五，收入郭紹虞編：《清詩話續編》，頁1197。

40 所謂象徵性（暗示性），指舉出吟詠對象的一部分，卻是描繪對象的整體部分。〔日〕古田敬一著，李淼譯：《中國文學的對句藝術》（長春：吉林文史出版社，1989），頁185-204。

此，闡說十分詳切，如：

> 坡公熟於《莊》、《列》諸子及漢、魏、晉、唐諸史，故隨所
> 遇，輒有典故以供其援引，此非臨時檢書者所能辦也。如……
> 以上數條，安得有如許切合典故，供其引證？自非博極群書，
> 足供驅使，豈能左右逢源若是？想見坡公讀書，真有過目不忘
> 之資，安得不歎為天人也。[41]

　　趙翼長於文史考證，備言東坡詩使事用典之原委，凡十餘例。推
崇東坡之「博極群書，足供驅使」，故隨其所遇，而能左右逢源。趙
翼作詩，用典多，使事切，尤其七律幾乎達到「語無不典，事無不
切，意無不達，對無不工」之地步。[42]蘇詩之汪洋恣肆，金銀鉛錫，
皆歸鎔鑄，故能變化唐詩，以成宋調。推崇東坡之博極群書，左右逢
源，自有其詩學主張在。自杜甫詩言：「讀書破萬卷，下筆如有神」，
蘇、黃學杜得其啟示，多深信讀書有益於作文。復得印本寫本圖書之
二元傳播，於是蘇軾〈稼說送張琥〉提示：「博觀而約取，厚積而薄
發」，[43]遂成宋人追求知識學問之集體意識。黃庭堅教人作詩，亦強調
讀書精博，〈與王觀復書〉所謂「長袖善舞，多錢善賈」。[44]影響所
及，南宋嚴羽《滄浪詩話·詩辨》乃批評江西末流「以文字為詩，以
議論為詩、以才學為詩」。雖標榜「詩有別材，非關書也；詩有別
趣，非關理也」；然又下一轉語，宣稱：「然非多讀書，多窮理，則不

41　〔清〕趙翼：《甌北詩話》卷五，收入郭紹虞編：《清詩話續編》，頁1198-1199。
42　〔清〕趙翼著，李學穎、曹光甫校點：《甌北集·前言》，頁28。
43　〔宋〕蘇軾著，孔凡禮點校：《蘇軾文集》，頁340。
44　〔宋〕黃庭堅撰，劉琳、李勇先等校點：《黃庭堅全集·宋黃文節公全集》（成都：
　　四川大學出版社，2001），頁470。

能極其至。」[45]筆者以為，此乃宋代圖書流通便捷所生發之傳媒效益，[46]勢不得不然。博觀厚積之詩觀，宗唐詩話如王夫之、賀裳、吳喬、馮班、毛奇齡、田同之引以為病者，[47]乾嘉宗宋詩話如葉燮、翁方綱、趙翼、吳之振、黃宗羲、徐乾學、全祖望、汪師韓、邵長蘅諸家，多標榜為詩法典範。[48]宗唐宗宋詩風之不同，此其一大端。

二　批判黃庭堅詩之得失

蘇軾、黃庭堅為宋詩宋調之代表。嚴羽《滄浪詩話·詩辨》稱：「國初之詩，尚沿襲唐人。……至東坡、山谷，始自出己意以為詩，唐人之風變矣。」[49]劉克莊《後村詩話》亦云：「元祐後詩人迭起，一種則波瀾富而句律疏，一種則煅煉精而情性遠。要之，不出蘇、黃二體而已。」[50]世所謂元祐體，指東坡體、山谷體；且所謂元祐學術，亦指蘇、黃二家之詩文。東坡、山谷二家，改變「唐風」，「始自出己意以為詩」，遂有自家之面目，正是宋詩之代表，宋調之典範。

宋詩之有蘇、黃，猶唐詩之有李、杜。由於宗派指向與審美趣味之異同，中唐以降，詩家好談「李杜優劣論」；[51]南宋開始，文壇則喜

45 〔宋〕嚴羽著，郭紹虞校釋：《滄浪詩話校釋·詩辨》（北京：人民文學出版社，2005），頁26。

46 張高評：《印刷傳媒與宋詩特色》（臺北：里仁書局，2009），頁156-160。

47 張高評：〈清初宗唐詩話與唐宋詩之爭——以「宋詩得失論」為考察重點〉，頁96-121。

48 張高評：〈清初宋詩學與唐宋詩之異同〉，頁94-121。

49 〔宋〕嚴羽著，郭紹虞校釋：《滄浪詩話校釋》，頁26。

50 〔宋〕劉克莊撰，王秀梅點校本：《後村詩話》（北京：中華書局，1983），頁26。

51 參考馬積高：〈李杜優劣論和李杜詩歌的歷史命運〉、蔡鎮楚：〈論歷代詩話之李杜比較論〉，分別收入李白研究學會編：《李白研究論叢》第二輯（成都：巴蜀書社，1990），頁289-300、309-318。

言「蘇黃爭名說」。胡仔《苕溪漁隱叢話》首揭蘇、黃爭名，相互譏誚之說，[52] 吳坰《五總志》、王若虛《滹南詩話》等附和之；王楙《野客叢書》謂蘇、黃互相推許，未嘗相互譏誚。[53] 從諸家所言爭名、譏誚，以及優劣軒輊、因革得失之間，蘇、黃二家風格之異同，已呼之欲出。

　　蘇、黃爭名說，清初以後往往衍為蘇、黃風格之比較論，清代詩話頗有述說。如喬億〈劍谿說詩〉卷上、張晉本《達觀堂詩話》卷四、潘德輿《養一齋詩話》卷一、劉熙載《藝概》卷一等等。[54] 趙翼《甌北詩話》亦有詳說，如：

> 北宋詩推蘇、黃兩家，蓋才力雄厚，書卷繁富，實旗鼓相當，然其間亦自有優劣。東坡隨物賦形，信筆揮灑，不拘一格，故雖瀾翻不窮，而不見有矜心作意之處。山谷則專以拗峭避俗，不肯作一尋常語，而無從容游泳之趣。且坡使事處，隨其意之所之，自有書卷供其驅駕，故無掗搣痕跡。山谷則書卷比坡更多數倍，幾於無一字無來歷，然專以選才庀料為主，寧不工而不肯不典，寧不切而不肯不奧，故往往意為詞累，而性情反為所掩。此兩家詩境之不同也。林艾軒論蘇、黃詩：「丈夫見客，大踏步便出去；若女子，便有許多妝裹。此坡、谷之別也。」見《許彥周詩話》。[55]

52　〔宋〕胡仔著，廖德明校點：《苕溪漁隱叢話》（北京：人民文學出版社，1981），頁334。

53　參考曾棗莊：〈評蘇黃爭名說〉，收入江西省文學藝術研究所編：《黃庭堅研究論文集》（南昌：江西人民出版社，1989），頁188-204。

54　見於傅璇琮編：《黃庭堅與江西詩派卷》（高雄：麗文文化出版公司，1993），頁286、330、368。

55　〔清〕趙翼：《甌北詩話》卷十一，收入郭紹虞編：《清詩話續編》，頁1331。

　　趙翼評價蘇軾、黃庭堅詩,以為在「才力雄厚,書卷繁富」方面,二家「實旗鼓相當」。然就詩境比較,蘇、黃詩歌卻又有別:其一,風格殊異:東坡詩隨物賦形,不拘一格,不見有矜心作意之處;山谷詩專以拗峭避俗,無從容游泳之處。其二,使事不同:東坡隨意所之,無捃摭痕跡;山谷則無一字無來處,往往意為詞累,性情反為所掩。《許彥周詩話》稱丈夫與女子之見客,出場時率性與妝裹不同,可作蘇黃詩風殊別之形象寫照。趙翼詩話對蘇東坡詩之品評,已詳上文,今但討論對黃山谷詩得失之論述。

　　以「奇」字品題山谷詩,為宋金詩論家之常言:《後山詩話》云:「王介甫以工,蘇子瞻以新,黃魯直以奇」;張戒《歲寒堂詩話》稱:「山谷只知奇語之為詩,而不知常語亦詩也」;[56]陳巖肖《庚溪詩話》謂:「至山谷詩,清新奇峭,頗道前人未嘗道處,自為一家,此其妙也。」[57]金人元好問〈論詩絕句〉之二十二:「奇外無奇更出奇,一波才動萬波隨」;[58]推揚之者,稱黃詩「奇而有法」;貶抑之者,謂之「有奇而無妙」,持此以論蘇、黃詩,或毀或譽,評價不一。趙翼《甌北詩話》對於山谷之一味新奇,評價不高,如:

　　　魏泰《臨漢詩話》:「山谷詩專求古人未使之事,而又一二奇字綴茸而成,自以為工,其實所見之僻也。故句雖新奇,而氣乏渾厚。」[59]

56　〔宋〕陳師道:《後山詩話》,收入〔清〕何文煥編:《歷代詩話》,頁306;〔宋〕張戒:《歲寒堂詩話》,收入丁福保輯:《歷代詩話續編》,頁464。

57　〔宋〕陳巖肖:《庚溪詩話》,收入丁福保輯:《歷代詩話續編》,頁182。

58　〔金〕元好問撰,郭紹虞箋:《元好問論詩三十首小箋》(臺北:木鐸出版社,1988),頁73-75。郭紹虞案語:「翁方綱舉〈述書賦〉為例,證元好問初無貶抑蘇、黃之意。」

59　〔清〕趙翼:《甌北詩話》卷十一,收入郭紹虞編:《清詩話續編》,頁1332。

　　《石林詩話》：「魯直自矜一聯云：人得交遊是風月，天開圖畫
　　即江山。以為晚年最得意之句。然魯直自有山圍燕坐圖畫出，
　　水作夜窗風雨來，其氣較健」云。按此二聯，亦不過取意稍新
　　異，終無甚意味也。《陳後山詩話》謂「魯直學杜，過於求
　　奇，不如杜之遇物而奇也。三江、五湖，平漫千里，因風石乃
　　奇耳。」[60]

　　李西涯《懷麓堂詩話》：「熊膰、雞蹠，筋骨有餘，肉味絕少，好
　　奇者不能舍之，而不足厭飫天下。黃魯直詩，大抵如此。」[61]

　　趙翼作詩，有精深警闢者，多小中見大，寓物說理；又有雄麗豪
健者，多縱橫捭闔，氣勢不凡，已見上述。[62]故《甌北詩話》引述諸
家詩話論斷黃庭堅詩，一則曰「句雖新奇，而氣乏渾厚」；二則曰
「取意稍新異，終無甚意味」；三則曰「黃過於求奇，不如杜之遇物
而奇」；四則曰「筋骨有餘，肉味絕少，不足厭飫天下」，此就傳統審
美心理之慣性品評言之，是亦持平之論。翁方綱《石洲詩話》卷三，
亦援引魏泰《臨漢隱居詩話》之言，謂黃庭堅詩「句雖新奇，而氣乏
渾厚」；然偏求渾厚而乏新奇，又淪為李夢陽之流之「鵬鯨」。[63]論者
以平易美、艱難美分指蘇軾、黃庭堅二家詩歌之審美特徵。蘇詩如彈
丸脫手、圓美流轉，多「輕舟已過萬重山」之易；黃詩如枯木橫臥、
槎牙突兀，具「八節灘頭上水船」之艱。進一步指出：艱難美，具有

---

60 同上註，頁1332。

61 同上註，頁1333。

62 錢鍾書曾以「詩之情韻氣脈須厚實」，「思理語意必須銳易」評價趙翼詩，以為「動
　　目而不耐看」。見氏著：《談藝錄》，頁134。

63 〔清〕翁方綱：《石洲詩話》卷三，收入郭紹虞編：《清詩話續編》，頁1423-1424。

複雜性、緊張性、廣闊性之美。筆者以為，山谷詩句法之新奇，取意之新異，「筋骨有餘，肉味絕少」之好奇，即是上述所謂「艱難美」。綜考山谷詩之「奇」，或指詩境之生新美，或稱詩語之峭拔美，或即詩韻之拗澀美，或表現為詩構之複合美，[64]山谷詩之「奇」、之獨特不群，或緣於此。宋代詩話稱山谷詩之「奇」，即是清方東樹《昭昧詹言》所云：「黃只是求與人遠。所謂遠者，合格、境、意、句、字、音、響言之。此六者有一與人近，即為習熟，非韓（愈）、黃（庭堅）宗恉矣。」[65]凡此，皆攸關言與意之創造性。由此觀之，山谷之「奇」、或指新奇、或指奇崛、奇特、奇異；若然，皆有助於創意造語之追求陌生化美感，利病相生，實不必作求全之責備。

山谷詩特色之一，為遣詞用字無一字無來處。山谷〈答洪駒父書〉其二云：「自作語最難，老杜作詩，退之作文，無一字無來處。蓋後人讀書少，故謂韓杜自作此語耳。」南宋江西詩派風行，皆深信杜詩「無一字無來處」。趙次公著《杜詩先後解》即認定杜詩「往往一字繫切，必有來處，皆從萬卷中來」；而所謂來處，指句中有字、有語、有勢、有事，凡四種。[66]平情而論，字字求出處，難免資書以為詩，傾向藝術技巧之側重。而宗宋詩之趙翼《甌北詩話》頗稱道之，云：

> 詩寫性情，原不專恃數典，然古事已成典故，則一典已自有一意。作詩者借彼之意，寫我之情，自然倍覺深厚，此後代詩人

---

64 王守國：〈山谷詩美學特徵論〉，收入江西省文學藝術研究所編：《黃庭堅研究論文集》（南昌：江西人民出版社，1989），頁75-88。

65 〔清〕方東樹著，汪紹楹校點：《昭昧詹言》（北京：人民文學出版社，1984），頁228。參考張高評：〈方東樹《昭昧詹言》論創意與造語——兼論宋詩之獨創性與陌生化〉，《文與哲》第14期（2009年6月），頁135-144。

66 林繼中：《杜詩趙次公先後解輯校》（上海：上海古籍出版社，1994），頁1、26-27。

不得不用書卷也。[67]

　　趙翼論詩，提倡性靈，強調才氣，也同時注重書卷學問。以為學問書卷之於詩材，有「不得不用」之需求。此與梁鍾嶸《詩品·序》所謂「吟詠情性，亦何貴於用事？」「觀古今勝語，多非補假，皆由直尋」，[68]迥不相侔。世變日亟，圖書傳播多元，「知識就是力量」，遂成為變革之推手，情勢使然。趙翼作詩，亦長於用典工巧，表現出「資書以為詩」之學人之詩本色來。由於注重書卷學問，故論詩講究讀書博學，以為如此「久乃能自鑄偉詞」。若推本溯源，則考求來歷，用心出處，熟讀精思，至於得力處，往往可以蔚為「詩人之奇」：

　　　　劉夢得論詩，謂「無來歷字，前輩未嘗用」。孫莘老亦謂「杜
　　　　詩無一字無來歷」。山谷嘗拈以示人，蓋隱以自道。又嘗跋
　　　　〈枯木道人賦〉，謂「閒居熟讀《左傳》、《國語》·《楚詞》、
　　　　《莊周》、《韓非》諸書，欲下筆先體古人致意曲折處，久乃能
　　　　自鑄偉詞，雖屈、宋不能超此步驟也」。又語楊明叔云：「詩須
　　　　以俗為雅，以故為新。百戰百勝，如孫、吳之用兵；棘端可以
　　　　破鏃，如甘蠅、飛衛之射。此詩人之奇，昔得此秘於東坡，今
　　　　舉以相付」云。此可見其得力之處矣。[69]

　　　　呂伯恭《紫微詩話》云：「范元實從山谷學詩，要字字有來
　　　　處。」[70]

67　〔清〕趙翼：《甌北詩話》卷十，收入郭紹虞編：《清詩話續編》，頁1314。
68　〔梁〕鍾嶸：《詩品·序》，收入〔清〕何文煥編：《歷代詩話》，頁4。參考張伯
　　偉：《鍾嶸詩品研究》（南京：南京大學出版社，1999），頁230-236。
69　〔清〕趙翼：《甌北詩話》卷十一，收入郭紹虞編：《清詩話續編》，頁1331。
70　同上註，頁1333。

　　黃庭堅得力處有二：其一，為「無一字無來處」，閒居時熟讀諸書，「欲下筆先體古人致意曲折處」，如此有本有源，本立而道生，「久乃能自鑄偉詞」。黃庭堅詩歌創作主張「奪胎換骨、點鐵成金」，都可以發揮以故為新的效果。儘管清初之杜詩研究者，對杜詩「無一字無來歷」，有諸多質疑與駁正，開啟杜詩闡釋史之新途徑。[71]《甌北詩話》卻能不顧流俗，持續肯定山谷及江西詩人之論說。蓋趙翼泛覽群書，學富識精，博洽典贍，以書卷學問提供詩材，作為鎔鑄陶冶之資，有以才學為詩之習氣。與黃庭堅詩風同氣相求，故推重如此。其二，為「以俗為雅，以故為新」，為原型之轉化再生，創造性之新奇組合，多有助於詩境之生新美，詩語之峭拔美，以及詩構之複合美。宋詩以俗為雅，或為體類之轉化，或為題材之轉化，或為語言之轉化，或為品格之轉化，[72]多有助於詩美之生、新、變、異。《甌北詩話》即指出：務為峭拔，不肯隨俗，為山谷一生作詩命意之所在：

　　　自中唐以後，律詩盛行，競講聲病，故多音節和諧，風調圓美。杜牧之恐流於弱，特創豪宕波峭一派，以力矯其弊。山谷因之，亦務為峭拔，不肯隨俗為波靡，此其一生命意所在也。究而論之，詩果意思沈著，氣力健舉，則雖和諧圓美，何嘗不沛然有餘？若徒以生鬪爭奇，究非大方家耳。山谷詩，如「世上豈無千里馬，人中難得九方皋」，《潛夫詩話》謂可為律詩之法。又如「與世浮沉惟酒可，隨人憂樂以詩鳴」，此真獨闢蹊徑。至如洪龜父所賞：「蜂房各自開戶牖，蟻穴或夢封侯王。」「黃流不解浣明月，碧樹為我生涼秋。」此不過昔人未經道

71　孫微：《清代杜詩學史》（濟南：齊魯書社，2004），頁78-85。
72　張高評：《宋詩特色研究》（長春：長春出版社，2000），頁388-408。

過，其實無甚意味。吳曾《能改齋漫錄》記：「歐陽季默問東坡云：山谷詩何處最好？坡不答。季默舉其〈雪〉詩云：『夜聽疏疏還密密，曉看整整復斜斜。』亦佳耶？」坡曰：「正是佳處。」此雖東坡鑒賞，然終不免村氣矣。[73]

　　山谷所作律詩，講究聲律，其詩「務為峭拔，不肯隨俗」。《甌北詩話》論詩廣徵諸家，斷以己意，或以為律詩之法，或以為獨闢谿徑，或謂未經人道過，或云正是佳處，所評多與趙翼所標榜之創新詩論，殊途同歸。以生僻爭奇，加之以和諧圓美，則詩有「意思沈著，氣力健舉」之美，山谷詩之佳妙處亦近之。宋陳巖肖《庚溪詩話》稱：「山谷之詩，清新奇峭，頗造前人未嘗道處，自為一家，此其妙也。」奇峭清新，前人未道，其自成一家者在此。論者稱：奇崛、奧峭、瘦硬‧生新的風格，可以造成一種力度和美感，這是山谷詩在藝術上突出的特點。此種風格，可以掃除熟爛、軟弱、平庸、膚淺的詩風，追求更高的格調和氣韻。[74]持以觀趙翼所云，可以相互發明。若持方東樹《昭昧詹言》論山谷詩觀之，可以二語概括：一曰以驚創為奇，二曰著意與人遠，如方東樹所云：

　　涪翁以驚、叛為奇，意、格、境、句、選字、隸事、音節，著意與人遠，此即恪守韓公「去陳言」、「詞必己出」之教也。故不惟凡、近、淺、俗、氣骨輕浮，不涉毫端句下，凡前人勝境，世所程式效慕者，尤不許一毫近似之，所以避陳言，羞雷同也。而於音節，尤別叛一種兀傲奇崛之響，其神氣即隨此以

73　〔清〕趙翼：《甌北詩話》卷十一，收入郭紹虞編：《清詩話續編》，頁1331-1332。
74　白敦仁：〈論黃庭堅詩〉，收入江西省文學藝術研究所選編：《黃庭堅研究論文集》（南昌：江西人民出版社，1989），頁67-69。

見。杜、韓後,真用功深造,而自成一家,遂開古今一大法
門,亦百世之師也。[75]

　　著意與人遠,故作詩取生避熟,陳言務去;以驚創為奇,縱然題
材狹小、平凡,也盡心創意,致力造語,此即山谷所謂「棘端可以破
鏃,如甘蠅飛衛之射,此詩人之奇也。」[76]有此「著意與人遠」、「不
許一毫近似之」之詩思,遂能音節別創,而自成一家。於是山谷詩之
審美,遂有出人意表之新奇感,詞必己出之創發力,挺拔不群之超勝
性、兀傲奇崛之節奏感。[77]山谷詩之佳處妙處,即是此等。清王士禎
〈論詩絕句三十五首〉稱美山谷:「涪翁掉臂自清新,未許傳衣躡後
塵」;王漁洋鈔《七言詩凡例》亦推崇山谷天姿高、筆力雄,自闢門
庭。黃庭堅詩學,其實呈現有趣之悖論:一方面刻意為詩,好奇尚
硬;一方面又要求無異於文,自然平淡,反對雕琢求奇。[78]翁方綱
《石洲詩話》卷八載存上述之說,且言「漁洋極推山谷,似是山谷知
己」,亦指清新奇遠之風格而言。[79]至於《甌北詩話》卷十一引《東坡
詩話》稱讀魯直詩「不敢復論鄙事」,詩文如蚰蜒江瑤柱,「格韻高
絕」,則與博極群書之學識,治心養氣之不俗有關,攸關宋代詩學之
學養與識見課題,[80]不贅。

　　由此觀之,《甌北詩話》對於黃庭堅詩之評價,有褒有貶,遠不

75 〔清〕方東樹:《昭昧詹言》,頁314。

76 〔宋〕黃庭堅著,〔宋〕任淵、史容、史季溫注,黃寶華點校:《山谷詩集注》,頁
　　303。

77 張高評:〈方東樹《昭昧詹言》論創意與造語──兼論宋詩之獨創性與陌生化〉,頁
　　135-144。

78 參考黃寶華、文師華:《中國詩學史‧宋金元卷》(廈門:鷺江出版社,2002),頁
　　117-129。

79 〔清〕翁方綱:《石洲詩話》,收入郭紹虞編:《清詩話續編》,頁1506-1508。

80 參考周裕鍇:《宋代詩學通論》,頁135-152。

如蘇軾之受推尊。趙翼稱道黃庭堅之使事用典，驅遣書卷，可以使詩情「倍覺深厚」，此乃黃詩「得力之處」。至於黃詩之追求新奇，指為「氣乏渾厚，無甚意味」；黃詩之「務為峭拔，不肯隨俗」，趙翼卻認為：「以生僻爭奇，究非大方家耳」；至於獨闢谿徑、昔人未經道過者，趙翼亦以為「無甚意味」、「不免村氣」。有褒有貶，其尺度自與趙翼之創作經驗，詩學理念若合符節。

第三節　標榜宋調之風格特質

錢鍾書《談藝錄‧詩分唐宋》稱：「唐詩、宋詩，亦非僅朝代之別，乃體格性分之殊。……唐詩多以丰神情韻擅長，宋詩多以筋骨思理見勝。」體格性分既有殊別，於是衍而析分，而有唐音與宋調之差異。因此，體現宋詩風格者不必為宋人，如唐之杜甫、韓愈、白居易、孟郊等，實即唐人之開宋調者。[81]

趙翼說詩，與袁枚同調，都強調詩歌之發展與新變。[82]其〈論詩〉詩曾云：「詩文隨世運，無日不趨新」；〈觀化〉詩亦曰：「眼前何一非新意，猶只恆河裏一沙」；〈靜觀〉詩亦云：「從來風月屬詩家，惜未潛參跡象賒」；〈靜觀二十四首〉之二十四亦謂：「花故年年開，詩亦代代加」；[83]有此認知，故較能平心對待明、清以來之尊唐宗宋之爭。趙翼既注重詩歌發展之創新規律，自然能欣賞宋詩之風格，宋調之美妙。其〈論詩〉云：「詞客爭新角短長，迭開風氣遞登場。自身已有初中晚，安得千秋尚漢唐？」[84]論詩之宗風旂向，可以窺知。

---

81 錢鍾書：《談藝錄》，頁2。
82 鄔國平、王鎮遠：《清代文學批評史》（上海：上海古籍出版社，1995），頁505-506。
83 〔清〕趙翼著，李學穎、曹光甫校點：《甌北集》，頁1091、1173、1295、1301。
84 同上註，頁1375。

　　北宋之蘇軾、黃庭堅，為宋詩特色之集大成，歐陽脩、王安石、
梅堯臣，亦皆宋詩特色之助成者。總之，表現宋詩特色之風格者，謂
之宋調。明清詩話所論，要以蘇軾、黃庭堅及江西詩風指稱宋調。桐
城詩派、同光體詩人之宗尚師法，亦多體現宋調之風格。《甌北詩
話》、《石洲詩話》品題東坡、山谷詩藝，即在表彰宋調風格，辨明唐
宋詩異同，標榜宋詩特色，亦可見宗宋詩話尊崇宋調之一斑。今梳理
《甌北詩話》，得其標榜宋調風格者尚有四端：一、因難見巧；二、
詩家能新；三、破題為詩（以文為詩、以小說入詩）；四、遊戲文
字，論述如次：

一　因難見巧

　　清蔣士銓〈辯詩〉云：「宋人生唐後，開闢真難為」；「能事有止
境，極詣難角奇」，[85]宋人作詩面對盛極難繼之困境，順應之道為「因
難見巧」，蓋師法韓愈奇險之詩風，而又有所發揚。歐陽脩《六一詩
話》率先揭示韓愈用韻之「因難見巧，愈險愈奇」；[86]《甌北詩話》引
述之：

> 昌黎古詩用韻，有通用數韻者，有專用一韻者。《六一詩話》
> 謂「其得韻寬，則泛入旁韻，乍還乍離，出入回合，不可拘以
> 常格，如〈此日足可惜〉之類。得韻窄，則不復旁出，而因難
> 見巧，愈險愈奇，如〈病中贈張十八〉之類。譬如善馭馬者，
> 通衢廣陌，縱橫馳騁，惟意之所至；於蟻封水曲，又疾徐中

---

85 〔清〕蔣士銓著，邵海清校，李夢生箋：《忠雅堂集校箋》（上海：上海古籍出版
　　社，1993），頁986。

86 〔宋〕歐陽脩：《六一詩話》，收入〔清〕何文煥編：《歷代詩話》，頁272。

節，不少蹉跌。此天下之至工也。」今按……其用窄韻，亦不止〈病中贈張十八〉一首。如〈陪杜侍御遊湘西兩寺〉一首，又〈會合聯句〉三十四韻，洪容齋謂除「蠓」、「蛹」二字，《韻略》未收，餘皆不出二腫之內。……[87]

　　韓愈作詩用韻，「得韻窄，則不復旁出，而因難見巧，愈險愈奇」，猶走馬「於蟻封水曲，又疾徐中節，不少蹉跌」，此種因難見巧，號稱「天下之至工」，最為蘇軾、黃庭堅、王安石所擅長。東坡作〈雪後書北臺壁二首〉，用「尖」、「叉」窄韻詠雪，而王安石〈讀眉山集次韻雪詩五首〉和之。蘇東坡原唱，長於押險韻，因難見巧，工穩而有味。王荊公亦用尖、叉險韻，往復唱和，然不及東坡之工妙。東坡後又作〈謝人見和前篇二首〉，欲以驚世駭俗，實已大不如原唱之精彩。清高宗《御選唐宋詩醇》卷三十四稱東坡尖、叉韻詩，「古今推為絕唱。數百年來，和之者小指不勝屈。」然在當時，王安石六和其韻，尚且「支湊勉強，貽人口實」，何況其他？[88]由此可見，詩押險韻，欲因難而見巧，自非天份高、學力精如東坡者，不易工妙。

　　宋人作詩除選押險韻，挑戰韻窄，以見「因難見巧」外，最普遍尋常者為和作、次韻，蔚為一代風氣。南宋費袞《梁谿漫志》稱：「荊公、東坡、魯直押韻最工，而東坡尤精於次韻，往返數四，愈出愈奇。」「荊公和叉字數首，魯直和粲字數首，亦皆傑出。」大抵蟠胸有數萬卷書，可供其抽取驅遣，然後韻與意會，造語渾成乃佳。[89]

---

87 〔清〕趙翼：《甌北詩話》卷三，收入郭紹虞編：《清詩話續編》，頁1166-1167。

88 清高宗敕編：《御選唐宋詩醇》，收入文淵閣《四庫全書》集部第一四四八冊（臺北：臺灣商務印書館，1983），頁662。

89 〔宋〕費袞：《梁谿漫志》，收入文淵閣《四庫全書》集部第八六四冊（臺北：臺灣商務印書館，1983），頁737。

因難見巧，為宋人追求「美好出艱難」之境界，錢鍾書嘗喻為「明珠
走盤而不出於盤」、「駿馬行蟻封而不蹉跌」，猶載著腳鐐手銬而能舞
蹈，嚴加限制而大家始顯身手。[90]除險韻、和詩之外，禁體白戰詩，
自我設限，禁用勿用系列之類似字詞，追求「於艱難中特出奇麗」之
美感，能者「出入縱橫，何可拘礙」，不能者往往閣筆廢歎，不能成
章。[91]山谷詩追求詩境生新、詩語峭拔、詩韻拗澀，在雅語言、俗語
言皆已被道盡之宋代，何一而非因難見巧，精益求精？山谷〈跋子瞻
醉翁操〉，評論東坡詞：「因難以見巧，故極工」；序胡宗元詩集，以
為胡詩「遇變而出奇，因難而見巧」，頗似自家所論詩人之態。[92]蘇、
黃二家詩作與詩學體現如此，宋詩宋調之風格已隱然見於其中。

二 詩家能新

　　新創變異，為詩歌語言主體特徵之一，亦才人代出，各領風騷之
關鍵策略。宋陳師道《後山詩話》評價退之以文為詩，子瞻以詩為
詞，以為「雖極天下之工，要非本色」，[93]此不明新創變異之道者。清
賀裳《載酒園詩話》論蘇軾「以文為詩」，為「詩之病」；[94]毛先舒
《詩辨坻》稱「退之多以文法為詩」，見譏為「傖父」，[95]亦皆昧於文
學發展，貴在變異新創之妙，以及陌生化美感者也。趙翼《甌北詩

---

90 舒展選編：《錢鍾書論學文選》（廣州：花城出版社，1990），頁162-164。

91 張高評：〈白戰體與宋詩之創意造語：禁體物詠雪詩及其因難見巧〉，《中國文化研
　　究所學報》第49期（2009年5月），頁185-210。

92 〔宋〕黃庭堅撰，劉琳、李勇先等校點：《黃庭堅全集·宋黃文節公全集》，頁411、
　　659。

93 〔宋〕陳師道：《後山詩話》，收入〔清〕何文煥、丁福保編：《歷代詩話統編》（北
　　京：北京圖書館出版社，2003），頁187。

94 〔清〕賀裳：《載酒園詩話》，收入郭紹虞編：《清詩話續編》，頁427。

95 〔清〕毛先舒：《詩辨坻》，收入郭紹虞編：《清詩話續編》，頁67。

話》論詩，標榜意新與詞新，顯然與上述諸家大異其趣，而頗近於
蘇、黃所倡之宋詩宋調：

> 元遺山〈論詩〉云：「蘇門若有功（忠）臣在，肯放坡詩百態
> 新！」此言似是而實非也。「新」豈易言？意未經人說過則
> 新，書未經人用過則新。詩家之能新，正以此耳。若反以新為
> 嫌，是必拾人牙後，人云亦云；否則抱柱守株，不敢踰限一
> 步，是尚得成家哉？尚得成大家哉？[96]

　　新創之道，變異為其方法，陌生化美感則其效果。趙翼論詩，強
調創發與新奇，揭示二語，作為「詩家能新」之具體指標：「意未經
人說過則新，書未經人用過則新」，且據此批駁元好問〈論詩〉稱
「坡詩百態新」之非是。強調命意用典之生新創新，凸顯未經人道，
古所未言。趙翼〈讀杜詩〉曾云：「不創前未有，焉傳後無窮」，此之
謂也。案，宋人作詩追求自成一家，其中「不經人道，古所未有」，[97]
正與意新語新之詩家語言標榜，相互發明。《甌北詩話》之宗宋，堪
稱長於繼志述事。

　　掙脫規律，隨意揮灑，自由活潑，全方位開放之詩思，在文學
寫作或創作論上，必然追求生新與創造。蓋如此，方足以獨闢谿徑，
而自成一家。試考察《甌北集》，觀趙翼所作論詩詩，可以知其旛
向，如：

> 滿眼生機轉化鈞，天工人巧日爭新。預支五百年新意，到了千
> 年又覺陳。

---

96 〔清〕趙翼：《甌北詩話》卷五，收入郭紹虞編：《清詩話續編》，頁1202。
97 張高評：《宋詩之新變與代雄》（臺北：洪葉文化事業公司，1995），頁79-85。

老杜詩篇萬口傳，至今已覺不新鮮。江山代有才人出，各領風
騷數百年。

古來好詩本無數，可奈前人都佔去。想他怕我生同時，先出世
來搶佳句。……古來寧遂無餘地？代有作者任取將。浣紗女亡
出環燕，拔山人去生關張。真仙不藉舊丹火，神醫自有新藥
方。……

杜詩久循誦，今始識神功。不創前未有，焉傳後無窮。一生為
客恨，萬古出羣雄。吾老方津逮，何由羿彀中。[98]

　　老杜詩，宋人稱為詩聖，推為典範；[99]明人以之為楷模，悉心摹
擬。[100]清初以來，「無一字無來歷」之討論，「詩史」說之反思，錢謙
益、朱鶴齡注杜公案之紛擾，[101]在在凸顯杜甫詩學造詣之不朽典範與
恆久楷模地位。趙翼詩學既主張掙脫戒律枷鎖，因此，挑戰典範，疏
離本色之餘，自有推陳出新、新變代雄之追求。〈論詩〉詩強調：詩
壇在天工與人巧爭新逐奇之推轂下，就算有詩界之天才能「預支五百
年新意」，奈何「到了千年又覺陳」。可見，作詩當日新又新，必推陳
出新，與時俱進，乃謂得之。又宣稱：「江山代有才人出，各領風騷
述百年」，突破了貴古賤今、唐宋詩優劣之牢籠，肯定代有才人，各
領風騷。〈連日翻閱前人詩戲作效子才體〉詩意，前四句同《陳輔之
詩話》所載王安石之語：「世間好語言，已被老杜道盡。世間俗語言，
已被樂天道盡。」[102]不過，陳輔之與趙翼在明示困境之後，都下一轉

98　〔清〕趙翼著，李學穎、曹光甫校點：《甌北集》，頁630、630、812、943。

99　張高評：《自成一家與宋詩宗風》（臺北：萬卷樓圖書公司，2004），頁43-62。

100　朱易安：《唐詩學史論稿》（桂林：廣西師範大學出版社，2000），頁213-233。

101　簡恩定：《清初杜詩學研究》（臺北：文史哲出版社，1986），頁41-232。孫微：《清
　　　代杜詩學史》，頁78-113。

102　〔宋〕陳輔之：《陳輔之詩話》，收入郭紹虞：《宋詩話輯佚》，頁309。

語，提出救病良方，強調新變可以代雄，所謂：「浣紗女亡出環燕，拔山人去生關張」，無論美人或英雄，都是江山代有，都能各擅勝場，此即前述〈論詩〉所云：「江山代有才人出，各領風騷數百年」之意。所謂「不藉舊火」，「自有新方」，可見其提倡創新之詩思。創新之不朽價值，〈讀杜詩〉曾揭示：「不創前未有，焉傳後無窮？」杜詩之神功，在於能創前與善傳後，此方是可大可久、影響深遠之大詩人。趙翼論詩詩所云新意、新鮮、新人、新方、創前、傳後，與《甌北詩話》所倡「詩家能新」，殊途同歸，可以相互發明。

　　《甌北詩話》卷四曾言：「大凡才人好名，必創前古所未有，而後可以傳世。」[103]由於提倡「創前古所未有」，故論詩標榜「意未經人說過，書未經人用過」。要之，詩歌之傳世不朽，關鍵在有無創造性。梁蕭子顯《南齊書・文學傳論》稱：「若無新變，不能代雄。」此之謂也。品藻唐宋大家名家，即持此矩度：稱李白、杜甫「各開生面，遂獨有千古」；評韓愈推擴少陵奇險處，「從此闢山開道，自成一家」；「至昌黎又斬新開闢，務為前人所未有」；「昌黎不但創格，又創句法」。[104]評元、白唱和詩，為「古所未有」；評白居易古律詩，「又多創體，自成一格」；[105]評以文為詩，至東坡而「別開生面，成一代之大觀」。[106]創新理論之標榜，乃趙翼詩學之一大核心。將「創新」視為一種獨立之審美價值，且作為最重要之審美標準。論者指出：這是趙翼對傳統詩學之重大突破。[107]與蘇、黃等宋代詩人之求創追新，前後呼應。

103　〔清〕趙翼：《甌北詩話》卷四，收入郭紹虞編：《清詩話續編》，頁1175。
104　同上註，卷三，收入郭紹虞編：《清詩話續編》，頁1164、1167、1168。
105　同上註，卷四，頁1175-1176。
106　同上註，卷五，頁1195。
107　張健：《清代詩學研究》（北京：北京大學出版社，1999），頁777。

三　破體為詩

　　韓愈、蘇軾之以文為詩，於創造性思維而言，為新奇組合，異質
會通，意新語新往往而有。宗唐詩話執著於以詩為詩、以詞為詞之本
色論、尊體說，當然未能欣賞以文為詩、以詩為詞之變體、破體之文
體改造美與新變美。《甌北詩話》標榜「詩家之能新」，更具體表現在
討論以文為詩、以小說入詩、文人遊戲、以俗為雅方面。嘗試以創造
性思維詮釋之，相對於宋代尊體辨體，[108] 復雅崇格而言，[109] 自是致力
意新語新之嘗試，如：

> 以文為詩，自昌黎始；至東坡益大放厥詞，別開生面，成一代
> 之大觀。今試平心讀之，大概才思橫溢，觸處生春，胸中書卷
> 繁富，又足以供其左旋右抽，無不如志。其尤不可及者，天生
> 健筆一枝，爽如哀梨，快如并剪，有必達之隱，無難顯之情，
> 此所以繼李、杜後為一大家也。而其不如李、杜處，亦在此。
> 蓋李詩如高雲之游空，杜詩如喬嶽之矗天，蘇詩如流水之行
> 地。讀詩者於此處著眼，可得三家之真矣。[110]

　　詩與文，各有其體，本來此疆彼界，涇渭分明。韓愈長於文，又
能詩，為疏通致遠，變化體格，乃始倡以文為詩。歐陽脩學韓愈，東
坡學歐陽脩，發揚光大，亦以文為詩，大放厥詞。其審美效應為「別
開生面，成一代之大觀」，頗切合趙翼「詩家能新」，自成一家之主

---

108 張高評：《宋詩之新變與代雄》，頁158-162。

109 秦寰明：〈論宋代詩歌創作的復雅崇格思潮──宋代詩歌思潮論（上）〉，收入南京
　　師範大學中文系編：《中國首屆唐宋詩詞國際學術討論會論文集》（南京：江蘇教
　　育出版社，1994），頁612-635。

110 〔清〕趙翼：《甌北詩話》卷五，收入郭紹虞編：《清詩話續編》，頁1195。

張。趙翼推崇東坡之以文為詩,「如流水之行」,「左旋右抽,無不如志」;「有必達之隱,無難顯之情」,固然由於東坡「胸中書卷繁富」之發用,「天生健筆」之揮灑;同時詩歌之散文化,疏通了雅緻,突破了格律,亦是關鍵。趙翼學養淵博,工於使事用典,其詩語或如元、白「尚坦易,務言人所共欲言」,遂失之輕浮油滑。趙翼詩遣詞用語如此,故能欣賞「有必達之隱,無難顯之情」;「如流水之行」、「無不如志」諸以文為詩之美。

　　詩歌之散文化與詞之詩化一般,不特為文類間之創意組合,更為文體之改造與新生,文學之生存與發展,提供絕佳之轉型機會。詩之與文,至唐代已分別獨立,自成文類,各有本色。韓愈長於詩、文,為突破舊界限,開拓新天地,於是嘗試以古文之章法句法為詩,變抒情寫懷為哲理議論、化複句為單句、以語尾虛字入詩。[111]雖非本色當行,卻為處窮求變之文體,展示一種革故鼎新之嘗試。北宋文壇,變體破體之風盛行,以文為詩、以賦為詩、以詩為詞、以文為四六,蔚為風氣。[112]蘇軾優於文,妙於詩,長於詞,工於賦,繼踵韓愈之以文為詩,《甌北詩話》稱「東坡益大放厥詞,別開生面,成一代之大觀」,可見其效益。[113]南宋劉辰翁〈趙仲仁詩序〉曾言:「韓、蘇(詩)傾竭變化,雷霆河漢,可驚可快,必無復可憾者,蓋以其文人之詩也」;[114]趙翼肯定東坡以文為詩,稱其別開生面,則生新創造可

---

111 程千帆:〈韓愈以文為詩說〉,見於莫礪鋒編:《程千帆全集》(石家莊:河北教育出版社,2001),頁303-327。

112 張高評:〈破體與創造性思維——宋代文體學之新詮釋〉,廣州《中山大學學報》(社會科學版)49卷3期(2009年),頁20-31。

113 以文為詩之效應,當如南宋王灼《碧雞漫志》卷二稱東坡所云:「偶爾作歌,指出向上一路,新天下耳目,弄筆者始知自振」,自是指「以詩為詞」之豪放詞而言。參唐圭璋編:《詞話叢編》(北京:中華書局,1986),第一冊,頁85。

114 〔宋〕劉辰翁:《須溪集》卷六,收入王雲五主編:《四庫全書珍本四集》(臺北:臺灣商務印書館,1973),一〇八八冊,頁4。

見;品評為一代大觀,則奇文偉構可知。

　　觸類而長,則東坡之以小說入詩,以俗為雅,亦新創奇異之詩思,如云:

> 坡在惠州,〈白鶴觀新居將成〉詩云:「佐卿恐是歸來鶴,次律寧非過去僧。」〈遊羅浮和子過〉詩云:「汝當奴隸蔡少霞,我亦季孟山玄卿。」按唐明皇射沙苑,偶中一鶴,帶箭飛去。後明皇幸蜀,偶憩一寺,壁有掛箭,即御箭也。僧云:「昔友徐佐卿者留此箭,俟箭主來還之。」乃知鶴即佐卿所化也。蔡少霞夢入仙都,書〈蒼龍溪新宮銘〉,其文乃紫陽真人山玄卿所撰,見薛用弱《集異記》。房次律悟前身為智永禪師,亦見柳子厚《龍城錄》。皆唐人小說也。想坡公遭遷謫後,意緒無聊,借此等稗官脞說遣悶,不覺闌入用之,而不知已為後人開一方便法門矣。[115]

　　東坡〈又題柳子厚詩〉稱:「詩須要有為而作。用事當以故為新,以俗為雅。」[116]東坡作詩長於即俗為雅,又見於吳可《藏海詩話》。[117]東坡著有《東坡志林》、《仇池筆記》、《漁樵閑話錄》等筆記小說。[118]即《艾子雜說》之滑稽詼諧,或亦出於東坡之手筆。[119]由此

---

115 〔清〕趙翼:《甌北詩話》卷五,收入郭紹虞編:《清詩話續編》,頁1216。

116 〔宋〕蘇軾著,孔凡禮點校:《蘇軾文集》,頁2109。

117 〔宋〕吳可:《藏海詩話》,收入《景印文淵閣四庫全書》(臺北:臺灣商務印書館,1983),一四七九冊,頁10。

118 見朱易安等主編:《全宋筆記》(鄭州:大象出版社,2008),第一編第九冊,頁1-248。

119 孔凡禮:〈《艾子》是蘇軾的作品〉,《文學遺產》第3期(1985),頁39-42;朱靖華:〈論《艾子雜說》確為東坡所作〉,《朱靖華古典文學論集》(長春:吉林文史出版社,2003),頁405-416。

觀之，東坡寫作詩文之餘，尚撰寫當時視為不登大雅之堂之小說，可見馳騁於雅俗之際，能入能出，又能出能入，自是東坡本色。《甌北詩話》考證東坡貶惠州所作二詩，使事用典，一出薛用弱《集異記》、一出柳宗元《龍城錄》，皆唐人傳奇小說。趙翼以為東坡「借此等稗官胠說遣悶，不覺闌入用之」，斷定此舉「已為後人開一方便法門矣！」詩歌之小說化，白居易〈長恨歌〉、韋莊〈秦婦吟〉已開其端。[120]而蘇東坡更優為之，即俗為雅，融化雅俗為一體，使之俗中有雅，雅中有俗，自我創新，自我作古。東坡文字的創新是多方面的，其中有受俗文學影響者，而俗文學又受他的影響，「二者交相為用，而天下耳目為之一新矣。」[121]以小說入詩，即俗為雅，相較於雅正文學而言，乃爭新獨到之詩美追求。《甌北詩話》卷四云：「大凡才人好名，必創前古所未有，而後可以傳世。」東坡足以當之。

四　文字遊戲

　　集句詩、回文詩、諧讔詩、吃語詩等遊戲文字，皆俳優格之流亞。歷代詩話多持負面評價，如宋嚴羽稱：「只成戲謔，不足法也」；明吳訥則病其「終非詩體之正」；徐師曾亦譏其「以文滑稽，不足取也」；胡應麟品題為：「詩道之下流，學人之大成」；清代王士禎看成「終近遊戲，不必措意」；沈德潛亦以為「近於戲弄，大雅弗取」；薛雪亦宣稱：「原屬遊戲，何暇及此？」；沈濤則直斥：「小言破義，君子弗尚。」[122]唯趙翼《甌北詩話》論東坡集句、回文、諧讔、吃語詩諸

---

120 陳允吉：《唐音佛教辨思錄》（上海：上海古籍出版社，1988），頁101-129；張高評：《會通化成與宋代詩學》（臺南：成功大學出版組，2000），頁265-266。

121 王利器：〈蘇東坡與小說戲曲〉，收入孫欽善、曾棗莊等主編：《國際宋代文化研討會論文集》（成都：四川大學出版社，1991），頁360-361。

122 諸家之說，分見《滄浪詩話·詩體》、《文章辨體序說·雜體詩》、《文章明辨序

作，獨能欣賞其「風趣湧發」，為之「忍俊不禁」，此詠諧通俗之美：

> 孔毅父集古人句成詩贈坡，坡答曰：「天邊鴻鵠不易得，便令
> 作對隨家雞。」又云：「路旁拾得半段槍，何必開爐鑄予
> 戟。」又云：「不如默誦千萬首，左抽右取談笑足。」又云：
> 「千章萬句卒非我，急走捉君應已遲。」似譏集句非大方家所
> 為。然坡又有集淵明〈歸去來辭〉作五律十首，則不惟集句，
> 且集字矣。坡又有〈題織錦回文〉三首，此外又〈回文〉八
> 首，大方家何至作此狡獪！蓋文人之心，無所不至，亦遊戲之
> 一端也。〈戲孫公素懼內〉……則仍典雅不作惡戲。〈席上代人
> 贈別〉云……此本是古體，如「石闕生口中，銜碑不得語」之
> 類，非另創體也。劉監倉家作餅，坡曰：「為甚酥？」潘邠老
> 家釀酒甚薄，坡曰：「莫錯著水否？」因集成句曰：「已傾潘子
> 錯著水，更覓君家為甚酥。」則一詩戲笑，村俚之言，亦併入
> 詩。又有口喫詩，……因題句云：「玄鴻橫號黃槲峴，皓鶴下
> 浴紅荷湖。」座客皆笑，請再賦一首。坡詩云：「江干高居堅
> 關扃，犍耕躬稼角掛經。高竿繫舸菰芰隔，笳鼓過軍雞狗驚。
> 解襟顧景各箕踞，擊劍賡歌幾舉觥。荊笄供饋愧攪聒，乾鍋更
> 戞甘瓜羹。」又〈和正甫一字韻〉詩云：「故居劍閣隔錦官，
> 柑果薑蕨交荊菅。奇孤甘揖汲古綆，僥覬敢揭鉤金竿。已歸耕
> 稼供薰秸，公貴幹蠱高巾冠。改更句格各蹇吃，姑固狡獪加間

說·詼諧詩〉、《師有詩傳續錄》、《說詩晬語》卷下、《一瓢詩話》、《飽盧詩話》卷
上。明胡應麟的觀點最有代表性，《詩藪》外編卷二：「詩文不巧大業，學者雕心
刻腎，窮書極夜，猶懼弗窺奧妙，而以遊戲廢日，可乎？孔融〈離合〉、鮑照〈建
除〉、溫嶠〈迴文〉、傅咸〈集句〉，亡補於詩，而反為詩病。」見周維德集校：
《全明詩話》（濟南：齊魯書社，2005），頁2596。

關。」此二詩使口吃者讀之，必至滿堂噴飯。而坡遊戲及之，可想見其風趣湧發，忍俊不禁也。[123]

集句、回文、諧讔、吃語諸詩，「形式材料上翻新出奇，逞才弄巧；內容意境上，調笑譏嘲，涉於遊戲」，類似俳優之逗趣與戲藝，故統名俳優格，[124]或謂之遊戲文字。嚴羽、吳訥、徐師曾、胡應麟、王士禎、沈德潛、薛雪等宋明清詩論家多以為「詩道之下流」、「大雅弗取」，趙翼卻能知人論世，理解為「文人之心」、「遊戲之一端」。既未如前述諸家批判為詩病、非詩，反而讚賞「村俚之言，亦併入詩」；「使口吃者讀之，必至滿堂噴飯」；想像其「風趣湧發，忍俊不禁」之遊戲三昧。此種遊戲文字，東坡最優為之，黃庭堅、王安石、楊萬里等大家亦工此道，要之，多與蘇、黃所主張之以俗為雅、所表現之「打諢通禪」、遊戲三昧，遙相呼應。[125]此等遊戲文字，逗趣與獻藝兼而有之，故世人以為俗不近雅，而宋人津津樂道之。宋朱弁《風月堂詩話》稱美蘇軾陶鑄詩材之工夫，為「點瓦礫為黃金手」：「街談巷說，鄙里之言，經其手，似神仙點瓦礫為黃金，自有妙處！」[126]《西清詩話》亦以為言。[127]趙翼能賞識東坡突破傳統樊籬，

123　〔清〕趙翼：《甌北詩話》卷五，收入郭紹虞編：《清詩話續編》，頁1200-1201。

124　張敬有四篇「文字遊戲」的論文：〈我國文字應用中的諧趣——文字遊戲與遊戲文字〉，《幼獅學誌》14卷3、4期（1977年12月），頁62-103；〈曲詞中俳優體例證之探索〉，《國立編譯館館刊》7卷1期（1978年6月），頁1-31；〈詞體中俳優格例證試探〉，收入中央研究院國際漢學會議論文集編輯委員會編：《中央研究院國際漢學會議論文集》（臺北：中央研究院，1981），頁195-217；〈詩體中所見的俳優格例證〉，《臺大中文學報》第2期（1988年11月），頁9-30。

125　周裕鍇：《中國禪宗與詩歌》（上海：上海人民出版社，1992），頁162-171。

126　〔清〕王文誥輯訂：《蘇文忠公詩編註集成》（臺北：臺灣學生書局，1967），附《諸家雜綴酌存》，引《風月堂詩話》，今本失載。

127　〔宋〕蔡絛：《西清詩話》，收入蔡鎮楚編：《中國詩話珍本叢書》（北京：北京圖書館出版社，2004），頁297-298。

開創詩歌嶄新世界，與《甌北詩話》論詩主張獨創與爭新，可謂百慮一致，殊途同歸。

遊戲筆墨，漢魏六朝已有之；唐代杜甫詩之戲題，元白詩之唱和，韓愈詩之嘲諷，作品漸多。宋代歐陽脩、梅堯臣之諧謔，蘇軾所作集句、回文、吃語、禽言，尤具時代特色，要皆「戲言近莊，反言顯正」，切近所謂「遊戲三昧」之趣味。學界研究指出：蘇軾之諧謔書寫，不但展現作家之生命歷程，亦且呈現東坡之真實性情。[128]由此觀之，諧謔書寫之功能，不異一般詩體之創作。就宋代人生觀致力「揚棄悲哀」言之，蘇軾詩之遊戲三昧近似黃庭堅，蘇、黃之諧謔調笑，正是宋詩表現樂觀曠達之一種「興寄」法。[129]清人評述宋詩之優長，稱：「取材廣，而命意新」，遊戲書寫確實為其中一面向。趙翼所作〈問鯽魚〉、〈齒痛〉、〈一蚊〉諸詩，幽默詼諧，嘲諷世態，風趣諧俗正與東坡詩風不異。《甌北詩話》卷十二〈各體詩〉，論述建除體、藥名體、八音歌、口吃詩、五仄詩、雙聲體、藏名詩之倫，標榜其「創體」、「創見」，考辨其「已有」、「非創」。由此可見，趙翼詩材來源廣泛，牛溲馬勃，兼收並蓄，然後交付陶冶鍛鍊，往往化俗為雅。《甌北詩話》卷五引東坡言：「清詩要鍛鍊，方得鉛中銀」，實無異夫子自道。

128 張蜀蕙：〈蘇軾諧謔書寫與唐宋戲題文學〉，收入彰化師範大學國文系主編：《中國詩學會議論文集——第五屆，宋代詩學》（彰化：彰化師範大學國文系，2000），頁59-94。

129 〔日〕吉川幸次郎著，鄭清茂譯：《宋詩概說》（臺北：聯經出版事業公司，1983），頁32-36。錢志熙：《黃庭堅詩學體系研究》（北京：北京大學出版社，2003），頁127-130。

第四節　結語

　　以蘇軾、黃庭堅為代表之宋詩，經由學唐、變唐，而拓唐、新唐，於是創造性損害了典範，逆轉了唐詩之語言，疏遠了唐詩之本色，蔚為宋詩自家之風格與特色。宋詩唐詩既存在若干異同，南宋以來，遂衍為唐宋詩之爭，歷經金、元、明、清，沸沸揚揚，甚至淪為意氣之紛擾。清代乾嘉時期，形成「祧唐禰宋」之詩風，自是詩學之一大關鍵。

　　為辨章學術，考鏡淵流，筆者檢閱清代趙翼《甌北詩話》，梳理其中卷三、卷十一品評蘇軾、黃庭堅詩，以及論斷宋詩宋調之資料，得二十餘則。為便於闡說，分（一）評價蘇軾、黃庭堅詩之優劣；（二）標榜宋調之風格特質二項述說之。詮釋解讀，則間引《甌北集》之詩作與《甌北詩話》之詩論穿插論證，相互發明。期待本研究之成果，有助於宋詩與宋調文學史地位之公允評價；繆鉞「唐宋詩異同」，錢鍾書「詩分唐宋」說，能因此而獲得更有力之佐證。

　　趙翼《甌北詩話》標榜意新詞新，追求獨到創發，推崇褒讚蘇東坡，尊奉為天才，稱許為天人，稱美東坡於句法字法，往往別求新奇，古所未有，故「筆力所到，自成創格」；「隨筆所至，自成創句」。東坡作詩，一方面強調：「清詩要鍛煉，方得鉛中銀」；一方面又講究「自然流出，全不著力」；「稱心而出，不假雕飾」，詩美追求兩重境界，固為宋代審美文化之體現，亦是東坡之所以獨絕。雖時見爽勁獨絕，然或不如杜甫之宏闊包舉與氣象萬千。摹寫邊塞景觀，意境與魄力似亦不如老杜。其中關鍵，即在煉與不煉之殊異。凡所評述，大多與趙翼之詩學觀相呼應。

　　成語經靈心剪裁而為佳妙之偶對者，往往為東坡之能事。所以然者，趙翼以為乃東坡「學富而筆靈」，有以致之。故讀書博學，為作

詩之根柢，《甌北詩話》於此，闡說十分詳切。趙翼長於文史考證，推崇東坡之「博極群書，足供驅使」，故隨其所遇，而能左右逢源。自杜甫詩言：「讀書破萬卷，下筆如有神」，蘇、黃學杜得其啟示，多深信讀書有益於作文。筆者以為，此乃宋代圖書流通便捷所生發之傳媒效益，勢不得不然。博觀厚積之詩觀，宗唐詩話如王夫之《薑齋詩話》、賀裳《載酒園詩話》、吳喬《圍爐詩話》、馮班《鈍吟雜錄》、毛奇齡《西河詩話》、田同之《西圃詩說》諸家，引以為病者，乾嘉宗宋詩話如葉燮《原詩》、翁方綱《石洲詩話》、趙翼《甌北詩話》，以及徐乾學、吳之振、黃宗羲、汪師韓、邵長蘅、全祖望等，多標榜為詩法典範。

提倡讀書博學，厚積薄發，長於使事用典，為東坡詩之一大特色，所謂以才學為詩、學人之詩者是。《甌北詩話》推崇東坡詩之使事用典，謂學富筆靈，觸手生春。趙翼評價蘇軾、黃庭堅詩，以為在「才力雄厚，書卷繁富」方面，二家「實旗鼓相當」。然就詩境比較，蘇、黃詩歌確又風格殊異，東坡詩隨物賦形，不拘一格，不見有矜心作意之處；山谷詩專以拗峭避俗，無從容游泳之處。使事亦不同：東坡隨意所之，無捃摭痕跡；山谷則無一字無來處，性情反為所掩。《許彥周詩話》稱丈夫與女子之見客，出場時率性與妝裹不同，可作蘇黃詩風殊別之形象寫照。

山谷詩之特色，其一為遣詞用字，無一字無來處。字字求出處，難免傾向藝術技巧。而宗宋詩之趙翼《甌北詩話》頗稱道之。其二為以俗為雅，以故為新，原型之轉化再生，創造性之新奇組合，多有助於詩境之生新美，詩語之峭拔美，以及詩構之複合美。《甌北詩話》指出：務為峭拔，不肯隨俗，為山谷一生作詩命意之所在。山谷詩之奇句，或可作律詩之法，或真獨闢谿徑，或為昔人未經道過。若持方東樹《昭昧詹言》論山谷詩觀之，可以二語概括：一曰以驚創為奇，

二曰著意與人遠；則山谷詩工於創意與造語，自不待言。趙翼卻以為：以生關爭奇，究非大方之家；且氣乏渾厚，無甚意味，不免村氣，貶斥之意顯明。

宋詩特色形成於北宋元祐間，其後蘇門、黃門弟子踵事增華，變本加厲，於是蔚為宋調之風格。唐詩、宋詩，非僅朝代之別，乃體格性分之殊。於是衍而析分，而有唐音與宋調之差異。明清詩話所論，要以蘇軾、黃庭堅及江西詩風指稱宋調。《甌北詩話》品題東坡、山谷詩藝，即在表彰宋調風格，辨明唐宋詩異同，標榜宋詩特色，亦可見宗宋詩話尊崇宋調之一斑。今梳理《甌北詩話》，得其表彰宋調風格者尚有四端：曰因難見巧、詩家能新、破體為詩（以文為詩、以小說入詩）、遊戲文字。

宋人作詩面對盛極難繼之困境，順應之道為「因難見巧」，蓋師法韓愈奇險之詩風，而又有所發揚。歐陽脩《六一詩話》率先揭示韓愈用韻之「因難見巧，愈險愈奇」，《甌北詩話》引述之。此種因難見巧，號稱「天下之至工」，最為蘇軾、黃庭堅、王安石所擅長。宋人作詩除選押險韻，挑戰韻窄，以見「因難見巧」外，最普遍尋常者為和作、次韻，蔚為一代風氣。大抵蟠胸有數萬卷書，可供其抽取驅遣，然後韻與意會，造語渾成乃佳。因難見巧，為宋人追求「美好出艱難」之境界。除險韻、和詩之外，禁體白戰詩，自我設限，禁用勿用系列之類似字詞，追求「於艱難中特出奇麗」之美感。山谷詩追求詩境生新、詩語峭拔、詩韻拗澀，在雅語言、俗語言皆已被道盡之宋代，何一而非因難見巧，精益求精？蘇、黃二家詩作與詩學體現如此，宋詩宋調之風格已隱然在其中。

新創變異，為詩歌語言主體特徵之一，亦才人代出，各領風騷之關鍵策略。宋陳師道《後山詩話》評價退之以文為詩，子瞻以詩為詞，以為「雖極天下之工，要非本色」，此昧於文學發展，新創變異

之道者。新創之道,變異為其方法,陌生化美感則其效果。趙翼論詩,強調創發新奇,揭示二語,作為「詩家能新」之具體指標:「意未經人說過則新,書未經人用過則新」,且據此批駁元好問〈論詩三十首〉稱「坡詩百態新」之非是。案,宋人作詩追求自成一家,其中「不經人道,古所未有」,正與意新語新之詩家標榜,相互發明。《甌北詩話》之宗宋,堪稱長於繼志述事。

韓愈、蘇軾之以文為詩,於創造性思維而言,為新奇組合,致力異質會通,意新語新往往而有。宗唐詩話執著於以詩為詩、以詞為詞之本色論、尊體說,當然未能欣賞以文為詩、以詩為詞之變體、破體新變。《甌北詩話》標榜「詩家之能新」,更具體表現在討論以文為詩、以小說入詩、文人遊戲、以俗為雅方面。韓愈長於文,工於詩,為突破舊界限,開拓新天地,於是嘗試以古文之章法句法為詩,變抒情寫懷為哲理議論、化複句為單句、以語尾虛字入詩。雖非本色當行,卻為處窮求變之文體,展示一種革故鼎新之嘗試。蘇軾優於文,妙於詩,繼踵韓愈之以文為詩,《甌北詩話》稱「東坡益大放厥詞,別開生面,成一代之大觀」,可見此種新奇組合之效益。趙翼肯定東坡以文為詩,稱其別開生面,則新創可見;品評為一代大觀,則奇偉可知。觸類而長,則東坡之以小說入詩,以俗為雅,亦新創奇異之詩思。

東坡寫作詩文之餘,尚撰寫當時不登大雅之堂之小說,可見馳騁於雅俗之際,能入能出,又能出能入,自是東坡本色。《甌北詩話》考證東坡貶惠州所作二詩,使事用典,皆出唐人傳奇小說。趙翼以為東坡「借此等稗官脞說遣悶,不覺闌入用之」,斷定此舉「已為後人開一方便法門矣!」蘇東坡即俗為雅,融化雅俗為一體,使之俗中有雅,雅中有俗,自我創新,自我作古,於是改造了小說之體質。以小說入詩,即俗為雅,相較於雅正文學而言,乃爭新獨到之詩美追求。《甌北詩話》卷四云:「大凡人才,必創前所未有而後可傳也。」東坡足以當之。

　　遊戲文字，乃俳優格之流亞，歷代詩話多持負面評價。唯趙翼《甌北詩話》獨能欣賞其「風趣湧發」，為之「忍俊不禁」。集句、回文、諧讔、吃語諸詩，「形式材料上翻新出奇，逞才弄巧；內容意境上，調笑譏嘲，涉於遊戲」，宋明清詩論家多以為「詩道之下流」、「大雅弗取」，趙翼卻能知人論世，理解為「文人之心」、「遊戲之一端」。既未如前述諸家批判為詩病、非詩，反而讚賞其遊戲三昧。此種遊戲文字，東坡最優為之，黃庭堅、王安石、楊萬里等大家亦工此道。要之，多與蘇、黃所主張之以俗為雅、所表現之「打諢通禪」、遊戲三昧，遙相呼應。其突破傳統樊籬，開創詩歌嶄新世界，與《甌北詩話》論詩主張獨創與爭新，可謂百慮一致，殊途同歸。

第五章
翁方綱《石洲詩話》祧蘇、祖黃與宗宋
——以蘇軾、黃庭堅詩為核心

　　宋詩之發展，歷經王禹偁、梅堯臣、王安石、歐陽脩之開創規模，蘇軾、黃庭堅、陳師道、陳與義之恢宏樹範，至元祐年間，已學古通變，自得成家。其體格性分，漸與唐詩疏離，於是形成「詩分唐宋」之文學事實。其中，蘇軾、黃庭堅，堪稱宋詩特色之代表；江西詩風，蔚為宋調之本色。南宋以來至清末，由於宗唐詩學之菲薄宋詩宋調，衍化為「唐宋詩之爭」，討論唐宋詩之異同，遂質變為唐宋詩之優劣，淪為意氣表述，只見愛憎好惡，頗乏公正論衡。

　　為辨章學術，考鏡淵流，論者曾以文學語言為研究視角，參考變異與陌生化理論、組合與創造思維，針對清初百餘年詩話詩學作考察，已關涉到清人宋代詩學之課題。又考察方東樹《昭昧詹言》，試探乾嘉宗宋之詩話。《昭昧詹言》標榜深、遠、創、造、生、新、變、奇諸詩美效益，確與創造思維之開放、通變、獨創、新穎諸特質可以相互發明。[1]由創造性思維切入，大抵用來詮釋古今文學「新變代雄」之原委，唐宋詩之異同，詩分唐宋之所以然，可以獲得佐證。其他宗宋詩話，如葉燮《原詩》一卷、趙翼《甌北詩話》十二卷、翁方綱《石洲詩話》八卷、薛雪《一瓢詩話》一卷、李重華《貞一齋詩

---

[1] 張高評：〈方東樹《昭昧詹言》論創意與造語——兼論宋詩之獨創性與陌生化〉，《文與哲》第14期（2009年6月），頁121-158。

說》一卷，亦皆值得探討；出入唐宋之詩話，如沈德潛《說詩晬語》
二卷、袁枚《隨園詩話》二十六卷，亦不妨略加稱引述說，相互較
論。至於厲鶚、全祖望、紀昀、汪師韓之有關詩話詩學文獻，亦值得
觸類而長，斟酌援用，期能發微闡幽，而有助於宋詩特色之鉤勒。

第一節　《石洲詩話》與宋代詩學

二十世紀以來，學界研究清代文學批評史、文論史、詩學史，要
皆論及翁方綱之肌理說。如郭紹虞《中國文學批評史》、袁保真等
《中國文學理論史》、蔡鎮楚《中國詩話史》、[2]敏澤《中國文學理論
批評史》、鄔國平等《清代文學批評史》、陳良運《中國詩學批評
史》、[3]蕭華榮《中國詩學思想史》、劉誠《中國詩學史·清代卷》、[4]皆
有或多或少之論述。至於學位論文，則有李豐楙《翁方綱及其詩
論》、宋如珊《翁方綱詩學之研究》等書。[5]要皆各有所見，多有發

2　郭紹虞：《中國文學批評史》（臺北：明倫出版社，1970），七十三〈翁方綱肌理
　　說〉，頁514-523。袁保真、蔡鍾翔、成復旺：《中國文學理論史》（四）（北京：北京
　　出版社，1987、1991），第三章第五節〈翁方綱「肌理」說〉，頁479-512。蔡鎮楚：
　　《中國詩話史》（長沙：湖南文藝出版社，1988），卷五第三章第三節〈肌理派詩
　　話〉，頁292-295。

3　敏澤：《中國文學理論批評史》（長春：吉林教育出版社，1993），第二十六章第三
　　節〈翁方綱的「肌理說」〉，頁1174-1183。鄔國平、王鎮遠：《清代文學批評史》（上
　　海：上海古籍出版社，1995），第七章第三節〈翁方綱、潘德輿〉，頁525-542。陳良
　　運：《中國詩學批評史》（南昌：江西人民出版社，1995），第二十二章，四、〈倡導
　　「學人之詩」的「肌理」說〉，頁546-555。

4　蕭華榮：《中國詩學思想史》（上海：華東師範大學出版社，1996），清代第七章，
　　五、〈潛移暗轉：性靈與肌理〉，頁359-365。劉誠：《中國詩學史·清代卷》（廈門：
　　鷺江出版社，2002），第五章第三節〈肌理說〉，頁219-229。

5　李豐楙：《翁方綱及其詩論》（臺北：嘉新水泥公司文化基金會研究論文，1975），
　　第三二六種。宋如珊：《翁方綱詩學之研究》（臺北：文津出版社，1993）。

明。至於翁方綱之宋詩觀，或有關宋代詩學之批評論，則除何繼文〈翁方綱對黃庭堅詩的評價〉一文，[6]較具代表性外，上述論著多付闕如。辨章學術，補闕闡微，值得盡心致力而為之。

發始於南宋之唐宋詩之爭，歷經元、明、清初，至乾嘉，「以才學為詩」之宋代詩學逐漸取得認同。其間大家爭鳴，各領風騷。翁方綱根柢經學，主盟北方詩壇，推崇蘇、黃，提倡宋詩，於是提出崇質尚實之「肌理說」，與尊奉唐詩之「神韻說」、「格調說」分庭抗禮，企圖救濟「格調說」之流弊，彌補「神韻」說之不足。今翻檢翁方綱論著，肌理說形成之時間已無從確考。唯完成於乾隆三十三年（1768）之《石洲詩話》，已至少有七處使用「肌理」一詞，品評王令、唐庚、周草窗、李莊靖、元好問等宋金詩人之作品。[7]肌理說既乏系統論述，今探討乾嘉之宗宋詩學，因而梳理《石洲詩話》論宋詩之文獻。一方面凸顯《石洲詩話》之宗宋詩觀，再方面闡說「肌理說」如何體現於蘇軾、黃庭堅詩歌之品藻中。兩相印證，可以相互發明。

今研究翁方綱《石洲詩話》，梳理其中述說蘇軾、黃庭堅之詩學文獻，同時注目書中有關唐宋詩異同，以及宋詩特色之論點。清人對蘇軾詩、黃庭堅詩之接受，宗唐宗宋詩學之消長流變，宋詩宋調之特徵與價值，藉此得以考見。乾嘉詩話對宋詩特色或正或反之闡釋，將有助於宋詩與宋調文學史地位之公允評價；繆鉞「唐宋詩異同」，[8]錢鍾書「詩分唐宋」說，[9]將因此而獲得更有力之佐證。

6　何繼文：〈翁方綱對黃庭堅詩的評價〉，香港中文大學《中國文化研究所學報》54期（2012年1月），頁231-253。

7　劉仲華：《漢宋之間：翁方綱學術思想研究》（北京：中國人民大學出版社，2010），第九章〈根柢經學的文學理念及其詩學思想〉，頁346-347。

8　繆鉞：《詩詞散論》（上海：上海古籍出版社，1984），〈論宋詩〉，頁36-37。

9　錢鍾書：《談藝錄》（臺北：書林出版公司，1988），一、〈詩分唐宋〉，頁1-5。

第二節　《石洲詩話》論蘇軾、黃庭堅

　　翁方綱（1733-1818），字正三，號覃溪。名其室曰蘇齋、寶蘇室，推崇蘇軾為有宋一代詩人冠冕。著有《蘇詩補注》、《復初齋詩集》、《文集》、《石洲詩話》等。精於金石、譜錄，工於辭章之學；或以義理、考據、學問入詩，袁枚譏其「誤把抄書當作詩」。論詩主張「肌理說」，初欲補救神韻說之空寂，匡正格調說之模擬，而與性靈說分庭抗禮。[10]

　　翁方綱之肌理說，提倡實際、質厚、學問、詩法，以矯正王士禎（1634-1711）神韻說之空靈，救濟沈德潛（1673-1769）格調說之膚廓。格調說尊唐貶宋，以復古為中心；神韻說主唐詩，宗司空圖《詩品》、嚴羽《滄浪詩話》、徐禎卿《談藝錄》；[11]肌理說主實，宗師蘇軾、黃庭堅，尤有得於宋詩中之江西派。肌理說論詩主學問，倡讀書，宗法宋人，其中自有乾嘉考據學風之體現。宋詩風格與唐詩不同，錢鍾書所謂「詩分唐宋」，最為簡明扼要。郭紹虞因謂：「唐詩可重在境象超詣，而宋詩則重在著實，所以與肌理說最為脗合。」[12]翁方綱既受乾嘉考據學風與山谷影響，於是說詩論學，乃疏離唐詩之價值系統，以宋詩特色為詩學基點，外通於學理，內達於詩理，而且打通經學與詩學、貫通學人、才人、詩人之詩。簡言之，肌理說堪稱學

---

10 杜甫〈麗人行〉形容美人：「態濃意遠淑且真，肌理細膩骨肉勻。」唐杜甫著，清
　　仇兆鰲注：《杜詩詳注》（臺北：里仁書局，1980），卷二〈麗人行〉，頁156。骨肉
　　之勻稱，關係肌理之細膩。肌在外，欲其美好；理在內，求其充實。翁方綱多談
　　「理」，少言「肌」，蓋談理而肌自附其中。參考陳良運：《中國詩學批評史》，頁
　　547-549；蕭華榮：《中國詩學思想史》，頁361-363。
11 鄔國平、王鎮遠：《清代文學批評史》，第五章第三節〈王士禎〉，頁312-332；第七
　　章第一節〈沈德潛〉，頁447-451。
12 郭紹虞：《中國文學批評史》，七十三〈翁方綱肌理說〉，頁521。

人之詩與文人之詩理論之結穴。明代前後七子之宗法盛唐，相對於唐詩風格而言，宋詩「以學為詩、以理為詩」之異質傳統，經由翁氏《石洲詩話》之強調，知識與義理可以獨立自成系統，足與抒情詩學相抗衡。[13]

　　南宋以來詩壇之唐宋詩之爭，中經滿清肇建，直到中日甲午戰敗，乃蔚為「祧唐禰宋」之紛爭，前後約二五〇年。[14]祧唐禰宋之消長盛衰，既攸關世運升降，亦是才人代出，各領風騷之形勢使然。其中，清代乾嘉詩學之雲蒸霞蔚，自是一大關鍵。為辨章學術，考鏡淵流，筆者檢閱《石洲詩話》卷三、卷四、卷七、卷八，有關論述宋詩之資料，梳理其中品評蘇軾、黃庭堅詩，以及論斷宋詩之資料，徵引三十餘則。為便於闡說，概括為兩大主軸，擬分（一）推崇蘇軾之品格與詩風；（二）評騭黃庭堅詩之造詣；（三）標榜宋詩之特色；（四）揭示唐宋詩之異同四大層面闡說之：

一　推崇蘇軾之品格與詩風

　　蘇軾（1036-1101），號東坡，為宋詩宋調之代表，與黃庭堅（1045-1105）齊名，並稱蘇、黃。南宋初，呂本中十分推崇蘇軾，《童蒙訓》以為：「自古以來，語文章之妙，廣備眾體，出奇無窮者，唯東坡一人。」王十朋注蘇詩，亦稱：「東坡文章冠天下，日月爭光薄風雅。」流風所至，更有所謂「蘇黃優劣之爭」，推崇蘇黃者固有之，而揚蘇抑黃、抑黃揚蘇，乃至一味貶斥蘇黃者亦有之。[15]

---

13 張健：《清代詩學研究》（北京：北京大學出版社，1999），第十五章〈學人之詩與文人之詩理論的總結：翁方綱以宋詩為基點的詩學〉，頁665-673、724-725。

14 蕭華榮：《中國詩學思想史》，〈清代第七章：祧唐宗宋〉，頁297-382。

15 王友勝：〈歷代蘇黃詩優劣之爭及其文學史意義〉，《中國蘇軾研究》第三輯（北京：學苑出版社，2007），頁83-100。

其後，歷經金元、明代、清初詩界有所謂「唐宋詩之爭」，[16]於是宗唐詩學所云「宋詩之習氣」、「非詩之特色」，多以之指斥蘇軾、黃庭堅詩歌，以為詩品卑下不足道矣。然經明末公安三袁、清初宗宋詩家之反撥辯證，乾嘉詩話評點之顯微闡幽，於是蘇、黃漸受肯定，宋詩宋調漸受褒美。其間之消長盛衰，形成宋詩接受史，唐音與宋調之流變，亦由此可見一斑。[17]

翁方綱特別推崇蘇軾，以「蘇齋」、「寶蘇室」名其書房，〈宋槧施顧注蘇詩題跋鈔〉所謂：「我齋蘇齋室蘇室，日以蘇集充咀嚼。又寶蘇書與集配，……展詩拜像同遐睎。」[18]其景仰推崇可以想見。《復初齋詩文集》載：每逢十二月十九日東坡生日，翁氏必「敬設東坡像，奉薦筍脯」；「招集同人，置酒蘇齋，瞻拜遺像」；文人藉此雅集，為作東坡生日，多有賦詩唱和者。[19]王友亮賦詩云：「翰林雅有嗜蘇癖，瓣香直接源流探」，[20]翁方綱之嗜蘇成癖，其傾倒佩服，足見其詩學之宗法與旐向。

翁方綱《石洲詩話》，論詩標榜宋詩宋調，推崇蘇軾、黃庭堅，稱美宋詩之優長，為乾嘉宗宋詩話之砥柱。《石洲詩話》卷三載錄有

---

16 齊治平：《唐宋詩之爭概述》（長沙：岳麓書社，1983）。

17 曾棗莊：《蘇軾研究史》（南京：江蘇教育出版社，2001），第五章〈「家弦戶習皆東坡」——清代復熾期〉，頁263-413。

18 〔清〕翁方綱：《復初齋集外詩》（上海：上海古籍出版社，2010），卷十五，〈十二月十九日坡公生日同人集蘇齋薦筍脯……〉；卷十六，〈坡公生日諸公同集蘇齋〉，《清代詩文集彙編》第三八二冊，頁513-523。

19 〔清〕翁方綱：《復初齋文集》（上海：上海古籍出版社，2010），卷五，〈寶蘇室研銘記〉，頁60；卷十三，〈坡公笠屐像贊〉、〈蘇文忠笠屐像贊〉，頁138。《復初齋詩集》，《清代詩文集彙編》第三八一冊，〈十二月十九日東坡先生生日同人集蘇齋拜像作〉，頁45；卷三十九，〈臘月十九諸公集蘇齋作坡公生日……〉，頁361；卷四十一，〈蘇齋圖〉，頁376；卷四十九，〈雪後蘇齋作坡公生日〉，頁452。

20 〔清〕王友亮：〈十二月十九日，東坡生日，翁學士招集蘇齋，瞻拜遺像……〉，《雙佩齋詩集》（上海：上海古籍出版社，2010），卷六，頁8A。

關蘇軾評論之文獻，凡六十餘則，或稱美其魄力雄大，橫絕萬古；或推崇蘇詩浩瀚淋漓，生氣迥出；或闡揚東坡詩之美妙，或批判蘇詩之不足，或考據寺廟、山川、名物、制度、用韻等等。首先，翁方綱推崇蘇軾〈石鼓歌〉，以為「魄力雄大，不讓韓公」，於是較論蘇、韓二家同題共作之優劣得失，如：

> 蘇〈石鼓歌〉，〈鳳翔八觀〉之一也。……蘇詩此歌，魄力雄大，不讓韓公，然至描寫正面處，以「古器」、「眾星」、「缺月」、「嘉禾」錯列於後，以「鬱律蛟龍」、「指肚」，「箝口」渾舉於前，尤較韓為斟酌動宕矣。而韓則「快劍斫蛟」一連五句，[21]撐空而出，其氣魄橫絕萬古，固非蘇所能及。方信鋪張實際，非易事也。[22]

　　蘇軾〈石鼓歌〉，[23]諸家推崇備至。王士禎稱其「別白出奇，乃是韓公勍敵」；汪師韓評為「雄文健筆，句奇語重，氣魄與韓退之之作相埒而研鍊過之」；紀昀則許其「精悍之氣，殆駕昌黎而上之」；方東樹亦賞其「飛動奇縱，有不可一世之概」。[24]由此觀之，翁方綱評此詩，以為「魄力雄大，不讓韓公」，可謂英雄所見。與韓愈〈石鼓歌〉相

---

21 〔唐〕韓愈著，錢仲聯繫年集釋：《韓昌黎詩繫年集釋》（臺北：河洛圖書出版社，1975），卷七，〈石鼓歌〉，頁346-351。

22 〔清〕翁方綱：《石洲詩話》，郭紹虞編：《清詩話續編》（北京：人民文學出版社，1983）卷三，頁1407。

23 〔宋〕蘇軾：《蘇軾詩集》（臺北：學海出版社，1985），卷三，〈鳳翔八觀‧石鼓歌〉，頁100-108。

24 曾棗莊主編：《蘇詩彙評》（臺北：文史哲出版社，1998），卷三，引清王士禎《帶經堂詩話》卷二、汪師韓《蘇詩選評箋釋》卷一、紀昀評《蘇文忠公詩集》卷四、方東樹《昭昧詹言》卷一，頁112-114。

較，蘇詩則重初見情狀，將石鼓文漫漶難識，就近取譬表出，與韓詩不同者在此。

〈石鼓歌〉為蘇軾早歲之作，固已新奇若是，〈王維吳道子畫〉一詩，亦為〈鳳翔八觀〉之一，品題畫藝，又自不同，如：

> 〈王維吳道子畫〉一篇，亦是描寫實際，且又是兩人筆墨，而浩瀚淋漓，生氣迴出。前篇〈石鼓歌〉尚有韓歌在前，此篇則古所未有，實蘇公獨立千古之作。即如「亭亭雙林間」直到「頭如黿」一氣六句，方是個「筆所未到氣已吞」也。其神彩，固非一字一句之所能盡。……看其王維一段，又是何等神理！有此鍛冶之功，所以貴乎學蘇詩也。[25]

蘇軾〈王維吳道子畫〉，[26]較論吳、王二家之畫風：吳道子為畫工畫之代表，士人畫則以王維為祖始。前者重形似、寫實，後者主神似、抒情。翁方綱稱賞此詩，以為「浩瀚淋漓，生氣迴出」，「古所未有，獨立千古」之作。尤其欣賞蘇詩描述吳道子畫，以為有「筆所未到氣已吞」之神彩。案：蘇軾撰〈書吳道子畫後〉稱：「道子畫人物，如以燈取影，逆來順往，旁見側出，橫斜平直，各相乘除，得自然之數，不差毫末。」〈跋吳道子地獄變相〉云：「觀地獄變相，不見其造業之因，而見其受罪之狀，悲哉！悲哉！能于此間一念清淨，豈無脫理？」[27]觀此，有助於理解翁方綱之評述。至於蘇詩〈王維吳道子畫〉敘寫王維一段，翁方綱獨稱賞其「鍛冶之功」的神理，論詩亦

---

25 《石洲詩話》卷三，頁1407。

26 〔宋〕蘇軾：《蘇軾詩集》卷三，〈王維吳道子畫〉，頁108-110。

27 〔宋〕蘇軾著，孔凡禮點校：《蘇軾文集》（北京：中華書局，1986），卷七十，〈書吳道子畫後〉，頁2210。又，〈跋吳道子地獄變相〉，頁2213。

即其「肌理」說之體現。

　　翁方綱對東坡所作〈李思訓畫長江絕島圖〉，[28]最稱情有獨鍾，有三則詩話述及此詩，其中如：

> 「舟中賈客莫漫狂，小姑前年嫁彭郎」，是題畫詩，所以並不犯呆。而劉須溪豈有不知，《歸田錄》之譏，不必也。題畫則可，賦景則不可，可為知者道耳。[29]

> 「沙平風軟望不到」，用以題畫，真乃神妙不可思議，較之自詠望淮山不啻十倍增味也。昔唐人江為題畫詩，至有「樵人負重難移步」之句，比之此句，真是下劣詩魔矣。而評者顧以引用小姑事，沾沾過計，蓋不記此為題畫作也。[30]

　　東坡題畫諸作，為杜甫之後最大家，不但展示「見詩如見畫」之再現畫面內容而已，又體現「以畫法為詩法」諸「詩中有畫」藝術，追求「筆補造化」之畫境拓展，堪稱兩宋以降題畫詩之宗師。[31]《石洲詩話》特別欣賞〈李思訓畫長江絕島圖〉題畫詩，以為有二妙：其一，「沙平風軟望不到」句，「用以題畫，真乃神妙不可思議」：平遠幽遠之視野，蔚為畫境延展之無限，固其佳處；而以「風軟」形容風

28　〈李思訓畫長江絕島圖〉：「山蒼蒼，水茫茫，大孤小孤江中央。崖崩路絕猿鳥去，惟有喬木攙天長。客舟何處來？棹歌中流聲抑揚。沙平風軟望不到，孤山久與船低昂。峨峨兩煙鬟，曉鏡開新妝。舟中賈客莫漫狂，小姑前年嫁彭郎。」《蘇軾詩集》卷十七，頁837。

29　《石洲詩話》卷三，頁1412。

30　同上註。

31　張高評：《創意造語與宋詩特色》（臺北：新文豐出版公司，2008），第七章〈蘇軾黃庭堅題畫詩與詩中有畫——以題韓幹、李公麟畫馬詩為例〉，第八章〈蘇軾題畫詩與意境之拓展〉，頁287-387。

力微弱，船行緩慢，落實「望不到」之審美感受，變靜為動，化美為媚，所謂「十倍增味」者指此。其二，結尾「舟中賈客莫漫狂，小姑前年嫁彭郎」，妙在逢場作戲，打諢通禪。呂本中《童蒙訓》稱：「東坡長句，波瀾浩大，變化不測，如作雜劇，打猛諢入，卻打猛諢出也」，[32]可據以解讀此詩：故意將小孤山訛為小姑，澎浪磯轉為彭郎，於是生發一段小姑嫁彭郎之奇思妙想，此切合遊戲三昧所謂「戲言近莊，反言顯正」；以諢為詩所謂「出場要須留笑，退思有味」。[33]宗唐詩話未悟此詩之妙，遂如紀昀批蘇詩所云：「末二句佻而無味，遂似市井惡少語，殊非大雅所宜。」[34]《石洲詩話》稱：「評者顧以引用小姑事，沾沾過計，蓋不記此為題畫作也」；所謂「題畫則可，賦景則不可」，反駁有理。除此之外，《石洲詩話》再「就俚語尋路打諢」闡釋此詩：

> 譏此詩者，凡以為事出俚語耳。不知此詩「沙平風軟」句，及「山與船低昂」句，則皆公詩所已有，此非復見語耶？奈何置之不論也？試即以〈潁口見淮山〉一首對看，而其妙畢出矣。彼云「青山久與船低昂」，故以「故人久立」結之。「故人」即「青山」也，初無故事可以打諢也。但既是即目真話，亦不須借語打諢，始能出場也。至此首，則「舟中賈客」，即上之「棹歌中流聲抑揚」者也，「小姑」，即上「與船低昂」之山

---

32 〔宋〕陳善《捫蝨新語》下集卷一：「山谷嘗言：作詩正如雜劇，初時布置，臨了打諢，方是出場。」〔宋〕俞鼎孫、俞經編：《儒學警悟》（香港：龍門書店，1967），卷三十六，頁201。

33 張高評：《宋詩之新變與代雄》（臺北：洪葉文化公司，1995），〈柒、雜劇藝術對宋詩之啟示〉，頁383-393。

34 〔清〕李香巖（鴻裔）手批：《紀評蘇詩》卷十七（成都：四川大學出版社，2007），頁11。

也，不就俚語尋路打諢，何以出場乎？況又極現成，極自然，
繚繞縈回，神光離合，假而疑真，所以復而愈妙也。[35]

　　翁氏運用比較法，討論東坡〈李思訓畫長江絕島圖〉、〈出潁口初
見淮山是日至壽州〉二詩，後者既為山水詩之書寫，但「即目真
話」，「初無故事可以打諢」。前者為題畫詩，「棹歌中流聲抑揚」之
「舟中賈客」，面對「與船低昂」之小孤（姑）山，若不「臨了打
諢」，如何出場？以諢為詩，結合化俗為雅，《石洲詩話》評為「極現
成，極自然，繚繞縈回，神光離合，假而疑真，所以復而愈妙」；方
東樹《昭昧詹言》卷十二稱其「神完氣足，遒轉空妙」，宗宋詩話對
蘇詩之推崇，由此可見一斑。

　　提倡讀書博學，厚積薄發，長於使事用典，為東坡詩之一大特
色，所謂以才學為詩、學人之詩者是，此正貼合翁方綱「肌理」說之
內涵。翁方綱稱：「宋人之學，全在研理口精，觀書口富」，東坡作
詩，最長於此道。《石洲詩話》卷一曾舉東坡〈和張耒高麗松扇〉
詩，以及〈木山〉詩為例，謂可作杜甫〈古柏行〉注腳，更稱美東坡
用事之善於脫化，肯定使事用典為蘇詩之能事。趙翼《甌北詩話》曾
推崇東坡詩之使事用典，謂學富筆靈，觸手生春；[36]《石洲詩話》亦
讚賞東坡之使事富縟，以為使事即其妙處：

　　　　《宋詩鈔》之選，意在別裁眾說，獨存真際，而實有過於偏枯
　　　　處，轉失古人之真。如論蘇詩，以使事富縟為嫌。夫蘇之妙
　　　　處，固不在多使事，而使事亦即其妙處。奈何轉欲汰之，而必

35　《石洲詩話》卷三，頁1412。
36　〔清〕趙翼：《甌北詩話》卷五，郭紹虞編：《清詩話續編》（北京：人民文學出版
　　社，1983），頁1195。

如梅宛陵之枯淡、蘇子美之松膚者,乃為真詩乎?且如開卷〈鳳翔八觀〉詩,尚欲加以芟削,何也?餘所去取,亦多未當。蘇為宋一代詩人冠冕,而所鈔若此,則他更何論![37]

翁方綱批評吳之振《宋詩鈔》選詩之偏枯失真,尤其「論蘇詩,以使事富縟為嫌」,以為去取論說「多未當」。推崇蘇軾「為宋一代詩人冠冕」;「蘇之妙處,固不在多使事,而使事亦即其妙處」,誠然。蘇軾〈稼說送張琥〉稱:「博觀而約取,厚積而薄發」,使事用典如是之得心應手,富贍多方,正東坡詩之卓犖處。又如:

《容齋三筆》謂:「蘇公〈百步洪〉詩,重複譬喻處,與韓〈送石洪序〉同」。此以文法論之,固似矣;而此詩之妙,不盡於此。今之選此詩者,但以〈百步洪〉原題為題,而忘其每篇自有本題。此篇之本題,即序中所謂「追懷曩遊,已為陳迹」也。試以此意讀之,則所謂「兔走隼落」、「駿馬注坡」、「絃離箭脫」、「電過珠翻」者,一層內又貫入前後兩層,此是何等神光!而僅僅以疊下譬喻之文法賞之耶?查初評此詩,亦謂「連用比擬,古所未有」。予謂此蓋出自《金剛經》偈子耳。[38]

東坡所作山水詩,多饒理趣禪味。《石洲詩話》曾云:「河溪(溪聲)便是廣長舌,山色豈非清淨身」二語,足以概括其詩。宋洪邁《容齋三筆》、查慎行《初白庵詩評・東坡詩評》欣賞東坡〈百步洪〉山水詩,皆聚焦於連用七譬喻,讚歎其「古所未有」。翁方綱則

---

37 《石洲詩話》卷三,頁1412。

38 同上註,頁1412-1413。

慧眼獨具，特別關注詩序所謂「追懷曩遊，已為陳迹」之詩意，以為「兔走隼落、駿馬注坡、弦離箭脫、電過珠翻」七喻，妙在脈注綺交，「一層內又貫入前後兩層」。此真東坡知音，不「僅僅以疊下譬喻之文法賞之」為已足。翁方綱肌理說，標榜「細密精深」之詩美，稱揚勤苦鍛煉之作詩工夫，所以《石洲詩話》卷三稱：「宋人精詣，全在刻抉入裏。」（詳下文）因此，稱賞蘇公〈百步洪〉詩，關注在「一層內又貫入前後兩層」之神光。又如：

> 〈汲江煎茶〉七律，自是清新俊逸之作。而楊誠齋賞之，則謂「一篇之中，句句皆奇，一句之中，字字皆奇」。此等語，誠令人不解。如謂蘇詩字句皆不落凡近，則何篇不爾？如專於此篇刻求其奇處，則豈他篇皆凡近乎？且於數千篇中，獨以奇推此，實索之不得其說也。豈誠齋之於詩，竟未窺見深旨耶？此等議論，直似門外人所為。[39]

品評蘇軾〈汲江煎茶〉七律，以為「清新俊逸之作」。然不贊同楊萬里《誠齋詩話》以「奇」品題本詩，以為令人不解。進而指出：「蘇詩字句皆不落凡近，則何篇不爾？」所謂奇，有奇特、奇崛、新奇、奇異諸風格；元好問〈論詩絕句〉之二十二評蘇黃詩：「奇外無奇更出奇」，蓋推崇蘇、黃破壞唐體以成宋調者。誠齋說此詩，只在凸顯「奇外出奇」而已，與翁氏所謂「清新俊逸」相去亦不甚遠。且以不落凡近指稱蘇詩，與方東樹《昭昧詹言》論詩美主張避熟超凡，求與人遠，[40]可以相發明。

---

39 同上註，頁1416-1417。

40 參考張高評：〈方東樹《昭昧詹言》論創意與造語——兼論宋詩之獨創性與陌生化〉，中山大學《文與哲》第14期（2009年6月），頁129-135。

翁方綱評價東坡詩，發揮實事求是之考證精神，往往愛而知其惡，於瑕不掩瑜處，亦多斥言指陳，如評論〈和秦太虛梅花〉之押韻不甚稱，〈石鼓歌〉之魄力雄大，〈武昌西山〉詩之不減少陵，〈題李伯時淵明圖〉之本小杜而更加超脫，〈送小本禪師歸法雲〉、〈過大庾嶺〉之用李杜句而自擺脫，〈柏家渡〉在蘇集中非其至者，〈自嶺外歸次韻江晦叔〉結二句言外有神。尤其長篇考證蘇軾〈別子由〉詩之次第，稱「初創」者，謂不忍遽別，故特加「初」，以志驚目之筆。凡此瑣瑣，得失利病判然可睹，頗便於讀者之品賞。又如：

> 〈五禽言〉，亦近〈竹枝〉之神致。梅詩〈四禽言〉，惟〈泥滑滑〉一首，為歐公所賞，果然神到。其餘亦無甚佳致。蘇詩五首，亦不為至者。[41]

> 歐公詠雪，禁體物語，而用「象筍」字，蘇用「落屑」字，得非亦「銀」、「玉」之類乎？蘇詩又有「聚散行作風花瞥」之句，「花」字似亦當在禁例。[42]

翁方綱獨賞梅堯臣〈四禽言・泥滑滑〉詩，以為「果然神到」；相形之下，東坡〈五禽言〉詩，「亦不為至者」。又評論歐、蘇禁體詠雪詩，用象筍、落屑、花，近似銀、玉等白色系列字，顯然觸禁犯令。蘇軾〈聚星堂雪〉詩〈序〉論禁體物語，所謂「於艱難中特出奇麗」，信乎「因難見巧」之難能可貴也。

翁方綱喜以考據說詩，見於《石洲詩話》者，如說月華寺、曹溪

口、〈試院煎茶〉、〈呈諸試官〉與科舉、〈陽關詞三首〉之聲調、惠州〈真一酒〉及儋酒，〈真一酒歌〉與釀酒等等，不一而足。又好摘句品賞佳妙，如稱〈石蒼舒醉墨堂〉一意翻轉，〈夜泛西湖五絕〉為空絕古人，〈答任師中家漢公五古〉屬對奇特，〈讀孟郊詩二首〉善為形容，〈芙蓉城〉篇以頓歇見其音節，〈和秦太虛梅花〉押韻不甚稱等等，其中自有其詩學理念在也。

二　評驚黃庭堅詩之造詣

　　蘇軾、黃庭堅為宋詩宋調之代表。嚴羽《滄浪詩話‧詩辨》稱：「國初之詩，尚沿襲唐人。……至東坡、山谷，始自出己意以為詩，唐人之風變矣。」[43]劉克莊《後村詩話》亦云：「元祐後詩人迭起，一種則波瀾富而句律疏，一種則煆煉精而情性遠。要之，不出蘇、黃二體而已。」[44]世所謂元祐體，指東坡體、山谷體；且所謂元祐學術，亦指蘇、黃二家之詩文。東坡、山谷二家，正是宋詩之代表，宋調之典範。

　　宋詩之有蘇、黃，猶唐詩之有李白、杜甫。由於宗派指向與審美趣味之異同，中唐以降，詩家好談「李杜優劣論」；[45]南宋開始，文壇則喜言「蘇黃爭名說」。胡仔《苕溪漁隱叢話》首揭蘇、黃爭名，相互譏誚之說，吳坰《五總志》、王若虛《滹南詩話》等附和之；王楙

43 〔宋〕嚴羽撰，郭紹虞校釋：《滄浪詩話校釋》（北京：人民文學出版社，1961、2005），〈詩辨〉，頁26。

44 〔宋〕劉克莊撰，王秀梅點校本：《後村詩話》（北京：中華書局，1983），前集卷二，頁26。

45 參考馬積高：〈李杜優劣論和李杜詩歌的歷史命運〉、蔡鎮楚：〈論歷代詩話之李杜比較論〉，李白研究學會編：《李白研究論叢》第二輯（成都：巴蜀書社，1990），頁289-300、309-318。

《野客叢書》謂蘇、黃互相推許，未嘗相互譏誚。[46]從諸家所言爭名、譏誚，以及優劣軒輊、因革得失之間，蘇、黃二家風格之異同，已呼之欲出。

翁方綱論詩，主張肌理說，所謂「詩必研諸肌理，而文必求其實際」，以實求詩、內容上求實意，藝術上求實法，與王士禎之神韻說，沈德潛之格調說，袁枚之性靈說並稱。以實求詩，始於宋代黃庭堅論詩標榜「質厚」。翁方綱論詩，很重視黃庭堅論詩之「質厚」二字，曾云：「吾嘗寶山谷二言曰：『以古人為師，以質厚為本。』三十年來，與天下賢喆論文，不出此語。」[47]翁方綱論詩，極力推重杜甫，同時，亦推崇學杜有成之黃庭堅，所作〈題漁洋先生戴笠像〉稱：「古今善學杜者，無若義山、山谷；義山、山谷貌皆不似杜者也。」[48]文求實際，詩本質厚，此翁方綱論詩得於黃庭堅之外，又有所謂「以古人為師」，且追求「窮形盡變之法」者。[49]

翁方綱最尊崇蘇軾，東坡生日，敬設東坡笠屐小像祭拜，而以黃庭堅、王守仁、毛奇齡、朱彝尊等先賢配享。六月十二日，為黃庭堅生日，翁氏於是日往往「拜像賦詩」；黃庭堅詩三集注本刻成，亦集同學於「黃山谷像前，薦筍脯賦詩」。[50]郭紹虞論翁方綱肌理說，曾言：「翁氏於詩，以得宋時江西派者為多；翁氏於學，以得於當時考據派者為多。」[51]黃庭堅提倡詩法，由於有門可入，有法可尋，因此

---

46 參考曾棗莊：《評蘇黃爭名說》，江西省文學藝術研究所編：《黃庭堅研究論文集》（南昌：江西人民出版社，1989），頁188-204。

47 〔清〕翁方綱：《復初齋文集》，《清代詩文集彙編》第三八二冊，卷四，〈貴溪畢生時文序〉，頁47。

48 同上註，卷二十四，〈題漁洋先生戴笠像〉，頁338。

49 郭紹虞：《中國文學批評史》，頁521-522。

50 〔清〕翁方綱：《復初齋文集》，《清代詩文集彙編》第三八一冊，卷十三，〈黃文節公像贊〉，頁138。

51 郭紹虞：《中國文學批評史》，頁519。

天下從風，號稱江西詩派，率以山谷為宗師。翁方綱亦好講詩法，著有〈詩法論〉，主張以治學態度論詩，以考據之法為詩，曾自道：論詩有得於山谷之詩法者二，說已見前。由此觀之，黃庭堅詩法之於翁方綱，自是蘇軾以外，瓣香與私淑之宋詩大家。

唯翁方綱《石洲詩話》，專論山谷詩，數量雖不多，要皆推崇備至，儼然江西詩社宗派之祖，許其上接杜甫，同為宋調之開山。宋敖陶孫《詩評》以形象語論詩，曾謂：「山谷如陶弘景入宮，析理談玄，而松風之夢故在。」[52]只言其風神韻味耳，翁方綱則圖譜其支派之流衍，而凸顯山谷在江西詩學之始祖尊寵，以及宋詩之宗主地位，如：

> ……善夫劉後村之言曰：「國初詩人如……至六一、坡公，歸然為大家，學者宗焉。然二公亦各極其天才筆力之所至，非必鍛煉勤苦而成也。豫章稍後出，會粹百家句律之長，究極歷代體制之變，蒐討古書，穿穴異聞，作為古律，自成一家，雖隻字半句不輕出，遂為本朝詩家宗祖。」按此論不特深切豫章，抑且深切宋賢三昧。[53]

考察翁方綱肌理說，大抵宗法黃庭堅、江西詩派。山谷「以古人為師，以質厚為本」二言，為其肌理說之歸趣。歐陽脩、蘇軾、黃庭堅同為宋詩宗祖，南宋劉克莊《江西詩派小序》特別拈出「鍛煉勤苦」四字，作為黃庭堅「為本朝詩家宗祖」之特徵，遂與歐、蘇「極其天才筆力之所至」不同。翁方綱稱述劉克莊論山谷詩之言，謂「會粹百家句律之長，究極歷代體制之變，蒐討古書，穿穴異聞」云云，

---

52 〔宋〕敖陶孫：《詩評》，吳文治主編：《宋詩話全編》第七冊，《敖器之詩話》（南京：江蘇古籍出版社，1998），頁7541。

53 《石洲詩話》卷四，頁1426。

即是所謂「鍛煉勤苦」之工夫。特別是在句律、體制、古書、異聞方面之盡心致力，以及「隻字半句不輕出」之推敲商榷，與翁方綱肌理說之主學問、重考據風味近似。

至於蘇軾、黃庭堅皆宋詩大家，為何宋人皆「祧蘇祖黃」？是亦有說：

> 不然，而山谷自為江西派之祖，何得謂宋人皆祖之？且宋詩之大家無過東坡，而轉祧蘇祖黃者，正以蘇之大處，不當以南北宋風會論之；舍元祐諸賢外，宋人蓋莫能望其肩背，其何從而祖之乎？呂居仁作《江西宗派圖》，……未必皆以為銓定之公也。而山谷之高之大，亦豈僅與厭原一刻爭勝毫釐！蓋繼往開來，源遠流長，所自任者，非一時一地事矣。[54]

據翁方綱之見，宋人作詩之典範選擇，所以捨蘇而取黃，至少有三大理由：其一，蘇詩純運以天才筆力，非凡人所可及；其二，「蘇之大處，不當南北宋風會」，較不具時代風會之特徵；其三，文學造詣太高，「宋人蓋莫能望其肩背」。蘇軾之天才筆力，猶唐詩之李白，皆「站在時代的頂峰上」，[55]睥睨群雄，一般詩人「蓋莫能望其肩背，其何從而祖之乎？」黃庭堅作詩之勤苦鍛煉，與杜甫近似：講究格律嚴謹，追求形似美感；專注於鏤心刻骨，極盡曲折深入之能事。[56]此

---

54 《石洲詩話》卷四，頁1426。

55 林庚：《唐詩綜論》（北京：人民文學出版社，1987），〈詩人李白〉，頁155。關於李白詩出於天才，參考羊春秋：〈論「一李九杜」與「一杜九李」的審美差異〉，李白研究學會編：《李白研究論叢》第二輯（成都：巴蜀書社，1990），頁303-304。

56 馬積高：〈李杜優劣論和李杜詩歌的歷史命運〉，同上註，《李白研究論叢》第二輯，頁299-300。

種詩風，與翁方綱詩學主張遙相契合，故推重黃庭堅詩，以為「繼往開來，源遠流長」。

另外，翁方綱更強調山谷詩之開枝散葉，沾溉無窮：

> 山谷詩，譬如榕樹自根生出千枝萬幹，又自枝幹上倒生出根來。若敖器之之論，只言其神味耳。[57]

呂本中〈江西詩社宗派圖序〉曾稱：「歌詩至於豫章，始大出而力振之。」劉克莊《江西詩派·黃山谷》更推崇之，以為「薈萃百家句律之長，窮極歷代體制之變」，「作為古律，自成一家，雖隻字半句不輕出，遂為本朝詩家正宗。」所創江西詩派，蔚為宋調之典型，與蘇軾齊名，並稱蘇黃。故《石洲詩話》品題山谷詩，譬況如此。

山谷詩師法杜甫，陳師道棄其舊而學焉，時稱黃、陳，皆江西派中人。方回《瀛奎律髓》卷十六稱：「老杜詩為唐詩之冠，黃、陳詩為宋詩之冠。」黃、陳雖並稱，其中豈無軒輊？《石洲詩話》比較二家之詩，以為黃庭堅詩較勝，高不可攀：

> 後山贈魯直云：「陳詩傳筆意，願立弟子行。」又云：「人言我語勝黃語，扶竪夜燎齊朝光。」此其所以敘入紫微宗派之圖也。任天社云：「讀後山詩，似參曹洞禪，不犯正位，切忌死語，非冥搜旁引，莫窺其用意深處。」因為作注。而敖器之亦謂「後山如九皋獨唳，深林孤芳，沖寂自妍，不求賞識」。昔漁洋先生嘗疑天社之語未盡然，而謂「後山終落鈍根，視蘇、黃遠矣」。按《詩林廣記》云：「後山之詩，近於枯淡。」愚觀宋詩之枯淡者，惟梅聖俞可以當之，若後山則益無可回味處，

豈得以枯淡為辭耶？若黃詩之深之大，又豈後山所可比肩者！蓋元祐諸賢，皆才氣橫溢，而一時獨有此一種，見者遂以為高不可攀耳。[58]

《石洲詩話》羅列陳師道、任淵、敖陶孫之說，終引王士禎之疑作論斷，以為陳師道「視蘇黃遠矣」。再援引蔡正孫《詩林廣記》卷六，說「後山之詩，近於枯淡！」指稱何只枯淡，乃「益無可回味處」。《朱子語類》亦以為「後山雅健似山谷，然氣力不似山谷較大。」[59]《石洲詩話》批判陳師道若干缺失，然後表揚褒崇黃庭堅，以為「黃詩之深之大，又豈後山所可比肩者！」終則譽為「一時獨有」、「高不可攀」，稱美推重可謂極矣。

宋嚴羽《滄浪詩話・詩辨》曾云：「國初之詩尚沿襲唐人，……至東坡、山谷始自出己意以為詩，唐人之風變矣！」[60]擺脫沿襲，自出己意，始能新變代雄，自成一家。清袁枚不云乎：「唐人學漢魏，變漢魏；宋學唐，變唐。……使不變，不足以為唐，亦不足以為宋也。」[61]此乃沿襲前人與新變代雄之辯證，蘇軾、黃庭堅「自出己意以為新」，追求陌生新奇，亦所以變唐為宋。翁方綱於此，曾為黃庭堅詩之新奇辯護：

> 魏泰道輔《隱居詩話》云：「黃庭堅喜作詩得名，好用南朝人語，專求古人未使之一二奇字綴茸而成詩，自以為工，其實所

---

58 同上註，頁1427-1428。

59 〔宋〕蔡正孫：《精選古今名賢叢話詩林廣記》，卷六，〈陳后山〉，蔡鎮楚編：《中國詩話珍本叢書》第二冊（北京：北京圖書館出版社，2004），頁581-582。

60 〔宋〕嚴羽著，郭紹虞校釋：《滄浪詩話校釋》，〈詩辨〉，頁26。

61 〔清〕袁枚：《小倉山房文集》（南京：江蘇古籍出版社，1988、1993），《袁枚全集》第二冊，卷十七，〈答沈大宗伯論詩書〉，頁1502。

見之狹也。故句雖新奇，而氣乏渾厚。吾嘗作詩題編後云：
『端求古人遺，琢抉手不停。方其得鷦羽，往往失鵬鯨。』此
論雖切，然未盡山谷之意。後之但求渾厚者固有之矣，若李空
同之流，殆所謂『鵬鯨』者乎？」[62]

　　魏泰《隱居詩話》稱：黃庭堅作詩，「專求古人未使之一二奇
字」，故詩句生發「新奇」之藝術效果。趙翼《甌北詩話》曾言：「新
豈易言？意未經人說過則新，書未經人用過則新。」[63]黃庭堅作詩，
刻意使用古人未嘗使用之奇特字，蔚為陌生與新奇之閱讀效應。此與
翁方綱肌理說，標榜「以古人為師」，正本探源，與以學問為詩諸提
法，遙相契合。故批評《隱居詩話》評山谷詩：「句雖新奇，而氣乏
渾厚」云云，以為「未盡山谷之意」。翁方綱之意以為，作詩若「新
奇」與「渾厚」未能兼顧，寧可失之渾厚，而但取「新奇」。肌理說
之內涵，較近宋詩風格，而遠離唐詩特色，小出此可見　斑。
　　翁方綱頗賞識黃庭堅詩之新奇創發，以為絕句可繼唐賢，而五古
之氣骨尤高。其中自有翁氏所謂「詩必研諸肌理，而文必求諸實際」
之詩學體現在，如云：

　　「露花倒影柳三變，桂子飄香張九成」，「山抹微雲秦學士，露
　　花倒影柳屯田」，阮亭自謂其「月映清淮河水部，雲飛隴首柳
　　吳興」勝於前句。至若山谷云：「閉門覓句陳無己，對客揮毫
　　秦少游。」而後人有句云：「揮毫對客曹能始，閉閣焚香尹子
　　求。」此不謂之襲舊乎？[64]

62　《石洲詩話》卷三，頁1423。
63　〔清〕趙翼：《甌北詩話》卷五，頁1202。
64　《石洲詩話》卷四，頁1425。

阮亭所舉宋賢絕句可繼唐賢者凡數十首，然何以不舉山谷〈廣
陵早春〉之作云：「春風十里珠簾捲，髣髴三生杜牧之。紅藥
梢頭初繭栗，揚州風物鬢成絲。」[65]

山谷於五古，亦用巧織，如古律然，特其氣骨高耳。[66]

　　翁方綱追求「以學問為詩」，故較欣賞鍛煉勤苦，資書以為詩之
作品，如上引述王漁洋之勝句，推崇黃山谷詩之創新；以及推舉山谷
〈廣陵早春〉絕句，以為可以上繼唐賢。朱自清曾論述宋詩之精華，
以為在「工於形容，工於用事，工於組織」方面；[67]此與翁方綱所倡
「肌理」說，可以相呼應。至於古體詩，劉克莊《江西詩派小序》稱
山谷：「作為古律，自成一家」；元劉壎《隱居通義》卷八亦云：「山
谷所長在古體」；持此以觀《石洲詩話》所指山谷五古，「亦用巧織，
如古律然」，蓋工於形容，工於用事，工於組織，即「學必以考據為
準，文必求其實際」之發用。
　　翁方綱推崇黃庭堅詩，以為「得未曾有」，心目中之地位僅次於
蘇軾。有關論述，除見於《文集》、《詩集》、《甌北詩話》外，又見於
為〈王文簡戲仿元遺山論詩絕句三十五首〉作注之文字中。王漁洋撰
〈戲仿元遺山論詩絕句〉有言：「涪翁掉臂自清新，未許傳衣躡後
塵。卻笑兒孫媚初祖，強將配饗杜陵人。」王漁洋專以「清新」看待
黃詩，卻又「未許傳衣」杜陵，翁方綱不以為然：

---

65 同上註。
66 同上註，頁1426。
67 朱自清：《朱自清古典文學論文集》（臺北：源流出版社，1982），〈什麼是宋詩的精
　　華〉，頁579。

……其實山谷學杜，得其微意，非貌杜也。即或後人以配食杜
陵，亦奚不可？……山谷是江西派之祖，又何待言！然而因其
作江西派之祖，即不許其繼杜，則非也。吾故曰：遺山詩初非
斥薄江西派也，正以其在論杜一首中，與義山並推，其繼杜則
即不作一方之音限之可矣。此不斥薄江西派，愈見山谷之超然
上接杜公耳。[68]

　　陳師道謂：山谷詩「得法於杜少陵，其學少陵而不為者也」。許
尹題任淵注《黃陳詩》，亦以為「本於老杜而不為」；[69]此猶清王文誥
說蘇軾詩，稱「公詩未嘗無李杜，而妙在下筆不必定似李、杜」，[70]所
謂能入能出，不似之似。張戒《歲寒堂詩話》載：子美之詩，得山谷
而後發明。呂本中以為「魯直得子美之髓」，至於佳妙處，則「禪家
所謂死蛇弄得活！」[71]張戒所謂「發明」，呂本中所謂「死蛇活弄」，
王文誥所謂「下筆不必定似」，此即翁方綱所云：「山谷學杜，得其微
意，非貌杜也」。劉克莊《江西詩派小序》稱：黃庭堅「為本朝詩家
宗祖，在禪學中比得達摩。」[72]可見山谷詩不但為江西派宗祖，宋人
亦「皆祖之」，所謂繼往開來，源遠流長者也。翁方綱辯元好問〈論詩
絕句〉，本「不斥薄江西派，愈見山谷之超然而上接杜公耳」，批評王

68　《石洲詩話》，卷八，頁1507。

69　〔宋〕陳師道：《後山居士文集》（上海：上海古籍出版社，1984），卷十，〈答秦覯
　　書〉，頁9；宋許尹：《黃陳詩集注・序》，〔宋〕黃庭堅著，〔宋〕任淵注：《山谷詩
　　集注》（臺北：學海出版社，1979），雙井祠堂藏板，卷首，頁7。

70　〔宋〕蘇軾著，〔清〕王文誥、馮應榴輯注：《蘇軾詩集》（臺北：學海出版社，
　　1983），卷三，〈石鼓歌〉評語，頁103。

71　〔宋〕張戒：《歲寒堂詩話》，丁福保編：《歷代詩話續編》（北京：人民文學出版
　　社，1983），卷上，頁463。

72　〔宋〕劉克莊：《江西詩派小序》，丁福保：《歷代詩話續編》（北京：人民文學出版
　　社，1983），頁478。

漁洋〈戲仿論詩絕句〉「不許其繼杜」之非是。誠所謂吾愛吾師，吾更愛真理。由於極辯王漁洋「不許其嗣杜」、「未許其傳衣」之非，乃指出關鍵在「寧」字之正確理解，導致山谷知己如漁洋，亦不免誤讀：

> 近日如朱竹垞（彝尊）論詩，頗不愜於山谷。惟漁洋極推山谷，似是山谷知己矣，而此章卻又必拘拘置之江西派，不許其嗣杜。……遺山「寧」字，百鍊不能到也。……只此一箇「寧」字，其心眼並不斥薄江西派，而其尊重山谷之意，與其置山谷於子美、義山之後之意；層層圓到，面面具足。有此一「寧」字，乃得上二句學杜之難，與學義山之失真，更加透徹也。[73]

元好問〈論詩三十首〉之二十八：「論詩寧下涪翁拜，未作江西社裏人。」[74]翁方綱斷然指出：遺山「寧」字，百鍊不能到也。案：寧，古漢語之義，指寧願、或寧可。用於動詞前，表示施行動作之堅決與情願。[75]由此觀之，翁方綱所謂「只此一個『寧』字，其心眼並不斥薄江西派，而其尊重山谷之意，與其置山谷於子美、義山之後之意；層層圓到，面面具足」，其說可信。陳衍《詩評彙編》：「覃溪自命深於學杜，其實所知者，山谷之學杜處耳。」[76]翁方綱所服膺在少

---

73 《石洲詩話》卷八，頁1507。

74 〔金〕元好問撰，郭紹虞箋：《元好問論詩三十首小箋》（臺北：木鐸出版社，1988），頁82。

75 王海棻、趙長才等：《古漢語虛詞詞典》（北京：北京大學出版社，1996），〈寧〉，頁228。

76 錢仲聯主編：《清詩紀事·乾隆朝卷》（南京：江蘇古籍出版社，1989），引陳衍：《詩評彙編》，第九冊，〈翁方綱〉，頁5457。沈津：《翁方綱年譜》（臺北：中央研究院中國文哲研究所，2002），附錄引〈翁方綱傳〉，頁511。

陵，瓣香在東坡，而私淑則在山谷；由其迴護辯解，略可知其端倪。據此可知，「肌理」說之內涵，實與黃庭堅、江西派連結不解之緣。

第三節　《石洲詩話》說宋詩特色

一　凸顯宋詩之特色

　　所謂宋詩特色，乃相對於唐詩特色而言。日本京都學派內藤湖南提出「唐宋變革論」、「宋代近世說」，影響十分深遠。[77]繆鉞闡述「唐宋詩異同」之見解，錢鍾書提倡「詩分唐宋」之觀點，大體多不出「內藤命題」之範疇。[78]筆者繼踵先賢，亦探研宋詩特色，大抵可以「傳承開拓」、「新變代雄」、「會通化成」、「創意造語」、「自成一家」五語概括之。所著系列專著，凡所論斷，皆舉宋代詩歌、詩話文獻為說。今再考察清代乾嘉宗宋詩話，選擇《石洲詩話》為例，闡述其書所述之宋詩特色。

　　翁方綱著有〈詩法論〉，其中有云：「法之立也，有立乎其先，立乎其中者，此法之正本探源也。有立乎其節目，立乎其肌理界縫者，此法之窮形盡變也。」其所謂「法」，分為正本探源與窮形盡變二類，其實兩位一體。[79]就窮形盡變而言，蘇軾作詩往往師法古人，而

77 〔日〕內藤湖南：〈概括的唐宋時代觀〉，原刊於《歷史與地理》第9卷第5號（唐宋時代研究號，1922年2月），頁1-12；又見黃約瑟譯文，劉俊文編：《日本學者研究中國史論著選譯》（北京：中華書局，1992），第1卷〈通論〉，頁10-18。參考張廣達：〈內藤湖南的唐宋變革說及其影響〉，《唐研究》第11卷（2005年12月），頁5-56；柳立言：〈何謂「唐宋變革」？〉，《中華文史論叢》2006年第1期，頁125-171。

78 王水照：《鱗爪文輯》（西安：陝西人民出版社，2008），〈重提「內藤命題」〉，頁173-178。

79 〔清〕翁方綱：《復初齋文集》，卷八，〈詩法論〉，《清代詩文集彙編》本，第三八二冊，頁82。

不襲用其組織,乃作古今不經人道語;黃庭堅得法於杜甫,然「學少陵而不為」,故能自成一家。[80]就正本探源而言,翁方綱主張以學問為詩,郭紹虞稱:「肌理之說,也只有宋詩作風纔可與之配合」,[81]翁方綱論詩之宋詩傾向,由此可見。

以考據為詩,標榜真才實學,由此觀之,宋詩之風格特質正符合其「肌理」說之詩學主張。黃庭堅「以古人為師」之提法,曾影響翁方綱,〈格調論中〉所謂「凡所以求古者,師其意也;師其意則其迹不必求肖之也。」凡所論述,即蘇、黃「學而不為」,自成一家之說。

蘇軾、黃庭堅為宋詩之代表,元祐學術之宗主。翁方綱《石洲詩話》謂:「宋詩之大家無過東坡」;除外,黃庭堅自成一家,「遂為本朝詩家宗祖」。於是祧蘇者有之,祖黃者亦有之,蘇、黃二體遂為宋詩風格之所由來,宋調特徵之最大宗,說已見前。今選擇其中通論宋詩者如下,以見《石洲詩話》宗宋揚宋之一斑,如:

> 談理至宋人而精,說部至宋人而富,詩則至宋而益加細密,蓋刻抉入裏,實非唐人所能囿也。而其總萃處,則黃文節為之提挈,非僅江西派以之為祖,實乃南渡以後,筆虛筆實,俱從此導引而出。[82]

翁方綱揭示「刻抉入裏」一語,作為宋詩特色之一。說理精,說部富,宋詩之益加細密,皆宋型文化之具體反映,與程朱所倡「格物

---

80 張伯偉:《稀見本宋人詩話四種》(南京:江蘇古籍出版社,2002),《日本五山版冷齋夜話》,卷五,〈荊公東坡警句〉,頁49。陳師道:《後山居士文集》卷十,〈答秦觀書〉,頁9。

81 郭紹虞:《中國文學批評史》,頁521。

82 《石洲詩話》卷四,頁1426。

致知」之精神其歸一揆。朱熹《大學章句》稱：「所謂致知在格物者，言欲致吾之知，在即物而窮其理也。」「窮至事物之理，欲其極處無不到也。」[83]此與宋詩之說理精詣、益加細密、刻抉入裏，可以相得益彰。清葉燮（1627-1703）《原詩》，推崇宋詩之「縱橫鉤致，發揮無餘蘊」，亦可與翁方綱所謂「刻抉入裏」相發明。葉燮云：

> 至於宋人之心手，日益以啟，縱橫鉤致，發揮無餘蘊，非故好為穿鑿也。譬之石中有寶，不穿之鑿之，則寶不出；且未穿鑿以前，人人皆作模稜皮相之語，何如穿之鑿之之實有得也？[84]

　　宋人生唐後，擁有豐厚之文學遺產，傳承接受之餘，當思有以開拓與發明。然唐詩之繁榮昌盛，誠如沈德潛所云：「菁華極盛，體製大備」，[85]確實存在「開闢真難為」之困境。苟致力於「因難見巧，精益求精」，用心於「不經人道，古所未有」，期許獨創成就，追求自成一家，則葉燮所謂「不穿之鑿之，則寶不出」，差堪彷彿。此所謂刻抉入裏、穿鑿出寶，相當杜甫所云「晚節漸於詩律細」之境界。錢鍾書《談藝錄》論宋詩稱：「高明者近唐，沉潛者近宋」；「少年才氣發揚，遂為唐體；晚節思慮深沉，乃染宋調」，[86]其說一揆。宋詩特色體現出「刻抉入裏」之精詣細密，與宋型文化之由博返約、單純收斂有關；[87]乃宋代右文崇儒政策、士人「博觀厚積」學風之必然效應。翁

---

83 參考陳來：《朱子哲學研究》（上海：華東師範大學出版社，2000），第十二章〈格物與致知〉，頁284-293。

84 〔清〕葉燮：《原詩》，卷一，〈內篇上〉，丁福保編：《清詩話》（臺北：明倫出版社，1971），頁570。

85 〔清〕沈德潛：《唐詩別裁集》（香港：中華書局，1977），〈凡例〉，頁3。

86 錢鍾書：《談藝錄》，一、〈詩分唐宋〉，頁3-4。

87 傅樂成：《漢唐史論集》（臺北：聯經出版公司，1977），〈唐型文化與宋型文化〉

方綱云：

> 說部之書，至宋人而富，如姚令威、洪容齋、胡元任、葛常
> 之、劉後村之屬，不可枚舉。此即宋人注宋詩也。不此之取，
> 而師心自用，庸有當乎？[88]

　　由於印本文化之崛起，促成圖書傳播之多元，加上宋人自覺超勝
之意識，於是筆記小說如雲蒸霞蔚，在兩宋著述繁多，形成一代風
尚，此非有專業學養，博觀厚積，不足以成事。翁方綱列舉宋人說
部，兼含筆記與小說，如姚寬《西溪叢語》二卷、洪邁《容齋隨筆》
五集七十四卷、胡仔《苕溪漁隱叢話》前後集一百卷、葛立方《韻語
陽秋》二十卷、劉克莊《後村詩話》十四卷。就詩歌詮釋解讀之視角
而言，要皆「宋人注宋詩」，值得參考借鏡之典範。翁方綱說詩，主
張鍛鍊，以為「情景脫化，亦俱從字句鍛鍊出」（《石洲詩話》卷
三）。說部之書，無所不有，堪為作詩素材取資之星宿海；翁氏既主
張「以學問為詩」、「詩必研諸肌理」，故主張取資宋人說部，如此，
不但方便含英咀華，亦可以避免師心自用。又如：

> 宋人精詣，全在刻抉入裏，而皆從各自讀書學古中來，所以不
> 蹈襲唐人也。然此外亦更無留與後人再刻抉者，以故元人祇剩
> 得一段豐致而已，明人則直從格調為之。……[89]

　稱：唐代文化精神及動態，是「複雜而進取的」。宋代文化的精神及動態，「轉趨單
純與收斂」，頁380。羅聯添：〈從兩個觀點試釋唐宋文化精神的差異〉，《唐代文學
論集》（臺北：臺灣學生書局，1989），上冊，頁231-250。

88　《石洲詩話》卷三，頁1424。

89　同上註，卷四，頁1427。

　　宋人之精詣細密詩風，翁方綱以為「皆從各自讀書學古中來，所
以不蹈襲唐人」，其言切中事理。依據《宋史·藝文志》之統計，宋
初圖書才萬餘卷，歷太祖、太宗、真宗三朝，為三三二七部，三九一
四二卷；其次仁宗、英宗兩朝，一四七二部，八四四六卷；其次神
宗、哲宗、徽宗、欽宗四朝，為一九〇六部，二六二八九卷。上述數
據，歷朝並未重複登載，而是「錄其所未有者」，終北宋之世，圖書
數量「為部六千七百有五，為卷七萬三千八百七十有七焉」。相形之
下，「唐人所自為書，幾三萬卷，則舊書之傳者，至是蓋亦鮮矣」，[90]
北宋圖書所以多唐代兩倍餘，印本圖書、右文政策是關鍵。誠如《宋
會要輯稿》所載：搢紳家累代所藏世本，「往往鏤版以為官書，所在
各自板行」；圖書傳播之效益，則如蘇軾所云：「學者之於書，多且易
致如此，其文詞學術，當倍蓰於昔人。」[91]相較於「傳錄之難」之唐
代，宋代更方便於讀書學古。尤其是蘇軾、黃庭堅及江西詩派，宗師
杜甫，主張作詩「無一字無來處」，皆從萬卷中來，信奉杜甫「讀書
破萬卷，下筆如有神」，故蘇軾稱：「別來十年學不厭，讀破萬卷詩愈
美。」「退筆如山未足珍，讀書萬卷始通神。」黃庭堅亦提倡讀書精
博，以為有益於作詩，所謂「長袖善舞，多錢善賈」；因為「古之能
為文章者，真能陶冶萬物」，欲求「靈丹一粒，點鐵成金」，也只有讀
書精博一途。[92]由此觀之，宋人之「讀書學古」只是「刻抉入裏」的
一種手段，「不蹈襲唐人」是宋詩之消極原則，「自成一家」方是宋人
之積極目標。

90　〔元〕脫脫等：《宋史》，卷二〇二〈藝文一〉，《二十五史》點校本（北京：中華書
　　局，1990），頁5032-5033。

91　〔宋〕蘇軾撰，孔凡禮點校：《蘇軾文集》（北京：中華書局，1986年），卷十一，
　　〈李氏山房藏書記〉，頁359。

92　〔宋〕蘇軾撰，孔凡禮點校：《蘇軾詩集》（臺北：學海書局，1985），卷五〈和董
　　傳留別〉、卷六，〈送安惇秀才失解西歸〉、卷十一〈柳氏二外甥求筆跡二首〉其
　　一，頁221、247、543。

　　討論宋詩特色，自然涉及唐宋詩異同之課題。源流正變、因革損
益，或可作為價值判斷之佐券。清代宗宋派詩論，如黃宗羲、葉燮、
徐乾學、田雯、吳之振、朱彝尊、汪琬、汪師韓、全祖望等，多標榜
新變以論宋詩。[93]翁方綱《石洲詩話》引述朱彝尊之說，亦有類似之
見，如：

> 竹垞云：「正者極於杜，奇者極於韓，此躋夫三峰者也。宋之
> 作者，不過學唐人而變之耳，非能軼出唐人之上。若楊廷秀、
> 鄭德源之流，鄙俚以為文，詼笑嬉褻以為尚，斯為不善變
> 矣。」……[94]

　　朱彝尊稱：「宋之作者，不過學唐人而變之耳，非能軼出唐人之
上」，以正變觀看待唐宋詩，此清代宗宋詩話論詩之共識。然謂宋詩作
者，「非能軼出唐人之上」，論述太絕對、全面，此以優劣甲乙論唐宋
詩，不盡合客觀之文學事實。唐宋詩風格不同，如何第分甲乙？唐代詩
人自有優劣，宋代詩人亦自有高下，不可一概而論。至於以正變觀看
宋詩，則是持平之論。程千帆序北京大學《全宋詩》亦曾云：

> 唐詩近風，主情，正也；宋詩近雅，主意，變也。非正，何由
> 見變？非變，何由知正？正之與變，相反相成，道若循環，昭
> 昭然明矣。[95]

93　張高評：〈清初宋詩學與唐宋詩之異同〉，中山大學清代學術研究中心編印：《第三
　　屆國際暨第八屆清代學術研討會論文集》（上，2004），頁94-105。

94　《石洲詩話》卷四，頁1435-1436。

95　北京大學古文獻研究所編：《全宋詩》第一冊（北京：北京大學出版社，1991），程
　　千帆〈序〉，頁5。

　　明袁中道曾言：「宋元承三唐之後，殫工極巧，天地之英華，幾洩盡無窮。為詩者處窮而必變之地，寧各出手眼，各為機局，以達其意所欲言，終不肯雷同剿襲，拾他人殘唾，死前人語下。」[96]清袁枚亦以「學唐變唐」看宋詩，所謂「唐人學漢魏，變漢魏；宋學唐、變唐。其變也，非有心於變也，乃不得不變也；使不變，不足以為唐，亦不足以為宋也。」[97]袁枚以流變觀點，詮釋唐宋詩特色之形成因緣，符合文學語言傳承與開拓兼重之事實。

二　揭示唐宋詩之異同

　　自南宋張戒《歲寒堂詩話》、嚴羽《滄浪詩話》尊崇唐音，貶抑宋詩以來，發展為明清之唐宋詩之爭；大抵涉及唐宋詩之源流、優劣、特色、異同等等。舉凡論說唐宋詩特色者，多連類而及唐宋詩之異同。如繆鉞《詩詞散論》說「唐宋詩之異同」，錢鍾書《談藝錄》論證「詩分唐宋」皆然。

　　宋人生於唐後，期許自成一家者，往往以新變作為手段標榜，而以「自得」為終極目標。不過，世之論唐宋詩優劣者，多以源流論優劣，以同異定高下：謂唐詩為源為優，宋詩為流為劣；雷同唐詩風格者為優，殊異唐詩風格者為劣云云，此入主出奴之偏見，宗唐詩話多不免，甚非公允論學所宜有。宗宋詩話則不然，說詩乃以新以異為優為高，雷同近似為劣為下。[98]翁方綱《石洲詩話》曾舉例說之曰：

96　〔明〕袁中道：《珂雪齋集》（上海：上海古籍出版社，1989），卷十一，〈宋元詩序〉，頁497。

97　〔清〕袁枚：《小倉山房文集》，卷十七，〈答沈大宗伯論詩書〉，頁284。

98　張高評：〈從「會通化成」論宋詩之新變與價值〉，《漢學研究》第16卷第1期（1998年6月），頁254-261。

古今詠桃源事者，至右丞而造極，固不必言矣。然此題詠者，
唐、宋諸賢略有不同，右丞及韓文公、劉賓客之作，則直謂成
仙；而蘇文忠之論，則以為是其子孫，非即避秦之人至晉尚在
也。此說似近理。蓋唐人之詩，但取興象超妙，至後人乃益研
核情事耳。不必以此為分別也。王荊公詩亦如蘇說。而崇寧中
汪彥章藻一詩亦佳，乃曰「花下山川長一身」，則亦以為避秦
人得仙也。……[99]

　　唐宋詩人分詠桃花源事，屬於相同題材，但不相同之主題、形
象、風格之創作。同題競作，貴能開發遺妍，挖掘前修之未密，進行
後出轉精之創發。《南齊書・文學傳論》所謂：「若無新變，不能代
雄」，差堪比擬。《石洲詩話》比較唐宋桃源題詠，發現「唐宋諸賢略
有不同」：「興象超妙」者，王維、韓愈等唐人之詩；「研核情事」者，
蘇文忠（軾）、王荊公（安石）之詠。此即「唐詩多用比興，宋詩多
用賦」說之引申，清初宗唐詩話如賀裳、吳喬、馮班、王夫之、施閏
章等多持此以判唐宋詩之異同。[100]是說雖大體不誤，似可再以新變視
角詮釋之：論者指出：就主題說來，王維詩是陶淵明詩的異化，韓愈
詩又是王維詩的異化；而王安石詩，則是陶淵明詩的復歸和深化。主
題經營，要求異化和深化，可用以檢驗作品是否獨特與新變。[101]

　　翁方綱《石洲詩話》宗主宋詩宋調，故於唐宋詩之異同，如數家
珍，知而能詳。以為唐詩吟詠情性，境象超詣，妙境在虛處；宋詩則

99　《石洲詩話》卷一，頁1368。

100　張高評：〈清初宗唐詩話與唐宋詩之爭：以「宋詩得失論」為考察重點〉，香港大
　　學中文系《中國文學與文化研究學刊》第1期（臺北：臺灣學生書局，2002），「三
　　體與詩家語」，頁121-130。

101　程千帆：《古詩考索》（武昌：武漢大學出版社，2008），〈相同的題材與不同的主
　　題、形象、風格──四篇桃源詩的比較研究〉，頁134。

敘事精詣，可補史闕，妙境在實處。易言之，唐詩主情性，宋詩重
敘事：

> 唐詩妙境在虛處，宋詩妙境在實處。……是有唐之作者，總歸
> 盛唐。而盛唐諸公，全在境象超詣，所以司空表聖《二十四
> 品》及嚴儀卿（《滄浪詩話》）以禪喻詩之說，誠為後人讀唐詩
> 之準的。若夫宋詩，則遲更二三百年，天地之精英，風月之態
> 度，山川之氣象，物類之神致，俱已為唐賢占盡，即有能者，
> 不過次第翻新，無中生有，而其精詣，則固別有在者。[102]

　　唐宋詩之異同，翁方綱二語概括：「唐詩妙境在虛處，宋詩妙境
在實處」；此與《師友詩傳續錄》所謂「唐詩主情，故多蘊藉；宋詩
主氣，故多逕露」；以及上文所云唐詩多用比興，宋詩多用賦法，道
理相通。由於唐詩多用比興，故多蘊藉，於是境象超詣，妙境在虛
處，司空圖《詩品》、嚴羽《滄浪詩話》尊尚唐詩，所謂不涉理路，
不落言筌；透徹玲瓏，不可湊泊者是。翁方綱〈神韻論中〉言：「詩
必能切己、切時、切事，一一具有實地，而後漸能幾於化也。未有不
有諸己，不充實諸己，而遽議神化者也。是故善教者必以規矩焉，必
以彀率焉。」[103]「肌理」說之核心精神在「實」，切己、切時、切事
為實寫；有規矩、有彀率為實法。作詩要求真體驗、真感受，翁氏
《延暉閣集序》開宗明義即謂：「詩必研諸肌理，而文必求其實
際。」[104]以為持此可以定人品學問。唐詩追求境象超詣，妙境在虛

---

102 《石洲詩話》卷四，頁1428-1429。
103 〔清〕翁方綱：《復初齋文集》，卷八，〈神韻論中〉，《清代詩文集彙編》第三八二
　　冊，頁86。
104 同上註，《復初齋文集》，卷四，〈延暉閣集序〉，頁52。

處，故不可為準的。宋詩之精詣，「妙境在實處」；何謂實處？即是研理精、觀書富、論事密，可以「借詩以資考據」：

> 宋人之學，全在研理日精，觀書日富，因而論事日密。如熙寧、元祐一切用人行政，往往有史傳所不及載，而于諸公贈答議論之章，略見其概。至如茶馬、鹽法、河渠、市貨，一一皆可推析。南渡而後，如武林之遺事，汴土之舊聞，故老名臣之言行、學術，師承之緒論、淵源，莫不借詩以資考據。而其言之是非得失，與其聲之貞淫正變，亦從可互按焉。今論者不察，而或以鋪寫實境者為唐詩，吟詠性靈、掉弄虛機者為宋詩。所以吳孟舉之《宋詩鈔》，舍其知人論世、闡幽表微之處，略不加省，而惟是早起晚坐、風花雪月、懷人對景之作，陳陳相因。如是以為讀宋賢之詩，宋賢之精神其有存焉者乎？[105]

翁方綱論宋詩之特色，可分三部分闡述之：其一，宋詩之敘事性，因以文為詩，而更加凸顯完足，無論北宋熙寧，元祐間歷史，「史傳所不及載」者，不但「略見其概」，且「一一皆可推析」。宋室南渡，舉凡「武林之遺事，汴土之舊聞，故老名臣之言行、學術，師承之緒論」，皆可以「借詩以資考據」。翁方綱〈志言集序〉稱：「士生今日，經籍之光盈溢於世宙。為學必以考證為準，為詩必以肌理為準」，[106]此乾嘉考據學於詩學之投射反映。日本吉川幸次郎《宋詩概說》，特揭〈宋詩的敘事性〉一節；[107]陶晉生據北宋使遼詩，鉤勒宋

---

105 《石洲詩話》，卷四，頁1428-1429。
106 〔清〕翁方綱：《復初齋文集》，卷四，〈志言集序〉，頁53。
107 〔日〕吉川幸次郎著，鄭清茂譯：《宋詩概說》（臺北：聯經出版公司，1983），序章第三節〈宋詩的敘事性〉，頁11-17。

遼外交關係，[108]多可作為旁證。其二，唐賢占盡英華，宋詩欲求精詣，只能「次第翻新，無中生有」。宋《陳輔之詩話》引王安石之言：「世間好語言，已被老杜道盡；世間俗語言，已被樂天道盡」，[109]感慨盛極難繼，憂心開闢真難為，是其所同。然宋人作詩，破體出位，注重整合融會；翻轉變異，強調推陳出新；轉益多師，題材拓展廣博；深造有得，內容體現深遠；精益求精，努力技法洗煉；別裁創獲，期於自成一家，於是新變代雄，疏離唐詩本色，而自成一家。[110]其三，批評吳之振《宋詩鈔》，疏於知人論世，未能闡幽表微。吳之振編著《宋詩鈔》，康熙十年（1671）於京師致贈師友學侶，引發北京城之「宋詩熱」。遲至十八年（1679），京師持續熱絡推崇宋詩，詩壇隱然已形成「崇宋」之風，吳之振傳播之功不可沒。[111]《石洲詩話》品騭其選詩內容之偏失，亦愛而知其惡者。葉燮《原詩》於詩之源流正變，分辨極明確。曾云：「不得謂正為源而長盛，變為流而始衰；惟止有漸衰，故變能啟盛」；又曰：「相似而偽，無寧相異而真」，[112]此所謂源流、正變、異同之闡說，多切合唐宋詩風格之品評。

　　由此觀之，源流不等同於優劣，正變亦無關乎高下，同異並非即是得失。宋詩為流、為變，風格特色殊異於唐詩，誠所謂「相異而真」之文學語言，洵為自得成家之要領。否則，入主出奴，一切規範以唐詩之本色，將淪為「相似而偽」。明許學夷《詩源辯體》論唐宋詩，曾提示：切忌「以論唐詩者論宋」；《石洲詩話》亦批判：「以盛唐格律言宋詩」之非是：

---

108 陶晉生：《宋遼外交關係史》（臺北：聯經出版公司，1984）。

109 〔宋〕陳輔之：《陳輔之詩話》，郭紹虞輯：《宋詩話輯佚》（臺北：文泉閣出版社，1972），頁309。

110 張高評：《宋詩之新變與代雄》，壹、〈宋詩特色之自覺與形成〉，頁1-53。

111 張健：《清代詩學研究》，第八章〈主真重變與清初的宋詩熱〉，頁369-372。

112 〔清〕葉燮：《原詩》，卷一，〈內篇上〉，頁569；卷二，〈內篇下〉，頁587。

　　宋主變，不主正；古詩、歌行，滑稽議論，是其所長。其變幻
　　無窮，凌跨一代，正在於此。或欲以論唐詩者論宋，正猶求中
　　庸之言於釋老，未可與語釋老也。[113]

　　吳孟舉之鈔宋詩，於大蘇則欲汰其富縟，於半山則病其議論，
　　而以楊誠齋為太白，以陳後山、簡齋為少陵，以林君復之屬為
　　韋、柳。……[114]

　　宋人七律，精微無過王半山，至於東坡，則更作得出耳。阮亭
　　嘗言東坡七律不可學，此專以盛唐格律言之，其實非通論也。[115]

　　「以論唐詩者論宋」，此明清宗唐詩話共通之習氣，乃以本色、
雷同考察宋詩，昧於窮變通久之文學發展事實，相似而偽，莫此之
甚。若執著唐詩唐音之本色以考求宋詩，猶自釋老之典籍尋求中庸之
言說，不只緣木求魚而已，亦未免膠柱鼓瑟。清吳之振《宋詩鈔》之
選詩，或以唐詩唐音之視點挑選宋詩，故刪汰東坡之富縟，訐病荊公
之議論；而富縟、議論正是蘇、王之本色，宋詩之當行。再持太白、
少陵、韋應物、柳宗元，以比況楊萬里、陳師道、陳與義、林逋與白
體詩人。強行制約宋調詩人於唐音之下，豈非「相似而偽」？王士禎
以盛唐格律衡量東坡七律，昧於出入，混為一同，罔顧新變與創發，
故翁方綱指斥其說，以為「非通論也」。要之，論評宋詩，當以新變
自得為準據，不當以異同源流定優劣。

---

113 〔明〕許學夷：《詩源辯體》（北京：人民文學出版社，1987），〈後集纂要〉卷一，
　　第四則，頁377。
114 《石洲詩話》，卷四，頁1436。
115 同上註，頁1437。

　　選本，是一種文學批評方式。鍾惺選《詩歸》，〈與蔡敬夫〉曾云：「此雖選古人詩，實自著一書」，斯言有理。[116]吳之振選編《宋詩鈔》，傳播京師，誠然有功「宋詩熱」之推揚。但《宋詩鈔》混淆唐音宋調之樊籬，故所選彷彿明萬曆間李蓘選宋詩，特「取其遠宋而近唐音」者，既未能體現宋詩宋調之主體風格，則此編只是有宋一代人所作之詩而已，宋詩之典型性、代表性明顯不足，《石洲詩話》又云：

> 吳序云：「萬曆間李蓘選宋詩，取其遠宋而近唐者。曹學佺亦云：『選始萊公，以其近唐調也。以此義選宋詩，其所謂唐終不可近也，而宋詩則已亡矣。』」此對嘉、隆諸公吞剝唐調者言之，殊為痛快。但一時自有一時神理，一家自有一家精液，吳選似專於硬直一路，而不知宋人之精腴，固亦不可執一而論也。且如入宋之初，楊文公輩雖主西崑，然亦自有神致，何可盡祧去之？而晏元獻、宋元憲、宋景文、胡文恭、王君玉、文潞公，皆繼往開來，筆起歐、王、蘇、黃盛大之漸，必以不取濃麗，專尚天然為事，將明人之吞剝唐調以為復古者，轉有辭矣。故知平心易氣者難也。[117]

　　吳之振《宋詩鈔》序文，批評李蓘選宋詩「取其遠宋而近唐者」之偏失；又引曹學佺之言：「以此義選宋詩，其所謂唐終不可近也，而宋詩已亡矣」，顧此失彼，喧賓奪主，不倫不類，終非選本之正。反觀吳選《宋詩鈔》，「專於硬直一路，而不知宋人之精腴」；「不取濃麗，專尚天然為事」，此實昧於「繼往開來」之源流考察，不明「肇

---

116 參考鄒雲湖：《中國選本批評》（上海：上海三聯書店，2002），〈導言：選本——一種批評〉，頁1-11。

117 《石洲詩話》，卷三，頁1402-1403。

起、盛大之漸」之本源追溯，又疏離宋詩宋調之主體風格，與「明人之吞剝唐調以為復古」者，去取之偏失並無二致。

第四節　結語

　　古典詩歌之發展，到唐代已達「菁華極盛，體製大備」之境界。宋人生唐後，確實存在「開闢真難為」之困境。面對挑戰，宋人一方面學習古人與唐人之優長，一方面疏離本色，追求自成一家。至元祐前後，「東坡山谷始自出己意以為詩」，於是新變了唐詩之特色。蘇、黃詩文，號稱元祐學術，沾溉當代，影響後世。方回《瀛奎律髓》卷二十一稱：「元祐詩人詩，既不為楊劉崑體，亦不為九僧晚唐體，又不為白樂天體，故以才力雄於詩。」蘇、黃等元祐詩人之創作，蔚為宋詩之主體特色，足與唐詩分庭抗禮，平分詩國花園之秋色。

　　宋陳巖肖《庚溪詩話》所謂：「本朝詩人與唐世相亢，其所得各不同，而俱自有妙處，不必相蹈襲也。」[118]雖三言兩語，已道盡宋詩之價值與地位。為辨章學術，考鏡淵流，筆者檢閱清代翁方綱《石洲詩話》論述宋詩資料，梳理其中品評蘇軾、黃庭堅詩，以及論斷宋詩之資料，徵引三十餘則。為便於闡說，分（一）推崇蘇軾之品格與詩風；（二）評騭黃庭堅詩之造詣；（三）標榜宋詩之特色；（四）揭示唐宋詩之異同。期待本研究，有助於宋詩與宋調文學史地位之公允評價；繆鉞「唐宋詩異同」，錢鍾書「詩分唐宋」說，或因此而獲得更有力之佐證。

---

118 〔宋〕陳巖肖：《庚溪詩話》，丁福保輯：《歷代詩話續編》（北京：人民文學出版社，1983），卷下，頁182。

　　翁方綱揭示「刻抉入裏」一語，作為宋詩特色之一。說理精，說部富，宋詩之益加細密，皆宋型文化之具體反映，富於程朱「格物致知」之精神。清葉燮《原詩》，推崇宋詩之「縱橫鉤致，發揮無餘蘊」，亦可與「刻抉入裏」相發明。宋人之困境，葉燮所謂「不穿之鑿之，則寶不出」，差堪彷彿。錢鍾書《談藝錄》所稱沉潛、思慮深沉，其說一揆。宋人之精詣細密，翁方綱以為「皆從各自讀書學古中來，所以不蹈襲唐人」。依據《宋史·藝文志》統計，北宋圖書所以多唐代兩倍餘，雕版印刷、右文政策是關鍵。相較於「傳錄之艱」之唐代，宋人之「讀書學古」，只是「刻抉入裏」的一種手段，「不蹈襲唐人」亦是宋詩之消極原則，「自成一家」方是宋人之積極追求目標。

　　討論宋詩特色，自然涉及唐宋詩異同之課題。源流正變、因革損益，或可作為價值判斷之左券。清代宗宋派詩論，多標榜新變以論宋詩。翁方綱《石洲詩話》引述朱彝尊之說，亦有類似之見。明袁中道曾言：「宋元承二唐之後，為詩者處窮而必變之地」；清袁枚亦以「學唐變唐」看待宋詩，以流變觀點，詮釋唐宋詩特色之形成因緣，符合文學語言傳承與開拓兼重之事實。

　　《石洲詩話》比較唐宋詩人之桃源題詠，發現「興象超妙」者，王維、韓愈等唐人之詩；「研核情事」者，蘇文忠、王荊公之詠。此即「唐詩多用比興，宋詩多用賦」說之引申，清初宗唐詩話多持此以判唐宋詩之異同。就主題說來，王維詩是陶淵明詩的異化，韓愈詩又是王維詩的異化；而王安石詩，則是陶淵明詩的復歸和深化。翁方綱又以為唐詩吟詠情性，境象超詣，妙境在虛處；宋詩則敘事精詣，可補史闕，妙境在實處。除外，宋詩之敘事性、議論化；次第翻新，無中生有；《宋詩鈔》之疏於知人論世，未能闡幽表微，皆在批評之列。

　　明許學夷《詩源辯體》論唐宋詩，頗避忌「以論唐詩者論宋」，《石洲詩話》亦批判「以盛唐格律言宋詩」之非是。「以論唐詩論

宋」，此明清宗唐詩話共通之習氣，乃以本色、雷同考察宋詩，昧於窮變通久之文學發展事實，相似而偽，莫此之甚。若執著唐詩唐音之本色以考求宋詩宋調，猶自釋老之典籍尋求中庸之言說，不只緣木求魚，亦未免膠柱鼓瑟。清吳之振《宋詩鈔》選詩，王士禎以盛唐格律衡量東坡七律，翁方綱皆指斥其非。要之，論評宋詩，當以新變自得為準據，不當以異同源流定優劣。

翁方綱特別推崇蘇軾，以「蘇齋」、「寶蘇室」名其書房。每逢東坡生日，必「敬設東坡像，奉薦筍脯」；文人雅集，賦詩唱和。翁氏嗜蘇成癖，傾倒佩服，推崇蘇軾「為宋一代詩人冠冕」。《石洲詩話》卷三有關蘇軾評論之文獻，凡六十餘則。推崇蘇軾〈石鼓歌〉，以為「魄力雄大，不讓韓公」。稱賞〈王維吳道子畫〉，以為「浩瀚淋漓，生氣迴出」，「古所未有，獨立千古」。敘寫王維一段，翁方綱獨稱賞其「鍛冶之功」的神理，論詩亦即其「肌理」說之體現。提倡讀書博學，厚積薄發，讚賞東坡之使事富縟，以為使事即其妙處，所謂以才學為詩、學人之詩者是，此正貼合翁方綱「肌理」說之內涵。《詩話》舉東坡〈和張耒高麗松扇〉詩、〈木山〉詩為例，見東坡用事之善於脫化，肯定使事用典為蘇詩之能事。

翁方綱肌理說，標榜「細密精深」之詩美，稱揚勤苦鍛煉之作詩工夫，所以《石洲詩話》特別欣賞蘇軾〈李思訓畫長江絕島圖〉，以為使事有二妙：一則神妙不可思議，二則妙在逢場作戲，打諢通禪，現成而自然。洪邁、查慎行欣賞東坡〈百步洪〉詩，皆聚焦於連用七譬喻。翁方綱則慧眼關注詩序之詩意，以為妙在「一層內又貫入前後兩層」，此真東坡知音。品評〈汲江煎茶〉七律，以為「清新俊逸之作」，進而以不落凡近指稱蘇詩，與方東樹《昭昧詹言》論詩美主張避熟超凡，求與人遠，可以相發明。翁方綱評價東坡詩，發揮實事求是之考證精神，往往愛而知其惡，如考據寺廟、山川、制度、屬對、

音節、押韻等等，於瑕不掩瑜處，亦多斥言指陳，此以實求詩精神之體現。

　　翁方綱論詩，主張肌理說，所謂「詩必研諸肌理，而文必求其實際」，以實求詩、內容上求實意，藝術上求實法。極力推重杜甫，同時，亦推崇學杜有成之黃庭堅，文求實際，詩本質厚，此翁方綱論詩得於黃庭堅之外，又有所謂「以古人為師」，且追求「窮形盡變之法」者。黃庭堅提倡詩法，江西詩派，率以山谷為宗師。翁方綱亦好講詩法，著有〈詩法論〉，黃庭堅詩法之於翁方綱，自是蘇軾以外，瓣香與私淑之宋詩大家。翁方綱論山谷詩，推崇其「鍛煉勤苦」之工夫。特別是山谷詩在句律、體製、古書、異聞方面之盡心致力，以及「隻字半句不輕出」之推敲商榷，與翁方綱肌理說之主學問、重考據風味近似。翁方綱發現：宋人作詩之典範選擇，往往捨蘇而取黃。蓋黃庭堅作詩之勤苦鍛煉，與杜甫近似：講究格律嚴謹，追求形似美感；專注於鏤心刻骨，極盡曲折深人之能事。此種詩風，與翁方綱詩學主張遙相契合，故推重黃庭堅詩，以為「繼往開來，源遠流長」。

　　黃庭堅作詩，刻意使用古人未嘗使用之奇特字，蔚為陌生與新奇之閱讀效應。宋陳巖肖《庚溪詩話》已提示山谷詩之美妙，在「清新奇峭，頗造前人未嘗道處，自為一家」。翁方綱頗賞識黃庭堅詩之新奇創發，以為絕句可繼唐賢，而五古之氣骨尤高。其中自有翁氏所謂「詩必研諸肌理，而文必求諸實際」之詩學體現在。翁方綱追求「以學問為詩」，故較欣賞鍛煉勤苦，資書以為詩之作品，推崇黃山谷詩之陌生創新；推舉山谷〈廣陵早春〉絕句，以為可以上繼唐賢。《石洲詩話》所指山谷五古，「亦用巧織，如古律然」，蓋工於形容，工於用事，工於組織，即「學必以考據為準，文必求其實際」之發用。翁方綱推崇黃庭堅詩，以為「得未曾有」，心目中之地位僅次於蘇軾。翁方綱所服膺在少陵，瓣香在東坡，而私淑則在山谷；由其迴護辯

解，略可知其端倪。據此可知，「肌理」說之內涵，實與黃庭堅、江西派連結不解之緣。翁方綱更強調山谷詩之開枝散葉，沾溉無窮。《石洲詩話》論山谷詩，圖譜其支派之流衍，而凸顯山谷在江西詩學之始祖尊寵，及宋詩之宗主地位。同時比較山谷、陳師道二家之詩，表揚褒崇黃詩，以為「黃詩之深之大，又豈後山所可比肩者！」稱美推重可謂極矣。

《石洲詩話》品題東坡、山谷詩藝，即在表彰宋調風格；辨明唐宋詩異同，標榜宋詩特色，這方面的著書旨趣，顯然與趙翼《甌北詩話》不殊，亦可見清代乾嘉宗宋詩話尊崇宋調之一斑。《石洲詩話》品藻蘇軾詩，以為天才筆力，一代詩人之冠冕。評論黃庭堅詩，推崇其高且大，繼往開來。《石洲詩話》之著書旨趣，為宋詩特色之標榜，唐宋詩異同之揭示。與《甌北詩話》之點評表彰宋調風格，可以相互發明。二書綜觀，擷長補短，可以相得益彰，皆乾嘉宗宋詩話之代表作。

第六章
方東樹《昭昧詹言》論創意造語
——兼論宋詩之獨創性與陌生化

　　所謂宋詩特色，大多以唐詩特色作對照，以此推拓開展，遂涉及唐宋詩之異同、唐宋詩之優劣、唐音宋調之分合、尊唐與宗宋之紛爭諸課題。乃至於錢鍾書《談藝錄》所謂「詩分唐宋」，殊途同歸，都可聚焦於宋詩特色，再作漸層之探討。

　　上述諸課題，自北宋元豐元祐間，歐陽脩、王安石、蘇軾、黃庭堅及江西詩人先後崛起，各領風騷，於是逐漸形成宋詩特色。其後至南宋葉夢得《石林詩話》、張戒《歲寒堂詩話》、劉克莊《後村詩話》，以及嚴羽《滄浪詩話》，多主尊崇唐詩，而貶抑宋詩，於是詩學史上所謂「唐宋詩之爭」起，歷元、明、清諸朝，並未消歇。紛紛擾擾之焦點，在宋詩之價值，及文學史定位問題。

　　宗唐詩者既標舉唐詩為古典詩歌之不二典範，於是入主出奴，遂不認同宋詩轉移典範，新變代雄，別闢蹊徑，自成一家之文學成就。清袁枚〈答沈大宗伯論詩書〉稱：「唐人學漢魏、變漢魏；宋學唐、變唐。其變也，非有心於變也，乃不得不變也。使不變，不足以為唐，亦不足以為宋也。」[1]袁枚此言，以流變視點看待唐詩、宋詩，切合詩歌語言之要求，堪稱大道之公論。明清以來較論宋詩唐詩者，大多以異同源流判優劣，以為宋詩不似唐詩，以唐詩為源、為本、為

1　〔清〕袁枚：〈答沈大宗伯論詩書〉，《小倉山房詩集》，卷十七，《袁枚全集》（南京：江蘇古籍出版社，1993），第二冊，頁284。

優；宋詩為流、為末、為劣。類似論述，至明代前後七子「詩必盛唐」、「宋絕無詩」，菲薄宋詩為已極。[2]

綜考歷代大家名家之作品，發現《南齊書・文學傳論》所謂「若無新變，不能代雄」云云，最能詮釋「詩文代變，文體屢遷」之事實。推此而論，遂有「論宋詩，當以新變自得為準據，不當以異同源流定優劣」之主張。[3]若持「新變自得」標準，權衡唐詩大家名家，乃至歷代之名篇佳作，亦順理成章，切合尺度。試觀明代公安派論詩，以及清初錢謙益「主真重變」、葉燮主「變而不失其正」，[4]皆先得吾心之所同然。

第一節　唐宋詩之爭與清初詩學之大凡

為考察清初以來詩學，有關尊唐詩，及宗宋詩之大凡，筆者曾先後撰成〈清初宗唐詩話與唐宋詩之爭——以「宋詩得失論」為考察重點〉、〈清初宋詩學與唐宋詩之異同〉兩篇論文，略知清初一百五十年尊唐宗宋詩風之原委。今持續探討清代唐宋詩之爭，將時間下移至乾嘉時期（1736-1820），選擇宗宋詩學之代表作，考察方東樹《昭昧詹言》論詩主張。本文研究視角，聚焦於「創意造語」。企圖從創造思維觀點切入，呼應錢謙益、葉燮「主真重變」之論述，發明「宋詩特

2　齊治平：《唐宋詩之爭概述》（長沙：岳麓書社，1983），（明代・（二）前後七子「詩必盛唐」之說），頁41-54。陳國球：《明代復古派唐詩論研究》（北京：北京大學出版社，2007），第一章〈明代復古派反宋詩的原因〉，頁22-64。

3　張高評：〈從「會通化成」論宋詩之新變與價值〉，《漢學研究》第16卷第1期（1998年6月），頁254-261。

4　張健：《清代詩學研究》（北京：北京大學出版社，1999），第三章，三、〈從崇正抑變到主變而存正〉；第七章〈變而不失其正：葉燮對錢謙益一派詩學的繼續展開〉，頁126-141；頁333-361。

色」之真諦，以凸顯宋詩之價值，確定其文學史地位。

　　前人在這方面的研究，相關專論不多，如吳宏一先生〈方東樹《昭昧詹言》析論〉、[5]蔡美惠《方東樹文章學研究》、[6]楊淑華《方東樹《昭昧詹言》及其詩學定位》，[7]所論多各有側重，互有優長。筆者「詳人之所略，異人之所同」，特別從創造思維之視點，梳理《昭昧詹言》中有關創意造語之文獻，希望凸顯方東樹之創意詩學，且以之闡發宋詩之特色與價值。

　　為探求清初詩學宗唐宗宋之大凡，論者曾檢得清初王夫之、吳喬等十家宗唐詩話，六十餘條資料，以考察清初一百多年來宗唐詩話論詩之主張，宋詩之得失與特色，亦由此可見。茲將學界探討之成果，移錄於下，以便討論。先移錄有關宗唐詩話論宋詩部分：

> 宗唐詩話論宋詩之習氣，如出奇、務離、趨異、去遠、矜新、變革、疏硬、如生、尖仄、詭特、粗硬槎牙、奪胎換骨等等，諸般「不是」，相對於唐詩而言，即是雅各布森（Roman Jakobson, 1896-1982）、姚斯（Hans-Robert Jauss, 1921- ）、什克洛夫斯基（Vitor Shklovsky, 1893-1984）等學者所倡，具有「陌生化美感」之詩歌語言。宗唐詩話大加撻伐者，為與唐詩、唐音趣味不同之「非詩」特色，如以文為詩、以賦為詩、以史入詩、以禪喻詩、以禪為詩、以文字為詩、以議論為詩、以才學為詩、以及翻案詩。這種詩思，深具獨到與創發性，跟創造思

5　吳宏一：《清代文學批評論集》（臺北：聯經出版公司，1998），頁294-335。

6　蔡美惠：《方東樹文章學研究》（臺北：臺灣師範大學國文研究所博士論文，2002）。

7　楊淑華：《方東樹《昭昧詹言》及其詩學定位》（臺南：成功大學中文系博士論文，2004）。楊淑華之博士論文，為筆者所指導。其後，輯入龔鵬程主編：《古典詩歌研究彙刊》（臺北：花木蘭文化出版社，2008），第三輯，第十九冊、第二十冊。

維（creative thinking）注重反常、辯證、開放、獨創、能動性，可以相互發明。[8]

　　由此觀之，清初宗唐詩話分明「入主出奴」，以己量人。既未跳脫本位主義，客觀論斷所謂「宋詩習氣」；更無視於奇、異、遠、新之追求，即是「詩文代變，文體屢遷」、「一代有一代文學」之催化劑，為詩歌語言、文學語言追求陌生化、獨創性所當致力者。宗唐詩話以唐詩為詩歌之當然本色，不二典範；於是校短量長，宋詩之風格與習氣，自然與唐詩大異其趣，甚至譏之為「非詩」。其實，「宋人務離唐人以為高」；「宋詩深，卻去唐遠」云云；[9]此正是宋詩之獨到與創發性。大凡古今中外詩界之雄傑，欲求「自成一家」，最當盡心致力處未嘗不由於此。如楚辭之不同於《詩經》，「唐人學漢魏、變漢魏」，是如此；李白、杜甫詩學六朝，而自成一家，亦是如此；即韓愈、李商隱各自學杜甫，而又不失自我面目，要亦如此。推而廣之，「宋人之學唐，變唐」，亦同理可證：王安石、蘇軾、黃庭堅皆各學杜甫，而又皆自成一家，亦因是矣。

　　美國雅可布遜（Roman Jakobson）研究文學語言，曾指出：詩性語言是對實用語言的變形和扭曲，是一種「反常化」（陌生化）的結果[10]。姚斯（Hans-Robert Jouss, 1921-）論接受美學，認為文學語言應

8　張高評：〈清初宗唐詩話與唐宋詩之爭——以「宋詩得失論」為考察重點〉，《中國文學與文化研究學刊》（臺北：學生書局，2002），第一期，頁141。

9　〔清〕田同之：《西圃詩說》，郭紹虞輯：《清詩話續編》（臺北：木鐸出版社，1983），頁755-756、頁758。

10　〔美〕雅可布遜（Roman Jakobson）與人合著〈文學和語言學研究的課題〉，見閻國忠等主編：《西方著名美學家評傳》下冊（合肥：安徽教育出版社，1991），〈雅可布遜〉，頁297-298。

是對日常語言之疏遠和陌生化，造成逆轉偏離或變異[11]。什克洛夫斯基（V. Shklovsky）更倡言「陌生化之美感」：「詩歌的目的，就是要顛倒習慣化的過程……創造性地損壞習以為常的、標準的東西，以便把一種新的、童稚的、生氣盎然的前景灌輸給我們。」[12]其實，都是「變異」的論調。唐詩的「變異」與「突出」如此；宋詩之疏離變異唐詩，理亦與此相通。簡言之，「變異」是詩歌語言的手段；「突出」方是它的目的。[13]盛唐詩歌的氣象，是從「變漢魏」而來；宋詩的特色，也是經由變唐、新唐而來。漢魏詩既變化自《詩》、《騷》，而成一代之詩，久之自然形成詩學之規範；唐人學漢魏六朝詩，欲突破其規範，只有走「變異」一途。宋人復又學唐詩之優長，若想自成一家，也只有打破唐詩樹立的常規典範，追求「不經人道」的獨特語言，或「古所未有」的詩材詩思。這種企求，即是黃庭堅〈贈陳師道〉所謂「十度欲言九度休，萬人叢中一人曉」，於是絕去畦徑，別具隻眼，形成陌生化的美感。此皆追求變異，所生發之文藝成效。[14]

　　清蔣士銓〈辯詩〉曾感慨：「宋人生唐後，開闢真難為」；「能事有止境，極詣難角奇」，[15]宋人作詩面對處窮必變之困境，不難想像。於是根源於宋型文化之「會通化成」特質，體現於宋代文學，遂表現

11　〔德〕姚斯著，周寧、金元浦譯：《接受美學與接受理論‧走向接受美學》（瀋陽：遼寧人民出版社，1987），頁20。

12　〔俄〕維克多‧鮑里索維奇‧什克洛夫斯基（V. Shklovsky）〈藝術即手法〉，見閻國忠等主編：《西方著名美學家評傳》下冊（合肥：安徽教育出版社，1991），〈雅可布遜〉，頁279-283。

13　伍蠡甫、胡經之主編：《西方文藝理論名著選編》下卷（北京：北京大學出版社，1987），〈標準語言與詩的語言〉，頁414-428。朱徽：〈中英詩歌中的「變異」與「突出」〉，《四川大學學報》1991年第3期，頁53-58。

14　有關「變異」之理論文獻，可參考徐中玉主編：《通變編》（北京：中國社會科學出版社，1992），一、〈通其變遂成天下之文〉，頁1-53。

15　〔清〕蔣士銓：《忠雅堂詩集》（上海：上海古籍出版社，1993），卷十三，頁986。

為「破體為文」與「出位之思」兩大獨到而創發之策略。[16]宗唐詩話
所批評「非詩」之特色，如以文為詩、以禪為詩、以議論為詩、以才
學為詩等等，即是轉移典範之文學語言，乃古往今來，優秀詩人終極
追求之「陌生化美感」，及創發性、獨到性語言。筆者以為：文學語
言，應該像盤古開天、點石成金一般，能夠無中生有，創造發明。這
種創意造語，大抵表現在兩種方式上：其一，變異書寫，蔚為陌生化
美感；其二，超常越規，谿徑獨闢。清葉燮《原詩》綜論歷代詩學，
抨擊明代模擬詩風，曾稱：「必言前人所未言，發前人所未發，而後
為我之詩。若徒以效顰效步為能事，曰此法也，不但詩亡而法亦且亡
矣」；因謂：「竊以為：相似而偽，無寧相異而真」，[17]確為一針見血之
論。由此觀之，宋詩宋調縱然有「非詩」之譏評，終勝過「詩必盛
唐」之「唐樣」，以蘇、黃、宋詩追求陌生化與獨創性，符合詩歌語
言、文學語言之創造思維。

其次，筆者又考察清初一百五十年來，宗宋詩人如錢謙益、黃宗
羲、尤侗、周容、汪琬、葉燮、呂留良、朱彝尊、徐乾學、王士禎、
宋犖、田雯、邵長蘅、賀貽孫、汪懋麟、吳之振、查慎行、厲鶚、全
祖望、汪師韓、蔣士銓、趙翼、翁方綱、張英等二十餘家之說，援引
六十餘條資料，以建構清初之宋詩學，獲得如下之結論：

> 唐宋詩之爭，自南宋以來一直是詩學的公案。或依同異判優
> 劣，或據源流定是非，紛紛擾擾久矣。本論文考察清初一百五
> 十年之宋詩學，以三大議題開展論述，且以之論斷宋詩之價

---

16 張高評：《宋詩之新變與代雄》（臺北：洪葉文化公司，1995），貳、〈自成一家與宋
   詩特色〉，頁67-141。
17 〔清〕葉燮：《原詩》卷二，〈內篇上〉、〈內篇下〉，丁福保輯：《清詩話》（臺北：
   明倫出版社，1971），頁578、587。

值：其一，標榜新變之風格：針對明代以來宗唐習氣楬櫫源流正變、因革損益，從文學發展的觀點看待詩歌。因此，宋詩學習唐詩，又新變唐詩之成就，最被稱道。其二，辨析唐宋之異同：緣於反對「相似而偽」之復古模擬風氣。此一「真贗之辨」，諸家多強調宋詩相較於唐詩，在風格、源流、形製、音節、能事、工拙諸方面有「相異而真」之事實。其三，強調宋詩之特色，提出自成一家，講究自得自立，不失本色；反思宋詩特徵，則聚焦於以學問為詩、以議論為詩，及穿鑿刻拙諸特質。由此觀之，錢鍾書所謂「詩分唐宋」，此真持平之論。[18]

唐詩所以能蔚為詩歌之典範，主要從師法六朝入手，然其風格特色卻自成一家，不似六朝，此所謂學而不為，能入能出。宋人無不學唐詩，然亦以學唐之優長為手段，而以變唐、新唐、發唐、異唐為終極目標，故亦能轉移典範，跳脫本色，而自成一家。清初宋詩學有一趨勢，發揚錢謙益、葉燮「主真重變」之說，進而肯定宋詩之自得自立，自成一家。由此觀之，錢鍾書《談藝錄》倡導「詩分唐宋」，所謂「天下有兩種人，斯分兩種詩：唐詩多以丰神情韻擅長，宋詩多以筋骨思理見勝」；又稱：「夫人秉性，各有偏至：發為聲詩，高明者近唐，沈潛者近宋」；又云：「且又一集之內，一生之中，少年才氣發揚，遂為唐體；晚節思慮深沉，乃染宋調。」[19]揆諸清初宋詩學，「詩分唐宋」之說，自屬持之有故，言之成理。

學界探討清初宋詩學之論著，多為專書中之一章或一節，限於篇

---

18 張高評：〈清初宋詩學與唐宋詩之異同〉，中山大學中文系主編：《第三屆國際暨第八屆清代學術研討會論文集》（2004），〈摘要〉，頁87。

19 錢鍾書：《談藝錄》（臺北：書林出版公司，1988），一、〈詩分唐宋〉，頁2-4。

幅,多未作暢論[20]。其中,考察清初宗宋詩學,觀點較為明朗者有
三:其一,鄔國平、王鎮遠《清代文學批評史》,提出清初宗宋詩學
之特點有三:強調變化的詩歌發展觀,肯定趨新求奇的審美趣味,推
尊韓愈、黃庭堅為宋調宗師[21]。其二,張仲謀《清代文化與浙派詩》,
以為宋詩在清初所以能重新嶄露頭角,主要在審美趣味的更新規律,
詩歌自身發展的邏輯,遺民感情的有意轉注,其中自有士風、學風與
詩風之推助激盪[22]。其三,張健《清代詩學研究》,以主真重變,重估
宋詩價值;以審美傳統,辨析唐宋異同;以文體分類,折中唐宋得
失;以先唐後宋,規劃學詩歷程[23]。張健觸及較廣,鄔國平等探論較
精。本文將參考上述專家學者研究成果,以探討《昭昧詹言》之標榜
創意造語,進而凸顯方東樹之創造思維,與創意詩學。

第二節　《昭昧詹言》論創意與造語

　　方東樹(1772-1851),字植之,安徽桐城人。《昭昧詹言》二十
一卷,[24]採用王士禛《古詩選》、姚鼐《今體詩鈔》,參酌劉大櫆《歷
朝詩約選》、《盛唐詩選》、《唐詩正宗》,以桐城文派視角評論詩歌。

---

20 專書涉及清初宋詩學者,如吳宏一《清代詩學初探》、劉世南《清詩流變史》、鄔國
　平、王鎮遠《清代文學批評史》、張仲謀《清代文化與浙派詩》、戴文和《唐詩宋詩
　之爭研究》、張健《清代詩學研究》、劉誠《中國詩學史‧清代卷》;其他零篇散
　論,尚多有之。

21 鄔國平、王鎮遠:《清代文學批評史》(上海:上海古籍出版社,1995),第五章第
　四節〈宋詩派的理論〉,頁340-349。

22 張仲謀:《清代文化與浙派詩》(北京:東方出版社,1997),頁11-22。

23 張健:《清代詩學研究》(北京:北京大學出版社,1999),第八章〈主真重變與清
　初宋詩熱〉,第一編第一章〈宋詩的重新發現〉,頁362-403。

24 〔清〕方東樹著,汪紹楹校點:《昭昧詹言》(北京:人民文學出版社,1984)。本文
　所引,只注明卷第、則數、頁碼。

桐城文派論詩，致力於章法、聲調、鍊字諸詩法，故多與格調派相呼
應。[25]

　　創造學作為一門學科，起於二次大戰前後，至今尚不滿一甲子。
內容探討「從無到有」的創生活動，以及「從無序到有序」的組織現
象，涉及創造心理、創造環境、創造人格，及創造性思維等等，大部
分領域仍在研究發展中。以創造性思維而言，又稱創造思維
（creative thinking），簡稱為創意，或創新。其本質有三：專有獨
到，避免雷同；超越傳統，別具特色；新穎奇異，儷人耳目。其特色
有五：即思維方式之反常性，思維過程之辯證性、思維空間之開放
性、思維成果的獨創性，以及思維主體的能動性。[26]

　　《昭昧詹言》論詩，主張避熟去凡，追求自家面目；倡導命意深
遠，造語新奇，而歸本於創意造語，已暗合陌生化、獨創性之詩歌語
言標準。且方東樹於《昭昧詹言》中，再三標榜深、遠、創、造、
生、新、變、奇諸美感效益，亦暗合創造思維之反常、開放、辯證、
獨創、能動，不僅精益求精，而且又能無中生有。至於創造性思維之
一般規律，反映於文本者，謂之「創造原理」，如綜合原理、移植原
理、逆反原理、迂迴原理、換元原理、分離原理、強化原理、群體原
理等等，[27]試考察《昭昧詹言》，多有若干體現。方氏此書，既標榜

25 張仲謀：《清代文化與浙派詩》，第十四章〈詩法與文法合一〉，四、「方東樹：以古
　文義法論詩」，頁650-664。

26 王國安：《換個創新腦》（臺北：帝國文化出版社，2004），第一章〈什麼是創造性
　思維〉，頁26-31。田運：《思維辭典》（杭州：浙江教育出版社，1996），〈創造學〉、
　〈創造思維〉，頁207-208。

27 同上註，〈創造原理〉，頁208-209。參考張永聲：《思維方法大全》（南京：江蘇科學
　技術出版社，1990），〈移植法〉、〈引入法〉、〈添加法〉、〈縮減法〉、〈改變法〉、〈替
　代法〉、〈顛倒法〉、〈組合法〉、〈側向思維法〉、〈發散思維法〉、〈聚合思維法〉、〈旁
　通思維法〉、〈求異思維法〉、〈逆向思維法〉、〈模仿創造法〉、〈超常思維法〉、〈反饋

「創意」、「造言」，姑名之曰創意詩學，則大抵不謬。

方東樹《昭昧詹言》，成書於其晚年，距今約一六〇年，書中標榜「創意」與「造語」，而推崇黃庭堅、蘇軾，及其他宋詩名家，以為宗法之詩學典範，進而鼓吹宣揚宋詩宋調之宗風。究竟方東樹所倡「創意」與「造語」，與新興時尚之創造思維有無關聯？只是名同而實異？或名實相近，可以相互發明？筆者於此，嘗試詮釋如下：

一　論避熟脫凡與作者面目

不俗，是宋代黃庭堅革新詩歌之基點，審美理想的次高境界。不僅強調詩意與境界之不俗，同時注重人品與修養之不俗。於是致力詩歌技法之突破新變，開創了迥異於唐詩情韻之表意風格。[28]試考察《昭昧詹言》，詩意與意境皆追求「不俗」──避熟脫凡，號稱宋詩派之方東樹，於此頗有發揚與開拓。

陸機〈文賦〉稱：「謝朝華於已披，啟夕秀於未振」；劉勰《文心雕龍‧通變》曰：「文律運周，日新其業」；韓愈〈答李翊書〉亦云：「惟陳言之務去」；〈樊宗師墓銘〉又云：「惟古於辭必己出，降而不能乃剽賊」；黃庭堅〈論作字〉則謂：「隨人作計終後人，自成一家始逼真」。可見揚棄陳窠，避去陳熟，乃創作入門之首務，方東樹《昭昧詹言》闡揚韓愈「「惟陳言之務去」主張，頗多發揮，如：

　　朱子曰：「韓子為文，雖以力去陳言為務，而又必以文從字

思維法〉、〈分離思維法〉、〈多維思維法〉、〈非線性分析法〉，頁4、20、43-51、56、64-68、74-76、83、131-137。

28 黃寶華、文師華：《中國詩學史‧宋金元卷》（廈門：鷺江出版社，2002），第五章第一節，〈不俗：黃庭堅革新詩歌的基點〉，頁108-117。

順，各識其職為貴。」此言乃指出文章利害，旨要深趣，貫精粗而不二者矣。淺俗之輩，指前相襲，一題至前，一種鄙淺凡近公家作料之意與辭，充塞胸中喉吻筆端，任意支給，雅俗莫辨，頃刻可以成章，全不知有所謂格律品藻之說，迷悶迎拒之艱。萬手雷同，為傖俗可鄙，為浮淺無物，為粗獷可賤，為纖巧可憎，為凡近無奇，為滑易不留，為平順寡要，為遣詞散漫無警，為用意膚泛無當，凡此皆不知去陳言之病也。[29]

以謝、鮑、韓、黃深苦為則，則凡漢、魏、六代、三唐之熟境、熟意、熟詞、熟字、熟調、熟貌，皆陳言不可用。非但此也，須知六經亦陳言，不可襲用，如用之則必使入妙。[30]

　　清劉熙載《藝概·詩概》稱：「陳言務去，杜詩與韓文同。黃山谷、陳後山諸公學杜在此。」杜詩創新古典詩歌之美學，韓詩學杜變杜，而自成一家；韓詩與杜詩一般，致力於詩法美學之「陳言務去」，用心於語言藝術之開拓創新。陳言務去之主張，影響黃庭堅、陳師道江西詩派之創作指向。「陳言」之所以「務去」，方東樹闡說十分詳盡。略謂：陳言乃為文之病，其病徵主要在淺、俗、熟、凡：「為傖俗可鄙，為浮淺無物，為粗獷可賤，為纖巧可憎，為凡近無奇，為滑易不留，為平順寡要，為遣詞散漫無警，為用意膚泛無當」；詩人有一於此，所謂不可救藥。以思維方式而言，此皆起於因循苟且，率意直接。蓋運用慣性思考、綫性思維，只從正向、近距、浮面、熟習，作垂直而獨一之求索，不疑有他、因陋就簡，因此詩思文思乏善可陳。可見所謂「陳言」，兼含用意與遣詞兩大方面，多與

---

29 〔清〕方東樹：《昭昧詹言》，卷一，第四十五則，頁16。
30 同上註，第四十八則，頁18。

思維習慣有關。另外,「熟境、熟意、熟詞、熟字、熟調、熟貌」陳陳相因,了無新意者,亦多不襲不用。元陳繹曾《文說》亦謂:「凡作文發意,第一番來者,陳言也,掃去不用。第二番來者,正語也,停之不可用。第三番來者,精意也,方可用之。」黃宗羲《論文管見》稱:「每一題,必有庸人思路共集之處,纏繞筆端,剝去一層,方有至理可言。」[31]有異曲同工之妙。又如:

> 祇是一熟字不用,以避陳言,然卻不是求僻,乃是博觀而選用之,非可以銛釘外鑠也。至於興寄用意尤忌熟,亦非外鑠客氣假象所能辨。若中無所有,向他人借口,祇開口便被識者所笑。[32]

> 古人論文,必曰:「一語不落凡近。」……以凡近之心胸,凡近之才識,未嘗深造篤嗜篤信,不知古人之艱窮怪變險阻難到可畏之處,而又無志自欲獨出古今,故不能割捨凡近也。凡近意、詞、格三者,涉筆信手苟成,即自得意,皆由不知古人之妙,語云:「但脫凡近,即是古人。」[33]

> (黃庭堅)〈夏日夢伯兄寄江南〉:一起四句,亦是一氣而出。五六句意生新,特避熟法。收補出題外,更深親切。此等詩只是真。清新古健,不膩不弱,不熟不俗,不與時人近。讀之

---

31 〔元〕陳繹曾:《文說》〈立意法〉,引戴帥初先生曰;清初黃宗羲:《金石要例》,附《論文管見》,王水照編:《歷代文話》第二冊、第四冊(上海:復旦大學出版社,2007),頁1343、3200。

32 〔清〕方東樹:《昭昧詹言》,卷一,第四十六則,頁17。

33 同上註,卷十一,第三十二則,頁240。

久，自然超出尋常滑俗蹊徑。[34]

為避陳言，不用熟字；興寄用意，尤忌陳熟；博觀而選用之，不假外鑠，不借人口。未嘗深造，信手苟成，即是凡近；古人論文，初則割捨凡近，不落凡近；終則獨出古今，但脫凡近，此皆韓愈「務去陳言」之發揮。方東樹評黃庭堅詩，「尋常滑俗」即是熟近；清新古健、超出蹊徑，即是避熟生新。袁枚《隨園詩話》卷七稱：「凡人作詩，一題到手，必有一種供給應付之語，老生常談，不召自來。若作家，必如謝絕泛交，盡行麾去，然後心精獨運，自出新裁。」與此可以相發明。至於避熟去凡之道，主要在「讀書多」，遣詞命意方能知所出入與有所迎拒；推而至於胸襟高、本領高，亦由讀書來，如云：

> 能多讀書，隸事有所迎拒，方能去陳出新入妙。否則，雖亦典切，而拘拘本事，無意外之奇，望而知為中不足而求助於外，非熟則僻，多不當行。[35]

> 至杜、韓始極其揮斥，固是其胸襟高，本領高；實由讀書多，筆力強，文法高古。而文法所以高古，由其立志高，取法高，用心苦，其奧密在力去陳言而已。去陳言，非止字句，先在去熟意：凡前人所已道過之意與詞，力禁不得襲用；於用意戒之，於取境戒之，於使勢戒之，於發調戒之，於選字戒之，於隸事戒之；凡經前人習熟，一概力禁之，所以苦也。[36]

---

34 同上註，卷二十，第三十三則，頁452。
35 同上註，卷一，第四十九則，頁18。
36 同上註，卷九，第二則，頁218。

　　《文心雕龍‧通變》稱：「名理有常，體必資於故實；通變無
方，數必酌於新聲」；唐皇甫湜〈諭業〉亦謂：「書不千軸，不可以語
化；文不百代，不可以知變。體無常軌、言無常宗，物無常用，景無
常取」；[37]因此，讀書為學當博觀厚積，賦詩作文方能約取而薄發，蘇
軾〈稼說送張琥〉之言可證。文學創作之方，則在去陳出新，意外生
奇，此從多讀書來。方東樹以為：杜甫、韓愈所以能揮斥縱恣，筆力
高強，文法高古，「實由讀書多」，「其奧密在力去陳言而已」。所謂去
陳言，「先在去熟意」，舉凡前人道過之用意、取境、使勢、發調、選
字、隸事，皆「力禁不得襲用」，「一概力禁之」。方氏主張多讀書，
有助於「力去陳言」，此與浙派學人之詩「以學為本」，「以學問為詩
材」，見解有異曲同工之妙。[38]

　　方東樹之詩歌創作論，除避陳去凡外，能相互發明者，厥為「不
似不襲」。蓋因革損益、新故相除，為事物窮變通久，生存發展之原
則，文學創作自不例外。詩人無不學古，貴在通變與自得，忌諱太似
與因襲，《昭昧詹言》於此亦有闡說：

　　　　求與古人似，必求與俗人遠。若不先與俗人遠，則求似古人亦
　　　　不可得矣。[39]

　　　　古人詩格詩境，無不備矣。若不能自開一境，便與古人全似，
　　　　亦只是牀上安牀，屋上架屋耳，空同是也。[40]

37 〔唐〕皇甫湜：《皇甫持正文集》，卷一，〈諭業〉，《四部叢刊》初編本（臺北：臺灣商務印書館，上海涵芬樓藏宋刊本景印，1979）。
38 張仲謀：《清代文化與浙派詩》，第十三章〈從「非關學也」到「以學為本」：浙派的學人之詩理論〉，頁605-629。
39 〔清〕方東樹：《昭昧詹言》，卷一，第五十一則，頁19。
40 同上註，第一五一則，頁49。

　　袁枚《續詩品・著我》稱：「不學古人，法無一可；竟似古人，何處著我？」似與不似之辯證，自古即為文藝美學之重要議題。[41]方東樹於此，亦曾告誡：「學我者死」（卷二十，第五則）；既主張多讀書，以備博觀選用，又唯恐讀書學古而「太似古人，何處著我？」於是提出「求與俗人遠」，與「能自開一境」，作為相應配合。否則，極易流於前後七子之模擬習氣，「與古人全似，亦只是牀上安牀，屋上架屋耳」，可見，「全似」即是凡近熟俗，有違方東樹《昭昧詹言》標榜之「創意造語」審美要求。方東樹於是再提出「學古有得」、「能見古人之不可到」之說，以為「作者面目」之標榜，如：

　　　學古而真有得，即有敗筆，必不遠倍於大雅，其本不二也。嘗見後世詩文家，亦頗有似古人處，而其他篇或一篇中，忽又入於極凡近卑陋語。則其人心中，於古人必無真知真好，故不能真見雅俗之辨。譬如王、謝子弟，雖遭顛沛造次，決不作市井乞兒相。[42]

　　　大約真學者則能見古人之不可到，如龍蛇之不可搏，天路險艱之不可升，迷悶畏苦，欲罷不能，竭力卓爾。否則，無不以古人易與，動筆即擬，自以為似。究之只是捃摭法耳，優孟法耳。試執優伶而問以所演扮之古人，其志意懷抱，與夫才情因宜，時發適變而不可執之故，豈有及哉！[43]

41　〔清〕袁枚：《續詩品・著我》，丁福保編：《清詩話》本，頁1035。參考潘旭瀾：〈不似似之——藝術斷想〉，載《中國古代美學藝術論》（臺北：木鐸出版社，1985），頁297-305。

42　〔清〕方東樹：《昭昧詹言》，卷一，第一四八則，頁48。

43　同上註，第一五三則，頁49。

　　方東樹之學古論，強調「真知真好」、「能真見雅俗之辨」，所謂「真有得」論；蓋如此命意遣詞，方不流於「凡近卑陋」。其次，強調「真學」，期待「見古人之不可到」，欲罷不能，竭力卓爾。否則，學古而「自以為似，究之只是摹搖法耳，優孟法耳」，蓋其中欠缺志意懷抱、才情因宜，及時發適變。此處批評「摹搖法」、「優孟法」，而揭示真得、真見、真知、真好，與葉燮《原詩》批評明代模擬風氣，為補偏救弊，提出「相似而偽，無寧相異而真」，可以相互發明。

　　一般人之思維模式，大抵循直接、正面、垂直、線性方式，進行平面而慣性之思維活動。由於觸及狹隘、單一，往往自以為是，不疑有他，於是淪為老生常談，了無創意，此即所謂「習慣性思維定勢」。前所引袁枚《隨園詩話》所謂「一題到手，必有一種供給應付之語，老生常談」，黃宗羲《論文偶記》所謂「庸人思路共集之處纏繞筆端」；黃氏提出「剝去一層，方有至理可言」；袁氏揭示「心情獨運，自出新裁」，多富於創意化與建設性，是所謂創造思維，切合創造原理。試以創造性思維考察《昭昧詹言》，強調避熟脫凡，要求作者面目，自成一家，切合創造思維所謂思維形式之反常性、思維空間之開放性、思維成果之獨創性。如《昭昧詹言》再三凸顯「力去陳言」、「割捨凡近」、「求與俗人遠」、「不肯隨人作計」；舉凡萬手所作雷同、傖俗、浮淺、粗獷、纖巧、平順、滑易、散漫、膚泛之言與意，皆所謂「陳言」。後人生吞活剝，得來容易，未經鎔裁點化者，縱然為歷代大家名家傑作，無一不是「熟境、熟意、熟詞、熟字、熟調、熟貌」，要皆陳言，不可襲、不可用，此思維形式所以貴「反常性」也。

　　避陳熟、去凡近，講究不似不襲，此皆消極之創作原則與審美要求；其積極指標，還在於展示作者面目，表現自成一家。其思維過程極富辯證性，思維空間極富開放性。《昭昧詹言》書中頗多強調與呈

現，如：

> 屈子之詞與意，已為昔人用熟，至今日皆成陳言，故《選》體
> 詩不可再學，當懸以為戒。無知學究，盜襲坌集，自以為古
> 意，令人憎厭。故貴必有以易之，令見自家面目。否則人人可
> 用，處處可移。此杜、韓、蘇、黃所以不肯隨人作計，必自成
> 一家，誠百世師也。大約古人讀書深，胸襟高，皆各有自家英
> 旨，而非徒取諸人。夫屈子幾於經，淺者昧其道而襲其辭，安
> 得不取憎於人。[44]

> 嘗論唐、宋以前詩人，雖亦學人，無不各自成家。彼雖多見古
> 人變態風格，然不屑向他人借口，為客氣假象。近人乃有不克
> 自立，己無所有，而假助於人。於是不但偷意偷境，又且偷
> 句。欲求本作者面目，了無所見，直同穿窬之醜也。韓公〈樊
> 宗師銘〉言文，可以移之論詩。[45]

　　所謂「陳言」，是「昔人用熟」的詞與意；如果因襲套用，就無
異「偷意偷境，又且偷句」。「昧其道而襲其辭」之結果，雖「自以為
古意」，其實「令人憎厭」。方東樹提出改善之道，「貴必有以易之，
令見自家面目」。猶杜甫、韓愈、蘇軾、黃庭堅，堪稱「百世師」
者，大抵多「讀書深，胸襟高，皆各有自家英旨」，「非徒取諸人」；
同時「不肯隨人作計，必自成一家」。否則，「欲求本作者面目，了無
所見」，「不克自立，己無所有」，只是「向他人借口，為客氣假象」。
詩人學人，貴有「變態風格」，否則，陳言用熟，「直同穿窬之醜

---

44 〔清〕方東樹：《昭昧詹言》，卷一，第三十三則，頁12。
45 同上註，卷一，第一五一則，頁49。

也」，所謂畫虎不成反類犬，殊無可取。若此之論，與宋代詩學標榜新變有得，自成一家，論說前後一揆，宋詩之宗風，由此可見一斑。方東樹又云：

> 山谷之學杜，絕去形摹，盡洗面目，全在作用。意匠經營，善學得體，古今一人而已。論山谷者，惟薑塢、惜抱二姚先生之言最精當，後人無以易也。[46]

> 欲知黃詩，須先知杜；真能知杜，則知黃矣。杜七律所以橫絕諸家，只是沈著頓挫，恣肆變化，陽開陰合，不可方物。山谷之學，專在此等處，所謂作用。義山之學，在句法氣格。空同專在形貌。三人之中，以山谷為最，此定論矣。[47]

方東樹詩學，標榜「自成一家」之「作者面目」，已見上述。此處又拈出「作用」一語，與「能事」連稱，以指稱敘寫筆法獨到，文法變化高妙等諸詩歌之藝術表現。[48]考「作用」云者，特色在「絕去形摹，盡洗面目」，「意匠經營，善學得體」，蓋與方東樹所謂自家面目、自家英旨、作者面目、自成一家同義。《昭昧詹言》稱：「山谷之學杜，古今一人而已」，分明以黃庭堅之學習杜甫作為標竿。以下一則引文觀之，杜甫之能事作用，在「橫絕諸家」，「只是沈著頓挫，恣肆變化，陽開陰合，不可方物」；而山谷之學，所以「專在此等處」，「所謂作用」者，主要在師法其當行本色。猶「義山之學，在句法氣

---

46 同上註，卷二十，第二十六則，頁450。

47 同上註，卷二十，第二十七則，頁450。

48 楊淑華：《方東樹《昭昧詹言》及其詩學定位》，第五章第一節〈「創作」意識的凸顯〉，頁146-151。

格」，此李商隱之能事、作用、本色、當行。方東樹稱：黃庭堅、李
商隱、李夢陽三家，所以「以山谷為最」者，蓋山谷學杜，學其「所
以橫絕諸家」之能事作用，亦在杜詩之本色當行。易言之，讀書學
古，當絕去形摹，追求作者面目；所謂作用、所謂能事，亦在善學得
體，令見「自家面目」而已。由此看來，方東樹論詩歌創作，凸出作
者面目，追求獨創個性，堪稱創意之詩學，以其暗合創造性思維之特
質故也。

　　創造思維之特徵，為思維過程之辯證性，既含有求異思維，又有
求同思維；既包含發散思維，又兼具收斂思維，既衝突又相維持，形
成一種張力關係。《昭昧詹言》，一方面強調「昔人用熟」之詞與意，
「不可再學」，所謂不熟不俗、不襲不似；推崇杜、韓之文法高古，
以為奧秘在「力去陳言」；「凡前人所已道過之意與詞，力禁不得襲
用」，如用意、取境、使勢、發調、選字、隸事，「凡經前人習熟，一
概力禁之」。方氏能破能立，同時又提倡「不肯隨人作計，必自成一
家」；「雖亦學人，無不各自成家」；要能「去陳出新入妙」、要能「自
開一境」、要求「作者面目」；進而提出「但脫凡近，即是古人」；「貴
必有以易之，令見自家面目」。而且山谷之學杜，所以為「古今一
人」，固然在「絕去形摹，盡洗面目」，「意匠經營，善學得體」，更
「全在作用」。凡此思維，既相互區別、否定、對立，又相互補充、
依存、統一，是所謂創造性思維之辯證性。

二　論宋詩之變異與言意之創造性

　　古典詩歌之發展，自《詩》、《騷》而古詩、樂府，而六朝、四
唐，誠如沈德潛《唐詩別裁集・凡例》所云：「詩至有唐，菁華極
盛，體製大備」。至魯迅宣稱：「一切好詩，到唐已被作完！此後倘非

能翻出如來掌心之齊天大聖，大可不必動手！」[49]於是，唐詩之繁榮，蔚為詩歌之最高典範，唐詩之大家名家皆是本色當行。由此推衍，宗唐詩話尊崇唐詩所建構之特色，為不可超越、不可挑戰、不可疏離、不可轉移。如此論斷，是昧於文學之「窮變通久」，忽略文學生存發展之規律，又如何解釋「詩文代降，文體屢遷」、「一代有一代之文學」諸存在現實？袁枚〈答沈大宗伯論詩書〉評價唐詩宋詩，堪稱公允可取，所謂：「唐人學漢魏，變漢魏；宋學唐，變唐。使不變，不足以為唐，亦不足以為宋也。」據此質疑沈德潛：「先生許唐人之變漢魏，而獨不許宋人之變唐，惑也！」姑不論袁枚之詰難，關鍵在破解沈德潛「格調說」尊唐貶宋、強調「辨體」之迷誤；[50]然以「變異」觀規範唐詩與宋詩，適足以批駁乾嘉先後宗唐派詩話之抑揚唐宋，指斥宋人宋詩，誠所謂以子之矛，攻子之盾。

　　宋人生於唐詩繁榮昌盛之後，既深知「能事有時盡，極詣難角奇」，作詩確實存在「開闢真難為」之困境；更深體「文律運周，日新其業；變則堪久，通則不乏」；「若無新變，不能代雄」之文學發展規律，於是致力學唐、變唐，盡心發唐、開唐，傳承與開拓並重，會通與化成兼顧，期待新變代雄，而自成一家。錢仲聯序《全宋詩》，不僅強調「宋詩固不讓於詞，且勝於詞」，更以為「宋（詩）源於唐，又出一奇。變態百出而未有盡。唐宋各擅其長，互補其闕」；程千帆序《全宋詩》亦謂：「唐詩近風，主情，正也；宋詩近雅，主意，變也」；「正之與變，相反相持」，[51]錢、程二氏持源流正變觀點看

---

49 魯迅：〈致楊霽雲〉，《魯迅全集》第十二冊（第十二卷），《書信》，一九三四年十二月二十日（北京：人民文學出版社，1991），頁612。

50 張仲謀：《清代文化與浙派詩》，第七章第一節，一、沈德潛，頁447-451。

51 北京大學古文獻研究所編：《全宋詩》第一冊（北京：北京大學出版社，1991），頁2、5。

待唐詩宋詩，以為各擅其長，相反相持，與清代唐宋詩之爭論述中，宗宋詩話、筆記、文集之論述，前後一脈相承，可以相互發明。

　　筆者以為，《六一詩話》載梅堯臣論詩所謂「意新語工」；[52]《姑溪文集》載蘇軾論詩，所謂「凡造語，貴成就」，[53]此即是宋人追求自成一家，念茲在茲之別識心裁。宋代詩話筆記津津樂道者在此；宋代大家名家盡心致力者，亦在此。筆者最近完成《創意造語與宋詩特色》書稿，凡三十二萬言。[54]企圖整合宋代詩學觀念，綜考宋詩之技巧與內容，以「創意造語」替代「意新語工」，考察《全宋詩》作品，立意詩思如何創新不凡，造語措詞如何精工巧妙。進而論證宋人作詩致力創意造語，因而宋詩能於唐詩登峰造極，盛極難繼之後，猶能新變自得，自成一家，而與唐詩並稱，平分詩國之秋色。

　　宋人之詩話、筆記、評點關切之論題，包含宋詩之困境與出路：如何像清風明月常有，而光景常新？如何不墮入圓規方矩，而能自名一家？如何能「不向如來行處行」，而自為一家？如何不循習陣言，而詩清立意新？如何能自得自到，而不模勒前人？如何學而不為，變而不襲？如何不祖蹈襲，而能活法點化，奪胎換骨？其實，宋代詩人已形成若干自覺之共識，其中大焉者，筆者以為，即是「意新語工」，創意與造語。因此，宋詩因應困境的絕佳出路，是盡心於創意，致力於造語，必如此，方能自到自得，自成一家，蔚為宋詩宋調之風格和體性，而與唐詩唐音分途。

---

52 黃景進：〈從宋人論「意」與「語」看宋詩特色之形成〉，《第一屆宋代文學研討會論文集》（高雄：麗文文化公司，1995），頁63-86。

53 〔宋〕歐陽脩：《六一詩話》：聖俞嘗語余曰：「詩家雖率意，而造語亦難，若意新語工，得前人所未道者，斯為善也。必能狀難寫之景，如有目前；含不盡之意，見於言外，然後為至矣。」〔清〕何文煥：《歷代詩話》（臺北：木鐸出版社，1982），頁267。

54 張高評：《創意造語與宋詩特色》，（臺北：新文豐出版公司，2008）。

　　宋詩特色之形成，不只是「宋之不唐法」，更往往是「因唐而有法」；換言之，宋詩特色是對照唐詩、新變唐詩獲得的。從相關文獻看來，宋詩所以能自成一家，大抵致力兩大課題：其一，造語方面，屬於遣詞造句等修辭工夫，東坡所謂「造語貴成就」，魏泰所謂思精則語深；陳巖肖稱揚山谷詩，「清新奇峭，頗造前人未嘗道處」；呂本中誨人，主張「遍考精取，悉為吾用」，則宋代詩話論詩談詩，津津樂道務去陳言，自鑄偉詞可知。嚴羽稱黃庭堅「用工尤為深刻」，而東坡山谷「始自出己意以為詩」，是肯定蘇、黃在造語及創意方面之成就。魏慶之引述東坡語，稱揚書道與詩歌之美，多從破壞和變革開始，大抵指建設性之破壞，創新性之變革而言。宋人所盡心之創意與造語，大抵如此。宋人盡心致力於創意造語，對於清代宗宋詩話之論述，多富啟迪作用。

　　呂本中倡導「流轉圓美」之活法，推崇黃庭堅「首變前作」，「變化不測」，當兼指創意與造語而言。試觀《童蒙詩訓》推崇蘇東坡「廣備眾體，出奇無窮」，黃山谷「包括眾作，本以新意」，亦是創意與造語兼顧並重。再看吳可《藏海詩話》「貫穿出入」，「與諸體俱化」之言，涉及創意造語之準備工夫；否則，「若只守一家，則無變態」，看詩作詩欲求「變態」，則非關注創意造語不可。至於如何「造語」，方有成就？詩思如何精湛，造語方能深刻？如何達成「前人未嘗道處」，而有清新奇峭之風？作詩如何「遍考精取」？如何「自出己意」？如何新變詩格？如何操作活法，而有流轉圓美之好詩？東坡之「廣備眾體」，山谷之「包括眾作」，層面為何？「出奇無窮，本以新意」，具體之宋詩作品之風貌又如何？宋人如何出入諸家，如何盡心致力於文章「變態」？[55]詩話筆記所言，不過是閱讀心得，或論詩

55　〔宋〕魏慶之：《詩人玉屑》（臺北：世界書局，1971），卷十，列有〈自得〉、〈變態〉、〈圓熟〉諸條目，宋人之盡心致力，可以想見。頁220-221。

主張，當然也可能是創作經驗。無論何者，大多屬於詩學理論層次，與實際之宋詩創作依違分合又如何？凡此，多值得探究。

宋代詩人接受文化的陶染，大抵學問極博，志行極雅，表現在宋詩上，則是內容文人化、形式技巧化、意象哲理化、詩歌才情化，揚棄凡、近、俗、腐，追求新、奇、遠、韻。於是在題材構思、意象經營、敘述視角、時空設計、語序安排、聲律模式、典故運用各方面，多能妙悟有得，自成自立。這種獨到創獲，在「菁華極盛，體製大備」的唐詩之後，尤其難能可貴。其中，江西詩派提倡點鐵成金、奪胎換骨、以故為新、以俗為雅諸詩法，致力創造性模做；且出入書卷，逞才炫學，促使詩歌陌生化，蔚為老成美。黃庭堅尤其重視造語工夫，〈跋高子勉詩〉所謂「用一事如軍中之令，置一字如關門之鍵」，措詞煉句矜慎如此，故句法拗折，煉字出彩，文字功力，古今一流。陳師道詩，以苦吟刻意得名，追求蒼勁、老健，而以渾樸、苦澀為本色。[56]由此可見，黃、陳詩歌盡心之造語工夫，對照宋代其他詩人，或與唐詩大家名家較論，多極富變異性與創發性，故能領袖一代，蔚為宋詩宋調之代表詩人。

有關宋詩與宋代詩學中之創意造語，筆者已作若干研發。今百尺竿頭更上層樓，以詩話流變史之視角，針對宗宋詩話之代表作《昭昧詹言》進行論證，以見乾嘉時期宗宋詩風之大凡。茲分三大方面，舉例闡發：其一，論言與意之創造性；其二，論宋詩之命意深遠；其三，論宋詩之造語新奇。本節先論其一：

文學作品，包含內容思想與形式技巧，兩者相依相存，相得益彰。方苞〈又書《貨殖傳》後〉稱：「義，即《易》所謂言有物也。

---

56 楊義：《中國古典文學圖志》（北京：生活·讀書·新知三聯書店，2006），第六章〈黃庭堅的詩派意義〉，頁153-164。

法，即《易》所謂言有序也。」姚鼐《古文辭類纂‧序》所謂：
「神、理、氣、味，文之精者也；格、律、聲、色，文之粗者也。苟
捨其粗，則精者亦何以寓焉。」考諸《文心雕龍‧情采》：「情者，文
之經；辭者，理之緯。經正而後緯成，理定而後辭暢」，可見「意」
與「言」宜相輔相成，同是構成優秀作品之要素。或謂之義法，或稱
為情采，或目為言意，雖攸關精粗，實則不離不二。宋代詩話於此，
論述頗多，大抵歸本於「創意造語」。而宋詩在創意造語上甚具特
色，故能與唐詩分庭抗禮而無愧。

　　方東樹《昭昧詹言》，述說創作美學，闡揚宋詩宗風，於《文心
雕龍》「情采」說，[57]桐城「義法」論，魏晉以來之「言」、「意」分
合，中晚唐以來，《詩式》、《詩人玉屑》「體用不二」論，[58]別有會心
與發明。一言以蔽之，曰創意造言；換言之，即是「奇遠生新」之創
作風格。《昭昧詹言》中論證極其鮮明，如：

> 凡學詩之法：一曰創意艱苦，避凡俗、淺近、習熟、迂腐、常
> 談，凡人意中所有。二曰造言，其忌避亦同創意，及常人筆下
> 皆同者，必別造一番言語，卻又非以艱深文淺陋，大約皆刻意
> 求與古人遠。三曰選字，必避舊熟，亦不可僻。以謝、鮑為法，
> 用字必典。用典又避熟典，須換生。又虛字不可隨手輕用，須
> 老而古法。四曰隸事避陳言，須如韓公翻新用。五曰文法，以
> 斷為貴。逆攝突起，崢嶸飛動倒挽，不許一筆平順挨接。入不

---

57 祖保泉：《文心雕龍解說》（臺北：世界書局，1971），卷七，〈情采〉，謂：劉氏所
　　說的「情」與「采」，是以中國古代的詩和散文為背景而提出來的，它屬於作品的
　　內容與形式這一範疇。與今人所言「作品之內容與形式」，源於西洋以敘事文學為
　　背景，概念內容有其差異（合肥：安徽教育出版社，1993），頁608-617。

58 〔宋〕魏慶之：《詩人玉屑》，卷十，〈體要〉，列有「十不可」、「言用勿言體」、「言
　　其用而不言其名」、「如詠禽須言其標緻……」等資料，頁214-217。

言，出不辭，離合虛實，參差伸縮。六曰章法……。[59]

姜白石擺落一切，冥心獨造。能如此，陳意陳言固去矣，又恐
字句率滑，開僞荒一派。必須以謝、鮑、韓、黃為之圭臬，於
選字隸事，必典必切，必有來歷。如此固免於白腹杜撰矣，又
恐掉撦稗販，平常習熟溫惡，則終於大雅無能悟入。又必須如
謝、鮑之取生，韓公之翻新，乃始真解去陳言耳。[60]

桐城義法雖平列「言之有物」、「言之有序」，基於政治忌諱與現
實，乃側重「言之有序」之法。[61]此一重「法」輕「義」之傳統，亦
影響方東樹論詩之「創意造語」。試看援引資料，方東樹所謂「學詩
之法」有六，除首項「創意艱苦」外，其他如造言、選字、隸事、文
法、章法五者，要皆屬於「言之有序」之詩法。按諸宋代諸家詩話，
詳載宋人談詩論詩，郭紹虞所謂「要之均強調藝術技巧，罕有重在思
想內容者」，[62]又前後一揆，方東樹論詩偏向宋詩宋調，亦由此可見。
《昭昧詹言》卷一第二十八則資料，當是方氏「創意造語」說之總體
綱領，「一曰創意艱苦，避凡俗、淺近、習熟、迂腐、常談，凡人意
中所有」云云，即韓愈「陳言之務去」說之恢廓，亦負面表述避忌，
未正面提示標榜。宋人盡心於「不經人道，古所未有」之言意；致力
不循習陳言，不向如來行處行之避忌。要之，不只是「宋之不唐
法」，更往往「因唐而有法」，因此能蔚為宋詩特色之形成。試尋繹

---

59 〔清〕方東樹：《昭昧詹言》，卷一，第二十八則，頁10。
60 同上註，卷一，第五十二則，頁19。
61 張高評：〈方苞義法與《春秋》書法〉，《《春秋》書法與左傳學史》（臺北：五南文
　　化圖書公司，2002），頁258-267。
62 郭紹虞：《宋詩話考》（北京：中華書局，1979），《詩病五事》考，頁10。

《昭昧詹言》論創意造語，可以相互發明。若歸納言之，方氏學詩六法，可以一言蔽之，即「刻意求與古人遠」。詳言之，以「避熟」、「翻新」、「換生」、「別造」為其寫作策略；以「逆攝突起，崢嶸飛動」為其美感追求。無論創意或造語，大抵可以一以貫之通說而無礙。卷一第五十二則，談論姜夔「擺落一切，冥心獨造」之創意造語，其中言「選字隸事，必典必切」，「須如謝、鮑之取生，韓公之翻新」，為直指標榜；率滑、傖荒、捃摭稗販、平常習熟濫惡云云，則屬「陳意陳言固去」者。由此觀之，方氏所謂「去陳言」，蓋合言意二者而論之。

追求「皮毛剝落盡」之陌生化、「出人意表」之新奇感、「著意與人遠」之殊異性，以及「挺拔不群」之創意超勝，以此自我期許，乃是蘇軾、黃庭堅、江西詩人對「奇遠生新」之詩歌語言追求。蘇軾與黃庭堅，為宋詩特色之代表，就創意造語而言，方東樹較多標榜黃庭堅之創意詩學，此與山谷開創江西詩派，「以詩法為天下倡」，與桐城義法、方氏主張合契，不無關係。如下列所倡「驚創為奇」、「著意與人遠」：

> 涪翁以驚創為奇，意、格、境、句、選字、隸事、音節著意與人遠，此即恪守韓公「去陳言」、「詞必己出」之教也。故不惟凡近淺俗、氣骨輕浮不涉豪端句下，凡前人勝境，世所程式效慕者，尤不許一毫近似之，所以避陳言，羞雷同也。而於音節，尤別創一種兀傲奇崛之響，其神氣即隨此以見。杜、韓後，真用功深造，而自成一家，遂開古今一大法門，亦百世之師也。[63]

---

63 〔清〕方東樹：《昭昧詹言》，卷十，第一則，頁225。

姚薑塢先生曰：「涪翁以驚創為奇，其神兀傲，其氣崛奇，玄
思瑰句，排斥冥荃，自得意表。玩誦之久，有一切廚饌腥螻而
不可食之意。」[64]

大抵山谷所能，在句法上遠：凡起一句，不知其所從何來，斷
非尋常人胸臆中所有；尋常人胸臆口吻中當作爾語者，山谷則
所不必然也。此尋常俗人，所以凡近蹈故，庸人皆能，不羞雷
同。如山谷，方能脫除凡近，每篇之中，每句逆接，無一是恆
人意料所及，句句遠來。[65]

　　方東樹評價黃庭堅詩，「以驚創為奇」乃詩風之總評；「著意與人
遠」，乃創意造語之共通特色；「用功深造，自成一家」，乃山谷詩之
成就；「開古今一大法門，亦百世之師」，則斷定其影響。卷一第二十
八則，論述「學詩六法」；卷十第一則，又拈出「意、格、境、句、
選字、隸事、音節」七者，兩相比較，前者短缺造言、文法、章法，
後者增益格、境、音節三者。其中，較特出者為音節，推崇山谷詩
「別創一種兀傲奇崛之響，其神氣即隨此以見」，此固桐城派先驅劉
大櫆《論文偶記》「以音節求神氣，於字句求音節」說之發揮。[66]其餘
所謂凡近淺俗、輕浮、近似，前人勝境、世所程式效慕者，皆宜「避
陳言，羞雷同」，以貫徹韓愈「去陳言，詞必己出」之教示。卷十第
十則，引姚鼐之見作為佐證，其說可歸納為兩大端，其一，強調山谷
之詩，富有「以驚創為奇」之特色；其二，品賞山谷之詩，富於清新

64 同上註，卷十，第四則，頁226。
65 同上註，卷十二，第二九○則，頁314。
66 郭紹虞：《中國文學批評史》（臺北：明倫出版社，1970），七七、〈劉大櫆義法說之
　　具體化〉，頁559-563。

之美感。前者體現之況味，即「其神兀傲，其氣崛奇，玄思瑰句，排斥冥荃，自得意表」，亦「著意與人遠」之意。後者清新之風格，以形象語言表述，即「有一切廚饌腥螻而不可食之意」。卷十二第二九〇則，評價山谷詩，專論句法，推崇「山谷所能，在句法上遠」。山谷詩「脫除凡近」之道有二：其一，「凡起一句，不知其所從何來，斷非尋常人胸臆中所有」；其二，「每句逆接，無一是恆人意料所及，句句遠來」，一言以蔽之，不過「著意與人遠」之創造性思維發用而已。所謂「尋常人胸臆口吻中當作爾語者，山谷則所不必然也」，此亦韓文公「去陳言」、「詞必己出」之教示。卷十二第二八八則，提契山谷之妙，在「起無端，接無端」，「轉折如龍虎，掃葉一切」；「中亘萬里，不相聯屬」；凡此，要皆「非尋常意計所及」，與上述所謂「著意與人遠」，所謂「不測之遠境」，避陳熟，去凡近諸，可以轉相印證。又如：

> 固是要交代點逗分明，而敘述又須變化，切忌正說實說，平敘挨講，則成呆滯鈍根死氣。或總挈，或倒找，或橫截，或補點，不出離合錯綜，草蛇灰線，千頭萬緒，在乎一心之運化而已。故嘗謂詩與古文一也，不解文事，必不能當詩家著錄。震川謂：「曉得文章掇頭，文字就可做了。」諦觀陶、謝、杜、韓諸大家，深嚴邃密，律法森然，無或苟且信手者也。[67]

> 東坡只用長慶體，格不必高，而自以真面目與天下相見，隨意吐屬，自然高妙，奇氣崛兀，情景湧見，如在目前，此豈樂天平敘淺易可及。舉輞川之聲色華妙，東川之章法往復，義山之

---

67 〔清〕方東樹：《昭昧詹言》，卷十四，第五則，頁376-377。

　　藻飾琢鍊，山谷之有意兀傲，皆一舉而空之，絕無依傍，故是古今奇才無兩，自別為一種筆墨，盡脫蹊徑之外。彼世之凡才陋士，腹儉情鄙，率以其澹、易、卑、熟、淺、近之語，侈然自命為「吾學蘇也」，而蘇遂流毒天下矣！政與太白同一為人受過。然其才大學富，用事奔湊，亦開俗人流易滑輕之病。[68]

　　詩法與文法合一，在清代起於金聖歎評點《西廂記》、批《唐才子書》。其後得桐城派傳承發揚，姚鼐主「詩文一律」，方東樹倡古文義法論詩。[69]《昭昧詹言》卷十四第五則稱「詩與古文一也，不解文事，必不能當詩家著錄」，於是舉敘述變化、離合錯綜、草蛇灰線、存心運化為說，此即古文之創意，可移以說詩。其消極作法，為「切忌正說實說，平敘挨講」，而舉「陶、謝、杜、韓諸大家」之「無或苟且信手」為論證，可見古文之寫作通於詩歌，皆以多角度、多側面、水平式、全方面，求異思維、不犯正位描述對象，此即創意思維之體現。卷二十第一則，方東樹論東坡詩，謂「自以真面目與天下相見」，基本上與葉燮《原詩》所謂「相似而偽，無寧相異而真」，聲息相通。推崇東坡詩之特色，為「一舉而空之，絕無依傍」；「自別為一種筆墨，盡脫蹊徑之外」，亦是卷十一第三十七則所謂「恆有遠境，匪人所測」、「為尋常胸臆中所無有」；亦即避熟去凡，「求與俗人遠」之意。至於學蘇東坡詩者，不知「求與俗人遠」，「率以其澹、易、卑、熟、淺、近」等陳俗之語，侈然自命學蘇；此即《昭昧詹言》卷一第五十一則所謂「若不先與俗人遠，則求似古人亦不可得」。卷十一第十六則所謂「須要自念，必能嶄新日月，特地乾坤，方可下手。

68　同上註，卷二十，第一則，頁444。
69　張健：《清代詩學研究》，第十四章，頁630-664。

苟不能，不如不作」；此即卷二十第一則，品賞東坡詩所謂「盡脫蹊
徑，絕無依傍」之意。總之，所謂「遠」，即是避棄凡近，悖離熟
俗，無論意境、語言、技法、隸事、用韻，要皆追求空無依傍、盡脫
蹊徑，匪人所測，尋常無有之詩家語。所謂「嶄新日月，特地乾
坤」，旨在跳脫凡俗陳窠，追求新異獨創，有陌生化之美感。如此而
創意造語，自然吐屬高妙，誠非凡才陋士可比。

　　方東樹《昭昧詹言》論言與意之創造性，就思維空間之開放性而
言，蓋從多角度、多側面、全方位考察問題，並不侷限於單一的、線
性的思維。運用較多者，為發散思維、逆向思維、側向思維，以及求
異思維。如論學詩六法，「一曰創意艱苦」，運用反面求索之思維術，[70]
謂「避凡俗，淺近、習熟、迂腐、常談，乃人意中所有」，作為消極
之創意術。「二曰造言」，則依循常規思路，強調「必別造一番言
語」，「刻意求與古人遠」，兩相搭配，相輔相成，多角度，多面向闡
說有關言與意之創造性意蘊。其他選字、隸事亦以「避熟典」與「須
換生」；「避陳言」與「翻新用」；「擺落一切」與「冥心獨造」；「取
生」、「翻新」與「去陳言」云云，相反相成，相濟為用，對「創意造
語」之真諦，有較多元之解讀。論黃庭堅詩所以為百世師，相較於通
論創意造語，採用求異思維法，[71]再通過多起點、多原則、多層次提
示答案，申說論題。如謂山谷詩「以驚創為奇」，「意、格、境、句、
選字、隸事、音節著意與人遠」，「詞必己出」、「別創一種」、「自成一
家」、「在句法上遠」、「不知其所從何來」、「每句逆接」、「句句遠
來」、「絕無依傍」、「盡脫蹊徑」云云，多方求索，不拘一格，論說山
谷詩之新穎獨創，而方東樹詩學標榜陌生化與獨創性，亦不疑而具。

---

70 張永聲主編：《思維方法大全》，〈反面求索法〉，頁52-53。
71 同上註，〈求異思維法〉，求異思維不落俗套，獨闢谿徑，善於標新立異，去想他人
　所未想，去求他人所未求，做他人所未做的事情。頁49-50。

　　至於以古文義法論詩法，此自是桐城論詩宗風，符合創造性思維中之「移植原理」，[72]如卷一第一五一則稱：「韓公〈樊宗師銘〉言文，可以移之論詩」；卷十四第五則謂：「詩與古文一也，不解文事，必不能當詩家著錄」。卷二十第二十七則，所謂「欲知黃詩，須先知杜；真能知杜，則知黃矣」，則是創造性思維中之「引入法」。[73]以文法為詩法，就創造思維九大法式而言，則是取代法與合併法。論者稱：所謂天才，只不過比他人「更多的新奇組合」。方東樹以古文義法論詩法，移植取代傳統之慣性論詩法式，彼此會通，相互借鏡，遂產生「異場域碰撞」，能生發傑出新異的論說。這種合併重組的跨際思維方式，謂之「梅迪奇效應」[74]，亦是創造性思維之一。

　　以文法為詩法，相較於以詩法論詩，由於新奇意外，容易形成陌生化美感。以文法為詩法，就傳統慣性之品詩論詩而言，是一種逆轉與疏遠，昰創造性地轉換習以為常的、規矩準繩的模式，同時移植引入新穎的、童稚的、生氣盎然的特質與前景，清桐城詩派以文法論詩，所以獨特而創發，職是之故。

三　論宋詩之命意深遠與造語清新

　　凡為文辭，宜先命意。唐順之《文編》稱：「須有一段不可磨滅之見，然後能勒絕古今，獨立物表」；歸有光《文章指南》亦云：「作文須立大頭腦，立得意定，然後遣詞發揮，方見義氣渾成。」蘇東坡

---

72 同上註，〈移植法〉，將某個學科領域中已經發現之新原理、新技術、新方法，運用到其他學科領域中去，以便解決問題，從而獲得新的成果，亦稱滲透法，頁4-6。

73 同上註，〈引入法〉，謂因應某種功能需求，從自己的週遭中獲得啟示，因而引入這種特定功能，亦創新思考方法之一，頁6-8。

74 張高評：《創意造語與宋詩特色》（臺北：新文豐出版公司，2008），第六章〈詩畫相資與宋詩之創造思維〉，頁240-243。

所謂「畫竹必先得成竹於胸中」，羅大經所謂「畫馬必先有全馬在胸中」，此即意在筆先之說也。創造性思維，凸顯「創意」取向，亦擒賊先擒王之意。

方東樹《昭昧詹言》既標榜創意，於宋代詩人如蘇軾、黃庭堅、歐陽脩、王安石、陳師道等，多所推崇褒美，即如唐詩而開宋調之杜甫、韓愈，亦多所標榜。方氏《昭昧詹言》之宗宋旨趣，可以概見。就「命意深遠」而言，以之舉證說明者，亦多為宋詩之代表作家，尤其是黃庭堅詩之「求與人遠」，最合方東樹之脾胃，如：

> 韓、黃之學古人，皆求與之遠，故欲離而去之以自立。明以來詩家，皆求與古人似，所以多成剽襲滑熟。[75]

> 山谷立意求與人遠，奈何今人動好自詡，吾詩似某代某家，而貌與為近。又有一種傖父野士，亦不肯學人，而隨口諢俗，眾陋畢集，以此傾動一世，坐使大雅淪亡。然後一二中才，又奉阮亭為正法眼藏，以其學古而意思格律猶有本也。大約此二派互相勝壓，而真作者不出世久矣。山谷曰：「隨人作計終後人，自成一家始逼真。」而又曰：「領略古法生新奇。」未有不師古而孟浪魯莽，如夜郎、河伯，向無佛處稱尊者也。[76]

> 黃只是求與人遠。所謂遠者，合格、境、意、句、字、音、響言之。此六者有一與人近，即為習熟，非韓、黃宗恉矣。[77]

---

75 〔清〕方東樹：《昭昧詹言》，卷一，第五〇則，頁18。
76 同上註，卷十，第三則，頁225。
77 同上註，卷十，第十二則，頁228。

　　韓愈論文，強調「務去陳言」，「詞必己出」，故與《昭昧詹言》卷一第五十則論述「韓、黃之學古人，皆求與之遠，故欲離而去之以自立」，前後一揆，主張相通。晚清沈曾植提示：「宋詩導源於韓」；又云：「歐蘇悟入從韓，證出者不在韓，亦不背韓也，如是而後有宋詩。」[78]可見，韓愈亦宋詩開山，為唐詩而開宋調者。方東樹詩宗宋調，故論詩標榜韓、黃，強調「務去陳言」、「詞必己出」之詩歌語言，盡心於創意造語。《昭昧詹言》卷十第一則，曾稱山谷詩「以驚創為奇」，而自成一家，「遂開古今一大法門，亦百世之師」；其超勝處，即是同卷第三則所謂「立意求與人遠」。此乃學古通變，自得成家之要領，山谷所謂「領略古法生新奇」；所謂「隨人作計終後人，自成一家始逼真」，可悟韓愈「陳言務去，詞由己出」之啟示。文中批評晚清詩風習氣，學古以「近似」某代某家自詡，作詩而不師古，謂其孟浪魯莽，猶「向無佛處稱尊也」。《南齊書・文學傳論》所謂「若無新變，不能代雄」，可作此則詩話之註解。卷十第十二則，再三強調黃庭堅詩之特質，「只是求與人遠」，避習熟，脫凡近，而盡心致力於「格、境、意、句、字、音響」六方面之「求與人遠」。蓋如此，較容易生發變異之陌生化，及獨到之創發性，切合創意思維之要求。又如：

　　　　欲學杜、韓，須先知義法粗胚。今列其統例於左：如抒意（去
　　　　浮淺俗陋）、造言（忌平顯習熟）、選字（與造言同，同去陳
　　　　熟）、章法（有奇有正，無一定之形）、起法（有破空橫空而
　　　　來、有快刃劈下、有巨筆重壓、有勇猛湧現、有往復跌宕、有

---

78 張高評：《印刷傳媒與宋詩特色》（臺北：里仁書局，2008），第七章〈北宋讀詩詩與宋代詩學〉，第二節（三）、「韓愈詩與宋詩導源」，頁346-349。

崢嶸飛動。從鮑、謝來者，多是擬對，山谷多用此體，以避汙
緩平冗）、轉接（多用橫、逆、離三法，斷無順接正接）、氣脈
（草蛇灰線，多即用之以為章法者）、筆力截止（恐冗絮，說
不盡也）、不經意助語閒字（必堅老生穩）、倒截、逆挽、不
測、豫吞（此最是精神旺處，與一直下者不同，孟子、莊子多
此法）、離合、伸縮、事外曲致、意象大小遠近，皆令逼真、
頓挫、交代、參差。而其秘妙，尤在於聲響不肯馳驟，故用頓
挫以迴旋之；不肯全使氣勢，故用截止，以筆力展截之；不肯
平順說盡，故用離合、橫截、逆提、倒補、插接、遙接。至於
意境高古雄深，則存乎其人之學問道義胸襟，所謂本領，不徒
向文字上求也。[79]

　　以古文義法論詩，實踐「詩文合一」之理念，乃桐城派詩學主體
特色之一。《昭昧詹言》卷十四所謂「詩與古文一也，不解文事，必
不能當詩家著錄」，可見其主張。以文法為詩法，運用引入、取代、
會通、組合諸創意思維，於是論說富於陌生化與創發性，前文已述
及。上所引卷八第十二則，亦以桐城義法說詩，推而廣之，作為師法
杜甫、韓愈詩文之能事，文論詩論可以會通為一，作跨文類之創意解
讀。文中所列，除「去浮淺俗陋」之「創意」，「高古雄深」之意境
外，其餘造言、選字、章法、起法、轉接、氣脈、截止、語助、逆
挽、不測、豫吞、離合、伸縮、事外曲致等等，多屬古文義法之藝術
技巧；「皆令逼真、頓挫、交代、參差」，皆攸關「造語」範疇，可見
文法與詩法已會通為一。其他，如聲響之頓挫，氣勢之截止，含意之
不盡，亦屬「言之有序」之文法與詩法課題。只有意境與本領，屬於

79　〔清〕方東樹：《昭昧詹言》，卷八，第十二則，頁213。

「言之有物」範疇。由此可知，所謂桐城「義法」，側重修辭謀篇之
章法、句法、字法而已。又如：

> 向謂歐公思深，今讀半山，其思深妙，更過於歐。學詩不從此
> 入，皆粗才浮氣俗子也。用意深，用筆布置逆順深。章法疏
> 密，伸縮裁翦。有闊達之境，眼孔心胸大，不迫猝淺陋易盡，
> 如此乃為作家。而用字取材，造句可法。[80]

> 〈明妃曲和王介甫作〉：思深，無一處是恒人胸臆中所有。[81]
> 坡公之詩，每於終篇之外，恒有遠境，匪人所測。於篇中又各
> 有不測之遠境，其一段忽從天外插來，為尋常胸臆中所無有。
> 不似山谷，僅能句上求遠也。[82]

歐陽脩、王安石之詩，為宋詩特色之奠基者。方東樹論詩宗法宋
調，故順帶略及。《昭昧詹言》卷十二第一六五則，特別欣賞王安石
詩，以為「其思深妙，更過於歐」；「用意深，用筆布置逆順深」。其
思深妙如此，於是「眼孔心胸大」，「有闊達之境」，以為「如此乃為
作家」。由此可見，方東樹所謂「作家」，關鍵在思深、意深，以之體
現為章法、境界、心胸，於是行文可法。同卷第一五一則，品評歐陽
脩〈明妃曲和王介甫作〉，以為「思深，無一處是恒人胸臆中所有」；
可見評量之準則，仍是「深遠」二字。思深，則深造有得；「無一處
是恒人胸臆中所有」，或句上求遠，或避熟去凡，亦韓愈「陳言務

80　同上註，卷十二，第一六五則，頁284。
81　同上註，卷十二，第一五一則，頁281。
82　同上註，卷十一，第三十七則，頁241；卷十二，第一九四則，頁292，兩則意同而
　　文字稍異。

去」、「詞必己出」之引申與發揮。同卷第一九四則,則拈出「不測之遠境」,以稱許蘇東坡詩:「每於終篇之外,恆有遠境,匪人所測。」而且,篇中又各有「不測之遠境」,「忽從天外插來,為尋常胸臆中所無有」。獨標意境(界),以為蘇詩之「深遠」獨闢谿徑,表現在「不測之遠境」方面,最具特色。而蘇、黃之異同,為「山谷,僅能句上求遠也」,與東坡每於意境上求遠不同。各領風騷,各擅勝場,蘇、黃致力雖有別,然皆富於命意深遠之效應。

方東樹《昭昧詹言》論創意,最側重思維過程之辯證性,如蘇軾、黃庭堅之學習古人,皆求與之遠;「隨人作計終後人,自成一家始逼真」;「領略古法生新奇」;「黃只是求與人遠」,「與人近,即為習熟」;「恆有遠境,非人所測」;「不測之遠境,為尋常胸中所無者」;要皆相反相成,相濟為用。創造性思維中,有所謂「移植原理」,將已知之概念或方法,稍加改造,移接到其他領域,於是因會通組合,而生發創意思維。如《昭昧詹言》卷八,第十二則,所謂「欲學杜、韓,須先知義法粗胚」,於是談論創意、造言、選字、章法云云,皆是持桐城古文義法,移植切換到詩法之中,是所謂移植、引入,前文已稍有論及。方東樹論蘇、黃之卓犖成家,特別標榜「求與人遠」,新奇、遠境、思深、意深,皆足以促成詩歌之陌生化與獨創性。方氏稱:「所謂遠者,合格、境、意、句、字、音、響言之。此六者有一與之近,即為習熟」;此與什克夫斯基(V.Shklovsky)所倡「陌生化之美感」,可以相通。[83]作詩,一方面提倡「自成一家始逼真」;一方

---

83 什克洛夫斯基更倡言「陌生化之美感」:「詩歌的目的,就是要顛倒習慣化的過程……創造性地損壞習以為常的、標準的東西,以便把一種新的、童稚的、生氣盎然的前景灌輸給我們。」〔俄〕維克多‧鮑里索維奇‧什克洛夫斯基(V. Shklovsky)〈藝術即手法〉,見閻國忠等主編:《西方著名美學家評傳》(合肥:安徽教育出版社,1991),下冊,〈雅可布遜〉,頁279-283。

面亦肯定「領略古法生新奇」，「恆有遠境，匪人所測」，獨到與創發性，由此可見。

　　學界探討創造性思維，以為意義有二：其一，為發現；其二，為發明。所謂「發明」，指無中生有，創造新事物；或局部改進，創造新產品。[84]若移以說「創意」與「造語」，命意詩思追求「無中生有」，較難能；而措詞下語致力「局部改進」，自較易行有功。故《昭昧詹言》所闡發提示，「造語」遠較「創意」比重為多。

　　《昭昧詹言》卷一第二十八則，方東樹論學詩六法，除創意艱苦外，其餘造言、選字、隸事、文法、章法，大抵多屬「造語」門類。卷八第十二則所提「義法粗胚」，所列造言、選字、章法、筆力、語助、意象、聲響；以及卷十第一則所示格、境、句、選字、隸事、音節，皆屬「避陳去凡，自鑄偉詞」之列，前已論及，不再贅述。梁蕭子顯《南齊書·文學傳論》稱：「在乎文章，彌患凡舊。若無新變，不能代雄」；清李漁《閑情偶記》亦云：「人惟求舊，物惟求新。新也者，天下事物之美稱也。而文章一道，較之他物，尤加倍焉。」創意造語之所以難能可貴，以此。今專論「造語新奇」，如云：

　　　　以新意清詞易陳言熟意，惟明遠、退之最嚴。政如顏公變右軍
　　　　書，為古今一大界限；所謂詞必己出，不隨人作計。後來白
　　　　石、山谷，又重申屬禁。無如世人若罔聞知，只作辭熟，轉晦
　　　　意新，而況意又未新邪？[85]

　　　　詩文句意忌巧，東坡詩失之此，遂開俗人。故作者寧樸無巧。
　　　　至於凡近、習俗、庸熟，不足議矣。要之，惟學山谷，能己諸

84　王國安：《換個創新腦》，頁32-45。

85　〔清〕方東樹：《昭昧詹言》，卷一，第四十七則，頁17。

病。故陳后山雖僅得其清鍊沈健、洗剝渺寂之一體，而終勝冶態凡響進境者也。[86]

又貴清，凡肥濃廚饌忌不用。[87]

〈贈清隱持正禪師〉：意味字句清超。不食煙火，山谷本色。[88]

〈次韻寅菴〉：通首皆寫寅菴自得之趣，而措語清高，不雜一毫塵俗氣。讀山谷詩，皆當以此求之。世間一切廚饌腥螻意義語句，皆絕去，所以謂之高雅。脫去凡俗在此。[89]

方東樹論詩，受韓愈論文影響，再三強調「詞必己出，不隨人作計」，標榜新意清詞，高雅清超，避忌陳言熟意。凡句意工巧則近俗，故陳師道論詩，提出「寧樸無巧」。至於凡近、習俗、庸熟、冶態、凡響，皆應避忌，方氏概目之為「冶態凡響」。故方氏以為「惟學山谷，能已諸病」，可以療治凡近陳俗之病也。試觀陳師道詩學黃山谷，得其一體，已呈「清鍊沈健、洗剝渺寂」之風，學黃詩之效應，可見一斑。卷十第四則曾言，山谷詩「以驚創為奇」，「玩誦之久，有一切廚饌腥螻而不可食之意」；與同卷第十三則相較，可見「凡濃廚饌忌不用」，可以得清超之趣。方東樹極推重黃山谷詩，品賞其〈贈清隱持正禪師〉云：「意味字句清超。不食煙火」，可見「清超」乃山谷本色。又評〈次韻寅菴〉，以為「措語清高，不雜一毫塵俗氣」，

---

86 同上註，卷十，第九則，頁227。
87 同上註，卷十，第十三則，頁228。
88 同上註，卷二十，第三十四則，頁452。
89 同上註，卷二十，第四十六則，頁455。

「脫去凡俗」，自見清氣「高雅」。試考察蘇軾詩集，好用清詩、清篇、清詞、清句、清言、清興、清新、清圓、清溫等，作為詩風指向，凡八十餘例。論者指出：「清新」來自「創作者獨特之個性」；「清詩」來自鍛煉淬取，[90]可見亦不出創意與造語之課題。又如：

> 又貴奇，凡落想落筆，為人人意中所能有能到者，忌不用；必出人意表，崛峭破空，不自人間來。[91]

> 凡結句都要不從人間來，乃為匪夷所思，奇險不測。他人百思不解，我卻如此結，乃為我之詩。如韓〈山石〉是也。不然，人人胸中所可有，筆所可到，是為凡近。[92]

> 山谷之妙，在乎迥不猶人，時時出奇，故能獨步千古，所以可貴。若子由、立夫皆平近，此才不逮也。大家小家，即以此分別。[93]

> 入思深，造句奇崛，筆勢健，足以藥熟滑，山谷之長也。又須知其從杜公來，卻變成一副面目，波瀾莫二，所以能成一作手；乃知空同優孟衣冠也。近有人學太白，出口即似之，所謂

---

90 〔清〕高延第：《涌翠山房文集》卷二，〈誦芬集序〉云：「古今詩之極工者，非清之一字所能盡，要未有氣不清而能工者。」參考謝佩芬：《蘇軾心靈圖象——以「清」為主之文學觀研究》（臺北：文津出版社，2005），〈清詩為洗心源濁——蘇軾思想中「清」之意涵與地位〉，頁14-32、57-61。蔣寅：《古典詩學的現代詮釋》（北京：中華書局，2003），二、〈清：詩美學的核心範疇〉，頁32-550。

91 〔清〕方東樹：《昭昧詹言》，卷十，第十四則，頁228。

92 同上註，卷十一，第三十一則，頁239。

93 同上註，卷十二，第二八五則，頁313。

「隨人作計終後人」，小兒強解事，可謂不善變矣。從此證二人，乃有得處。學詩從山谷入，則造句深而不襲。從歐、王入，則用意深而不襲。[94]

學古通變，為宋人師法典範，自成一家之宗旨原則；唯善學而善變，方能不似不襲。方東樹論詩，除「貴清」外，落想落筆，又主「貴奇」。所謂「奇」，「必出人意表，崛峭破空，不自人間來」；因此，強調「為人人意中所能有、能到者，忌不用」，是亦「貴遠」之意。可見，亦貴在追求陌生化，期許獨創性，因為，「人人胸中所可有，筆所可到」者，皆為平近熟滑、凡語近意。唯「匪夷所思，奇險不測」，「不從人間來」，方為奇語新意。黃庭堅之詩風，歷來多以「奇」稱之：陳師道《後山詩話》謂「黃魯直以奇」；陳巖肖《庚溪詩話》評其詩曰「清新奇峭」。論者稱：黃庭堅一方面刻意為詩，好奇尚硬；一方面又要求無意於文，自然平淡，反對雕琢求奇。此種兩重境界，實即佛教真俗二諦論之發揮與體現。[95]方東樹《昭昧詹言》推崇山谷詩之「迴不猶人，時時出奇」，故能獨步千古，顯然只取俗諦一邊。因此，思深語奇，乃方氏《昭昧詹言》創意與造語之標竿，與「貴清」、「貴遠」相得益彰，可以相互發明。「詞必己出，不隨人作計」；「求與人遠，欲離而去之以自立」，為方東樹論創意與造語之核心；《昭昧詹言》不憚其煩論述之真諦，亦在此。卷十二第三二三則，則標榜山谷詩之長，以為「入思深，造句奇崛，筆勢健，足以藥熟滑」，因此，學詩可「從山谷入」，故全書於山谷詩推崇備至，稱許「學詩從山谷入，則造句深而不襲」。至於命意，則當學歐陽脩、王

---

94 同上註，卷十二，第三二三則，頁314。

95 黃寶華、文師華：《中國詩學史・宋金元卷》，第二節〈黃庭堅詩學的兩重境界〉，頁117-129。

安石，所謂「從歐、王入，則用意深而不襲」。

　　卷一所謂「詞必己出，不隨人作計」，即是「造語」之真諦。上列引文所謂清鍊、貴清、清超、清高，即是脫去凡俗，匪夷所思；出人意表，不自人間來之意。境遠、句遠，不似不襲，亦是昌黎「陳言務去」，「詞必己出」之教示。造語之清新奇健，追求獨創性與陌生化之美感，《昭昧詹言》有之。

第三節　結語

　　宋詩之發展，歷經王禹偁、梅堯臣、王安石、歐陽脩、蘇軾、黃庭堅、陳師道、陳與義之慘澹經營，至元祐年間，已學古通變，自得成家，其體格性分乃與唐詩疏離，蔚為「詩分唐宋」之文學事實。其中，蘇軾、黃庭堅及江西詩派，堪稱宋詩特色之代表。南宋以來至清末，由於宗唐詩學之菲薄宋詩宋調，批評蘇、黃習氣，衍化為「唐宋詩之爭」，討論唐宋詩之異同，遂質變為唐宋詩之優劣，淪為意氣表述，只見愛憎好惡，未有公正論衡。

　　為辨章學術，考鏡淵流，於是以文學語言為研究視角，參考變異與陌生化理論，以組合與創造思維，考察乾隆嘉慶時期（1736-1820），前後約九十年之宗宋詩話，以方東樹《昭昧詹言》二十一卷作為主要之文本文獻。其他出入唐宋之詩話，亦觸類而長，斟酌援用，期能發微闡幽，而有助於宋詩特色之鉤勒。乾嘉詩話對宋詩特色或正或反之闡釋，將有助於宋詩與宋調文學史地位之公允評價；繆鉞「唐宋詩異同」，錢鍾書「詩分唐宋」說，將因此而獲得更有力之佐證。本論文之討論，初步獲得下列觀點：

　　（一）方東樹《昭昧詹言》，述說創作美學，闡揚宋詩宗風，於《文心雕龍》「情采」說，桐城「義法」論，魏晉以來之「言」「意」

分合，中國文學之「文」、「質」消長，別有會心與發明，一言以蔽
之，曰創意造語。換言之，即是「變異創發」之詩思，「奇遠生新」
之創作風格，《昭昧詹言》中論證極其鮮明。

（二）桐城義法雖平列「言之有物」、「言之有序」，基於政治忌
諱與現實，卻只側重「言之有序」之法。此一輕義重法之傳統，亦影
響方東樹論詩之「創意造語」。方氏學詩六法，可以一言蔽之，曰
「刻意求與古人遠」。詳言之，以「避熟」、「翻新」、「換生」、「別
造」為其寫作策略；以「逆攝突起，崢嶸飛動」為其美感追求。無論
創意或造語，大抵可一以貫之通說而無礙。

（三）方東樹論陳言乃為文之病，其病徵「為傖俗可鄙，為浮淺
無物，為粗獷可賤，為纖巧可憎，為凡近無奇，為滑易不留，為平順
寡要，為遣詞散漫無警，為用意膚泛無當」；主張前人道過之用意、
取境、使勢、發調、選字、隸事，皆「力禁不得襲用」。於此，可見
所謂「陳言」，兼含用意與遣詞兩大方面。另外，「熟境、熟意、熟
詞、熟字、熟調、熟貌」陳陳相因，了無新意者，亦多不襲不用。

（四）《昭昧詹言》論詩，主張避熟脫凡，追求自家面目；倡導
命意深遠，措詞新奇，而歸本於創意造語，其疏遠常規、偏離本色、
變異風格、轉移典範，已暗合陌生化、獨創性之詩歌語言標準。且方
東樹於《昭昧詹言》中，再三標榜深、遠、創、造、生、新、變、奇
諸美感效益，亦暗合創造思維開放、通變、獨創、新穎諸特質，姑名
之曰創意詩學。桐城詩派以之品詩論文，為天下倡。其所以卓犖不
凡，或由於此。

（五）方東樹評價黃庭堅詩，「以驚創為奇」乃詩風之總評；「著
意與人遠」，乃創意造語之共通特色；「用功深造，自成一家」，乃山
谷詩之成就；「開古今一大法門，亦百世之師」，則斷定其效應與影
響。推崇東坡詩之特色，為「一舉而空之，絕無依傍」；「自別為一種

筆墨，盡脫蹊徑之外」。然就創意造語而言，《昭昧詹言》於蘇軾詩著墨較少，方東樹較標榜黃庭堅之創意詩學，所謂「絕去形摹，盡洗面目」，「意匠經營，善學得體」。此與山谷開創江西詩派，「以詩法為天下倡」，契合桐城義法，不無關係。

（六）方東樹《昭昧詹言》既標榜創意，對於「學古有得」，「能見古人之不可到」；體現「作者面目」，而「自成一家」之宋代詩人，如蘇軾、黃庭堅、歐陽脩、王安石、陳師道等，多所推崇與褒美。即如唐詩而開宋調之杜甫、韓愈，亦多所標榜。此與清初以來宗宋詩學，推尊韓愈、黃庭堅為宋調宗師，聲氣相通，若合符節。方氏《昭昧詹言》之宗宋旨趣，可以概見。

（七）以古文義法論詩，實踐「詩文合一」之理念，乃桐城派詩學主體特色之一。方東樹論詩，受韓愈論文影響，再三強調「詞必己出，不隨人作計」，標榜「新意清詞」，避忌「陳言熟意」，「貴清」外，又「貴奇」，強調「凡落想落筆，為人人意中所能有、能到者，忌不用」，是亦「貴遠」之意。

（八）由此觀之，「詞必己出，不隨人作計」；「求與人遠，欲離而去之以自立」，為方東樹論創意與造語之核心。故全書於山谷詩推崇備至，稱許其「以驚創為奇」，「學詩從山谷入，則造句深而不襲」；蘇軾詩之創意造語，則在「恆有遠境，匪人所測」。至於命意，則當學歐陽脩、王安石，所謂「從歐、王入，則用意深而不襲」。

（九）《昭昧詹言》強調避熟脫凡，要求作者面目，自成一家，切合創造思維所謂思維形式之反常性、思維空間之開放性、思維成果之獨創性。蓋從多角度、多側面、全方位考察問題，並不侷限於單一的、線性的思維。運用較多者，為發散思維、逆向思維、側向思維，以及求異思維。至於以古文義法論詩法，此自桐城論詩宗風，符合創造性思維中之「移植原理」；所謂「欲知黃詩，須先知杜；真能知

杜，則知黃矣」，則是創造性思維中之「引入法」與「組合法」。

　　（十）劉勰《文心雕龍・通變》稱：「文律運周，日新其業，變則堪久，通則不乏。」蕭子顯《南齊書・文學傳論》云：「習玩為理，事久則瀆，在乎文章，彌患凡舊。若無新變，不能代雄。」方東樹身處嘉慶道光之際，承桐城義法之餘烈，論文品詩厭棄凡舊，為求代雄通久，故追求新變，致力創發；既傳承桐城義法文風，又闡揚蘇黃宋調之特色，兩者會通化成，移植、引入，然後作新奇組合，於是而有《昭昧詹言》之創意詩學。此中論述，標榜創意，對於作詩作文，啟發無限。

第七章
海洋詩賦與海洋性格
——明末清初之臺灣文學

　　自然地理對於人文情懷，必有一定影響。就先秦而言，楚文化與晉文化不同；齊、魯雖接壤，然齊近海洋，魯處內陸，樂水樂山既有別，故鄒衍方士出於齊，而孔孟儒生來自魯。《史記‧貨殖列傳》、《漢書‧地理志》，梁啟超《中國地理大勢論》、《近代學風之地理分布》皆略有論說。

　　臺灣歷經明清以來之移民，唐山過臺灣，必須橫渡險惡之黑水溝，不時跟驚濤駭浪搏命，所以敢於冒險犯難，逐漸形塑臺人之海洋性格。《斯土斯民》說得好：「『渡海』遷移，是我們祖先的共同記憶。四面環海的國度，使臺灣的代代子孫都成為『海的子民』」。[1]《全臺詩》所載有關渡海謀生之艱辛血淚，堪稱詩史。迨康熙間，清軍攻克廈門、金門，施琅進而發動征臺戰役，於是《全臺詩》、《全臺賦》所體現，轉為冒險、挑戰、激進、征服之海洋書寫。《全臺詩》、《全臺賦》所見，皆足作早期臺灣文學之文化性格內涵。

　　由於島嶼空間和歷史時間之制約，從明鄭以來，臺灣海洋文化可分為兩種型態：其一，開放型的海洋文化型態，島嶼四方先後受到南洋、東洋、西洋，以及中國文化深遠影響，交織而成豐富多采的海洋文化。其二，封閉型的海洋文化型態，島國特質，政權更替，屬行海

---

[1]　江明珊統編：《斯土斯民：臺灣的故事》（臺南：國立臺灣歷史博物館，2013），〈臺灣族群集體人格的追尋〉，頁9。

禁，淪為鎖島或半鎖島的海洋文化型態，將陸地型思維用於臺灣島上。[2]前者外向開放，致力遠洋航行、海外貿易、殖民活動，崇尚機遇、奮鬥，具有征服和流動的特徵，明鄭時期之海洋文化似之。後者如清朝時期之「海禁」，臺灣戒嚴以來之「海禁」是也。

第一節　海洋文化與海洋文學

所謂海洋文化，指人類征服或依賴海洋生活的一種文化方式。論者以為：冒險犯難、開疆拓土、包容博大、善養萬物、創新求變，為海洋文化的五大精神特質。[3]海洋文化有狹義廣義之分。狹義的海洋文化，包括涉及海洋的神話、信仰、宗教、戲劇、文學、藝術等等。廣義的海洋文化，除上述的活動外，還外加海洋經濟，海洋社會等兩大層面。海洋文化理論，初由黑格爾《歷史哲學》中提出，標榜「西方文明，是藍色的海洋文化」，以之鼓吹海外發展，商業利潤，於是發展成為資本主義。[4]本論文採用海洋文化之狹義，偏重於精神層面。其中，海洋文學，更是海洋文化最直接的體現，較生動的演示。所謂海洋文學，指以海洋為題材，或書寫海上體驗，從而表達作者意識之文學作品。易言之，海洋文學之主題，與海洋密切相關，深受海洋特性制約。

古希臘有荷馬敘事詩《奧德塞》，十七世紀西洋有史蒂文森（Robert Louis Stevenson）《金銀島》（*Treasure Island*），十八世紀有丹尼爾・笛

2　鄭水萍：〈臺灣海洋文化資產〉，陳哲聰主編：《二〇〇四海洋「人文藝術與社會」研討會會後論文集》（臺北：華立圖書，2005），頁66。

3　方力行：〈海洋性格的文化，海洋內涵的教育〉，《研考雙月刊》24卷6期（2000年12月），頁37-38。

4　參考徐曉望：《媽祖的子民——閩臺海洋文化研究》（上海：學林出版社，1999），頁1-12。

福（Daniel Defoe）《魯賓遜漂流記》（*Robinson Crusoe*），十九世紀有麥爾維爾《白鯨記》，二十世紀有海明威《老人與海》，都是海洋文學的代表作。對於世界各國之海洋文學，學者多所論述，如郭訊枝、徐美娥〈淺談地理環境與英國海洋文學〉[5]，楊中舉〈從自然主義到象徵主義和生態主義——美國海洋文學述略〉[6]，龍夫〈回歸大海的傾訴——日本學者論海洋文學的發展〉[7]，金仁喆〈淺談韓國海洋文學〉[8]，張如安、錢張帆〈中國古代海洋文學導論〉[9]，王慶雲〈中國古代海洋文學歷史發展的軌迹〉[10]，趙君堯〈漢魏六朝海洋文學芻議〉[11]，趙君堯〈宋元海洋文學的時代特徵〉[12]，廖肇亨〈明清海洋詩學與世界秩序〉[13]，黃鴻釗〈論澳門海洋文化〉[14]，姚芳〈東西方不同的海洋探險及其後果〉[15]等等，琳瑯滿目，競逞心得，成果借

5　郭訊枝、徐美娥：〈淺談地理環境與英國海洋文學〉，《宜春學院學報》第26卷第5期（2004年10月），頁96-98。

6　楊中舉：〈從自然主義到象徵主義和生態主義——美國海岸文學述略〉，《譯林》2004年第6期，外國文學之窗，頁195-198。

7　龍夫：〈回歸大海的傾訴——日本學者論海洋文學的發展〉，《海洋世界》2004年第7期，頁22-23。

8　金仁喆：〈淺談韓國海洋文學〉，陳哲聰主編：《「2005國際海洋文化研討會」會後論文集》（臺北：華立圖書，2006），頁128-137。

9　張如安、錢張帆：〈中國古代海洋文學導論〉，《寧波服裝職業技術學院學報》2002年第2期，頁47-53。

10　王慶雲：〈中國古代海洋文學歷史發展的軌迹〉，《青島海洋大學學報》1999年第4期，頁70-77。

11　趙君堯：〈漢魏六朝海洋文學芻議〉，《職大學報》2006年第3期，頁43-49。

12　趙君堯：〈宋元海洋文學的時代特徵〉，《福建師範大學學報》2002年第1期，頁51-56。

13　廖肇亨：〈明清海洋詩學與世界秩序〉，《中國古文獻學與文學國際學術研討會會議論文集》，中冊，北京大學古文獻研究中心承辦，2006年11月，頁530-547。

14　黃鴻釗：〈論澳門海洋文化〉，《中西文化研究》2005年第1期，頁35-45。

15　姚芳：〈東西方不同的海洋探險及其後果〉，《湖北大學學報》1994年第1期，頁119-121。

鑑，多有可觀。唯學界對於明末清初時期海洋文學之研究，未見有專篇探討。值二〇〇七年六月，臺南市政府主辦「海洋臺灣與鄭氏王朝國際研討會」，筆者乃草撰本文，藉以考察臺灣海洋文化之一斑。

臺灣四面環海，理應具備海洋性格，創造豐富多元之之海洋文學才是。由於海禁戒嚴等政治之原因，臺灣之海洋意識淡薄，海洋性格模糊，海洋文學不發達。唯臺灣於荷據、明鄭、清初時期，或從事海上貿易，或移民開發臺灣，或生發海上戰爭，當時海洋性格強烈，海洋意識濃厚。然自清康熙以後，時移境遷，臺灣海洋文化隨鄭氏王朝滅亡而消失。當時先民從閩粵渡海來臺，人數隨明鄭王朝之興亡而有所增減。無論明鄭或滿清官員，騷人墨客，橫渡黑水溝，其冒險犯難，人定勝天之精神，有何體現？施琅征臺，在戰爭與和平的氛圍中，海洋扮演何種角色？

除殖民統治、轉口貿易外，明鄭時期閩粵移民開發臺灣，與荷據時期相較，是否更加熱絡？[16]論者指出：明鄭政權特富海洋性格，為臺灣帶來了強烈的海洋性，包括明鄭船隊縱橫暢通於東亞，安平開放為航貿重要港口，閩南粵東移民大量來臺墾殖，皆是臺灣文化特具海洋性格的源始。[17]筆者考察上述問題，決定選擇國家臺灣文學館出版、施懿琳主編之《全臺詩》為基本文獻，[18]佐以許俊雅、吳福助主編之《全臺賦》，[19]檢索其中有關海洋書寫之資料，以考察明鄭時期之海洋文學與海洋文化。

---

16 參考楊彥杰：《荷據時代臺灣史》（南昌：江西人民出版社，1992），頁66-199。

17 潘朝陽：〈文化地理觀點中的海洋與文化〉，《海洋文化學刊》創刊號（2005年12月），頁288-289。

18 施懿琳等全臺詩編輯小組編撰：《全臺詩》第一冊（臺南：國家臺灣文學館、遠流出版公司，2004）。

19 許俊雅、吳福助主編：《全臺賦》（臺南：國家臺灣文學館籌備處，2006）。

第二節　明末清初詠海詩賦與海洋文學

　　海洋文學之書寫成篇者，自六朝以來，詩與賦獨多，唐歐陽詢《藝文類聚》卷八〈海水〉，清張英《淵鑑類函》卷三十六〈海五〉，載存謝靈運、謝朓、沈約、隋煬帝等望海詩九首，唐太宗、李嶠、獨孤及、李白、張說、高適、王維等望海、觀海、詠海詩十首，蘇軾、楊萬里所作海市、渡海、望海詩四首等，不一而足。辭賦之作，則如班彪〈覽海賦〉、王粲〈遊海賦〉，魏文帝、潘岳〈滄海賦〉，木元虛、虞闡、張融〈海賦〉，孫綽〈望海賦〉，雖為精彩之片段，亦可見六朝唐宋時期，海洋文學書寫之一斑。[20]

　　從海洋書寫之題目看來，望海、觀海之作居多，遊海、渡海之什較少，從可見唐代以前之海洋文學多置身海畔，作海洋想像之敘寫；涉身海中，遊海、渡海之實臨感受，並不普遍，可能受限於航海技術，與海上交通。到了宋元時期，由於沿海地區開發，北宋時廣州、泉州、明州（寧波）、杭州皆設市舶司，朱彧《萍洲可談》記載船舶航海，外商「住唐」狀況，可見一斑。其中言：「舟師識地理，夜則觀星，晝則觀日，陰晦觀指南針」。[21]指南針已用於航海，促成海洋貿易興盛，造船工業、海洋漁業、航海技術、海洋戰爭、海神崇拜之雲興霞蔚，於是海洋文學勃興，如實反映海洋文化，諸如歎大海之浩

20　〔唐〕歐陽詢等編：《藝文類聚》（臺北：文光出版社，1974），卷八，〈海水〉，頁150-155；〔清〕張英等編：《淵鑑類函》（北京：中國書店，1985），卷三十六，〈地部·海〉，頁4-6。

21　〔宋〕朱彧：《萍洲可談》（臺北：臺灣商務印書館，1983，文淵閣《四庫全書》本），卷二，記載北宋市舶司之設立，關稅之徵收，「住唐」商人之「蕃坊」、衣飾、飲食、宗教信仰。又記載指南針用於航海，子部小說家類一，第一〇三八冊，頁289。參考李書華：〈指南針的起源及發展〉，第三章「中國利用指南針航海」，郭正昭、陳勝崑、蔡仁堅合編：《中國科技文明論集》（臺北：牧童出版社，1979），頁618-625。

瀚,哀生民之多艱;頌海商之精神,贊貿易之盛況;敘水戰之恢弘,
述人物之壯烈,舉船業之盛況,祈海神之福祐等海洋文學之主題,多
有具體而微之表現。[22]由此觀之,宋元之海洋文學,無論精神或內
容,已開啟近代海洋文學若干特徵。

　　明清以來,傳統中國常從陸地看臺灣,往往把臺灣當成一個化外
之地、邊陲地區。其實,在三九〇年前的鄭成功時代,臺灣已經蓄積
很高的海洋能量,足以發展成為一個海洋國家。[23]易言之,所謂海洋臺
灣,鄭成功經營已略具規模了。明鄭政權之建立,始於鄭芝龍,盛於
鄭成功,前後相傳四代,約六十年。論者稱:鄭氏的政經勢力,是結
合海上貿易的諸多利益集團而成:鄭芝龍之海商集團,鄭成功之閩南
臺澎集團,[24]鄭經之臺澎集團,堪稱史無前例仰賴海洋經濟活動,以維
繫生存和發展之政權。甚至明鄭時期與菲律賓之西班牙帝國貿易亦互
動頻繁,從可見海上政權、海外關係之一斑。從江日昇《臺灣外記》
觀察,所謂海國英雄形象,鄭芝龍、鄭成功、鄭經真足以當之。[25]

　　試考察《全臺詩》與《全臺賦》所載所謂海洋文學,從明鄭之海
上政權,到渡海、征戰,到刻畫海洋風景,表現海洋詩情,到描述海

---

22 趙君堯:〈論宋元海洋文學〉,福州市《工人職業大學學報》2001年第3期,頁18-22。
23 李健全:〈臺灣心,海洋情——談臺灣海洋文化〉,陳哲聰主編:《二〇〇四海洋「人
　　文藝術與社會」研討會會後論文集》,頁272。
24 余英時:〈海洋中國的尖端——臺灣〉,殷允芃等著:《發現臺灣》(臺北:天下雜
　　誌,1992),「海洋中國的出現」、「公開鼓吹海外貿易」、「海上政權」、「轉向海
　　洋」,卷首,〈序〉,頁I-VIII。
25 李明仁:〈另類的繼承——以明鄭海上利益集團之更迭為例〉,《史原》第21期,頁1-
　　35;陳東有:〈試論鄭氏集團在中國海洋社會經濟發展史上的地位〉,《江西師範大
　　學學報》第30卷第4期(1997年11月),頁50-53;李毓中:〈明鄭與西班牙帝國:鄭
　　氏家族與菲律賓關係初探〉,《漢學研究》第16卷第2期(1998年12月),頁29-58;龔
　　顯宗:〈從《臺灣外紀》看三鄭的海國英雄形象〉,《歷史月刊》1999年4月,頁84-
　　93。

洋生活，勾勒海洋生物，穿插海洋傳說，訴之於騷人墨客，見之於詩歌辭賦，對明鄭六十年間之海洋多有若干之書寫，雖吉光片羽，亦頗可寶貴。賦與詩之所以合論，蓋賦之為文體，非詩非文，亦詩亦文，故不妨並觀。[26]為辨章學術，考鏡淵流，文獻選取時代從寬，大約起於明末，終於清康熙乾隆之交，前後約一〇〇餘年，從而可見改朝換代，對海洋文學創作之異同。今就明末清初海洋詩五十四首中選九首，海洋賦三篇，分兩大主題類型，以討論明鄭及清初之海洋文學：（一）海洋冒險；（二）海上征戰，分論如下：

一　海洋冒險

　　海洋的浩瀚遼闊，詭譎莫測，令人望而敬畏。其神秘、凶險、威力、變幻無常，更令人震懾魂魄、恐慌驚奇。無論是明末遺民、明鄭君臣，或漳泉移民，為復國、為貿易，或為安身立命，橫渡黑水溝，跨越海峽之驚濤駭浪、挑戰大海之險惡、暴躁、變幻、無情。明鄭前後之詩人與賦家往往現身說法，將大海作為冒險、征服之對象，體現為災難、厄運、驚險、恐怖之海洋形象。試翻檢《全臺詩》、《全臺賦》，先民之海洋冒險依稀可見。

　　明崇禎年間，福建發生大旱災，鄭芝龍建言巡撫：「以船徙飢民數萬至臺灣，人給三金、一牛，使墾荒島。漸成邑聚。」[27]這「飢民數萬」，是福建移民臺灣的開始。一六四六年清兵入閩，正值荷據臺灣時期，曾先後引發三五〇〇〇人移民潮渡海來臺。接著鄭成功以反清復明為號召，於一六六一年四月、五月，率領復臺大軍三〇〇〇〇

26　郭紹虞：《照隅室雜著》（上海：上海古籍出版社，1986），〈論賦兼及賦史〉，頁201。
27　參考魏源：《聖武紀略‧康熙勘定臺灣記》；又，丁日健編撰：《治臺必告錄》（臺灣大學圖書館藏本），頁72-73。

人渡海來臺,更推波助瀾了閩南沿海之移民潮。這些移民,除鄭氏軍
隊家眷外,往往是兄弟相攜,或同宗、同族、同村人相互牽引,夥同
家眷者較少,搭船渡海只為到臺灣謀生。[28]

　　當然,這些移民,都是乘船渡海的,而臺灣海峽冬季春季之東北
風,夏秋季之西南風,很可以利用風向揚帆渡海,或乘風返家。不
過,臺灣海峽從農曆三月至九月常有強烈颱風,這熱帶氣旋的風力常
達十二級以上,巨浪滔天,狂風怒號,渡海帆船大多無法抗拒風暴而
翻覆。颱風固然帶給移民無盡之災難,然亦始終阻擋不住移民九死無
悔,前來臺灣築夢之決心。[29]如下列二詩,描述先民於明鄭時期渡海
來臺,所坐漁舟,遭遇颶風,橫渡黑水溝,波濤凶惡,險象萬生,至
於眩嘔不支,失足溺死之慘狀。這海難,不只是個案例,見微知著,
可以推想:當時因渡海身亡者,又不知凡幾。如:

> 少婦登舟去,風濤不可支。眩眸逢蜦蟧,豔質嫁蛟螭。盡室為
> 遷客,招魂復望誰。化成精衛鳥,填海有餘悲。[30]

　　前人論五言律詩,「貴乎沈雄溫麗,雅正清遠,含蓄深厚,有言
外之意」;[31]盧若騰(1598-1664)〈汎海遇風〉,大抵具備此種風格。
特寫豔質之少婦作為海難之主角,泛海遇風濤,葬身海洋。敘寫海
難,不採正面形容,卻連用「蜦蟧」、「蛟螭」、「精衛填海」諸事典,
委婉托出,誠所謂「雅正含蓄」。其中頸聯二句,道盡舉家渡海之辛

---

28 楊彥杰:《荷據時代臺灣史》,第五章,〈移民開發〉,頁154-170。
29 徐曉望:《媽祖的子民——閩臺海洋文化研究》,第二章第一節,〈閩臺的地理環
　　境〉,頁69-73。
30 盧若騰:〈汎海遇風〉,《全臺詩》第一冊,頁33。
31 陳伯海:《唐詩論評類編》(濟南:山東教育出版社,1992),〈各體論〉引顧璘《批
　　點唐音各體敘目》,頁478。

酸：不幸的是，「盡室為遷客，招魂復望誰？」在明鄭時期渡海移民潮中，詩人特寫一「唐山過臺灣」中小人物之遇風溺海，來反映整個渡海之冒險艱難。猶杜甫於安史之亂中，寫幼兒餓死；曾是御用畫家之曹霸，竟然流落街頭，「屢貌尋常行路人」，以一知萬，由此例彼，一頁頁的渡海悲歌，堪稱詩史。臺灣海峽的季風是有規律的：冬春季節颳東北風，夏秋季節吹西南風，在以風帆為海上交通的時代，海峽兩岸就是搭順風船進行移民或貿易的。施琅《靖海紀事》稱：「北風剛硬，驟發驟息；南風柔和，風輕浪平」，這些訊息，必須正確掌握。[32]尤其每年夏秋兩季，太平洋熱帶氣流經常形成十二級以上颱風，波浪滔天，險象萬生，海上船隻往往難敵風暴而翻覆。盧若騰筆下的將士妻妾，汎海遇風，不幸罹難，是移民史之血淚詩篇，具有代表意義。類似這種葬身填海，化成精衛的海難，歷史不斷重演，為厄運、災難之登舟渡海，添增許多悲涼與滄桑。

　　唐山過臺灣，渡海遇颶風，往往是難以迴避的災難。身處其中，似乎只能任憑風浪擺佈。渡海遇風，險象環生：顛簸暈眩，膽汁瀝盡，所謂「嘔欲死」、「半人鬼」，差堪比擬。儘管經歷「浪鋒舂漢」、「下漩渦臼」的怒濤洗禮，最後畢竟否極泰來，轉危為安。心存感恩之餘，詩人深信「此事但蒙神鬼力」，故海神媽祖之為渡海信仰，可以想見。孫元衡有詩為證：

　　　　羲和鞭日日已西，金門理楫烏鵲棲。滿張雲帆夜濟海，天吳鎮靜無纖翳。東方蟾蜍照顏色，高低萬頃黃琉璃。飛廉倏來海若怒，積颮鼓銳喧鯨鯢。南箕簸揚北斗亂，馬銜罔象隨蛟犀。暴駭鏗訇兩耳裂，金甲格鬥交鼓鼙。倒懸不解雲動席，宛有異物

32 同上註，頁71-72。

來訶詆。伏艎僮僕嘔欲死，膽汁瀝盡攣腰臍。長夜漫漫半人
鬼，舵樓一唱疑天雞。阿班眩睫瘁筋力，出海环玡頻難稽。不
見澎湖見飛鳥，飛鳥已沒山轉迷。旁羅子午晷度錯，陷身異域
同酸嘶。況聞北噍沙似鐵，誤爾觸之為粉齎。回帆北向豈得
已，失所猶作中原泥。浪鋒舂漢鷁首立，下漩渦臼高桅低。怒
濤汹濊頂踵淫，悔不脫殼為鼂鼉。此事但蒙神鬼力，窅然大地
真浮稊。翠華南幸公卿集，從臣舊識咸金閨。掛冠神武蹤已
邁，願乞骸骨還山谿。讀書有兒織有妻，春深煙雨把鋤犁。[33]

孫元衡，康熙四十四年（1705），遷臺灣府海防同知。所作〈乙
酉三月十七夜渡海遇颶天曉覓澎湖不得回西北帆屢瀕於危作歌以紀其
事〉詩，以七言古詩之歌行體，狀寫渡海遇颶風，恐怖、驚險之歷
程。將風濤之凶惡，以擬人與誇飾手法表出，曰海若怒，曰怒濤汹
濊；再訴諸音響與視覺形象，可謂繪聲繪影，令人有實臨之感受。如
「飛廉倏來海若怒，積飆鼓銳喧鯨鯢。南箕簸揚北斗亂，馬銜罔象隨
蛟犀。暴駭鏗訇兩耳裂，金甲格鬥交鼓鼙」。所謂「浪鋒舂漢鷁首
立，下漩渦臼高桅低。怒濤汹濊頂踵淫，悔不脫殼為鼂鼉」；以具體
形象描繪風大浪高，孤苦無助之狼狽情形。曰「高桅低」，曰「為鼂
鼉」，可以想見其驚險與困境。或觸礁，或失所，則云：「況聞北噍沙
似鐵，誤爾觸之為粉齎。回帆北向豈得已，失所猶作中原泥」真是進
退失據，猶疑難決。至於張帆濟海，遇風顛簸嘔吐，眩睫瘁力，幾成
半人半鬼之苦況，詩人以「陷身異域同酸嘶」、「窅然大地真浮稊」之
茫然淒涼娓娓道來。將大海之變幻無常，神秘莫測，渲染得驚心動

---

33 孫元衡：〈乙酉三月十七夜渡海遇颶天曉覓澎湖不得回西北帆屢瀕於危作歌以紀其
事〉，《全臺詩》，第一冊，頁255。

魄。渡海遇颶風，自是帆船時代先民之噩夢，盧若騰、孫元衡二家所作，有其代表性。

　　閩南與臺灣澎湖之間，橫亙其間，有一險惡海域，號曰黑水溝，又稱黑洋、重洋。[34]孫元衡〈黑水溝〉詩小序所謂「廣百餘里，驚濤鼎沸，勢若連山，險冠諸海」，先民橫渡海峽，必先挑戰跨越。清季臺灣一位無名詩人，曾以客語作〈渡臺悲歌〉長詩，其中云：「勸君切莫過臺灣，臺灣恰似鬼門關。千個人去無人轉，知生知死誰都難」，渡海來臺之九死一生可見一斑。論者指出：先民「橫渡黑水溝」，既象徵著對桃花源的追尋，也隱含著死生不知的恐懼。[35]如郁永河、孫元衡所作：

> 浩蕩孤帆入杳冥，碧空無際漾浮萍。風飄駭浪千山白，水接遙天一線青。回首中原飛野馬，揚舲萬里指晨星。扶搖乍徙非難事，莫訝莊生語不經。[36]

　　郁永河（1645-？）〈渡黑水溝〉，以烘雲托月手法，狀寫孤帆橫渡之無助，風飄駭浪、扶搖乍徙之令人訝、令人駭。孤帆而入杳冥，猶杜甫寫孤雁：「誰憐一片影，相失萬重雲」。孤舟而入杳冥，猶孤雁而入

---

34 周璽：《彰化縣志》卷一〈封域志・海道〉：「黑水溝有二：大溝闊而淺，小溝狹而深，故又曰重洋。自鹿港出洋，……見青變為黑，則小洋之黑水溝也。過溝，水色稍淡，未幾深黑如墨，橫流迅駛，即大洋之黑水溝也。」「黑水小溝……深險絕倫，船難寄椗。大溝水亦如點，深約四、五十丈。南流急時，風靜波恬，猶堪寄椗。其流湍急，冠絕諸海。」臺灣銀行經濟研究室編：《臺灣文獻叢刊》（臺北：臺灣銀行，1958）第一五六種，頁22-23。

35 尹萍：〈婆娑之洋，水蒼蒼〉，「渡海──勸君切莫過臺灣」，引《諸羅縣志》描述移民之處境：「舍祖宗之丘墓，族黨之團員，隔重洋而渡險，竄處於天盡海飛之地」，殷允芃等著：《發現臺灣》，頁57。

36 郁永河：〈渡黑水溝〉，《全臺詩》，第一冊，頁222。

萬重雲,其孤獨無依,前途茫茫,可以想見。其中「風飆駭浪千山白,水接遙天一線青」,確是橫渡惡水,涉身局中之實錄。更以「扶搖乍徙,莫訝莊語」畫龍點睛,可以想見橫渡黑水溝之凶險不測:

> 氣勢不容陳茂罵,犇騰難著謝安吟。十洲遍歷橫洋險,百谷同歸弱水沉。黔浪隱檣天在白,神光湧櫂日當心。方知渾沌無終極,不省人間變古今。[37]

> ……如或海若奮威,天吳作祟,驅罔象、舞贔屓。雪濤四起兮,莽縱橫以紛飛;濁浪千層兮,排長空而恣肆。聲裂百丈之冰崖,勢奔萬匹之鐵騎。阤島嶼兮若崩,掀樓船兮將墜。冒巨險以往來,仗忠信而無偽。……[38]

孫元衡〈黑水溝〉序言所謂「驚濤鼎沸,勢若連山,險冠諸海」;「自來浮去之舟,無一還者」,[39]可見其凶險、恐怖之一斑。詩中狀寫黑水溝之氣勢、奔騰,用陳茂罵海,謝安吟海掌故,反用其事,而稱「不容」、「難著」,其神妙不測,可以想見。橫洋險、弱水沈,極言橫渡黑水溝之驚險恐怖。雖然黔浪隱檣,難辨方位;然神光湧櫂,或可以日當中心。本詩結以「渾沌無終極」、「人間變古今」云云,黑水溝之形象,可謂呼之欲出。陳輝〈臺海賦〉注重鋪陳排比,

---

37 孫元衡:〈黑水溝〉,《全臺詩》,第一冊,頁257。

38 陳輝:〈臺海賦〉,《全臺賦》,頁79、80。

39 孫元衡〈黑水溝〉詩序言:大海洪波,實分順逆;凡適他國,悉循勢以行。惟臺與廈藏岸七百里,號曰橫洋;中有黑水溝,色如墨,曰黑洋,廣百餘里,驚濤鼎沸,勢若連山,險冠諸海。或言順流而東,則為弱水;雖無可考證,然自來浮去之舟,無一還者,蓋亦有足信焉。

又以「兮」字句為典型句法，體製上屬於騷體賦。[40]就海洋作體物瀏亮、巧構形似之描繪，於內容屬詠物賦。文中局部舖寫指陳雪濤四起、濁浪千層之險惡海象景觀，誇飾島嶼若崩、樓船將墜之浪濤聲勢。起首推出「海若奮威，天吳作祟，驅罔象、舞蟲員」諸海洋神話傳說，倍增海洋詭譎神秘之色彩，文尾曲中奏雅，卒章顯志，凸顯「冒巨險以往來，仗忠信而無偽」之作意來。有漢大賦之宏富巧構，卻乏騷體賦之抒情深婉。海洋粗獷、野性、放浪、變幻之性格，提供海洋冒險之場景，亦呼之欲出。冒險犯難，人定勝天之海洋文化精神，上述諸詩多有具體而微之表現。

唐山過臺灣，必須橫渡黑水溝、重洋，何況臺灣海峽多颶風。風波險惡，重洋難渡，故世傳〈渡臺悲歌〉描述當時慘狀，有所謂「十去六死三留一回頭」者，差堪彷彿渡臺之艱難。客家諺語稱：「三留二死五回頭」，金門俗諺則云：「六亡三在一回頭！」渡海移民成功之比例，皆以為十分之三，則先民之冒險精神，值得大書特書。此一海洋性格，移民子孫豈不傳承乎？

清初，閩粵人口早已過剩，謀生困難。臺灣既然土地廣闊肥沃，氣候溫和宜居，於是先民多思前來創業開墾。但官府對移民臺灣，一六八四年頒令，限制嚴格，於是鋌而走險者，多從廈門偷渡來臺。偷渡違法，於是換乘漁船近岸時，又有人為的災難，如放生、種芋、餌魚諸風險。[41]其中，橫渡大小黑溝之風險，堪稱先民驚心動魄的經歷。渡海悲歌中，顛沛流離之苦況，真是一言難盡！詩人實錄其事，故稱詩史。

40　萬光治：《漢賦通論》（成都：巴蜀書社，1989），第四章，頁45-57。又，郭維森、許結：《中國辭賦發展史》（南京：江蘇教育出版社，1996），第三章第二節，頁123-130。

41　殷允芃等著：《發現臺灣》上冊，〈勸君切莫過臺灣〉，頁57-58。

二 海上征戰

　　海洋文學的特徵之一，是富於海洋精神。所謂海洋精神，指對自我的不滿足，和對未知事物的不斷探尋，像英國獨特的島國地理。於是海洋文學之書寫，一直與航海、海盜、船舶、海上探險、海上征戰、海外貿易、海外擴張緊密相連，作品中表現富於冒險犯難、驍勇善戰、挑戰自然等海洋性格。[42]今觀《全臺詩》、《全臺賦》，明鄭前後之海洋文學，涉及海上征戰，與英國殖民時期之海洋文學頗多相似。其中盧若騰所作，記述丙申三月初六日清軍攻打廈門，對於研究明鄭海上政權，有「以詩補史闕」之價值，如：

> ……雖有千萬卒，不如一刻風。卒多而毒民，歲月無終窮；風勁而殲敵，一刻成奇功。彼狡潛擣虛，乘潮騁艨艟；夜發笋江曲，朝至灃頭東。虜笑指三島，云在吾目中；陡逢巽二怒，進退俱冥瞢。隊隊舳艫接，打斷似飛蓬；齊擐犀兕甲，往謁蛟龍宮。亦或免淹溺，飄來沙上艘；猛獸傷入檻，鷙鳥困投籠。始知乾淨土，不容腥穢訌……[43]

　　順治十三年（1656）清定遠大將軍世子濟度率軍攻打廈門之鄭成功，忽遇颶風來襲，戰船破壞飄散，損失慘重。世子「亦歎服渡海之難，收軍回泉」。盧若騰於清兵南下，平陽失守後，依附鄭成功，駐金門、廈門十餘年，其詩號稱「詩史」，謂如杜甫敘事歌行，可藉詩

---

42 徐曉望：《媽祖的子民──閩臺海洋文化研究》，頁96。

43 盧若騰：〈丙申三月初六日大風覆虜〉，《臺灣詩抄》，《臺灣文獻叢刊》本，頁18，《全臺詩》失收。

歌以補正史之闕漏，雖為文學作品，然富史學之價值。[44]盧若騰所作
〈丙申三月初六日大風覆虜〉，當是身經目歷，海上征戰之實錄。所
謂「雖有千萬卒，不如一刻風」；「風勁而殲敵，一刻成奇功」，可謂
詩眼。詩篇先寫清兵乘潮夜發，氣勢凌人；後寫「大風覆虜」，猶猛
獸傷、鷙鳥困，征廈於是功敗垂成。時間寫明三月初六，與《臺灣外
紀》、《海上見聞錄》有出入。姑存其異，有助學界考證。鄭成功海軍
與粵海許龍間之海上衝突，可補海洋史、海上交通史之缺漏，如：

> 可恨南洋賊，爾在南，我在北，何事年年相侵逼，戕我漁商不
> 休息！天厭爾虐今為俘，駢首疊軀受誅殛。賊亦譁不愬，爾在
> 北，我在南，屢搗我巢飽爾貪，擄我妻女殺我男。我呼爾賊爾
> 不應，爾罵我賊我何堪。噫嘻！晚矣乎！南洋之水衣帶邐，防
> 微杜漸疏于始，為虺為蛇勢既成，互相屠戮何時已。我願仁人
> 大發好生心，招彼飛鴞桑椹。[45]

〈南洋賊〉一詩，述說鄭成功與粵海（潮州）許龍競爭海上勢
力，相互敵視而生發衝突之情形。盧若騰詩，語言俚俗，多用白描直
敘，以賦為詩，淋漓盡致，了無餘蘊，近宋詩直率噴薄之風。以鄭氏
海商政權為視點，批判南洋賊之掠奪、擄殺惡行，所謂「何事年年相
侵逼，戕我漁商不休息」；「屢搗我巢飽爾貪，擄我妻女殺我男」；「為
虺為蛇勢既成，互相屠戮何時已」，[46]海商、海寇、海盜，海上政權為

---

44 參考張高評：《會通化成與宋代詩學》（臺南：成功大學出版組，2000），伍、〈史家
　筆法與宋代詩學〉，「詩史之體現」，頁160-163。
45 盧若騰：〈南洋賊〉，《島噫詩》，《臺灣文獻叢刊》本，頁23，《全臺詩》失收。
46 參考鄧孔昭：〈從盧若騰詩文看有關鄭成功史事〉，《臺灣研究集刊》1996年第1期，
　頁93-95。

貿易利益，而擴張地盤，最富於激進、挑戰、冒險、奮鬥之海洋文化精神。鄭成功、許龍如此；荷蘭、西班牙、葡萄牙，乃至於英國之海洋貿易、海洋征戰，為利益而相爭，為地盤而戰鬥，所謂「勤遠略」、「飛地」，何者不然？

至於康熙二十二年（1683），施琅征臺之史事，《全臺詩》、《全臺賦》中施氏麾下施世綸、施世榜等所作，以及周澎據施琅〈平南奏疏〉鋪陳潤色之〈平南賦〉，多有「詩史」般之記述，[47]描述明鄭時期之臺海戰爭，凸出海洋文學隱含開疆拓土之性格與意識。如：

> 獨承恩遇出征東，仰藉天威遠建功。帶甲橫波摧窟宅，懸兵渡海列艨艟。煙消烽火千帆月，浪捲旌旗萬里風。生奪湖山三十六，將軍仍是舊英雄。[48]

> 僻嶠潢池弄，王師待廓清。海門奔兕虎，沙島靖鯢鯨。壁壘翹軍肅，朝暾畫戟明。霜飛金雀舫，水漲碧波纓。椎栝火茶列，鈴鉦鵝鸛成。峰頭孤月落，幃帳正談兵。[49]

> 曉來吹角徹蒼茫，鹿耳門邊幾戰場。流毒猶傳日本國，偏安空比夜郎王。樓船將帥懸金印，郡縣官僚闢草堂。使者莫嫌風土惡，番兒到處繞車旁。[50]

---

47 「詩史」之說，首見晚唐孟棨〈本事詩〉稱述杜甫詩，其後宋人學杜宗杜，詩話筆記常談「詩史」，其涵義有三：曰詩補史闕，曰褒貶資鑑，曰史筆森嚴，此取其第一義。參考張高評：《會通化成與宋代詩學》（臺南：成功大學出版組，2000），伍，〈史家筆法與宋代詩學〉，三、（一）「詩史之體現」，頁160-166。

48 施世綸：〈克澎湖〉，《全臺詩》，第一冊，頁179。

49 施世榜：〈靖臺隨軍入鹿耳門〉，《全臺詩》，第一冊，頁235。

50 高拱乾：〈東寧十詠・其二〉，《全臺詩》，第一冊，頁200。

　　施世綸為施琅之次子，康熙二十二年（1683）施琅征臺，曾隨父出征，〈克澎湖〉一詩，當是親歷戰役，具體概括之作，所謂帶甲橫波、懸兵渡海、煙消烽火、浪捲旌旗，確是身經目歷，參與海洋戰爭之寫照。由施世榜〈靖臺隨軍入鹿耳門〉詩看來，施世榜亦是追隨施琅征臺之隨軍詩人，詩篇側重敘寫激烈海戰之後，鹿耳門喧騰歸於寂靜之氣氛，所謂奔兒虎、靖鯢鯨、飆軍肅、畫戟明、金雀舫、碧波緕、火茶列、鵝鸛成云云，多脈注綺交於「靖」字之中。德國美學家萊莘《拉奧孔》，強調詩與畫的界限，提出詩人之造境，往往「就美之效果以寫美」。[51]古代詩人如樂府〈陌上桑〉、《西廂記・驚艷》，多用「以果代因」之藝術手法經營詩境，多能包孕豐富，生發想像，有助於歷史場景之再現。施世榜此詩，信有此妙。高拱乾於康熙三十年（1692）任分巡臺廈兵備道，〈東寧十詠〉其二，作於施琅征臺後九年，憑弔鹿耳門古戰場，「樓船將帥懸金印，郡縣官僚闢草堂」，物是人非，蒼茫無限。藉由詩篇之經營，再現海戰之聲威，或戰後之蒼茫，再現歷史場景處，多可作為詩史閱讀。

　　以詩歌書寫海洋戰爭，受限於句式、篇幅、格律，對於旌旗蔽空，艨艟滿海之海戰場面，較難巧構形似，暢所欲言。若改為辭賦書寫，則豐富想像之能力，誇張鋪陳的方式、假設問對之體式、卒章顯志之手段，以及大處落墨，宏觀構象的表現，[52]對於海洋戰爭場面，較能具體而生動之凸顯，繪聲繪影之再現。如對於施琅率水師進攻鄭成功，先後在澎湖、鹿耳門發生海戰，周澎〈平南賦〉，有較生動之演示，如：

51　參考朱光潛：《美學再出發》（臺北：丹青圖書公司，1987），〈萊莘的《拉奧孔》〉，頁416-418。

52　張高評：《宋詩之新變與代雄》（臺北：洪葉事業有限公司，1995），伍、〈破體與宋詩特色之形成（三）——以「以賦為詩」為例〉，頁241-246。

……乃脩樓艣，爰戒舟航。凌中流以擊楫，攬形勢於滄浪。先卜期以決勝，奏神策於廟堂。緊重淵之瀰漫，慨風浪之不常；望蜃樓之縹緲，嗟欲濟之無梁。因而畫沙為隄，聚米成島。執漂疾當其驚湍，執盤渦介其要道；執旁涯而可泊舟，執順流而堪直搗。敵以在吾目中，胥按圖而可考。定方略於金城，羡充國之計早。知拉朽而摧枯，胡險阻之能保？

爾乃乘機制變，六月興師。舳艫千里，霄漢蔽虧。劍氣干雲而閃爍，甲光冒日而陸離。橫驚波以伐鼓，撥瘴霧以揚旗。各星羅而棊布，聽中堅而指麾。因念蛟宮盤踞，兔窟憑依，既蜂屯而蟻聚，復扼險而負危。雖投鞭之可斷，匪制勝之機宜。故毀軍以驕敵，弄股掌之嬰兒。彼乃疎汛守，撤藩籬，誰北來之軍旅，豈渡江之能飛！橫千尋之鐵鎖，沉水底以何為？於是鼓輕橈，浮彩鷁，溯鴻波，撼絕壁。凌馮夷之宮，搗潛虯之宅。[53]

　　周澎，供職於施琅麾下，刻不能離，翰墨皆出其手。康熙二十二年（1683），施琅率水師攻臺，鄭克塽降清。施琅以〈平南奏疏〉報捷，周澎據為底本，出於辭賦之體，揮灑成為此篇，別稱〈靖海記〉。周澎〈平南賦〉，描寫施瑯征臺，鹿耳門海戰，構思宏偉，辭藻壯麗；狀景摩物，窮形盡態，鋪陳排比，氣勢磅礡，有漢大賦體物瀏亮，義尚光大之特色。就體製言，〈平南賦〉屬於辭賦，大抵對仗工整，平仄諧暢。本文旨在歌頌施琅之平臺功績，以賦體之虛設問答貫穿全文。[54]其中，「乃脩樓艣」一段，鋪寫水師攻臺前之萬全預備與謀略推演；「爾乃乘機制變」一段，鋪寫施琅水師之軍容，曰「舳艫千

---

53 周澎：〈平南賦〉，《全臺賦》，頁56。
54 施懿琳等：《全臺詩》，頁55-56。

里，霄漢蔽虧」；星羅綦布，聽中指揮云云。「因念蛟宮盤踞」以下二
十句，對寫施氏與鄭氏水師攻防之兵謀策略，作虛實相成，離合相生
之鉤勒。此錢鍾書《管錐編》稱史家追敘真人真事：「每須遙體人
情，懸想事勢，設身局中，潛心腔內，忖之度之，以揣以摩」；[55]周澎
作〈平南賦〉，傳神之處，信有此妙。又如：

> 維時衝颶怒號，狂濤湍激，飛沫噴空，滂湃澌汩。吞海岳以俱
> 冥，合水天而齊碧。百族為之震驚，千靈為之辟易。天吳排浪
> 以浮游，罔象穿烟而蹩躠。篙工、柁師，逡巡踟躕。莫不輟櫂
> 停橈，驚心動魄。爾乃精誠上格，叱電驅霆。飛廉頓彎，屏翳
> 潛形。波臣歡焉助順，海若剗其揚靈。爰散金以誓士，恥與敵
> 而俱生。復焚香以戒旅，惟妄殺之是懲。於是軍聲震，士氣
> 騰，艨艟發，枹鼓鳴。搖赤羽，麾青萍，殲怪鼉，殪毒鯨。弓
> 不虛發，矢必應聲。倒戈漂鹵，流血波頳。既獻俘而授馘，遂
> 掃穴而犁庭。乘長風以破浪，藉專閫之威稜。因而傾其巢，剗
> 其壘。敗甲殘鱗，俛首貼耳。濟藥石以扶傷，俾瘡痍之咸起。
> 仗天威以縱擒，使歸布其德音。……
> 乃歌曰：「嗟滄海兮噴狂濤，蛟龍鬥兮虎豹嗥。兵車絡繹兮饋
> 餉勞，悲中澤兮聲嗷嗷，孰提師兮奮旌旄？麾霓虹兮掣寶刀。
> 淬龍泉兮鷗鶵膏，入蛟宮兮斬毒鼇。斬毒鼇兮奠滄海，吁嗟偉
> 烈兮斗漢爭高！」[56]

〈平南賦〉「維時衝颶怒號」以下二十四句，層面變幻，舖寫海

55　錢鍾書：《管錐編》（臺北：書林出版公司，1990），〈左傳正義〉，一、杜預序，頁
　　166。
56　周澎：〈平南賦〉，《全臺賦》，頁56。

戰盛況：衝飆怒號、狂濤飛沫、滂湃吞合，是正面刻畫；百族、千
靈、天吳、罔象、篙工、柁師、飛廉、屏翳、波臣、海若諸句，是側
面烘托場景。「於是軍聲震」以下三字句八，四字句四，以短句之簡
捷，呼應海戰明快之節奏，海戰之必然告捷，已是勢所必至，理有固
然。「乘長風以破浪」以下十句，乘勝追擊，擴大戰果，施琅之必
勝，已在意中。「乃歌曰」云云，猶〈離騷〉之「亂曰」，卒章顯志，
固辭賦寫作本宜有。卒章亂辭，以「兮」字成章，由前幅之駢體轉為
騷體，胡應麟《詩藪》以為：「騷以含蓄深婉為尚，賦以誇張宏鉅為
工」，[57] 卒章顯志，合騷與賦而一之，自有其妙。施琅攻臺海戰，開疆
拓土之性格、競爭致勝之意識，〈平南賦〉已不疑而具。撰寫施琅攻
臺之海洋文學作品，稍後尚有李欽文〈紅毛城賦〉，兩相參照，有異
曲同工之妙，如：

> ……爾乃王師丕振，命將專征。艨艟蔽日，波浪翻騰。樹參天
> 之高桅，喧鼓鼙之雄聲；懸迷雲之巨舟颿，啟八牕之淨舲。旌
> 旗所指，山瀆效靈。澎湖奏捷，鄭氏輸誠。水漲兮洶涌，舟捷
> 飛兮縱橫。雖鹿耳門之沙積，亦滂湃而瀰泓。……遙望波濤而
> 靡涯，俯矚鯤身而有七。其或陰昏靉靆，霧障雲集。日月掩其
> 光華，乾坤倏而變色。明晦忽易於斯史，東西莫辨於咫尺。雖
> 造化之屢更，而茲城終無改於今昔。又或海氣將騰，炎蒸鬱
> 結。轟轟殷其若雷，滾滾噴如其雪。海狶驟起而戲波，靈鼉夜
> 吼而弗輟。登茲城以遠眺，非石燕之飛翔，則少女之方烈。若
> 夫明星皎皎，河漢當空，蟾影沉碧，漁火搖紅。島嶼若連而若

---

57 〔明〕胡應麟：《詩藪》卷一，周維德集校：《全明詩話》（濟南：齊魯書社，2005），
　　第三冊，頁2487。

斷，水天一色而交融。觀茲城之勝概，豈遠遜於庾公？至於朝
曦乍升，微風徐起。萬頃晴光，縐鱗千里。群山筆峙於震方，
商艘錯列於鹿耳。人烟密邇而叢居，大井紛華而隔水。極宇宙
之殊觀，悉茲城之佳致。……[58]

　　紅毛城，即赤嵌城，熱蘭遮城（Zeelondia）。〈紅毛城賦〉約寫於
康熙五十七年至五十八年間，李欽文參與編纂《鳳山縣志》時。其
中，「爾乃王師不振」一段，以駢賦體裁書寫清軍攻臺海戰，「澎湖奏
捷，鄭氏輸誠」之歷史。「艨艟蔽日，波浪翻騰」以下八句，有聲有
色，寫出艦隊之氣勢，以見證紅毛城之興衰榮枯，此時上距施琅征
臺，已歷三十餘年。書寫城池之盛衰榮枯，辭賦之大開大闔，可以相
得益彰。〈紅毛城賦〉，大抵為駢賦，其中章節過渡，偶用散句。「遙
望波濤而靡涯」一段，敘寫時過境遷，遠離海戰之紅毛城，造化屢
遷，茲城無改。於是鋪寫登城遠眺，不同天候，即有殊異景觀。文中
意境之經營，層面分明：「其或陰昏靉靉」、「又或海氣將騰」、「若夫
明星皎皎」、「至於朝曦乍升」四個領句，生發許多意象與波瀾，其鋪
采摛文，見悠揚舒展，淋漓酣暢；類聚群分，則面面俱到，窮形盡
相。駢賦之音節諧暢，有漢大賦汪洋恣肆之氣勢在。其中特寫紅毛城
海域，「海狶驟起而戲波，靈鼉夜吼而弗輟」；「島嶼若連而若斷，水
天一色而交融」；「群山筆峙於震方，商艘錯列於鹿耳」，紅毛城海域
的勝概和佳致，繪聲繪影，詩中有畫，宛然如在目前。

---

58 李欽文：〈紅毛城賦〉，《全臺賦》，頁61-62。

第三節　結語

本文嘗試從明末清初之海洋詩賦，探討先民之海洋意識，體察其海洋性格，以便提煉所謂之海洋文化。由於當時傳世之文獻有限，故僅能就先民之詩賦立說。本論文以《全臺詩》、《全臺賦》為探索文獻，選擇海洋詩七首，佚詩二首，與海洋相關之辭賦三篇，進行論述，初步獲得下列觀點：

一、海洋文學，為海洋文化最直接之體現。本文提出明末清初海洋文學之三大主題類型：其一，海洋冒險；其二，海上征戰；其三，海洋生活、生物與傳說。據此考察明末清初先民渡海，與臺澎相關之詩歌與辭賦，進行論述。由於受限於主題，今止言其一、其二。

二、《全臺詩》載盧若騰〈汎海遇風〉、郁永河〈渡黑水溝〉、孫元衡〈黑水溝〉，先民乘舟渡海，遭遇颶風，橫渡黑水溝，波濤凶惡，至於眩嘔不支，失足溺死者不知凡幾。海洋之驚濤駭浪，浩渺溟茫，堪稱壯駭奇特，詭譎多變，周于仁〈觀海賦〉、張湄〈海吼賦〉、陳輝〈臺海賦〉之書寫，為傳統賦法之體現，畫意詩情，可見一斑。冒險犯難、人定勝天之海洋文化精神，有具體而微之表現。

三、至於康熙二十二年（1683），施琅征臺，《全臺詩》載施世綸〈克澎湖〉、施世榜〈靖臺隨君入鹿耳門〉、盧若騰〈大風覆虜〉佚詩，周澎〈平南賦〉，李欽文〈紅毛城賦〉描述海上戰爭；盧若騰〈南洋賊〉佚詩，述鄭成功海上貿易爭戰，凡此，皆堪稱詩史，可以補史闕。海洋具有開疆拓土之性格與意識，惜自荷據、明鄭而後，此風不振。

四、對於臺灣海洋意識、海洋性格，乃至於海洋文化，值得作進一步之探討。筆者探討明末清初之海洋文學，除本文所述海洋冒險、海上征戰外，尚有（一）海洋風景；（二）海洋圖畫；（三）海洋詩

情；（四）海洋生活、生物與傳說等論題，已另成〈詩情畫意與清初臺灣之海洋詩賦〉篇章。

第八章
詩情畫意與清初臺灣之海洋詩賦

第一節　《全臺詩》、《全臺賦》與臺灣古典文學

　　臺灣於荷據、明鄭（1655-1683）、清初康熙之世（1662-1722），或從事海上貿易，或移民開發蠻荒，或生發海上爭戰，當時海洋性格強烈，海洋意識濃厚。[1]然自清康熙以後，時移境遷，臺灣海洋性格隨鄭氏王朝滅亡而消失。無論明鄭或滿清官員，騷人墨客，渡海來臺，橫越黑水溝，[2]其冒險犯難，人定勝天之精神，傳世文獻有何體現？施琅（？-1696）征臺前後，在戰爭與和平的氛圍中，海洋扮演何種角色？海洋書寫是否有所轉變？凡此，多屬海洋文化討論之範圍。

　　所謂海洋文化，指人類征服或依賴海洋生活的一種文化方式。論者以為：冒險犯難、開疆拓土、包容博大、善養萬物、創新求變，為海洋文化的五大精神特質。[3]海洋文化有狹義廣義之分。狹義的海洋

1　論者指出：明鄭政權特富海洋性格，為臺灣帶來了強烈的海洋性，包括明鄭船隊縱橫暢通於東亞，安平開放為航貿重要港口，閩南粵東移民大量來臺墾殖，皆是臺灣文化特具海洋性格的源始。潘朝陽：〈文化地理觀點中的海洋與文化〉，《海洋文化學刊》創刊號（2005年12月），頁288-289。

2　孫元衡：〈黑水溝‧序〉：「大海洪波，實分順逆；凡適他國，悉循勢以行。惟臺與廈藏岸七百里，號曰橫洋；中有黑水溝，色如墨，曰黑洋，廣百餘里，驚濤鼎沸，勢若連山，險冠諸海。或言順流而東，則為弱水；雖無可考證，然自來浮去之舟，無一還者，蓋亦有足信焉。」施懿琳主編：《全臺詩》第一冊（臺南：國家臺灣文學館籌備處，2006），頁257-258。參看郁永河：〈渡黑水溝〉，頁222。

3　方力行：〈海洋性格的文化，海洋內涵的教育〉，《研考雙月刊》24卷6期（2000年12月），頁37-38。

文化，包括涉及海洋的神話、信仰、宗教、戲劇、文學、藝術等等。廣義的海洋文化，除上述的活動外，還外加海洋經濟，海洋社會等兩大層面。本文採用海洋文化之狹義，偏重於精神層面。其中，海洋文學，更是海洋文化最直接的體現，較生動的演示。所謂海洋文學，指以海洋為題材，或書寫海上體驗，從而表達作者意識之文學作品。易言之，海洋文學之主題，與海洋密切相關，深受海洋特性制約。

本文以《全臺詩》、《全臺賦》[4]為主要研究文本，考察其中之海洋文學，特別關注海洋風景之刻畫，海洋詩情之表現，〈臺灣八景〉詩中海洋之描述，且勾勒海洋生態，穿插海洋傳說，訴之於騷人墨客，見之於詩歌辭賦，對於清初以來之海洋多有若干之書寫，雖吉光片羽，亦頗可寶貴。賦與詩之所以合論，蓋賦之為文體，非詩非文，亦詩亦文，故不妨並觀。[5]為辨章學術，考鏡淵流，文獻選取時代從寬，詩選大約起於清初（1646），終於乾隆之初（1760），中歷明鄭敗亡，前後約一百餘年；辭賦寫作時代較詩歌推遲，始於林謙光（1687年為臺灣府儒學教授）〈臺灣賦〉，終於施瓊芳（1815-1868）〈海旁蜃氣象樓臺賦〉，從而可見改朝換代，以迄乾嘉時期，對海洋文學創作之異同。

第二節　清初臺灣之海洋詩賦與海洋書寫

海洋文學之書寫成篇者，自六朝以來，詩與賦較夥。[6]從海洋書

4　施懿琳等全臺詩編輯小組編撰：《全臺詩》；許俊雅、吳福助主編《全臺賦》（臺南：國家臺灣文學館籌備處，2006）。

5　郭紹虞：《照隅室雜著》（上海：上海古籍出版社，1986），〈論賦兼及賦史〉，頁201。

6　〔唐〕歐陽詢《藝文類聚》、〔清〕張英《淵鑑類函》載存謝靈運、謝脁、沈約、隋煬帝等望海詩九首，唐太宗、李嶠、獨孤及、李白、張說、高適、王維等望海、觀

寫之題目看來，望海、觀海之作居多，遊海、渡海之什較少，從可見唐代以前之海洋文學多置身海畔，作海洋想像之敘寫；涉身海中，遊海、渡海、弄潮、觀瀾之實臨感受，並不普遍，可能受限於航海技術，與海上交通。到了宋元時期，由於沿海地區開發，北宋時廣州、泉州、明州（寧波）、杭州皆設市舶司，朱彧《萍洲可談》記載船舶航海，外商「住唐」狀況，可見一斑。其中言：「舟師識地理，夜則觀星，晝則觀日，陰晦觀指南針」。[7]指南針已用於航海，促成海洋貿易興盛，造船工業、海洋漁業、航海技術、海洋戰爭、海神崇拜之雲興霞蔚，於是海洋文學勃興，如實反映海洋文化：諸如歎大海之浩瀚，哀生民之多艱；頌海商之精神，贊貿易之盛況；敘水戰之恢弘，述人物之壯烈，舉船業之盛況，祈海神之福祐等海洋文學之主題，多有具體而微之表現。[8]由此觀之，宋元之海洋文學，無論精神或內容，已開啟近代海洋文學若干特徵。

明末清初移民入臺，鼎革干戈之後，安身立命之餘，觀海、望洋豈無所思？聽濤、行舟不能無感。梁鍾嶸《詩品》稱：「氣之動物，

海、詠海詩十首，蘇軾、楊萬里所作海市、渡海、望海詩四首等，不一而足。辭賦之作，則如班彪，〈覽海賦〉、王粲，〈遊海賦〉，魏文帝、潘岳，〈滄海賦〉，木元虛、虞闡、張融，〈海賦〉，孫綽，〈望海賦〉，雖為精彩之片段，亦可見六朝唐宋時期，海洋文學書寫之一斑。唐歐陽詢等編：《藝文類聚》（臺北：文光出版社，1974），卷八，〈海水〉，頁150-155；清張英等編：《淵鑑類函》（北京：中國書店，1985），卷三十六，〈地部·海〉，頁4-6。

7　朱彧：《萍洲可談》卷二，記載北宋市舶司之設立，關稅之徵收，「住唐」商人之「蕃坊」、衣飾、飲食、宗教信仰。又記載指南針用於航海，文淵閣《四庫全書》本，子部小說家類一，第一○三八冊，頁289。參考李書華：〈指南針的起源及發展〉，第三章「中國利用指南針航海」，郭正昭、陳勝崑、蔡仁堅合編：《中國科技文明論集》（臺北：牧童出版社，1979），頁618-625。

8　趙君堯：〈論宋元海洋文學〉，福州市《工人職業大學學報》，2001年第3期，頁18-22。

物之感人，故搖蕩性靈，形諸舞詠。」[9]故氣物之感蕩心靈，多緣詩以
展義，藉賦以騁情。可以使「窮賤易安，幽居靡悶。」何況親近海洋
如此，見其汪洋無際，聽其浪濤不盡，感其變幻倏忽，發為詩賦，審
美意識與傳統之遊山玩水，必有異同；騷人墨客所作〈臺灣八景〉、
〈臺灣八詠〉詩，泰半與海洋書寫有關，其中是否體現豐富之海洋意
識與海洋美學？今考察《全臺詩》與《全臺賦》所載海洋文學，從明
鄭之海上政權，到渡海、征戰，到刻畫海洋景觀，到表現詩人性情。
詩風流變，與時消息。為便於探究，下分四方面討論之：（一）海洋
風景；（二）海洋圖畫；（三）海洋詩情；（四）海洋之生態與傳說：

一　海洋風景

明釋道濟著《苦瓜和尚畫語錄》，描繪海濤之景象，有所謂洪
流、吞吐、薦靈，其中述及「海之汪洋，海之含泓，海之激笑，海之
蜃樓雉氣，海之鯨躍龍騰，海潮如峯，海汐如嶺，此海之自居於山
也。」[10]對於海濤之樣貌狀態，有較集中之刻畫形容，頗便於繪事或
文學之取資。

海洋風景的摹寫，在海洋文學中最為大宗。大海磅礡的氣勢，神
秘的氛圍，詭譎的變化，令人驚奇恐慌的威力，深具野性不羈的精
神，和包容博大的性格。從曹操〈觀滄海〉詩、木玄虛〈海賦〉開
始，海洋之波浪壯闊，令人油然而生豪情壯志，敬畏和膜拜，所謂
「觀海有術，必觀其瀾」。明鄭前後詩人所作海洋詩，無論從陸地看

9　〔梁〕鍾嶸：《詩品》，〔清〕何文煥輯：《歷代詩話》（北京：人民文學出版社，
　　1982），頁2-3。

10　俞劍華編著：《中國畫論類編》（北京：人民美術出版社，1986），第一編，釋道濟
　　（石濤）《苦瓜和尚畫語錄》，〈海濤章第十三〉，頁156。

海面，或自舟中泛覽海洋，視角不同，皆各有其景觀和殊勝。處境影響心境，心境不同，自然左右海洋風景之書寫。如鄭經所作海洋詩：

> 滄波一望接天窩，茫茫無隙漏纖毫。朝風疊起千層浪，潮聲夜靜如怒號。包羅天地垣掖內，星月浮沉出波濤。天晴蜃樓常吐氣，霧中陰靄翻山鰲。萬斛海航隨波出，遠看猶如一鴻毛。欲窮四望無邊際，平明霽色陟江皋。[11]

> 縹緲滄波駕扁舟，蒼濛水際與雲遊。群峰絕巘看多斷，遠渚長江望欲浮。樹裡人家煙宿靄，海中波浪水長悠。天晴處處殘霞浦，日落萋萋芳草洲。兩岸明沙棲白鷺，一江碧浸沒玄鷗。乘風漁艇無邊出，依岫暮雲何處求。朝出煙霞堪作侶，夜歸風月可相酬。時來隱臥千尋壁，閒去逍遙百丈湫。獨坐船中獵景色，頻居水上領清幽。朱門富貴休稱羨，莫若投簪漱素流。[12]

　　鄭經（1642-1681）於永曆三十四年（康熙十九年，1680）跨海反攻失利，思明、金門兩島失守後，撤返東寧，從此心灰意冷，不理朝政，日以飲酒賦詩為事。今讀其〈海望〉詩，意境並不恢弘偉壯，頗乏王者氣象。但繪聲繪影呈現海洋風貌而已：其中分寫朝浪、晚潮、蜃樓、陰靄，以平遠、迷遠、幽遠視角，[13]凸顯海洋之包羅天

11　鄭經：〈海望〉，《全臺詩》，第一冊，頁106。

12　鄭經：〈舟中〉，同上註，頁160。

13　〔南宋〕韓拙：《山水純全集・論山》：郭氏（熙，《林全高致・山水訓》）云：「山有三遠，自山下而仰山上……謂之高遠；自前山而窺後山，謂之深遠；自近山而遠山謂之平遠。」愚又謂三遠者：「有山根邊岸水波亙望而遙，謂之闊遠；有野霞暝漠，野水隔而彷彿不見者，謂之迷遠；景物至絕而微茫縹緲者謂之幽遠。」大抵而言，迷遠與幽遠，不過為平遠之延伸而已。頁662。

地、星月浮沈、萬航隨波、四望無際之景觀。一般海洋書寫,多置身局外,從陸岸觀海;由於從陸地臨眺大海,如隔岸觀火,較乏驚身動魄之臨場感受。鄭經〈舟中〉詩,則置身海洋舟中,故見得親切,寫得肯綮:詩用賦法,以平遠視角,作或遠或近,或水或山之層次描繪:如群峰絕巘、遠渚長江、樹裡人家、海中波浪、乘風漁艇、依岫暮雲、朝出煙霞、夜歸風月云云,次第呈現,活似一幅海洋畫廊。一味獵景色、領清幽、漱素流,而心志可見。時來隱臥、閒去逍遙,可作詩趣概括;休羨富貴,投簪漱流二語,曲終奏雅,可見其消極頹唐之心態。鄭經海洋詩不見波瀾壯闊,只見柔弱無骨,自是心境之寫照。

　　明鄭前後之臺灣海洋景觀書寫,最具特色者,莫過於安平海吼。連橫《臺灣詩乘》曾言:「安平海吼,為天下奇」,論其聲響,有所謂小吼、大吼,謂「驚濤溢湧,舟莫敢近,雖錢塘八月怒潮,未足擬也」。[14] 所謂海吼,實指海濤拍岸之聲響,文人往往巧作擬人化之書寫。蓋訴諸音響,較能聳動視聽,引發讀者之興味。試比較孫元衡之〈海吼詩〉與張湄之〈海吼賦〉,自可感受安平海吼驚心動魄、氣象萬千之一斑。先看〈海吼〉詩:

> 我聞百物憤志鳴穹蒼,而何有於百谷之王。幽隘搏擊成聲光,而何有於祝融之汪。云胡吼怒彌晝夜,震撼鮫室喧龍堂。延聽千聲無遠近,氣沴風屯海為運。窮天拗忿悲莫伸,死地埋憂思欲奮。初時起類漁陽撾,七鯤噴沫開谽谺,萬蹄按轡行虛沙。倏如戰勝轟千軸,刮乾戾坤為起伏。灘以山摧熊虎號,砰礚成雷魔母哭。山摧石爛如寒灰,雷霆翻空偶馳逐。爾乃十日五日吼不休,使我耳聾心矗矗。或言訇哮由積風,掛席長梢凝碧

空。或言狂潮本瀾汗，進則剷沙礐石爭來攻，退則餘波呀呷殷成功。為魁為窟奔海童，朝夕池邊歷歲月，去來喧寂將毋同。老農又言徵在雨，黑螭隱見青鼉舞。叫嘯年來徹霄漢，炎威千里成焦土。泱泱海若大難名，我欲問之阻長鯨。水德懦弱懼民玩，庶幾赫怒張奇兵。大賢崇實戒虛聲，股肱之喜良非輕。[15]

　　聲響之為物，流動、變幻、飄忽、無定，形象不易捉摸。海濤拍擊岸壁，生發抑揚頓挫之節奏，或疾或徐之天籟，其震盪起伏、疏密高下，真足以悚動耳目，搖盪性靈。白居易〈琵琶行〉、歐陽脩〈秋聲賦〉之善於摹聲描響，美妙正在此處。孫元衡描繪「吼怒彌晝夜，震撼鮫室喧龍堂」之海吼，既運用以賦為詩，又體現詩中有畫。[16]由於聲音訴諸聽覺，是一種抽象之感受，為引發讀者興味，不妨將聽覺轉變為畫面，換用風景來描繪聲音，將聽覺的感受轉移為視覺的表述，將時間藝術轉移成空間藝術。[17]孫氏〈海吼〉詩自「初時起類漁陽撾」以下十句，將浪濤拍岸聲，先後轉換成一幅幅之風景圖畫，正有此妙。詠物而欲作多層面之描寫，可以借鑑辭賦面面俱到之手法，本詩「爾乃十日五日吼不休」以下，運用兩個「或言」，加上一個「老農又言」，將海吼之成因，作八面玲瓏、雅俗各自表述之敘寫。詩末卒章顯志，凸出水德懦弱懼玩、大賢崇實戒虛之宏旨，與辭賦之曲終奏雅，同工異曲，此之謂以賦為詩。[18]至於張湄（1741-1743，遷

15 孫元衡：〈海吼〉，《全臺詩》，第一冊，頁316。

16 張高評：《宋詩之傳承與開拓》（臺北：文史哲出版社，1990），下篇，〈宋代「詩中有畫」之傳統與創格〉，第二章〈宋代「詩中有畫」之藝術傳統〉，第三章〈宋代〔詩中有畫〕技法之發揚〉，頁302-515。

17 參考黃永武、張高評：《唐詩三百首鑑賞》（臺北：黎明文化圖書公司，2003），〈聽董大彈胡笳弄兼寄語房給事〉詩「鑑賞」，頁153-154。

18 張高評：《宋詩之新變與代雄》（臺北：洪葉文化事業公司，1995），伍，〈破體與宋詩特色之形成——以「以賦為詩」為例〉，頁241-257。

巡臺御史，兼理提督學政）〈海吼賦〉，圖寫安平海吼之景觀，與孫元衡〈海吼〉詩相較，表現又有不同，[19]如：

> 其辭曰：繫天風之欲怒，作地氣以先聲。通呼吸而互應，混上下而相成。斜景黯其晝伏，斷虹豔以宵橫。帆檣集島，沙磧凌城。鯨甲振鬣，鵬翼長征。風搏九萬兮扶搖直上，水激三千兮不平則鳴。爾乃炎蒸絺葛，潤逼柱礎。海若頻驚，石尤頓阻。獰飆颯颯以迴涼，怪雨淫淫而去暑。蕭梢林木，聳萬壑之秋聲；破碎虛空，競千村之社鼓。其為壯也！鞺鞳四起，蕩潏八垠。冰崖崩裂，鐵騎群奔。樅金鏞於山谷，擺雷石於乾坤。其為駭也。黿鼉駁逐，蠃屓連屯。天吳奮以叫號，罔像詭以遊巡。鬥饞蛟而水立，哮虣虎而林昏。於是經旬陰曀，徹夜喧豗。淵宮久閟，貝闕沉埋。飛滂霧積，峻湍山頹。嗟樓船之屑沒，絕商旅之往來，淼淼龍津，浮萍蹤其何託？啾啾鬼哭，出魚腹而興哀。則有域外孤臣、天涯羈客，長簞淒其，短檠蕭索。枕繞瀑雷，聰縈濤雪。悵落葉於始波，感吟蟲於將夕。愁泛宅之杳茫，憶弄潮之夙昔。徒撫影而徘徊，或隨聲而嘆喟。為之歌曰：風淅瀝兮動羅幃，雨淋浪兮暑氣微。長鯨吼兮水四圍，夢魂驚兮不可歸。望無極兮音塵稀，指故園兮孤雲飛。[20]

　　張湄之〈海吼賦〉，首段序章直說海吼之成因，由於颶（颱）

19　張湄〈海吼賦〉序章：「環臺皆海也。自夏徂秋，颶風屢作。驚濤溢涌，雷吼電焯。擊於鯤身，厥聲迴薄。遠近相聞，莫不錯愕。主人索居海濱，形隻影寡。潦積庭間，雨昏爥她。起坐聽之，晝夜不舍。惝然悶然，若置身壙埌之野。有難乎為懷者，乃作海吼之賦。」許俊雅、吳福助主編：《全臺賦》，頁76。

20　張湄：〈海吼賦〉，《全臺賦》，頁76。

風；「驚濤溢涌，雷昫電焯。擊於鯤身，厥聲迴薄」四句，為海吼之
簡要形象概括。「其辭曰」一段，充分運用辭賦之層面描寫法，進行
各種視角之形容與舖寫。先寫天風、地氣、斜景、斷虹，以蓄積聲
勢；其次呈現帆檣、沙磧、鯨甲、鵬翼諸形象，以引發「風搏九
萬」、「水激三千」諸景觀，而海吼形成。「爾乃炎蒸絺葛」以下一大
段，書寫海吼產生之種種影響，分二端表現：先直接正面形容海吼，
而以「其為壯也」、「其為駭也」兩股排比鋪寫，最稱賦中有畫，歷歷
如繪。「嗟樓船之屑沒」以下十八句，側面烘托海吼生發之影響反
應，繪聲繪影，令人有實臨之感受。其中，「則有域外孤臣」云云，
意境脫化自范仲淹〈岳陽樓記〉，兩相比較，自有優長，各擅其妙。

　　辭賦之寫作手法，長於橫向生發刻劃，縱深開掘剖析，或同義複
沓，反義對舉，或往復類比，極言伸說；於是舖采摛文，必使之悠揚
舒展，淋漓酣暢而後快；類聚群分，必期於面面俱到，窮形盡相而後
已。[21] 孫元衡〈海吼〉詩、張湄〈海吼賦〉之描繪海洋景觀，信有此
妙。除府城安平海吼之特殊海洋景觀外，清初詩人施瓊芳尚撰有〈海
旁蜃氣象樓臺賦〉，以狀寫海市蜃樓之海洋特殊景觀，試摘錄中間一
段述說之：

　　　原夫海也者，望洋浩渺，向若溟茫。宮處河伯，國安海王。涉
　　　本無涯，孰買珠於蛟室；觀難為水，誰鞭石於鼉梁？何來金碧
　　　交輝，千人共見；竟爾波濤變相，萬象在旁。惟蜃漲之高浮，
　　　與鵬雲而相引。畫成水墨，別用功夫；架用丹青，不資繩準。
　　　吐雲霞於海上，玉葉金枝；藏蓬島於壺中，綺欄雕楯。盼到南
　　　朝宮闕，當年曾築鳳凰；饒他東海生涯，此地爭誇蛤蜃。則見

21 張高評：《宋詩之新變與代雄》，頁241-242。

地迥天高，雲蒸霞蔚，波影模糊，烟光靉靆。……悟得三千世
界，多鏡花水月之觀；似茲十二欄干，真海日神山之氣。……[22]

施瓊芳（1815-1868）〈海旁蜃氣象樓臺賦〉，賦題出《史記·天
官書》。[23]海市蜃樓，為日光折射之物理現象。近處之雲靄霧氣經過陽
光、水光折射後，將地面景物如實投影到遠方之海上、山上，或沙漠
中，此之謂海市、山市。[24]施瓊芳此賦所謂「海旁蜃氣象樓臺」，即此
現象。古人或未知，故多迷離恍恍之說，〈海旁蜃氣象樓臺賦〉描述
此種景觀，暗用《莊子·秋水》及神話傳說，排比望洋、向若、河
伯、海王、蛟室、罿梁，為海市之幻象異事起興。以下點染金碧交
輝、波濤變相、畫成水墨、架用丹青、玉葉金枝、綺欄雕楯諸景象，
舖采摛文，堪稱窮形盡相，巧言切狀。繼之，則曲終奏雅，在總括賦
意「地迥天高，雲蒸霞蔚，波影模糊，烟光靉靆」之餘，稱「悟得三
千世界，多鏡花水月之觀；似茲十二欄干，真海日神山之氣。」將此
奇觀異象，寫得既真且幻，亦臺灣海洋文學之佳構也。

《全臺賦》中之海洋風景書寫，由於賦法之巧妙運用，最見海洋
文學中巧構形似、想像豐富；詞藻華麗、描寫細緻諸詠物優長。李欽
文〈紅毛城賦〉對施琅征臺後之海洋風景書寫，已順帶略提於拙作
〈海洋詩賦與海洋性格〉「海洋戰爭」中，不贅。今且述高拱乾〈臺
灣賦〉中之海洋風景書寫，如：

---

22 施瓊芳：〈海旁蜃氣象樓臺賦〉，《全臺賦》，頁137。
23 〔漢〕司馬遷著，〔日〕瀧川龜太郎考證：《史記會注考證》（臺北：萬卷樓圖書公
　司，1996），卷二十七，〈天官書第五〉：「海旁蜃氣象樓臺，廣野氣成宮闕然。雲氣
　各象其山川人民所聚積。」頁78。
24 〔宋〕沈括：《夢溪筆談》（香港：中華書局，1987），卷二十一〈異事〉：「登州海
　中，時有雲氣，如宮室臺觀、城堞人物、車馬冠蓋，歷歷可見，謂之海市。」頁
　216。

……若夫汪瀾既倒，海若呈奇。一時琥珀，萬頃琉璃。情渺渺
兮孤往，天青青兮四垂。風輕兮水面，雲淡兮山眉。即孤臣
與孽子，亦撫掌而忘饑。至於輝璧耀奎，陰陽分位。月白飛
銀，空明捏翠。乘舴艋兮小舟，結金蘭兮同志。玉樹兮三章，
青州兮一醉。實自幸世外之有身，誰復疑此間之無地。……爾
乃石尤乍起，馬首長驅。雷鳴海底，霧失天隅。濤倉皇而山
立，浪怒激而箭趨。驚聞聲為飛礮，子訝入眼而墜珠。乾坤兮
雲狗，風水兮人魚。則惟有寄餘生於泡影兮，誰復忘視息乎斯
須！……[25]

　　高拱乾於康熙三十年至三十四年（1693-1695）來臺，任福建分
巡臺廈道兼理學政，三十四年修纂《臺灣府志》，〈臺灣賦〉當作於此
時。明鄭既降，臺灣進入清領時期。高拱乾〈臺灣賦〉，類屬騷體
賦，以「汪瀾既倒，海若呈奇。一時琥珀，萬頃琉璃」諸形象雙關
語，化景物為情思，而雙關示意。文中續以景語為情語，點染風輕、
雲淡、孤臣、孽子；又加之以輝璧、陰陽、月白、空明、乘舴艋、結
金蘭，而歸結到世外有身，此間無地。「爾乃石尤乍起」以下，寫風
大浪高，刁蠻不馴，所謂「雷鳴海底，霧失天隅。濤倉皇而山立，浪
怒激而箭趨」，海洋之野性不羈，詭譎多變，亦可見一斑。語云：「觀
海有術，必觀其瀾」，林謙光〈臺灣賦〉、周于仁〈觀海賦〉於海洋風
景書寫，尤有可觀。先論述林謙光〈臺灣賦〉，如：

　　懿夫！逢洴滇渺，沆瀁潰洫，掀天震地，吞谷排空。駛如奔
馬，激如騰龍。瀉碧千里，湧浪萬重。神鰲驅瀑，石燕呼風。

25 高拱乾：〈臺灣賦〉，《全臺賦》，頁52。

飂飂颯颯，蘯蘯震震。擬蓬瀛之難即，匪觲艫之可通。爾乃以
忠信為身，以道德為櫓，爰縱纜於銅山，泛一葉於廈浦。少
焉，神山突出，沃野孤浮。景呈異象，沙截洪流。一鯤連七鯤
而蜿蜒，南鯤偕北鯤而阻修。大線扼海翁之堀，北線接安平之
洲。衝鹿耳以抵岸，陟臺灣而遠搜。……[26]

　　林謙光於康熙二十六年（1687）任臺灣府學教授，〈臺灣賦〉或
撰成於此時。〈臺灣賦〉假託「汗漫公子」與「廓宇先生」之對話，
以鋪寫臺灣形勢之雄奇，蓋仿擬西漢司馬相如〈子虛賦〉、〈上林賦〉
之假託「烏有先生」與「亡是公」之倫。[27]其中「懿夫」以下十四句，
以白描手法，正面直接描繪海洋之廣大無涯，浪濤之奔騰瀉湧，敘寫
得有聲有色，不過稍嫌空泛些。下一段轉換描繪視角，自海洋遠眺陸
地，謂「神山突出，沃野孤浮。景呈異象，沙截洪流。一鯤連七鯤而
蜿蜒，南鯤偕北鯤而阻修。大線扼海翁之堀，北線接安平之洲。」從
臺灣海峽遠眺臺灣安平，宏觀鳥瞰，盡收眼底，三言兩語即勾勒出安
平形勢，自是辭賦宏觀構象之常法。又如周于仁〈觀海賦〉：

……甫越期年，胡又量遷？澎湖重地，海島孤懸。捧檄惝征，
再歷興、泉。廈門暫憩，詹吉登船。淼淼大洋，從茲捌舵。非
山而浪擁千峰，無花而波開萬朵。不雨而風激如霖，搖星而眼
迷似火。時起霧而騰烟，間堆垠而列垛。正子午於星經，防風

26　林謙光：〈臺灣賦〉，《全臺賦》，頁47。

27　〔梁〕蕭統編，〔唐〕李善注：《文選》（臺北：五南圖書公司，1991），卷七〈子虛
　　賦〉，卷八〈上林賦〉，頁189-209。參考郭維森、許結：《中國辭賦發展史》（南京：
　　江蘇教育出版社，1996），第三章第二節，一、〈司馬相如與散體大賦〉，頁117-
　　123。

（馬風）之相左。中有二溝，尤稱奇特。紅溝兮如丹，黑溝兮似墨。形稍窊而不平，勢橫流而若仄。傍綠水之清泓，亘萬古而不忒。潮既往而旋來，日應時而合刻。窮睇眄於汪洋，覺疇昔之言海，不啻乎管窺而蠡測。烱烱然合五十載之睹記傳聞，不覺於斯而有得。嗟嗟！觀屬於目，理通於心。量可有容兮，吾觀其大；虛乃能受兮，吾觀其深。觀豈徒然哉？擴所觀以服政兮，又何難當明聖之世，而堯舜乎斯民，獨鄙人識闇而才疏兮，愧有志而未能。[28]

　　周于仁於雍正十一年（1733）擢調澎湖通判；乾隆元年（1736）撰有《澎湖志略》，〈觀海賦〉為其中之一。上距施琅征臺，鄭氏降清，已五十餘年。由於明鄭時期流傳至今之海洋書寫作品不多，故筆者順帶類及，略述周于仁通判澎湖時，所作〈觀海賦〉。對森森大洋之層波疊浪，紅溝黑溝之橫流若仄，有較具象之描繪。其中如「非山而浪擁千峰，無花而波開萬朵。不雨而風激如霖，搖星而眼迷似火」，信為形容風浪之名句。卒章顯志，所謂「量可有容兮，吾觀其大；虛乃能受兮，吾觀其深」，亦不出《莊子·秋水》所言至道真理。詠寫海洋而寓物說理，頗近兩宋詠物賦藉物言理、抒情言志之風格。[29]

　　清初以來，臺島之騷人墨客對海洋風景之書寫，除前所述辭賦外，詩歌之寫作尤為大宗。篇幅所限，今只舉二位詩人所作四首詩，分別書寫渡黑水溝、渡海遇颶、海波夜動三大海洋景觀。先民之冒險橫洋，颶風之怒濤洶湧，海波之光怪陸離，詩中多有如實之呈現。如：

---

28 周于仁：〈觀海賦〉，《全臺賦》，頁66。
29 林天祥：《北宋詠物賦研究》（臺北：萬卷樓圖書公司，2004），第四章〈北宋詠物賦之藉事言理〉，第五章〈北宋詠物賦之抒情言志〉，頁107-198；詹杭倫等：《唐宋賦學新探》（臺北：學生書局，2005），第一章，三、宋代賦學面對的問題，頁18-28。

浩蕩孤帆入杳冥，碧空無際漾浮萍。風飜駭浪千山白，水接遙
天一線青。回首中原飛野馬，揚舲萬里指晨星。扶搖乍徙非難
事，莫訝莊生語不經。[30]

氣勢不容陳茂罵，犇騰難著謝安吟。十洲遍歷橫洋險，百谷同
歸弱水沉。黔浪隱檣天在白，神光湧櫂日當心。方知渾沌無終
極，不省人間變古今。[31]

　　黑水溝，位於廈門澎湖間之橫洋，水色如黑墨，廣百餘里，驚濤
鼎沸，勢若連山，險冠諸海，為先民渡海來臺之必經險途。郁永河
（一九六七年來臺）〈渡黑水溝〉，速寫渡越橫洋，「風飜駭浪」、「扶
搖乍徙」之情景，有驚無險，可謂幸甚。孫元衡（一七〇五年，為臺
灣府海防同知）〈黑水溝〉詩，則虛寫氣勢，以凸顯橫洋之險絕；直
寫犇騰、險沉，再以黔浪隱檣、神光湧現、渾沌無極、古今不省諸意
象渲染彷彿之，則其險可以想見。又如：

義和鞭日日已西，金門理楫烏鵲栖。滿張雲帆夜濟海，天吳鎮
靜無纖翳。東方蟾蜍照顏色，高低萬頃黃琉璃。飛廉倏來海若
怒，憤飆鼓銳喧鯨鯢。南箕簸揚北斗亂，馬銜罔象隨蛟犀。暴
駭鏗訇兩耳裂，金甲格鬥交鼓鼙。倒懸不解雲動席，宛有異物
來訶詆。伏艎僮僕嘔欲死，膽汁瀝盡攣長夜漫漫半人鬼，舵樓
一唱疑天雞。阿班眩睫痠筋力，出海环玫頻難稽。不見澎湖見
飛鳥，飛鳥已沒山轉迷。旁羅子午暑度錯，陷身異域同酸嘶。
況聞北嶠沙似鐵，誤爾觸之為粉齏。回帆北向豈得已，失所猶

---

30 郁永河：〈渡黑水溝〉，《全臺詩》，第一冊，頁222。
31 孫元衡：〈黑水溝〉，《全臺詩》，第一冊，頁257。

作中原泥。浪鋒舂漢鷁首立，下漩渦白高桅低。怒濤汹濺頂踵
湼，悔不脫殼為鳧鷖。此事但蒙神鬼力，窅然大地真浮稊。翠
華南幸公卿集，從臣舊識咸金閨。掛冠神武蹤已邁，願乞骸骨
還山谿。讀書有兒織有妻，春深煙雨把鋤犁。[32]

亂若春燈遠度螢，坐看光怪滿滄溟。天風吹卻半邊月，波水杳
然無數星。是色是空迷住著，非仙非鬼照青熒。夜珠十斛誰拋
得，欲捫微聞龍氣腥。[33]

　　孫元衡〈渡海遇颶〉詩，以「高低萬頃黃琉璃」，寫颶風欲來時
之海洋夜色。「飛廉倏來海若怒」以下十四句，刻劃風大浪高，險象
環生，繪聲繪影，令人身歷其境：以飛廉倏來、積飆鼓銳、箕斗簸
亂、馬銜、罔象、蛟犀隨見，狀寫颶風之形影；再以暴害鏗訇、金甲
格鬥，描繪颶風來襲之聲響。「倒懸」以下六句，側寫旅客遇颶之衝
擊，「嘔欲死」、「半人鬼」云云，足見颶風之險惡。「浪鋒舂漢鷁首
立」以下四句，極寫怒濤汹濺，既以呼應前文「誤爾觸之為粉齏」，
且歸結到「悔不脫殼為鳧鷖」，則題文所謂「屢瀕於危」，方有著落。
至於〈海波夜動〉詩，寫星夜之海洋奇觀，謂坐看光怪、是色是空、
非仙非鬼、微聞龍腥，此一奇觀，猶「夜珠十斛」，新奇而可貴，自
然不在話下。
　　除外，描摹臺灣海洋景觀之詩作尚多，不勝枚舉。辭賦之為體，
注重巧構形似，體物瀏亮，描海寫洋，多較聚焦概括。今欲考察清初
有關臺灣之海洋書寫，且再舉《全臺賦》陳輝（乾隆三年舉人，

---

32 孫元衡：〈乙酉（1705）三月十七夜渡海遇颶天曉覓澎湖不得回西北帆屢瀕於危作
　　歌以紀其事〉，《全臺詩》，第一冊，頁255-256。
33 孫元衡：〈海波夜動燄如流火天黑瀰漫亦奇觀也〉，《全臺詩》第一冊，頁256。

1738）〈臺海賦〉一篇，作為討論：

> 乾坤闢而坎位定，二氣合而水德成。睠茲臺海，涵濁漱清。沖瀜沆瀁，淼漫渟泓。洪濤噴薄，浸鯤身而浮澎島；洄漩曲折，入鹿耳而匯安平。灌百川而弗溢，注萬壑而不盈。爾其激浪湧波，為潮為汐。藏蛟螭於深溝，隱黿鼉於巨宅。其遙也，望之而愈杳；其廣也，量之而莫晝。既地勢之偏傾，歎神州之遼隔。蓋禹功所未及敘，章亥所弗能核。……
>
> 別有洿汊斷港，葭葦蒼深。輕鷗忘機而翔集，振鷺修儀而來臨。游戲乎廣淵之浦，棲宿於浮嶼之岑。物色兮生意，徙倚兮行吟。若夫玉宇方澄，冰輪乍陟，石尤斂聲，馮夷屏息。飛白銀兮波光萬里，濯素練兮水天一色。泛輕舠於鏡中，發清歌於舷側。覺宇宙之甚寬，恣遨遊於八極。如或海若奮威，天吳作祟，驅罔象、舞贔屓。雪濤四起兮，莽縱橫以紛飛；濁浪千層兮，排長空而恣肆。聲裂百丈之冰崖，勢奔萬匹之鐵騎。飏島嶼兮若崩，掀樓船兮將墜。冒巨險以往來，仗忠信而無偽。值鯨波之不作兮，識放勳之廣被。慶安瀾之若茲兮，念端居之可恥。告飛廉以先驅兮，吾將展宗慤之素志。果舟楫之具備兮，若濟巨川，自今以始。[34]

陳輝之〈臺海賦〉首段，宏觀多元勾勒臺海之風景，曰洪濤噴薄，曰洄漩曲折，曰灌百川，曰注萬壑，曰浪波潮汐、蛟螭黿鼉，曰遙望愈杳、量廣莫晝。最後一段，分詠月白風輕之陰柔美，與浪濤奔裂之陽剛美。如「飛白銀兮波光萬里，濯素練兮水天一色」云云，此

34 陳輝：〈臺海賦〉，《全臺賦》，頁79-80。

靜如處女之臺海；如「雪濤四起兮，莽縱橫以紛飛；濁浪千層兮，排長空而恣肆。聲裂百丈之冰崖，勢奔萬匹之鐵騎。豗島嶼兮若崩，掀樓船兮將墜」云云，此動如脫兔之臺海。海洋之浩瀚無涯，引人遐想；海洋之詭譎莫測，變幻無常，更令人震魂懾魄，恐慌驚奇。陳輝〈臺海賦〉兼寫海洋之二重性，而側重其詭譎變幻，可謂善於體物。

二　海洋圖畫

　　唐杜甫詠寫山水畫，作詩二十二首，遂開詠畫之先河。[35]宋代蘇軾繼起，能詩善畫，題畫詠物之詩尤卓絕可法。所倡「詩中有畫，畫中有詩」，詩畫一律、得其意思、傳神論云云，[36]尤為文藝創作或批評所重視。黃庭堅創立江西詩派，蘇轍時與兄相唱和，題詠繪畫之作亦多，二蘇與山谷，多影響江西詩派及宋人之雅好題畫詠畫。[37]由於題畫詩之所題詠，不離畫面、內容，故最富形象性與繪畫性。因此，本項目特選題畫詩以說之。

　　明鄭前後之海洋風景詩，更集中表現在墨客騷人所作〈臺灣八景〉詩中。數量在六十首以上，堪稱海洋書寫之最大宗。〈臺灣八景〉詩，實遠承北宋宋迪畫〈瀟湘八景〉影響。[38]渡海來臺之騷人墨

35　孔壽山：《唐朝題畫詩注》（成都：四川美術出版社，1988），載錄杜甫詠畫詩二十二首，謂「無論從數量和質量來說，終唐之世，未有出其右者。」沈德潛《說詩晬語》卷下稱「開此體（題畫）者老杜也」，論雖未當，亦足說明杜甫題畫詩對後世之影響。頁109-159。

36　顏中其編著：《蘇軾論文藝》（北京：北京出版社，1985），三、〈論繪畫〉，頁178-235。

37　李栖：《兩宋題畫詩論》（臺北：臺灣學生書局，1994），第六章〈宋題畫詩巨擘──蘇軾與黃庭堅的題畫詩〉，頁231-320。又，李栖，《題畫詩散論》，十、〈蘇轍的題畫詩〉，（臺北：華正書局，1993），頁221-252。

38　參考衣若芬：〈漂流與回歸：宋代題「瀟湘」山水畫詩之抒情底蘊〉，三、宋代題

客寫作〈臺灣八景〉詩,如高拱乾、王善宗、齊體物、王璋、林慶
旺、陳璸、婁廣所作,多富於海洋之風光與圖景。[39]其中如〈安平晚
渡〉、〈沙崑漁火〉、〈鹿耳春潮〉、〈澄臺觀海〉、〈斐亭聽濤〉諸什,以
及高拱乾所賦〈東寧十詠〉,其中多書寫海洋之詩篇。〈臺灣八景〉
詩,無論淵源與流變,皆與題畫詩關係密切;又由於質量均豐,堪作
代表,故獨立一節論述。臺灣之海洋思維、海洋意識、海洋文化、海
洋文學,多可自先民之詠海詩中考求而得。為篇幅所限,先以〈安平
晚渡〉為例,考察明末清初對於海洋風景之書寫,如:

> 滄海安平水不波,扁舟處處起漁歌。西山日落行人少,帆影依
> 然晚渡多。[40]

> 十里平鋪練,孤城落照邊。帆爭雲裏鳥,人坐畫中船。浪撼魚
> 龍宅,盂懸上下天。遠沙漁火起,點點聚寒煙。[41]

> 日腳紅彝疊,煙中喚渡聲。一鉤新月淺幾幅淡帆輕。岸闊天遲
> 暝,風微浪不生。漁樵爭去路,總是畫圖情。[42]

> 問津當重鎮,薄暮泛長空。流盡三春水,飄然一葉風。亂山浮

「瀟湘」山水畫詩的內容,莫礪鋒編:《第二屆宋代文學國際研討會論文集》(南
京:江蘇教育出版社,2003),頁192-205。

39 蕭瓊瑞:《懷鄉與認同:臺灣方志八景圖研究》(臺北:典藏藝術家庭股份有限公
司,2007),第二章〈八景源流〉引高拱乾《臺灣府志》卷一〈封域志・臺灣縣水
道〉,頁59-64。

40 王善宗:〈臺灣八景・安平晚渡〉,《全臺詩》,第一冊,頁189。

41 齊體物:〈臺灣八景・安平晚渡〉,頁193。

42 高拱乾:〈臺灣八景・安平晚渡〉,頁205。

遠翠，落日浴殘紅。談笑天垂幕，車聲月色中。[43]

渡海與江并，春光薄暮清。藩宮離黍憾，王國普天平。月色三更遠，漁歌四野橫。行人多少許，幾棹惠風迎。[44]

高拱乾著有《臺灣府志》，稱安平鎮港：「潮汐從鹿耳門。北至洲仔尾，受新港溪流；南至瀨口，受鳳山溪流。港內寬衍，可泊千艘。」五人所作〈安平晚渡〉，各呈異采：王善宗選取滄海不波、扁舟漁歌、西山落日、行人、帆影，以見安平晚渡之景觀。齊體物所作律詩一首，點染孤城落照、帆爭雲鳥、人坐畫船、浪撼、盂懸、遠沙漁火、點點寒煙，別是一幅〈安平晚渡圖〉。高拱乾所作律詩一首，則拈出日紅彝罍、煙中喚渡、一鉤新月、幾幅淡帆、岸闊天暝，風微不浪，以及漁樵爭路，勾勒晚渡情態，堪稱詩中有畫。王璋所作律詩一首，場景選用薄暮、長空、問津、談笑．車聲、月色；而以「流盡三春水，飄然一葉風」；「亂山浮遠翠，落日浴殘紅」，虛實相涵，情景相生，實無異傳統之山水圖詩。林慶旺所作，藩宮離黍之憾恨，與王國普天之昇平相對；月色三更而漁歌四橫相襯，以見惠風迎棹之欣欣生意，放曠自得。

其次，諸家所作〈鹿耳春潮〉諸什，精工美妙者，率皆以圖畫形象替代海潮音聲；用風景來描繪春潮，將聽覺之直截感受轉化為視覺色彩，如：

鹿耳門中碧海流，潺湲滾滾幾時休。波瀾不斷春光好，潮信聲

---

43 王璋：〈臺灣八景・安平晚渡〉，頁209。
44 林慶旺：〈臺灣八景・安平晚渡〉，頁214。

聞應鳥啾。[45]

鹿耳雄天塹,寒潮拍拍來。激濤翻白馬,匝岸走春雷。候月知
宵漲,看波感後催。誰能慕宗愨,萬里駕風回。[46]

百谷東南匯,春潮漲九環。急來天外水,突起眼前山。吾道虛
舟裏,人情駭浪間。始知浮海者,徒苦不如閒。[47]

洪波淼淼鬱雲根,海口潛開鹿耳門。水忌舟行藏怪石,氣隨月
應蘊靈源。一天澄澈無高下,萬頃汪洋自吐吞。最是深春時極
目,吼聲雷動欲銷魂。[48]

　　鹿耳門,本水中突起之沙洲,「若隱若現,形如鹿耳」,故名。為
臺江內海船隻出入之孔道,具有「鎮鎖水口」之關鍵地位。郁永河
〈臺灣竹枝詞〉其一所謂「任教巨舶難輕犯,天險生成鹿耳門」,可
以彷彿其險要。平常港道狹隘,一旦春潮乍起,乃洶湧澎湃,蔚為海
景大觀。上述四家同作〈鹿耳春潮〉,王善宗(一六九〇年來臺)所
作,潺湲滾滾,波瀾不斷,正寫春潮而已,不能令人想像其餘。齊體
物(一六九一年來臺)所作,以翻白馬、走春雷譬況激濤、匝岸,以
候月知漲、看波感催,不犯正位烘托春潮,無愧名篇。王璋(一六九
三年中舉)所作,以天外水、眼前山之圖景,描繪春潮之急來與突
起。再以虛舟擬吾道,駭浪比人情,比興寄託,寓意遙深。陳璸

45　王善宗:〈臺灣八景‧鹿耳春潮〉,頁189。
46　齊體物:〈臺灣八景‧鹿耳春潮〉,頁194。
47　王璋:〈臺灣八景‧鹿耳春潮〉,頁210。
48　陳璸:〈鹿耳春潮〉,頁244。

（1656-1678）所作，洪波淼淼、海口潛開，吼聲雷動，是正面直寫春潮；水忌舟行、氣隨月應、澄澈無高下、汪洋自吐吞，多不犯正位，側寫烘托，避就留餘，頗耐觀玩。又如〈沙崑漁火〉，亦是臺灣海洋風景圖詩：

> 長沙一帶積如山，碧海分流水自潺。數點殘星歸遠浦，清光永夜照人間。[49]

> 渺渺煙波外，漁燈出遠沙。如何天海畔，亦自有人家。落影常駭鱷，當門不聚鴉。望中疏更密，知是屋參差。[50]

> 海岸沙如雪，漁燈夜若星。依稀明月浦，隱躍白蘋汀。鮫室寒猶織，龍宮照欲醒。得魚烹醉後，何處曉峰青。[51]

> 沙阜勢如鯤，漁人網罟屯。夜闌燈火爛，照破海天昏。[52]

　　沙崑，或作「沙鯤」，指安平鎮旁連綿的鯤鯓沙丘。自打鼓山蜿蜒而亙西南，共結七堆土阜，如鯤魚鼓浪然。自一鯤鯓至七鯤鯓，相距有十里許，為漁民近海捕魚之良地。尤其是暗夜漁火，與星月爭輝，隨風明滅，形成海洋圖畫之特殊景觀。王善宗所作〈臺灣八景·沙崑漁火〉，首二段簡要橜括沙崑之形勢，三四句寫漁火歸帆。齊體物所作，特寫漁村燈火，渺渺煙波外，天遠海畔之黑夜漁火，疏疏密

49 王善宗：〈臺灣八景·沙崑漁火〉，頁189。
50 齊體物：〈臺灣八景·沙崑漁火〉，頁194。
51 高拱乾：〈臺灣八景·沙崑漁火〉，頁206。
52 婁廣：〈臺灣八詠·沙崑漁火〉，頁365。

密點綴海洋，寫得極具體傳神。高拱乾所作，一二句扣題沙崑漁火，中間四句，分寫漁火或明或滅，化用鮫室龍宮事典，強化其神秘性與朦朧美。婁廣所作，圖寫海天昏暗，漁火燦爛，漁民以沙崑為絕佳漁場，從事網撈，可以想見。要之，暗夜海洋，漁火照破，自是臺灣八景之一。

聽濤、觀海，自古多為文人之雅事。高拱乾於清康熙三十一年（1692）任分巡臺廈兵備道。次年，於府治西定坊後方，建一臺一亭，名曰澄臺、斐亭。登臨亭臺，〈澄臺記〉所謂「覺滄渤島嶼之勝，盡在登臨襟帶之間」；頗可「用以舒嘯消憂，書雲攬物」。亭臺修成，環植修篁，於是竹韻共濤聲相和，騷人墨客多所吟詠，如高拱乾諸人〈斐亭聽濤〉：

> 島居多異籟，大半是濤鳴。試向竹亭聽，全非松閣聲。人傳滄海嘯，客訝不周傾。消夏清談倦，如驅百萬兵。[53]

> 伐竹搆江亭，深宵聽浪聲。隨風疏欲斷，和月到無情。忽訝琴書冷，真從几案生。波臣應共語，籍籍頌高清。[54]

> 海藏發雷霆，為濤鼓眾聽。最宜風雨候，載酒上斐亭。[55]

高拱乾所作〈臺灣八景・斐亭聽濤〉，顯示海濤之異籟，與竹韻之異響，交鳴相和，有助於消夏與清談。王璋所作，純就「聽濤」著墨，所謂「隨風疏欲斷，和月到無情」云云，藉景抒情，興寄清高。

---

53 高拱乾：〈臺灣八景・斐亭聽濤〉，頁208。
54 王璋：〈臺灣八景・斐亭聽濤〉，頁211。
55 婁廣：〈臺灣八詠・斐亭聽濤〉，頁365。

婁廣所作，點出最宜聽濤之時節，為風雨交加之際，海藏發雷霆之時。觀海有術，必觀其瀾；聽濤有侯，必值風雨。如此，方能令人訝、令人驚、令人感、發人悟，此一定之理。

　　淵源於宋迪〈瀟湘八景圖〉，作俑於蘇軾、黃庭堅等題畫詠畫詩所體現「詩中有畫」，結合宋人之競爭超勝，同題競作。清初來臺詩人所作〈臺灣八景〉詩，遂多富於宋詩宋調之風味。考察《全臺詩》七位詩人所作，信有此妙。

三　海洋詩情

　　海洋之書寫，純粹客觀再現景象者少，大多寄寓人情世態，甚至寓含哲理啟發。若此之倫，是筆者所謂海洋詩情。

　　明末遺民釋道濟（字石濤）《苦瓜和尚畫語錄》稱：「古之人寄興於筆墨，假道於山川，不化而應化，無為而有為」，故詩與畫多以興寄為創作之職志。詩人畫家往往發揮先秦儒家之比德說，將海洋形象比況道德精神，所謂「水汪洋廣澤也以德，卑下循禮也以義，潮汐不息也以道，決行激躍也以勇，瀠洄平一也以法，盈遠通達也以察，沁泓鮮潔也以善，折旋朝東也以志」，[56]將德、義、道、勇、法、察、善、志諸美善追求，比興寄託其志於海洋，添增海洋書寫許多詩情畫意，理趣與哲思。

　　海洋之波瀾壯闊，包容博大；利用厚生，善養萬物，吾人臨眺橫

56　俞劍華編著：《中國畫論類編》，第一編，〈貲任章第十八〉，頁159。「比德」說，始於《論語・雍也》孔子言：「知者樂水，仁者樂山」；其後，《孟子》〈離婁下〉、〈盡心上〉論及以水比德；《荀子・法行》提出以玉比德。至西漢，《尚書大傳》、《韓詩外傳》、《春秋繁露》、《說苑》又多所發揮論證。詳參中國孔子基金會編：《中國儒學百科全書》（北京：中國大百科全書出版社，1997），〈儒家美學思想〉，「比德說」，頁273-275。

渡,可使胸為之盪,情為之搖。何況詠寫海洋,往往移情投射,情景
交融。所謂「化景物為情思」,「一切景語皆情語也」,[57]無論詠物或山
水書寫,比興寄託自是一法;小中見大,亦是一法,此二者多能安頓
性靈,使筆有遠情。清初臺灣海洋詩歌或近於唐詩唐音者,可於此中
求之。海洋詩兼具畫意詩情者,尚多有之,或望洋興歎,或觀海悟
道,詩人之微情逸興,往往托文見志,寓物說理。若此之作,頗能體
味海洋文學盈虛消長之哲理,則或較近宋詩與宋調。如下列三詩可見
一斑:

> 八幅征帆落遠空,蒼龍銜燭晚波紅。洲前竹樹疑歸後,天外雲
> 山似夢中。鹿耳盪縈分左路,鯤身沙線利南風。書名紙尾知無
> 補,著得詩筒與釣筒。浪言矢志在澄清,博得天涯汗漫行。山
> 勢北盤烏鬼渡,潮聲南吼赤嵌城。眼明象外三千界,腸轉人間
> 十二更。我與蘇髯同不恨,茲遊奇絕冠平生。[58]

> 孤城獨上俯瀛洲,極目蒼茫一望收。落日半痕天共白,晚潮千
> 頃月同流。滄溟隱入蛟龍窟,島嶼寒生海市樓。波浪不揚征戰
> 息,舳艫閒作釣魚舟。[59]

> 浩渺無因溯去程,仙槎客泛正須評。輕浮一粒須彌小,包括恆
> 河色界清。世外形骸杯可渡,空中樓閣氣噓成。情知觀海難為
> 水,更有紅輪向此生。[60]

---

57 〔宋〕范晞文:《對牀夜語》卷二,引周伯弼〈四虛序〉:「不以虛為虛,而以實為
虛,化景物為情思」;《歷代詩話續編》(臺北:木鐸出版社,1983),頁421。

58 孫元衡:〈抵臺灣〉,《全臺詩》,第一冊,頁259。

59 陳聖彪:〈赤崁城觀海〉,頁375。

60 鍾瑄:〈吞霄觀海〉,頁387。

　　孫元衡〈抵臺灣〉詩，蓋作於康熙四十四年（1705）左右，由四川省漢州知府，遷臺灣府海防同知時。八幅征帆、蒼龍銜燭、洲前竹樹、天外雲山、鹿耳澄纓、鯤身沙線，圖繪出乘船初抵臺灣之入口意象。其他則藉題發揮，興寄遭遇，所謂「書名紙尾知無補」、「博得天涯汗漫行」；所謂「我與蘇髯同不恨，茲遊奇絕冠平生」，[61]正是極曠達語，反是極牢騷語。陳聖彪〈赤坎城觀海〉，尾聯宣稱：「波浪不揚征戰息，舳艫閒作釣魚舟」，化干戈為玉帛，征戰換成和平，有具象之演示，風格近似唐詩唐音。鍾瑄〈吞霄觀海〉，中間二聯，頗富觀海悟道之詩趣，而以「觀海難為水」總攝全詩。宋詩多理趣，渡臺詩人詠寫海洋，風格頗近似之。

　　即景生情，比興寄託，固詩人之能事。澄臺之建構，據〈澄臺記〉所云，一則為舒嘯消憂，一則為書雲攬物，要之，只在宣洩懷抱，此固高拱乾營造亭臺之初衷。因此，〈臺灣八景〉詩中，最富於詩情者，當推〈澄臺觀海〉諸什，如下列六家所云：

> 有懷同海闊，無事得臺高。瓜憶安期棗，山驅太白鰲。鴻濛歸紫貝，腥穢滌紅毛。濟涉平生意，何辭舟楫勞。[62]
> 巍峨臺榭築邊城，碧海波流水有聲。濟濟登臨供嘯傲，滄浪喜見一澄清。[63]

> 臺因觀海搆，遠水綠於蘿。浩渺心俱闊，澄清志若何。只疑天

---

61 蘇軾：〈六月二十日夜渡海〉對於遷謫海南島之感受，有極曠達之牢騷語：「九死南荒吾不恨，茲游奇絕冠平生。」《蘇軾詩集》（臺北：學海出版社，1985），卷四十三，頁2367。

62 高拱乾：〈臺灣八景・澄臺觀海〉，《全臺詩》，第一冊，頁207。

63 王善宗：〈臺灣八景・澄臺觀海〉，同上註，頁190。

是小,更覺地無多。白雉梯航路,於今尚不波。[64]

高拱乾〈臺灣八景·澄臺觀海〉,就海闊同懷起興,從神話、思憶安期棗、太白鰲;從滌紅毛、歸紫貝,見證混沌之終歸為一。故濟海涉臺,可遂平生志,舟楫之勞不必推辭。王善宗、齊體物所作,多發揮《世說新語》「登車攬轡,有澄清天下之志」之情意,[65]所謂「滄浪喜見一澄清」作雙關扣題,或以「澄清志如何」反思切題,可見詩人興寄之一斑。又如:

指顧層臺上,澄清竟若何。大都天地闊,不辨水雲多。棹轉爭飛鳥,宵鳴聽巨鼉。此時無限意,萬里壯關河。[66]

澄清有願獨登臺,浩浩乾坤一望開。波浪兼天生渤澥,風雲匝地變塵埃。胸中邱壑休言小,物外烟霞詎用猜。海上神山原不遠,此身彷彿到蓬萊。[67]

海國淼無窮,澄臺瞰四封。自從歸禹貢,何水不朝宗。[68]

王璋所作〈澄臺觀海〉,從登臺所見「萬里壯關河」,目驗天下澄清之事實。陳璸所作七律,首聯以浩浩乾坤、澄清有願起興,頷聯

---

64 齊體物:〈臺灣八景·澄臺觀海〉,同上註,頁195。

65 〔劉宋〕范曄著,〔唐〕李賢注,〔清〕王先謙集解:《後漢書集解》(臺北:藝文印書館,《二十五史》本),〈黨錮列傳〉卷五十七〈范滂〉:「滂登車攬轡,慨然有澄清天下之志。」頁788。

66 王璋:〈臺灣八景·澄臺觀海〉,《全臺詩》,第一冊,頁210。

67 陳璸:〈澄臺觀海〉,頁245。

68 婁廣:〈臺灣八詠·澄臺觀海〉,頁366。

「波浪兼天」、「風雲匝地」；頸聯「胸中邱壑」、「物外烟霞」，形象多恢弘闊大。詩人意氣風發，又不失悠然閒遠，故結尾以海上神山，身到蓬萊自許。婁廣所作五絕，以天下一統，萬水朝宗作為興寄，亦寄寓無窮。婁廣所作，所謂「自從歸禹貢，何水不朝宗」，隸事用典，含蓄曲達「天下澄清」之心願與事實。要之，皆富於詩情之海洋書寫也。其含蓄有味，與春秋之賦詩言志同妙。[69]

　　因海洋之博大浩瀚，而激生壯闊恢弘氣象；復緣消息盈虛，而引發興慨悟道，此於書寫海洋之賦作中，多有具體而微之表現，如周于仁〈觀海賦〉，倡言「觀屬於目，理通於心」；陳輝〈臺海賦〉所謂「念端居之可恥」，「展宗愨之素志」，已論述於「海洋風景」一節，參較互觀可也，此處從略。

四　海洋之生態與傳說

　　臺灣四面環海，詩文中書寫海洋生活，諸如航海、貿易、漁獲者，渡臺文人作品多有述及，如陳輝〈臺海賦〉，頗有具體而微之稱說：

> 迨夫交趾之石一鐫，甘棠之港遂融。昔在版圖以外，今歸邦域之中。東寧啟宇，鄒魯成風。憑一葦之所居，乃無遠而弗通。南連廣、粵，北接齊、吳。歷錦蓋，涉遼都。藉片帆以利濟，取水道為便途。於是賈人遊客，飛艇揚航。發鷺島、渡重洋，或候風期而停棹於西嶼之滸，或隨潮信而齊泊乎赤嵌之旁。萃

---

69 張高評：《左傳之文學價值》（臺北：文史哲出版社，1990），第五章第一節〈賦詩之性質及其效用〉，頁91-109。

諸州之珍貨,遷本土之稻糖。既車書之一統,何彼界與此疆。
則有瀛壖蜑戶,世外自別。依船為家,販海作歡。任風波兮去
來,布漁火兮明滅。施罾罛於鷺汀,投絲繒於鼉穴。生斯長斯
兮,自幼至耋。爾乃探龍宮、數水族,卵育胎生,細肌豐肉。
鹽堪作鮺,鮮可佐穀。小者若蟻封,大者若陵谷。奮鬣兮鬥
風,噴沫兮飛瀑。乘怒潮以上下,倒狂瀾而伸縮。乃其怪形奇
類,種種堪嘆。角燕拖舟,僧魚似人。虎蛟擺浪,龍鯉吞舟
舲。常衝突乎黑水,時漂泳於澎津。[70]

　　陳輝〈臺海賦〉稱讚海上交通之便利,所謂「藉片帆以利濟,取
水道為便途」。「於是賈人遊客,飛艇揚航。發鷺島、渡重洋,或候風
期而停棹於西嶼之澨,或隨潮信而齊泊乎赤嵌之旁」六句,描繪因風
期與潮信,而左右航海路線及停泊港口。海上貿易之品類,則有「諸
州之珍貨」與「本土之稻糖」交易買賣。〈臺海賦〉又特別介紹「依
船為家,販海作歡」之瀛壖蜑戶,以捕撈海產為生,「乘怒潮以上
下,倒狂瀾而伸縮」。數其漁獲,則列舉角燕、僧魚、虎蛟、龍鯉等
等,描繪海洋生活可謂詳備可觀,海洋之善養萬物,亦由此可見。
　　渡海來臺詩人所作海洋詩,述及海洋生物,已見上列陳輝所作
〈全臺賦〉之片段,及李欽文〈紅毛城賦〉所謂「海狶驟起而戲波,
靈鼉夜吼而弗輟」,多類及海洋生物。除外,尚有沈光文、齊體物、
高拱乾所作詩賦,亦多順帶類及。沈光文〈臺灣賦〉,出於駢賦之
體,就海上之鱗與潮中之介,作面面俱到之敘寫:除山珍外,海鮮數
量之多,可謂琳瑯滿目,如龍、龜、鰷、鱘、鱷、鯉、蛤、蚌、蟶、
蟳、土鮀、海翁、鬥虎、燃犀、珊瑚、玳瑁、貝錦、珠璣。齊體物

70　陳輝:〈臺海賦〉,《全臺賦》,頁79-80。

〈澎湖嶼〉詩，則提及西施舌、蚌珠、玳瑁、珊瑚等等。《海八德經》所謂「海懷眾珍：黃金白銀、琉璃水精、珊瑚蛟龍、明月神珠，千奇萬異，無求不得」，海洋之善養萬物，由沈光文、齊體物所作詩賦可見一斑：

> ……獸則麋鹿成群，而虎狼絕跡；禽則鷹烏逐隊，而鴻雁靡翔。龍潛邃壑，龜息深潭。大滬之鱸、鱔、鱷、鯉，昕夕烹鮮；小塭之蛤、蚌、蟶、蟳，富貧恆饌。海上之鱗，未能枚舉；潮中之介，不易名稱。網捕土鮀，鉤引海翁。淮南之鬥虎，難以貌求；溫嶠之燃犀，猶為日見。珊瑚玳瑁，購之雖易，而取之亦難；貝錦珠璣，小者恆多，而大者實少。……[71]

> 海外遙聞一島孤，好風經宿到澎湖。蟶含玉舌名西子，蚌吸冰輪養綠珠。蕩漾金波浮玳瑁，連環鐵網出珊瑚。登臨試問滄桑客，猶有田橫義士無。[72]

王必昌（1704-1788），乾隆十年（1745）進士，十六年（1751）來臺，主事《重修臺灣縣志》，撰有〈臺灣賦〉、〈澎湖賦〉。其中書寫海洋之魚蝦貝螺者，亦多有之。十八世紀臺澎海洋之生態，可以想見，如：

> 乃其海物惟錯，獨為充斥。難悉厥名，略辨其色。則鯔烏鯉紅，鱔紫鯧白。赤海金精，烏頰黃翼。青鱏投火，烏鰂噴墨。錦魴花鮗，金梭如織。又有香螺花蛤，鬼蟹虎鯊；白蟶塗魠，

麻虱龍蝦。臺澎所產，厥味多嘉。[73]

即如鵁鶄鴻鸂，鷗鷺鴛鴦。山羊野貓，犬豕豪貓。紅鯊烏鰶，
紫鱠白鰷。花螺石蠣，塗魠江蟯。地瓜歲時而，海菜青紫以緑
緑。維茲土產，固甚豐饒。賈客來兮，帆收晚泊；漁歌發兮，
韻答春潮。[74]

　　〈臺灣賦〉所書臺灣海錯，採辭賦手法，以色彩分類提挈，枚舉
歷數，而有鯔、鯉、鱔、鯧、青鯶、烏鯽、魴、鮯、香螺、花蛤、鬼
蟹、虎鯊、白鯹、塗魠、麻虱、龍蝦等等，琳瑯滿目，生機蓬勃，質
量充斥，而厥味多嘉。〈澎湖賦〉所述，則有紅鯊、烏鰶、紫鱠、白
鰷、花螺、石蠣、塗魠、江蟯、海菜等等，上述所陳，要皆中土所罕
見而莫悉者。士人見而載之於篇，亦以見海懷眾珍，善養萬物而已。
所可惜者，辭賦只點提水族名字，未進一步作生態之刻劃或渲染。
　　高拱乾〈臺灣賦〉，屬於駢體賦，取法辭賦之誇飾出奇，用剔除
法推想臺灣之物產、風景，與怪異，所謂「非此邦之物產」、「非此邦
之風景」、「而茲邦又無此怪異」云云，鋪采摛文，可謂極盡想像誇張
之能事，切合辭賦寫作之風格。如「蝦鬚百丈，鰭骨千尋。貝文似
鳳，魚首如人。大黿之壽三萬歲，蝴蝶之重八十觔」云云，蓋以神話
傳說之荒誕不經，推想南海、東海、洞庭之水族：

乃至蝦鬚百丈，鰭骨千尋。貝文似鳳，魚首如人。大黿之壽三
萬歲，蝴蝶之重八十觔。非此邦之物產，蓋在乎南海之濱。又
如蜃樓縹緲，海市高低。碧雲擁日，滄海為梯。光從定後，圓

---

73 王必昌：〈臺灣賦〉，《全臺賦》，頁84。
74 王必昌：〈澎湖賦〉，《全臺賦》，頁89。

始天蹐。非此邦之風景，又在乎東海之青、齊。更或橋邊鼇
泣，別淚如珠。山頭劍舉，雪城為墟。飛女仙之一石，起剗史
於沾濡。扶紅裳之魚女，使之返于沮洳。而茲邦又無此怪異，
事或見之于洞庭湖。[75]

　　除外，海洋文學遣詞造語，難免運用海洋之神話或傳說，如精衛
填海[76]，河伯望洋[77]、海市蜃樓[78]、石尤阻程、宗愨乘風[79]、海上神山[80]
等等，多有助於構詞、表意，或詩境經營。如施瓊芳〈海旁蜃氣象樓
臺賦〉：

　　蛟宅浮光，龍宮煥彩，四極包羅，百川歸匯。陽侯波起，水欲
　　縈丁；羽客身遊，市還成亥。為想天官象紀，龍門借喻於樓

75　高拱乾：〈臺灣賦〉，《全臺賦》，頁53。

76　袁珂校注：《山海經校注》（臺北：里仁書局，1982），卷三，〈北次三經〉：「有鳥焉，
　　其狀如烏，文首，白喙，赤足，名曰精衛，其名自詨。是炎帝之少女名曰女娃。女
　　娃游于東海，溺而不返，故為精衛。常銜西山之木石，以堙于東海。」頁92。

77　《莊子・秋水》：「順流而東，至於北海，東面而視，不見水端，於是焉河伯始旋其
　　面目，望洋向若而歎曰云云」。

78　〔宋〕沈括：《夢溪筆談》（香港：中華書局，1987），卷二十一〈異事〉：「登州海
　　中，時有雲氣，如宮室臺觀，城堞人物，車馬冠蓋，歷歷可見，謂之海市。貨約，
　　蛟蜃之氣所為。疑不然也。」《本草・鱗部》蛟龍下云：「蛟之屬有蜃，狀似蛇而
　　大，有角，能呼氣成樓臺城郭之狀。」頁216。

79　《宋書・宗愨傳》：「宗愨少時，叔父炳問其志，愨曰『願乘風破萬里浪！』」李白
　　〈行路難〉三首其一：「長風破浪會有時，直挂雲帆濟滄浪。」

80　《史記・秦始皇本紀》：「齊人徐市等上書，言海中有三神山，名曰蓬萊、方丈、瀛
　　洲，仙人居之。」又《封禪書》云：「自威、宣、燕昭，使人入海求蓬萊、方丈、
　　瀛洲。此三神山者，其傳在渤海中，去人不遠；患且至，則船風引而去。蓋嘗有至
　　者，諸仙人及不死之藥皆在焉。其物禽獸盡白，而黃金銀為宮闕。未至，望之如
　　雲；及到，三神山反居水下。臨之，風輒引去，終莫能至云。」瀧川資言：《史記
　　會注考證》（臺北：萬卷樓圖書公司，1993），頁121，502。

臺；都因月令化轉，蜃氣頓浮於滄海。[81]

施瓊芳〈海旁蜃氣象樓臺賦〉首段，驅遣學問，以敘寫海市蜃樓之生起與緣起。排比蛟宅、龍宮、陽侯、羽客，為海市蜃樓之書寫蓄勢。《史記・天官書》、《禮記・月令》二書，皆記述海市蜃樓。然而臺灣海島之海市蜃樓果真出現於何時節？浮現於何地方？待考。海市蜃樓之奇觀，為詩人之實錄乎？抑或騷人為文造情之作？亦待考。至如盧若騰〈石尤風〉，卻實有其事：

> 石尤風，吹捲海雲如轉蓬。連艘載米一萬石，巨浪打頭不得東。東征將士饑欲死，西望糧船來不駛。再遭石尤阻幾程，索我枯魚之肆矣。噫吁嚱，人生慘毒莫如饑。沿海生靈慘毒遍，今日也教將士知。[82]

海洋詩之常用詞彙中，兼具史料性，可據以匡謬補闕者，莫過於盧若騰〈石尤風〉一詩。學者考察鄭成功征臺史事，發現順治十八年（明萬曆十五年，1661）七、八月間，鄭成功數萬大軍圍攻荷蘭佔據之熱蘭遮城，金門廈門方面的運糧船未能及時到達。《先王實錄》載：「時糧米不接，官兵日只二餐，多有病故，兵心嗷嗷。」歷來多以為：戶官鄭泰難辭其咎。研究卻發現：盧若騰所作〈石尤風〉詩，[83]

---

81 施瓊芳：〈海旁蜃氣象樓臺賦〉，《全臺賦》，頁137。

82 盧若騰：〈石尤風〉，《全臺詩》第一冊，頁31。

83 石尤風，即打頭逆風。《瑯嬛記》卷中引《江湖紀聞》：石尤風者，傳聞為石氏女嫁為尤郎婦，情好甚篤。尤為商遠行，妻阻之，不從。尤出不歸，妻憶之，病亡。臨亡，長歎曰：「吾恨不能阻其行，以至於此。今凡有商旅遠行，吾當作大風，為天下婦人阻之。」自後商旅發船，值打頭逆風，則曰：「此石尤風也。」遂止不行。婦人以夫姓為名，故曰石尤。宋朱翌，《猗覺寮雜記》卷二：「風之逆舟，人謂之打

解答了一六六一年七、八月間，金廈運糧船始終未能及時接濟臺灣的問題，關鍵只在於頂頭逆風——石尤風之影響。[84] 語云：「談言微中，亦可以解紛」，猶董仲舒片言可以折獄。盧若騰〈石尤風〉詩，以詩補史闕，亦此類也。若此，最有功於學術研究。其他如精衛填海，用於盧若騰〈汎海遇風〉詩，已見上述。有關蜃樓吐氣、宗愨駕風、海上神仙諸神話傳說，多廣用於海洋書寫之中，如：

> 滄波一望接天窩，茫茫無際漏纖毫。朝風疊起千層浪，潮聲夜靜如怒號。包羅天地垣帔內，星月浮沉出波濤。天晴蜃樓常吐氣，霧中陰靄翻山鰲。萬斛海航隨波出，遠看猶如一鴻毛。欲窮四望無邊際，平明霽色陟江皋。[85]

> 鹿耳雄天塹，寒潮拍拍來。激濤翻白馬，匝岸走春雷。候月知宵漲，看波感後催。誰能慕宗愨，萬里駕風回。[86]

> 澄清有願獨登臺，浩浩乾坤一望開。波浪兼天生渤澥，風雲匝地變塵埃。胸中邱壑休言小，物外烟霞詎用猜。海上神山原不遠，此身彷彿到蓬萊。[87]

鄭經〈海望〉，寫滄波茫茫，風起千浪、潮聲怒號、晝夜晴霧，

頭風。」參考袁珂編著：《中國神話傳記辭典》（臺北：華世出版社，1987），頁84。

84 孫元衡：〈海波夜動爇如流火天黑瀰漫亦奇觀也〉，頁95-96。又，鄧孔昭：〈明鄭時期臺灣海峽上交通問題的探討〉，《臺灣研究集刊》2001年第4期，頁10、14。

85 鄭經：〈海望〉，《全臺詩》第一冊，頁106。

86 齊體物：〈臺灣八景・鹿耳春潮〉，頁194。

87 陳璸：〈澄臺觀海〉，頁245。

都用平遠視角書寫。特提海市蜃樓出現於天晴時分，暗合日光折射原理。齊體物〈鹿耳春潮〉，用宗愨乘長風，破萬里浪事典，自勉勉人。陳璸〈澄臺觀海〉，引物連類，敘及胸中丘壑、物外烟霞、身到蓬萊，神山不遠，以見乾坤浩浩，澄清有願，亦言之有物。海洋詩中經營意象，妙用神話傳說，就修辭學而言，屬於隸事用典。劉勰《文心雕龍·事類》所謂：「綜學在博，取事貴約，校練務精，據理須覈」；善加運用，有助於文句意境之表裡發揮，眾美輻輳。

第三節　結語

　　海洋文化，指人類征服或依賴海洋生活的一種文化方式。冒險犯難、開疆拓土、包容博大、善養萬物、創新求變，為海洋文化的五大精神特質。海洋文學，為海洋文化最直接的體現，較生動的演示。本文以《全臺詩》、《全臺賦》為主要研究文本，考察其中之海洋文學，特別關注海洋風景之刻畫，海洋詩情之表現，〈臺灣八景〉詩中海洋之描述，且勾勒海洋生態，穿插海洋傳說，訴之於騷人墨客，見之於詩歌辭賦。明鄭或滿清官員，騷人墨客，渡海來臺，橫越黑水溝，其冒險犯難，人定勝天之精神，傳世文獻有何體現？施琅征臺前後，在戰爭與和平的氛圍中，海洋扮演何種角色？海洋書寫是否有所轉變？討論結果，初步獲得下列觀點：

　　軍民已於臺澎安身立命，閒居則或詠海寄興，藉海寫情，頗可見其襟抱與思懷。如鄭經〈海望〉、〈舟中〉，孫元衡〈海吼〉、張湄〈海吼賦〉、陳輝〈臺海賦〉、〈臺灣八景〉詩，海洋之波瀾壯闊、包容博大；利用厚生，善養萬物，由此可見。刻劃形象，化景物為情思，作詩或尚興寄，成為海洋書寫主軸之一，頗近唐詩唐音之特色。

　　至於朝代更替，爭戰與和平，或望洋興歎，或觀海悟道，體現海

洋文化盈虛消長之哲理。如高拱乾〈臺灣賦〉、施瓊芳〈海旁蜃氣象樓臺賦〉、周于仁〈觀海賦〉；高拱乾、齊體物、王善宗、王璋、陳璸、婁廣所作〈澄臺觀海〉，陳聖彪〈赤崁城觀海〉、鍾瑄〈吞霄觀海〉諸什皆是。宋代詩賦，多寓含哲理議論，渡海詩人與賦家之寫作風格近似之。海洋詩如此，較近宋詩宋調之風格。

遠承北宋山水畫〈瀟湘八景〉影響，渡海來臺之騷人墨客，以之借鑑，寫作〈臺灣八景〉詩，其中安平晚渡、鹿耳春潮、沙崑漁火、澄臺觀海、斐亭聽濤五者，於書寫海洋篇幅較多；考其意境表現，亦較富於詩中有畫。臺灣之海洋思維、海洋意識、海洋文化、海洋文學，多可自高拱乾等七家先民之詠海詩中考求而得。

沈光文、高拱乾所作〈臺灣賦〉之勾勒海洋生物，陳輝〈臺海賦〉之狀寫航海、貿易、捕撈之海洋生活，乃至於林謙光、沈光文、高拱乾三家之〈臺灣賦〉、周于仁〈觀海賦〉、張湄〈海吼賦〉、王必昌〈臺灣賦〉‧〈澎湖賦〉，施瓊芳〈海旁蜃氣象樓臺賦〉，以及孫元衡之〈海吼〉詩、〈颶風歌〉，皆海洋文學不可多得之佳作名篇。

清初臺灣詩人之海洋書寫，大抵聚焦在四大主題上：其一，海洋爭戰，其二，風波險惡，其三，島嶼書寫，其四，海洋景觀。除海洋爭戰外，其中最大宗者，為〈臺灣八景〉之圖寫，先後有高拱乾、王善宗、齊體物、王璋、林慶旺、陳璸、婁廣，海洋風景之觀覽感發，於斯為盛。七家所寫，同題共作，競爭超勝，與宋代之酬唱應答無異。此一詩風，與宋詩宋調十分相近似。

臺灣海洋書寫之發展，清初以來，大抵詩歌略早於辭賦；至康熙雍正之際，則詩賦爭輝，相得益彰。詩多絕句短章，賦則宏觀構象；詩或詠物、寫景、寓理、興寄，妙於小中見大，致力化俗為雅、以文為詩、以賦為詩；賦或橫向刻劃，或縱深剖析，必期於窮形盡相，面面俱到而後已。故同為海洋世界之書寫，辭賦功在周詳圓融，場面壯

大；詩歌則妙在含蓄蘊藉，玲瓏小巧。詩賦合觀，是所謂「合之則雙美，離之則兩傷」。

清初臺灣之海洋詩歌，或似唐音，或近宋調，此與清初詩風有關「唐宋詩之爭」相呼應。已另撰〈清初臺灣海洋詩與宋調特徵〉篇章，此不再贅。

第九章
清初臺灣海洋詩與宋調特徵

　　宋詩崛起於唐詩輝煌燦爛、盛極難繼之後，走的是求變追新的創作路線。創造性模仿，是一大走向，如黃庭堅所倡奪胎換骨、點鐵成金、以故為新諸詩法，即是。或作會通組合，如詩中有畫、以禪入詩、以文為詩、以賦為詩；或作遺妍開發，如和作、續作、效作、擬作，咸以後來居上，特出奇麗為依歸。詠史詩以「別出眼目」相標榜，詠物詩以理趣超拔相號召；題畫詠畫則取「丹青吟詠，妙處相資」作交叉受容；化俗為雅，遂使品物皆可入詩；同題競作者多，則挑戰超勝之意識無所不在。於是宋詩如齊天大聖孫悟空，能跳出唐詩之手掌心，而自成一家。以朝代論，指稱宋代獨創之詩篇，謂之宋詩。其後，清代詩人學唐變宋，蔚為一家風格特色，大異唐詩，卻近似宋詩，乃謂之「宋調」。曰唐，曰宋，此專指風格特色之殊異言，不取朝代稱謂。

第一節　唐音宋調與清初海洋的創作路線

一　清初之海洋詩歌與唐音宋調

　　關於中國古代歷史分期，日本內藤湖南（1866-1934）、宮崎市定（1901-1995）師生提出「唐宋轉型論」、「宋代近世說」。[1]以此為核

1　參考張廣達：〈內藤湖南的唐宋變革說及其影響〉，《唐研究》第十一卷（北京：北

心，又自然推導出「宋代文化頂峰論」和「自宋至清千年一脈論」。
嚴復、王國維、胡適、陳寅恪、錢穆、鄧廣銘、傅樂成等史學家多受
其啟發。[2]以筆者觀之，繆鉞、錢鍾書說唐宋詩，亦得其沾溉。從唐
宋轉型論，到唐型文化與宋型文化；[3]從「唐宋詩異同」到「詩分唐
宋」，衍化軌迹昭然若揭。就繆鉞「唐宋詩異同」而言，略謂：「唐詩
以韻勝，宋詩以意勝」；「唐詩之美在情辭，故豐腴；宋詩之美在氣
骨，故瘦勁」；「唐詩如芍藥海棠，穠華繁采；宋詩如寒梅秋菊，幽韻
冷香」；「唐詩之弊，為膚廓平滑；宋詩之弊，為生澀枯淡」云云。[4]
所言雖不必皆然，但就相對、主體而言，所論大抵不誤。其中又云：
「雖唐詩之中，亦有下開宋派者；宋詩之中，亦有酷肖唐人者」；就
體格性分、審美特徵論詩，予後人無限啟迪。

　　錢鍾書《談藝錄》研究中國古典詩歌，提出「詩分唐宋」的主
張。略謂：曰唐、曰宋，「非曰唐詩必出於唐人，宋詩必出宋人也」；
「唐之少陵、昌黎、香山、東野，實唐人之開宋調者；宋之柯山、白
石、九僧、四靈，則宋人之有唐音者」與繆鉞之說有相通處。又云：
「夫人秉性，各有偏至。發為聲詩，高明者近唐，沈潛者近宋，有不
期而然者」；又云：「一集之內，一生之中，少年才氣發揚，遂為唐
體；晚節思慮深沈，乃染宋調。」[5]換言之，中國古典詩歌可歸納為
兩大風格，不近唐詩風格，則近宋詩特色。唐前之詩，或近唐詩，或

　京大學出版社，2005），頁5-71；柳立言：〈何謂「唐宋變革」？〉，《中華文史論
　叢》2006年1期（總81輯），頁125-171。

2　參考王水照：《鱗爪文輯》（西安：陝西人民出版社，2008），卷3，〈文史斷想：重
　提「內藤命題」〉，頁173-178。

3　傅樂成：〈唐型文化與宋型文化〉，輯入氏著：《漢唐史論集》（臺北：聯經出版公
　司，1977），頁339-382。

4　繆鉞：《詩詞散論》（上海：上海古籍出版社，1982），〈論宋詩〉，頁36-37。

5　錢鍾書：《談藝錄》（臺北：書林出版有限公司，1988），一、〈詩分唐宋〉，頁1-5。

近宋詩；宋元以降之詩，亦然。歷代詩歌如此，即一代、一生、一集之詩，亦因風格特色殊異，而有唐音宋調之不同。錢鍾書宏觀之詩學，已漸獲學界認同。

宋人為變唐、新唐，無不學唐、法唐。如學李商隱、學白居易、學韓愈、學杜甫、學晚唐等即是。唯先後學唐，宋人與明人不同：宋人以學習古人之優點長處為手段，以盡心創意造語、自成一家為終極追求。明人則以模仿盛唐、宗法秦漢為目的，故別無生發。清袁枚〈答沈大宗伯論詩書〉所謂「唐人學漢魏，變漢魏；宋學唐，變唐。……使不變，不足以為唐，亦不足以為宋也。」[6]唐詩所以為唐詩，宋詩之所以為宋詩，知學古，又能通變，是其關鍵。

宋人之學唐、變唐，至北宋元祐年間，蘇軾、黃庭堅等「始變化於唐，而出其所自得」，蔚為宋詩之風格與特色，與唐詩唐音判然殊相，可以分庭抗禮。嚴羽《滄浪詩話・詩辨》所謂「（近代之詩）至東坡山谷，始自出己意以為詩，唐人之風變矣。」[7]蘇軾、黃庭堅擺落唐詩之傳統規範，「自出己意」，無所依傍以作詩，遂造就自成一家之詩風。南宋以降，詩話筆記熱衷討論宋詩如何自成一家，如何而有自家特色，而與唐詩有所不同。於是從特色之有無，演變為優劣得失之分辨。唐宋詩優劣之爭，作俑於張戒、劉克莊、嚴羽之詩話，紛紛擾擾，歷元、明、清，至近現代。[8]二十世紀以來，繆鉞《詩詞散論》強調「唐宋詩異同」，錢鍾書《談藝錄》標榜「詩分唐宋」。古典詩歌之所以界分唐詩宋詩，體性風格之所以區分唐音宋調，蘇軾、黃

6　〔清〕袁枚：《小倉山房詩集》，卷17，〈答沈大宗伯論詩書〉，《袁枚全集》第二冊（南京：江蘇古籍出版社，1993），頁284。

7　〔宋〕嚴羽著，郭紹虞校釋：《滄浪詩話校釋》（北京：人民文學出版社，2005），頁26。

8　齊治平：《唐宋詩之爭概述》（長沙：岳麓書社，1983）。分南宋（附金元）、明代、清代三部份，十四個論題，頁1-139。

庭堅之自出己意、自成一家是重要分水嶺。[9]

　　自晚明萬曆至崇禎（1573-1645）、清順治歷康熙（1645-1721），
近一百五十年間，是所謂明末清初。南宋以來詩學之唐宋詩紛爭，正
方興未艾。明代詩學發展至崇禎年間，復古與性靈，尊唐與崇宋，已
呈現若干變化，許學夷《詩學辨體》可窺其中融合之消息。[10]就詩學
而論，清初以來，宗唐與宗宋，此消彼長，互有軒輊。[11]質言之，王
夫之、賀裳、吳喬、馮班、施閏章、毛先舒、毛奇齡、何世琪、田同
之等所撰詩話，多尊唐揚唐，而貶宋卑宋。要之，「尊唐黜宋」，乃清
初宗唐詩話之總體格局。[12]另一方面，清初詩壇同時存在一股宗宋禰
宋之風，主真重變，調和唐宋，如錢謙益、黃宗羲、葉燮、朱彝尊、
王士禛、邵長蘅、賀貽孫、吳之振等等，所撰序跋、批語、詩話、文
集，標榜新變，辨析唐宋，強調宋詩特色。[13]上列詩論家要皆能詩，
有詩集傳世。

　　明末清初之詩風趨向，既如上述，自然投射在詩歌創作上：或宗
唐詩，或主宋調，或者出入唐宋，折衷兼採。清初臺灣之海洋詩歌，
多出自中土來臺之宦遊詩人，勢不得不受中土詩風之影響。明末清初
以來詩風，既宗唐主宋，互有消長，於是如響斯應，亦體現於臺灣之
海洋詩歌中，或似唐音，或近宋調，或依違唐宋之間。筆者所述清初
臺灣「海洋詩情」一節，或托文見志，或寓物說理，化景物為情思，

9　張高評：《苕溪漁隱叢話與宋代詩學典範》（臺北：新文豐出版社，2012），第七章
　　〈苕溪漁隱論宋詩宋調之形成──以歐、王、蘇、黃詩風為例〉，頁271-298。

10　孫立：《明末清初詩論研究》（廣州：廣東高等教育出版社，2003），附錄二、〈從元
　　和詩體道宋體──許學夷的宋詩觀〉，頁325-345。

11　張健：《清代詩學研究》（北京：北京大學出版社，1999），頁104-478。

12　張高評：〈清初宗唐詩話與唐宋詩之爭──以「宋詩得失論」為考察重點〉，《中國
　　文學與文化研究學刊》第1期（2002年6月），頁83-158。

13　張高評：〈清初宋詩學與唐宋詩異同〉，中山大學中文系主編：《第三屆國際暨第八
　　屆清代學術研討會論文集》（2004），頁87-122。

興寄高遠，較近於唐詩唐音之風味。[14]除此之外，清初之臺灣海洋文學，若以審美指趣、題材選擇與技巧表現論，則海洋詩較近宋詩宋調特色。

二　清初海洋詩之創作路線

　　清初來臺宦遊之詩人，多身兼武職。就《全臺詩》[15]所見，如盧若騰曾司巡海兵備道、加兵部尚書；隨施琅征臺之施世綸，官至兵部侍郎；王善宗任臺灣水師協左營守備，齊體物由漳州海防同知調任臺灣府海防捕盜同知；高拱乾任分巡臺廈兵備道；施世榜嘗以軍功授都司，官至兵馬副指揮等等。以清康熙年間，徵存之臺灣海洋詩而言，純為文人者，不過沈光文、郁永河與孫元衡三人而已。武備之餘而作詩寫賦，與純然專業詩人之沈潛涵泳，固不可同日而語。

　　清初臺灣詩人之海洋書寫，大抵聚焦在四大主題上：其一，海洋爭戰，如盧若騰〈丙申三月初六日大風覆虜〉、〈南洋賊〉；施世綸〈克澎湖〉，施世榜〈靖臺隨軍入鹿耳門〉諸詩，其二，風波險惡，如盧若騰〈將士妻妾汎海遇風不任眩嘔自溺死者數人作此哀之〉、〈石尤風〉、郁永河〈渡黑水溝〉、孫元衡〈黑水溝〉、〈乙酉三月十七夜渡海遇颶天曉覓澎湖不得回西北帆屢瀕於危作歌以紀其事〉、〈颶風歌〉、〈自安平鎮風中返棹波濤甚惡歸臥竟日而心猶悸作詩自嘲〉諸什。其三，島嶼書寫，如齊體物〈澎湖嶼〉、孫元衡〈抵澎湖澳〉、〈抵臺灣〉、〈澎湖〉諸詩皆是。其四，海洋景觀，如鄭經〈觀滄海〉、〈海望〉、〈獨見海中月〉、〈舟中〉；孫元衡〈海吼〉、〈海波夜動

14　張高評：〈詩情畫意與清初臺灣之海洋詩賦〉，成功大學中文系、金門縣文化局主編：《2009閩南文化國際學術研討會論文集》（2009），頁416-418。

15　施懿琳等編撰：《全臺詩》（臺南：國家臺灣文學館、遠流出版公司，2004）。

燄如流火天黑瀰漫亦奇觀也〉。筆者曾發表〈詩情畫意與清初臺灣之
海洋詩賦〉、〈海洋詩賦與海洋性格──明末清初之臺灣文學〉,[16]可
不再贅。

　　海洋書寫最大宗者,為〈臺灣八景〉之圖寫,先後有高拱乾、王
善宗、齊體物、王璋、林慶旺、陳璸;婁廣〈臺灣八詠〉,陳聖彪
〈赤坎城觀海〉、鍾瑄〈吞霄觀海〉,海洋風景之觀感,於斯為盛。
〈臺灣八景〉中,〈安平晚渡〉、〈沙崑漁火〉、〈鹿耳春潮〉、〈澄臺觀
海〉、〈斐亭聽濤〉五者,與海洋文學較有關聯。七家所寫,同題共
作,競爭超勝,與宋代之酬唱應答無異。此一詩風,又與宋詩宋調相
近似。

　　杜國清（1941-）,為美國加州大學聖塔芭芭拉東亞語言文化研究
系教授,創作現代詩,同時研究現代詩。著有《望月》、《雪崩》等詩
集,《詩情與詩論》等專著。曾發表〈宋詩與臺灣現代詩〉一文,提
出現代詩與宋詩在創作路線方面,有四個層面的共通點:（一）獨創
性的自覺;（二）散文性的凸顯;（三）即物性的表現;（四）主知的
詩情。[17]發人所未發,言人所未言,可謂真知灼見,經典之論。筆者以
為:臺灣現代詩譜系之一,當上接民初之五四文學,胡適、朱自清等
之白話詩;而胡適、朱自清的古典詩學傾向宗法宋詩,於是近代傳承
晚清同光體詩風,中承清初以來「主真重變」之宋詩宋調風尚。因此,
欲研究臺灣現代詩,當先考察晚清同光詩、乾嘉桐城詩、清初浙東詩。
為辨章學術,考鏡淵流,行有餘力,不妨推本溯源至蘇軾、黃庭堅、

---

16 張高評:〈海洋詩賦與海洋性格──明末清初之臺灣文學〉,《臺灣學研究》第5期
　（2008）,頁1-15。

17 杜國清:〈宋詩與臺灣現代詩〉,輯入《詩情與詩論》（廣州:花城出版社,1993）,
　頁197-209。

江西詩派；如此而探龍得珠，所謂宋詩宋調之特色，自然可得。[18]

　　就題材選擇而言，清初詩人所作海洋詩歌，如上所述，極富於獨創性之自覺，海上征戰、海上冒險、臺澎書寫、觀海聽濤，或創前未有，或獨到觀照；而所謂獨到與創發，固宋詩所盡心與致力。[19]另一方面，宋詩表現對景物之直接觀察與刻劃，往往以賦為詩，因即物窮理，而目擊道存，頗富即物性之表現。如盧若騰所作〈將士妻妾汎海遇風不任眩嘔自溺死者數人作此哀之〉，直擊災難現場，而稱招魂無人，填海堪悲。觀察複製當下場景而已。〈丙申三月初六日大風覆虜〉詩，直書「雖有千萬卒，不如一刻風」：

　　　……雖有千萬卒，不如一刻風。卒多而毒民，歲月無終窮；風勁而殪敵，一刻成奇功。彼狡潛擣虛，乘潮騁艨艟；夜發筝江曲，朝至潤頭東。虜笑指三島，云在吾目中；陡逢巽二怒，進退俱冥瞢。隊隊舳艫接，打斷似飛蓬；齊擐犀兕甲，往謁蛟龍宮。亦或免淹溺，飄來沙上艭；猛獸傷入檻，鷙鳥困投籠。始知干淨土，不容腥穢訌……。[20]

　　順治十三年（永曆十年，1656），清定遠大將軍世子濟渡率軍攻打廈門，遭風敗績，提供三月初六日之確切日期史料，與官方文獻之

18　張高評：《苕溪漁隱叢話與宋代詩學典範》，第六章〈胡仔詩學與宋詩宋調──《苕溪漁隱叢話》論杜甫詩述評〉，頁207-270；第八章〈《苕溪漁隱叢話》東坡卷之意義──兼論胡仔之詩學典範觀〉，頁303-346；第九章〈「苕溪漁隱曰」論蘇軾、黃庭堅詩〉，頁347-394。

19　參考張高評：《創意造語與宋詩特色》（臺北：新文豐出版公司，2008），第三章〈從創造思維談宋詩特色──以創造性模仿、求異思維為例〉，頁59-115。

20　盧若騰：〈丙申三月初六日大風覆虜〉，《臺灣詩抄》，《臺灣文獻叢刊》本，頁18，《全臺詩》失收。

三月十六日不同。[21]盧若騰自隆武以來，在金、厦生活十餘年，目擊道存，或有可取。又如高拱乾〈臺灣八景〉中〈安平晚渡〉：「一鉤新月淺，幾幅淡帆輕。岸闊天遲暝，風微浪不生。」〈鹿耳春潮〉：「二月青郊外，千盤白雪堆。線看沙欲斷，射擬弩齊開。」；王善宗〈臺灣八景・沙崑漁火〉：「長沙一帶積如山，碧海分流水自潺。數點殘星歸遠浦，清光永夜照人間。」皆只將眼之所見，直接勾勒描繪，並未作較委婉或詩意之安排，此之謂即物性之表現。

黑潮流經臺灣海峽，水色墨黑，俗稱黑水，或黑水溝。由於暗潮洶湧，水流不穩定，容易發生船難。故先民唐山過臺灣，渡海移民，視澎湖與臺灣間之黑水溝為畏途。試看兩首關於黑水溝之敘寫：

> 浩蕩孤帆入杳冥，碧空無際漾浮萍。風飜駭浪千山白，水接遙天一線青。回首中原飛野馬，揚舲萬里指晨星。扶搖乍徙非難事，莫訝莊生語不經。[22]

郁永河〈渡黑水溝〉，三四句點染風浪水天，凸顯當下所見；五六句敘寫回首揚舲，指顧之間勾勒現場。郁永河詠黑水溝，以浩蕩杳冥與孤帆相對襯，以碧空無盡與浮萍相烘托，著一「入」字、「漾」字、「飜」字、「接」字，切實呈現橫「渡」之動態演示。又先後點染「風飜駭浪」、「扶搖乍徙」，其孤立無助、茫茫前程，遂與杜甫〈孤雁〉詩同妙。[23]且接敘風浪之駭，水天之遙，而「黑水溝」之險惡畏

---

21 鄧孔昭：〈從盧若騰詩文看有關鄭成功史事〉，《臺灣研究集刊》1996年第1期，頁93-94。

22 〔清〕郁永河：〈渡黑水溝〉，《全臺詩》第一冊，頁222。

23 〔唐〕杜甫著，〔清〕仇兆鰲注：《杜詩詳注》（臺北：里仁書局，1980），卷17，〈孤雁〉：「誰念一片影，相失萬重雲。」，頁1530。

怖，驚心動魄，可以想見。五六兩句，置揚帆之小船於水氣蒸騰之海域中，猶如「渺滄海之一粟」，扁舟之渺小，此去之遙遠，渡海前程益發難知。寫指顧之間，回首中原、揚舲萬里，而渡船猶在橫渡黑水溝中。郁永河寫身經目歷經驗，堪作「唐山過臺灣」之史詩讀。至於孫元衡所作，亦有可觀，如：

> 氣勢不容陳茂罵，犇騰難著謝安吟。十洲遍歷橫洋險，百谷同歸弱水沉。黔浪隱檣天在白，神光湧櫂日當心。方知渾沌無終極，不省人間變古今。[24]

孫元衡〈黑水溝〉，首二句凸出奔騰氣勢，已自不同凡常，卻出於隸事用典，殊異山水詩之常法。三、四、五、六句，進言歷險、同沉、隱檣、湧櫂，黑水溝險惡意象便躍然紙上。七八句以渾沌無涯，不省古今煞尾，切合黑水茫茫無端之場景。郁永河、孫元衡二家為渡海來臺諸家中之能詩者，所詠〈黑水溝〉，既不作巧構形似之描摩，又不作若即若離之敘寫，亦不作情景兼融，比興寄託之經營，卻純用賦法、白描，敘寫身經目歷之驚險景象。清吳喬《圍爐詩話》卷一稱：「唐詩有意，而託比興以雜出之，其詞婉而微，如人而衣冠。宋詩亦有意，惟賦而少比興，其詞徑以直，如人而赤體。」[25]賦，是直接陳述物、事、情、思，單刀直入、開門見山，故有直遂、淺切、意盡、徵實諸特色，而少婉轉、含蓄、曲致、餘味、層深之詩味。歷代詩話論詩，有以唐詩尚比興，宋詩重賦，判準唐音宋調者；[26]平情而

---

24 〔清〕孫元衡：〈黑水溝〉，《全臺詩》第一冊，頁257

25 〔清〕吳喬：《圍爐詩話》卷一，郭紹虞編選：《清詩話續編》（臺北：木鐸出版社，1983），頁478。

26 同上註，卷一，吳喬謂：「宋人不知比興，小則害于唐體，大則為害于《三

論，此大概之說，並非完全客觀真確。[27]以此衡之，清初海洋詩之風格，不盡然近宋調之逕露而少蘊藉，郁、孫二家所作，可以知之。

　　清初士人所作海洋詩，亦有傾向於主知尚理之詩情，富於理性知性之認知，以及哲理之啟示者。宋嚴羽《滄浪詩話》稱近代諸公「以議論為詩，以文字為詩，以才學為詩」，即是此種詩風。或探究事件原因，或稱揚英雄出征，或歌頌帝王德澤，皆出於知性理性之褒貶資鑑；或用現成語句，或掃撦書卷為詩材，或琢磨文字、追求工拙；要之，多出於補假，非由直尋。[28]如盧若騰〈石尤風〉，卒章顯志：「噫吁嚱！人生慘毒莫如饑。沿海生靈慘毒遍，今日也教將士知。」[29]施世綸〈克澎湖〉，推崇施琅：「生奪湖山三十六，將軍仍是舊英雄。」[30]高拱乾〈東寧十詠・其一〉，借景抒情，歌頌康熙降服臺灣：「瘴霧掃開新氣宇，風沙吹改舊容顏。」[31]王璋〈臺灣八景・鹿耳春潮〉，百谷、九環、虛舟、浮海等語彙，多用《老子》、《莊子》、《道藏》、《論

百》。……〈風〉、〈騷〉多比興，是虛做。唐詩多宗〈風〉、〈騷〉，所以靈妙。……宋詩率直，失比興而賦猶存。」，頁481-482。

27　此牽涉形象思維之運用，是曲說或直說的問題。曲說，就是比興；直說，就是賦。參考程千帆：〈韓愈以文為詩說〉，莫礪鋒主編：《程千帆全集》（石家莊：河北教育出版社，2001），《古詩考索》，頁323-326。

28　〔梁〕鍾嶸：《詩品・序》，〔清〕何文煥：《歷代詩話》（北京：人民文學出版社，1982），頁4。

29　〔明〕盧若騰〈石尤風〉：「石尤風，吹捲海雲如轉蓬。連艘載米一萬石，巨浪打頭不得東。東征將士饑欲死，西望糧船來不駛。再遭石尤阻幾程，索我枯魚之肆矣。噫吁嚱，人生慘毒莫如饑。沿海生靈慘毒遍，今日也教將士知。」《全臺詩》第一冊，頁31。

30　〔清〕施世綸〈克澎湖〉：「獨承恩遇出征東，仰藉天威遠建功。帶甲橫波摧窟宅，懸兵渡海列艨艟。煙消烽火千帆月，浪捲旌旗萬里風。生奪湖山三十六，將軍仍是舊英雄。」《全臺詩》，第一冊，頁179。

31　〔清〕高拱乾〈東寧十詠・其一〉：「天險悠悠海上山，東南半壁倚臺灣。敬宣帝澤安群島，愧乏邊才控百蠻。瘴霧掃開新氣宇，風沙吹改舊容顏。敢辭遠跡煙波外，博望曾經萬里還。」《全臺詩》，第一冊，頁199。

語》典故。工於使事用典，所謂以才學為詩。[32]陳璸〈澄臺觀海〉，[33]波浪兼天、風雲匝地、胸中邱壑、物外烟霞云云，皆見諸書冊，為現成詞語。順手拈來，亦宋人資書以為詩之流亞。陳璸〈斐亭聽濤〉，或似宋人以一字見工拙，如用「護」字、「挹」字；或詩意明白如話，以文為詩，如「堂下有情皆疾苦，樽前無念得安寧」之類。[34]鍾瑄〈吞霄觀海〉，將須彌芥子、恆河沙數等佛教《金剛經》事典，轉換為詩句，有宋人以禪佛為詩之習氣。其他，如「空中樓閣」、「觀海難為水」亦資書為詩，向佛經、《莊子》取資，近宋人作詩之風格。[35]至於王璋〈鹿耳春潮〉稱：「吾道虛舟裏，人情駭浪間」；鍾瑄〈吞霄觀海〉所謂「輕浮一粒須彌小，包括恆河色界清」，富於詩情，又兼寓理趣，亦以議論為詩之體現。若此之類，詩風多近宋詩宋調。

第二節　清初海洋詩風與宋調趨向

　　清初臺灣海洋詩歌之藝術表現，形式技巧，與前文所述題材選擇，詩歌風格息息相關。如主真重變，故多以俗為雅；直觀體物，故

32　〔清〕王璋〈臺灣八景‧鹿耳春潮〉：「百谷東南匯，春潮漲九環。急來天外水，突起眼前山。吾道虛舟裏，人情駭浪間。始知浮海者，徒苦不如閒。」《全臺詩》，第一冊，頁210。

33　〔清〕陳璸〈澄臺觀海〉：「澄清有願獨登臺，浩浩乾坤一望開。波浪兼天生渤澥，風雲匝地變塵埃。胸中邱壑休言小，物外烟霞詎用猜。海上神山原不遠，此身彷彿到蓬萊。」《全臺詩》，第一冊，頁245。

34　〔清〕陳璸〈斐亭聽濤〉：「菉竹蕭疏護斐亭，公餘曾此挹風泠。隨時花酒鶯傳語，適性琴書月繪形。堂下有情皆疾苦，樽前無念得安寧。況逢每歲秋風起，濤壯何堪靜裡聽。」《全臺詩》，第一冊，頁245。

35　〔清〕鍾瑄〈吞霄觀海〉：「浩渺無因溯去程，仙槎客泛正須評。輕浮一粒須彌小，包括恆河色界清。世外形骸杯可渡，空中樓閣氣噓成。情知觀海難為水，更有紅輪向此生。」《全臺詩》，第一冊，頁387。

多以賦為詩、以文為詩；尚理主知，故多同題競作、以才學為詩、以
議論為詩。茲舉其要者論證如下，其餘順帶略及：

一　同題競作

　　宋代士人雅集，每多即興之作，同題之謳；宋人講究「事勝前
代」，津津樂道「本朝超越古今」。[36]此種競爭超勝之意識，表現於詩
歌，即是同題競詠，唱和應答之作極多，《全宋詩》中隨處可見。尤
其詠畫題畫之詩，師友兄弟間彼此唱和者不少。[37]蘇軾作有〈虔州八
境圖〉題畫組詩，宋迪曾繪〈瀟湘八景〉，[38]於是引發許多宋代詩人題
詠及圖繪瀟湘八景，[39]甚至超越時空，隔海影響清初來臺詩人寫作
〈臺灣八景〉之組詩。[40]

　　連橫（1878-1936）《臺灣詩乘》稱：「臺灣八景之詩，作者甚
多，而少佳構。余讀舊志，有臺廈道高拱乾之作，推為最古。」[41]臺

36　張高評：〈白戰體與宋詩之創意造語：禁體物詠雪詩及其因難見巧〉，《中國文化研
　　究所學報》第49期（2009），頁180-183。

37　張高評：〈同題競作與宋詩之遺妍開發——以〈陽關圖〉、〈續麗人行〉為例〉，《文
　　與哲》第9期（2006年12月），頁225-262。張高評：〈蘇軾黃庭堅題畫詩與詩中有
　　畫——以題韓幹、李公麟畫馬詩為例〉，中興大學《興大中文學報》第24期（2008
　　年12月），頁1-34。

38　〔宋〕沈括：《夢溪筆談》卷十七〈書畫〉：「度支員外郎宋迪工畫，尤善為平遠山
　　水，其得意者有平沙落雁、遠浦帆歸、山市晴嵐、江天暮雪、洞庭秋月、瀟湘夜
　　雨、煙寺晚鐘、漁村落照，謂之八景，好事者多傳之。」，頁171。

39　衣若芬：〈閱讀風景：蘇軾與「瀟湘八景圖」〉，《千古風流——東坡逝世九百年學術
　　研討會論文集》（臺北：輔仁大學中文系，2001），頁689-709；衣若芬：〈漂流與回
　　歸：宋代題「瀟湘」山水畫之抒情底蘊〉，《第二屆宋代文學國際研討會論文集》
　　（南京：江蘇教育出版社，2003），頁176-219。

40　蕭瓊瑞：《懷鄉與認同：臺灣方志八景圖研究》（臺北：典藏藝術家庭股份有限公
　　司，2007）。

41　連橫編著：《臺灣詩乘》（南投：臺灣省文獻委員會，1992），頁23-24。又，連橫

灣八景之提出，首見於高拱乾編著《臺灣府志》卷九〈外志〉之「附臺灣八景」條。所謂八景，即安平晚渡、沙崑漁火、鹿耳春潮、雞籠積雪、東暝曉日、西嶼落霞、澄臺觀海、斐亭聽濤。同書卷十〈藝文〉，則有高拱乾、齊體物、王善宗、王璋、林慶旺諸人同題詩作各八首。考其源流與性質，高拱乾殆是首倡，其餘士人則同題酬和，殆是文人雅集之屬。試與南宋詩人〈瀟湘八景〉詩之同題競作相較，兩者自有傳承關係。其競爭超勝、開發遺妍、追求創造，致力形象生動之呈現，可以相互發明。另外，婁廣所作〈臺灣八詠〉，體製亦相同。

二　以俗為雅

　　由俗到雅的轉化，形成文學發展的脈絡和軌迹。桃、梅、李果實可吃，蓮子蓮藕可食，蘭、菊、芍藥可作藥用，在唐以前先後都入詩篇。唯牡丹、海棠，富於賞心悅目之美感，《杜甫詩集》中卻未曾歌詠。詩中花卉，多由狎近而高遠，自凡俗轉為雅致，從實用轉變為美感，方能獲得詩人青睞。宋代審美欣賞平淡俗常，蘇軾、黃庭堅有〈春菜〉唱和詩，蘇軾詩中飲食、蔬果、茶酒詩極多，要皆週邊凡俗塵物，不登高雅之詩歌殿堂。蘇軾作詩，致力以俗為雅，有得於白居易、元稹之通俗淺切，陸龜蒙、皮日休之食衣住食日常生活詩，多昇華為詩材。於是凡庸鄙俗、實用功利，多可以入詩，從此之後以俗為雅蔚為宋詩宋調之風尚之一。[42]

　　宋代指南針開始啟用於舟船航海，[43]於是海洋詩從望海、觀海，

著，江寶釵校注：《雅堂詩話校注》（高雄：麗文化出版公司，2011），《外編：雅堂詩話》，卷三，〈高拱乾臺灣八景之詩〉，頁205。

42 張高評：《宋詩特色研究》（長春：長春出版社，2002），〈以俗為雅與宋詩特色〉，「題材的轉化」，頁394-400。

43 朱彧：《萍洲可談》（臺北：臺灣商務印書館，1983，文淵閣《四庫全書》本），卷

進而有遊海、渡海之作。從想像眺望，至實臨徜徉，清初海洋詩賦對渡海、征戰、貿易、漁獲之描寫，如何化自然醜為藝術美，世法之俗氣如何化為詩法之風雅、典雅，借鏡宋人「以俗為雅」的方法，可以有功。就《全臺賦》所載，[44]如陳輝〈臺海賦〉，歷數珍貨、稻糖；特寫依船販海之蜑戶，怪形奇類之海魚。沈光文〈臺灣賦〉，枚舉走獸禽鳥、海上之鱗、潮中之介、珊瑚玳瑁、貝錦珠璣；王必昌〈臺灣賦〉、〈澎湖賦〉，亦歷數臺澎所產海味，令人目不暇給。「海物惟錯，土產豐饒」，故引發詩人關注，而見諸詩篇。海錯水產之歷數枚舉，似乎已跳脫實用功利之凡俗，昇華為詩賦優雅美感之欣賞，可見亦以俗為雅之體現。

安平海吼，驚心動魄，為天下一奇，孫元衡〈海吼〉詩、張湄〈海吼賦〉，運用辭賦手法，驅遣風雅、典雅、古雅、文雅文字，於是驚濤拍案之天籟，經由雅化，遂韻味無窮。施瓊芳〈海旁蜃氣象樓臺賦〉，狀寫海市蜃樓，運用若干神話、傳說，人文化成，雅化了迷離惝恍之鏡花水月，海日神仙。如何讓一切世間法，賦予書卷氣、淵雅味，所謂：「言之不文，行而不遠」，此乃以俗為雅方法之一。或體俗用雅，或脫俗入雅，或雅中出雅，乃宋代詩歌「即俗成雅」之三原則。[45]清初臺灣海洋詩賦之以俗為雅，多有所傳承。

清初之臺灣，本海上之荒島。士人渡海來臺，身經目歷，遠方殊

二，記載北宋市舶司之設立，關稅之徵收，「住唐」商人之「蕃坊」、衣飾、飲食、宗教信仰。又記載指南針用於航海：「舟師識地理，夜則觀星，晝則觀日，陰晦觀指南針。」子部小說家類一，第一〇三八冊，頁289。參考李書華：〈指南針的起源及發展〉，第三章「中國利用指南針航海」，郭正昭、陳勝崑、蔡仁堅合編：《中國科技文明論集》（臺北：牧童出版社，1979），頁618-625。

44 許俊雅、吳福助主編：《全臺賦》（臺南：國家臺灣文學館籌備處，2006）。

45 張高評：《宋詩特色研究》，〈宋詩「以俗為雅」的轉化方式〉，「宋詩轉化的三原則」，頁410-412。

俗，奇花異果，遂容易引發寫作之興味。郁永河〈臺灣竹枝詞〉十二首，分詠牛車、竹垣、蔗糖、青蔥、巴蕉、檳榔、刺竹、番檨（芒果）、唱戲、硫磺。要之，詠寫臺島之風物與特產。[46]此十二物（事），就審美文化而言，或為鄙俗、庸俗，或為俚俗、近俗，十足塵俗氣、市井氣。又作〈土番竹枝詞〉二十四首，分詠原住民之裸體、文身、鑽耳、丫髻、覆額、項貝、刑具、髭鬚、腰刀、男女、婚姻、室家、客至、夫婦、射鹿、弄潮、釀酒、梨園、豪門等等。要之，勾勒土著之裝扮與生活。[47]此二十四事，亦粗俗、淺俗、陳俗、凡俗之甚，所謂俗不可耐，如何能入詩歌高雅之殿堂？葉嘉瑩《顧羨季先生詩詞講記》云：「一切世法，皆是詩法；詩法離開世法站不住。」世人或以詩法為雅，世法為俗，以為詩歌可以不食人間煙火。殊不知化俗可以為雅，俗雅相濟，亦可成為新異之風格。以筆者所見，體類、題材、語言、品格多可以因轉化而雅化。[48]白居易之「紅泥小火妒」，蘇軾之「但尋牛矢覓歸處」，楊萬里不避俗語常談，生擒活捉，死蛇活弄；[49]黃遵憲《人境廬詩》之呈現現代文明事物，多可見以俗為雅之例證，而宋詩無疑乃開風氣之先。

　　文化類型既有唐宋之殊，詩歌風格亦有唐宋之異，於是，唐宋審美意識，亦判然有別。[50]唐代追求絢爛、浪漫，如工藝美術有唐三彩，宮廷種楊柳；宋代追求平淡、偉岸，如工藝美術有青花瓷，宮廷種槐樹等等。影響於詩歌，則清初臺灣海洋詩賦較近宋詩宋調。孫元衡作〈裸人叢笑篇〉十五首，連橫《臺灣詩乘》以為「孫湘南得意之

46　〔清〕郁永河：〈臺灣竹枝詞〉十二首，施懿琳等編撰：《全臺詩》，頁223-226。

47　〔清〕郁永河：〈土番竹枝詞〉二十四首，《全臺詩》，頁228-233。

48　張高評：《宋詩特色研究》，〈以俗為雅與宋詩特色〉，頁382-434。

49　錢鍾書：《宋詩選註》（臺北：書林出版公司，1988），〈楊萬里〉，頁216-218。

50　〔日〕岩城秀夫撰，薛新力譯：〈杜詩中為何無海棠之咏──唐宋間審美意識之變遷〉，《杜甫研究學刊》1989年第1期，頁76-81。

作，王漁洋見而稱之。蓋以人奇事奇，故詩亦奇也。」[51]人與事既新奇，於是寫人敘事亦創新出奇，材料新故也。所詠花卉如柚花、刺桐花、茉莉、鐵樹花、蝴蝶花樹、曇花、午時梅、紅繡毯、黃美人蕉、月下香、迎年菊、石榴花；蔬果、魚蟹，則有荔枝、波羅蜜、鳳梨、羨子；飛藉魚、鸚哥魚、翠蟹、海龍、巨蛇等等，皆當時臺島之花果、動物，亦歷數臺灣原住民之奇風異俗。要皆不離民生日用，所謂凡俗塵物。此等民生日用之花果魚鮮如何入詩？若知「一切世法，皆是詩法」，則無入而不自得；這是俗與雅化變的課題。詩法若離開世法，猶人不食煙火、不踏地、不流汗。作詩若不能轉化俗材為詩材，則詩道窮矣。

孫元衡《赤崁集》四卷中，所詠花卉，如柚花、茉莉、曇花、月下香、迎年菊，花色多近白、近黃，花容不艷麗，而以內在淡雅之花香取勝。此猶宋人好詠梅、蘭、菊、海棠、水仙、酴醾（七里香），較關注花香，遠勝外在之花容。從可見審美情趣之偏向平淡清雅，與宋人之審美意識相近。詩人面對特殊、新奇而陌生之景物風俗，最易撩撥詩興，而觸發創作。以俗為雅，以文為詩，為清初臺灣詩歌較常用之手法；究其胎始，則北宋蘇軾、黃庭堅等已提倡實踐在前。

三　以文為詩

散文與詩歌，各有其體，本各自獨立發展，不相侵犯。宋詩發展於唐詩輝煌燦爛之後，面對盛極難繼之處窮困境，故追新求變，發揮創造性思維，體現宋代文化之會通化成，遂有以文為詩、以賦為詩諸「破體」現象。詩歌散文化，消解體式格律，將古文特質融入詩歌

---

51 連橫編著：《臺灣詩乘》，頁30-31。又，連橫著，江寶釵校注：《雅堂詩話校注》，《外編：雅堂詩話》，卷三，孫元衡〈裸人叢笑篇〉，頁215。

中，新奇組合，體格再造，遂多生新之面目。清初來臺詩人所作海洋書寫，表現手法亦有上述特色。

　　宋人為補偏救弊，因應詩文革新，於是歐陽脩首倡，發揚杜甫與韓愈之「以文為詩」手法，以古文之體製、章法、句法入詩，變換句脈，調整語序，結合時事，加增議論，以語尾虛字遣詞，通詩與散文而一之，於是形成宋詩特色之一。[52]嘗試對照詩歌語言之主要特質，如形象生動，歷歷如繪；旁敲側擊，曲折有致；以少勝多，精煉有味；立象見意，言外妙會；[53]「以文為詩」於詩趣詩味之經營，確實遜色許多。然生新變化，通達無礙，亦有自然率真之美。而時勢風會所趨，文學發展反應時空，實亦無可奈何。

　　清初來臺士人所作海洋詩，以〈臺灣八景〉為最大宗，數量在六十首以上。八景之書寫，除雞籠積雪與海洋無涉，西嶼落霞、東暝曉日關聯較少外，其餘五景如安平晚渡、沙崑漁火、鹿耳春潮、澄臺觀海、斐亭聽濤，所見所聞，多與海洋之風光景緻相牽連。衡情度理，美景既身經目歷，若能「狀難寫之景，如在目前；含不盡之意，見於言外。」自是詩人之能事；而巧構形似，繪聲繪影，示現如畫，亦是詩人之絕活。不過，翻檢清初〈臺灣八景〉中之海洋書寫，具上述能事與技藝者為數極少。大多質木無文，淡乎寡味，形象思維訴諸直說，以文為詩故也。如：

　　　　滄海安平水不波，扁舟處處起漁歌。西山日落行人少，帆影依
　　　　然晚渡多。[54]

52　張高評：《宋詩之新變與代雄》，參、〈破體與宋詩特色之形成──以「以文為詩」
　　為例〉，頁179。

53　同上註，附錄三〈談詩歌語言與言外之意〉，頁521-549。

54　〔清〕王善宗：〈臺灣八景・安平晚渡〉，《全臺詩》，第一冊，頁189。

鹿耳雄天塹，寒潮拍拍來。激濤翻白馬，匝岸走春雷。候月知
宵漲，看波感後催。誰能慕宗愨，萬里駕風回。[55]

海岸沙如雪，漁燈夜若星。依稀明月浦，隱躍白蘋汀。鮫室寒
猶織，龍宮照欲醒。得魚烹醉後，何處曉峰青。[56]

王善宗（？-1679-1690-？）〈安平晚渡〉、齊體物（？-1676-1694-
？）〈鹿耳春潮〉、高拱乾（？-1682-1695-？）〈沙崑漁火〉，分寫晚
渡、春潮、漁父諸景象，多直白訴說，既未繪聲繪影，讀之遂未有引
人入勝之趣味，亦乏詩中有畫之感受。蓋以文為詩，自具平滑順溜，
疏朗直率之優長，又有揮灑自如，圓美流轉之便利。然形象生動之妙
者，大多訴諸曲說，必須做到曲折有致、以少勝多、言外妙會諸詩歌
語言特質。今觀上述三家有關臺灣八景詩之書寫，未免疏離多多。又
如：

指顧層臺上，澄清竟若何。大都天地闊，不辨水雲多。棹轉爭
飛鳥，宵鳴聽巨黿。此時無限意，萬里壯關河。[57]

海藏發雷霆，為濤鼓眾聽。最宜風雨候，載酒上斐亭。[58]

東方懸太陽，丸子見重洋。水齒騰波勢，天池躍曙光。麗形能
破霧，艷色出扶桑。一望滄溟遠，珊瑚燦曉粧。[59]

55　〔清〕齊體物：〈臺灣八景·鹿耳春潮〉，《全臺詩》第一冊，頁194。

56　〔清〕高拱乾：〈臺灣八景·沙崑漁火〉，《全臺詩》第一冊，頁206。

57　〔清〕王璋：〈臺灣八景·澄臺觀海〉，《全臺詩》第一冊，頁210。

58　〔清〕婁廣：〈臺灣八詠·斐亭聽濤〉，《全臺詩》第一冊，頁365。

59　〔清〕林慶旺：〈臺灣八景·東暝曉日〉，《全臺詩》第一冊，頁215。

　　王璋（？-1693-？）〈澄臺觀海〉、婁廣（？-1705-？）〈斐亭聽濤〉、林慶旺（？-1695-？）〈東暝曉日〉，相題所謂觀海、聽濤、東暝看日出，詩人當摹寫所見所聞，作有聲有色之描繪。王璋所作，以平遠之視角，觀覽海天之壯闊；以雙關之語意，澄清萬里關河，有聲有色，差有韻致。婁廣所詠，純就聽濤作描繪，濤聲如雷霆，最宜載酒風雨候，亦富興味，形象思維訴諸曲說故也。唯林慶旺所作，通俗淺切，形象直說，直率無餘味，亦以文為詩之病失。

　　今翻檢《全臺詩》，清初八十年之臺灣海洋詩歌，大多近似宋詩宋調，故以文為詩之作極多。除上述〈臺灣八景〉組詩外，如盧若騰（1598-1664）〈南洋賊〉、鄭經（1642-1681）〈獨見海中月〉、施世綸（1659-1722）〈克澎湖〉、施世榜（1671-1743）〈靖臺隨軍入鹿耳門〉、孫元衡（1661-1705-？）〈望洋〉、〈抵澎湖澳〉、〈澎湖〉，陳聖彪（？-1708-？）〈赤崁城觀海〉諸什，以及郁永河（？-1645-1697-？）所作〈臺灣竹枝詞〉其一、〈舟中夜作〉、〈土番竹枝詞〉之二十，直白有餘，曲說不足。純用賦法，詩風多近宋詩宋調之散文化。茲舉數例說明之：

> 可恨南洋賊，爾在南，我在北，何事年年相侵逼，戕我漁商不休息！天厭爾虐今為俘，駢首疊軀受誅殛。賊亦譁不懟，爾在北，我在南，屢搗我巢飽爾貪，擄我妻女殺我男。我呼爾賊爾不應，爾罵我賊我何堪。噫嘻！晚矣乎！南洋之水衣帶邇，防微杜漸疏于始，為虺為蛇勢既成，互相屠戮何時已。我願仁人大發好生心，招彼飛鴞食桑椹。[60]

獨承恩遇出征東，仰藉天威遠建功。帶甲橫波摧窟宅，懸兵渡
海列艨艟。煙消烽火千帆月，浪捲旌旗萬里風。生奪湖山三十
六，將軍仍是舊英雄。[61]

　　盧若騰〈南洋賊〉，體似樂府敘事歌行，前幅語言通俗質樸，作
詩如說話；後幅化用成語，加之以議論。全詩章法、句法、語脈，多
傾向散文化，盧詞語尾亦時見詩中，是所謂以文為詩。施世綸〈克澎
湖〉，以文為詩，出以敘事，述說征東建功始末。煙消、浪捲二句富
形象性，自是詩家語言。又如孫元衡〈澎湖〉，亦多散文化詩句：

七十二嶼稱澎湖，滄溟萬里開荒塗。嶼嶼盤紆互鉤帶，洪波割
據成方隅。東西二吉門戶壯，將軍之澳為中區。雄師鎮壓馬宮
汛，天然特角中邦無。其餘賦形非一狀，紛陳簠簋兼盤盂。蛟
蛇拳曲龍隱見，獅象蹲踞僧跏趺。諸流回澓舟難入，逆帆欲泊
興嗟吁。百折終成觸礁勢，狂瀾反走如亡逋。有時無風水澄
鏡，咫尺膠固誰能逾。巨舸理不任篙檝，束手待敵甘為俘。汪
洋指南爭此土，既到往往遭艱虞。昔日王師事征討，神兵彷彿
前馳驅。風摧火減甘泉沸，降幡夜出臺山陬。制府謀成輸百
萬，冠軍一戰真良圖。事關正統豈微細，封賞有間傳聞殊。榜
人維舟汲清水，躐蹤到頂招吾徒。黑鐵崩崖潮欲縮，黃沙石磧
鹽為汙。蠔島峰巒咸破碎，鼇黿草木原焦枯。大海東流無底
極，振衣一嘯心踟躕。[62]

61　〔清〕施世綸：〈克澎湖〉，《全臺詩》，第一冊，頁179。
62　〔清〕孫元衡：〈澎湖〉，《全臺詩》，第一冊，頁347。

　　孫元衡〈澎湖〉一詩，為長篇七言古詩，共三十八句。前半幅，以多元視角，描述澎湖七十二島嶼之形勢與風浪，多隨物賦形，以文為詩。依「嶼嶼盤紆」、「洪波割據」為提綱，健美富贍，詞調流暢。「昔日王師」以下八句，速寫現當代清軍澎湖之戰始末，涉及征討、招降、正統、封賞，詩歌之散文化，有助於作者氣盛言宣，揮灑自如。「榜人維舟」以下八句，接續前幅，再寫澎湖之崩崖、石磧、峰巒、草木，堪稱移步換景，富於圓美流轉之錯落美，此又以文為詩之可取者。

　　郁永河《裨海紀遊》，記來臺見聞，論者以為「所賦詩，亦有可傳者」。[63]今翻檢其詩篇，涉及臺灣之海洋書寫者，選錄三首論述之，以見郁詩「以文為詩」之一斑：

> 東望扶桑好問津，珠宮璇室俯為鄰。波濤靜息魚龍夜，參斗橫陳海宁春。似向遙天飄一葉，還從明鏡渡纖塵。閒吟抱膝檣烏下，薄霧泠然已溼茵。[64]

> 鐵板沙連到七鯤，鯤身激浪海天昏。任教巨舶難輕犯，天險生成鹿耳門。[65]

> 莽葛元來是小舠，刳將獨木似浮瓢。月明海濨歌如沸，知是番兒夜弄潮。[66]

63　〔清〕郁永河：《裨海紀遊》，〈郁永河〉提要引，頁219。
64　〔清〕郁永河：〈舟中夜作〉，《全臺詩》，第一冊，頁223。
65　〔清〕郁永河：〈臺灣竹枝詞〉之一，《全臺詩》，第一冊，頁223。
66　〔清〕郁永河：〈土番竹枝詞〉之二十，《全臺詩》，第一冊，頁232。

郁永河〈舟中夜作〉詩，游目四顧，直觀刻劃，白描珠宮璇室、
波濤魚龍、參橫斗陳，敍寫飄一葉、渡纖塵，亦多流利開張，揮灑闊
達，此以文為詩之風。〈臺灣竹枝詞〉其一，純用賦法，直陳鹿耳門
之「天險生成」，直遂徑達，和盤托出，了無餘蘊。〈土番竹枝詞〉之
二十，原住民剜木為舟，暗夜捕魚情景，亦作直觀書寫，目擊道存，
亦以文為詩之屬。曾國藩論同光詩體，所謂「伸文揉作縮，直氣催為
枉」；[67]「以文為詩」不過將「伸文」、「直氣」等古文特質，經由體制
約束，轉換化變，「揉縮催枉」而成詩歌之形式而已。如此而作「以
文為詩」，自無足取。

四　以賦為詩

詩之於賦，同質而異趣。詩以抒情言志為主，賦以體物瀏亮為
要；故詩多隱約含蓄，饒有餘不盡之意；賦多鋪陳直述，騁詞極意，
窮形盡態，一洩無餘，此其大較也。[68]六朝以來，賦之詩化與詩之賦
化各有發展。[69]至唐初盧照鄰、駱賓王、張若虛諸人作詩，借鏡辭賦
之鋪陳筆法、縱恣氣勢、移於詩中，標識著賦體歌行，以賦為詩之切
實可行。[70]

以賦為詩之藝術特色，大抵為鋪陳誇張、想像豐富；假設問對，

---

67 〔清〕曾國藩：《曾文正公詩文集》（臺北：臺灣商務印書館，1972，《人人文庫》），
　　卷一〈題彭旭詩集後即送其南歸二首〉之二，頁16。

68 參考郭紹虞：〈論賦兼及賦史〉，輯入《照隅室雜著》（上海：上海古籍出版社，
　　1986），頁201-207。

69 徐公持：〈詩的賦化與賦的詩化──兩漢魏晉詩賦關係之尋踪〉，《文學遺產》1992
　　年1期，頁16-25。

70 張高評：《宋詩之新變與代雄》，伍、〈破體與宋詩特色之形成──以「以賦為詩」
　　為例〉，頁241-246。

恢廓聲勢，排比諧隱，征材聚事；錯綜色彩，點染生發；或橫向生發
刻劃，或縱深開掘剖析；或同義複沓，反義對舉；或面面俱到，窮形
盡相。要之，皆所謂「以賦為詩」。宋詩代表蘇軾、黃庭堅，多「以
賦為詩」之作，影響江西詩派及後人之詩風。[71]清初來臺詩人所詠，
關於長篇之海洋書寫，亦多運用「以賦為詩」之表現手法，從大處落
墨，就宏觀構象，可以窮物理、得物態，有寫物圖貌之功，如鄭經
〈舟中〉詩，施世榜〈靖臺隨軍入鹿耳門〉：

> 縹緲滄波駕扁舟，蒼濛水際與雲遊。群峰絕巘看多斷，遠渚長
> 江望欲浮。樹裡人家煙宿靄，海中波浪水長悠。天晴處處殘霞
> 浦，日落萋萋芳草洲。兩岸明沙棲白鷺，一江碧浸沒玄鷗。乘
> 風漁艇無邊出，依岫暮雲何處求。朝出煙霞堪作侶，夜歸風月
> 可相酬。時來隱臥千尋壁，閒去逍遙百丈湫。獨坐船中獵景
> 色，頻居水上領清幽。朱門富貴休稱羨，莫若投簪漱素流。[72]

> 僻嶠潢池弄，王師待廓清。海門奔兕虎，沙島靖鯢鯨。壁壘翹
> 軍肅，朝暾畫戟明。霜飛金雀舫，水漲碧波縈。椿栝火茶列，
> 鈴鉦鵝鸛成，峰頭孤月落，幃帳正談兵。[73]

　　鄭經〈舟中〉詩，敘寫獨駕扁舟、雲遊滄波，舖排視覺形象，歷
歷如繪：如群峰絕巘、遠渚長江；樹裡人家，海中波浪；天晴處處，
日落萋萋；沙棲白鷺，浸沒玄鷗；乘風漁艇，依岫暮雲；朝出煙霞，
夜歸風月。乃至於時來隱臥，閒去逍遙；獨坐船中，頻居水上云云，

---

71 同上註，頁247-254。

72 〔明〕鄭經：〈舟中〉，《全臺詩》，第一冊，頁160。

73 〔清〕施世榜：〈靖臺隨軍入鹿耳門〉，《全臺詩》，第一冊，頁235。

渲染刻畫，可謂面面俱到。悠揚舒展，足稱淋漓酣暢，此「以賦為詩」之效應。施世榜〈靖臺隨軍入鹿耳門〉，中間四聯，類聚群分，作面面俱到之隨物賦形描繪，如海門、沙島；壁壘、朝暾、霜飛、水漲，椔柂、鈴鉦諸形象排比，鹿耳門軍容之壯盛，不難想像。

孫元衡，康熙四十四年（1705）遷臺灣府海防同知，撰有《赤崁集》。連橫《臺灣詩乘》品評其〈颶風歌〉、〈海吼行〉，以為：「健筆凌空，蜚聲海上，足為臺灣生色。」[74]上列二詩，描摩海洋，多用「以賦為詩」手法，頗富藝術價值，故連氏稱之。如：

> 羲和鞭日日已西，金門理楫烏鵲棲。滿張雲帆夜濟海，天吳鎮靜無纖翳。東方蟾蜍照顏色，高低萬頃黃琉璃。飛廉倏來海若怒，積飆鼓銳喧鯨鯢。南箕簸揚北斗亂，馬銜罔象隨蛟犀。暴駭鏗訇兩耳裂，金甲格鬥交鼓鼙。倒懸不解雲動席，宛有異物來訶詆。伏艎僮僕嘔欲死，膽汁瀝盡腰臍。長夜漫漫半人鬼，舵樓一唱疑天雞。……[75]

孫元衡此作，敘寫暗夜渡海，不幸而遇颺（颱）風；風大浪高，屢瀕於危。前幅自「飛廉倏來海若怒」以下十句，將苦況危難，作種種層面之渲染鋪陳，繪聲繪影，窮形盡態，蓋運用「以賦為詩」，方能品物畢圖：如飛廉、海若；南箕、北斗；馬銜、罔象；暴駭鏗訇、金甲格鬥；倒懸不解、異物訶詆；僮僕嘔死、膽汁瀝盡；景觀錯雜，形容曼妙，層層舖寫，以賦為詩，要皆出於白描。又如〈颶風歌〉，謂之以賦為詩之經典作品，亦不為過：

---

74 連橫編著：《臺灣詩乘》，《臺灣文獻史料叢刊》，第八輯，頁26-28。

75 〔清〕孫元衡：〈乙酉（1705）三月十七夜渡海遇颶天曉見澎湖不得回西北帆屢瀕於危作歌以紀其事〉，《全臺詩》，第一冊，頁255。

九瀛怪事生微茫，瘴母含胎颶母長。虹篷出水勢傾墮，雲車翼日爭迴翔。須彌山下風輪張，獰悍熛怒天為盲。墉然於扶桑之木末，吞吐夫天池之巨洋。訇哮簸蕩鼓神力，不崇朝而周迴於裸人之絕國黑齒之窮鄉。颭颭颼颼無不有，一一埸堀塵飛揚。突如神兵交萬馬，崩若秦家天地瓦。颭飍起中央，沙礫盡飄灑。鼇身贔屭拄坤軸，羲轂軒軒欲回輠。怒鯨張齒鵬奮飛，涸鱗陸死鹽田肥。嗟哉，元龜入殼避武威，伏蟲盡踩躪，植物將誰依，東門大鳥何時歸。我聞山頭磐石墜海水，夔鼓轟騰五百里。戰舸連檣吹上山，乖龍罔象迫遷徙，萬人牽之返於汕。嗚乎，海田幻化良如此。又有麒麟之颶火為妖，……[76]

　　孫元衡〈颶風歌〉，主要為七言古詩，間有四言五言句，可分五小段：第一、第二、第四段，針對颶風，過境、橫掃、海洋，極寫其獰悍熛怒，吞吐巨洋，海大為旨。蓋借鏡辭賦之鋪陳排比，巧構形似，故意象疊杳暄燁，氣勢淋漓酣暢，結構宏大，場面壯闊。考其表現手法，實乃「以文為詩」、「以賦為詩」之交相運用。起首十四句，資書以為詩，敘寫颶風之生成、周迴、發威、神速，其中多散文化句式，又同義複沓、往復類比，妙用賦法。自「颭飍起中央」，至「海田幻化良如此」，共十八句為第二段，狀寫颶風橫掃，對海陸之鯨、鵬、魚、龜、蟲、鳥之影響，乃至於特寫磐石墜海水，戰舸吹上山，足見颶風之威力。大抵作詩運用渲染、鋪陳、誇飾、博喻、排比諸法，作面面俱到之舖寫刻劃，則容易形成「以賦為詩」。孫元衡此作，多隸事用典，多驅遣生難詞語，有漢大賦之風格。〈颶風歌〉第三段，共十句，狀寫焚風之肆虐，所謂「麒麟之颶火為妖」云云，與海洋書寫無干，今略

76 〔清〕孫元衡：〈颶風歌〉，《全臺詩》，第一冊，頁276。

去不談。且看第四段，鋪敘落漈遭風：

> ……昨者估客歸，為言落漈事。遭此四面風，溯滂無由避。連山波合遠埋空，湧嶂劃開驚裂地。木龍冥鬱叫幽泉，桅不勝帆柂出位。閃閃異物來告凶，鬼蝶千群下窺伺。赤蛇逆浪掉兩頭，白鳥掠人鼓雙翅。天妃神杖椎老蛟，攘臂登檣叱魔祟。事急矣划水求仙，披髮執箸虛搖船。牛馬其身啼其手，口銜珠勒加鞍韉。雷霆一震黃麻宣，金雞放赦天所憐。扶欹盡仗六丁力，中原一髮投蒼煙。芒刺在背鉗在口，自量歸渡霜盈顛。……三年不波，萬國來同。吾將乘查（槎）貫月，歷四荒八極，倘佯而東。[77]

　　本段所寫，為琉球遭遇颶風之情形，蓋得諸傳聞，所謂「昨者估客歸，為言落漈事。」[78]颶（颱）風為害，於《春秋》是為災異，孫元衡此賦，從不同視角，觀照颶風過境引發之詭譎效應：如正寫波埋遠空、湧嶂裂地；側筆烘托木龍叫、柂出位；異物告凶、鬼蝶千群；赤蛇逆浪、白鳥掠人；天妃神杖、攘臂叱祟；披髮搖船、划水求仙等等，多不犯正位，採側向思維視角，以凸顯颶風之引發驚恐。運用辭賦之手法，鋪陳「遭此四面風，溯滂無由避」之災異，呈現體物瀏亮，情貌無遺之效果來，是謂「以賦為詩」。〈颶風歌〉末段最後八句，曲終奏雅，卒章顯志，祈願「三年不波，萬國來同」；「乘查（槎）貫月，倘佯而東」，亦不離辭賦卒章之作法。其中，「天妃神杖

---

77 〔清〕孫元衡：〈颶風歌〉，《全臺詩》，第一冊，頁277。

78 《元史・外夷傳三・瑠求》：「西南北岸皆水，至澎湖漸低，近瑠球則謂之落漈。漈者，水趨向而不回也。」據此，則〈颶風歌〉中所謂「落漈事」，當指瑠（琉）球遭遇颶風事。

椎老蛟」以下六句，以媽祖杖棍驅逐水怪，事急划水求仙諸道場儀式，徵存若干海神崇拜文獻；雖一鱗半爪，於清初海上遇難之民俗學研究，亦提供許多啟發。

連橫（1878-1936）《臺灣詩乘》推崇孫元衡之名篇佳作，尚有〈海吼行〉一詩。據張湄〈海吼賦〉所云，海吼之為聲響，起於颱風乍到，「驚濤溢涌，擊於鯤身；厥聲迴薄，遠近相聞」；連橫《臺灣詩乘》稱：安平海吼，為天下奇觀。孫元衡亦作〈海吼〉詩，借鏡辭賦手法作詩，顯然可見，如：

> 我聞百物憤恚鳴穹蒼，而何有於百谷之王。幽隘搏擊成聲光，而何有於祝融之汪。云胡吼怒彌晝夜，震撼鮫室喧龍堂。延聽千聲無遠近，氣沴風屯海為運。窮天拗怨悲莫伸，死地埋憂思欲奮。初時起類漁陽撾，七鯤噴沫開谽谺。繁響漸臻有噓噏，萬蹄按轡行虛沙。倏如戰勝轟千軸，刮乾戾坤為起伏。灘以山摧熊虎號，砰磕成雷魔母哭。山摧石爛如寒灰，雷霆翻空偶馳逐。爾乃十日五日吼不休，使我耳聾心矗矗。或言訇哮由積風，掛席長梢凝碧空。或言狂潮本瀾汗，進則剝沙礐石爭來攻，退則餘波呀呷殿成功。為魁為窟奔海童，朝夕池邊歷歲月，去來喧寂將毋同。老農又言徵在雨，黑螭隱見青鼉舞。叫嘯年來徹霄漢，炎威千里成焦土。泱泱海若大難名，我欲問之阻長鯨。水德懦弱懼民玩，庶幾赫怒張奇兵。大賢崇實戒虛聲，股肱之喜良非輕。[79]

「以賦為詩」特色之一，為往復類比，同義複杳；或歧義對舉，

79　〔清〕孫元衡：〈海吼〉，《全臺詩》，第一冊，頁316。

反言顯正。孫元衡〈海吼〉詩起首十句,即用此法。為鋪采摛文,極言伸說,乃廣用排比、渲染、博喻、歷數諸法以貫徹之。詩中往往以「初時」、「倏如」、「爾乃」、「或言」、「又言」等辭賦連接詞作領字,從而鋪陳馳騁,體物瀏亮。上述諸領字所引介之意象間,即用排比、渲染之法;海吼之千聲繁響,詩中廣用譬喻,多化為具象之圖畫。篇末「老農又言」云云,見事與願違,天意難測。稱「大賢崇實戒虛聲」,曲終奏雅,卒章顯志,亦仿擬辭賦之手法。試對照江淹(444-505)〈恨賦〉、〈別賦〉之倫,[80]無論形式或技法,〈海吼〉詩多有所轉化與運用。[81]要之,此皆詩作借鏡於賦法之例。以賦為詩,自是宋詩宋調特色影響於海洋詩風之一。

第三節　結語

　　唐宋詩優劣之爭,作俑於南宋張戒、劉克莊、嚴羽之詩話,紛紛擾擾,歷元、明、清,至近現代。繆鉞《詩詞散論》強調「唐宋詩異同」,錢鍾書《談藝錄》標榜「詩分唐宋」,堪稱絕佳論證。清初以來,宗唐與宗宋,此消彼長,互有軒輊。要之,「尊唐黜宋」,乃清初宗唐詩話之總體格局。另一方面,清初詩壇同時存在一股宗宋禰宋之風,主真重變,調和唐宋。[82]於是宗唐或主宋,與時消息、相互爭勝,其間亦往往有唐宋兼采者。

---

80 〔梁〕江淹:〈恨賦〉、〈別賦〉,詳〔梁〕蕭統編,〔唐〕李善注:《文選》(臺北:五南圖書出版公司,1991年),上冊,卷十六,〈恨賦〉,頁406-408;〈別賦〉,頁409-413。

81 參考郭維森、許結:《中國辭賦發展史》(南京:江蘇教育出版社,1996年),第四章第五節〈江淹對典型情緒的藝術概括〉,頁292-299。

82 蕭華榮:《中國詩學思想史》(上海:華東師範大學出版社,1996),〈清代第七章:祧唐禰宋〉,頁297-382。

　　清初臺灣之海洋詩歌，多出自中土來臺之宦遊詩人，勢不得不受中土詩風之影響。明末清初以來詩風，既宗唐主宋，互有消長，於是如響斯應，亦體現於臺灣之海洋詩歌中，或似唐音，或近宋調，或依違唐宋之間。此與日本江戶時代之詩學，深受海上書籍之路影響，與清初百餘年宗唐禰宋之爭，遙相呼應，如出一轍。[83]所謂「銅山西崩，洛鐘東應」，知識之傳播流通，有如此者。筆者論述清初臺灣海洋詩情，或托文見志，或寓物說理，化景物為情思，興寄高遠，較近於唐詩唐音之風味。然就審美指趣、題材選擇與技巧表現而論，清初臺灣之海洋詩較近宋調特色。

　　就題材選擇而言，清初詩人所作海洋詩歌，極富於獨創性之自覺：諸如海上征戰、海上冒險、臺澎書寫、觀海聽濤，詩材既陌生新奇，故形之於詩，多創前未有，獨到觀照；凡此，與宋詩所盡心與致力者近似。宋詩表現對景物之直接觀察與刻劃，往往以賦為詩，因即物窮理，而目擊道存；清初海洋詩亦多有之。另外，清初海洋詩，亦有傾向於主知尚理之詩情，富於哲理之啟示，而體現以議論為詩者。日本內藤湖南、宮崎市定所提「唐宋轉型論」、「自宋至清千年一脈論」，可以相互呼應。

　　清初臺灣海洋詩歌之藝術表現，與題材選擇，詩歌風格息息相關。如直觀體物，直說形象，故多以賦為詩、以文為詩；詩材不離日用，不避凡俗，故多以俗為雅；詩思尚理主知，故多同題競作、資書為詩、以議論為詩。臺灣八景之提出，考其源流與性質，高拱乾殆是首倡，其餘士人則同題酬和。試與南宋詩人〈瀟湘八景〉詩之同題競作相較，兩者自有傳承關係。其中不乏競爭超勝、開發遺妍、追求創造，致力詩中有畫之呈現者，亦不難考其因革與得失。

---

83 張高評：〈海上書籍之路與日本之圖書傳播——兼論五山、江戶時代之日本詩學〉，臺南大學《人文與社會研究學報》第45卷第2期（2011年10月），頁97-118。

　　清初來臺士人所作海洋詩,以〈臺灣八景〉為最大宗,諸家所作,既未繪聲繪影,讀之遂未有引人入勝之趣味與感受。蓋以文為詩,自具平滑順溜,疏朗直率之優長,又有揮灑自如,圓美流轉之便利,然詩法純用直說,不利於形象生動、曲折有致、以少勝多、言外妙會諸詩歌語言特質。今翻檢《全臺詩》,清初臺灣之海洋詩歌,多用賦體,少用比興,以文為詩之作極多。曾國藩論同光詩體,所謂「伸文揉作縮,直氣催為枉」;不過將「伸文」、「直氣」諸古文特質,經由體制約束,「揉縮催枉」而成詩歌之形式而已。如此而以文為詩,殊無足取。

　　從大處落墨,就宏觀構象,或橫向生發刻劃,或縱深開掘剖析;或同義複沓,反義對舉;或面面俱到,窮形盡相,此以賦為詩之殊勝。如鄭經〈舟中〉詩,施世榜〈靖臺隨軍入鹿耳門〉,孫元衡〈颶風歌〉、〈海吼行〉,大抵作詩運用渲染、鋪陳、誇飾、博喻、排比諸法,則容易體現「以賦為詩」。孫元衡此作,多隸事用典,多生難詞語,有漢大賦之風格。「以賦為詩」特色之一,為往復類比,或反言顯正。〈海吼〉詩起首十句,即用此法。詩中往往以「初時」、「倏如」、「爾乃」、「或言」、「又言」作領字,從而鋪陳馳騁,體物瀏亮。清初來臺詩人所詠,關於長篇之海洋書寫,大多運用「以賦為詩」之表現手法,由此可見一斑。

第十章
海上書籍之路與日本之圖書傳播
——兼論五山、江戶時代之日本詩學

　　中華文化的傳播，形成漢字文化圈。其中，有所謂大漠絲綢之路
與海上書籍之路，共同形成東亞文化交流的獨特模式。論者稱：「沙
漠、駱駝、西方，夕陽西下，背負的是鮮艷的絲綢，這是古代的絲綢
之路。大海、船隊、東方、旭日東升，運載的是飄香的書籍，這是古
代的書籍之路」；[1]這東方海上的交流之路，在中日文化交流史上有北
海路與南海路：前者連接古渤海國與日本出羽地區（今山形縣與秋田
縣境），後者貫通中國大陸浙江明州（寧波）、杭州，與日本之九州博
多。[2]尤其是九州到明州之南海路，更是日宋海上書籍之路，擔負著
文化交流之神聖使命。本次研討會，[3]以寧波為焦點，期許學界從文
獻資料研究的角度，來考察東亞海域文化的交流，進而探討日本傳統
文化之形成，可謂慧眼獨具，切中肯綮。

　　宋元明清四朝，歷經八、九百年，中日政府間交往並不頻繁。然
而文明景觀極為近似，舉凡道德觀念、審美意識、行為規範、藝術情
趣，多有靈犀相通處。論者推想：實由漢文典籍居中作為傳播媒介與

1　王勇：〈絲綢之路與「書籍之路」——試論東亞文化交流的獨特模式〉，王勇等：
　　《中日「書籍之路」研究》（北京：北京圖書館出版社，2003），頁10。
2　同上註，〔日〕石川三佐男撰，鄭愛華譯：〈日中「書籍之路」與《玉燭寶典》〉，頁
　　32。
3　二〇〇八年一月十二至十三日，日本文部省於市立大阪大學舉辦「文獻資料與東亞
　　海域文化交流研討會」，討論日本傳統文化之形成。筆者受邀擔任基調演講，本文
　　由演講之部分內容修訂而成。

文化種子，由之而傳抄、而翻刻，而流布；再經輾轉闡釋、解讀、翻譯，而閱讀接受，而深入人心，而體現反應，自然殊途而同歸，百慮而一致。因革損益、傳承開拓之間，辨章學術、考鏡淵流之際，固有其遺傳基因在也。由此可見，圖書傳播對於日本傳統文化的形成，有推助與制約的關鍵作用。因此，本論文以「海上書籍之路」為切入點，先簡介唐寫本在日本的傳播，其次論述宋刊本對日本雕版印刷之影響，其次談和刻本與日本佛典、漢籍之雕印，而結以「漢籍回流與日宋文化交流」。總之，鉤勒日本圖書形制之層面，從寫本、抄本到宋刊本、和刻本，以見圖書作為智慧結晶、文化種子、傳播媒介之一斑。

　　趙宋立國以來，雕版印刷與科舉取士，成為朝廷推動「右文崇儒」政策之具體措施。宋朝號稱「雕版印刷之黃金時代」，兩宋三百餘年間，刻書之多，地域之廣，規模之大，版印之精，流通之廣，都堪稱前所未有，後世楷模。[4]當此之時，圖書傳播之媒介，除雕版印刷外，尚有傳統之寫本（包含稿本、抄本、藏本），於是印本與寫本競奇爭輝，繼而勢均力敵，終則印本取代寫本，成為圖書傳媒之新寵。蓋雕版圖書之為知識傳媒，具有「易成、難毀、節費、便藏」諸優長，[5]以及化身千萬，無遠弗屆之魅力，故印本圖書後來居上如此。唯宋元時代印本壓勝寫本，衍生許多傳媒效應，筆者以為有得有失。此種印刷傳媒之效應，是否也發生在日本文化界？宋代印本圖書所生發之正反兩面效應，值得作為研究日本古代圖書傳播之借鏡與參考。

　　谷登堡（Gutenberg Johamn, 1397-1468）發明活字印刷術，於中

4　張秀民：《中國印刷史》（上）（杭州：浙江古籍出版社，2006），插圖珍藏增訂本，第一章〈宋代雕版印刷的黃金時代〉，頁40-161。李致忠：《古書版本學概論》（北京：北京圖書館出版社，2003），頁50。

5　〔明〕胡應麟：《少室山房筆叢》（上海：上海書店，2001），頁45。

古歐洲，改變了閱讀環境，影響了接受反應，加速了古老變革，重組了文學領域，催生了創新文體，徵存傳統典籍無數，促成了文藝復興、宗教革命。在中古歐洲，印刷術號稱「變革的推手」。[6]相對於東方宋朝，雕版印刷作為圖書傳媒，相對於兩宋以前的寫本抄本，其傳播、功能，和影響已有轉變；對於文學創作，學術發展，以及社會、文化轉型，肯定也有觸發和促成之功。再相對於漢字文化圈之日本，由寫本而印本，由漢籍輸入而輸出，而與宋、明、清文化雙向交流。日本圖書傳播之發展脈絡既與中華相當，漢字文化之基因圖譜又近似，錢存訓研究印刷文化史曾推想：「印刷術的普遍運用，被認為是宋代經典研究的復興，及改變學術和著述風尚的一種原因」；[7]印刷術在日本之崛起與繁榮，傳播接受之餘，對於社會、文藝、教育、學術、風尚、文化，是否也生發激盪，造成影響？

　　總之，印刷術之為「變革的推手」，之為普及文化與教育之手段，此一命題在日本文化史上，究竟有多大意義？宋代雕版印刷的發展，對於文化轉型、文學變革方面的影響，是否可以借鑑參考？是否可以作為研究日本五山文學、江戶文學，乃至於日本傳統文化形成的「他山之石」？這是本文寫作的動機，也是企圖拋磚引玉之處，還請諸位學術先進，多多指教。

6　〔法〕費夫賀（Lucien Febure）、馬爾坦（Henri-Jean Martin）著，李鴻志譯：《印刷書的誕生》（*The Coming of the Book*）（桂林：廣西師範大學出版社，2006），頁248-338。

7　錢存訓曾為李約瑟：《中國科學技術史》、《紙和印刷》一章執筆人。錢存訓：《中國古代書籍紙墨及印刷術》（北京：北京圖書館，2002），頁262-271；錢存訓：《中國紙和印刷文化史》（桂林：廣西師範大學出版社，2004），頁349-358。

第一節　漢籍之輸入回傳與日宋文化交流

一　海上書籍之路：從明州杭州到長崎博多

　　中日之海上交通，有北海路與南海路。北宋時代（960-1126），日本正當藤原氏、院政時代，實施閉關自守，嚴禁人民私自渡海。因此，日宋間之貿易與文化交流，基本上是單向的、片面的。就海上貿易而言，只有宋船到日本而已。約為日本武門興隆之時，[8]南宋時期（1127-1279）鼓勵富商投資打造商船，獎勵前往海外經營貿易。[9]自平清盛父子執政以來，日本商舶赴南宋者見多；鐮昌幕府持續開放，九州地方政府與商人聯合經營海外貿易。據相關文獻記載，宋商船前往日本，有記錄者共七十餘次。[10]當時航道，為自明州（今浙江寧波）橫渡東海，抵達肥前（今佐賀）之值嘉島，再循海岸東進，到筑前之博多灣。此即所謂南海路，與唐末五代時無異。其後，更由博多進日本海，抵達越前、佐賀者亦不少。遣明船或起帆於兵庫，或起帆於博多，經五島而直抵寧波。至元龜元年（1570）大村氏以長崎為通商港，幕府特置長崎奉行，管理海外貿易。於是明末商舶抵長崎者漸多，清康熙以降，往來長崎益加頻繁。[11]

8　徐松：《宋會要輯稿・職官四四》（臺北：新文豐出版公司，1976），「（神宗曰：）東南利國之大，傳舶亦居其一焉。」朝廷深體海外貿易之利如此，況且宋船之舟師「識地理，夜則觀星，晝則觀日，陰晦則觀指南針」（朱彧《萍舟可談》卷二），造成宋船航海之安全無虞。

9　武斌：《中華文化海外傳播史》（西安：陝西人民出版社，1998），頁890-898。

10　〔日〕木宮泰彥著，陳捷譯：《中日交通史》（原名《日中文化交流史》）（臺北：三人行出版社，1974），頁271-282。

11　參考李則芬：《中日關係史》（臺北：中華書局，1970），頁114-121；同上註，上卷頁283；下卷頁209，246-247，327。參閱東アジア地域間交流研究會静永健編：《から船往來──日本を育てたひと・ふね・まち・こころ》（福岡：中國書店，2009）。

　　中日交通史上之南海路，即是一條由明州、杭州到博多、長崎之「海上書籍之路」。當時之明州，與杭州、廣州並列，同為宋代對外三大貿易港。[12]當時宋船至博多之貿易品，主要為錦綾、香藥、茶碗、文房用具；日本輸出品，則有沙金、水銀、錦絹、布匹、扇、日本刀等。經由這道「海上書籍之路」，日本僧人入宋求法，再返國傳法，中華文化亦隨之東傳。宋代高僧，亦渡海東瀛傳法，傳宗傳派，影響日本宗教信仰，中華文化亦因之傳播扶桑。除外，學者指出，宋代之印刷術、書籍、曆學、工藝美術，[13]以及儒學、醫學、科技等等，[14]也都先後經「海上書籍之路」，而東渡扶桑，啟迪東瀛，在創造性模仿之餘，逐漸轉化、形成為日本傳統之文化。

　　自遣唐使以來，漢籍輸入日本之媒介，或得之饋贈奉獻，或出於隨身攜帶，或由於商船載運，或緣於入宋僧入明僧之傳播。要之，皆不離船舶為中介，[15]海上書籍之路作為傳媒，始能水到渠成。時至清代書籍東傳，或得之採購，或得之輸入，或得之饋贈，[16]亦多憑借海上船舶之往來，始能為功。東方海上書籍之路，肩負中日文化交流，及日本傳統文化之形成，亦由此可見。

12　徐規：〈宋代浙江海外貿易探索〉，《仰素集》（杭州：杭州大學出版社，1999），稱：真宗咸平二年（999），杭州、明州各置市舶司。明州，為宋代三大貿易港之一，日本高麗等東方國家之海舶來華，都集中在此。中國到日本、高麗經商的海舶，多由此放洋，在此停泊，頁509-525。

13　參考錢穆：《中國文化使導論》（上海：上海三聯書店，1988），頁147-152。

14　〔日〕藪內清：《中國・科學・文明》（北京：中國社會科學出版社，1987），頁100-101。張順徽：〈論宋代學者治學的廣闊規模及替後世學術界所開闢的新途徑〉，第三〈關於自然科學的各項研究工作〉，其中列舉天文算法、建築工程、動植物學之研究。張君和：《張順徽學術論著選》（武昌：華中師範大學出版社，1997），頁234-245。

15　宋元之商船，載客約一八〇人左右，性能極為優越，參考陳信雄：《宋元海外發展史研究》（臺南：甲乙出版社，1992），頁175-217。

16　張伯偉：《清代詩話東傳略論稿》（北京：中華書局，2007），頁84-120。

二 寫本宋刊本之輸入與和刻本之刊行

（一）唐寫本在日本之傳播

日本孝德天皇即位，年號為大化元年，時當唐貞觀十九年（645），任用留唐學生、學問僧，施行新政，是謂大化革新。終唐之世，二百六十四年間，日本遣唐使前後十九次，總人數在二〇〇至三〇〇人次以上。可以想見，遣唐使迎送之留學生、學問僧，對於唐代文明之移植，中華文化之傳播，貢獻良多。於是西元八一四年，嵯峨天皇勅編《凌雲集》、《文華秀麗集》兩部漢詩集；八二七年，淳和天皇勅編《經國集》；八五五年，文德天皇勅編《續日本後記》；八七九年，陽成天皇勅編《文德實錄》；八九二年，宇多天皇勅編《三代實錄》。尤其八二三至八三三年淳和天皇時期，朝臣參議茲野貞主持編纂大型漢籍類書《祕府略》，徵引漢籍不下一〇〇〇種。漢文化風潮之流行，由此可見。日本朝野汲取漢文化之優長，以補己之不足，入唐求學之留學生，求法之學問僧，為最重要之傳媒與憑藉，自是日本傳統文化形成之推手。[17]

遣唐使赴唐路線，前期走北海路，耗時日多，但較安全。中期第八次以後，改走南島路，自北九州筑紫（博多）南下，經夜久、吐火羅島、奄美島折向西，橫渡東海，直達長江口岸之明州、蘇州。耗時較少，危險性較高。[18]遣唐使渡海入唐，來往歷經風波之苦，堪稱文化傳播之勇士。遣唐學問僧與留學生，對於傳播漢籍，不遺餘力，或

---

17 嚴紹璗：《日本中國學史》（南昌：江西人民出版社，1993），頁10-13；李寅生：《論唐代文化對日本文化的影響》（成都：巴蜀書社，2001），頁79-118；武斌：《中華文化海外傳播史》（西安：陝西人民出版社，1998），頁508-526。

18 王曉秋、大庭脩主編：《中日文化交流史大系·歷史卷》（杭州：浙江人民出版社，1996），頁104-107。

多方搜羅，或倩人抄寫，或得人饋贈，或自己購買。《舊唐書・日本傳》稱多治比縣守：「所得錫賚，盡市文籍，泛海而還」，可見一斑。從奈良、平安時代漢籍輸入，至仁明天皇承和五年（838）停派遣唐使，經由入唐留學生、學問僧攜回之漢籍寫本不少，蔚為中日圖書傳播史輝煌之一頁，對於日本傳統文化之形成，自有推波助瀾的效應。如下列文獻如示：

1. 留學生吉備真備入唐十七年，用心搜集書籍，回國時帶回《唐禮》一三〇卷、《大衍曆經》一卷、〈太衍曆立成〉十二卷、《樂事要錄》十卷、《寫律聲管》、《東觀漢紀》等。

2. 日僧空海於西元八〇一年入唐求法，抄寫經論，收集密教之蔓荼羅和法具。八〇六年回日，攜帶大量新譯經、密教經和其他典籍。

3. 遣唐學問僧玄昉，帶回佛教經論五〇〇〇餘卷，實即《開元大藏經》之全部，引發奈良佛教新寫經卷之風潮。另外，入唐八僧，亦攜回經疏一七〇六部三二一四卷，為漢文佛典東傳之高潮。

4. 據入唐留學僧「請來目錄」，著錄攜回佛典與漢籍數量：除玄昉攜回五〇〇〇餘卷外，最澄〈佛教大師御請來目錄〉，計二三〇部四六〇卷；空海〈請來目錄〉二一六部四一六卷，圓仁之一三七部二〇一卷，圓珍之四四一部一〇〇〇卷。[19]

5. 奈良時代正倉院文書所見佛典及漢籍（外典），凡七十六部，其中有《白虎通》、《三禮義宗》、《經典釋文》等經學書籍。孔穎達《五經正義》此時可能也傳入日本。《文選》、《庾信集》、《太宗皇帝集》、《許敬宗集》、《駱賓王集》、《王勃集》、《珊玉集》，亦在其中。這些，都是抄本。（石田茂作《大日本古文書》、神田喜

---

19 汪向榮：《古代中日關係史話》（北京：時事出版社，1986），頁127-128。同上註，頁111-112。參考王勇、大庭脩主編：《中日文化交流史大系・典籍卷》，頁28。以下梳理與敘述，多參考大庭脩主編之《中日文化交流史大系》，不再作注。

一郎〈飛鳥奈良時代的中國學〉，王勇、大庭脩主編《中日文化交流史大系·典籍卷》）

6. 藤原佐世《日本國見在書目》（約編撰於日本貞觀十七年〔875〕），所列絕大部分為漢籍，從易家到總集家，分四十類，著錄一五七九部，一七三四五卷。應該都是寫本。隋唐文獻典籍百分之五十以上，已東傳日本。（太田晶二郎〈日本漢籍史札記〉）

7. 藤原賴長〈臺記〉，記載閱讀漢籍書目，計經家三六二卷、史家三二六卷，雜家三四二卷，共一○三○卷，大抵都是寫本，或抄本。（日本久安五年〔1149〕，藤原賴長〈臺記〉，王勇、大庭脩主編《中日文化交流史大系·典籍卷》）

8. 《李（善）氏注文選》六十卷，為藤元賴長從保延五年（1139）八月二十一日至保延六年五月十五日，花費近九個月，親筆謄寫的抄本。（同上）

9. 藤原通憲《通憲入道藏書目錄》，第一至四十二櫃為漢籍，九十三、九十八、一○三、一○四、一○五、一○九櫃，亦皆漢籍，共四十八櫃。所藏漢籍，寫卷殘本者多。（同上）

10. 平安時代傳入日本之唐人寫本，可以確認者有三十二種。（嚴紹璗《漢籍在日本的流佈研究》）

（二）宋刊本對日本雕版印刷之影響

1 宋刊《大藏經》之傳入與「摺供養」之雕印佛典

寬和二年（986），入宋僧奝然攜回宋刊《大藏經》五○○○卷（俗稱蜀本、開寶藏）。延久四年（1072），成尋亦得開封雕印之《大藏經》一部。乾道四年（1168），日僧重源亦帶回《大藏經》一藏或

二藏。嘉定十一年（1218），慶政攜回福州版《大藏經》一部。紹定元年（1228），法忍淨業亦帶回福州版《大藏經》。德祐元年（1275），日僧傳曉帶回思溪版《大藏經》。[20]雕版印刷之《大藏經》傳入日本，直接促進日本印刷出版事業之興起：

（1）上流社會為供養而印刷經典，稱「摺供養」。

（2）寬弘六年（1009），開印《法華經》一○○○部。

（3）嘉應元年（1169），雕印《般若心經》三五○部。

（4）在一百六十餘年間，佛門舉辦多次「摺供養」，共印刷五二五九部，二○六二卷。

（5）俊芿及其弟子刻印律部經典，後世以「泉涌寺版」著名。

（6）京都五山禪寺仿刻宋朝高僧語錄，或刊印日本禪僧語錄，今稱「五山版」。各禪寺之刊印佛典，促成傳播之快捷便利，對於普及學術與文化，貢獻良多。

2 宋刊摺本漢籍之傳人與日人之閱讀典藏

（1）藤原道長獻天皇摺本《五臣注文選》、《白氏文集》。（日本寬弘八年（1011），《御唐關白記》）

（2）大中臣輔親獻天皇唐摺本《唐音玉篇》、《白氏文集》。（日本長元二年（1029年），《小右記》）

（3）藤原賴長〈臺記〉，以「摺語」記載版本，始於日本康治元年（1142），得侍從所獻《五代史記》摺本：「感悅有餘，十分高

---

20 宋版《大藏經》，至今藏於日本京都、奈良大寺院者，至少尚有十藏以上。可以推想，當時輸入日本者當不止此數。論者指出：傳入日本之宋本《大藏經》，可歸納為三個系統：即蜀刻官版、福州本私版，以及南宋思溪本，日本寺院多收藏福州本。李寅生：《論宋元時期的中日文化交流及相互影響》（成都：巴蜀書社，2007），頁177-178。

興」。(王勇、大庭脩主編《中日文化交流史大系・典籍卷》)

（4）次年，藤原賴長願以寫本《禮記正義》交換《禮記正義》摺
本。〈臺記〉云：七月二十一日，借得摺本《禮記正義》一部
七十卷，勝於得萬戶侯。十一月二十四日，托人與信俊商量，
獲得《周易》寫本交換《周易正義》摺本，喜悅之感「勝於得
到千金」。後又以親筆寫本，換來直講信憲所有之《周禮疏》
摺本。

（5）仁治二年（1241），東福寺開山聖一國師帶回宋版《太平御
覽》一〇三卷，為日本現存《御覽》最古老版本。文應元年
（1260），宋船載來《太平御覽》數部，每部價格為三十貫
錢。(藤原師繼《妙槐記》)

（6）南宋商人劉文仲於紹興二十年（1150），攜去《新唐書》、《新
五代史》宋刊本，獻予日本左大臣藤原賴長。

　　案：平安朝後期，宋朝雕版印刷傳入日本，既稀有又珍貴；寫本
漢籍圖書亦同時傳播。以《太平御覽》為例，日本治承三年（1179），
太政大臣平清盛得宋太宗所賜《太平御覽》寫本，轉獻安德天皇。八
十年後，大納言藤原師繼以巨資購得《太平御覽》一千卷印本，足見
寫本印本傳播之消長。他如入宋僧俊芿所攜朱熹《大學章句》、《中庸
章句》、《論語集注》、《孟子集注》諸宋學書籍，大抵多為寫本。因
此，平安後期與北宋相當，皆同時面對寫本與印本之爭流與消長。

（三）和刻本與日本佛典、漢籍之雕印

1 平安時代後期（930-1192）漢文佛典之雕版印刷

（1）自第八世紀以來，到十六世紀以前，所謂和刻本漢籍，都是雕
版印刷。

（2）寶龜元年（770），稱德天皇印刷《陀羅尼經》一〇〇萬份。寶龜年間（770），鑑真和尚曾「開板印律三大部」雕印《無垢淨光經根本陀羅尼》等四種，世所謂《百萬塔陀羅尼經》，存日本大東寺三〇〇餘份。（張秀民《中國印刷史》，第四章〈中國印刷術對亞洲各國與非洲、歐洲的影響・日本〉）

（3）寬弘六年（1009）、長久二年（1041）、長久四年（1043），各印刷《法華經》一〇〇〇部。（《御唐關白記》、《小右記》、《本朝續文粹》）

（4）長久四年（1043），應德二年（1085），印刷《法華經》、《無量義經》、《觀普賢經》各六十部。（《本朝續文粹》）

（5）承保四年（1077），印刷《般若心經》五五〇卷。（《水左記》）

（6）寬治二年（1088），有和尚刊刻《成唯識論》。（張秀民《中國印刷史》）

（7）仁平四年（1154），印刷《藥師經》一〇〇〇卷。（《臺記》）

（8）久壽二年（1155），印刷《法華經》、《無量義經》、《觀普賢經》、《阿彌陀經》各一〇〇部。（《兵範紀》）

（9）保元二年（紹興二十七年，1157），雕印《金剛經》。

（10）永萬元年（1163），印刷《藥師本願經》一〇〇卷。（《廣隆寺由來記》）

2　鎌倉時期（1192-1333）、室町時期（1334-1602）和刻本佛典與漢籍

（1）五山版《冷齋夜話》十卷，川瀨一馬〈五山版の研究〉，以為是鎌倉末期的覆宋版。卷末刊語有「癸未」之年，即南宋嘉定十六年（1223）刊本。（張伯偉《稀見宋人詩話四種・前言》）

（2）寶治元年（淳祐七年，1247），陋巷子翻刻婺州本《論語集

注》十卷，為和刻本第一部儒書，為宋學在日本之發展，開啟新頁。

（3）弘安七年（1284），宋僧正念刊印《佛源禪師語錄》。十年，刊《禪門室訓集》。學僧湛照、師元刊刻《應安語錄》、《密庵語錄》。

（4）醍醐天皇元亨二年（元英宗至治二年，1322），僧人素慶刊刻《古文尚書孔氏傳》十三卷。

（5）醍醐天皇正中元年（元英宗泰定元年，1324），僧人玄惠刻印《詩人玉屑》。

（6）天皇正中二年（元英宗泰定元年，1325），僧人圓澄刊印《春秋經傳集解》三十卷。同年，僧人學者宗澤刊刻《寒山詩集》二冊。

（7）一三五八年，學僧春屋妙葩刊刻載《詩法源流》。一三五九年刊刻《蒲室集》，一三六一年刊《范德機詩集》，一三六三年刊《翰林珠玉》。

（8）一三六四年，道祐居士刊刻《論語集解》十卷。

（9）大永八年（1528），據成化三年來《名方類證醫書大全》二十四卷，自刊《醫書大全》。

（10）五山版印本，除佛典外，刊刻漢籍經部書十一種，史部書六種，子部書十三種，集部書三十六種。

（11）十四世紀後期，五山僧人刻書業逐漸式微，博多之印刷業取而代之。其中阿佐井野家族最著名，先後刻有《醫書大全》、《韻鏡》、《東京魯論》、《諸家集注唐詩三體詩法》，世稱「博多版」。

（12）元明兩代刻工，約有五十餘人東渡日本，直接參與刻書，如江南陳孟榮、莆田俞良甫。不但雕刻佛經，同時翻刻唐宋名

家作品，對和刻本之推廣，日本文學之貢獻極大。

（13）明治維新以前，雕版是印本圖書的主流。十七世紀初，日本開始盛行木活字印刷，蓋從朝鮮傳來。（以上參考坂本太郎《日本史概說》、張秀民《中國印刷史》、武斌《中華文化海外傳播史》）

　　附帶說明，日本漢籍之回傳中土，自十世紀後，形成一種趨勢。先後有僧奝然、僧成尋、僧寬建、僧源信、僧寂照等，將日人所著漢籍傳回宋朝，其中以成尋攜往之《天臺真言經書》六〇〇卷，最稱大宗。日本漢籍之回傳西漸，論者以為有兩大意義：其一，海外佚書的回歸；其二，日本漢籍之輸出。就後者言，典籍輸出，漸成日本國家意識；入宋僧對於文化交流，兼具輸入與輸出之使命；典籍作為交流媒介，佛教圖書取得對等地位；日本漢籍流入，促成宋人對日本國之理解。[21]當然以上種種文化之交流，多得憑藉「海上書籍之路」——從明州杭州到九州博多的南海路，大海、船隊、東方、書籍飄香。

三　從入宋僧看日宋文化交流

（一）奝然、成尋、俊芿、榮西、圓爾辨圓、南浦紹明

　　北宋一六〇餘年間，入宋求法之僧侶不多，見諸史乘者只二十餘人。其中，以奝然、寂昭、成尋三人為主，其他大多為隨從。論者以為，當時日宋既未建立邦交，則入宋僧隱然已具半官半民之國家信使身分。[22]

21　王勇：〈唐宋時代日本漢籍西漸史考〉，收入王勇主編：《中日漢籍交流史論》（杭州：杭州大學出版社，1992），頁120。

22　武斌：《中華文化海外傳播史》，頁911。

　　奝然（？-1061），為日本第一位入宋僧。永觀元年（983）八月，奝然率弟子成算等，搭乘宋船浮海而至。《宋史》卷四百九十一，〈日本傳〉稱：奝然一行，十二月抵汴京，進謁宋太宗，謂日本「國中有《五經》及佛經，《白居易集》七十卷，並得自中國」云云。於是獻書《孝經》鄭氏注一卷，越王《孝經新義》第十五卷。又求印本《大藏經》（開寶藏），詔亦賜給。[23] 又求詣五臺山，「禮文殊之現瑞，游天臺山，巡智者之遺迹」等等，著有《留宋日記》四卷，惜已散佚。[24] 奝然留宋四年，於寬和二年（986）搭宋船回日本。携回開寶《大藏經》印本五〇〇〇卷，對於日本雕版佛藏，極具啟發意義。為日宋之文化交流，開啟新頁。

　　入宋僧首要使命，為參拜佛教聖地天臺山、五臺山。成尋（1011-1081），為平安時代後期天臺宗僧，於日延久四年，宋熙寧五年（1072），私自乘宋船渡海，同年四月十六日於杭州登陸，赴天臺山巡禮。十月抵汴京，朝見神宗皇帝，呈獻「所隨身天臺真言經書六百餘卷」，堪稱日藏漢籍最大規模之回傳。詔許赴相國寺等名剎燒香，允赴五臺山巡禮。於是撰成〈參天臺五臺山記〉八卷，記述一年四個月參訪名山古寺之所見所聞，為中日文化交流史上極珍貴之史料。[25] 後，成尋遣弟子賴緣等携所得經卷，贈日本朝廷金泥《法華經》。

　　時至南宋，偏安江左，朝廷積極鼓勵發展海外貿易，因此南宋航海業呈現千帆競發，百舸航之興盛景象。南宋日本入宋僧，託身於此

23　〔元〕脫脫：《宋史》，卷四九一，列傳第二百五十，〈外國・日本國傳〉，《二十五史》點校本（北京：中華書局，1990），頁14131、14135。

24　〔日〕木宮泰彥：《日中文化交流史》（北京：商務印書館，1980），引述奝然弟子成算事跡，頁259。

25　蔡毅：〈從日本漢籍看《全宋詩》補遺——以〈參天臺五臺山記〉為例〉，補錄寓目及酬答之宋人詩，計二十三人，三十五首。《域外漢籍研究集刊》第二輯（北京：中華書局，2006），頁243-262。

等商舶，往來稱便，文獻足徵者，多達八十餘人，可謂盛矣。日本僧人入宋，時代不同，目的亦異。木宮泰彥《日中文化交流史》分為三類，其一，非為求法，只為拜佛消滅罪障，如奝然、成尋諸僧。其二，為傳習律宗，渡海入宋，如俊芿入宋學律部、學禪、學天臺，與禪、教、律諸名德論道；[26]法忍淨業入宋，學戒律於鐵翁是。其三，為學禪宗而入宋，佔入宋僧之大半，如榮西、覺阿、大日能忍弟子練中、勝辨。榮西歸國，鼓吹禪風，弟子明全、道元，及其法孫皆屬之。積極搜集圖書，抄寫經卷，携回印本者，大多為前二類入宋僧。[27]

宋寧宗嘉定四年（1211），入宋僧俊芿帶回佛典一二〇〇餘卷，外典漢籍七一九卷，其中有朱熹《四書集注》初刊本。理宗淳祐元年（1241），圓爾辨圓（聖一國師，1201-1280）回日本，帶回漢籍經典數千卷，庋藏於京都東福寺普門院。元至正十三年（1353），東福寺編成《普門院經論章疏語錄儒書等目錄》，著錄漢籍外典一〇二種，去其重複，共得九十四種，宋學新注之傳播，宋元學風之輸入，大抵在此時。（嚴紹璗《日本中國學史》第一章第三節、三）

入宋僧南浦紹明（1235-1308），為臨濟宗赴日僧蘭溪道隆弟子，於宋理宗元年（1259）入宋，大抵為參拜虛堂智愚而來。在宋修行八年，帶回茶典、飲茶之法，與茶道用具，影響日本茶道之形成。臨行，中國僧人為其送行賦詩，結為《一帆風》之詩集，凡六十五首，見證日中佛教文化交流之一斑。南浦紹明回國後，擔任太宰府崇福寺住持三十三年，栽成臨濟禪弟子無數，圓寂後日本天皇賜號圓通大應國師。[28]日宋宗教文化之交流，又添一璀璨新頁。

---

26 俊芿回日本，攜帶大批漢籍，除漢文佛典外，尚有儒書二五六卷，雜書四六三卷，詳木宮泰彥：《日中文化交流史》，頁352-353。

27 〔日〕木宮泰彥：《日中文化交流史》，下卷，頁15-26、27-28。

28 陳捷：〈日本入宋僧南浦紹明與宋僧詩集《一帆風》〉，《中國典籍與文化論叢》（北京：北京大學出版社，2007），第九輯，頁85-99。

（二）從《全宋詩》看日宋文化交流

北京大學主編《全宋詩》，載錄入宋僧及日本有關詩歌，凡四十七首，除二首互見外，共錄存入宋僧歸日本詩三十八首；其中，北宋三首，南宋詩高居三十五首，佔百分之九十，作詩時代大抵多在宋孝宗、寧宗之後；與南宋間日本開放海外貿易有關，致入宋僧驟增，正此一政策之反應。除賦詩歌詠日本刀、日本扇、呈日本國丞相、耕存大參使日，敘寫元兵攻打日本敗戰外，九成五以上多為應酬詩或贈行詩，內容為相互示道問學，或送入宋僧歸日本，祝福之心，莫逆之情，往往溢於言表。就詩題所示，送歸之入宋僧揭示法號者，分別為覺阿、金慶、僧順侍者、琳上人、瓊林侍者、雲上人、門上人、見上人、仙侍者、禪上人、照禪者、國光禪人、慈源禪人、玄志禪人、景用禪人、澄上人、然上人、爾侍者、圓爾上人，凡二十五人。[29]其中，送行南浦紹明之詩最多，高達四首，可見宋人之仰重，其他皆為一首。

入宋僧在中土活動之一鱗半爪，從成尋〈入天臺五臺山記〉、南浦紹明〈一帆風〉，以及《全宋詩》收錄之三十八首詩，考見日宋文化交流之一斑。

---

29 北京大學古文獻研究所編：《全宋詩》（北京：北京大學出版社，1993）所載送入宋僧歸日本，依序散見於卷一九四五，頁21745；卷二四七八，頁28731；卷二六五，頁31291；卷二七九七，頁33214；卷二九一八，頁34804；卷二九五一，頁35168；卷二九九八，頁35674；卷二九九九，頁35684；卷三〇一八，頁35955、35959、35967、35970；卷三〇一九，頁35973、35978；卷三一四四，頁37711；卷三一七五，頁38110；卷三二二七，頁38519；卷三二六四，頁38910、38911二則；卷三二六七，頁38962；卷三三二二，頁39604；卷三三二六，頁39658；卷三四二五，頁40747三則、40748；卷三四三〇，頁40817二則；卷三四三一，頁40840；卷三四三二，頁40841；卷三六〇一，頁43149。

第二節　圖書之傳媒效應與日本詩學

　　自遣唐使學問僧玄昉帶回佛典經論五〇〇〇餘卷，入唐八家亦攜回經書一七〇六部三二二四卷。宋太宗時，賜日僧奝然新刊《大藏經》五〇四八卷，引發日本對印本、摺本之愛好與推廣。其後入宋日僧如成尋、俊芿、圓爾辨圓，或獻海外佚書、日本寫卷佛經，亦攜回成百上千卷內外典。除佛典外，攜回日本者尚有五經、朱子學、老莊、兵家、小學、文選、白氏文集、韓柳文、醫書、本草之類，有寫本，有印本，形成五山文化之特色。從〈請來書目〉、〈臺記〉、〈日本國見在書目〉、〈通憲入道藏書目錄〉，可見唐寫本在日本之傳播，「摺供養」雕印佛典之興盛，宋刊摺本漢籍之傳入與日人之喜愛珍藏與閱讀接受。

　　由此觀之，五山以及江戶時期，面對雕版印刷崛起，與寫本抄本並駕爭輝，僧侶、士人之閱讀接受將如何因應？印本圖書作為知識傳媒，相對於寫本抄本，可能生發那些效應？宋代雕版印刷引發之傳媒效應，是否可以類推比附到日本五山、江戶之文學或文化？尤其是五山時期，宋詩宋詞都已流傳到日本，日本圖書傳播生發之接受反饋，竟然與兩宋之傳媒效應殊途同歸：日宋均以杜甫為詩學典範，亦推崇蘇軾、黃庭堅之文學造詣；且五山詩僧之作品，不宗唐音，即入宋調。[30]日宋文學審美之旨向近似如此，頗可作類比研究。谷登堡發明活字印刷，促成宗教革命，文藝復興，號稱「變革之推手」；雕版印刷先後崛起繁榮於宋朝與日本，其傳播效應，對於學風思潮之變革，豈無影響？印本文化形成之後，相較於寫本、藏本，印刷傳媒之效應有何特殊處？

---

30 李寅生：《論宋元時期的中日文化交流及相互影響》，頁138-141。

　　筆者以為，印刷傳媒助長「唐宋變革」，促使「近世特徵」之呈現。此攸關印刷文化史之研究，學界於此關注不多。[31]谷登堡（Gutenberg Johamn, 1397-1468）發明活字版印刷術，曾引發之傳媒效應，筆者作為研究之對照與觸發，提出九大層面作討論。由於日本平安、五山、江戶各時期，並未實施科舉取士制度，因此文化掌握在佛教寺院之詩僧手中。因此，今只就上述層面，選擇三端，稍加論說，其餘請俟他日考證。

一　圖書監控，看詳禁毀

　　鈔本寫本作為圖書複製之方法，一則費時費力，不能滿足市場需求；再則效率不彰，短時間很難傳鈔大量複本；三則卷帙龐大，翻閱攜帶不便；四則價格昂貴，流傳不廣，較易散佚；五則文字錯漏，未經校刊，準的難依。於是借書、鈔書者，藏書家、閱讀者，都期盼圖書複製新技術之產生，可以化身千萬，無遠弗屆。由於社會的需求，消費的導向，雕版印刷乃應運而生。

　　翻檢日、宋有關文獻史料，直接正面、明確詳實之推崇雕版印刷之功能者不多。相形之下，朝廷對書坊雕印圖書之監察管控，文獻資料反而較豐富。[32]宋朝為了中央集權，統一政教，對書坊雕刻圖書，大抵採取四大手段：一、以洩露機密為由，實施看詳禁毀；二、以搖動眾情為由，進行監控除毀；三、文集日記牽涉威信、機事、異端、時諱，毀板禁止；四、科舉用書，為杜絕懷挾僥倖，禁止施行。[33]朝

---

31 錢存訓：《中國紙和印刷文化史》，頁356-358。

32 李致忠：〈宋代刻書述略〉，（四）宋代刻書的禁例，宋原放、王有朋輯注：《中國出版史料》（武漢：湖北教育出版社，2004），（古代部分）第一卷，頁348-358。

33 張高評：〈宋代雕版印刷之繁榮與朝廷之監控〉，《宋代文學研究叢刊》（高雄：麗文

廷對雕版之禁令僅管嚴切有加，結果「禁愈嚴而傳愈多」，「禁愈急，其文愈貴」，何也？吾人不妨作逆向思考：雕版圖書若非有化身千萬之可觀數量、無遠弗屆之流通領域、迅速便捷之傳播效率，以及對世道人心、學風士習之深廣影響，朝廷當不致監控、甚至禁毀如此。

　　朝廷對於觸犯忌諱之雕版圖書，視同洪水猛獸，必欲治除之而後快。筆者以為，主要是震懾於雕版印刷之質量輕便，傳播快速；以及化身千萬，無遠弗屆之傳媒效應。在嚴格看詳除毀之禁令下，並不足以遏止雕版「日傳萬紙」之流布，誠如朱弁和楊萬里所言，朝廷既禁印東坡詩文，然「禁愈嚴而傳愈多，往往以多相誇」；「其禁愈急，其文愈貴」。此乃雕版印刷化身千萬，無遠弗屆之效應；若是寫本抄本，必然萬劫不復，靡有劫餘。

　　日本江戶時期，長崎為唯一之海外貿易港，幕府特置長崎奉行，下設書物目利、唐物目利等，以精查貨物。其中書籍目利，職掌調查被禁之兵書、天主教書，以及珍貴之唐書，[34]對於特定書刊文物之看詳禁止，與兩宋朝廷之措施，如出一轍，歷史固有易地移時而重演者。

二　文藝創作講究法度，詩話詩格提倡技巧

　　宋人生唐後，為精益求精，以發掘未經人道之詩思為目標，遂遠較唐詩講究文學技巧，這是文學的事實。針對這個事實產生推波助瀾的，是詩話筆記的大量出現，總結了詩歌的創作經驗，提供了鑑賞文藝的原理原則。詩作與詩話之講究技巧，因圖書流通而相互影響。

　　郭紹虞曾稱：「宋人談詩，要之均強調藝術技巧，罕有重在思想

文化公司，2005年12月），第11期，頁20-36。後輯入《印刷傳媒與宋詩特色》，第二章，頁51-75。

34 〔日〕木宮泰彥著，陳捷譯：《中日交通史》，下卷，頁324。

內容者」，[35]無論詩話詩格或詩歌創作，多極講究法度提倡技巧。蘇黃及江西諸子作詩，注重鍊字、琢句、標榜法度，追求巧妙，其中已啟示若干詩歌之規律和法則，如詩眼、捷法、活法、無法之倫。宋代詩學，極推重詩法，此乃宋人處窮必變之創意策略。試考察宋代詩話之鏤版、筆記之刊行、詩話總集之整理雕印，唐詩選、宋詩選之編輯刊刻，詩話、筆記、詩選中之去取從違，無論提示詩美、宣揚詩藝、強調詩思、建構詩學，要皆可經鏤版，而流傳廣大長遠，「與四方學者共之」。由此觀之，宋詩特色之生成，唐音宋調之分立，雕版刊行自有推助激盪之效用。

自日僧空海（774-835）著《文鏡秘府論》，論唐人詩格；釋玄惠於鎌倉時代正中元年（1324）刊行魏慶之《詩人玉屑》，於是影響日本詩話之論詩，注重詩歌之格律與法式。《文鏡秘府論》六卷，約完成於弘仁十一年（820）前後，提示六朝以來詩文寫作之指南，有《文筆眼心抄》為其節縮本。編纂以來，多以抄本形式流傳。足本有抄寫於平安時代後期者，如宮內廳書陵部本、高野三寶院本；有抄寫於長覺三年（1165）之高山寺甲本，以及室町時代中期所寫之六地藏寺本。又有平安中期所寫，御茶之水圖書館藏舊成簀堂文庫本，則僅存地卷一帖殘卷。至於雕版印刷刊本只有一種，即寬文至貞享（1661-1688）刻本。[36]

南宋魏慶之《詩人玉屑》二十卷，注重論詩及辭，強調詩格詩法，被奉為「詩家之良醫師」，黃昇序所謂「凡升高自下之方，絲粗

35 郭紹虞：《宋詩話考》（北京：中華書局，1985），〈詩病五事〉考，頁10。

36 〔日〕興膳宏著，戴燕選譯：《異域之眼——興膳宏中國古典論集》（上海：復旦大學出版社，2006），〈《文鏡秘府論》解說〉，頁306-320。張伯偉：《東亞漢籍研究論集》（臺北：臺大出版中心，2007），陸，〈《文鏡秘府論》與中日漢詩學〉，三、文鏡秘府論對日本漢詩學的影響，頁149-161。

入精之要，靡不登載。其格律之明，可準而式；其鑑裁之功，可研而
竅；其斧藻之有味，可咀而食也。」首刊於南宋理宗淳祐年間
（1241-1250），當時有十卷本，二十卷本流行傳播。[37]元明後傳至日
本者，可能為印本，正中元年（1324）始有和刻本流傳日本。《文鏡
秘府論》、《詩人玉屑》寫本、印本之傳播，影響日本漢詩學之接受與
反應。論者以為，日本詩話有三大特點：詩格話、鍾嶸化，以及詩論
話；大多論詩及辭，而少論詩及事。[38]試觀江戶時代，日本詩話大
盛。明人曾言：「宋有詩話而詩亡」，江戶時期雨森芳洲（1669-1755）
《橘窗茶話》卻言：「學詩者，須要多看詩話，熟味而深思之可
也。」又云：「《圓機活法》一書，其在幼學，最為要緊之物」；又
稱：「林道榮喜讀《圓機活法》，自少至老，一生不廢。……此則大有
深意，在日本人則當學之以為法。」由此觀之，日本詩話之所重，近
似詩格詩法，與宋代詩話講究藝術技巧之提示，功能相當。

三　學術風尚之轉變：日本詩話師法宋詩宋調

　　《竹取物語》和《伊勢物語》，為日本平安時代的虛構物語及和
歌物語，與中國文學、《白居易文集》關係密切；日本文學重要源頭
《源氏物語》，即據二大源流撰寫而成。[39]其中，白居易詩歌之淺俗諷

37　《詩人玉屑》有十卷本、二十卷本，十卷本有南宋湖南刻本，明正統朝鮮刻本，明
　　天順江東宋宗魯刻本。二十卷本，有南宋淳祐甲辰（1244）黃昇刻本、元刻本、明
　　嘉靖六年重刻元本、明嘉靖十七年武林謝天瑞刻本、四庫全書本、清道光古松堂重
　　刻宋本。二十一卷本，則有日本寬永十七年（1640）刻本。方彥壽：《福建古書之
　　最》（北京：中國社會出版社，2004），頁372。

38　蔡鎮楚：《詩話學》（長沙：湖南教育出版社，1992），頁355-366。

39　陳明姿：〈日本平安初期物語對中國文學之受容〉，張寶三、楊儒賓編：《日本漢學
　　研究初探》（上海：華東師範大學出版社，2008），頁128-146

論，為蘇軾所宗法，隱然為宋詩宋調淵源之一。

所謂五山文學，指以日本京都五山禪林為中心，以禪僧為主體，依此而創作之漢詩漢文。[40]五山文學與前此之平安文學、奈良文學不同，其來源大抵有三：其一，受中土禪宗之啟示，尤其是臨濟禪宗；[41]其二，消融吸收漢詩漢賦，尤其是宋詩之滋養；其三，受朱子學沾溉，理學隨禪學文學而傳播。[42]平安時代，書籍流通端賴寫本；五山時期、江戶時期，寫本（卷子本）與印本（冊子本）並行，競奇爭輝，形成圖書傳播之熱絡，知識流通之蓬勃。[43]

日本五山時期，正當南宋初年到明代末年，姑不論禪學五家七宗之興盛，程朱理學與陸王心學之爭鋒。即以詩歌之發展論，北宋元祐年間，宋詩經梅堯臣、歐陽脩、王安石之推轂發皇，至蘇軾、黃庭堅二大家之學唐、變唐、發唐、新唐，宋詩特色之形塑，已於焉完成。傳承與開拓並重，新變與代雄兼顧，會通化成、破體出位而自成一家，繆鉞所謂「唐宋詩異同」，錢鍾書所謂「詩分唐宋」，筆者所謂宋詩特色，多可於其中索求得之：

---

40 參看俞慰慈（海村惟一）：《五山文學の研究》（東京都：汲古書院，平成十六年）。

41 高文漢：《中日古代文學比較研究》（濟南：山東教育出版社，1999），頁446-500。

42 朱子學傳入日本，關鍵人物有二：一、日本入宋僧俊芿於一二一一年回國，攜回印本《四書集注》及有關宋學之書，當不在少數。二、圓爾辨圓於一二四一年回國，攜回《大學或問》、《中庸或問》、《論語精義》、《孟子精義》。回國後，介紹程朱思想。其後禪僧宣講儒學，多採用朱熹新注。桂庵玄樹於一四七六年到中國六年，回國後宣講朱子學，完成「《四書》和化」之工作。參考王守華：〈朱子學在日本〉，《朱熹與中國文化》（上海：學林出版社，1989），頁248-249。

43 中國古籍文化研究所編：《中國古籍流通學の確立──流通する古籍・流通する文化》（東京都：雄山閣株氏會社，2007）。安平秋、盧偉：〈アメリカの圖書館に所藏される宋元版漢籍の概況〉，頁52-76；〔日〕古屋昭弘：〈寫本時代の書籍の流通と地域言語〉，頁112-133。

（一）學習詩格詩法

　　日本五山時代初期（1192-1602），既從南宋輸入諸多佛典刊本、儒學印本，更有機會閱讀宋、元、明人所著詩話筆記，如《詩品》、《六一詩話》、《冷齋夜話》、《西清詩話》、《詩人玉屑》、《三體詩選》、《瀛奎律髓》、《唐宋千家聯珠詩格》、《古今詩話》、《碧溪詩話》、《許彥周詩話》、《韻語陽秋》、《天廚禁臠》、《遯齋閒覽》、《滄浪詩話》、《懷麓堂詩話》、《談藝錄》、《詩譜》、《藝圃擷餘》、《升庵詩話》、《四溟詩話》、《藝苑卮言》之類。[44]現存日本詩話，凡一○二種，考其特色，大概有二：一、屬晚唐宋初詩格之類型；二、為初學入門指導之手冊。由此觀之，與宋代詩話，尤其是江西詩派詩話（詳目已見前），異曲同工。多在度人以金針，示人以門徑，南宋戴復古〈論詩十絕〉所謂「詩家小學新知」；世所謂初學入門，此即郭紹虞所稱強調藝術技巧；與黃庭堅與江西詩派揭示詩法，由於有門可入，有法可尋，[45]成效立見，故大卜風從，叵謂殊途同歸。

　　今考察日本詩話，有關「唐宋詩之爭」，亦一大議題。有駁斥宗唐貶宋詩話，而作持平論斷者，如久保善教之《木石園詩話》、長野碻《松陰快談》、菊池桐孫《五山堂詩話》、林瑜《梧窗詩話》等，多所述說。五山時期之漢詩創作，宗法之典範，唐代為李白、杜甫，宋代為梅堯臣、蘇軾、黃庭堅；除李白外，多為近宋調宋詩之詩人。菊池桐孫《五山堂詩話》卷四稱：「杜、韓、蘇，詩之如來也；范、楊、陸，詩之菩薩也。李近天仙，白近地仙，黃則稍落魔道矣。」所

---

44 如介煥《丹丘詩話》、劉煜季曄《侗庵非詩話》、塚田虎《作詩質的》、虎關師煉《濟北詩話》、中井積善《詩律兆》諸詩話所記述，詳張伯偉：〈論日本詩話的特色〉，頁388-393。

45 羅根澤：《中國文學批評史》（臺北：明倫出版社，1978），頁764-805。

論大抵與宗宋詩學相近,可以相互發明。[46]其他,如《詩律初學鈔》、《幼學詩話》之講究詩律,強調詩法;《濟北詩話》批評宋人「平淡」談詩,劉煜季曄《侗庵非詩話》歷數詩話十五病,荻生徂徠《訓譯示蒙》、伊藤東涯之《助字考證》,與宋人詩話「以資考證」之作用相當。小畑行簡《詩山堂詩話》稱:詩話之寫作宗旨,「猶詩中之清談」,與歐陽脩《六一詩話》所謂「以資閑談」,亦足相發明。由此可見,日本詩話之撰寫,亦得之趙宋詩話之啟迪。

至於熱門研讀圖書,首先是《昭明文選》,平安時期大學寮設置博士,教授《文選》;貴族文人則學習《文選》,以通過進士或明經之考試。[47]其後五山時期詩僧閱讀漢籍,則轉為《三體詩》與《古文真寶》。《三體詩》尤其最受青睞,乃有義堂周信《三體詩抄》、村庵靈彥《三體詩抄》、雪心索隱《三體詩抄》、《三體詩絕句抄》諸本流傳,可以推想當時之詩風旂向。[48]案:周弼編選《三體唐詩》,專選唐人七絕、七律、五律,故名「三體」。各體以格相分;七絕分為實接、虛接、用事、前對、後對、拗體、側體七格;七律分為四實、四虛、前虛後實、前實後虛、結句、詠物六格;五律分為四實、四虛、前虛後實、前實後虛、一意、起句、結句七格。《三體唐詩》十分強調詩歌藝術表現手法之多元性,注重音節響亮,韻律諧婉,總結前人創作之格式,提示所謂章法、句法、字法、起法、對法、收法、四實、四虛等藝術構思,對於紹述唐詩之優長,傳承晚唐、北宋之詩格,反對江西詩派「以學問為詩」,提供後人學詩之津梁,尤其在討

---

46 〔日〕池田四郎編:《日本詩話叢書》(東京:東京文會堂書店,1919),頁196-201;參考葉渭渠、唐月梅:《日本文學史・近古卷》(北京:崑崙出版社,2004),頁287-289。

47 陳翀:〈九條本所見集注本李善〈上文選注表〉之原貌〉,《國際漢學研究通訊》第2期(2010年10月),頁132-137。

48 張伯偉:《東亞漢籍研究論集》,拾參、〈日本漢詩總說・五山時期〉,頁429-432。

論「虛實」法等藝術結構、藝術手法方面，有較大之貢獻。[49]

至於《古文真寶》，殆宋末元初黃堅選編，於室町時代（1338-1573）傳入日本，為初學必讀書。在五山僧院中，經常舉行《古文真寶》之講授活動，因此五山雕版《古文真寶》印本至少有四種，另外注釋本「抄物」（抄本）傳留至今者，尚有三種。長慶十四年（1609），又有木活字印本，爾後二十四年間翻刻七次，可見盛行狀況。到江戶時代（1603-1867），仍流行不衰，成為士人之教養書與兒童之啟蒙書。此書有前集十二卷，大抵為古風歌行；後集十卷，多歷代古文，為活字版刊本所獨鍾。《古文真寶》前集之特色有四：一、突出選本作為教材之特點；二、專選古體詩，分五古、七古、長短句、歌行等；三、突出唐宋古體詩，宋代則側重北宋；四、突出古體詩風雅、興寄之藝術傳統，以及古樸、爽朗風格之特徵。[50]由此觀之，與周弼《三體唐詩》相搭配，近體古體相輔相成，注重藝術技巧與崇尚風雅興寄相得益彰。由此可見，五山時期之日本詩學，致力詩法、詩格、藝術技巧，更追求風雅興寄、古樸爽朗之風格。情采兼顧，文質彬彬，可見詩學趨向之另一層面。

江戶時代第二期（1680-1759），荻生徂徠、太宰春臺、服部南郭等詩人，對詩格詩境已多所論述。第三期（1790-1836），詩話詩論著作大量盛行，如中井竹山《詩律兆》、祇園南海《詩學逢原》等，皆蠶出並起，蔚為大觀，凡四十六種之多。[51]其時，唐詩、宋詩、明詩

---

49 張高評：〈印刷傳媒與宋詩之學唐變唐——博觀約取與宋刊唐詩選集〉，《成大中文學報》第16期（2007年4月），頁38。參考鄒雲湖：《中國選本批評》（上海：上海三聯書店，2002），頁99-107。

50 〔宋〕黃堅選編，熊禮匯點校：《詳說古文真寶》（長沙：湖南人民出版社，2007），《古文真寶》的編者、版本演變及其在韓國日本的傳播，頁1-25。

51 〔日〕松下忠著，范建明譯：《江戶時代的詩風詩論——兼論明清三大詩論及其影響》（北京：學苑出版社，2008），上編，頁48-50、59-61。

之提倡與排斥，諸家爭鳴，沸沸揚揚，好惡趨捨之際，大抵與清初詩壇之論爭桴鼓相應，堪作對照研究。[52]

（二）推尊宋詩宋調

日本漢詩，作為域外文學之傳播，就詩人之影響接受而言，較突出者，平安時代首推李白、白居易；五山詩僧多宗杜甫、蘇軾、黃庭堅。江戶中期尊唐成風，祇園南海最得李白嫡傳；李賀詩之奇詭幽豔，陸游詩之豪邁奔放，亦多為學習宗法楷模。[53]

漢詩，在日本之傳播，五山時代以前多為寫本或抄本。平安朝後期大江匡房（1041-1111）編撰《詩境記》，無異漢詩之接受史略：六朝以李陵、張衡、曹丕、曹植、王粲、陸機、陸雲、潘岳、左思、鮑照、沈約、薛道衡為代表。唐代，則數上官儀、王勃、楊炯、盧照鄰、駱賓王、陳子昂、杜甫、白居易、元稹、章孝標、許渾、杜荀鶴、溫庭筠為代表詩人。若將《詩境記》與九世紀末藤原左世所編《日本國見在書目錄》、藤原通憲（1105-1159）所編《通憲入道藏書目錄》相對照，大抵出入不大。十世紀時日人編選《千載佳句》，十一世紀初藤原公任編《和漢朗詠集》，亦以白居易詩居冠，元稹、許渾居次，章孝標、杜荀鶴、劉禹錫、溫庭筠又次之。[54]此時之日本漢詩，大抵以學唐尊唐為主。

日本王朝時期，詩歌典範之追求，於詩推崇《昭明文選》，於人宗法白居易，此與盛唐以降至北宋，日宋並無二致。白居易《文集》

---

52 同上註，第三節〈關于提倡及排倡唐詩、宋詩、明詩的問題〉，頁34-38；第四節〈唐詩、宋詩、明詩的提倡〉，頁71-94；〈格調說、性靈說、神韻說的展開〉，頁94-107。

53 參考蔡毅：《日本漢詩論稿》（北京：中華書局，2007），頁149-177。

54 〔日〕後藤昭雄著，高兵兵譯：《日本古代漢文學與中國文學》（北京：中華書局，2006），〈大江匡房的《詩境記》——日本人11世紀撰寫的中國詩歌史略〉，頁160-177。

之傳入，大約在弘仁六年（815），於是平安時代詩人爭相倣效，以為典範；詩會活動，有所唱和，亦步趨白樂天。室町時代（1392-1573）中期，京都相國寺禪僧瑞溪周鳳《臥雲日件錄拔尤》，記錄文安三年（1446）至文明五年（1473）閱讀漢籍書目，除內典外，五山禪僧所閱讀之外典書籍，有杜詩、韓文、東坡詩集、山谷集、簡齋詩集、劍南續稿、放翁集、誠齋集、誠齋詩話、江湖集抄、《詩人玉屑》、《文選》等；就日記中所提人物次數，依序為杜甫七次，陸游六次，蘇軾四次，黃庭堅三次，王安石、李賀二次。由此觀之，五山禪僧閱讀宗法之詩學典範，貼近於宋調宋詩，而疏離唐音唐詩。[55]

五山文學，追求嶄新之詩學範式，故仿效對象轉為杜甫、中晚唐詩和宋詩，尤其是蘇軾詩、黃庭堅詩，以及南宋江西詩派如楊萬里、陸游詩。此種現象，與北宋詩學之主潮，若合符節。以蘇軾、黃庭堅為代表之宋代詩學，及南宋江西諸子，詩學旍向，文藝審美趣味，大抵如是。[56]

南宋以來，所謂唐宋詩之爭，蘇軾、黃庭堅詩歌與詩學，為焦點話題；明清之際，宗唐詩話撻伐者固是蘇、黃，宗宋派標榜者亦是蘇、黃。日本五山詩學品評中土詩人，亦注目深具宋詩特色之蘇、黃，日中學者，百慮一致，殊途同歸，可謂英雄所見略同。

至於江戶時期（1603-1867），相當明末清代同治年間，日本詩風又與五山時期有別。中國商舶前往長崎者，絡繹不絕，其中以江浙與福建商船居多。享保（1716-1736）以後，則以江浙商人為主。自北宋以來，江浙一直位居刻書重鎮。奔赴長崎之清商既多來自江南，於

---

55 陳小法：〈《臥雲日件錄拔尤》與中日書籍交流〉，張伯偉主編：《域外漢籍研究集刊》第三輯（北京：中華書局，2007），頁271-309。

56 張高評：〈北宋讀詩詩與宋代詩學〉，《漢學研究》第24卷第2期（2006年12月），頁191-223。

是書籍之傳入，數量和速度都十分驚人。《得泰船筆語》乾卷載：朱柳橋答日人笛浦謂：「我邦典籍雖富，邇年以來，裝至長崎已十之七八。」其中不乏詩話詩選評點書籍。就大廷脩《江戶時代中國舶來書研究》，當時前後舶來的清代詩話，如錢謙益《列朝詩集小傳》、徐增《而庵詩話》、金聖歎《選批唐詩》等等，約在一二〇種上下，大抵多為知名之詩話作品。[57] 由於晚明及清初一五〇年，詩壇之唐宋詩之爭，宗唐抑宋之風較熾，清初詩話連篇累牘非議宋詩，批評蘇、黃，大多以源流正變定優劣，不以新變自得為準的。明清詩話經由海上書籍之路，抵達長崎，流播東瀛士人耳目，於是宗法唐詩唐音之風乘勢而起，始由荻生徂徠倡導，標榜復古，宗法唐詩，因而推崇李攀龍《唐詩選》（《古今詩刪》節本）。《唐詩選》致重印二十次，印數近十萬部，盛況空前，印刷傳媒之效應，自然影響深遠。唯物極必反，於是山本北山《天山堂詩話》昌言排斥，詆《唐詩選》為偽書，《唐三體詩》為謬書，轉向學習晚宋江湖、四靈詩風之精巧清新。德川時代，翻刻清廷敬《杜律詩話》，蔚為學杜風潮之興盛。其他詩家，則如伊藤長胤《杜律詩話序》所謂：「白之穩實，蘇之富贍，黃之奇巧，實亦非可廢者也」，所指白居易、蘇軾、黃庭堅，皆宋調代表，由此可見江戶詩學風習之一斑。

就日本書籍印刷史而言，自寶龜元年（770）印刷百萬《陀羅尼經》，平安朝流行摺供養佛經，有叡山板、春日板等印刷物。其後中世紀五山時期之印刷品，有高野版、五山板，及涌泉寺、東福寺、臨川寺諸書板。貞治三年（1367）元朝刻工八人東渡日本，加上宋板《大藏經》先後舶載，高麗板漢籍印刷物亦傳入，於是影響室町時代京都印刷事業。五十年間，刊行五〇〇種書籍，其中絕大部分為佛

---

57 張伯偉：《清代詩話東傳略論稿》（北京：中華書局，2007），頁97-103、195-214。

經，外典之經史、詩文、醫書之雕板印刷亦紛紛崛起。自高麗朝高宗十四年（1227），以活字板印刷《古今詳定禮文》後，其後盛行，活字印刷傳入日本。至德川家康提倡出版事業，以朝鮮銅活字印刷《後漢書》、《皇朝類苑》，有所謂「伏見版」、「駿河版」，印刷《孔子家語》、《六韜》、《三略》、《貞觀政要》、《周易》、《七書》、《東鑑》、《太平記》、《帝鑑圖說》、《大藏一覽集》、《群書治要》等書。

　　由此觀之，江戶時期之日本詩人，由學唐折而入宋之心路歷程，與南宋楊萬里、陸游、永嘉四靈、江湖詩人之學唐變唐，能入能出，於是新變代雄，而自成一家，有貌異而心同者。日本久保善教《木石園詩話》稱：

> 我邦始唱詩者，天智帝時，以大友、大津二皇子為祖師矣，而其詩專取法于宋。至延天之際，宋詩盛行，《瀛奎律髓》、《聯珠詩格》，幾于家有其書矣，實可謂文治之世。……及元祿之際錦里先生者出，始唱唐詩，風靡一世。……近世關左詩人，始悟其風之偽，極口而痛駁之，而見宋詩之精神，遂醒詩家迷醉，海內為之。[58]

　　久保善教宏觀論述日本漢詩宗宋尊唐之源流，其脈絡原委與宋、元、明、清以來詩壇「唐宋詩之爭」了無二致。要之，中日之詩人詩話，此心同，此理同，彼此可資借鏡參考者多，所謂「他山之石，可以攻錯。」經由海上書籍之路，可以天涯若比鄰；傳播與接受，可以無遠而弗屆。宋代圖書傳播、印刷傳媒課題，可以提供研究日本平

58　鞏本棟：《宋集傳播考論》（北京：中華書局，2008），頁97。參看趙鍾業編：《日本詩話叢編》，〔日〕久保善教：《木石園詩話》（漢城：太學社，1992）。

安、五山、江戶時期閱讀接受之參考。因為,印刷術,為普及文化的
有力手段,更是「變革的推手」。

第三節　結語

　　本論文首先以宋元海上書籍之路──明州到博多為切入點,論述
日本平安朝後期,至五山時期,遣唐使、入宋僧對胡瑗《春秋解》、
朱熹《四書集注》等漢籍寫本之携回,及蜀版、福州本、南宋思溪本
《大藏經》之輸入,乃至於日宋往來船舶對漢籍之傳播,進而推勘其
文化交流,及圖書傳媒之影響。

　　其次,從對照之觀點,論述宋代圖書傳播,尤其是印刷傳媒繁
榮,生發何種傳媒效應,持以考察日本平安、五山、江戶時代之寫本
印本爭輝,是否有類似之情形。又其次,宋代詩話之傳寫刊行,引發
詩風分立;明末清初詩學宗派,唐音宋調乃分為二;江戶時期長崎崛
起,取代博多為國際貿易港,當時船舶來往長崎利便,清人詩話輸入
極為頻繁,經由海上書籍之路傳播,天涯若比鄰有如此者。於是影響
詩學之接受與反應,持以考察日本各時期詩學之流變,亦足相發明。

　　歷史可能移時易地而重演,日中文學史、文化史之發展也可能相
似。宋詩從學唐、變唐、發唐、新唐而來,能入能出,自成一家,於
是與唐詩分庭抗禮,平分詩國之秋色。宋詩所以為唐詩之新變,內藤
湖南、宮崎市定「唐宋變革」說之觸媒轉化劑,亦非印刷傳媒不為
功。宋代印刷傳媒生發之效應,是否也歷史重演,反映在日本五山文
學或江戶文學中?本文論證其中三項,只在拋磚引玉而已。全面檢
驗,期待他日。

　　海上書籍之路,從明州杭州到九州博多,又從寧波、南京、福州
到九州長崎。時間由平安朝後期,歷經五山時期,到江戶時期,漢詩

由唐詩之輝煌，新變出宋詩之自得，由論詩詩轉化為詩話、筆記、詩
選、評點，於是詩國之花演生二歧：唐詩唐音與宋詩宋調。南宋後
「唐宋詩之爭」紛紛擾擾，歷經八、九百年。唐詩唐音猶詩國之雅樂
正聲，無可懷疑；唯宋詩變唐、新唐，足與唐詩匹敵而無愧，則有待
論證。就宋代詩學及清初詩學研究發現，下列課題所示，可提供探討
五山及江戶時期日本詩話之切入口：

（一）唐代詩人而開宋調者，有杜甫、白居易、韓愈、孟郊、賈
　　　島、李商隱、杜牧。錢鍾書「詩分唐宋」之論斷，似乎可移
　　　以論述江戶文學。尤其是杜甫、白居易，自平安、五山、江
　　　戶各期，多所宗法。

（二）杜甫，為江西詩派一祖三宗之始祖。蘇軾、黃庭堅為宋詩宋
　　　調之代表，地位如唐朝之有李白、杜甫。江戶時代之日本詩
　　　話，選擇詩學典範，頗有宋人風味。

（三）宋代詩話注重藝術技巧，與蘇軾、黃庭堅作詩注重詩法、詩
　　　律有相通處。自《文鏡秘府論》以來，日本詩學之所標榜強
　　　調，頗見異曲同工之妙。

（四）宋詩追求新奇變異，具有陌生化之美感；標榜獨到自得，富
　　　於創造思維之特質；文藝創作講究法度，提示日本詩話研究
　　　許多規律與典則。

（五）清初一百五十餘年，相當日本江戶時代。清初宋詩學強調新
　　　變之風格，辨析唐宋之異同，強調宋詩之本色。未知江戶時
　　　期盛行之日本詩話，是否有類似之反映？

（六）宋人、明人、清人，以及日本平安朝、五山朝、江戶朝之詩
　　　人與詩論家，假道海上書籍之路，憑藉圖書傳播媒介，千里
　　　因緣海路牽。彼此間，當有相通之詩學譜系與知識圖譜。

（七）五山文學宗法杜甫，稱揚《三體詩》，推崇蘇軾、黃庭堅，

及中晚唐詩，近似宗宋詩風；王朝文學，推崇《文選》，宗
法白居易，亦近北宋詩風，而不似唐詩唐音。日本漢詩及詩
話之宗宋趨向，值得關注。

（八）江戶文學由宗宋轉為崇唐，又變為推重杜、白、蘇、黃，亦
猶如清初一百五十年之唐宋詩之爭。文學活動，文化發展，
移時易地重演。凡此，多可作多面向之中日詩話比較研究。

第十一章
結論

　　日本京都學派內藤湖南師徒，研究中國歷史，提倡「唐宋變革」論、「宋代近世」說，推衍出「宋清千年一脈」論。歷史學界大家名家，如王國維、嚴復、胡適、錢穆、陳寅恪、呂思勉、柳詒徵、鄧廣銘、傅樂成等皆呼應發皇其說。唯文學界除繆鉞、錢鍾書、王水照之外，少有稱引闡說者。

　　筆者探討宋詩特色三十餘年，多以唐詩特色作為研究對照組，旁涉唐宋詩異同、詩分唐宋、唐音宋調諸唐宋詩紛爭課題。大抵多持「內藤假說」，作為學理依據。今復擴而充之，以清代詩話為研究文本，以《全臺詩》、《全臺賦》所載清初海洋詩賦作為佐證文獻；再旁通類及海上書籍之路，述說日本江戶漢詩之傳播受容，要皆宗法宋詩，近似宋調；而多疏離唐詩特色，不具唐音風格。之所以如此，要亦時代風尚、文學演變使然！

　　唐宋詩之爭，或因源流、異同而定優劣高下；或持本色、典範而軒輊唐宋。筆者以為，評斷唐宋詩之價值，應以新變自得為準據，不當以異同源流定優劣。本論文選擇吳喬、馮班、王夫之、毛奇齡、朱彝尊、王士禎等清初十家宗唐詩話，六十餘條資料作為文本，嘗試從文學語言之觀點切入，參考印刷傳媒可能之影響，選擇三個視角，以考察宗唐詩話評論宋詩、宋調、宋人之是非曲直：（一）變異與陌生化：宗唐詩話論宋詩之習氣，如出奇、務離、趨異、去遠、矜新、變革、疏硬、如生、尖巧、詭特、粗硬槎牙、奪胎換骨等等，諸般「不是」，相對於唐詩而言，即是雅各布森、姚斯、什克洛夫斯基等學者

所倡,具有「陌生化美感」之詩歌語言。(二)獨到與創發性:宗唐詩話大加撻伐者,為與唐詩、唐音趣味不同之「非詩」特色,如以文為詩、以賦為詩、以禪為詩、以文字為詩、以議論為詩、以才學為詩等。此種破體、出位、跨際、重組之詩思,引導不同領域或學科之思維相互激盪觸發,創作往往深具獨到與創發性。媲美促成歐洲文藝復興之「梅迪奇效應」,注重跨際思考,致力異場域碰撞,這跟創造思維(creative thinking)注重反常、辯證、開放、組合、獨創、能動性,可以相互發明。(三)三體與詩家語:宋人詩間有率直、理礙、意盡、雕刻、矜巧、餖湊、直言、著題、徵實、寫色、廣譬、鏤繪諸詩病,宗唐詩話遂誤讀為賦體使之然,所謂「唐詩尚比興,宋詩多賦」。其實賦體之功能多方:可以抒情,可以寫景,可以敘事。宗唐詩話於三體中獨厚比興,而貶抑賦法,有失公正。

自南宋以來,唐宋詩之爭一直是詩學的公案。或依同異判優劣,或據源流定是非,紛紛擾擾久矣。本論文考察清初一百五十年之宋詩學,援引錢謙益、黃宗羲、葉燮、徐乾學、田雯、賀貽孫、吳之振、厲鶚、汪師韓、蔣士銓、趙翼、翁方綱等二十餘家之說,六十餘條資料,以三大議題開展論述,且以之論斷宋詩之價值:其一,標榜新變之風格:針對明代以來宗唐習氣糾葛源流正變、因革損益,從文學發展的觀點看待詩歌。因此,宋詩學習唐詩,又新變唐詩之成就,最被稱道。其二,辨析唐宋之異同:緣於反對「相似而偽」之復古模擬風氣。此一「真贗之辨」,諸家多強調宋詩相較於唐詩,在風格、源流、形製、音節、能事、工拙諸方面有「相異而真」之事實。其三,強調宋詩之特色,提出自成一家,講究自得自立,不失本色;反思宋詩特徵,則聚焦於以學問為詩、以議論為詩,及穿鑿刻抉諸特質。由此觀之,繆鉞提出「唐宋詩異同」,錢鍾書所謂「詩分唐宋」,此真持平之論。

　　趙翼《甌北詩話》十分推崇蘇軾之人格與風格，稱美東坡為天才，謂出以揮灑，全不用力。討論蘇軾詩歌，偏重鍛煉剪裁與自然湊泊、讀書博學與使事用典。稱以俗為雅、以故為新，為山谷得力處；務為峭拔，不肯隨俗，為黃詩命意所在。對於山谷詩過求新奇，氣乏渾厚，則評價不高。評價蘇軾、黃庭堅詩歌，在「才力雄厚，書卷繁富」方面，以為旗鼓相當。其他，尚論述因難見巧、詩家能新，以文為詩、以小說入詩、文字遊戲、以俗為雅等等，多為宋調所追求。趙翼詩學標榜「詩家能新」，提倡新意新詞，重視才氣性情，此中有具體而微之表現。本書選擇趙翼《甌北詩話》作為主要之研究文本，聚焦在宋詩宋調之風格，考察其中品藻蘇軾、黃庭堅之文獻，以見乾嘉宗宋詩話論述宋詩特色、唐宋詩異同之一斑。乾嘉詩話對宋詩特色或正或反之闡釋，將有助於文學史地位之公允評價；繆鉞「唐宋詩異同」，錢鍾書「詩分唐宋」說，將因此而獲得更有力之佐證。

　　清代乾嘉宗宋詩話論述宋詩特色、唐宋詩異同，約有十餘家。本書選擇翁方綱《石洲詩話》作為主要之研究文本，討論其中攸關蘇軾、黃庭堅，以及唐宋詩異同之文獻，《石洲詩話》極肯定蘇軾詩，品題為一代詩人之冠冕，稱使事即其妙處；而更標榜黃庭堅詩之高、大、深、新，繼往開來。尤其揭示唐宋詩之異同，謂唐詩興象超妙，妙境在虛處；宋詩刻抉入裏，妙境在實處。談理至宋人而精，說部至宋人而富，詩則至宋而益加細。宋人之學全在研理日精，觀書日富，因而論事日密。史傳所不及載，借詩足資考證。其他，品題吳之振《宋詩鈔》之得失，批評明清詩話說宋詩之是非，多有可取。翁方綱肌理說，標榜「細密精深」之詩美，稱揚勤苦鍛鍊之作詩工夫，所謂「詩必研諸肌理，而文必求其實際」。故極力推崇杜甫，欣賞蘇軾、宗師黃庭堅。就詩學主張而言，翁方綱更契合黃庭堅，故推重山谷詩以為「繼往開來，源遠流長」，凡此，多可與翁氏之肌理說相互發明。

　　方東樹《昭昧詹言》論詩，主張避熟脫凡，追求自家面目；倡導命意深遠，措詞新奇，而歸本於創意造語。又凸出「以驚創為奇」，「著意與人遠」之山谷詩風，已暗合陌生化、獨創性之詩歌語言標準。且《昭昧詹言》中，再三標榜深、遠、創、造、生、新、變、奇諸美感效益，亦與創造思維之開放、通變、獨創、新穎諸特質異曲同工。此種創造思維之發用，主張「詞必己出，不隨人作計」，得自韓愈、黃庭堅之啟迪；而「空無依傍，盡脫谿徑之外」，近東坡詩風。其他出入唐宋之詩話，本文亦略加稱引述說，期能發微闡幽，而有助於宋詩特色之鉤勒。方東樹論文品詩厭棄凡舊，為求代雄通久，故追求新變，致力創發；既傳承桐城義法文風，又闡揚蘇黃宋調之特色，兩者會通化成，移植、引入，然後作新奇組合，於是而有《昭昧詹言》之創意詩學。

　　海洋文學，為海洋文化最直接之體現。本論文以《全臺詩》、《全臺賦》為探索文本，就所載海洋詩五十四首中選擇七首，佚詩二首，加上與海洋相關之辭賦三篇，提出明末清初海洋文學之兩大主題類型：一、海洋冒險；二、海上征戰。《全臺詩》載先民乘舟遇風，橫渡黑水溝，海洋之驚濤駭浪，浩渺溟茫，堪稱壯駭奇特，詭譎多變，周于仁〈觀海賦〉、張湄〈海吼賦〉、陳輝〈臺海賦〉之書寫，可見冒險犯難、人定勝天之海洋文化精神。至於施琅征臺，見盧若騰〈大風覆虜〉，施世綸、施世榜隨軍克澎征臺賦詩，周澎〈平南賦〉描述海上戰爭；盧若騰〈南洋賊〉，述鄭成功海上貿易爭戰，既可補史闕，且見海洋具有開疆拓土之性格與意識。臺灣之海洋性格、海洋思維、海洋文化、海洋文學，多可自先民之詠海詩中考求而得。

　　清初百餘年來之臺灣文學，作者多為中土渡海來臺者。故發為創作，亦不得不受清初詩潮賦風之影響。本文討論明鄭與康、雍、乾之世臺灣之海洋文學，以《全臺詩》、《全臺賦》為主要研究文本，著眼

於海洋書寫，聚焦在詩情畫意，而歸本於海洋文化。分四端述說之：
（一）海洋風景；（二）海洋圖畫；（三）海洋詩情；（四）海洋生態
與傳說。康熙之世，軍民已於臺澎安身立命，閒居則或詠海寄興，藉
海寫情，以表現其襟抱與思懷。海洋之波瀾壯闊、包容博大；利用厚
生，善養萬物，由此可見。至於身經朝代更替，目歷爭戰與和平，或
望洋興歎，或觀海悟道，則體現海洋文化盈虛消長、創新求變之哲
思。辭賦特寫航海、貿易、漁獲諸海洋生活，勾勒海上之鱗、潮中之
介、水中之奇，以見海懷眾珍，善養萬物。至於海市蜃樓、石尤阻
程、宗愨乘風、海上神山諸海洋傳說，亦多順帶略及。

　　清初渡海來臺之詩人，書寫之海洋，大抵聚焦於海洋爭戰、風波
險惡、島嶼敘述、海洋景觀四大主題上。其中最大宗者，為詩人同題
共賦〈臺灣八景〉詩，無異宋代文人雅集，唱和酬答，共詠〈瀟湘八
景〉。其競爭超勝，時空雖殊，而情景近似。臺灣海洋詩之作者，除沈
光文・郁永河・孫元衡三位文人外，多為官游之武職官員。所作詩
篇，體現在審美之平淡、題材之獨創、書寫之即物、詩情之主知方面。
形式技巧，則凸顯同題競作、以俗為雅、以文為詩、以賦為詩。由此
觀之，清初臺灣之海洋詩風，或近宋詩宋調，而較疏離唐詩唐音。時
代使然，出身使然，風會使然。內藤命題所謂「自宋至清千年一脈
論」，錢鍾書所倡「詩分唐宋」，考察清初臺灣詩風，堪稱信而有徵。

　　自遣唐使學問僧玄昉帶回佛典經論，入唐八家亦攜回經書。日僧
奝然攜回宋太宗所賜新刊《大藏經》，引發日本對印本、摺本之愛好
與推廣。浙江明州到九州博多，宋船往來頻繁，自隋唐以來，形成海
上貿易之路。南宋中葉以後，日僧宋僧之往還，多託身於此等船舶，
文化交流、圖書傳播遂藉此推動。五山時期，禪僧喜愛杜甫、白居
易、蘇軾詩、黃庭堅詩；雕版《三體唐詩》、《詩人玉屑》、《瀛奎律
髓》，要當宋詩開山、宋調詩風，要皆當時禪僧喜愛珍藏與閱讀接受

之詩學典範，可見接近宋詩宋調，而疏離唐音唐詩。由此推想，平安後期、五山、江戶時期，面對雕版印刷崛起，與寫本抄本並駕爭輝，僧侶、士人之閱讀接受將生發哪些效應？江戶時期，通往長崎的海上書籍之路，傳輸流布豐富而多元之明清詩話，傳播、閱讀、接受、反應之際，江戶時期漢詩之受容，殆興清代中土詩壇斫向相當。其中，考察日本詩話中有關唐音宋調之論述，從而可見印刷傳媒對於江戶漢詩的影響，值得探究。

綜觀本書，正文凡九章，附錄三篇。就研究文本而言，可分兩大類：詩話文獻，共五章；詩賦文集，凡四章。附錄三篇，亦皆詩集文集資料。若論研究面向，則有四大特色：其一，綜論得失，通考宗唐詩話、宗宋詩學之紛爭。其二，宗宋詩話分論，舉趙翼《甌北詩話》、翁方綱《石洲詩話》、方東樹《昭昧詹言》為例。其三，宋詩宋調之遺韻，以清初臺灣海洋詩賦、日本五山江戶詩學為例。其四，宋調之源頭，轉化和流派，分別舉中唐讀詩、辛棄疾詠物詩、胡適之古典詩學為例，可證千年之間詩人所作，「不能出唐宋之範圍，皆可分唐宋之畛域！」單就宋詩宋調而論，理或然也。錢鍾書之說，誠可謂見道之言。

附錄一
唐代讀詩詩與閱讀接受

　　知識之傳播，以書本為主要媒介。圖書傳播之方式，由先秦兩漢書之竹帛，到謄寫抄錄於紙張，進入寫本時代，堪稱一大躍進。迨隋唐五代，發明雕版印刷，日傳萬紙，「士大夫不勞力，而家有舊典」，印本圖書因有「易成、難毀、節費、便藏」，化身千萬，無遠弗屆諸優長，於是到北宋，與寫本競奇爭輝；至南宋，由彼消此長而勢均力敵，至宋末元初，印本超越寫本，成為圖書傳播之新寵。凡此，由竹帛而寫本，而印本，對於文風士習之影響極大，值得深入探討。

　　必須強調的是：不管印本如何得寵，寫本、抄本之於圖書傳播，仍然未能偏廢。蓋著述繁多，不見得凡書都有印本，於是全仗抄本延其命脈。明胡應麟所謂：「凡書市之中，無刻本則抄本價十倍；刻本一出，則鈔本咸廢不售矣」，[1]此之謂也。試觀南宋，以三代藏書著稱之陸游，所讀仍不廢寫本、抄本，[2]其他士人可以想見。因此，士人閱讀稿本或寫本書籍時之心態如何？成效如何？相較於印本，有無明顯之差異？皆值得關注。

　　雕版印刷之圖書，對於文學創作，文藝思想，生發何種激盪與效應，這是印刷文化史研究的範圍。[3]對於這個創新的研究議題，筆者

1　〔明〕胡應麟《少室山房筆叢》（上海：上海書店出版社，2001），甲部，卷四〈經籍會通四〉，頁44。

2　張高評：〈從資書為詩到比興寄託：陸游讀詩詩析論〉，香港中文大學《中國文化研究所學報》第47期（2007），頁283-284。

3　錢存訓《中國紙和印刷文化史》（桂林：廣西師範大學，2004），第一章〈緒論〉，頁20-21。

已發表兩篇論文：其一，〈北宋讀詩詩與宋代詩學——從傳播與接受之視角切入〉；[4]其二，〈從資書為詩到比興寄託：陸游讀詩詩析論〉，[5]南宋北宋較論，讀詩詩已有流變之殊異。今欲探本究源，針對《全唐詩》作檢索，搜尋其中之讀書（詩）詩，進一步作考察討論，以見印本崛起之前，寫本藏本之流通傳播，究竟在詩人與詩歌中作何體現？讀書態度有何不同？各時代藏書質量之多寡，影響閱讀接受之程度如何？唐人閱讀寫本書籍之情況，或許可以提供研究宋代讀書詩之參照。閱讀之接受與反應，正是本文切入的視點與進路。「辨章學術，考鏡淵流」，則是筆者草撰本文之目標。

第一節　著述之繁盛與唐代讀書詩之興起

雕版印刷發明之前，書籍傳播之方式多為抄本，或稱為寫本。論者研究寫本之傳播，除涉及紙之商品化、傭書之職業化外，讀書人手自抄寫，藏書家任人謄錄之傳抄，成為圖書流通之主要來源，孟郊〈自惜〉詩云：「傾盡眼中力，抄詩過與人」；〈老恨〉詩曰：「無子抄文字，老吟多飄零」；杜荀鶴〈閒居書事〉亦稱：「鬢白祇應秋鍊句，眼昏多為夜抄書」，可見一斑。[6]其中，單篇傳寫，是新作流通之主要方式，而結集問世，最便於流傳；於是書籍市場應運而生，書籍之流通更加便捷。[7]

4　張高評：〈北宋讀詩詩與宋代詩學——從傳播與接受之視角切入〉，《漢學研究》第24卷第2期（總49號，2006年12月），頁191-223。

5　張高評〈從資書為詩到比興寄託：陸游讀詩詩析論〉，頁283-312。

6　〔唐〕孟郊〈自惜〉、〈老恨〉，清聖祖御定《全唐詩》（臺北：文史哲出版社，1978），卷三七四，頁4202；〔唐〕杜荀鶴〈閒居書事〉，《全唐詩》，卷六九二，頁7958。

7　參考劉光裕：〈抄本時期書籍流通資料〉，宋原放主編：《中國出版史料》（武漢：湖北教育出版社，2004），古代部分第二卷，頁407-463。

　　開元、天寶之盛世，著述既盛，圖書流通與典藏自多。《新唐書・藝文志》稱：「藏書之盛，莫盛於開元，其著錄者，五萬三千九百一十五卷；而唐之學者自為書者又二萬八千四百六十九卷。嗚呼！可謂盛矣！」故《宋史・藝文志》稱：「唐之藏書，開元最盛，為卷八萬有奇」。[8]學者文士著述之盛，促使圖書質量激增，朝廷復興儒學，重視文教，是主要原因。唐代詩人所作讀書詩，時代都在中晚唐，盛唐極少，初唐幾乎沒有，應該跟圖書傳播的質量息息相關。就文學之傳播而言，《文選》蔚為熱門，先後有李善注、五臣注、六臣注三種版本，對於閱讀、師法《文選》，提供許多便利，對於唐代之詩文創作，如李白、杜甫、韓愈、柳宗元等，均產生深遠之影響。[9]

　　著述之繁盛，引發圖書傳播之熱絡；朝廷重視文教，開科取士，促使讀書蔚為風潮。影響所及，騷人墨客或述閱讀感想，或記讀書心得，發為詩歌，是所謂讀書詩。質言之，大凡文士閱讀經、史、子、集四部書籍，或作感點抒發、比興寄托之閱讀書寫，或作得失龜鑑、發微闡幽、風格勾勒、內容櫽括、褒貶抑揚諸讀書心得發表，無論泛覽通說，或專題指陳，而以詩篇表述之者，皆謂之讀書詩。試檢索清聖祖御定《全唐詩》，詩題有「讀」字者，得讀書詩一三二首，其中讀經詩五首，讀史詩四十一首，讀諸子詩十三首，讀詩詩四十六首，讀文集八首，泛寫讀書之詩十八首，凡一三二首。若內容涉及讀書者，又不知凡幾。陳尚君輯存《全唐詩補編》三大冊，以「讀」字為題者共十六題二十五首，其中內容涉及閱讀詩篇詩集者，只有兩首，

8　〔元〕脫脫等編撰《宋史》（北京：中華書局，1978，《二十四史》點校本），卷二〇二，〈藝文志〉一，頁5032。

9　參考李瑞良：《中國古代圖書流通史》（上海：上海人民出版社，2000），第四章〈隋唐五代的圖書流通〉，第二節，頁185-190。張海沙：〈唐人喜《文選》與宋人嗜《漢書》——論唐宋文人不同的讀書趣向〉，中國唐代文學學會：《唐代文學研究》，第十一輯（桂林：廣西師範大學出版社，2006），頁91-97。

即張祜（792-852？）〈讀韓文公集十韻〉，釋義存〈因讀寒山詩〉。閱讀作詩之時代，亦聚焦在晚唐。就四唐之時代斷限而言，讀書詩寫作時代在中唐以後者，高居七成以上，晚唐尤其多。何以如此？筆者以為：當時圖書流通之媒介仰賴藏本、寫本，雕版印刷尚未運用於複製圖書，以致知識傳播之立即性、及時性不足，滿足度、普遍性欠缺。相較於印本，寫本之流通緩不濟急，讀者閱讀接受之質量面向，亦隨之受影響。其中緣由，值得深究。由於篇幅所限，本文只選擇唐代讀詩詩中有關文學批評者二十七首，作為核心考察，偶爾旁通其餘。如讀文集，讀書之作八首，則取其可以相互發明者。

文學之文本，作為接受對象，箇中活動可分為閱讀之接受與意義之闡釋。文學作品之所以具有意義，必須經由讀者之閱讀與理解，可見文學作品之意義是讀者與文本交流之結果。西方接受學之理論，凸顯讀者之重要地位。論者以為：在文學作品之接受過程中，讀者始終是一個具有能動性和創造性的參與者。讀者總是以自己的前理解和先見，進行閱讀文學作品。閱讀在接受活動中，始終是一種創造性的轉換。[10]想像唐人閱讀詩集詩篇，何嘗不具有前理解和先見？讀書詩作為閱讀到寫作之結晶，詩人從自我理解出發，去閱讀作品，結合文學作品的召喚性結構，關注作品意義之不確定處、留白處、缺漏處、否定處，進行創造性填補，和想像性連接，[11]閱讀詩集詩篇，方能因創造性之轉換，而有讀書詩，或讀詩詩之作品。今參考西方接受美學與文學詮釋學，以討論唐人之讀詩詩。從讀者之視角，探討文學之傳播與接受，為兩岸學界共同關注之課題，已發表若干成果，各有心

---

10 參考李建盛：《理解事件與文本意義——文學詮釋學》（上海：上海譯文出版社，2002），第三章〈文學接受的詮釋學向度〉，頁112-122。
11 參考朱立元：《接受美學》（上海：上海人民出版社，1989），Ⅲ、〈文學作品論‧本文的召喚性結構〉，頁111-127。

得。[12]今本文所論,詳人之所略,異人之所同,或有補於斯學之探討。

　　《全唐詩》中,以「讀書」為題者凡十八首,大抵書寫縱觀泛覽之閱讀感受,大有神交古人,讀書最樂之勝境在,讀者與文本之交流,詩人讀書往往娓娓道來,如李白、柳宗元所云:

> 晨趨紫禁中,夕待金門詔。觀書散遺帙,探古窮至妙。片言苟會心,掩卷忽而笑。青蠅易相點,白雪難同調。本是疏散人,屢貽褊促誚。雲天屬清朗,林壑憶遊眺。或時清風來,閒倚欄下嘯。嚴光桐廬溪,謝客臨海嶠。功成謝人間,從此一投釣。[13]

> 幽沈謝世事,俯默窺唐虞。上下觀古今,起伏千萬途。遇欣或自笑,感戚亦以吁。縹帙各舒散,前後互相踰。瘴癘擾靈府,日與往昔殊。臨文乍了了,徹卷兀若無。竟夕誰與言,但與竹素俱。倦極便倒臥,熟寐乃一蘇。欠伸展肢體,吟詠心自愉。得意適其適,非願為世儒。道盡即閉口,蕭散捐囚拘。巧者為我拙,智者為我愚。書史足自悅,安用勤與劬。貴爾六尺軀,勿為名所驅。[14]

　　天寶三載（744）,李白（701-762）為翰林學士,出入宮禁,與

---

12 周益忠:《宋代論詩詩研究》,臺灣師範大學國文研究所博士論文,1989；東華大學中文系:《文學研究的新進階——傳播與接受》（臺北:洪葉文化公司,2004）,其中柯慶明、大木康、王兆鵬、楊玉成發表論文,多值得參閱；除外,楊玉成:〈劉辰翁:閱讀專家〉,彰化師大國文系《國文學誌》第3期（1999年6月）,頁199-246；楊玉成:〈文本、誤讀、影響的焦慮——論江西詩派的閱讀與書寫策略〉,《建構與反思——中國文學史的探索學術研討會》（臺北:臺灣學生書局,2002）,頁329-427；對於斯學,亦有開發之功。

13 〔唐〕李白:〈翰林讀書言懷呈集賢諸學士〉,《全唐詩》,卷一八三,頁1865。

14 〔唐〕柳宗元:〈讀書〉,《全唐詩》,卷三五三,頁3958。

集賢院學士往來甚密。此詩當為遭讒後作,詩中「青蠅」以下四句,比興寄託可見。[15]李白遭遇讒言,藉讀書寫懷,以抒發苦悶,詩中強調讀書之樂,往往「探古窮至妙」,可以臥遊林壑與海嶠;而且,「片言苟會心,掩卷忽而笑」,足見讀書可以遣悶忘憂,神交古人,出塵臥遊。柳宗元(773-819)〈讀書〉詩,對於閱讀之心路歷程,曲盡形容,一則曰:「上下觀古今,起伏千萬途」;再則曰:「遇欣或自笑,感戚亦以吁」;三則曰:「竟夕誰與言,但與竹素俱」;四則曰:「吟詠心自愉,得意適其適」;由閱讀而若有所悟:「書史足自悅,安用勤與劬」;「貴爾六尺軀,勿為名所驅」,從閱讀接受,到反應體現,有極清晰之書寫。除讀書樂之書寫外,錢起、李群玉、皮日休、皎然四家對讀書之描述,亦頗有可取,如:

　　日愛蘅茅下,閒觀山海圖。幽人自守樸,窮谷也名愚。倒嶺和溪雨,新泉到戶樞。叢蘭齊稚子,蟠木老潛夫。憶戴差過剡,遊仙慣入壺。濠梁時一訪,莊叟亦吾徒。[16]

　　憐君少雋利如鋒,氣爽神清刻骨聰。片玉若磨唯轉瑩,莫辭雲水入廬峰。[17]

　　家貧是何物,積帙列梁耗。高齋曉開卷,獨共聖人語。英賢雖異世,自古心相許。案頭見蠹魚,猶勝凡儔侶。[18]

---

15 詹鍈主編:《李白全集校注彙釋集評》(七)(天津:百苑文藝出版社,1996),第二十二卷,〈翰林讀書言懷呈集賢院內諸學士〉,頁3468。

16 〔唐〕錢起:〈山齋讀書寄時校書杜叟〉,《全唐詩》,卷二三八,頁2656。

17 李群玉:〈勸人廬山讀書〉,《全唐詩》,卷五七〇,頁6615。

18 〔唐〕皮日休:〈讀書〉,《全唐詩》,卷六〇八,頁7022。

予讀古人書，遂識古人面。不是識古人，邪正心自見。貴義輕財求俗譽，一錢與人便驕倨。昨朝為火今為冰，此道非君獨撫膺。[19]

讀書可以神交古人，錢起詩所謂：「憶戴差過剡，遊仙慣入壺。濠梁時一訪，莊叟亦吾徒」，無論任誕、超脫、逍遙、自在，都可以活躍紙上，與我遨遊。皮日休〈讀書〉詩亦稱：「高齋曉開卷，獨共聖人語。英賢雖異世，自古心相許」；皎然〈戲贈吳馮〉，詩題雖未標明讀書，然內容頗多涉及，所謂：「予讀古人書，遂識古人面。不是識古人，邪正心自見」，開卷閱讀，既可以「共聖人語」，又有機會「識古人面」，與聖賢往來，洞識邪正，此真開卷有益之寫照。至於李群玉〈勸人廬山讀書〉，則勸勉「利如鋒」、「刻骨聰」之「少雋」，藉讀書磨去利鋒，殷殷期許「片玉若磨唯轉瑩」，讀書可以磨練性情，變化氣質，於此可見一斑。讀書之效益，高遠而具體如此；對於文學創作之觸發，則有如杜甫〈奉贈韋左丞丈二十二韻〉所謂：「讀書破萬卷，下筆如有神」；讀書有助於作文之論述，宋代詩話、筆記、序跋中常見，蘇軾、黃庭堅，及江西詩派更奉為創作之法則，論詩之主張。[20]

第二節　唐代讀詩詩與文學批評

試檢索清聖祖康熙御定《全唐詩》，以「讀書」為題者，讀詩人

---

19 〔唐〕皎然：〈戲贈吳馮〉，《全唐詩》，卷八一六，頁9197。

20 張高評：〈印刷傳媒與宋詩之學唐變石──博觀約取與宋刊唐詩選集〉，《成大中文學報》第16期（2007年4月），二，博觀厚積與宋詩之新變自得──讀書博學與宋詩特色，頁10-14。

文集八首,讀詩集詩篇四十六首,共五十四首,外加《全唐詩補編》二首,是本文所謂之「讀詩詩」。讀詩詩,為讀書詩之一種,指閱讀對象限定在某家詩集,或某一詩篇,或述閱讀感想,或記讀書心得,而發為詩歌者。就《全唐詩》所見,大抵分為閱讀感想,與讀書心得。其內容一言以蔽之,曰書寫人格與風格而已。感點抒發,比興寄托,屬於前者;品評褒贊,風格勾勒、發微闡幽,內容隱括等,屬於後者。考察讀詩詩,有助於理解唐代詩家之人格與風格,對於知人論世,不無裨益。

西方文藝學有所謂文學批評者,係針對文學現象和文學作品而發,進行分析、研究和評價之工作,既是較高層次的文學接受活動,也是獨立自主的文學研究工程。論者以為:文學批評建立在文學鑑賞的基礎上,對於讀者的閱讀和鑑賞活動,具有指導作用,可以協助讀者感受、理解、選擇和鑑別作品。同時,可以替代作家總結創作經驗和教訓,對於發展文學理論具有推動作用。[21]準此觀之,唐代讀詩詩,頗富於文學批評之學術價值。讀詩詩之閱讀接受,是一種理性認知之歷程,詩人作為第一讀者,必須精確掌握作品之審美價值和審美特徵,方能寫出貼切的評價,進而總結創作經驗,探尋其中之藝術規律。《全唐詩》載存之讀詩詩中,的確透露此種訊息。

御定《全唐詩》讀詩詩五十四首中,與文學批評有關者約二十六首,《全唐詩補編》只有一首。粗略分類,以品評褒贊最多,高達十八首,其次則借題發揮五首,風格勾勒三首,內容隱括一首。要之,多可以補充唐代文學史、批評史之不足;為《唐詩紀事》、《唐人軼事彙編》增添若干資料。歷代詩家中,獲得唐代詩人青睞閱讀,且據以寫作讀詩詩者,在二十四家以上。詩作歌詠最多者,李白與杜甫、賈

---

21 劉安海、孫文憲:《文學理論》(武漢:華中師範大學出版社,2002),7、〈文學接受〉,7・3「文學批評」,頁306-310。

島，皆四首。其次，張九齡、白居易、孟郊、杜牧各二首。其餘〈離騷〉、陶潛、庾信、陳子昂、韓愈、張籍、皇甫湜、鄧魴、顧況、薛能、李賀、齊己、方干、張碧、僧靈徹，皆有一首讀詩詩詠寫。由此觀之，創作讀詩詩者，自韓愈、元稹、白居易以下，多中唐以後詩人；其所閱讀之詩集詩篇，實以盛唐李白、杜甫以降之中晚唐詩人為大宗。此種閱讀定勢，體現何種詩學風尚，或審美旨向？待考。今姑以上述文學批評之視點，討論唐代二十七首讀詩詩；因此，感點抒發，比興寄託之作暫不討論。

一　對李白、杜甫人格與風格之品評

　　李白（701-762）與杜甫（712-770），號稱唐詩之雙子星座；李白飄逸豪放，杜甫沈鬱頓挫，二家之詩美特徵明顯不同。論者以為，其所以不同，固是個性風格之差異，更是盛世轉向衰世風氣之變，以及盛唐至中唐詩歌審美主潮之變。[22]中唐晚唐士人閱讀李白、杜甫詩集，已約略言之：抑揚軒輊，見諸墓誌銘、書信；若詩篇詠寫，則大多出於私淑推重，甚少優劣甲乙。李杜優劣論在北宋以降，因為唐宋詩異同、唐宋詩風格之紛擾，江西詩派學杜尊杜，明清詩壇宗唐禰宋之爭執，而呈現揚杜抑李之風尚。[23]反觀中唐、晚唐之詩學趨向，並不全然如此。試考察韓愈、白居易、杜牧、鄭谷、貫休、齊己所作閱讀李杜詩之詩，可以知其大凡。先看韓愈、白居易，與杜牧之讀詩詩：

22　郭沫若：〈詩歌史上的雙子星座〉，《杜甫研究論文集》第三輯（北京：中華書局，1963），頁1；葛景春：〈李杜之變，是唐詩主潮之大變〉，中國唐代文學學會主編：《唐代文學研究》第九輯（桂林：廣西師範大學出版社，2002），頁225-237。

23　參考馬積高：〈李杜優劣論和李杜詩歌的歷史命運〉、羊春秋：〈論「一李九杜」與「一杜九李」的審美差異〉、蔡鎮楚：〈論歷代詩話之李杜比較研究〉，李白研究學會編：《李白研究論叢》第二輯（成都：巴蜀書社，1990年12月），頁289-317。

　　李杜文章在，光焰萬丈長。不知群兒愚，那用故謗傷。蚍蜉撼
大樹，可笑不自量。……[24]

　　翰林江左日，員外劍南時。不得高官職，仍逢苦亂離。暮年逋
客恨，浮世謫仙悲。吟詠留千古，聲名動四夷。文場供秀句，
樂府待新詞。天意君須會，人間要好詩。[25]

　　杜詩韓集愁來讀，似倩麻姑癢處抓。天外鳳凰誰得髓，無人解
合續弦膠。[26]

　　元稹（779-831）曾撰〈唐檢校工部員外郎杜君墓係銘〉，為宋代
以降「李杜優劣論」之先聲，文中優杜而劣李，有所軒輊；於是韓愈
（768-824）不以為然，作詩推揚李杜，蓋欲等量齊觀，無所軒輊之。
以今日看來，李杜文章確如韓愈所謂「光焰萬丈長」；然在中晚唐，
李杜詩卻不如是之風光：試檢尋唐人選唐詩，盛唐《河嶽英靈集》、
芮挺章《國秀集》，以及晚清發現之敦煌寫本唐詩，均不錄杜甫詩。
而高仲武《中興間氣集》，不載李白詩。[27]所以然者，《河嶽英靈集》
體現盛唐之審美精神，表現盛唐詩歌審美趣味和殷璠之美學偏好。而
高仲武《中興間氣集》，主要選錄中唐大歷詩人詩歌，推崇新奇清麗，
從容閒雅之作，與殷璠標榜雅、奇、風骨、興象有別。[28]盛唐中唐詩

24　〔唐〕韓愈：〈調張籍〉，《全唐詩》，卷三四〇，頁3814。
25　〔唐〕白居易：〈讀李杜詩集因題卷後〉，《全唐詩》，卷四三八，頁4875。
26　〔唐〕杜牧：〈讀韓杜集〉，《全唐詩》，卷五二一，頁5955。
27　參考傅璇琮編撰：《唐人選唐詩新編》（西安：陝西人民教育出版社，1996）；黃永
　　武：《敦煌的唐詩》（臺北：洪範書店，1987）。
28　傅璇琮：〈唐人選唐詩與《河岳英靈集》〉，〈唐人選唐詩題記〉，《傅璇琮卷》（合
　　肥：安徽教育出版社，1998），頁479-513、516-557；參考王運熙、楊明：《隋唐五

歌審美趣味之變遷，亦由此可見，其中自有審美觀念之體現與流變在。若以唐型文化與宋型文化為試金石，或許可以得知其中緣由。

白居易（772-846）〈與元九書〉，基本上呼應元稹之見：雖開宗明義強調「詩之豪者，世稱李杜」，卻批評李白「風雅比興，十無一焉」；而盛稱杜詩「貫穿今古，覼縷格律，盡工盡善，又過於李」。然白居易〈讀李杜詩集因題卷後〉，卻又李杜並稱，感慨其流落不偶，悲恨其暮年遭遇。李杜之詩歌成就，白居易以形象語形容：「吟詠留千古，聲名動四夷。文場供秀句，樂府待新詞」；「好詩」一語，是李杜詩流傳不朽之定評。杜牧（803-852）作〈讀韓杜集〉詩，稱《杜詩》、《韓集》適合「愁來」時閱讀，其淪肌浹髓，切中肯綮，此一美妙而愉快之感受，杜牧以「似倩麻姑癢處抓」形象語言比擬之，可謂生動妥帖。至於推尊韓集、杜詩為「天外鳳凰」，感慨「無人解合」，亦是典範追求之意。其次，則五代詩人鄭谷（842-910）、齊己（861-940）所作讀詩詩，亦觸及李白杜甫詩歌之品評賽贊，如云：

> 何事文星與酒星，一時鍾在李先生。高吟大醉三千首，留著人間伴月明。[29]

> 殷璠裁鑒《英靈集》，頗覺同才得旨深。何事後來高仲武，品題《間氣》未公心。[30]

> 風騷如線不勝悲，國步多艱即此時。愛日滿階看古集，祇應陶

代文學批評史》（上海，上海古籍出版社，1994），第二編第二章，〈盛唐的詩歌批評〉，第三節「殷璠」；第三章第二節「高仲武」，頁240-246。

29 〔唐〕鄭谷：〈讀李白集〉，《全唐詩》，卷六七五，頁7736。

30 〔唐〕鄭谷：〈讀前集二首〉其一，《全唐詩》，卷六七五，頁7736。

集是吾師。[31]

竭雲濤，刳巨鰲。搜括造化空牢牢。冥心入海海神怖，驪龍不
敢為珠主。人間物象不供取，飽飲遊神向懸圃。鏘金鏗玉千餘
篇，膾吞炙嚼人口傳。須知一一丈夫氣，不是綺羅兒女言。[32]

　　鄭谷與齊己所作，殊途同歸，一致推崇李白。鄭谷〈讀李白
集〉，拈出「文星與酒星」二者，以稱許太白之文才與酒量，再以
「高吟大醉」與「三千首」，點染文星與酒星之形象，品題可謂量身
定做，恰如其分。鄭谷又作〈讀前集二首〉其一，就唐人選唐詩之錄
不錄李白詩抒論：《河嶽英靈集》選錄李白詩十三首，肯定其「同才
得旨深」；《中興間氣集》未載錄一首李白詩，批判其「品題未公」，
蓋審美趣味不同，致有差異，此亦無可如何。齊己〈讀李白集〉，對
太白詩集讚賞有加，大抵以具象語言，形塑「詩仙」形象，所謂雲
濤、巨鰲，搜括造化、冥心入海、探驪得珠、不取人間、遊神懸圃云
云，富想像、多誇飾之詩風，不疑而具。「鏘金鏗玉千餘篇」二句，
高度推崇李詩之流傳不朽；「須知」二句，強調其「一一丈夫氣，不
是綺羅兒女言」，勾勒李詩之風格意象，自有參考價值。至於貫休
〈讀杜工部集二首〉，則推崇杜甫之風格與人格，如云：

造化拾無遺，唯應杜甫詩。豈非玄域橐，奪得古人旗。日月精
華薄，山川氣概卑。古今吟不盡，惆悵不同時。[33]

31　同上註，其二，頁7736。
32　〔唐〕齊己：〈讀李白集〉，《全唐詩》，卷八四七，頁9585。
33　〔唐〕貫休：〈讀杜工部集二首〉其一，《全唐詩》，卷八二九，頁9339。

甫也道亦喪，孤身出蜀城。彩毫終不摵，白雲更能輕。命薄相
如命，名齊李白名。不知耒陽令，何以葬先生。[34]

　　貫休（832-912）讀杜詩，對杜甫詩歌造詣，推崇備至，一則
曰：「造化拾無遺，唯應杜甫詩」，再則曰：「命薄相如命，名齊李白
名」，肯定李杜齊名，而時運不濟，雖才侔司馬相如，與相如同病，
然命運多舛，命薄於相如，蓋道喪孤出，遂病死耒陽，令人不勝遺
憾。另外，在詩藝方面，貫休又稱揚杜甫詩，無異日月精華，體現山
川氣概，因此能令古今吟詠不盡。貫休遺憾不與杜甫同時，為之惆悵
不已。晚唐詩風，學杜宗杜，是一大趨勢，下至五代猶然，貫休之讀
杜詩可見。

　　從中唐之韓愈、白居易，到晚唐之齊己、貫休，所作閱讀李白、
杜甫之詩篇，可見李杜優劣之論述，已引發關注，然尚未蔚為風氣。
個別詩人之審美趣味有別，或尊李、或宗杜，大抵多標榜其優長，感
慨其平生。尊李抑杜，或尊杜抑李，針鋒相對論述如書信、墓銘者，
尚未出現。雖各自表述，各有私淑，然北宋元祐以降「李杜優劣論」
之詩壇議題，已肇始於斯。文學批評的使命，主要表現在文學作品的
理性認識，運用讀者的前理解和先見，操持其批評標準與批評方法，
對文學作品進行分析和評價，以總結作品之創作經驗，及探詢其中之
藝術規律。由此看來，讀詩詩在品評詩集，褒贊詩人方面，實無異論
詩絕句，或論詩詩，文學批評之史料價值極高。

---

34 〔唐〕貫休：〈讀杜工部集二首〉，頁9339。

二 韓愈、白居易之閱讀審美與張籍、孟郊、賈島詩之評價

錢鍾書《談藝錄》，首倡「詩分唐宋」說，以為「唐詩、宋詩，亦非僅朝代之別，乃體格性分之殊」；「非曰唐詩必出於唐人，宋詩必出宋人也」；據此推論，於是「唐之少陵、昌黎、香山、東野，實唐人之開宋調者」。[35]筆者曾發揮錢氏之論，據以考察唐宋詩之流變與異同，論定宋詩之特色，[36]並以之平議唐宋詩之爭，大抵順理成章、怡然理順。[37]清葉燮《己畦集》卷八，序《百家唐詩》曾稱：貞元、元和之際，後人稱詩所謂「中唐」者，「不知此中也者，乃古今百代之中，而非有唐獨得而稱中」，斯言有理，先得我心之所同然。

今考察韓愈（768-824）、孟郊（751-814）、賈島（779-843）、白居易（772-846）所作讀書詩，可見所謂「宋調」者，乃肇始於中唐，無論雅俗流變，主理傾向、或苦吟求味，要皆可於此中求之。如下列韓愈（768-824）、貫休（832-912）二家所詠，關於讀書博學有益於作文，以及描繪孟郊詩風之梗概：

> 木之就規矩，在梓匠輪輿。人之能為人，由腹有詩書。詩書勤
> 乃有，不勤腹空虛。欲知學之力，賢愚同一初。由其不能學，
> 所入遂異閭。……一為馬前卒……一為公與相……問之何因

---

35 錢鍾書：《談藝錄》（臺北：書林出版公司，1988），頁1-5。

36 張高評：《宋詩之新變與代雄》（臺北：洪葉文化事業有限公司，1995）；《會通化成與宋代詩學》（臺南：成功大學出版組，2000）；《自成一家與宋詩宗風》（臺北：萬卷樓圖書公司，2004）。

37 張高評：〈清初宗唐詩話與唐宋詩之爭〉，《中國文學與文化研究學刊》第1期（臺北：臺灣學生書局，2002），頁83-158；〈清初宋詩學與唐宋詩異同〉，中山大學中文系：《第三屆國際繼第八屆清代學術研討會論文集》，頁87-122。

爾，學與不學與。金壁雖重寶，費用難貯諸。學問藏之身，身
在則有餘。君子與小人，不繫父母且。……[38]

鄴侯家多書，插架三萬軸。一一懸牙籤，新若手未觸。為人強
記覽，過眼不再讀。偉哉群聖文，磊落載其腹。行年五十餘，
出守數已六。京邑有舊廬，不容久食宿。臺閣多官員，無地寄
一足。我雖官在朝，氣勢日局縮。屢為丞相言，雖懇不見錄。
送行過滻水，東望不轉目。今子從之遊，學問得所欲。入海觀
龍魚，矯翩逐黃鵠。勉為新詩章，月寄三四幅。[39]

　　韓愈〈符讀書城南〉，對兒子強調讀書之重要與效益，所謂「人之
能為人，由腹有詩書」。以為賢與愚、龍與豬、公相與僕卒、君子與小
人種種分殊，關鍵多在讀書之勤惰、學力之實有或虛無，本詩雖出於
庭訓，從可見韓愈對讀書博學之標榜與重視。韓愈〈送諸葛覺往隨州
讀書〉，描述鄴侯李繁藏書豐富，「插架三萬軸」；推崇其博聞強記，過
目不忘，因而「偉哉群聖文，磊落載其腹」；勉勵諸葛覺從之遊，可
以「入海觀龍魚，矯翩逐黃鵠」，於是學問可以「得所欲」。清沈曾植
曾主張「宋詩導源於韓」，以為「宋詩源於歐蘇，歐蘇從韓悟入」，[40]
此說可與上述錢鍾書所謂「宋調」相發明。試翻檢宋代詩話、筆記、
文集，自歐陽脩、蘇軾、黃庭堅，以及江西詩人，無論詩學或創作，
要多以為：讀書博學，有助於學詩作詩，尤其是新變自得。觀韓愈所

38　〔唐〕韓愈：〈符讀書城南〉，《全唐詩》，卷三四一，頁3822。

39　〔唐〕韓愈：〈送諸葛覺往隨州讀書（李繁時為隨州刺史，宰相泌之子也。）〉，《全
　　唐詩》，卷三四二，頁3838。

40　黃濬：《花隨人聖盦摭憶》（上海：上海書店，1998），〈沈子培以詩喻禪〉條，頁
　　364。

作讀書詩，所謂從遊得學問，有助於「新詩章」之創作，正透露此種
消息。除讀書詩外，韓愈、貫休閱讀《孟郊詩集》，亦各有品評：

> 孟生江海士，古貌又古心。嘗讀古人書，謂言古猶今。作詩三
> 百首，窅默咸池音。騎驢到京國，欲和薰風琴。豈識天子居，
> 九重鬱沈沈。一門百夫守，無籍不可尋。晶光蕩相射，旗戟翻
> 以森。遷延乍卻走，驚怪靡自任。舉頭看白日，泣涕下霑襟。
> 揭來遊公卿，莫肯低華簪。諒非軒冕族，應對多差參。萍蓬風
> 波急，桑榆日月侵。奈何從進士，此路轉崎嶔。異質忌處群，
> 孤芳難寄林。誰憐松桂性，競愛桃李陰。朝悲辭樹葉，夕感歸
> 巢禽。顧我多慷慨，窮檐時見臨。清宵靜相對，髮白聆苦吟。
> 采蘭起幽念，眇然望東南。秦吳修且阻，兩地無數金。我論徐
> 方牧，好古天下欽。竹實鳳所食，德馨神所歆。求觀眾丘小，
> 必上泰山岑。求觀眾流細，必泛滄溟深。子其聽我言，可以當
> 所箴。既獲則思返，無為久滯淫。卞和試三獻，期子在秋砧。[41]

> 東野子何之，詩人始見詩。清刳霜雪髓，吟動鬼神司。舉世言
> 多媚，無人師此師。因知吾道後，冷淡亦如斯。[42]

　　韓愈所作〈孟生詩〉，為孟郊下第而作，開章稱「孟生江海士，
古貌又古心」，孟郊之形象已躍然紙上。「騎驢到京國」以下二十句，
圖繪孟郊宦途坎坷，懷才不遇。「異質忌處群，孤芳難寄林。誰憐松
桂性，競愛桃李陰」，江海士之性格，如何能與九重鬱沈沈之天子居

---

41 〔唐〕韓愈：〈孟生詩〉，《全唐詩》，卷三四〇，頁3819。
42 〔唐〕貫休：〈讀孟郊集〉，《全唐詩》，卷八二九，頁9343。

融合？勾勒孟郊形象與氣質，如聞如見，此詩偏重人格一方立說。至於貫休〈讀孟郊集〉，則從孟郊詩之風格立論，「清剜霜雪髓，吟動鬼神司」，此韓愈〈醉贈張秘書〉所謂：「東野動驚俗，天葩吐奇芬」；南宋嚴羽《滄浪詩話・詩評》所謂「孟郊之詩刻苦，讀之使人不歡」，奇特而刻苦，正是孟郊詩之特色，江西詩人如陳師道等，頗有師法孟郊者。黃庭堅詩之峭拔，陳師道詩之刻意洗刷，以及南宋永嘉四靈之日鍛月煉，多少受晚唐詩人慘澹經營，刻苦推敲詩風之影響。[43]

　　賈島之詩，為矯正元白尚輕淺浮豔風氣，於是「變格入僻」，注重苦吟鍛煉，所作〈題詩後〉所謂：「二句三年得，一吟雙淚流」。作詩選擇奇僻意象，注重奇異構思，展示險怪語句，詩中多幽冷之境，淒苦之聲，表現元和體「以淡語求味」之審美旨趣來。[44]試看五代詩人貫休（832-912）所作四首閱讀《賈島集》之作，齊己（861-940）所詠亦一併論述：

　　　　二公俱作者，其奈亦迂儒。且有諸峰在，何將一第吁。句還如菡萏，誰復贈襜褕。想得重泉下，依前與眾殊。[45]

　　　　役思曾衝尹，多言阻國親。桂枝何所直，陋巷不勝貧。馬病唯湯雪，門荒劣有人。伊余吟亦苦，為爾一眉顰。[46]

---

43 諸家風格，參考黃寶華：《黃庭堅評傳》（南京：南京大學出版社，1988），第七章，三、〈奇崛奧峭的主導風格〉，頁283-293；鄭騫：《陳後山年譜》（臺北：聯經出版事業公司，1984），附錄一，〈後山詩輯評〉引《瀛奎律髓》卷十六〈和黃預七夕詩〉紀昀評語：「刻意洗刷，不免吃力之痕。」騫案：「此語可評全部後山詩」，頁138；陳增杰校點：《永嘉四靈詩集》（杭州：浙江古籍出版社，1985），〈前言〉，頁3-4。

44 劉寧：《唐宋之際詩歌演變研究》（北京：北京師範大學出版社，2002），第二章，二、〈姚賈詩風與元和體〉，頁49-61。

45 〔唐〕貫休：〈讀劉得仁賈島集二首〉其一，《全唐詩》，卷八二九，頁9340。

46 同上註，其二，頁9340。

區終不下島，島亦不多區。冷格俱無敵，貧根亦似愚。青雲終歎命，白閣久圍鑪。今日成名者，還堪為爾吁。[47]

遺篇三百首，首首是遺冤。知到千年外，更逢何者論。離秦空得罪，入蜀但聽猿。還似長沙祖，唯餘賦鵩言。[48]

貫休〈讀劉得仁賈島集二首〉，稱賈島為「迂儒」，又稱其貧病交相，「伊余吟亦苦，為爾一眉矉」，其清真僻苦而流於荒寒，有如此者。貫休〈讀賈區賈島集〉，以「冷格」、「貧根」、「白閣」、「歎命」勾勒其形象；齊己〈讀賈島集〉，以「遺冤」驟括其餘生，以「聽猿」、「賦鵩」，凸顯其遭遇。賈島之際遇苦況，晚唐詩人多能作同情之理解，如上所云。

徐復觀研究宋詩，以為北宋詩人，都有白居易詩的底子。所謂宋人作詩，多以白詩作粉本；各家在此粉本上，再加筆墨之功。[49]姑不論宋初詩壇學白體，即蘇軾作詩，亦多宗法白樂天為詩，足見徐說之可信。[50]元稹〈酬樂天夜讀微之詩〉，〈酬樂天……詠張新詩〉，屬於唱和之作，非本文讀書詩之屬，故不論。今別從白居易（772-846）所作讀書詩，以考見其審美趣味，如：

張君何為者，業文三十春。尤工樂府詩，舉代少其倫。為詩意如何，六義互鋪陳。風雅比興外，未嘗著空文。讀君〈學仙〉

47 〔唐〕貫休：〈讀賈區賈島集〉，《全唐詩》，卷八三三，頁9399。

48 〔唐〕齊己：〈讀賈島集〉，《全唐詩》，卷八四三，頁9525。

49 徐復觀：《中國文學論集續篇》（臺北：臺灣學生書局，1984），〈宋詩特徵試論〉，頁31。

50 曾祥波：《從唐音到宋調──以北宋前期詩歌為中心》（北京：崑崙出版社，2006），第三章，〈上追中唐：對白居易和韓愈的接受〉，第二節，頁125-142。

詩，可諷放佚君。讀君〈董公〉詩，可誨貪暴臣。讀君〈商女〉詩，可感悍婦仁。讀君〈勤齊〉詩，可勸薄夫敦。上可裨教化，舒之濟萬民。下可理情性，卷之善一身。始從青衿歲，迨此白髮新。日夜秉筆吟，心苦力亦勤。時無采詩官，委棄如泥塵。恐君百歲後，滅沒人不聞。願藏中秘書，百代不湮淪。願播內樂府，時得聞至尊。言者志之苗，行者文之根。所以讀君詩，亦知君為人。如何欲五十，官小身賤貧。病眼街西住，無人行到門。[51]

塵架多文集，偶取一卷披。未及看姓名，疑是陶潛詩。看名知是君，惻惻令我悲。詩人多蹇厄，近日誠有之。京兆杜子美，猶得一拾遺。襄陽孟浩然，亦聞鬢成絲。嗟君兩不如，三十在布衣。擢第祿不及，新婚妻未歸。少年無疾患，溘死於路岐。天不與爵壽，唯與好文詞。此理勿復道，巧曆不能推。[52]

東林寺裏西廊下，石片鐫題數首詩。言句怪來還校別，看名知是老湯師。[53]

　　白居易〈讀張籍古樂府〉，推重張籍（768-830？）擅長樂府詩，「舉代少其倫」，其特色為「六義互鋪陳」，「風雅比興外，未嘗著空文」，於是枚舉其中代表作，如〈學仙〉、〈董公〉、〈商女〉、〈勤齊〉諸詩，以為其樂府詩，「上可裨教化，舒之濟萬民。下可理情性，卷之善一身」。難能可貴如此，故「願藏中秘書」，「願播內樂府」。本詩

51　〔唐〕白居易：〈讀張籍古樂府〉，《全唐詩》，卷四二四，頁4654。
52　〔唐〕白居易：〈讀鄧魴詩〉，《全唐詩》，卷四三三，頁4781。
53　〔唐〕白居易：〈讀僧靈徹詩〉，《全唐詩》，卷四三九，頁4895。

雖云讀書之作，實無異樂天之詩歌創作論，篇末所謂「言者志之苗，
行者文之根。所以讀君詩，亦知君為人」，知人論世之說，孟軻之後
自有傳承。由此觀之，張籍樂府詩上承老杜，對元、白當有影響。白
居易〈讀鄧魴詩〉，品評詩人詩作，發微闡幽，亦難能而可貴。大抵
鄧魴之詩風，近似陶淵明，天「與好文詞」；為遭遇堪悲，溘死路
歧，是杜甫、孟浩然之外，「詩人多蹇厄」之又一例。「天不與爵壽」
之詩人，有此讀詩詩表彰，亦可以無憾。

　　由唐人所作讀詩詩觀之，錢鍾書所謂「唐人之開宋調者」，只有
杜甫、孟郊、韓愈之詩集獲得中晚唐詩人之青睞，獲選為閱讀對象。
而號稱「宋詩粉本」之白居易，尚未獲選為閱讀對象，並未得到中晚
唐詩人之關愛。可能白居易之「宋調」氣味較濃郁，與中晚唐當代之
審美趣味殊科，故未作為閱讀接受之對象；或圖書傳播不熱絡，故一
時未作為閱讀文本。猶杜甫在中晚唐「百年歌自苦，不見有知音」；
居四川成都八年，作詩八〇〇多首，「可是無心賦海棠」，何以對成都
海棠視若無睹？這攸關唐宋審美趣味嬗變和異同問題。[54] 易言之，就
期待視野而言，中晚唐詩人對白居易詩集，無論是審美感覺閱讀，或
反思性的闡釋閱讀，或攸關期待視野重建之歷史的閱讀，大抵了不相
涉。由理解（intelligere）、闡釋（interpretare）和應用（applicare），[55]
樂天詩在中晚唐，亦尚未有其閱讀市場。閱讀接受與審美風潮，固桴
鼓相應，同氣相求也。至於李商隱、溫庭筠詩趣審美雖與晚唐契合同
味，然此時雕版圖書尚未興起，寫本、稿本、藏本流通傳播緩慢，晚

---

54 參考〔日〕岩城秀夫撰，薛新力譯：〈杜詩中為何無海棠之詠──唐宋間審美意識
　　之變遷〉，《杜甫研究學刊》1989年1期，頁76-81。

55 〔德〕H‧R‧姚斯，R‧C‧霍拉勃著，周寧、金元浦譯：《接受美學與接受理論》
　　（瀋陽：遼寧人民出版社，1987），第五章〈以波特萊爾的詩「厭煩（II）」為
　　例──閱讀視野嬗變中的詩歌本文〉，頁175-176。

唐人恐未能及時閱讀當代人圖書。《宋史・藝文志》稱：「唐之藏書，開元最盛」；而唐人所作讀詩詩，大量出現在中晚唐；所閱讀之詩人詩集，亦聚焦在中晚唐。由此可見，寫本圖書傳播對於當代，緩不濟急，無法提供及時性與普遍性之接受與閱讀。

三　閱讀韓愈、杜牧、李賀、薛能、齊己、顧況、方干詩與晚唐詩風

　　細美幽約、綺豔清麗，是晚唐詩風情致的兩個面向。[56]晚唐詩人如崔道融、尚顏、鄭谷、崔塗、貫休、齊己等所作讀詩詩，閱讀對象涉及杜牧、齊己、薛能、顧況、鄭谷、李賀諸晚唐詩人。其閱讀接受與晚唐審美趣味合拍，或可據以考察閱讀接受與反應之大致情況，如：

> 天縱韓公愈，才為出世英。言前風自正，筆下意先萌。塵土曾無跡，波瀾不可名。詞高碑益顯，疏直事終明。片段隨冰釋，絲毫入鏡清。文彫玉璽重，詩織錦梭輕。別得春王旨，深沿《大雅》情。窮奇開蜀道，詭恠哭秦坑。驥逸終難襲，鵰蹲力更生。誰當死後者，別為破規程。[57]

> 年少多情杜牧之，風流仍作〈杜秋〉詩。可知不是長門閉，也得相如第一詞。[58]

56　羅宗強：《隋唐五代文學思想史》（北京：中華書局，1999），第十章第三節〈追求細美幽約的情致〉，第十一章第三節〈追求綺豔清麗的詩風〉，頁329-339、364-367。

57　〔唐〕張祜：〈讀韓文公集十韻〉，孫望輯錄：《全唐詩補逸》，卷十，引南宋蜀刻本《張承吉文集》卷六，陳尚君輯校：《全唐詩補編》（北京：中華書局，1992），第一冊，頁202。

58　〔唐〕張祜：〈讀池州杜員外杜秋娘詩〉，《全唐詩》，卷五一一，頁5839。

紫微才調復知兵，長覺風雷筆下生。還有枉拋心力處，多於五柳賦〈閒情〉。[59]

詩為儒者禪，此格的惟仙。古雅如周頌，清和甚舜弦。冰生聽瀑句，香發早梅篇。想得吟成夜，文星照楚天。[60]

篇篇高且真，真為國風陳。澹薄雖師古，縱橫得意新。翦裁成幾篋，唱和是誰人。〈華岳〉題無敵，〈黃河〉句絕倫。吟殘〈荔枝〉雨，詠徹〈海棠〉春。李白欺前輩，陶潛仰後塵。難忘嵩室下，不負蜀江濱。屬思看山眼，冥搜倚樹身。楷模勞夢想，諷誦爽精神。落筆空追愴，曾蒙借斧斤。[61]

　　沈曾植曾稱：「宋詩導源於韓」，韓愈詩風影響歐陽脩，歐陽脩影響蘇軾、黃庭堅，以及江西詩派，宋詩審美與韓愈詩美相契相合，故韓詩為宋調之先河。晚唐張祜（792-852？）〈讀韓文公集十韻〉，起首「天縱韓公愈，才爲出世英」以下十句，泛寫韓愈之天才與風骨。「文彫玉璽重，詩織錦梭輕」以下十句，品評韓愈詩文之造詣，其中拈出「窮奇」、「詭怪」指稱昌黎詩文風格，再以「驥逸」、「鶻蹲」形象語勾勒文學特色。以上品評，固然是張祜閱讀《韓文公集》之心得表述，更提供宋元以降解讀韓愈詩文之參考與指針。試對照杜牧〈讀韓杜集〉，將韓集與杜詩同尊並列，推舉為「天外鳳凰」，從可見韓愈詩文於晚唐之閱讀接受，較白居易詩早得青睞與愛賞。張祜〈讀池州杜員外杜秋娘詩〉，品評杜牧之人格為「多情」、為「風流」，稱揚其

59　〔唐〕崔道融：〈讀杜紫微集〉，《全唐詩》，卷七一四，頁8210。
60　〔唐〕尚顏：〈讀齊己上人集（一作栖蟾詩）〉，《全唐詩》，卷八四八，頁9602。
61　〔唐〕鄭谷：〈讀故許昌《薛尚書詩集》〉，《全唐詩》，卷六七六，頁7759。

寫作〈杜秋娘詩〉，有司馬相如之才，所謂「得相如第一詞」。按〈杜
秋娘詩〉，借杜秋娘遭遇，以詠歎貴賤盛衰之相伏相倚，與〈長門
怨〉之主題相通，故張祜引以為喻。[62]崔道融（？-879-907？）〈讀杜
紫微集〉，就「知兵」與「賦情」，一陽剛，一陰柔，品評杜牧之才
調，亦貼切有致。尚顏（？-847-943？）〈讀齊已上人集〉，以「儒者
禪」、「的惟仙」，形塑齊已上人；再以「古雅」與「清和」兩大風格
品評齊已詩，其次再拈出〈聽瀑〉、〈早梅〉二詩推為代表作，而以
「文星照楚天」點醒齊已詩僧兼文星之形象，無異論詩絕句。鄭谷閱
讀薛能（817-880）詩集，稱揚有加，高真、澹泊、縱橫，是其主體
風格；雖師古，卻「得意新」，是能入能出。鄭谷慧眼獨具，拈出
〈華岳〉、〈黃河〉、〈荔枝〉、〈海棠〉諸詩，為薛能之代表作；復以
「李白欺前輩，陶潛仰後塵」，凸顯薛能之自負能詩。鄭谷（842-
910）詩只短章數語，而薛能之詩風、詩作，以及自負形象，活躍紙
上。[63]

　　崔塗、貫休與齊已所作，閱讀方干詩篇、顧況（732？-806？）
歌行，及李賀（790-816）歌集，亦頗有可觀，不惟可供知人論世之
資，亦足補詩歌史、批評史之不足。其詩云：

> 把君詩一吟，萬里見君心。華髮新知少，滄洲舊隱深。潮衝虛
> 閣上，山入暮窗沈。憶宿高齋夜，庭枝識海禽。[64]

---

62 〔唐〕杜牧〈杜秋娘詩〉，為五言長篇古詩，凡一一二句，五六〇字，見《全唐
　　詩》，卷五二〇，頁5938-5939。〔清〕賀貽孫：《詩筏》，《清詩話續編》本（臺北：
　　木鐸出版社，1983），頁187。

63 關於薛能其人其詩，可參考莫礪鋒：〈大家陰影下的焦慮——唐代詩人薛能論〉，中
　　國唐代文學學會主編：《唐代文學研究》第十一輯（桂林：廣西師範大學出版社，
　　2006），頁698-714。

64 〔唐〕崔塗：〈讀方干詩因懷別業〉，《全唐詩》，卷六七九，頁7770。

雪泥露金冰滴瓦，楓樨火著僧留坐。忽睹逋翁一軸歌，始覺詩
魔辜負我。花飛飛，雪霏霏，三珠樹曉珠纍纍。妖狐爬出西子
骨，雷車拶破織女機。憶昔鄱陽寺中見一碣，逋翁詞兮逋翁
札。庾翼未伏王右軍，李白不知誰擬殺。別，別，若非仙眼應
難別。不可說，不可說，離亂亂離應打折。[65]

赤水無精華，荊山亦枯槁。玄珠與虹玉，璨璨李賀抱。清晨醉
起臨春臺，吳綾蜀錦胸襟開。狂多兩手掀蓬萊，珊瑚掇盡空土
堆。[66]

　　崔塗（854-887-？）〈讀方干詩因懷別業〉，無異詠懷詩，從中無
由得知方干（809-888）之詩風與詩作內容，可見讀詩詩性質之多
元。李肇《國史補》卷中云：「吳人顧況，詞句清絕，雜之以詼諧，
尤多輕薄」；皇甫湜〈顧況詩集序〉稱所作：「偏于逸歌長句，……意
外驚人語，非尋常所能及」。[67]今對照貫休〈讀顧況歌行〉，殆尊題之
作，所謂調笑戲謔，意外驚人語，於詩中繪聲繪影之形象語中，已妙
肖表出。李賀詩歌中的世界，瑰麗鮮豔，而又不可捉摸，此嚴羽《滄
浪詩話‧詩評》所謂「長吉之瑰詭」；又有虛虛實實，超脫意象者，
此北宋張耒所獨愛。[68]奇詭穠麗，成為李賀詩風之一，誠如葉燮《原
詩》引王世貞言，所謂「長吉師心，故爾作怪」。今觀齊己所作〈讀
李賀歌集〉，首四句寂滅而瑰麗，五六句突兀跳接，蓋師心自用。七
八句，手掀蓬萊，掇盡珊瑚，亦虛虛實實，匪夷所思。唯「狂多」二

65 〔唐〕貫休：〈讀顧況歌行〉，《全唐詩》，卷八二七，頁9316。

66 〔唐〕齊己：〈讀李賀歌集〉，《全唐詩》，卷八四七，頁9585。

67 參考傅璇琮：《唐代詩人叢考》（北京：中華書局，1996），〈顧況考〉，頁396。

68 參考劉開揚：《唐詩通論》（成都：巴蜀書社，1998），第四章第四節〈張籍、王建
　　和李賀的詩〉，頁379-387。

字，點睛之筆，可知讀詩詩之思維，亦多歸本於尊題。

　　晚唐讀詩詩之閱讀對象，大抵有兩大風格，其一為杜牧詩之抑揚頓挫，雋逸清新；其二，為韓愈、賈島、孟郊、李賀、齊己、薛能、顧況、方干等苦吟詩人，追求詩境之冷峭清幽，語言之刻削烹煉，[69]此錢鍾書所謂「唐人而有宋調」者，多為宋代詩人梅堯臣、王安石、蘇軾、黃庭堅、陳師道、永嘉四靈諸詩人所宗法消納，而蔚為宋詩宋調之特色。[70]宋代詩人之審美趣味，與中晚唐詩人之閱讀接受，可謂一脈相傳，心氣相通。

第三節　結語

　　讀詩詩，為讀書詩之一種，指閱讀對象限定在某家詩集，或某一詩篇，或述閱讀感想，或記讀書心得，而發為詩歌者。就《全唐詩》所見，大抵分為閱讀感想，與讀書心得。其內容一言以蔽之，曰書寫人格與風格而已。感點抒發，比興寄託，屬於前者；品評褒贊，風格勾勒、發微闡幽，內容隱括等，屬於後者。考察讀詩詩，有助於理解唐代詩家之人格與風格，對於知人論世，不無裨益。

　　西方文藝學有所謂文學批評者，係針對文學現象和文學作品而發，進行分析、研究和評價之工作。準此觀之，唐代讀詩詩，頗富於文學批評之學術價值。讀詩詩之閱讀接受，是一種理性認知之歷程，詩人作為第一讀者，必須精確掌握作品之審美價值和審美特徵，方能寫出貼切的評價，進而總結創作經驗，探尋其中之藝術規律。《全唐

69　趙榮蔚：《晚唐士風與詩風》（上海：上海古籍出版社，2004），第二章第四節，第四章第三節，頁139-150、159-167；頁359-364。

70　程千帆、吳新雷：《兩宋文學史》（上海：上海古籍出版社，1991），第二章談及歐陽脩、梅堯臣、王安石諸家詩，頁32-93；第四章第三節，「蘇軾的詩」，頁155-167；第五章第三節，〈黃庭堅、陳師道和江西詩派〉，頁202-222。

詩》載存讀詩詩五十四首，讀書詩十八首中，《全唐詩補編》十六題二十五首。今選擇有關文學批評者，《全唐詩》二十六首，《補編》一首，已確實透露此種訊息。

文學作品之意義，是讀者與文本交流的結果。讀者總是以自己的前理解和先見，進行閱讀作品。讀者基於審美趣味、反思理解、闡釋、應用，而進行閱讀重建；又由於作品之召喚性結構，而生發創造性填補和想像性聯接，於是閱讀文本成為一種創造性的轉換。中晚唐讀詩詩針對李白杜甫人格與風格之各作褒贊，勾勒韓愈、張籍、杜牧、孟郊、賈島詩之審美風格，以及體現薛能、李賀、顧況、齊己等晚唐詩風之審美趣味，試從篩選之二十七首詩中考求，可以按圖索驥。

文學之長河，源遠流長，尤其唐宋文學之流變，更是「皮色判然殊絕，心氣萬古一源」。故討論北宋詩風者，必溯源於中晚唐；杜甫、韓愈、張籍、顧況、白居易、孟郊，為唐人而開宋調者；而杜牧、李賀、薛能、齊己、鄭谷、方干諸晚唐詩人所作，蔚為晚唐風韻，亦歐陽脩、梅堯臣、王安石、蘇軾、黃庭堅、楊萬里、陸游等南北宋人所宗法。[71]學界論唐宋詩之演變傳承，如由雅入俗，而化俗為雅，多追溯至中晚唐之詩歌。[72]今討論唐代讀詩詩，觀察唐人之閱讀定勢，如讀《李白集》、《杜工部集》，韓愈、張籍、孟郊、賈島之閱讀接受，以及李賀、薛能、顧況等晚唐詩風在讀詩詩之體現，唐宋詩之審美趣味，多可於此中考索得之。

—— 本文原刊於臺灣師範大學國文系《國文學報》第四十二期

（2007年12月）

---

71 黃奕珍：〈宋代詩學中「晚唐」觀念的形成與演變〉，《宋代文學研究叢刊》第二期（高雄：麗文文化公司，1996），頁225-246。

72 林繼中：《文化建構文學史綱・魏晉—北宋》（北京：北京大學出版社，2005），下卷第六章，頁170-206。

附錄二
辛棄疾詠物詩與唐宋詩之流變

　　依據北京大學主編《全宋詩》，辛棄疾存詩一四○餘首，遠較稼軒詞六三○首為少。辛棄疾用其心力於詞，為何作詩不多？劉辰翁〈辛稼軒詞序〉所謂：「顧稼軒胸中今古，止用資為詞，非不能詩，不事此耳」；論者以為：詞在宋代被視為豔科、小詞、小道，有不登大雅之堂，不能與詩文相提並論，不被統治者及理論家重視諸事實，辛棄疾利用宋人這些詞體觀念，為自己詞作大開放便之門，獲得空前自由的揮灑。[1]

第一節　辛棄疾詠物詩與「稼軒體」

　　至於詩，劉克莊曾盛稱〈送別湖南部曲〉諸作，以為「悲壯雄邁，惜為長短句所掩」，除悲壯雄邁外，尚有風格俊逸如鮑照；無思無為，自抒胸臆如邵康節；平淡自然、自適自足如陶淵明、白居易、邵雍諸情趣與風尚。[2]辛棄疾詩成就雖不及詞，在藝術上卻有自家之特色。今選擇稼軒詠物詩凡三十題，四十二首，進行考察，不僅可見唐宋詠物詩之流變，唐音與宋調之異同，辛棄疾托物寫志、寓物說理

1　鞏本棟：《辛棄疾評傳》（南京：南京大學出版社，1998），第六章，一、〈胸中今古，止用資為詞：辛棄疾的詞體觀念〉，頁286-292。

2　〔宋〕辛棄疾：〈讀邵堯夫詩〉：「飲酒已輸陶靖節，作詩猶愛邵堯夫」；〈鶴鳴偶作〉：「飯飽且尋三益友：淵明、康節、樂天詩」，參考同上註，第八章「作詩猶愛邵堯夫」，頁350-366。

諸詠物特色，可與「稼軒體」相發明，詠物詩、詠物詞之藝術特徵亦有相通之處。

詠物詩，濫觴於先秦，形成於六朝，發展於唐代，而嬗變於兩宋。從《文心雕龍》〈詮賦〉、〈物色〉二篇看來，局部詠物，莫先於《詩》、《騷》；全部詠物，早著於辭賦。詠物詩自〈鴟鴞〉、〈橘頌〉以下，至六朝發展為巧構形似、體物瀏亮的風格，注重客觀形貌的複製與再現。詠物詩到初唐，除發揚齊梁巧言切狀，純粹體物之傳統外，又逐漸發展出抒情言志之優長，成為唐代詠物詩之特色。至宋代，內省思辨工夫普遍，加上印本文化的激盪，文學作品的因革，蔚為尚意貴理的風尚，於是詠物詩受其薰陶，除傳承六朝巧構形似、唐代抒情言志之特色外，又發展出借物議論，因物寓理的本色當行來。表現於詩，遂形成宋詩之議論化與理趣化。[3]由於華夏文明「造極於趙宋之世」；[4]宋型文化之退藏、反思、求異、超勝，以及會通化成諸特質，與唐型文化不同，[5]反映於詩歌，於是宋詩與唐詩有所異同，宋調與唐音亦判然殊科。試考察稼軒所作四十餘首詠物詩，上述特徵自有具體而微之體現。同時，詠物言志、托物興寄之表現，與辛棄疾詞作所創「稼軒體」，足以相互發明。

---

3 參考陳一舟：〈中國古代的詠物詩理論〉，輯入《中國文藝思想史論叢》（三）（北京：北京大學出版社，1988）；張高評：〈蘇軾詠物詩與創意造語──以詠花詠雪為例〉，《千古風流──東坡逝世九百年學術研討會論文集》（臺北：洪葉文化公司，2001），頁108-112。

4 參考王國維：〈宋代之金石學〉，《王國維遺書》第五冊，《靜安文集續編》（上海：上海書店，1983），頁70；陳寅恪：〈鄧廣銘〈宋史職官考證‧序〉〉，《金明館叢稿》二編（臺北：里仁書局，1981），頁245-246。

5 有關宋型文化之論述，參考傅樂成：《漢唐史論集》（臺北：聯經出版公司，1977），頁339-382；王水照：《王水照自選集》（上海：上海教育出版社，2000），〈情理‧源流‧對外文化關係──宋型文化與宋代文學之再研究〉，頁21-44；張高評：《會通化成與宋代詩學》（臺南：成功大學出版組，2000），〈從「會通化成」論宋詩之新變與價值〉，頁1-27。

　　就《全宋詩》所輯三十題四十二首詠物詩觀之，稼軒詠物詩之類別，大抵有五：其一，花木：數量居冠，詠梅花十首，牡丹四首，芍藥及一般花卉各二首，荊棘與竹子各一首，凡二十首，高居一半。其二，疏果：詠蔞蒿二首，其餘葡萄、橘、蟹各一首。其三，石橋：詠巖石三首，橋二首，山一首。其四，泉雪：詠泉水三，詠雨、雪各一。其五，器用：詠琴、詠劍各一首。論者說「稼軒體」，有英雄語、嫵媚語、閑適語之倫[6]；持此以讀稼軒之詠物詩，亦體現此種風格。

　　稼軒詠花木詩，詠梅花之詩最多，多達十首以上。所作詠梅詞亦有十五首之多，往往借褒讚梅花以自況，表現不同流俗之高潔品德，抒發為憤世嫉俗之愁悶，論者稱之為「詠物寓言詞」。[7]其中如〈臨江仙·探梅〉、〈瑞鶴仙·賦梅〉、〈念奴嬌·題梅〉、〈江神子·賦梅〉，妙用比興寄託，自是詠物詩詞傳統手法之發揚。稼軒所作梅花詩，多寓孤高冰潔之意象，如〈和傅巖叟梅花二首〉、〈和吳克明廣文賦梅〉、〈和趙茂嘉郎中賦梅〉、〈重葉梅〉諸什，與稼軒梅花詞有異曲同工之妙。所作牡丹詩四首，不在歌詠牡丹富貴華豔的花王氣象，而在托物言志，抒寫胸臆。〈雙頭芍藥二首〉詩，亦藉抒襟抱而已，不在客觀重現花容與神態（詳後）。

　　其他詠物詩，亦大抵類此。如詠纇石，稱「纍然頸下癭，割之命隨潰」；詠山峰，推崇「正直相扶無倚傍，撐持天地與人看」，其托物寄意，不即不離處，與稼軒詠物寓言詞貌異而心同。至如詠葡萄、詠蟹、詠劍、詠琴，大多同一機杼。總之，詠物詩之所表現，若與「稼軒體」相較，縱然是英雄語，亦寫得曲折宛轉，抑鬱頓宕；閑適語，則多正話反說，體現出閑而不適的矛盾情懷來。大抵而言，稼軒詠物

6　施議對：〈論稼軒體〉，孫崇恩等主編：《辛棄疾研究論文集》（北京：中國文聯出版社，1993），頁204-228。

7　同上註，陸永品：〈辛棄疾的詠物寓言詞〉，頁155-158。

諸作，未有運用重筆、大筆直接抒寫，或潛氣內轉、翻騰作勢者。蓋其詩多五七言短章，受限於體製，未便馳騁。即便是稼軒詠物五古長篇〈和趙晉臣敷文積翠巖去纇石〉，及七古長篇〈和趙國興知錄贈琴〉二詩，亦不例外。

第二節　辛棄疾詠物詩與唐音、宋調

一　唐詩唐音與宋詩宋調

古典詩歌發展到唐代，堪稱「菁華極盛，體制大備」，蔚為詩歌之本色當行，所謂唐詩唐音者是。宋人生唐後，盡心致力於學古通變，而出其所自得，亦自成一家，所謂宋詩宋調者是。錢鍾書《談藝錄》有「詩分唐宋」之論述，[8]筆者亦有「唐宋詩殊異論」之臚列：

就風格性分言，唐詩主情尚意興，故多蘊藉婉曲，渾雅華腴，而以豐神情韻擅長；宋詩主理尚氣，故多徑露直遂，深折精闢而以筋骨思理見勝。宋詩之主體特質，在徑露直遂、深折精闢、輕疏纖朗、回甘雋永、寧靜幽遠、情境冷峭、沈潛內斂、平淡從容。[9]就題材內容而言，吉川幸次郎《宋詩概說》亦謂：「敘述性、社會性、生活性、哲學性，唐詩皆遠不如宋詩之普遍、密切、詳細與刻露；且唐詩承繼悲哀，宋詩表現曠達；唐詩眼界較窄，宋詩則視野寬闊」。[10]就藝術技巧而言，唐詩涵蘊深遠，比興居多；宋詩據事直言，敷陳大半；唐以

8　錢鍾書：《談藝錄》（臺北：書林出版有限公司，1988），頁2-3。

9　參考嚴羽《滄浪詩話》，楊慎《升庵詩話》卷八，劉大勤《師友詩傳錄錄》卷三，吳喬《答萬季野詩問》卷一，錢鍾書《談藝錄》一，繆鉞《詩詞散論》〈論宋詩〉。

10　〔日〕吉川幸次郎著，鄭清茂譯：《宋詩概說》（臺北：聯經出版公司，1983），〈序章・第八節：唐詩與宋詩〉，頁37-45。

前，比興多；宋以來，賦多，故韻味迥殊。[11]就詩學之傳承言，唐詩主於達情性，為國風之餘；宋詩主於立議論，乃雅、頌之變。唐詩偏近風，故動人易；宋詩偏近雅、頌，則入人難。[12]就詩歌之利病言，唐詩之優長，在富形象、尚空靈、工攄情，往往以氣魄雄偉取勝。宋詩之長，在廣闊、精深、平淡、勁拔、清新、工巧、富別趣、尚質實、善言理，往往以態度閒遠稱勝。[13]

　　就源流異同言之，宋詩唐詩是「顏色判然殊絕，心氣萬古一源」；就宋元後諸家出入而言，則誠如清延君壽《老生常談》所云：「不歸三唐，則歸兩宋」。由此觀之，宋詩唐詩各有壁壘，其流風遺韻形成之唐音宋調，亦各有藩籬，不相統屬。前節論及稼軒詩風崇尚，有陶淵明、白居易、邵雍三者，大抵近宋詩宋調風尚；至於「俊逸如鮑照」，則近似唐詩唐音。蓋杜甫評李白詩風，有「俊逸鮑參軍」之句，李白為盛唐氣象之典型，為唐詩唐音之代表故也。陶淵明、白居易詩，為蘇軾、黃庭堅等所師法，於是陶詩、樂天詩隱然成為宋詩宋調之典範，稼軒詩宗法此二家，可見接近宋調。[14]至於「邵

---

11 語見〔清〕梁九圖《十二山齋詩話》卷六，潘德輿《養一齋詩話》卷一。美妙的詩，必須運用形象思維；但形象思維並不限於曲說，它也可以直說。換言之，形象思維，既可以用比興來表現，也可以用賦體來表現。有些學者看到宋詩多用賦體，遂誤以為宋詩不用形象思維，這在認知上是有差距的。詳參程千帆〈韓愈以文為詩說〉，載《古代文學理論研究叢刊》第一輯，1980年6月。

12 參考元傅若金《詩法正論》、〔明〕楊慎《升庵詩話》卷八、張蔚然《西園詩麈》，轉引自趙永紀編：《古代詩話精要》（天津：天津古籍出版社，1989），六、〈風格論——唐宋詩之別〉，頁689-907。

13 張高評：〈宋詩特色之自覺與形成〉，《漢學研究》10卷1期（1992年6月），頁244-249；輯入張高評：《宋詩之新變與代雄》（臺北：洪葉文化公司，1995），頁4-10。

14 徐復觀：〈宋詩特徵試論〉（臺北：臺灣學生書局，1984），稱：「北宋詩人，都有白（居易）詩的底子」；「有如繪畫的粉本，各家在此粉本上，再加筆墨之功」，頁31；程杰：〈從陶杜詩的典範意義看宋詩的審美意識〉，則標舉陶淵明、杜甫，作為宋詩之典範，《文學評論》1990年2期，頁67-74。

康節體」，自然率意，不加雕琢，因物寓言，以文為詩、語言淺顯流暢，風格平易通俗，亦較近宋詩風貌。今考察稼軒詠物詩之特色，大抵分三大端論述之：其一，托物寫志與比興傳統，此近似唐詩唐音之特徵；其二，同題共作與超勝意識；其三，不犯正位與發散思維。後二者，則較近宋詩宋調之宗風。分別論證如次：

二　托物寫志與比興傳統

「興寄」，就是比興寄托，為傳承自《詩》、《騷》以來之傳統，為唐詩的宗風之一。自初唐陳子昂提出興寄，反對為體物而體物，要求將寄託感慨放在首要地位；其後經杜甫、元結發揚光大，白居易轉化推衍，晚唐皮日休呼應繼蹤，終唐之世，蔚為宗風。[15]稼軒詠物詞，或有指為「詠物寓言詞」者，[16]若以指稱稼軒詠物詩，亦確切不移，要皆傳承唐詩托物興寄之手法者。

蓋稼軒平生，以氣節自負，功業自許，人稱「青兕」、「真虎」、「一世之雄」，持論勁直，不為迎合，雖高風亮節而懷才不遇，主戰抗金而壯志未酬，百無聊賴之餘，滿腔抑鬱憤懣遂發之於詩詞，故多托物寄意之作。唐詩以來之比興傳統，於稼軒所作詠物詩中，多有傳承與體現。唐詩主興寄，要求作品中寄託作者深沉的感慨，尤其是詠物詩，「託事於物」之外，又往往飽含主觀之抒情趣味。所謂「不離詠物，卻不徒詠物」，既要傳神妙肖，又求不黏滯於本物；既托物以自況，又宜寄託無跡，王士禎《帶經堂詩話》所謂：「詠物之作，須

---

15 王運熙、楊明：《隋唐五代文學批評史》（上海：上海古籍出版社，1994），第一編第三章第四節〈陳子昂〉，頁116-120；陳伯海：《唐詩學引論》（上海：東方出版中心，1996），〈唐詩的風骨和興寄〉，頁11-14。

16 孫崇恩等主編：《辛棄疾研究論文集》，頁204-228。

如禪家所謂不黏不脫、不即不離，乃為上乘」。[17]易言之，即會通「體物」與「緣情」而化成之意。

就梅花審美意識而言，北宋自林逋、蘇軾確立梅格，[18]南宋初士人以梅比德，陸游等中興名家標榜「格」、「趣」，其表現技巧往往遺貌取神，比德寫意，或因景取裁，以意煉象；或側面渲染，物外傳神，要皆以彰顯梅花的品格與風神為依歸。[19]試觀稼軒所詠梅花詩，多藉以抒寫自己傲岸不俗之節操，正與前賢所作相互輝映：

> 靈均恨不與同時，欲把幽香贈一枝。堪入《離騷》文字否？當年何事未相知。[20]

> 誰詠寒枝入《國風》，廣文官冷更詩窮。偶隨岸柳春先覺，試比山樊韻不同。十頃清風明月外，一杯疏影暗香中。遙知一夜相思後，鐵石心腸也惱翁。[21]

> 空谷春遲懶卻梅，年年不肯犯寒開。怕看零落雁先去，欲伴孤高人未來。解後平生惟酒可，風流抵死要詩催。更憐雪屋君家

---

17 〔清〕王士禛：《帶經堂詩話》（北京：人民文學出版社，1982），卷十二，〈賦物類〉，頁305。

18 張高評：〈墨梅畫禪與比德寫意：南北宋之際詩、畫、禪之融通〉，載國立中正大學中文系《中正漢學研究》，2012年第1期。後輯入氏著：《唐宋題畫詩及其流韻》（臺北：萬卷樓圖書公司，2016年）第五章。參看第二節〈梅隱梅格之形成與林逋、蘇軾詠梅詩〉，頁119-134。

19 程杰：《宋代咏梅文學研究》（合肥：安徽文藝出版社，2002），〈宋代咏梅文學的繁榮及其意義〉，頁139-184。

20 《全宋詩》卷二五八一，辛棄疾：〈和傅巖叟梅花二首〉其二，頁30001。

21 《全宋詩》卷二五八一，辛棄疾：〈和吳克明廣文賦梅〉，頁30010。

樹，三十年來手自栽。[22]

百花頭上開，冰雪寒中見。霜月定相知，先識春風面。[23]

主人情意深，不管江妃怨。折我最繁枝，還許冰壺薦。[24]

　　稼軒節操「忠而被謗，信而見疑」，遭遇與屈原近似，故有「欲把幽香贈靈均」之心意，又以為梅花當「堪入《離騷》文字」中，所謂詠梅以自況也。〈和吳克明廣文賦梅〉、〈和趙茂嘉郎中賦梅〉二詩，拈出春先覺、韻不同；清風明月、暗香疏影、犯寒、孤高、風流、栽梅，推崇梅花的卓爾風標，以之抒情寫志。〈重葉梅〉二首，標舉頭上開、寒中見、定相知、春風面，與冰壺薦，皆是不徒詠物，賦體而兼比興。試與稼軒詠物詞相較，詠梅詞亦多借詠梅以自況，表現高潔不凡的自我品格，並以之抒發憤世嫉俗的牢愁。如〈臨江仙‧探梅〉、〈瑞鶴仙‧賦梅〉、〈念奴嬌‧題梅〉、〈江神子‧賦梅寄余叔良〉諸闋，多為比興寄託之作[25]，可與詠梅詩相互發明。清李重華《貞一齋詩說》所謂：「詠物詩有兩法：一是將自身放頓在裏面，一是將自身站立在旁邊」，[26]稼軒詠梅自況，妙在興寄，是「將自身放頓在裏面」，屬於前者，蓋傳承《詩》、《騷》以來至唐代比興寄託之手法。除梅花外，稼軒詠芍藥、牡丹，多不著重模寫刻削花卉本身，而用心於象外追神，即物達情，因物興寄，如：

22 《全宋詩》卷二五八一，辛棄疾：〈和趙茂嘉郎中賦梅〉，頁30010。

23 《全宋詩》卷二五八二，辛棄疾：〈重葉梅〉其一，頁30013。

24 《全宋詩》卷二五八二，辛棄疾：〈重葉梅〉其二，頁 30013。

25 孫崇恩等主編：《辛棄疾研究論文集》，頁156。

26 《貞一齋詩說》，第三十八則，丁福保編：《清詩話》（臺北：明倫出版社，1971），頁930。

昨日梅華同語笑，今朝芍藥并芬芳。弟兄殿住春風了，卻遣花
來送一觴。[27]

當年負鼎去干湯，至味需參芍藥芳。豈是調羹雙妙手，故教初
發勸持觴。[28]

竹杖芒鞋看瀑回，暮年筋力倦崔嵬。桃花落盡無春思，直到牡
丹開後來。[29]

只要尋花仔細看，不妨草草有杯盤。莫因紅紫傾城色，卻去摧
殘黑牡丹。[30]

　　稼軒詠芍藥、牡丹，並不圖寫花容之豔麗與芬芳，而是持與梅花
相配襯，謂「弟兄殿住春風了」；持與負鼎事作設想，謂「至味需
參」；又想像聯翩，感慨自己非「調羹妙手」。牡丹之詠，一則以筋力
倦、無春思，反襯牡丹開；再則憂心「傾城色」，摧殘黑牡丹，亦若
有所指。要之，多抒發感慨而已，其中不必然有寄託。其他花木之歌
詠，亦多類此，如：

野人日日獻花來，只倩渠濃取意栽。高下參差無次序，要令不
似俗亭臺。[31]

27 《全宋詩》卷二五八一，辛棄疾：〈和趙茂嘉郎中雙頭芍藥二首〉其一，頁30003。
28 《全宋詩》卷二五八一，辛棄疾：〈和趙茂嘉郎中雙頭芍藥二首〉其二，頁30003。
29 《全宋詩》卷二五八一，辛棄疾：〈同杜叔高祝彥集觀天保庵瀑布，主人留飲兩日
　　且約牡丹之飲〉其一，頁30004。
30 《全宋詩》卷二五八一，辛棄疾：〈同杜叔高祝彥集觀天保庵瀑布，主人留飲兩日
　　且約牡丹之飲〉其二，頁30004。
31 《全宋詩》卷二五八一，辛棄疾：〈即事〉，頁30003。

　　暖日晴風晚蝶忙，平林先著夜來霜。寒花畢竟亡聊甚，野菜畦
　　邊慘淡黃。[32]

　　每因種樹悲年事，待看成陰是幾時。眼見子孫孫又子，不如栽
　　竹繞園池。[33]

　　〈即事〉詩，借插花一事，拈出「不俗」；〈和周顯先韻二首〉其
一，凸顯「野菜畦邊慘淡黃」之寒花，亦強調其孤寒不俗。此詩作於
孝宗淳熙五年（1178）秋，出為湖北轉運副使時，[34]其憂患愁結、孤
寒慘淡，借寒花亡聊以感慨之。〈移竹〉詩，栽竹繞園是藉口，種樹
悲年方是立身感慨。凡此，要皆有「興」無「寄」。至於賦巨石、山
峰、寶劍，則又詠物兼興寄，不即不離，如：

　　巨石亭亭缺嚙多，懸知千古也消磨。人間正覓擎天柱，無奈風
　　吹雨打何。[35]

　　三峰一一青如削，卓立千尋不可干。正直相扶無倚傍，撐持天
　　地與人看。[36]

　　鏌邪三尺照人寒，試與挑燈仔細看。且挂空齋作琴伴，未須攜
　　去斬樓蘭。[37]

---

32 《全宋詩》卷二五八一，辛棄疾：〈和周顯先韻二首〉其一，頁30005。

33 《全宋詩》卷二五八一，辛棄疾：〈移竹〉，頁30003。

34 蔡義江、蔡國黃：《辛棄疾年譜》（濟南：齊魯書社，1987），稼軒時年三十九，頁114。

35 《全宋詩》卷二五八一，辛棄疾：〈遊武夷，作棹歌呈晦翁十首〉之七，頁30002。

36 《全宋詩》卷二五八一，辛棄疾：〈江郎山和韻〉，頁30007。

37 《全宋詩》卷二五八一，辛棄疾：〈送劍與傅巖叟〉，頁30007。

　　光宗紹熙五年（1194），七月，辛棄疾罷福建安撫使職。九月，訪朱熹，同遊武夷山，共賦〈九曲櫂歌〉。[38]其中第七首詩，稼軒和朱子〈武夷櫂歌〉詠巨石，謂「人間正覓擎天柱，無奈風吹雨打何」，見石生情，吟詠寄意：大廈將傾，有待棟樑支撐；天地將傾，需要一柱擎天，國家急需中流砥柱之人才，可以想見。無奈政治之風暴消磨了忠良，令人歎惋痛惜。論者稱：「詠物詩必須因小見大，有所寄託，才能使筆有遠情」，[39]稼軒詠缺齧之巨石，真足當之。稼軒詞有〈歸朝歡・題趙晉臣敷文積翠巖〉一闋，[40]借投閑置散之峨峨天柱，興寄懷才不遇之惆悵，與詠巨石詩有異曲同工處。〈江郎山和韻〉，立意與前詩相近似，以卓立千尋、正直相扶、無所依傍、撐持天地諸形象，雕鏤刻畫青峰「不可干」的態勢，託物言志顯然。傅巖叟，即傅棟，曾為鄂州州學講書，辛棄疾隱居鉛山時，曾與之詩詞唱和。〈送劍與傅巖叟〉詩，稱鏌邪寶劍，「未須攜去斬樓蘭」，只能「且挂空齋作琴伴」，作用只在為書齋添加點綴，這分明是正話反說的閑適語。稼軒主戰抗金，志在恢復，無奈為迴避宦海險惡而被迫歸隱。因此，這首正言若反的詩，反言顯正，道出英雄報國無門，用武無地的激憤之情。這種「興寄」，筆墨淋漓，感慨與寄意兼而有之。

三　同題共作與超勝意識

　　顧炎武《日知錄》曾盛稱：宋世有「漢唐之所不及」者四事；[41]前乎此者，北宋呂大防（1027-1097）有「唯我最善」之奏，程頤

38　同上註，辛棄疾時年五十五，頁214。以下涉及作品繫年，皆據二蔡《年譜》為說。
39　黃永武：〈詠物詩的評價標準〉（臺北：洪範書店，1984），《詩與美》，頁170-173。
40　〈歸朝歡・題趙晉臣敷文積翠巖〉：「鄧廣銘《稼軒詞編年箋注》」。
41　黃汝成集釋：《日知錄集釋》（長沙：岳麓書社，1994），卷十五，〈宋朝家法〉，頁572-573。

（1033-1107）有「超越古今」之說，皆所謂「超勝意識」：

> 自三代以後，唯本朝百二十年中外無事，蓋由祖宗所立家法最善，臣請舉其略……此事親之法也。……此事長之法也。……此治內之法也。……此待外戚之法也。……此尚儉之法也。……此勤身之法也。……此尚禮之法也。……此寬仁之法也。……此皆祖宗家法，所以致太平者。陛下不須遠法前代，但盡行家法，足以為天下。[42]

> 嘗觀自三代而後，本朝有超越古今者五事：如百年無內亂；四聖百年；受命之日，市不易肆；百年未嘗誅殺大臣；至誠以待夷狄。[43]

呂大防奏議，標榜「祖宗所立家法最善」，「不須遠法前代」；程頤更申明本朝「超越古今」者有五事。強調這種新記錄的創造，論者稱為朝代間的競賽（Dynastic Competition or Dynastic Comparison）。[44] 就文學創作或詩學觀念而言，此種「超勝意識」之體現，主要表現在「取材廣、命意新」；「變化於唐，而出其所自得」；[45]「自出機杼，別成一家」；「不規規模擬前人，要以自成一家而止」諸方面。[46]據筆者

---

42 「不須遠法前代，皆盡行家法，足以為天下」《宋史》卷三四〇，〈呂大防傳〉，《全宋文》，卷一五七三，〈進祖宗家法劄子〉，頁570。

43 《河南程氏遺書》，卷十五，〔宋〕程顥、程頤著，王孝魚點校：《二程集》（北京：中華書局，1981、2004），載程頤之言，頁159。

44 參考楊聯陞：《國史探微》（臺北：聯經出版公司，1997），〈朝代間的比賽〉，頁45-51。

45 〔清〕吳之振：《宋詩鈔》（上海：上海古籍出版社，1988），卷首，頁1。

46 胡仔《苕溪漁隱叢話》前集卷四十八，何汶《竹莊詩話》卷一，《王直方詩話》論豫章（黃庭堅）詩。又清康熙《御選唐宋詩醇》，〈蘇詩總評〉，汪師韓《蘇詩選評箋釋・敘》。

考察，宋詩中之唱和詩、連章詩、白戰體、詠史詩，創作時最具有「超勝意識」；稼軒未作白戰體詩，詠史詩數量亦極少，不論，今只論前二者：師友唱和與後出轉精、連章組詩與別識心裁。特提「後出轉精」與「別識心裁」，所以解讀與演述「超勝意識」也。

師友學侶作詩唱和，其風濫觴於魏晉南北朝，初盛唐詩唱和一仍六朝之制，至中唐白居易元稹加以改造，大歷晚唐詩人則呼應元和體。[47]下迄宋初西崑詩人相互酬唱，則表現「和意不和韻」，追求推陳出新，在他人粗淺疏忽處，表現精緻層深。[48]其後，兩宋詩人遂多唱和之作，《全宋詩》所見，幾乎連篇累牘。筆者以為：唱和酬答之詩，在同題共作中，最能見出「超勝意識」。辛文房《唐才子傳》卷四、胡應麟《詩藪》外編卷四皆以為：「唐人每同賦一題，必推擅場」，則同題共作之追求超勝，可以想見。唐人之唱和詩如此，宋人及辛稼軒之酬答詩「因難見巧」，務求超勝，亦想當然爾。

稼軒詠物詩四十餘首中，唱和詩高達十七首，接近一半。分別與吳克明、趙晉臣、傅巖叟、朱熹、趙茂嘉、周顯先、李都統、趙國興諸人唱和酬答。上列詩人原唱除朱子〈武夷櫂歌〉外，《全宋詩》皆失載，無從考見。今嘗試以稼軒所作〈遊武夷作櫂歌呈晦翁十首〉涉及詠物者，與朱子〈武夷櫂歌十首〉相對勘，[49]稼軒與朱熹所作〈櫂歌〉第三首，皆詠玉女峰，卻各出手眼，各擅勝場，如：

---

47 趙以武：《唱和詩研究》（蘭州：甘肅文化出版社，1997）。

48 崑體詩人和詩特徵，在和意不和韻，參考曾棗莊：《論西崑體》（高雄：麗文文化公司，1993），頁134；周益忠：《西崑研究論集》（臺北：臺灣學生書局，1999），頁115-303。

49 郭齊、尹波點校：《朱熹集》（成都：四川教育出版社，1996），卷九，〈淳熙甲辰中春精舍閒居戲作武夷櫂歌十首呈諸同遊相與一笑〉（簡稱〈武夷櫂歌十首〉），頁381-382。

二曲亭亭玉女峰，插花臨水為誰容？道人不復荒臺夢，興入前
山翠幾重。[50]

玉女峰前一櫂歌，煙鬟霧鬢動清波。遊人去後楓林夜，月滿空
山可奈何。[51]

　　朱、辛二人同詠玉女峰，[52]詠物皆「以物為人」，設想曼妙：晦翁
關心玉女「插花臨水為誰容？」是在乎當下的情思。稼軒憂思玉女
「月滿空山可奈何？」是關注未來的生涯。晦翁以「插花臨水」刻畫
玉女形象；稼軒則以「煙鬟霧鬢」形塑玉女身影。由此觀之，同題共
作，可謂各擅勝場。晦翁其他之作，多非詠物；稼軒所詠缺嶢巨石一
絕，則堪稱託物寫志，已見上述。其餘稼軒所作，既未和晦翁之韻，
亦不和其意，甚至歌詠之著眼點、著力處亦皆迥不相侔、其刻意爭勝
之意識顯然。此一「因難見巧」之超勝意識，誠如王水照教授論述和
作詩，所謂：「在角逐爭勝、雕心刻腎中，刺激詩人們運思的活躍，
增添文人生活的雅化情趣，並在因難見巧中鍛煉和提高創作的基本技
巧，獲得別一種藝術效果」，[53]不僅是稼軒詠物唱和詩，推之其他宋人
唱和詩，亦多富於「超勝意識」。

　　另一種同題共作，是連章組詩的別識心裁，就稼軒詠物詩而言，
同題分詠之連章詩共有九組，少則兩首，多則三首，大多有「橫看成
嶺側成峰」的心眼。如〈和傅巖叟梅花二首〉，分別從孤高與忠憤解

50　〔宋〕朱熹：〈武夷櫂歌十首〉其三。
51　〔宋〕辛棄疾：〈遊武夷作櫂歌呈晦翁十首〉其三。
52　玉女峰，在武夷九曲二曲溪之南，山高一三一公尺，峭麗挺拔，有如風姿綽約的少
　　女，為武夷山的地標。
53　王水照：〈嘉祐二年貢舉事件的文學史意義〉，收入《王水照自選集》（上海：上海
　　教育出版社，2000），頁232-234。

讀梅花形象；〈和趙茂嘉郎中雙頭芍藥二首〉，各就殿住春風與至味需參形塑芍藥意象，說已詳前。今再就〈題福州參泉二首〉、〈即事〉二首論述如後：

> 兩泉水出更溫泉，這裡原無一二三。欲識當年參字義，行人浴罷試求參。[54]

> 三泉參錯本兒嬉，認作參星轉更癡。卻笑世間真狡獪，古今能有幾人知。[55]

> 野人日日獻花來，只倩渠濃取意栽。高下參差無次序，要令不似俗亭臺。[56]

> 百憂常與事俱來，莫把胸中荊棘栽。但只熙熙閑過日，人間無處不春臺。[57]

　　〈題福州參泉二首〉其一，就自序所謂「參非三字，以參為三，俗學之說」申說推衍，以文為詩，頗富俗趣。其二，則就「或者取為參昴之參」穿鑿狡獪處作揮灑，以文為戲，確似偈語。〈即事〉詩二首，分別就「取意栽」與「荊棘栽」作詠寫，前者強調插花「要令不俗」，後者但願胸中「無處不春」。大抵一章一意，各有別識心裁，此自是連章組章可觀處。

---

54 《全宋詩》卷二五八一，辛棄疾：〈題福州參泉二首〉其一，自序云：「參非三字，以參為三，俗學之說。或者取為參昴之參，其鑿益甚，非其義也。因戲為偈語二首釋之。」，頁30001。

55 《全宋詩》卷二五八一，辛棄疾：〈題福州參泉二首〉其二，同上註。

56 《全宋詩》卷二五八一，辛棄疾：〈即事〉其一，頁30003。

57 《全宋詩》卷二五八一，辛棄疾：〈即事〉其二，頁30003。

四　不犯正位與發散思維

　　創造性思維的特點之一，是思維空間的開放性，能從多角度、多側面、全方位去考察問題，避免局限於邏輯的、單一的、線性的思維。其附帶效益，是促成了發散思維、逆向思維、側向思維等創造性思考的運用。發散思維（divergent thinking），又稱求異思維、幅射思維。指思考路數不受既有經驗或規則之限制，而是從不同角度、不同方式，去尋求解決問題的一種思維方法。從思維結果來看，發散思維有三大特性：其一，變通性：不受思維定勢的束縛，有較強的應變力與旁通性。其二，獨創性：不落俗套，獨闢蹊徑，標新立異，人所未有。其三，探索性：多方求索，不盲從附和；思路寬闊，不拘守一格。[58]考察宋詩所以能「自成一家」者，多方運用「發散思維」亦是一大關鍵。

　　晚清陳衍評論南宋詩人絕句，有所謂「淺意深一層說，直意曲一層說，正意反一層、側一層說」；「俗語說得雅，粗語說得細」諸說；[59]對於宋詩致力創意思維中之求異思維、發散思維，已作若干提示。黃庭堅、陳師道為江西詩派代表詩人，宋金詩話論山谷詩「妙脫蹊徑，一似參曹洞下禪」；稱其「擺出翰墨畦徑，不犯正位如參禪」；讀後山詩，謂「大似參曹洞禪，不犯正位，切忌死語」；又以為：「若以色見，以聲音求，是行邪道，不見如來」。[60]江西詩歌風行天下，受其濡染啟示，於是詩人作詩往往妙脫蹊徑，不犯正位。以創造思維而

58　參考張永聲主編：《思維方法大全》（南京：江蘇科學技術出版社，1991），〈求異思維法〉，頁49-50；田運主編：《思維辭典》，〈求異思維〉，頁262-263。

59　〔清〕陳衍：《石遺室詩話》卷十六：「宋詩人工於七言絕句，而能不襲用唐人舊調者，以放翁、誠齋、後村為最」；陸、楊、劉三家外，為學唐變唐，大抵亦多用此發散思維。《陳衍詩論合集》（福州：福建人民出版社，1999），頁227。

60　張高評：〈不犯正位與宋詩特色〉，《宋代文學研究叢刊》創刊號（1995年3月），頁89-119。

言，不犯正位即是發散思維、求異思想，是一種破除慣性、繞路說
禪、以指見月的創作方式。舉凡能自成一家之詩人，其創作方式多有
「不犯正位」之發散思維。以辛稼軒詠物詩而言，詠寫葡萄、牡丹、
梅花，詩思多追求變異，不墮入熟濫陳俗中，如云：

> 高架金莖照水寒，纍纍小摘便堆盤。喜君不釀涼州酒，來救衰
> 翁舌本乾。[61]

> 寶刀和雨剪流霞，送到彭村刺史家。聞到名園春已過，千家還
> 買暨家花。[62]

> 誰詠寒枝入《國風》，廣文官冷更詩窮。偶隨岸柳春先覺，試
> 比山樊韻不同。十頃清風明月外，一杯疏影暗香中。遙知一夜
> 相思俊，鐵石心腸也惱翁。[63]

　　〈賦葡萄〉一詩，首句寫架上葡萄，次句寫盤中葡萄，末句寫口
中葡萄，既各呈姿態矣，妙在第三句，虛筆設想涼州古戰場所釀葡萄
美酒，詩趣不犯正位，匪夷所思。〈林貴文買牡丹見贈〉詩，一二句
刻畫牡丹姿態，切扣詩題，三四句則跳脫牡丹形象，著眼於「名園春
過」，「千家買花」，則牡丹花品之稀珍，值得賞愛，自然見於言外。
寫牡丹，不以色見，不以聲音求，猶曹洞禪之「不犯正位」。試與稼
軒所作牡丹詞相較，不但詩詞各擅勝場，即四闋牡丹詞，亦追新求

61　《全宋詩》卷二五八一，辛棄疾：〈賦葡萄〉，頁30001。
62　《全宋詩》卷二五八一，辛棄疾：〈林貴文買牡丹見贈，至彭村偶題〉，頁30003。
63　《全宋詩》卷二五八一，辛棄疾：〈和吳克明廣文賦梅〉，頁30010。

異，不相蹈襲。[64]可見稼軒創作歷程，自有發散思維、求異思維。其他詠梅詞十餘闋，亦多富含此種特色。〈和吳克明廣文賦梅〉，詠寫梅花，除卻寒枝與疏影暗香二詞著題點綴外，其他如詠入《國風》、偶隨岸柳、試比山樊、清風明月諸意象經營，大多切合詩話所謂：「詠物詩不待分明說盡，只彷彿形容，便見妙處」；[65]蓋如此，方能擺脫翰墨畦徑，不犯正位。稼軒詠雪、詠雨，妙處多在「不犯正位」，如：

> 書窗生夜白，城角曉增悲。未奏蔡州捷，且歌梁苑詩。餐氈懷雁使，無酒羨羔兒。農事勤憂國，明年喜可知。[66]

> 破屋那堪急雨淋，自注：官舍皆漏。且欣斷港運篙深。老農定向中宵望，太歲今年合守心。[67]

稼軒〈詠雪〉，多從題外寫意，而且託物興寄。全詩主場景為「城角曉增悲」，何以增悲？「未奏蔡州捷」是主因，導致「書窗生夜白」悲憤未成眠，無可奈何，只得「且歌梁苑詩」。詠雪而言「生夜白」、「蔡州捷」，別就作用典故彷彿處形容。「餐氈懷雁使」用蘇武餐雪懷歸事，亦貼切詠雪，寫絕望中之希望。末三句順勢切寫雪天飲酒，瑞雪兆豐年，要皆「用事而不言其名」，或「言用，勿言體」，所

---

64 淳熙十二年（1185），稼軒作〈念奴嬌·賦白牡丹和范廓之韻〉、〈柳梢青·和范廓之席上賦牡丹〉；十四年，作〈最高樓·和楊民瞻席上用韻賦牡丹〉、〈菩薩蠻·雪樓賞牡丹席上用楊民瞻韻〉。

65 〔宋〕呂本中：《童蒙詩訓》，〈黃陳學義山〉，郭紹虞《宋詩話輯佚》本，頁241；〔宋〕魏慶之：《詩人玉屑》（臺北：世界書局，1971），卷六，〈詠物詩造語〉，頁137。

66 《全宋詩》卷二五八一，辛棄疾：〈詠雪〉，頁29999。

67 《全宋詩》卷二五八一，辛棄疾：〈和李都統詩〉，頁30006。

謂「不犯正位」也。[68]〈和李都統詩〉，詠急雨，跳脫「破屋那堪淋」
之苦況，別從反常合道處著墨：[69]急雨破屋雖堪憂，然因雨量豐沛而
港深、年豐，水運、老農、太守多將「欣欣然」，有厚望焉，所謂出
人意表，又入人意中者也。至於詠橋，妙處亦在「不犯正位」。如：

> 草梢出水已無多，村路瀰漫奈雨何。水底有橋橋有月，只今平
> 地怕風波。[70]

> 斷崖老樹互撐拄，白水綠畦相灌輸。焉得溪南一丘壑，放船畫
> 作歸來圖。[71]

　　光宗紹熙三年（1192）春，稼軒離瓢泉，赴福建，過江山，而有
〈江山慶雲橋〉酬唱組詩。詠橋，避開正面描繪橋身，曹洞宗「五位
君臣」所謂不欲犯中，無相借助有相表現。[72]第一首詩，以雨漫村
路，草梢出水，凸顯橋樑效應；再以水底映照橋月，衍申為「平地怕
風波」。若直寫水底怕風波，則是「妙明體盡」，線性思維。詠橋如
此，是宋周弼《三體詩法》所謂「不拘所詠物，別入外意，而不失模
寫之巧」者。第二首詩，不多作著題語，不黏滯於橋身，卻運用發散
思維，描繪橋身之旁面、側面，而且串聯斷崖老樹、白水綠畦、溪南
丘壑，組成一幅「歸來圖畫」。稼軒歸隱之思，託物寄興，可謂繞路
說禪，不犯正位。

---

68 同註二十九，七、言用不言名，頁108-111。
69 同註二十九，三、反常合道，頁98-100。
70 《全宋詩》卷二五八一，辛棄疾：〈江山慶雲橋〉其一，頁30001。
71 《全宋詩》卷二五八一，辛棄疾：〈江山慶雲橋〉其二，頁30001。
72 參考周裕鍇：《中國禪宗與詩歌》（上海：上海人民出版社，1992），第五章，四、
　　〈不犯正位，切忌死語〉，頁171-179。

　　歷來詠樂器，多著重描摹聽覺聲響，雖貼切妙肖，然在太著題。
唯唐人李頎詠樂器則不然，多以視覺替代聽覺，以畫面形象描繪音樂
旋律流動，離形得似，不犯正位，[73] 堪稱詠音樂之傑作。稼軒所作
〈和趙國興知錄贈琴〉一首詠物詩，信有此妙：

> 趙君胸中何瑰奇，白日照耀珊瑚枝。新詩哦成七字句，孤桐贈
> 我千金資。人間皓齒蛾眉斧，箏笛紛紛君未許。自言工作古
> 《離騷》，十指黃鍾挾大呂。芙蓉清江薜荔塘，靈均一去乘鸞
> 凰。君試一彈來故鄉，荷衣蕙帶芳椒堂。往時嵇阮二三子，能
> 以遺音還正始。誰令窈窕從戶窺，曾聞長卿心好之。低頭兒女
> 調音節，此器豈因渠輩設。勸君往和薰風絃，明玉佩光聲瑲
> 然。此時高山與流水，應有鍾期知妙旨。只今欲解無絃嘲，聽
> 取長松萬壑風蕭騷。[74]

　　此詩詠琴，從贈琴，寫到彈琴、聽琴，而以期待知音作結。以創
作手法言，化用辭賦技巧，層層舖寫，與〈和趙晉臣敷文積翠巖去纇
石〉詩，同是稼軒「以賦為詩」之代表作。若以發散思維言，此詩可
分四節，除第一節貼切敘寫贈琴外，其餘三節多不犯正位，狀寫彈
琴、聽琴，及知音。禪家所謂「不黏不脫，不即不離」者，此詩真足
當之。東坡題畫詩所謂：「賦詩必此詩，定非知詩人」，[75] 賦詩而不必
此詩，不犯正位之謂也。

---

73 參考黃永武、張高評：《唐詩三百首鑑賞》（上）（臺北：黎明文化公司，2003），李
　　頎〈琴歌〉、〈聽董大彈胡笳弄兼寄語房給事〉、〈聽安萬善吹觱篥歌〉諸詩鑑賞，頁
　　147-158。

74 《全宋詩》卷二五八一，辛棄疾：〈和趙國興知錄贈琴〉，頁30012。

75 〔宋〕蘇軾：〈書鄢陵王主簿所畫折枝二首〉其一，《蘇軾詩集》（臺北：學海出版
　　社，1985），卷二十九，頁1525。

寓物說理，是詠物詩發展至宋代，除託物興寄外，形成的一大特色，所謂理趣詩是也。蓋藉象得意，以意索理，不即不離，切忌死語，如此而詠物，亦是不犯正位。稼軒詠物詩，出於寓物說理亦多有之，如：

> 河豚挾鴆毒，殺人一饟足。蔞蒿或濟之，赤心置人腹。方其在野中，衛青混奴僕。及登君子堂，園綺成骨肉。暴乾及為脯，蜷曲蝟毛縮。寄君頻咀嚼，去瘴如折屋。[76]

詠蔞蒿，前八句寓物說理。蔞蒿在野，猶如微不足道之奴僕。一旦登入君子之堂，則與河豚相濟為用，情同骨肉父子。如果君子不察，為之赤心置腹，則狼狽為奸，挾毒殺人，朝庭忠良無遺類矣。稼軒此詩，滿紙悲憤之語，未噴薄宣洩，卻藉物言理，曲折婉轉之至。此中人物與事件，蓋若有所指，待考。

> 兩峰如長喉，有石鯁其內。千金隋侯珠，磊落見微纇。何言西子美，捧心作顰態。夷齊立著肩，欲間使分背。小虧或大全，知惡及真愛。堂堂老充國，荒尋得幽對。朝夕與山語，俯仰彌三載。謂我知子心，茅塞厭薈蔚。有美玉於斯，雕琢那可費。芝蘭生當戶，雖芳亦芟刈。邑有從事賢，聞之重慷慨。太清點浮雲，誰令久滓穢。指揮俄頃間，急雨破春塊。開豁喜新聞，逼仄忘舊礙。得非神禹手，勇鑿恥不逮。又如持金篦，刮膜生美睞。渠言農去草，見惡佩前誨。主人吟古風，格調劇清裁。我評此章句，真是杜陵輩。入蜀腳未定，欲擲石笋退。火與金

水同，其石為鑠焠。勸君莫放手，玉石恐俱碎。纍然頸下癭，割之命隨潰。此石幸勝之，此舉君勿再。姑置毋多談，俱想增勝概。會當攜酒去，物理剖茫昧。此邦劉知道，光焰文章在。今將春風峽，與巖傳百代。[77]

　　寧宗慶元六年（1200），與趙不迂（晉臣）從遊，多所酬唱。辛棄疾與趙晉臣同詠積翠巖，辛棄疾所作，詩詞共三首：〈賀新郎‧用韻題趙晉臣敷文積翠巖，余謂當築陂于其前〉一詞，期許橫空鶚鳥，直上昆崙，勉人且以自勉落墨；〈歸朝歡‧題趙晉臣敷文積翠巖〉一闋，則從投閑置散，懷才不遇視角著眼；〈和趙晉臣敷文積翠巖去纇石〉五古長篇，則追求變異，另闢谿徑，側重歎詠巖中纇石，篇中「寓物說理」處極多，與〈賀新郎〉、〈歸朝歡〉詞之比興寄託不同。本詩旨趣，經由巖中纇石，申說「小虧或大全，知惡及真愛」的哲理。首四句，直接正面刻畫巖中纇石，謂宛如隋珠有纇，又似西子作顰，夷齊分背，形容可謂歷歷如繪，由此生發「真愛」與「知惡」之對決，「小虧」與「大全」之辯證。稼軒是贊成小虧以成大全的，這才是知惡與真愛。詩中於「去纇」小虧渲染極多，如美玉宜雕琢，當戶應刈蘭，農夫務去草，急雨破春塊、刮膜生美眜等等，興會淋漓，理趣渾然。於疵纇事物，自當慷慨開闢，如神禹勇鑿方是。唯纇石寄身翠巖：「纍然頸下癭，割之命隨潰」，由於主客一體，命運共同，冒然「去纇」，恐將「玉石俱碎」，不得已，只能「姑置毋多談」了。詩篇隱約若有所指，其中多少無奈之情，與憤懣之心，皆躍然紙上。此南宋包恢所謂「狀理則理趣渾然，狀物則物態宛然」也[78]。其他詠潟

---

77 《全宋詩》卷二五八一，辛棄疾：〈和趙晉臣敷文積翠巖去纇石〉，頁30000-30001。

78 〔宋〕包恢：〈答曾子華論詩書〉，陶秋英編選：《宋金元文論選》（北京：人民文學出版社，1999），頁391。

水、糟蟹，亦多藉物寓理，如：

> 至性由來稟太和，善人何少惡人多。君看瀉水著平地，正作方圓有幾何。[79]

> 人間緩急正須才，郭索能令酒禁開。一水一石十五日，從來能事不相催。[80]

〈偶作〉一詩，以「瀉水著平地」，作圓成方者無幾，以印證稼軒「善人何少惡人多」之感慨，可謂藉物寓理。〈和趙晉臣送糟蟹〉詩，從糟蟹能開酒禁切入，引申發揮，託物以寓意，謂人間須材孔急，然「從來能事不相催」，欲速不達，急催不得。第三句「一水一石十五日」，暗用杜甫〈戲題王宰畫山水圖歌〉詩意，強調慘澹經營，審慎規畫之可貴[81]。稼軒詞〈永遇樂·京口北固亭懷古〉指出：「元嘉草草，封狼居胥，贏得倉惶北顧」，謂北伐大事，不得鹵莽草率。關心時局，頗富英雄氣概。金戈鐵馬人材急覓不得，卻以繪事之從容經營為比況，陽剛事擬之以陰柔美之繪事，所謂不犯正位，不但富於變異，且堪稱獨創，此皆發散思維有以致之。

---

79 《全宋詩》卷二五八一，辛棄疾：〈偶作〉，頁30006。

80 《全宋詩》卷二五八一，辛棄疾：〈和趙晉臣送糟蟹〉，頁30006-30007。

81 〔唐〕杜甫〈戲題王宰畫山水圖歌〉：「十日畫一水，五日畫一石。能事不受相促迫，王宰始肯留真跡。」〔清〕仇兆鰲：《杜詩詳注》（臺北：里仁書局，1980），卷九，頁754；〔清〕方薰《山靜居論畫》：「杜少陵謂：十日一水，五日一石者，非用筆十日五日而成一石一水也。在畫時意象經營，先具胸中邱壑，落筆自然神速。」

五　結語

　　辛棄疾以詞名家，雖未盡心致力於作詩，然其詩自有特色，不獨止於跟「稼軒體」相發明而已。試翻檢《全宋詩》，收存辛棄疾詠物之作約三十題四十二首，今就錢鍾書「詩分唐宋」之說，分稼軒詩為「唐音」與「宋調」二大類，進行考察論述，得出下列結論：

（一）稼軒詠物詩中，或傳神妙肖，又不黏滯於本物；或不徒詠物，用賦體而兼比興，大約十五首，是謂托物興寄，寓言寫志。此發揚六藝之比興傳統，較近唐詩唐音之宗風。

（二）稼軒詠物詩，多師友學侶唱和之作，高達十七首；詩作亦多連章組詩，共有九組。為因難見巧、角逐爭雄，而注重別識心裁，精益求精，有宋詩之超勝意識在。

（三）宋代詩話論詠物，標榜「用事，不言名」，「言用，勿言體」，實乃繞路說禪，不犯正位。稼軒詠物詩十二首，或妙脫谿徑，以指見月；或寓物言理，藉象得意，其中自有宋人之創造思維存焉。

（四）就《滄浪詩話》所謂「奇特解會」而言，稼軒詠物詩罕見「以文字為詩」、「以才學為詩」；然受「邵康節體」影響，而有「以文為詩」；受「以賦為詞」濡染，而衍生「以賦為詩」，此其大較也。

——本文原為二〇〇四年四月，「武夷山辛棄疾學術研討會」論文，後經潤飾，刊於湖北武漢《華中科技大學學報》第十八卷五期（2004年11月）

附錄三
胡適的古典詩學述評

　　胡適（1891-1962），安徽績溪人。曾任北京大學校長、中央研究院院長等要職。主張「文學革命」、倡導白話文學，撰作「我手寫我口」的新詩。同時，於古典詩學，有一定的造詣。考察胡適的古典詩學，大抵傳承晚清同光體的詩風，而又有所轉化創造。舉凡論詩旨向、詩學理念、詩體風格、詩歌語言、通俗詩觀，多較近宋詩宋調，而疏離唐詩唐音。

一　讀詩作詩的習性，選詩論詩的旨向

　　胡適之先生十六歲時，曾摘鈔明代李東陽《懷麓堂詩話》，記在他的《自勝生隨筆》中：「作詩必使老嫗能解，固不可；然必使士大夫讀而不能解，亦何故耶？」又錄都穆《南濠詩話》中語：「東坡云：詩須有為而作；元遺山云：縱橫正有凌雲筆，俯仰隨人亦可憐。」同時，將這兩條論詩語，加上密圈的警醒符號，可見那時的論詩旨趣，已趨向於通俗自然，寫實創新；文學改良的意見，詩學革命的理念，已隱含其中。

　　胡先生幼年學詩，從白居易入門，所以「人都說我像白居易一派」；因為少時不曾學對對子！不作律詩，所以，「心裏總覺得律詩難作」。胡先生留學美國時，雖已作了兩百多首古典的各體詩，但在民國十一年編寫《白話文學史》時，卻仍認為「律詩本是一種文字遊戲」，最宜用來消愁遣悶，當一種消遣的玩藝兒；同時宣判律詩的死

刑，說「律詩是條死路！天才如老杜尚且失敗，何況別人？」這從他民國二十三年選註的《絕句一百首》、《每天一首詩》，共一百四十九首，清一色都是絕句，沒有一首律詩或古詩，也可以得到旁證。

他在〈談新詩〉一文中說得很清楚：「五七言八句的律詩，決不能容豐富的材料。二十八字的絕句，決不能寫精密的觀察。長短一定的七言五言，決不能委婉表達出高深的理想與複雜的感情。」這段宣言，當作為詩體解放催生，為語言活潑造勢，自有它的現實意義；卻不能全然解釋杜甫律詩的「奇橫恣肆，雄渾蒼茫」；李白絕句的「寫景如見，摹情入神」，乃至於傳頌不絕的唐宋名篇佳句。胡先生早年受白居易詩風影響，所作詩多清順明暢，不落俗套，不墮鄙俚，誠如錢基博《現代中國文學史》所云：「坦迤明白而無迴瀾，條理清楚而欠跳蕩；闡理有餘，抒情不足；而詩亦傷於率易，絕無纏綿悱惻之致，耐讀者之尋味。」詩風如此，反映在評詩方面，褒貶好惡的尺度，大抵不跳出此範圍。

二　古典詩學的理念，文學革命的圖騰

從《胡適留學日記》、〈文學改良芻議〉、《嘗試集》、《白話文學史》、《絕句一百首》、《每天一首詩》、《四十自述》等著述中，可看出胡先生對中國古典詩學的主張，大致有三個方面的特色，可謂「文學改良」理論之節目支派、「文學革命」倡導者標榜不二的圖騰。介紹討論如後：

（一）進化的觀點、創新的追求

深受達爾文「進化論」學說影響，胡先生改名為「適」；而且以文學流變、歷史進化的觀念來考察、論述、改良、建設中國的文學

（尤其是白話文學），成為胡先生提倡文學革命論的基本理論。在〈歷史的文學觀念論〉、〈文學進化觀念與戲劇改良〉、〈五十年來之中國文學〉諸篇中，有詳盡的闡說。民國五年，胡先生《留學日記》中，即雜記若干袁枚論詩論文語，如〈答沈大宗伯論詩書〉：「唐人學漢魏，變漢魏；宋學唐，變唐。其變也，非有心於變也，乃不得不變也。使不變，則不足以為唐，不足以為宋。」由於袁枚論詩，主張變通，所以胡先生推崇他眼光有大過人處；更肯定袁枚論文學，富有「文學革命思想」。

　　民國六年，胡先生發表〈歷史的文學觀念論〉一文，略謂：「一時代有一時代之文學。此時代與彼時代之間，雖皆有承前啟後之關係，而決不容完全鈔襲；其完全鈔襲者，決不成為真文學。」袁枚論詩的觀點，得胡先生闡揚發明，而更加明朗切實。於是胡先生「縱觀古今文學變遷之趨勢」，乃鼓吹白話文學，創作白話詩，書寫白話文。後來，胡先生在〈文學進化觀念與戲劇改良〉一文，遺憾「現在談文學的人，大多沒有歷史進化的觀念」，並提出這個觀念的四層意義。且謂如「文學也隨時代變遷，故一代有一代的文學」。在《嘗試集·自序》中，更標榜強調：

> 文學革命，在吾國史上非創見也。即以韻文而論，三百篇變而為騷，一大革命也。又變為五言七言，二大革命也。賦變而為無韻之駢文，古詩變而為律詩，三大革命也。詞之變而為曲，為劇本，五大革命也。何獨於吾所持文學革命論而疑之？（《劄記》第十冊，五年四月五日）

　　胡先生這個觀念，顯然是受袁枚、焦循論詩論學影響。同時，顧炎武《日知錄·詩體代降》，王國維《人間詞話》，也有類似的說法。明

代公安派、竟陵派，早已標榜「代有升降，而法不相沿」。上推《文心雕龍・通變篇》、〈時序篇〉，宋元明清的詩話文集，這種論點更多得不勝枚舉。可見，文學必須與時俱遷，關鍵在於怎麼變遷法？這關係到文學的內容與形式問題，也就是文與質的相輔相濟問題。

就古典詩學來說，胡先生文學革命的精神是鼓勵創新、勇於嘗試；就內容方面而言，標榜風格通俗、詩境寫實、旨趣詼諧；形式方面，則追求詩體解放、筆調自然、語言活潑、形容逼真。

追求創新，是文學進化觀的一體兩面，胡先生在民國五年的《留學日記》中，曾作〈沁園春〉一詞，無疑是一篇文學革命的宣言。下半闋說：「文章革命何疑！且準備襄旗作健兒。要前空千古，下開百世，收他臭腐，還我神奇。為大中華，造新文學，此業吾曹欲讓誰？詩材料，有簇新世界，供我驅馳。」同時認為：詩歌要能創新，必須做到「獨樹一幟，自成一家」，又摘引王闓運論作詩之言：「樂必依聲，詩必法古，自然之理也。故詩有家數，猶書有家樣」，譏笑「此老自誇真可笑！」稱韓愈詩：「多劣者！然其佳者皆能自造語鑄詞，此亦其長處。」這種「文不師韓，詩休學杜，但求似我，何故人為？」的創新求變精神，使作品推陳出新，著我獨到，在文學理論上，自有他積極的意義與價值。

文學要創新，就必須有勇於嘗試的精神。《嘗試集・自序》所謂：「嘗試成功自古無，放翁這話未必是。我今為下一轉語：自古成功在嘗試！」以此觀念去考察詩人與詩體，凡是能大膽創例，打破格律，富於嘗試精神的，都得到胡先生很高的評價。像《白話文學史》裏，推崇顧況、孟郊、盧仝、韓愈即是；批評杜甫用律詩作種種嘗試，「有些嘗試是很失敗的！」只因為他「用律詩來發議論！」鼓勵嘗試創新，是值得嘉許的；但若能如蘇軾所謂「出新意於法度之中，寄妙理於豪放之外」，尤其應該贏得稱道。創新與否，端視其蘊含的

內容和表現的技巧而定，不可一概而論。

（二）解放的詩體，通俗的風格

　　胡先生強調：文學革命的運動，先要求語言文字文體等方面的大解放；唯有詩體的解放，精神才能自由發展，內容才能充分表現。無論抒情與寫景，都必須有解放了的詩體，才可以有成功的作品。在〈談新詩〉一文中，胡先生認為：詩的進化，沒有一回不是跟著詩體的進化來的；由《詩經》變成騷賦；由騷賦變為五七言古詩……，一次次的解放，都是自然進化的趨勢。胡先生既然提倡新文學，故主張解放詩體、試作新詩。胡先生所舉詩體的變遷解放，除了新詩以外，的確都是「自然進化的趨勢」。為何只有新詩需要人為的革命和倡導？北宋的詩文革新運動，從范仲淹、梅堯臣到蘇東坡，只是因勢利導，主張文質合一，形式與內容並重的。

　　依據胡先生的理論，詩體解放的具體效果，就是白話詩的成功。何謂白話詩？就是聽得懂、說得出、活潑潑的通俗文學。《白話文學史》稱：盛唐詩所以特別發展，關鍵在樂府歌辭。唐代樂府，借舊題作新詩，是詩體的解放；詩體大解放，白話詩就出來了。由於胡先生特別尊崇白話詩，因此唐代能藉樂府舊題以作新詩者，皆頗得青睞和表揚。甚至以為元稹、白居易最著名詩歌，「大都是白話」；「宋之詩詞亦多有用白話者；放翁之七律七絕，多白話體」。平情而言，衡諸質與量，所論唐宋詩人詩作，要多不合實情。元白著名詩歌，不見得多是白話；陸游七律七絕，善於用典，工於對偶，講究組繡藻繪而又不失樸質清空，也不全是明白如話。再說，唐詩所以輝煌燦爛，形成所謂盛唐氣象，與經濟、科學、哲學、宗教、藝術、政治、文化方面多息息相關，詩學的傳承流變祇是其中一因；而樂府之借舊題作新詩的解放，也不過是全部詩體傳承的一環而已。誇大它的效用，實無必要。

這些命題，跟胡先生〈自序〉所說：「白話文學史就是中國文學史的中心部分」一樣，都只是從形式上著眼，犯了以偏概全的學術毛病。

胡先生稱：民歌、打油詩、歌妓、宗教與哲理；除發乎天籟的民歌外，以自然俚俗為體，嘲戲詼諧為用的打油詩，最受推重。可見胡先生評論詩人文學成就高下的標準有二：嘗試創例，與嘲戲詼諧。杜甫律詩，他只欣賞「用說話的自然神氣來做，有意打破嚴格聲律」的四首。對〈諸將五首〉的以麗詞寫醜聞，用典故代時事；〈秋興八首〉的即景抒情，借古諷今，都不予理會。批評這兩組詩：只成一些「有韻的歌括，難懂的詩謎。這種詩全無文學價值，只是一些失敗的詩頑藝兒。」純粹從自然俚俗的角度，來看待杜詩的優劣，有待商榷。胡先生曾言：「詩界革命何自始？要須作詩如作文」；這是指以「文之文字」入詩，不避「文之文字」，這有些接近宋人的「以文為詩」，因此胡先生很推崇宋人以俚語說理記事，認為「所謂宋詩，只是作詩如說話而已！」推溯宋詩的來源，出於杜甫與韓愈的「說話式詩體」。這個論斷失之於片面，宋詩絕大部分不是「作詩如說話」，只有香山派、昌黎派、理學派少數人有此習氣而已。至於胡先生所倡「文學有死活，無雅俗」；「俚語與文言合一」諸問題，純站在通俗社會學的觀點立論，已有胡先驌先生撰文論證其不然，參閱錢基博《現代中國文學史》所引，此不再贅。

（三）寫實的旨趣，活潑的語言

胡先生論學，提倡「歷史的方法」、「歷史進化的文學觀念」，都是從實用主義，以及嚴復譯作《天演論》衍生出來的。先生就學於美國哲學家杜威，深受其實用主義影響：「處處顧到當前的問題，把一切學說理想都看作待證的假設」。這種實證觀點，自然也影響到論詩論文。《劄記》卷八，論詩「貴有真，而真必由於體驗」；卷十〈讀白

居易與元九書〉，申論理想主義與實際主義，實際主義「以事物之真實境狀為主，所以寫真、紀實、昭信、狀物，而不可苟」，極力推崇老杜與香山，稱二人為唐代實際文學的泰斗。先生並自稱，每讀豔詩豔詞，「但覺其不實在，但覺其套語的形式，而不覺其所代表的情味」，這也是受寫實主義影響太深的緣故，所以終生不會做這種客觀的豔詩豔詞。從十六歲時引東坡「詩須有為而作」，到寫《嘗試集‧自序》盛讚白居易〈道州民〉、黃庭堅〈題蓮華寺〉、杜甫〈自京赴奉先詠懷〉。以為這類詩，「詩味在骨子裏，在質不在文！」這都是他論詩的旨趣──寫實的原則派生出來的理念。

　　為求傳真寫實，故語言文字講究活潑生動，其特色為自由如意，暢快淋漓。〈什麼是文學〉一文稱：「文學有三個要件：第一，要明白清楚。第二，要有力能動人。第三，要美。」基於這些原則，故胡先生十分激賞打油詩、樂府詩、民歌，還有那些「以文為詩」的理趣詩。以此標準衡量，遂以為中國的活文學，僅有宋人語錄、元人雜劇院本、章回小說及元以來的劇本小說而已。胡先生很重視文學的明白清楚，與感人肺腑，以為所謂美，就是兩者交加的效果。如此以論文學的活與美，也是專從形式上立說的。與所謂：「一部中國文學史，只是一部文字形成（工具）新陳代謝的歷史」等說法，論點如出一轍。總之，其論詩特色，都是從形式上著眼，而忽略了文學內容的因素。

三　形式主義的詩觀，通俗文學的詩論

　　胡先生對中國古典詩歌的看法，大抵傾向於形式主義，鼓吹通俗文學。就本體論而言，詩到底表現什麼？胡先生很強調詩的記事和說理功能，對於詩的言志與抒情，較少涉及。就創作論來說，通過〈讀白居易與元微之書〉，胡先生提出理想主義與實際主義的討論，對現

實主義的實錄寫真，浪漫主義的奇幻夸誕，藝術表現的方法，如假與真、虛與實等問題多已觸及。文學創作中的通與變，本是相濟為用的關係，但胡先生只側重詩歌的創新與改革，對於詩歌繼承優良傳統方面，顯然缺乏注意，充其量只是擷取歷代白話詩詞以作文學革命的例證罷了。其實傳承優良法度，不見得就會妨礙開拓自家特色，蘇東坡稱「出新意於法度之中，寄妙理於豪放之外」，值得借鏡。

其他，胡先生認為：「詩味在骨子裡，在質不在文。」強調內容勝過形式，質樸優於文華，白描比渲染出色。認定好的小詩往往是：「抓住自然界或人生的一個小小片段」，已體察出藝術表現法以少見多，由一知萬，藉個別顯現一般，因部分而凸現全體的規律。胡先生進一步提出好詩的標準說：「凡是好詩，都是具體的；越偏向具體的，越有詩意詩味。」大凡好詩，都能引起鮮明的影象，如「綠垂紅折筍，風綻雨肥梅」；「芹泥垂燕嘴，蕊粉上蜂鬚」，以及馬致遠〈天淨沙·秋思〉，都是運用形象思維，進行具體寫法。可見對於藝術形象的塑造，能提出「具象」的主張，很符合詩語：「吾國詩每不重言外之意，故說理之作極少。」疑「不」字為衍文，上下文始能貫通。

如果本文不誤，那麼胡先生的意見就很值得商榷：中國文學注重「言外之意」，不僅有《春秋》、《左傳》、《史記》、唐詩、宋詞等大量作品的微言側筆、事外曲致作見證；《易經》之美學，立象以盡意；《詩經》、楚辭，以運用比興寄託為貴；從六朝以降的文藝美學，也以「言意之辨」作為論題，《文心雕龍·隱秀》、《史通·曲筆》、司空圖的「象外之象」、「景外之景」、「韻外之致」、「味外之旨」、嚴羽的興趣說，王士禎的神韻說，都是論述「言外之意」的經典之作。胡先生〈讀沈尹默的舊詩詞〉中，談到寄託詩需要真能「言近而旨遠」，內蘊上就很接近「言外之意」。所謂：「言近，則（語言文字）越淺近越好；旨遠，則（旨趣）不妨深遠。言近，須要不倚賴寄託的遠旨，

也能獨立存在，有文學的價值。」可知，他還是比較注重語言文字的淺近。如果二者衝突，甚至可以犧牲「寄託的遠旨」，這仍不脫形式主義的論調。

其他，胡先生對於「三句轉韻體詩」、「對語體詩詞」、「七絕的平仄」、「打油詩」、「民歌」諸體式的記述和解說；以及聲明「五言七言之詩，句法整齊，不合語言之自然」；同時以不講對仗為改良詩體之一事。凡此，都可證明胡先生對古典詩學的興味，偏向於體類形式一邊。

四　結語

胡先生倡導文學革命，主張詩體解放，一時天下靡然從風。就《嘗試集》踵事增華之新詩，如雲蒸霞蔚，作家輩出，於今為盛。白話詩追求「有什麼話，說什麼話；要怎麼說，就怎麼說」，如此淺白如話的詩體，卻往往有令人難以索解者。《尚書》之〈酒誥〉、〈盤庚〉，通告臣下百姓；當時之白話，後世之老學宿儒未必通曉。元曲用當時白話，迄今六世紀而已，其詰屈聱牙已如《尚書》之誥盤。明白如話之語體白話，體現了當代時空之語境，也就受限於時空，很難穿越時空，而往來自在。《左傳》稱：「言之無文，行而不遠。」（襄公二十五年）此之謂也。總之，詩歌的優劣成敗，關係內容思想的經營十分密切，不全在詩體形式的解放上。

陳勻水稱：「新詩無腳韻、平仄、音數三者，故體貌未具。」聞一多謂：「惟不能詩者，方以格律為束縛。」甚至以為，長於格律之詩人，猶帶著腳鐐手銬跳舞，不害其曼妙。梁宗岱亦云：「誰謂典故，窒塞情思？誰謂規律，桎梏性靈？」異口同聲認為：講求格律，不害詩歌的美妙。

　　胡先生〈答叔永書〉中所謂:「文學革命的手段,要令國中之陶、謝、李、杜,皆能用白話京調高腔作詩;文學革命的目的,要令白話京調高腔之中產出幾許陶、謝、李、杜。」耳提面命,念茲在茲的,仍是詩體解放為白話!〈文學改良芻議〉提出八事,除「言之有物」與「不作無病之呻吟」二則外(其實是一事),其他六事如摹倣、文法、套語、用典、對仗、俗字俗語,都是詩歌的形式設計,也就是詩體解放問題。這跟胡先生在《嘗試集·自序》中所標榜的「詩味在骨子裏,在質不在文」,前後論調似乎大有出入。綜觀歷代文學的傳承開拓,事實顯示:形式與內容,應該相輔相成,相濟為用。「繁華損枝,膏腴害骨」,因文害質,當然不好;《文心雕龍·情采》所謂文附質、質待文;情采兼得,文質彬彬,才是詩學發展的正路。

——本文原刊於《國文天地》第六卷第七期(1990年12月),今添增前言,稍作潤色

徵引文獻

一 傳統文獻（依成書時代為序，同一時代，又以姓氏筆劃為序）

〔梁〕劉勰著　祖保泉解說　《文心雕龍解說》　合肥　安徽教育出
　　　版社　1993

〔梁〕鍾嶸　《詩品》　〔清〕何文煥編　《歷代詩話》　北京　人
　　　民文學出版社　1982

〔梁〕蕭子顯　《南齊書》　北京　中華書局　1972

〔唐〕李商隱著　劉學鍇、余恕誠集解　《李商隱詩歌集解》　臺北
　　　洪葉文化公司　1992

〔唐〕杜甫著　仇兆鰲注　《杜詩詳注》　臺北　里仁書局　1980

〔唐〕皇甫湜　《皇甫持正文集》　《四部叢刊》初編本　臺北　臺
　　　灣商務印書館　上海涵芬樓藏宋刊本景印　1979

〔唐〕歐陽詢等編　《藝文類聚》　臺北　文光出版社　1974

〔唐〕韓愈著　錢仲聯繫年集釋　《韓昌黎詩繫年集釋》　臺北　河
　　　洛圖書出版社　1975

〔唐〕韓愈著　屈守元、常思春主編　《韓愈全集校注》　成都　四
　　　川大學出版社　1996

〔宋〕王十朋著　梅溪集重刊委員會編　《王十朋全集》　上海　上
　　　海古籍出版社　1998

〔宋〕王安石著　李壁注　《王荊文公詩李壁注》　上海　上海古籍
　　　出版社　1983

〔宋〕朱彧　《萍洲可談》　臺北　臺灣商務印書館　1983　文淵閣
　　　《四庫全書》本

〔宋〕沈括　《夢溪筆談》　香港　中華書局　1987

〔宋〕呂本中　《童蒙詩訓》　郭紹虞校輯　《宋詩話輯佚》　臺北
　　　文泉閣出版社　1972

〔宋〕吳可　《藏海詩話》　臺北　臺灣商務印書館　1973　《景印
　　　文淵閣四庫全書》

〔宋〕周必大　《二老堂詩話》　〔清〕何文煥編　《歷代詩話》
　　　北京　人民文學出版社　1982

〔宋〕周紫芝　《竹坡詩話》　〔清〕何文煥編　《歷代詩話》　北
　　　京　人民文學出版社　1982

〔宋〕胡仔纂集　廖德明校點　《苕溪漁隱叢話》　臺北　長安出版
　　　社　1978

〔宋〕敖陶孫　《詩評》　吳文治主編　《宋詩話全編》第七冊
　　　《敖器之詩話》　南京　江蘇古籍出版社　1998

〔宋〕梅堯臣著　朱東潤校注　《梅堯臣集編年校註》　臺北　源流
　　　出版社　1983

〔宋〕張戒　《歲寒堂詩話》　丁福保輯　《歷代詩話續編》　北京
　　　人民文學出版社　1983

〔宋〕張表臣　《珊瑚鉤詩話》　〔清〕何文煥編　《歷代詩話》
　　　北京　人民文學出版社　1982

〔宋〕陳師道　《後山詩話》　〔清〕何文煥編　《歷代詩話》　北
　　　京　人民文學出版社　1982

〔宋〕陳師道　《後山居士文集》　上海　上海古籍出版社　1984

〔宋〕陳善　《捫蝨新語》　《儒學警悟》本　香港　龍門書店
　　　1967

〔宋〕陳輔之　《陳輔之詩話》　郭紹虞　《宋詩話輯佚》本　臺北　文泉閣出版社　1972

〔宋〕陳巖肖　《庚溪詩話》　丁福保輯　《歷代詩話續編》　北京　人民文學出版社　1983

〔宋〕程顥、程頤撰　《二程集》　臺北　漢京文化公司　1983

〔宋〕黃庭堅著　劉琳、李勇先等校點　《黃庭堅全集・宋黃文節公全集》　成都　四川大學出版社　2001

〔宋〕黃庭堅著　〔宋〕任淵、史容、史季溫注　黃寶華點校　《山谷詩集注》　上海　上海古籍出版社　2003

〔宋〕黃庭堅　《山谷詩內集》、《山谷詩外集》　長沙　岳麓書社　1992　《四部備要》本

〔宋〕費袞　《梁谿漫志》　收入文淵閣《四庫全書》集部　第八六四冊　臺北　臺灣商務印書館　1983

〔宋〕蔡正孫　《精選古今名賢叢話詩林廣記》　蔡鎮楚編　《中國詩話珍本叢書》第二冊　北京　北京圖書館出版社　2004

〔宋〕蔡絛　《西清詩話》　蔡鎮楚編　《中國詩話珍本叢書》　北京　北京圖書館出版社　2004

〔宋〕劉克莊著　王秀梅點校本　《後村詩話》　北京　中華書局　1983

〔宋〕劉克莊　《江西詩派小序》　丁福保《歷代詩話續編》　北京　人民文學出版社　1983

〔宋〕劉辰翁　《須溪集》　王雲五主編　《四庫全書珍本四集》　臺北　臺灣商務印書館　1973

〔宋〕歐陽脩　《六一詩話》　〔清〕何文煥編　《歷代詩話》　北京　人民文學出版社　1982

〔宋〕歐陽脩　《歐陽修全集》　北京　中國書店　1986

〔宋〕魏泰 《臨漢隱居詩話》 何文煥輯 《歷代詩話》 臺北 木鐸出版社 1982

〔宋〕魏慶之 《詩人玉屑》 臺北 世界書局 1971

〔宋〕羅大經 《鶴林玉露》 臺北 臺灣商務印書館 文淵閣《四庫全書》本 1983

〔宋〕嚴羽著 郭紹虞校釋 《滄浪詩話校釋》 北京 人民文學出版社 2005

〔宋〕釋道原 《景德傳燈錄》 臺北 新文豐出版公司 1986

〔宋〕蘇軾著 〔清〕王文誥輯訂 《蘇文忠公詩編註集成》 臺北 臺灣學生書局 1967

〔宋〕蘇軾著 孔凡禮點校 《蘇軾詩集》 臺北 學海出版社 1985

〔宋〕蘇軾著 孔凡禮點校 《蘇軾文集》 北京 中華書局 1986

〔宋〕蘇軾著 〔清〕馮應榴注 黃任軻等校點 《蘇軾詩集合注》 上海 上海古籍出版社 2001

〔金〕元好問著 郭紹虞箋 《元好問論詩三十首小箋》 臺北 木鐸出版社 1988

〔元〕方回 《桐江續集》 臺北 臺灣商務印書館 文淵閣《四庫全書》本 1983

〔元〕方回選評 李慶甲集評校點 《瀛奎律髓》 上海 上海古籍出版社 1986

〔元〕袁桷 《清容居士集》 臺北 新文豐出版公司 1984

〔元〕脫脫 《宋史》 《二十五史》點校本 北京 中華書局 1990

〔元〕黃堅選編 熊禮匯點校 《詳說古文真寶大全》 長沙 湖南人民出版社 2007

〔元〕傅若金 《詩法正論》 轉引自趙永紀編 《古代詩話精要》 天津 天津古籍出版社 1989

〔明〕胡應麟　《詩藪》　臺北　廣文書局　1973

〔明〕胡應麟　《少室山房筆叢》　上海　上海書店出版社　2001

〔明〕唐順之　《文編》　王水照編　《歷代文話》本　上海　復旦
　　　大學出版社　2007

〔明〕袁中道　《珂雪齋集》　上海　上海古籍出版社　1989

〔明〕許學夷　《詩源辯體》　北京　人民文學出版社　1987

〔明〕楊慎　《升菴詩話》　濟南　齊魯書社　2005

〔明〕歸有光　《文章指南》　王水照編　《歷代文話》本　上海
　　　復旦大學出版社　2007

〔清〕丁日健編　《治臺必告錄》　臺北　臺灣銀行經濟研究室
　　　1959　臺灣大學圖書館藏本

〔清〕方東樹著　汪紹楹校點　《昭昧詹言》　北京　人民文學出版
　　　社　1984

〔清〕王士禛著　戴鴻森校點　《帶經堂詩話》　北京　人民文學出
　　　版社　1982

〔清〕王夫之　《詩繹》　戴鴻森　《薑齋詩話箋注》卷一　臺北
　　　木鐸出版社　1982

〔清〕王夫之　《薑齋詩話》　丁福保編　《清詩話》本　臺北　明
　　　倫出版社　1971

〔清〕王夫之　《明詩評選》　北京　文化藝術出版社　1997

〔清〕王應奎　《柳南隨筆》　《清代筆記小說》　石家莊　河北教
　　　育出版社　1998

〔清〕王應奎　《柳南續筆》　北京　中國書店　2000

〔清〕王藻、錢林　《文獻徵存錄》　臺北　明文書局　1985

〔清〕毛先舒　《詩辨坻》　收入郭紹虞編　《清詩話續編》　北京
　　　人民文學出版社　1983

〔清〕毛奇齡　《西河合集》　《西河詩話》卷五　《四庫全書存目
　　　叢書》　臺南　莊嚴文化公司　1997

〔清〕田同之　《西圃詩說》　郭紹虞編　《清詩話續編》　北京
　　　人民文學出版社　1983

〔清〕永瑢等　《四庫全書總目》　臺北　藝文印書館　1974

〔清〕全祖望　《鮚埼亭集》　臺北　臺灣商務印書館　1979

〔清〕宋犖　《漫堂說詩》　丁福保編　《清詩話》本　臺北　明倫
　　　出版社　1971

〔清〕吳偉業　《梅村詩話》　丁福保編　《清詩話》本　臺北　明
　　　倫出版社　1971

〔清〕何世璂　《然鐙紀聞》　丁福保編　《清詩話》本　臺北　明
　　　倫出版社　1971

〔清〕汪琬　《堯峰文鈔》　臺北　臺灣商務印書館　《四部叢刊》
　　　初編本　1979

〔清〕沈德潛　《唐詩別裁集》　香港　中華書局　1980

〔清〕吳之振、呂留良編　《宋詩鈔》　上海　上海三聯書店　1988

〔清〕吳喬　《答萬季野詩問》　丁福保編　《清詩話》本　臺北
　　　明倫出版社　1971

〔清〕吳喬　《圍爐詩話》　郭紹虞　《清詩話續編》　臺北　木鐸
　　　出版社　1983

〔清〕李香巖（鴻裔）手批　《紀評蘇詩》　成都　四川大學出版社
　　　2007

〔清〕李重華《貞一齋詩說》　丁福保編　《清詩話》　臺北　明倫
　　　出版社　1971

〔清〕金聖歎評點　《第六才子書‧西廂記》　張建一校注　《金聖
　　　歎評點才子全集》　臺北　三民書局　1999

〔清〕姚鼐　《古文辭類纂》　臺北　臺灣　中華書局　1981

〔清〕施閏章　《蠖齋詩話》　丁福保編　《清詩話》本　臺北　明倫出版社　1971

〔清〕洪亮吉　《北江詩話》　北京　人民文學出版社　1983

〔清〕徐松　《宋會要輯稿》　臺北　新文豐出版公司　1976

〔清〕翁方綱　《石洲詩話》　郭紹虞編　《清詩話續編》　北京　人民文學出版社　1983

〔清〕翁方綱　《復初齋文集》　上海　上海古籍出版社　2010

〔清〕翁方綱　《復初齋集外詩》　上海　上海古籍出版社　2010

〔清〕高宗敕編　《御選唐宋詩醇》　臺北　臺灣商務印書館　1983　文淵閣《四庫全書》

〔清〕袁枚著　顧學頡校點　《隨園詩話》　臺北　漢京文化公司　1984

〔清〕袁枚　《小倉山房文集》　《袁枚全集》第二冊　南京　江蘇古籍出版社　1993

〔清〕袁枚　《續詩品》　丁福保編　《清詩話》本　臺北　明倫出版社　1971

〔清〕康熙御纂　《全唐詩》　臺北　文史哲出版社　1987

〔清〕張英等編　《淵鑑類函》　北京　中國書店　1985

〔清〕張維屏　《國朝詩人徵略初編》　臺北　明文書局　1985

〔清〕張維屏　《聽松廬文鈔》　上海　上海古籍出版社　2010

〔清〕陳衍　《石遺室詩話》　臺北　臺灣商務印書館　1961

〔清〕陳衍著　錢仲聯編校　《陳衍詩論合集》　福州　福建人民出版社　1999

〔清〕章學誠　《文史通義》　臺北　華世出版社　1980

〔清〕黃宗羲　《梨洲遺著彙刊》　臺中　隆言出版社　1969

〔清〕馮班　《鈍吟雜錄》　《清代筆記小說》　石家莊　河北教育
　　　出版社　1998

〔清〕馮班　《鈍吟老人文稿》　見《鈍吟全集》　上海　上海古籍
　　　出版社　2010

〔清〕賀裳　《載酒園詩話》　郭紹虞　《清詩話續編》　臺北　木
　　　鐸出版社　1983

〔清〕葉燮　《原詩》　丁福保編　《清詩話》本　臺北　明倫出版
　　　社　1971

〔清〕趙執信　《談龍錄》　丁福保編　《清詩話》本　臺北　明倫
　　　出版社　1971

〔清〕趙翼　《甌北詩話》　郭紹虞編　《清詩話續編》　北京　人
　　　民文學出版社　1983

〔清〕趙翼著　李學穎、曹光甫校點　《甌北集》　上海　上海古籍
　　　出版社　1997

〔清〕厲鶚　《樊榭山房集》　上海　上海古籍出版社　1992

〔清〕蔣士銓著　邵海清校　李夢生箋　《忠雅堂集校箋》　上海
　　　上海古籍出版社　1993

〔明〕劉績　《劉績詩話》　吳文治主編　《明詩話全編》第壹冊
　　　南京　江蘇古籍出版社　1997

〔清〕潘德輿　《養一齋詩話》　郭紹虞　《清詩話續編》　臺北
　　　木鐸出版社　1983

〔清〕顧炎武著　〔清〕黃汝成集釋　欒保羣、呂宗力校點　《日知
　　　錄集釋全校本》　上海　上海古籍出版社　2006

丁福保　《歷代詩話續編》　臺北　木鐸出版社　1983

北京大學古文獻研究所編　《全宋詩》（1-72）　北京　北京大學出
　　　版社　1991-1998

朱易安等主編　《全宋筆記》　鄭州　大象出版社　2008

周維德集校　《全明詩話》　濟南　齊魯書社　2005

施懿琳等全臺詩編輯小組編著　《全臺詩》第一冊　臺南　國家臺灣
　　　文學館、遠流出版公司　2004

郭紹虞　《宋詩話輯佚》　臺北　文泉閣出版社　1972

郭紹虞　《清詩話續編》　臺北　木鐸出版社　1983

陳尚君輯校　《全唐詩補編》　北京　中華書局　1992

許俊雅、吳福助主編　《全臺賦》　臺南　國家臺灣文學館籌備處
　　　2006

二　近人論著（依姓氏筆劃為序）

文學史、詩學史、批評史

王叔岷　《鍾嶸詩品箋證稿》　臺北　中央研究院中國文哲研究所
　　　1992

王運熙、楊明　《隋唐五代文學批評史》　上海　上海古籍出版社
　　　1994

林繼中　《文化建構文學史綱・魏晉—北宋》　北京　北京大學出版
　　　社　2005

馬亞中　《中國近代詩歌史》　臺北　臺灣學生書局　1992

夏傳才　《詩經語言藝術新編》　北京　語文出版社　1998

袁震宇、劉明今　《中國文學批評史・明代卷》　上海　上海古籍出
　　　版社　1996

郭紹虞　《中國文學批評史》　臺北　明倫出版社　1970

郭維森、許結　《中國辭賦發展史》　南京　江蘇教育出版社　1996

張少康、劉三富　《中國文學理論批評發展史》　北京　北京大學出版社　1995

張伯偉　《鍾嶸詩品研究》　南京　南京大學出版社　1999

張　晶　《遼金詩史》　長春　東北師範大學出版社　1995

張　敬　〈詞體中俳優格例證試探〉　收入中央研究院國際漢學會議論文集編輯委員會編　《中央研究院國際漢學會議論文集》　臺北　中央研究院　1981

陳一舟　〈中國古代的詠物詩理論〉　輯入《中國文藝思想史論叢》（三）　北京　北京大學出版社　1988

陳良運　《中國詩學批評史》　南昌　江西人民出版社　1995

敏　澤　《中國文學理論批評史》　長春　吉林教育出版社　1993

程千帆、吳新雷　《兩宋文學史》　上海　上海古籍出版社　1991

黃永武　〈詠物詩的評價標準〉　收入《詩與美》　臺北　洪範書店　1984

黃維樑　《中國詩學縱橫論》　臺北　洪範書店　1986

黃　霖　《中國文學批評通史・近代卷》　上海　上海古籍出版社　1996

鄔國平、王鎮遠　《清代文學批評史》　上海　上海古籍出版社　1995

楊　義　《中國古典文學圖志》　北京　生活・讀書・新知三聯書店　2006

傅璇琮　《唐五代文學編年史》　瀋陽　遼海出版社　1998

萬光治　《漢賦通論》　成都　巴蜀書社　1989

鄒雲湖　《中國選本批評》　上海　上海三聯書店　2002

趙以武　《唱和詩研究》　蘭州　甘肅文化出版社　1997

趙永紀　《詩論——審美感悟與理性把握的融合》　桂林　廣西師範大學出版社　1999

蔡景康編選　《明代文論選》　北京　人民文學出版社　1993

蔡美惠　《方東樹文章學研究》　臺灣師範大學國文研究所博士論文
　　　　2002

蔡鍾翔、黃保真、成復旺　《中國文學理論史》　北京　北京出版社
　　　　1991

錢鍾書　《談藝論》　臺北　書林出版公司　1988

繆　鉞　《詩詞散論》　上海　上海古籍出版社　1982

羅根澤　《中國文學批評史》　臺北　明倫出版社　1978

蕭華榮　《中國詩學思想史》　上海　華東師範大學出版社　1996

顧易生等　《宋金元文學批評史》　上海　上海古籍出版社　1996

〔日〕古田敬一著　李淼譯　《中國文學的對句藝術》　長春　吉林
　　　　文史出版社　1989

〔日〕青木正兒著　楊鐵嬰譯　《清代文學批評史》　北京　中國社
　　　　會科學出版社　1988

文化史、交流史

王　勇　〈唐宋時代日本漢籍西漸史考〉　收入王勇主編　《中日漢
　　　　籍交流史論》　杭州　杭州大學出版社　1992

王勇、大庭脩主編　《中日文化交流史大系・典籍卷》　杭州　浙江
　　　　人民出版社　1996

王勇等　《中日「書籍之路」研究》　北京　北京圖書館出版社　2003

王曉秋、大庭脩主編　《中日文化交流史大系・歷史卷》　杭州　浙
　　　　江人民出版社　1996

方彥壽　《福建古書之最》　北京　中國社會出版社　2004

李則芬　《中日關係史》　臺北　中華書局　1970

李致忠　〈宋代刻書述略〉　程煥文編　《中國圖書論集》　北京
　　　　商務印書館　1994

李致忠　《古書版本學概論》　北京　北京圖書館出版社　2003

李寅生　《論唐代文化對日本文化的影響》　成都　巴蜀書社　2001

李寅生　《論宋元時期的中日文化交流及相互影響》　成都　巴蜀書社　2007

李瑞良　《中國古代圖書流通史》　上海　上海人民出版社　2000

汪向榮　《古代中日關係史話》　北京　時事出版社　1986

宋原放著　王有朋輯注《中國出版史料》　武漢　湖北教育出版社　2004

武　斌　《中華文化海外傳播史》　西安　陝西人民出版社　1998

高文漢　《中日古代文學比較研究》　濟南　山東教育出版社　1999

高明士　《戰後日本的中國史研究》　臺北　東昇出版公司　1982

陳信雄　《宋元海外發展史研究》　臺南　甲乙出版社　1992

陳植鍔　《北宋文化史述論》　北京　中國社會科學出版社　1992

張秀民　《中國印刷史》（上）　杭州　浙江古籍出版社　2006

楊渭生　《兩宋文化史研究》　杭州　杭州大學出版社　1998

劉光裕　〈抄本時期書籍流通資料〉　宋原放主編　《中國出版史料》　武漢　湖北教育出版社　2004

鞏本棟　《宋集傳播考論》　北京　中華書局　2008

錢存訓　《中國古代書籍紙墨及印刷術》　北京　北京圖書館　2002

錢存訓　《中國紙和印刷文化史》　桂林　廣西師範大學出版社　2004

錢　穆　《中國文化史導論》　上海　上海三聯書店　1988

龔鵬程　〈宋代文化在中國的地位〉　黎活仁等主編　《宋代文學與文化研究》　臺北　大安出版社　2001

〔美〕露西爾・介（Lucile Chia）　〈留住記憶：印刷術對宋代文人記憶和記憶力的重大影響〉　《中國學術與中國思想史》（《思想家》Ⅱ）　南京　江蘇教育出版社　2002

〔美〕費夫賀（Lucien Febure）、馬爾坦（Henri-Jean Martin）著　李
　　　鴻志譯　《印刷書的誕生》（*The Coming of the Book*）　桂
　　　林　廣西師範大學出版社　2006

〔日〕木宮泰彥著　陳捷譯《中日交通史》（原名《日中文化交流
　　　史》）　臺北　三人行出版社　1974

〔日〕木宮泰彥　《口中文化交流史》　北京　商務印書館　1980

〔日〕石川三佐男著　鄭愛華譯　〈日中「書籍之路」與《玉燭寶
　　　典》〉　王勇等　《中日「書籍之路」研究》　北京　北京
　　　圖書館出版社　2003

〔日〕興膳宏著　戴燕選譯　《異域之眼──興膳宏中國古典論集》
　　　上海　復旦大學出版社　2006

〔日〕松下忠著　范建明譯　《江戶時代的詩風詩論──兼論明清三
　　　大詩論及其影響》　北京　學苑出版社　2008

〔日〕東アジア地域間交流研究會靜永健編　《から船往來──日本
　　　を育てたひと・ふね・まち・こころ》　福岡　中國書店
　　　2009

唐詩、唐代文學

朱易安　《唐詩學史論稿》　桂林　廣西師範大學出版社　2000

林　庚　《唐詩綜論》　北京　人民文學出版社　1987

郭沫若　〈詩歌史上的雙子星座〉　《杜甫研究論文集》第三輯　北
　　　京　中華書局　1963

陳伯海　《唐詩學引論》　上海　東方出版中心　1996

陳伯海主編　《唐詩學史稿》　石家莊　河北人民出版社　2004

莫礪鋒　〈大家陰影下的焦慮──唐代詩人薛能論〉　中國唐代文學
　　　學會主編　《唐代文學研究》第十一輯　桂林　廣西師範大
　　　學出版社　2006

黃永武　《敦煌的唐詩》　臺北　洪範書店　1987

傅璇琮編撰　《唐人選唐詩新編》　西安　陝西人民教育出版社　1996

傅璇琮　《唐代詩人叢考》　北京　中華書局　1996

葛景春　〈李杜之變，是唐詩主潮之大變〉　中國唐代文學學會主編
　　　　《唐代文學研究》　第九輯　桂林　廣西師範大學出版社
　　　　2002

詹鍈主編　《李白全集校注彙釋集評》　天津　百苑文藝出版社　1996

趙榮蔚　《晚唐士風與詩風》　上海　上海古籍出版社　2004

羅宗強　《隋唐五代文學思想史》　北京　中華書局　1999

劉開揚　《唐詩通論》　成都　巴蜀書社　1998

宋詩、宋代文學

王水照　〈北宋的文學結盟與尚「統」的社會思潮〉　《國際宋代文
　　　　化研討會論文集》　成都　四川大學出版社　1991

王水照主編　《宋代文學通論》　高雄　復文圖書出版社　2000

王水照　〈情理‧源流‧對外文化關係──宋型文化與宋代文學之再
　　　　研究〉　《王水照自選集》　上海　上海教育出版社　2000

王友勝　〈歷代蘇黃詩優劣之爭及其文學史意義〉　《中國蘇軾研
　　　　究》第三輯　北京　學苑出版社　2007

王守國　〈山谷詩美學特徵論〉　收入江西省文學藝術研究所編
　　　　《黃庭堅研究論文集》　南昌　江西人民出版社　1989

王利器　〈蘇東坡與小說戲曲〉　收入孫欽善、曾棗莊等主編　《國
　　　　際宋代文化研討會論文集》　成都　四川大學出版社　1991

白敦仁　〈論黃庭堅詩〉　江西省文學藝術研究所編　《黃庭堅研究
　　　　論文集》　南昌　江西人民出版社　1989

朱靖華　〈論《艾子雜說》確為東坡所作〉　《朱靖華古典文學論
　　　　集》　長春　吉林文史出版社　2003

李春青　《宋學與宋代文學觀念》　北京　北京師範大學出版社　2001

李德身　《歐梅詩傳》　長春　吉林人民出版社　1998

林繼中　《杜詩趙次公先後解輯校》　上海　上海古籍出版社　1994

周益忠　《宋代論詩詩研究》　臺灣師範大學國文研究所博士論文　1989

周益忠　《西崑研究論集》　臺北　臺灣學生書局　1999

周裕鍇　《宋代詩學通論》　成都　巴蜀書社　1997

施議對　〈論稼軒體〉　孫崇恩等主編　《辛棄疾研究論文集》　北京　中國文聯出版社　1993

徐中玉　《論蘇軾的創作經驗》　上海　華東師範大學出版社　1981

徐復觀　〈宋詩特徵試論〉　《中國文學論集續篇》　臺北　臺灣學生書局　1984

唐圭璋編　《詞話叢編》　北京　中華書局　1986

秦寰明　〈論宋代詩歌創作的復雅崇格思潮──宋代詩歌思潮論（上）〉　收入《中國首屆唐宋詩詞國際學術討論會論文集》　南京　江蘇教育出版社　1994

莫礪鋒　《江西詩派研究》　濟南　齊魯書社　1986

郭紹虞　《宋詩話考》　北京　中華書局　1985

張伯偉　《稀見本宋人詩話四種》　南京　江蘇古籍出版社　2002

張高評　《宋詩之傳承與開拓》　臺北　文史哲出版社　1990

張高評　《宋詩之新變與代雄》　臺北　洪葉文化事業公司　1995

張高評　《宋詩特色研究》　長春　長春出版社　2000

張高評　《會通化成與宋代詩學》　臺南　成功大學出版組　2000

張高評　〈蘇軾詠物詩與創意造語──以詠花詠雪為例〉　《千古風流──東坡逝世九百年學術研討會論文集》　臺北　洪葉文化公司　2001

張高評　《自成一家與宋詩宗風》　臺北　萬卷樓圖書公司　2004

張高評　《創意造語與宋詩特色》　臺北　新文豐出版公司　2008

張蜀蕙　〈蘇軾諧謔書寫與唐宋戲題文學〉　收入國立彰化師範大學
　　　　國文系主編　《中國詩學會議論文集——第五屆：宋代詩
　　　　學》　彰化　彰化師範大學國文系　2000

梁　昆　《宋詩派別論》　臺北　東昇出版社　1980

許　總　《宋詩——以新變再造輝煌》　桂林　廣西師範大學出版社
　　　　1999

程　杰　《宋代咏梅文學研究》　合肥　安徽文藝出版社　2002

黃寶華　《黃庭堅評傳》　南京　南京大學出版社　1988

黃景進　〈黃山谷的學古論〉　臺灣大學中文所主編　《宋代文學與
　　　　思想》　臺北　臺灣學生書局　1989

黃景進　〈從宋人論「意」與「語」看宋詩特色之形成〉　《第一屆
　　　　宋代文學研討會論文集》　高雄　麗文文化公司　1995

黃鳴奮　《論蘇軾的文藝心理觀》　福州　海峽文藝出版社　1987

傅璇琮編　《黃庭堅與江西詩派卷》　高雄　麗文文化出版公司
　　　　1993

曾棗莊　〈評蘇黃爭名說〉　收入江西省文學藝術研究所編　《黃庭
　　　　堅研究論文集》　南昌　江西人民出版社　1989

曾棗莊　《論西崑體》　高雄　麗文文化公司　1993

曾棗莊主編　《蘇詩彙評》　臺北　文史哲出版社　1998

曾棗莊　《蘇軾研究史》　南京　江蘇教育出版社　2001

黎活仁等主編　《宋代文學與文化研究》　臺北　大安出版社　2001

錢志熙　《黃庭堅詩學體系研究》　北京　北京大學出版社　2003

謝佩芬　《蘇軾心靈圖象——以「清」為主之文學觀研究》　臺北
　　　　文津出版社　2005

謝桃坊　《蘇軾詩研究》　成都　巴蜀書社　1987

謝海林　《清代宋詩選本研究》　上海　上海古籍出版社　2011

龔鵬程　〈知性的反省——宋詩的基本風貌〉　《中國文化新論·意
　　　　象的流變》　臺北　聯經出版公司　1982

龔鵬程　《江西詩社宗派研究》　臺北　文史哲出版社　1983

唐宋詩話、詩學、詩史

羊春秋　〈論「一李九杜」與「一杜九李」的審美差異〉　李白研究
　　　　學會編　《李白研究論叢》第二輯　成都　巴蜀書社　1990

吳戰壘　《中國詩學》　北京　人民出版社　1991

馬積高　〈李杜優劣論和李杜詩歌的歷史命運〉　收入李白研究學會
　　　　編　《李白研究論叢》第二輯　成都　巴蜀書社　1990

孫　微　《清代杜詩學史》　濟南　齊魯書社　2004

張伯偉　《全唐五代詩格校考》　西安　陝西人民教育出版社　1996

張海沙　〈唐人喜《文選》與宋人嗜《漢書》——論唐宋文人不同的
　　　　讀書趣向〉　中國唐代文學學會《唐人文學研究》第十一輯
　　　　桂林　廣西師範大學出版社　2006

張高評　《苕溪漁隱叢話與宋代詩學典範》　臺北　新文豐出版公司
　　　　2012

張高評　《《詩人玉屑》與宋代詩學》　臺北　新文豐出版公司　2012

張　健　《滄浪詩話研究》　臺北　五南圖書出版公司　1986

陶水平　《船山詩學研究》　北京　中國社會科學出版社　2001

曾永義編　《元代文學批評資料彙編》　臺北　成文出版社　1981

曾祥波　《從唐音到宋調——以北宋前期詩歌為中心》　北京　崑崙
　　　　出版社　2006

黃寶華、文師華　《中國詩學史·宋金元卷》　廈門　鷺江出版社
　　　　2002

齊治平　《唐宋詩之爭概述》　長沙　岳麓書社　1983

詹杭倫等　《唐宋賦學新探》　臺北　臺灣學生書局　2005

蔡鎮楚　《中國詩話史》　長沙　湖南文藝出版社　1988

蔡鎮楚　〈論歷代詩話之李杜比較論〉　收入李白研究學會編　《李白研究論叢》　第二輯　成都　巴蜀書社　1990

蔡鎮楚　《詩話學》　長沙　湖南教育出版社　1992

劉　寧　《唐宋之際詩歌演變研究》　北京　北京師範大學出版社　2002

劉德重、張寅彭　《詩話概說》　北京　中華書局　1990

戴文和　《「唐詩」、「宋詩」之爭研究》　臺北　文史哲出版社　1997

〔美〕薩進德（Struart Sargent）　莫礪鋒譯　〈後來者能居上嗎？宋人與唐詩〉　莫礪鋒　《神女之探尋》　上海　上海古籍出版社　1994

〔美〕理查德・林恩（Richard John Lynn）　有關道雄譯　〈中國詩學中的才學傾向──嚴羽和後期傳統〉　莫礪鋒編　《神女之探尋》　上海　上海古籍出版社　1994

〔日〕吉川幸次郎著　鄭清茂譯　《宋詩概說》　臺北　聯經出版事業公司　1983

明清詩話、詩學、詩史

王英志　〈翁方綱「肌理說」探討〉　中國文藝思想史論叢編委會　《中國文藝思想史論叢》第一輯　北京　北京大學出版社　1984

吳宏一　《清代詩學初探》　臺北　臺灣學生書局　1986

李豐楙　《翁方綱及其詩論》　臺北　嘉新水泥公司文化基金會研究論文　1975

宋如珊　《翁方綱詩學之研究》　臺北　文津出版社　1993

郝潤華　《錢注杜詩與詩史互證方法》　合肥　黃山書社　2000

張文勛　〈葉燮詩歌理論〉　《古代文學理論研究》第三輯　上海　上海古籍出版社　1981

張仲謀　《清代文化與浙派詩》　北京　東方出版社　1997

張伯偉　《清代詩話東傳略論稿》　北京　中華書局　2007

張　健　《清代詩話研究》　臺北　五南圖書出版公司　1993

張　健　《清代詩學研究》　北京　北京大學出版社　1999

陳書錄　《明代詩文的演變》　南京　江蘇教育出版社　1996

陳國球　《明代復古派唐詩論研究》　北京　北京大學出版社　2007

連文萍　《明代詩話考述》　臺北　東吳大學中國文學研究所博士論文　1998

楊淑華　《方東樹《昭昧詹言》及其詩學定位》　輯入龔鵬程主編《古典詩歌研究彙刊》第二輯　臺北　花木蘭文化出版社　2008

廖可斌　《明代文學復古運動研究》　上海　上海古籍出版社　1994

劉世南　《清詩流派史》　臺北　文津出版社　1995

劉　誠　《中國詩學史‧清代卷》　廈門　鷺江出版社　2002

蔣　寅　《清詩話考》　北京　中華書局　2005

錢仲聯主編　《清詩紀事》　南京　江蘇古籍出版社　1987

簡恩定　《清初杜詩學研究》　臺北　文史哲出版社　1986

嚴　明　《中國詩學與明清詩話》　臺北　文津出版社　2003

嚴迪昌　《清詩史》　上冊　臺北　五南圖書出版公司　1998

文藝評論

王水照編　《歷代文話》　上海　復旦大學出版社　2007

王運熙 《中國古代文論管窺》 濟南 齊魯書社 1987

毛澤東 〈給陳毅同志談詩的一封信〉 1965 年 7 月 21 日 《詩刊》
　　　 1978 年 1 月號

伍蠡甫、胡經之主編 《西方文藝理論名著選編》上下卷 北京 北
　　　 京大學出版社 1985、1987

向新陽 《文學語言芻論》 武昌 武漢大學出版社 1992

杜國清 《詩情與詩論》 廣州 花城出版社 1993

李建盛 《理解事件與文本意義──文學詮釋學》 上海 上海譯文
　　　 出版社 2002

徐中玉主編 《通變編》 北京 中國社會科學出版社 1992

徐中玉主編 《意境典型・比興編》 北京 中國社會科學出版社
　　　 1994

黃 濬 《花隨人聖盦摭憶》 上海 上海書店出版社 1998

葛兆光 《漢字的魔方》 香港 中華書局 1989

劉安海、孫文憲 《文學理論》 武漢 華中師範大學出版社 2002

蔣 寅 《古典詩學的現代詮釋》 北京 中華書局 2003

〔澳〕瓦爾特・F・法伊特 〈誤讀作為文化間理解的條件〉 約
　　　 翰・紐鮑爾（John Neubauer） 《歷史和文化的文學「誤
　　　 讀」》 樂黛雲等主編 《文化傳遞與文學形象》 北京
　　　 北京大學出版社 1999

〔英〕錫德尼（Philip Sidney） 〈為詩辯護〉 伍蠡甫等主編
　　　 《西方文藝理論名著選編》上冊 北京 北京大學出版社
　　　 1988

〔法〕布瓦洛（Nicolas Boileau—Despreaux） 〈詩的藝術〉 伍蠡
　　　 甫等 《西方文藝理論名著選編》上卷 北京 北京大學出
　　　 版社 1988

〔美〕孔恩（Thomas S.Kuhn）著　程樹德、傅大為等譯　《科學革
　　命的結構》*The Structure of Scientific Revolutions*　臺北　源
　　流出版公司　1994

〔美〕約翰・紐鮑爾（John Neubauer）　《歷史和文化的文學「誤
　　讀」》　樂黛雲等主編　《文化傳遞與文學形象》　北京
　　北京大學出版社　1999

〔俄〕雅可布遜（Roman Jakobson）　〈文學和語言學研究的課題〉
　　閻國忠等主編　《西方著名美學家評傳》下冊　合肥　安徽
　　教育出版社　1991

〔俄〕維克多・鮑里索維奇・什克洛夫斯基（V. Shklovsky）　〈藝
　　術即手法〉　閻國忠等主編　《西方著名美學家評傳》下冊
　　合肥　安徽教育出版社　1991

〔捷〕簡・穆卡洛夫斯基（Jan Mukarovsky）　〈標準語言與詩的語
　　言〉　伍蠡甫等主編　《西方文藝理論名著選編》下卷　北
　　京　北京大學出版社　1987

海洋文化、海洋文學

金仁喆　〈淺談韓國海洋文學〉　陳哲聰主編　《「2005 國際海洋文
　　化研討會」會後論文集》　臺北　華立圖書　2006

徐曉望　《媽祖的子民——閩臺海洋文化研究》　上海　學林出版社
　　1999

楊彥杰　《荷據時代臺灣史》　南昌　江西人民出版社　1992

廖肇亨　〈明清海洋詩學與世界秩序〉　《中國古文獻學與文學國際
　　學術研討會會議論文集》中冊　北京大學古文獻研究中心承
　　辦　2006

鄭水萍　〈臺灣海洋文化資產〉　陳哲聰主編　《2004 海洋「人文
　　　　藝術與社會」研討會會後論文集》　臺北　華立圖書出版社
　　　　2005

日本漢學

王守華　〈朱子學在日本〉　《朱熹與中國文化》　上海　學林出版
　　　　社　1989
俞慰慈（海村惟一）　《五山文學の研究》　東京都　汲古書院
　　　　2004
張伯偉　《東亞漢籍研究論集》　臺北　臺大出版中心　2007
陳明姿　〈日本平安初期物語對中國文學之受容〉　張寶三、楊儒賓
　　　　編　《日本漢學研究初探》　上海　華東師範大學出版社
　　　　2008
葉渭渠、唐月梅　《日本文學史‧近古卷》　北京　崑崙出版社
　　　　2004
蔡　毅　《日本漢詩論稿》　北京　中華書局　2007
劉俊文編　《日本學者研究中國史論著選譯》　北京　中華書局　1992
嚴紹璗　《日本中國學史》　南昌　江西人民出版社　1993
〔日〕池田四郎編　《日本詩話叢書》　東京　東京文會堂書店
　　　　1919
〔韓〕趙鍾業編　《日本詩話叢編》　久保善教　《木石園詩話》
　　　　漢城　太學社　1992

詩文集、選集、論文集

王友亮　《雙佩齋詩集》　上海　上海古籍出版社　2010
朱自清　《朱自清古典文學論文集》　臺北　源流出版社　1982

朱東潤　《中國文學論集》　北京　中華書局　1983

郭齊、尹波點校　《朱熹集》　成都　四川教育出版社　1996

陳增杰校點　《永嘉四靈詩集》　杭州　浙江古籍出版社　1985

魯　迅　《魯迅全集》　北京　人民文學出版社　1991

王水照　《蘇軾選集》　臺北　群玉堂出版公司　1991

王水照　《王水照自選集》　上海　上海教育出版社　2000

王水照　《鱗爪文輯》　西安　陝西人民出版社　2008

張君和　《張舜徽學術論著選》　武昌　華中師範大學出版社　1997

舒展選編　《錢鍾書論學文選》　廣州　花城出版社　1990

傅璇琮　《傅璇琮卷》　合肥　安徽教育出版社　1998

東華大學中文系　《文學研究的新進階──傳播與接受》　臺北　洪
　　　葉文化公司　2004

郭正昭、陳勝崑、蔡仁堅合編　《中國科技文明論集》　臺北　牧童
　　　出版社　1979

郭紹虞　《照隅室雜著》　上海　上海古籍出版社　1986

〔日〕清水茂著　蔡毅譯　《清水茂漢學論集》　北京　中華書局
　　　2003

歷史、思想

王國維　〈宋代之金石學〉　《王國維遺書》第五冊　《靜安文集續
　　　編》　上海　上海書店　1983　頁70

田　運　《思維辭典》　杭州　浙江教育出版社　1996

沈　津　《翁方綱年譜》　臺北　中央研究院中國文哲研究所　2002

徐　規　〈宋代浙江海外貿易探索〉　《仰素集》　杭州　杭州大學
　　　出版社　1999

張永聲主編　《思維方法大全》　南京　江蘇科學技術出版社　1991

張高評 《《春秋》書法與左傳學史》 臺北 五南圖書出版公司
 2002

張興武 《五代十國文學編年》 北京 人民文學出版社 2001

陶晉生 《宋遼外交關係史》 臺北 聯經出版公司 1984

陳 來 《朱子哲學研究》 上海 華東師範大學出版社 2000

陳寅恪 〈鄧廣銘〈宋史職官考證·序〉〉 《金明館叢稿》二編
 臺北 里仁書局 1981

傅樂成 《漢唐史論集》 臺北 聯經出版公司 1977

楊聯陞 《國史探微》 臺北 聯經出版公司 1983

漆 俠 《宋學的發展和演變》 石家莊 河北人民出版社 2002

鄭 騫 《陳後山年譜》 臺北 聯經出版事業公司 1984

蔡義江、蔡國黃 《辛棄疾年譜》 濟南 齊魯書社 1987

劉仲華 《漢宋之間:翁方綱學術思想研究》 北京 中國人民大學
 出版社 2010

鞏本棟 《辛棄疾評傳》 南京 南京大學出版社 1998

鄧廣銘 《鄧廣銘治史叢稿》 北京 北京大學出版社 1997

饒宗頤 《中國史學上之正統論》 上海 遠東出版社 1996

〔日〕內藤湖南 〈概括的唐宋時代觀〉 劉俊文主編 《日本學者
 研究中國史論著選譯》第一卷 北京 中華書局 1992

美學、修辭學

朱立元 《接受美學》 上海 上海人民出版社 1989

朱光潛 《美學再出發》 臺北 丹青圖書公司 1987

金元浦 《接受反應文論》 濟南 山東教育出版社 1998

孫遜、孫菊園 《中國古典小說美學資料匯粹》 上海 上海古籍出
 版社 1991

張少康　《古典文藝美學論稿》　臺北　淑馨出版社　1989

盛子潮、朱水涌《　詩歌形態美學》　廈門　廈門大學出版社　1987

馮廣藝　《變異修辭學》　通山　湖北教育出版社　1992

魯樞元　《超越語言——文學言語學芻議》　北京　中國社會科學出
　　　　版社　1990

潘旭瀾　〈不似似之——藝術斷想〉　載《中國古代美學藝術論》
　　　　臺北　木鐸出版社　1985

閻國忠主編　《西方著名美學家評傳》下冊　合肥　安徽教育出版社
　　　　1991

〔希臘〕亞里斯多德（Aristotle）　《修辭學》*The "Art" of Rhetoric*
　　　　北京　生活・讀書・新知三聯書店　1991

〔美〕哈羅德・布魯姆（Harold Bloom）　朱立元、陳克明譯　《比
　　　　較文學影響論——誤讀圖示》　臺北　駱駝出版社　1992

〔德〕姚斯著　周寧、金元浦譯　《接受美學與接受理論・走向接受
　　　　美學》　瀋陽　遼寧人民出版社　1987

〔日〕岩城秀夫著　薛新力譯　〈杜詩中為何無海棠之詠——唐宋間
　　　　審美意識之變遷〉　《杜甫研究學刊》1989 年 1 期　成都
　　　　杜甫草堂　1989　頁 76-81

學科整合

王國安　《換個創新腦》　臺北　帝國文化出版社　2004

沈松勤　《北宋文人與黨爭》　北京　人民出版社　1998

林正和　《詩詞與科學》　南通　江蘇科學技術出版社　1984

周裕鍇　《中國禪宗與詩歌》　上海　上海人民出版社　1992

張高評　《印刷傳媒與宋詩特色》　臺北　里仁書局　2008

張高評　《唐宋題畫詩及其流韻》　臺北　萬卷樓圖書公司　2016

陳允吉　《唐音佛教辨思錄》　上海　上海古籍出版社　1988

陳良運　《周易與中國文學》　南昌　百花洲文藝出版社　1999

程千帆　〈韓愈以文為詩說〉、〈蘇軾與宋詩的議論化理趣化〉　莫礪
　　　　鋒編　《程千帆選集》下冊　《古詩考索》　瀋陽　遼寧古
　　　　籍出版社　1996

楊玉成　〈劉辰翁　閱讀專家〉　《國文學誌》第三期　彰化師大國
　　　　文系　1999

楊玉成　〈文本、誤讀、影響的焦慮—論江西詩派的閱讀與書寫策
　　　　略〉　《建構與反思——中國文學史的探索學術研討會》
　　　　臺北　臺灣學生書局　2002

錢鍾書　〈中國詩與中國畫〉　《文學研究叢編》第一輯　臺北　木
　　　　鐸出版社　1981

錢鍾書　《管錐編》　臺北　書林出版公司　1990

〔日〕藪內清　《中國・科學・文明》　北京　中國社會科學出版社
　　　　1987

〔日〕內山精也　《傳媒與真相——蘇軾及其周圍士大夫的文學》
　　　　上海　上海古籍出版社　2005

三　**期刊論文**（依發表先後為序）

〔日〕內藤湖南　〈概括的唐宋時代觀〉　《歷史與地理》第 9 卷第
　　　　5 號（唐宋時代研究號　1922 年 5 月　頁 1-12

張　敬　〈我國文字應用中的諧趣——文字遊戲與遊戲文字〉　《幼
　　　　獅學誌》第 14 卷第 3、4 期　1977 年 12 月　頁 62-103

張　敬　〈曲詞中俳優體例證之探索〉　《國立編譯館館刊》第 7 卷
　　　　第 1 期　1978 年 6 月　頁 1-31

蘇者聰　〈宋詩怎樣一反唐人規律〉　《武漢大學學報》1979 年 1
　　　期　頁 46-52

〔美〕阿黛爾‧里克特（Adele A·Rickett）　莫礪鋒譯　〈法則和直
　　　覺　黃庭堅的詩論〉　《文藝理論研究》1983 年 2 期　輯
　　　入莫礪鋒編　《神女之探尋》　上海　上海古籍出版社
　　　1994　頁 271-285

孔凡禮　〈《艾子》是蘇軾的作品〉　《文學遺產》3 期　1985 年
　　　頁 39-42

張　敬　〈詩體中所見的俳優格例證〉　《臺大中文學報》第 2 期
　　　1988 年 11 月　頁 9-30

陳莊、周裕鍇　〈語言的張力──論宋詩話的語言結構批評〉　《四
　　　川大學學報》1989 年 1 期　頁 59-65

張高評　〈胡適的古典詩學述評〉　《國文天地》6 卷 7 期　1990 年
　　　12 月　頁 85-89

朱　徽　〈中英詩歌中的「變異」與「突出」〉　《四川大學學報》
　　　1991 年 3 期　頁 53-58

姚　芳　〈東西方不同的海洋探險及其後果〉　《湖北大學學報》
　　　1994 年第 1 期　頁 119-121

張希清　〈北宋貢舉登科人數考〉　北京大學《國學研究》第 2 卷
　　　1994　頁 393-425

張高評　〈新變代雄與宋詩之文學史地位〉　《宋代文化研究》第 6
　　　輯　成都　四川大學出版社　1996　頁 17-27

鄧孔昭　〈從盧若騰詩文看有關鄭成功史事〉　《臺灣研究集刊》
　　　1996 年第 1 期　頁 93-95

黃奕珍　〈宋代詩學中「晚唐」觀念的形成與演變〉　《宋代文學研
　　　究叢刊》第 2 期　1996 年 9 月　頁 225-246

陳東有　〈試論鄭氏集團在中國海洋社會經濟發展史上的地位〉
　　　　《江西師範大學學報》第 30 卷第 4 期　1997　　頁 50-53

張高評　〈從「會通化成」論宋詩之新變與價值〉　《漢學研究》16
　　　　卷 1 期　1998 年 6 月　頁 237-254

李毓中　〈明鄭與西班牙帝國　鄭氏家族與菲律賓關係初探〉　《漢
　　　　學研究》第 16 卷第 2 期　1998　頁 29-58

李明仁　〈另類的繼承——以明鄭海上利益集團之更迭為例〉　《史
　　　　原》第 21 期　1999　頁 1-35

龔顯宗　〈從《臺灣外紀》看三鄭的海國英雄形象〉　《歷史月刊》
　　　　1999 年 4 月　頁 84-93

王慶雲　〈中國古代海洋文學歷史發展的軌迹〉　《青島海洋大學學
　　　　報》1999 年第 4 期　頁 70-77

方力行　〈海洋性格的文化　海洋內涵的教育〉　《研考雙月刊》24
　　　　卷 6 期（2000 年）12 月　頁 37-38。

趙君堯　〈論宋元海洋文學〉　福州市《工人職業大學學報》2001
　　　　年第 3 期　　頁 18-22

林朝成、張高評　〈兩岸中國佛教文學研究的課題之評介與省思——
　　　　以詩禪交涉為中心〉　《成大中文學報》第 9 期　2001 年 9
　　　　月　頁 135-156

趙君堯　〈宋元海洋文學的時代特徵〉　《福建師範大學學報》2002
　　　　年第 1 期　頁 51-56

張如安、錢張帆　〈中國古代海洋文學導論〉　《寧波服裝職業技術
　　　　學院學報》2002 年第 2 期　12 月　頁 47-53

郭訊枝、徐美娥　〈淺談地理環境與英國海洋文學〉　《宜春學院學
　　　　報》第 26 卷第 5 期　2004 年 10 月　頁 96-98

楊中舉　〈從自然主義到象徵主義和生態主義——美國海洋文學述
　　　　略〉　《譯林》2004 年第 6 期　頁 195-198

龍　夫　〈回歸大海的傾訴——日本學者論海洋文學的發展〉　《海洋世界》2004 年第 7 期　頁 22-23

黃鴻釗　〈論澳門海洋文化〉　《中西文化研究》2005 年第 1 期　頁 35-45

潘朝陽　〈文化地理觀點中的海洋與文化〉　《海洋文化學刊》創刊號　2005 年 12 月　頁 288-289

張廣達　〈內藤湖南的唐宋變革說及其影響〉　《唐研究》第 11 卷 2005 年 12 月　頁 5-56

張高評　〈宋代雕版印刷之繁榮與朝廷之監控〉　《宋代文學研究叢刊》第 11 期　2005　頁 20-36

柳立言　〈何謂「唐宋變革」？〉　《中華文史論叢》2006 年第 1 期　頁 125-171

趙君堯　〈漢魏六朝海洋文學芻議〉　《職大學報》2006 年第 3 期　頁 43-49

蔡　毅　〈從日本漢籍看《全宋詩》補遺——以〈參天臺五臺山記〉為例〉　《域外漢籍研究集刊》第二輯　2006　頁 243-262

張高評　〈北宋讀詩詩與宋代詩學〉　《漢學研究》第 24 卷第 2 期 2006　頁 191-223

張高評　〈印刷傳媒與宋詩之學唐變唐——博觀約取與宋刊唐詩選集〉　《成大中文學報》第 16 期　2007　頁 38

張高評　〈從資書為詩到比興寄託　陸游讀詩詩析論〉　香港中文大學《中國文化研究所學報》第 47 期　2007　頁 283-284

陳小法　〈《臥雲日件錄拔尤》與中日書籍交流〉　張伯偉主編《域外漢籍研究集刊》第三輯　2007　頁 271-309

陳　捷　〈日本入宋僧南浦紹明與宋僧詩集《一帆風》〉　《中國典籍與文化論叢》第 9 輯　2007　頁 85-99

張高評　〈白戰體與宋詩之創意造語：禁體物詠雪詩及其因難見巧〉
　　　　香港中文大學　《中國文化研究所學報》第 49 期　2009 年
　　　　5 月　頁 185-210

張高評　〈方東樹《昭昧詹言》論創意與造語──兼論宋詩之獨創性
　　　　與陌生化〉　中山大學中文系　《文與哲》第 14 期　2009
　　　　年 6 月　頁 121-158

張高評　〈破體與創造性思維──宋代文體學之新詮釋〉　《中山大
　　　　學學報》（社會科學版）49 卷 3 期　2009　頁 20-31

陳　翀　〈九條本所見集注本李善〈上文選注表〉之原貌〉　《國際
　　　　漢學研究通訊》第 2 期　2010　頁 132-137

何繼文　〈翁方綱對黃庭堅詩的評價〉　香港中文大學《中國文化研
　　　　究所學報》54 期　2012 年 1 月　頁 231-253

張高評　〈墨梅畫禪與比德寫意〉　《中正漢學研究》2016 年第 1
　　　　期（總第 19 期）　頁 135-174

文學研究叢書·古典詩學叢刊 0804018

清代詩話與宋詩宋調

作　　者	張高評
責任編輯	邱詩倫
特約校稿	林秋芬
發 行 人	陳滿銘
總 經 理	梁錦興
總 編 輯	陳滿銘
副總編輯	張晏瑞
編 輯 所	萬卷樓圖書股份有限公司
排　　版	林曉敏
印　　刷	百通科技股份有限公司
封面設計	斐類設計工作室

發　　行　萬卷樓圖書股份有限公司

臺北市羅斯福路二段 41 號 6 樓之 3

電話 (02)23216565

傳真 (02)23218698

電郵 SERVICE@WANJUAN.COM.TW

大陸經銷　廈門外圖臺灣書店有限公司

電郵 JKB188@188.COM

香港經銷　香港聯合書刊物流有限公司

電話 (852)21502100

傳真 (852)23560735

ISBN 978-986-478-110-2

2017 年 12 月初版

定價：新臺幣 660 元

如何購買本書：

1. 劃撥購書，請透過以下郵政劃撥帳號：

帳號：15624015

戶名：萬卷樓圖書股份有限公司

2. 轉帳購書，請透過以下帳戶

合作金庫銀行　古亭分行

戶名：萬卷樓圖書股份有限公司

帳號：0877717092596

3. 網路購書，請透過萬卷樓網站

網址 WWW.WANJUAN.COM.TW

大量購書，請直接聯繫我們，將有專人為

您服務。客服：(02)23216565 分機 10

如有缺頁、破損或裝訂錯誤，請寄回更換

國家圖書館出版品預行編目資料

清代詩話與宋詩宋調 / 張高評著.

-- 初版.-- 臺北市：萬卷樓, 2017.12

面；　公分

ISBN 978-986-478-110-2(平裝)

1.宋詩　2.清代詩　3.詩話

820.9105　　　　　　　　　　　106015602